盛与衰（下）

邢磊　著

目　次

第三十二章　国家纪元翻新　个人前途似锦

　　1948年11月2日沈阳解放之前，东北中共组成东北行政委员会，由林枫任主任。沈阳解放后，行政委员会改名为东北人民政府，主席为高岗。高岗同时兼任中共东北局第一书记及东北军区司令员兼政委。

　　东北是中国的经济中心，国共两党在东北各有几十万精锐军队混战，最后以共军的全胜而告终。两军决战提高了东北的政治地位。

　　历史的发展规律是，首先具有百年以上的经济中心地位，之后则发展为文化中心。例如，唐朝的江南经济，已逐渐取代中原的中心地位，经过宋朝三百年的发展，江南终于取代中原成为中国的文化中心。美国也一样。首先经历了一百多年的经济发展，挤掉欧洲的经济中心地位后，方取代西欧成为世界文化中心。若不是二战对欧洲的经济破坏，美国的文化中心地位仍争不过欧洲。文化中心的重要性远远超过经济中心。日本的人均经济水平已不在美国之下，但他远不是世界文化中心，因为日本经济繁荣期还不到五十年，日本祖先留下的文化遗产又欠丰富。美国继承了欧洲的文化遗产，就像江南的吴越文化继承了中原文化而发展起来的，若没有中原与西欧文化的继承，吴越文化与美国文化仍不能快速发展成为文化中心。可惜，日本缺乏辉煌的文化遗产可继承，只能算个土财主。

　　尽管东北已发展为中国的经济中心，决定国共两军胜负的决战又在辽西进行的，因此政治地位有所提高，但东北若发展为中国的文化中心，则遥遥无定期。东北的经济主要是煤炭、木材、粮食、钢铁、铁路运输。制造业技术落后，设备陈旧，机器又被苏联红军洗劫一空。东北经济的技术含量偏低，缺乏先进性。又没有自己的工程师队伍，与其说东北是经济中心勿宁说是工业原料基地更确切。

　　由于东北首先解放，于1948年，香港的一批文化民主人士，经香港中共负责人潘汉年策划，分批转移来东北，其中包括沈钧儒、谭平山、章伯钧、蔡锭锴、朱学范、王绍鏊、高崇民、李德全、李济深、茅盾、柳亚子、马叙伦、郭沫若等三十多人。尽管这三十多个人中有三分之二为社会活动家，三分之一为文艺家，学者与技术专家几乎没有一个，更缺乏胡适、吴大猷那样的文化大师，但还是给东北带来轰动。因为东北被日寇统治十四年，又经过三年内战，文化教育落后。没有培养出本土文化名人。东北有钱没文化，三十多位文化民主人士给土房东争光不少。他们也趁机进行各种活动，借以增加自身的知名度，例如郭沫若为中国医科大学题写了校牌子。

林彪、粟裕利用军事才干打碎了旧世界，周恩来运用政治智慧组成了新世界。

1948年11月2日辽西战役结束第二天，周恩来给东北局的高岗李富春去电，准备组成临时中央人民政府及新政协的设想，希望邀请暂住东北的一些与中共合作的社会上层人物参加。五日又给香港的潘汉年去电，邀请在香港与上海的民主上层人士北上东北。

1949年1月10日，淮海战役结束，31日平津战役结束，经三大战役，旧世界被打碎，从此周恩来是世界上最忙的人，直到他去世。2月14日周恩来派林伯渠去沈阳，迎接三十多位民主人士来北平筹划新政协会议。当时周恩来一方面与国民党代表团进行和平谈判，一面拟定新政协的共同纲领、代表名单、组织条例、政府组织大纲、国旗、国歌、国徽等草案。

4月20日共军渡江战役开始，到5月31日之前，以摧枯拉朽之势，占领了南京、苏州、杭州、武汉、上海等中心大城市，这更促进了新政协会议与新中央政政府的组建步伐。此时此刻，军事捷报频传，政治会议频开，报纸电台着实热闹。新政协第一次筹备会议于6月15日召开，共有代表一百三十四人参加。9月21日到30日新政协召开第一次全体会议，代表六百三十四人。在会议上通过了国家名称、中央政府组织法、国都、纪年、国歌、国旗、国徽等。10月1日宣布新中国成立。国家副主席六名其中三名为党外民主人士；副总理四名其中两名为党外人士；二十九位部长，其中十二名为党外人士。从政府组成人选中可看出，周恩来本人及当时共产党虚怀若谷，很有民主精神。根据中央政府成员组成，及国旗、国歌、国徽等特征，表明中国是个民主国家，与极权社会主义毫无瓜葛，所以全国人民为新中国的诞生而欢呼雀跃。

10月1日下午小石在沈阳参加游行，中山广场人山人海，有组织与无组织的人流汇集在中山路及广场，敲锣打鼓扛着红旗，喊着口号。自鸦片战争开始，屈辱了一百零九年的中国人终于站起来了。中国人民前仆后继，多少优秀人物抛头颅、洒热血换来今天的胜利。小石被挤在交际处楼的石阶上，动弹不得，石阶变成观礼台。直到万家灯火，沈阳全城仍沉浸在欢乐的海洋里。深夜，小石在一处背静的地方掏出手枪，朝天空连开三枪，表示对新中国的庆贺，对胜利的陶醉，也标志着参加革命六年的纪念。新政协的组成及新中央政府的建立表明，周恩来的智慧、品德、组织能力、个人感召力、礼贤下士等，没有任何政治家可与之媲美。他的工作没有任何人可以胜任。历史上的姜尚、周公、萧何、诸葛亮、姚崇、赵普、刘伯温等诸多名相，其才智与品德也难在周恩来之上。由于周恩来的个人魅力，他的朋友遍天下，与他意识形态相同与相反的人都喜欢与之交朋友。与中共各届主要领袖，不管是左的还是右的都是朋友。但是有一个原则，对待动机不纯的人不能让步，对出卖组织的叛徒绝不手软，例如对顾顺章出卖党中央，他命陈赓、李克农杀了他一家，这是他一生两次过火行动的一桩。周恩来的才智不但得到毛泽东信任，也获得蒋介石、斯大林、尼克松的赞叹。

　　在物色政协及中央政府人选过程中，潘汉年及陈毅帮了周恩来的大忙。潘汉年的朋友多，陈毅爱惜人才，两人分别从知识分子集中的香港与上海向周恩来推荐了许多社会贤达及科技专家，为建设新中国添砖加瓦。

　　雄才大略的周恩来自有经天纬地的大计划，升斗小民也有自己的小天地、小算盘。

　　1949年秋季，虽然新中国已建立，但南方战争尚没有结束，全国各大学还没有贴出招生广告。军区卫生部黄处长对小石的羞辱却变成小石的前进动力，他要决心考上大学。

　　当时的东北只有两所名校，一所是哈尔滨工业大学，另一所是满洲医科大学。站在国家需要的角度应学军事工程，站在家庭传统角度应读医学。目前我国仍没有军事工程专业，选择学医是顺理成章的。南方战争仍没有结束，全国还没有招生的大学。满洲医科大学现在改成中国医科大学，学医就近在咫尺的中国医大。是否在招生前先入医大当旁听生或念预科？进入中国医大的方法有两个，一是报考，二是组织选派。报考不可能，因为学校没有招生广告；组织选派也没有这方面的消息。

目前的中国医大是由三所医科大学组成的。第一所是中国医科大学1931年成立于瑞金红军卫生学校，1940年在延安改为中国医科大，1946年迁移到黑龙江兴山，1948年底迁到沈阳。他培养的数千名医生为中国革命战争做出贡献。第二所是日本人于1911年办的南满医学堂，1924年升格为满洲医科大学。在抗战中我国医界流行一种说法：日本人对中国罪恶滔天，坏事做绝，但有两件事无可非议，一件事是建立了满洲医科大学；另一件是建立了台湾医大。但这两所大学的学生百分之九十以上是日本人，中国学生望校兴叹！第三所是英国传教士施督阁博士于1892年在沈阳小河沿建立的一所私人医院并附设西医学堂，1912年扩建为奉天医科大学。这是东三省最早的一所高等医校。该校以治学严谨而闻名半个多世纪，为我国培养了五万多位优秀学者、专家。

为了就读中国医科大学，小石绞尽脑汁，想入非非。中国医大校长是长征老干部王斌，同时兼东北军区卫生部长及东北政府卫生部长。

1949年9月1日，小石为念大学一事，贸然致函王斌校长。

王斌校长钧鉴：

久仰中国医科大学培养了千万个白衣战士。曾为中国革命做出贡献。毛主席为贵校题词："救死扶伤，发扬革命人道主义"，中国医大师生当受之无愧。据传，技术先进，教学严谨的奉天医大及满洲医大已合并于中国医大，中国医大如虎添翼，将培养出更多技术精湛的专家，为新中国建设添砖加瓦。但我本人对这所名扬四海的高等教育殿堂可望而不可及。

我十四岁参加山东八路军，十六岁于东北第六纵队入党。今年十九岁。曾当过卫生员、看护长、手术室长、保健科员等。为了民族危难，为了国家振兴，贡献出自己的金色童年，失去了受高等教育的机会。所庆幸的是日寇投降，国民党败局已定，革命即将成功。我的年龄仍处在受教育的年龄段，如果王校长能帮我亡羊补牢，那将出现个人与国家一色，小我与大我齐飞的景观。

我之所以要求入读中国医科大学并非出之私欲，而是为了振兴满目疮痍的祖国。所谓"国家兴亡，匹夫有责"。民族处于生死存亡的时候，消灭鬼子，打国民党很简单，勇敢地和他们拼命就是了，但是建设一个社会主义新中国那就很复杂了，光靠勇敢拼命或党员老资格将于事无补。共产党员必须掌握一门专业技术，才能建成一个繁荣富强的新中国。否则，即使打下天下了也可能重新失掉天下。愚昧无知是国强民富的敌人。打倒日寇和反动派需要三百万解放军，我是三百万战士中的一个；建设新中国需要三百万专家，我渴望成为三百万专家的一分子。建成一个大国需要科学技术上的三大战役，第一大战役是人民取得温饱；第二大战役是国强民富；第三大战役是科学文化昌盛。没有三百万科学技术大军，欲想取得战役胜利是痴人说梦。战争取胜需要战士；建设成功需要专家。我幻想由战士学成专家。

我年轻无知，不揣冒昧，竟向长辈陈述自己的心事，如能获得校长的指点将倍感欣慰！

敬颂大安

晚：石鸿儒上　1949.9.1

信封上的收信地址为东北人民政府卫生部。寄信地址为东北军区后勤部卫生处。

邮差每天九时到达传达室。给王斌的信寄出后，小石每天九时去一趟传达室。看看有没有回信。每逢雨天邮差迟到，他就等在传达室。传达室老杨以为小石急着等情书，否则不会如此着急等邮差，向小石戏谑道："石科员，我一收到你的情书，立刻给你送到办公室，你不用着急每天在这儿苦等。"

小石红着脸说："我不是等情书，我等的比情书重要得多。"老杨说："家书？"小石敷衍一句："家书。"

过了10月1号仍没等到回信，小石心凉了：王斌是长征老干部，是老专家，又身居东北医界最高峰，他不会看上一个普通小兵的。我真是异想天开，怎么写了这么一封不着边际的信！他不但不回信，肯定还笑话我不知天高地厚。

小石仍不认输，好像幻想还没有全部破灭：是不是王斌有病住院了，还是北京重要人物请他去治病。小石鼓足勇气，与10月4日，径直去东北人民政府卫生部，顺利通过门岗。部长办公室在二楼。敲了敲部长办公室的门，屋里有人喊："请进。"推开门，办公室高大空旷，像个大教堂，房顶呈窟窿状。高约十多米，面积约二百平方。在办公室遥远的一端，有一个像舞台般大的高台子，台下有阶梯，台上有一张大办公桌，但没有人办公。冲着门口放一张小办公桌，桌后面坐着一位面貌清秀的年轻人，他站起来友好地一面请小石坐下一面问道："你找谁？"小石在椅子上，还没有坐稳就急着说："我找王部长。一个月前，我给王部长写了一封信，至今没有消息，为此来请教。我叫石鸿儒，后勤部卫生处的。"年轻人说："我是王部长的秘书，你的信收到了，自8月底王部长去北京参加建国筹备工作，一直没回来。今日他将陪同李德全部长来东北参观，参观结束后王部长才能处理堆积如山的事物，届时我把你的信交给他，经批示后我再通知你结果好吗？"小石说："谢谢你，现在是新旧世界交替的时候，百废待举，王部长肯定很忙，拜托你在百忙之中别忘了我这封信。"秘书说："忘不了，上承下达是我的工作。"小石站起来："谢谢你。"

　　走出卫生部，本来心灰意冷的小石，又重新燃起了希望的火花。他脚步飞快，心里响起愉快的"溜冰圆舞曲"。恰好今天是周六，沈阳青年团市委发给卫生处几张舞会入场券。晚饭后小石与几个男女同志去团市委俱乐部舞厅。俱乐部设在马路湾一幢十层高的黑色大楼上，这是沈阳最高的楼房。大楼呈军舰型，本来大楼是白色的，当年日本人经常夜间遭空袭，故刷成黑色的。第一、二层是宏大电影院；第七层是舞厅。舞厅内是红色地板，灯光辉煌，面积挺大，超过王斌校长的办公室。

　　自卫生处来的几个土八路大开眼界。经一个夜晚的学习，他们居然学会了三四步的交际舞的基本步法，要跳花样仍需努力。在回家的路上大家嘻嘻哈哈，七言八舌，高兴异常，大声嚷嚷："土八路学会跳舞啦！"

　　10月的最后一个星期天早晨，小石还在蒙头裹脸地睡懒觉。在梦里爷爷教他辩证舌相，奶奶正在擀面条。邮差正点送来传达室报刊信件，其中有一封小石的信，老杨仔细琢磨着这封信的来龙去脉。小石这两个月天天等的就是这封信？这不像是情书，情书多用带花边的天蓝色或粉红色的信皮，信的重量大。这封信也不像是家书，他家是山东，这封信的地址不对，而且他的家书都是用褚遂良体书写笔力遒劲字体绰约。这封信像是公文，牛皮纸大信封，左侧的发信地址印着红字：东北人民政府卫生部缄，可是公文多写机关办公室收，不写个人名字。琢磨来琢磨去，也捉摸不透这封信的真面貌。今天是星期天，办公室没人。老杨把信送到小石寝室。打开房门，小石似醒非醒的眨眯着眼睛，接过信一看是卫生部的来信，突然一阵紧张，急忙撕开信封展开信笺，上面写着：

石鸿儒同志：关于你念中国医大的要求我没意见，请你来一趟。

此致敬礼

王斌

1949.10.27

小石乐得在床上翻起了跟头，翻了几个跟头，跳下床，光着脚丫子，抱着老杨跳快四步。老杨摸不着头脑是怎么回事，他也跟着乐，但不清楚乐的理由。小石把信递给老杨，老杨看了信说："噢，该乐！该乐！该翻跟头。原来你是等这封信啊！这信比情书重要的多，王部长还真有眼力，看中了小石啦，没看错！"

小石收到王斌校长的信后第一件事是给爷爷奶奶写信，让爷爷奶奶分享他的快乐。下午他到罗科长钱厂长家，把喜信告知两位老上司。罗钱夫妇对小石表示祝贺，并称赞王部长慧眼识才，不拘一格选拔人才，而且平易近人没有官僚架子，一个大部长一个小兵互相沟通，是位朴实无华的共产党干部。

星期一上班开始，小石拿着王校长的信向王处长汇报，可等到九点多，王处长仍没有来办公室。大家对王处长有各种谣言，其中有人说，王处长年近半百，有个娇嫩的小媳妇，每天上班都迟到，甚至上午都不上班。小石等得心急如焚，无奈直奔卫生部与王部长见面。无巧不成书，军区卫生部黄处长正在向王部长汇报工作，小石退出办公室坐在走廊的铁椅上等候。

黄处长临走时，在走廊斜看小石一眼。小石装作素不相识的样子，没搭理他。

秘书领着小石坐在王部长桌前，他首先作了扼要介绍，坐下前先向王部长敬了军礼。王部长上下打量了小石后拿起小石的来信满口四川腔，问道："这信是你写的？"

小石站起来答："是，王部长，是我写的。""你原来是哪支部队的？"小石又站起来答："六纵队卫生部。"王斌顺便说了一句："喔，马克辛的属下。"然后，王斌又面色凝重地说："你还不到二十岁的娃娃，你说建设社会主义国家需要三百万专家，这个数字你怎么统计出来的？"

小石又站起来，王斌让他坐下说。小石回答："报告王部长，这不是我统计出来的，是比较出来的。美国、苏联是两个大国，他们目前都有三百万专家，方能建成强国。我们也是大国，而且人口是苏联和美国人口之和的两倍，参考美苏的情况，我国欲想建成强国至少也需要三百万专家。"

王斌开始露出微笑："你这条思路很先进，当前有许多高级领导还没认识到这个问题呢。我的思想也比较落伍，我所想到的是我的本行业，企图多建立几所军医大学，把全军约二十万医务人员在十年内培养到本科或专科水平。而你想的是全国三百万……"

王校长继续说，"中国医大今年合并整顿，明年招生。我给陈校长写封信，介绍你入预科班，预科一年后考试及格，明年秋天升本科。若不及格我介绍你入军医大学，目前军医大学水平低一些相当于专科，你可以跟上班。长春、天津、上海三个军医大学你愿意上哪个都行，我写封信他们都会收你。你年龄不大，抗战功臣嘛，自来红，如把全国的红小鬼培养成专家，对党对国家功莫大焉。把这帮红小鬼变成科学技术方面的攻坚老虎，就像你们六纵队的十七师一样。"

小石兴奋地插言："王校长就变成龙书金了，是老虎的司令。"三个人同时爆发出憨笑，笑的像儿童一样开心。

王斌亲手开出介绍信，小石拿着介绍信去中国医大找第一副校长陈应谦。临别的时候小石向王斌举手敬军礼并说："我将努力学习，学好预科，升入本科，以优秀的学习成绩报答党与王校长的恩情。"

十二点下班之前小石赶到中国医大。中国医大的正门朝西，郭沫若题写的校牌挂在大门口南侧的墙柱上。字体既有欧阳询的圆润挺秀，又有颜真卿的严肃方正。

进入校门，道路中央有一凸出地面的圆形小花坛，道路南北侧各有一小松林，过去小花坛就是教学楼正门。一楼与二楼的楼梯结合部东墙上是毛泽东于1941年7月为十四期毕业同学题词："救死扶伤，实行革命的人道主义。"

陈副校长的办公室设在二楼东西走廊东端南侧两个房间内，外间房门口内的东西侧各有一张秘书办公桌，陈校长在里间办公桌靠南窗，光线明亮。他看完王校长的介绍信后，提笔给兴山基础学院石方院长写一份介绍信，叫我到兴山学习预科。陈副校长的苏州口音太浓，小石使劲听着他每句话的意思，他态度儒雅，有学者风范。小石拿着介绍信刚走出办公室，下课铃声响了，学生、教师的人流朝食堂滚滚而去。

下午小石终于与王处长在他的办公室相见，小石把入读中国医大的经过向王处长汇报，并展示了陈副校长的介绍信，王处长的态度僵硬，官腔十足："应该祝贺你到中国医大学习，但是你走的路子不对头。你目无领导，绕过组织，进行私人秘密活动。王斌对这件事处理也失去组织原则，他应该和我们组织协商，我们同意后，他才能写出介绍信，而且介绍信不能直接递给你，应先寄给我们卫生处。事到如今，如果不允许你去学习，官职挺大的王斌已写出介绍信，对他很没面子，如同意你去，就等同于向无组织无纪律妥协，就失去党的原则。王斌怎么这样办事呢！缺乏常识！亏他还是长征干部。你也不是小孩了，参加革命五六年了，也该懂得党的组织纪律了。"

王处长打完官腔后继续说："好吧，刀压着脖子，不同意也得同意了。谁让王斌是卫生系统的太上皇呢。"王处长同意把小石的档案及鉴定书寄往基础学院。

鉴定书是王处长亲手杜撰的，其内容可想而知，这份负面鉴定书一直放在档案袋里像一条毒蛇缠绕着小石一生。

从前小石遇到的危险都是敌人制造的，如在长春陆军医院抓特务王德茂；撤退四平在蔡家沟九死一生；在哈尔滨南岗夜间特务向楼窗射击等。没想到自己人也向自己人开火，小石怒发冲冠几次想反击：你老王毁坏青年人前途就是破坏国家建设！像你老王这样鼠目寸光的小人是建不成社会主义的。又怕小不忍则乱大谋，怕把念大学的事砸了，只能忍气吞声一言不发。

王处长对王斌及小石攻击结束，给小石写了一份介绍信，同意小石念中国医大。其实他是多此一举给自己下台，他同意或不同意已无意义。

三个青年朋友马淑光、李竹一、李强选一个吉利日子10月29日送小石到南站搭上去兴山的火车。

到达兴山小石把陈副校长的介绍信交给基础学院石方院长，立刻插班上课。课程有生物学、数学、俄文、无机化学、有机化学、物理学、解剖学、马列主义共八门。学生六百多，分十二个班，其中解放军战士两个班约一百人，还有一个老干部班四十六人。其他都是招考的国高学生，都是东北人。

兴山城很小，但煤矿的名气挺大，是东北的八大煤矿之一。矿务局在西山，市中区有中国医大基础学院、中国医大附属医院及煤矿职工宿舍。唯有矿务局、中国医大有五幢二至四层楼房外，全市都是平房。房子都是日本建筑，不管是楼房还是平房，高度低矮，门窗狭窄，面积极小，建筑材料简易，给人以压抑感。但街道整齐，两旁栽有小杨树，郁郁葱葱生气勃勃，没有日本味。

其实中国医大就是军事学校，制度军事化，实行供给制，待遇与士兵一样，生活严肃，学习紧张别有天地，小石很满意。精神愉快心情舒畅已忘了顽固分子王处长给自己造成的不悦。学院每门功课都有专门的教员讲解，教学严谨。俄文有白俄先生，他们都到西欧受过教育，是原俄国知识精英，风度翩翩，绅士气派十足，课文分折、文法讲解都很精当。马列主义由政治处王主任及吕主任讲解，讲得也很生动活泼。

纵观我国现代医学史，尽管有许多名扬四海的高等医学院校，但没有比中国医科大学的名声更显赫的。石鸿儒之所以热爱六纵队，他不仅因为是六纵队的战士，而且六纵队创造了历史，是战争史上的一枝花。现在他又对中国医大情有独钟，不仅仅意味他是中国医大的学生，而且中国医大就是中国医学史上一颗最辉煌的明珠。

中国医大的发展史与中共革命史是同步的，发展模式也雷同，从无到有，由小到大，由弱变强，由粗变精。

中国医大受黄埔军校的影响，学生分期不分届。

1931年11月20日，在瑞金由红军中央军委总军医处长贺诚开创了红军第一所红军卫生学校。第一期学员二十五名是由红军战士中招收的。教员二人，翌年增到五人。教室设在农舍或神庙中，砖为座椅，膝盖为课桌。全部仪器标本、挂图、教材、教具一匹马就可以驮走。学生无讲义无笔记本，只发三张毛边纸还舍不得用。学生靠听课记忆、小组讨论或在地面上用沙盘为纸，树枝为笔。晚自习几个学生一钱麻油，四五个学生围着一盏灯学，课程有解剖学、生理学、药理学及拉丁文，还有病理学、细菌学、诊断学、内科学、外科学、眼科学、耳鼻喉科及皮肤科学。学期为八个月。

第二期延长为一年。第一期二十五名毕业十九名；第二期招收三十名毕业二十八名。在长征前共招收了五期，毕业学生共一百八十一名。长征途中毕业十八名，到达陕北后毕业六十六名。抗战前的红军阶段的六年间共毕业二百六十六名。抗战八年间毕业四百三十一名。到1949年10月1日前的解放战争四年间，毕业两千三百零六人，加上红军时期与抗战时期的十八年间共毕业三千零三人。校址在江西瑞金四年、长征途中一年、陕北延安十年、黑龙江省兴山三年，最终落户沈阳。

中国医大的办学质量有两次飞跃，一次是抗战开始的1938年。大中城市沦陷区知识青年奔赴延安参加抗战，许多优秀医生参加了中国医大教学与临床，学生文化水平明显提高，于1904年红军卫生学校在延安改称中国医科大学，学制由一年改为四年，第十四期学生是第一批四年制毕业生。按当时毛泽东在报告中的说法，一年制红军卫校是"卫生小学"，目前的四年制中国医大是"卫生中学"，将来要发展成"卫生大学"。改成中国医大九年后，在沈阳确实发展为"卫生大学"。这是第二次办学的飞跃。

1949年末，中国医大与奉天医大、满洲医大合三为一，教学阵容蔚为壮观，许多知名学者，教授参加了中国医大的教师队伍。1950年3月，解放后的新中国，中国医大为全国第一所首次招生的大学，在全国两万多名报考的高中生中，择优录取六百名学生，编为四十二期，学制五年。十四期与四十二期两期学生的招收是中国医大发展的里程碑。也是中国历史发展的里程碑。

这表明了由抗战初期到内战结束这两个历史阶段，我国知识分子的思想趋向。抗战初期为了抗日爱国奔向延安；内战结束为了建设新中国，两万多知识分子报考有革命背景的中国医大，可见热爱祖国是我国知识分子的自然传统，代代相传，就像石鸿儒一家三代那样，爱国精神似有遗传性。

中国医大的十八年间毕业生三千多人，为全国各医学院之冠，虽没培养出知名学者，但培养出上千名战伤外科专家。虽然在学术上贡献有限，但对革命战士救死扶伤方面贡献突出。对中国革命实实在在地作出大贡献，其中贡献最大的是贺诚和王斌。

贺诚是红军总卫生部部长，是第一任红军卫校校长，他等于创立了"卫生小学"。红军到达陕北后，校长一直是王斌。

王斌把贺诚开创的"卫生小学"在抗日战争中办成"卫生中学"，在解放战争末又办成"卫生大学"。红军卫校中有许多才华横溢的教员，为什么贺诚唯独重用王斌？他俩并无私交。贺诚与所有开明的领导干部一样，喜欢有创造性的知识分子。王斌思路较开阔，喜欢探索，勤于苦练，长于创造。是一位优秀的外科医生。

1935年5、6月间，在长征途中，正当爬雪山过草地的时候，艰难的环境使全体红军及每个战士的生存受到严重挑战之际，周恩来高烧四十多度，甚至昏迷，王斌确诊为肝脓肿。请问，健康的人生存都受到威胁，那么对一位病危病人又如何治疗？在吃饭喝水都无法得到保障的生死关头，王斌还有什么灵丹妙药使周恩来起死回生呢？他的药箱里不但缺乏特效药伊米丁，就连退烧的阿斯皮林也没有。

王斌的创造才能在周恩来生死存亡之际发挥了作用，他不断的爬上雪山采集冰块，给周恩来作冰敷降温，并连续不断的喂糖茶盐水。保持体内电解质平衡。结果奇迹出现了，周恩来大便排出大量绿色的脓汁，体温逐渐下降，居然恢复了健康，顺利到达陕北。这件事震动了全军，周恩来、邓颖超对此终生难忘。

1941年五四青年节，十五期六十位女同学在延安庆祝晚会上表演火炬舞，当火炬舞结束时，周恩来在观众席上站起来带领群众高呼："好不好？"群众齐喊："好！""明年再来一次要不要？""要！"其实周恩来当时是一语双关，表面是表扬火炬舞的表演者，其深层意义是感谢救命恩人王斌。否则，即使六十位女同学的舞技都超过乌兰诺娃的水平，身为大政治家的周恩来，也不会像个小战士一样手舞足蹈高喊："好不好？""要不要？"。周恩来对一件小事的处理都有大智慧。

王斌校长的创造才能，在平型关大战的伤兵运转上发挥的淋漓尽致。平型关战斗胜利结束后，上千名伤兵集中在五台山。鬼子的板恒第五师团三万多人，追赶林彪的一一五师三四三旅，以图报复。伤兵需要快速脱离险境。王斌每隔三十里组建一个兵站。每个兵站都备有食物、饮水、及卫生员、担架队，一站一站的分段转运，两天内的转运，使五台山伤兵全部脱离险地，最后转到千里以外的大宁县，大宁县地处吕梁山区，西濒黄河，远离前线，必要时可渡黄河入陕北。建立兵站，像哥伦布发现新大陆一样，事后看似简单，事前非常不简单。创造发明都是极具艰苦的复杂劳动。

王斌校长的创造才能集中表现在教学上。1946年后，内战规模越打越大。大兵团作战，伤兵经常上万。中国医大每年只培养几十个医生，可谓杯水车薪，无济于事。于是他发明了形象教学法，编撰了图文并茂的讲义，建立了形象环境、脏器模型，进行解剖实习，动物实验。号召学生多动手，多实践，把学制由四年缩短为一年，培养出大批外科医生服务火线！确实解决了燃眉之急。形象教学法是王校长一生对革命对医学教育的重大贡献。

王斌是医生又是教育家。他办教育的方法、开明的思想、高瞻远瞩的视野、包容开阔的心胸比蔡元培有过之而无不及。蔡元培招揽天下英才于北大，故北大扬名天下。尽管北大校舍寒碜，但胡适、陈独秀的高大形象超过摩天楼。欲办好中国医大，首要任务是招揽人才，人才主要包括学贯中西，造诣深邃的教授，其次是受过良好文化教育的高中生。

1949年底及1950年，王斌用多种渠道招引一批著名学者执教中国医大。其中包括部分学者有服务于满洲政府的高级卫生官员，保证他们的政治安全；对散布在关内其他地方高等医学院校有东北背景或满族学者；关内其他医学院有志参加革命的学者（据说中国医大是老革命参加中国医大工作就等于投身到革命）；侨居国外的爱国学者有意参加新中国建设者。原有学者包括日籍教授，还有其他国际学者。共招聘中国教授二十六名，日本教授八名，德裔教授一名。苏联专家八名。其中最为学生倾倒的教授有三位，包括李佩琳、潘绍周、吴执中；其次是刘曜曦、项全申、高文瀚、秦耀庭四位教授也很受欢迎，还有副教授讲师一百多名，其中八位讲课很精彩，被同学们戏称"八大金刚"。

在招收优秀学生方面王校长也独出心裁。1949年底，除台湾、海南及西藏外，全国主要地区都已解放，战争已接近尾声。全国大学将于1950年秋季招考新中国解放后的第一批大学生。王校长计划在中国医大招考首批五年制学生。如与全国各大学同步在秋季招生。很难保证学生的文化质量，如提前春季招生，在报考的大批学生中，能够择优录取，学生的文化质量绝对有保证。

可是五年制教学的讲义编写，教师讲学准备，教师分工，教学大纲的制定，实验室的安排都没有就绪。因为满洲医大及奉天医大是七年制，中国医大是一年制，现在要统一改为五年制，教材及教学大纲必须重新编写，这乃需要时日，春季不可能开课。如果春季招生，秋季开课，当中空闲五个月，在这五个月中叫学生干什么呢？王校长心里安排好了，让录取生3月入学，4、5月政治学习，6月写自传，7、8月放暑假，9月开学。于是中国医大在2月底3月初开始在全国招生。网撒得很广，在哈尔滨、沈阳、北京、上海、南京、武汉、重庆、广州等八个城市设立招生站。哈尔滨与沈阳是东北的两个重要城市。因中国医大在沈阳，应多招东北学生，所以设了两个点；北京是文化中心，华北学生可以在北京报名；上海地区教育发达，江南学生可以在上海报名；南京是旧中国的首都教育进步，长江三角洲西部地区可在南京报名；武汉是九省通衢，华中的学生可以在武汉报名；广州是华南重镇，华侨的故乡，华南学生及海外华侨可以在广州报名，四川是八年抗战的大后方，重庆是陪都。抗战期间，东部知识分子逃往四川，因之教育发达，所以在重庆设招生点。八个招考地点的选择煞费苦心。

由于新中国成立后，中国医大是第一所大学首先招生，招生宣传资料把学校的革命历史渲染的活灵活现。青年学生把中国医大视为革命的摇篮。牺牲流血的战争已经结束，革命成功了，考入中国医大弄个革命者的身份，何乐而不为。

为了赶革命的时髦，报考者人山人海，争前恐后。到报名终止时仍有许多人络绎赶来，但恨腿短无缘。经八个考点汇总报名者竟多达两万多人。学校党委副书记阙森华同志有言在先："录取学生的唯一标准只有考试分数一项，没有任何其他参考条件。健康检查入学后进行。"虽然没有明说，言外之意，政治背景、家庭成分不为录取条件。据分析，话是从阙森华口里说出来的，他可能是重复王斌的话。经考试后，根据择优录取的原则，录取学生六百多人。录取率为百分之三，这一网把全国最优秀的高中毕业生，都拢到中国医大来了。王斌乐得闭不上嘴，心想："北大，清华到秋季只能招收二流、三流、甚至不入流的学生了。

王斌喜欢医学、迷恋教育、热爱知识、珍视人才。他觉得最近在人才方面大获丰收，富得流油。第一大丰收是对诸多知名教授的招聘成功；第二大丰收是选拔了全国最优秀的六百名高中毕业生。他把他的收获告诉了贺诚部长，让老朋友分享他的快乐，贺诚也为他庆幸。在贺诚眼里，王斌不仅是一位优秀的医生，而且也是优秀的教育家，是国家不可多得的人才，由于王斌在高等医学教育方面的成就斐然，毛泽东1950年2月专门参观了中国医大。很可惜1957年毛泽东突然变脸，把王斌划为右派，贺诚为反党分子，双双被打入地狱，这是后话。

至此，小石已有四个家。第一个是和平时期的德县石庄广德堂，家长是爷爷、奶奶、爸爸、妈妈；第二个是抗战时期的渤海军区，家长是时俊禹、李平凡、王兴杨、杨国夫、龙书金；第三个家是内战时期的林彪元帅的羽林军第六纵队（四十三军），家长是马克辛、陈光、洪学智、龙书金、李作鹏；第四个家便是新中国时期的中国医大，家长是王斌、陈应谦、阙森华。这四个家庭分别赋予了他生命与智慧。家长大致分为两大类，一是名医；二是名将。

第三十三章　少小离乡老大回
儿童问客何处来

　　石鸿儒凑足了回家的路费，高兴异常，很快能跟奶奶爷爷见面了。沈阳、天津解放前，解放区还没连成片，一直不通邮。石鸿儒自病愈后来沈阳工作以及在兴山念预科阶段，全国大都解放，已恢复邮政通信。与爷爷能保持通信联系，隔三差五写封信，爷爷也经常回信。爷爷奶奶的情况知道一些，但了解得不详细。父母的情况一直没能了解，目前中国正处于闭关锁国之中，虽然对苏联及其东欧附庸国有外交与通邮联系，但是这些国家华侨稀少，虽通邮而极少有邮件。大量华侨都侨居在北美，东南亚及欧洲，而对这些国家又没有外交及通邮关系，有信无处投。能通邮的国家没邮件，有邮件的国家不通邮。

　　世界两大敌对阵营的形成，阻断了人民往来。两大阵营的头头们，似是老子的门徒，忠诚地完成了老子的遗教：邻国相望，鸡犬之声相闻，民至老死，不相往来。朝鲜国分为南北，以三八线为界；德国分为东西，以筑柏林墙分开；越南分南北越；中国分为大陆与台湾；世界分为东方与西方。二战结束后，世界政治版图被分割成许多刑讯室，变得阴森可怕，人民过着画地为牢的奴隶生活。

　　7月5日开始放假。同学比较集中在大城市，都买集体票或包车厢，这样票价便宜许多，如北京、天津、上海、武汉、广州同学都得到了优惠。而回德州的同学，只有石鸿儒一位，得不到优惠。单人车票也有集体车票不具备的好处，单人车票可以随时签字下车，游山逛水，自由自在。

　　石鸿儒快快活活地登上沈阳直通北京的火车，他想顺道到北京看看古建筑。火车开出沈阳，他发现在铁路南沿，每隔百米建有一座钢筋水泥大地堡，一直修到新民，这是陈诚的军事遗作。陈诚于1947年9月主政东北，决心与徒弟林彪决以雌雄，来东北五个月，国军被歼二十二万，灰溜溜的逃出东北，北宁路旁的千万地堡并没帮上他的忙。

尽管这些地堡没发挥军事防御作用，对后人却有历史价值，这是陈诚所始料不及的。新民北面相距三十里是公主屯，是六从队消灭新五军的战场，这激起石鸿儒的无限回忆。火车开出新民站不一会来到大虎山，这是国军最精锐的廖耀湘兵团覆没的战场，胡家窝棚就在附近。廖耀湘兵团的覆没导致国军败北的连锁反应一直反应到海南岛。

火车到达锦州已是下午。他下车参观了只剩下断垣残壁的铁路局大楼及神社，这是锦州的核心工事，是范汉杰的指挥中心，被老虎师一举击毁，促使锦州攻坚战仅用了三十一个小时，歼敌十万而结束。火车来到山海关已是灯火辉煌，石鸿儒下车住进曾住过的大车店，距天下第一关城楼不足百米。山东第七师也就是后来的老虎师或在海南岛首先登陆的一二八师，在这儿开始打了内战的第一仗，石鸿儒终身难忘。

石鸿儒这次不仅故地重游了天下第一关城楼，还瞻仰了孟姜女庙。前两次来山海关因是严格的军旅生活，不许任意远足，现在却能自由自在了。

我国古代建筑较为常见的有五类：城，殿，塔，桥、坟。国有长城；首都有紫禁城；州有州城；县有县城；村镇有圩子；家有院墙。城是防御工事。殿有大小之分，大殿为宫，小殿为庙，如阿房宫，未央宫，故宫，布达拉宫是大殿。抗战前各县有文庙，道观，关爷庙，岳王庙，全国最大的庙是曲阜孔庙及泰安岱庙。庙有二种功能，一个是纪念为民族做出贡献的伟大人物，如文庙，岳王庙，关爷庙等；二是宗教活动场所，如城隍庙，大雄宝殿，西园寺、灵隐寺等。

塔是佛教建筑，一般为五到十三层不等。抗战前各县都建有宝塔，塔的功能是为了纪念有成就的和尚或大寺院的主持，他们死后在其坟墓上建塔。现在的烈士塔就借用以上寓意；塔还有收藏经典出版物的功能。著名的有杭州雷峰塔，北京白塔，五台山舍利塔，苏州虎丘塔。

桥有各种各样，江南各个村几乎都有桥。桥分板桥、石桥、拱桥。绍兴被称南国水乡桥都。全国著名的桥有洛阳桥、赵州桥、卢沟桥、苏州枫桥、杭州断桥、绍兴柯桥、苏北圯桥、开封陈桥。有的桥因建筑价值著称，也有的因人文价值扬名。桥有三种功能，一是沟通往来便利交通；二是点缀环境供人游玩；三是情侣约会的好去处，许仙与白娘子，牛郎与织女均借桥相会。

坟是死人的巢穴。根据生前的政治及经济地位决定其规模。著名的陵墓有北京十三陵、南京明孝陵、沈阳东陵北陵，据传可能还有秦始皇陵。皇陵地上有石人石马，石牌坊，周围种有松柏，地下是山洞。山洞里有寝室停放棺椁，还有办公室、厨房、马厩、及皇后寝宫、侍卫室、兵器室，有的还会有战马、战车、士兵复制品。最著名的坟墓不完全在中国，在埃及也有。

石鸿儒前两次来山海关只是感叹长城的雄伟、工程的浩大以及九门口的峻峭，认识了长城外表轮廓，对它的政治，军事，历史价值缺乏了解。随着年龄的增长，知识的积累，思想的丰富，不仅认识了长城的外貌也透视了它的内涵。

城是古代最安全的防御工事，宛如一个乌龟壳，拒敌军于城外。公元前279年廉颇守长平三年之久；公元前2621年，田单死守即墨反败为胜均得利于城。即使现代战争，城的防御功能仍不能忽视。如1938年3月，台儿庄大战中，日寇矶谷师团残败于台儿庄，残部蹿进峄县城免遭全歼；1945年9月，渤海军区八路军攻打商河城持续二十天方克；1948年9月许世友兵团攻打济南城，九天不下，攻坚决心动摇，由于吴化文率三个旅投降，攻坚才得以成功。

修筑一座县城，需集中全县财力及全部青壮年农民参加劳役，奋战三年五年才能成功，有多少家庭为之倾家荡产？有多少劳工工亡工地？各县又出现多少孟姜女？春秋后期，各国在国内修筑长城，赵，燕，秦在北面国境线上分段修筑本国的长城，以防北面游牧民族的骚扰、掠夺。秦国统一六国后，于公元前二百一十四年，秦始皇命令蒙恬率三十万农民工修筑长城。经过十多个酷暑和严寒付出艰苦卓绝的劳动，多少农民变白骨！多少妇女变寡妇！多少母亲哭瞎了双眼！终于完成了燕，赵，秦三段长城连为一体，并延伸至西至临洮、东至辽东，全长五千多里雄伟的工程，成为人间奇迹。又经过汉朝以后各代，特别是明朝的大力修建，长城得以继续完善并延伸到嘉谷关以西，成为现在的万里长城。

长城具有防御价值，对保护北方的居民不受游牧民族的掠夺起过作用。在当代抗日战争中，二十九军曾借长城之险，几次成功地打击日寇；在内战中，杜聿明率国军被阻挡于山海关之外，只能绕道喜峰口迁回山海关。但对大部队、大战役，长城作为防御工事意义不大，没有阻止住辽，金，蒙，满，日等民族对中原的侵略。可见长城有助于战术上的胜利而无补于战略上的成功。如果蒙恬把三十万劳工训练成三十万军队，其战略意义远胜于长城。由此可见，历史名相李斯，尽管为统一六国，统一文字贡献不小，但其修筑长城的主意难以令人敬佩。费时、费力、费财，堆积了一条长五千里的垃圾堆，占用了大面积的土地，砍伐了原始森林，既无军事价值又无经济效益。不过长城的建筑也说明秦朝是一个高度集权残暴的国家；李斯、蒙恬具有娴熟的组织才能；国家的土木建筑发达，体现了民族智慧与创造力；继承了国家的城文化并发扬极致。城文化的兴起与民族性格和文化传统相关，说明中华民族的传统以和为贵不具侵略性，以防守为国策。至于数十个民族融合于中华民族大家庭之中，不是由军事侵略完成的，而是由于优秀的中华文化巨大的同化力所导致。其中最典型的历史例证莫过于满清的汉化。满清族的军事力量打败了汉族军队，统治中国二百六十八年，但满清的国家制度，文化教育完全汉化，其中两个最优秀的皇帝康熙、乾隆同时也是最优秀的汉文化继承人，两人的书画诗词可与李煜，赵佶媲美。满人统治了汉人的国土，汉人统治了满人的灵魂，最后繁衍了千年的强大满族完全汉化。老子死后两千多年，历史验证了他的哲学见解的正确性：故坚强处下，柔弱处上；弱胜强，柔胜刚。

城文化也给中华民族带来闭关锁国的不利影响。春秋时代，一个县城就是一个国家，自产自食互不干扰，于是产生了老子哲学：甘其食，美其服，安其居，乐其俗。老子的保守思想影响了历代帝王，认为外国有的我们也有，外国没有的我们还有。闭关锁国的大国，被外国羞辱了一百三十六年，直到最后一个皇帝被废，闭关锁国的大门方露出一点缝隙。有利就有害，利害互相转换。造城最初，长城起到军事防卫功能，保住人民生命财产安全，久而久之出现了闭关锁国，阻断了经济来往及文化交流的弊端，致使国家落后人民受穷。长城的作用与所有的城一样，有好也有坏。

石鸿儒在孟姜女庙里，抄录了殿门两侧的对联，供闲暇时琢磨推敲。他爬上庙后的望夫石，眺望长城与大海。此时此刻他的思想，上溯到二千年前蒙恬驱使三十万劳工，修筑长城惨不忍睹的场面以及孟姜女不远千里来到北国，面对亡夫的哀恸。历史都是由血、泪、死亡谱写的。滔天的巨浪，冲刷不掉历史上无尽的悲剧。石鸿儒依依惜别这个诸多悲剧见证的山海关。

火车到达北京站，就是前门站。前门站又小又寒酸，远不能与沈阳车站媲美，与北京城的大名极不相称，可形容为：曾经北京难为城，除却沈阳不是站。天下城市没有比北京建设更辉煌的了；天下火车站没有比沈阳站更宏伟的了。习惯了沈阳南站，突然来到北京站好像给人到了县城的印象。这是石鸿儒第三次来北京。第一次、第二次是因为患麻疹，哮喘来协和医院治疗，那是婴儿时期的事尚无记忆，第三次实际为第一次。

在沿途旅行中，石鸿儒还发现了大规模的军事调动。除沈阳，天津，北京三大车站外，整个北宁路上大大小小的车站都有满载军队的列车向东北开进，各站都设有食品饮水供应站，给军队食用。石鸿儒疑惑不解。6月25日，北朝鲜军队闪电般的行动，占领了南朝鲜首都汉城并越过汉江占领了大田，目前又越过洛东江逼近大邱，看来南朝鲜的南部大海港釜山指日可下。那么我国向东北集结军队又有什么目的？是准备打第三次世界大战？太可怕了！全国刚解放，百废待兴，需要和平环境。发动三次世界大战不得人心，不识时务。石鸿儒累了，躺在一家旅馆的床上想着想着，睡着了。

游北京，首先是逛故宫。如果没有故宫，北京就失去"文化名城"的美称，也就没有游览价值。尽管绝大部份珍藏文物运往台湾，可是故宫的外壳完好无损，古建筑没有被搬走，其本身价值，超过珍宝文物。外省人对去过北京的人首先问逛故宫没有？不会问你参观过清明上河图没有？清明上河图画的精妙绝伦，那只是张积个人之佳作。故宫是三个朝代的千万能工巧匠，经鬼斧神工般地雕琢了几个严冬酷暑，最后才得以完成的人间稀世之杰作。建筑被称为凝固的音乐，但人类还没创作出比故宫更美的音乐。

石鸿儒在北京呆了三天，三天都呆在故宫里。他带着一个铁皮军用水壶，里面灌满开水，又带上二个硬邦邦的火烧和两根香肠，随逛随吃。这三天他收获丰富，生活充实，第一次得到艺术美的享受。在沈阳也逛过博物馆及清宫，与北京故宫相比有天渊之别。沈阳博物馆不如一家古董店丰富，沈阳清宫不如一个县文庙规模宏伟。三天的参观令他筋疲力竭，躺在床上，一面休息一面整理思想总结观感。

在石鸿儒看来，故宫的建筑特点，以军事安全为第一位，朝政或办公为第二位，生活居住为第三位。故宫的建筑布局是城套城，大城套中城，中城套小城，小成套微城，层层都是城。天安门是紫禁城门，紫禁城是外城。午门是皇城之门，皇城是中城。太和门是内城之门。内城之内又有许多小城与微城，小城与微城关死厚重的大门，就变成据点或堡垒。内城分中，东，西三路，各路互相隔断犹似方形城；各路又建筑许多独立大小不等的宫殿，宫殿之间又有高墙隔断，各座宫殿就是一座微城。宫内树木稀少，因树木障眼，隐蔽刺客，容易失火，不利安全。御花园极小，花木矮小稀疏不利于刺客藏身。宫殿的飞檐下安有铁丝网。作用有两个，一是杜绝鸟类借飞檐筑巢破坏椽木；主要作用是怕飞檐走壁的刺客藏于飞檐下。故宫一切建筑及配套工程首先着眼于安全，其次考虑使用、观赏及点缀排在最后。

石鸿儒纵观故宫建筑规模，大城套小城，城城相套，确确实实是属于军事要塞、大型防御工事。如果在紫禁城内外、冲要处设上几十个碉堡，宫与宫之间挖通地下道，城内储存足够的食品与煤炭，每个宫殿再安放一个排的兵力守卫，紫禁城内可驻扎一个军，即使龙书金的老虎师也只能望城兴叹。这比攻坚利津城、田柳庄、商河城、长春银行大楼、四平大红楼、锦州铁路局大楼、天津的钢筋水泥楼群的难度无可比拟。林彪能够一口气吃掉锦州十万国军，第二口又吞掉天津十万，他能不能一口气吞掉北京傅作义三十万人马，可不得而知。长春郑洞国十万守军被困整整一年安然无恙，那么傅作义部依靠北京城城相套的铜墙铁壁，坚守两三年并非幻想。一口吞掉三十万城防部队，在中国战争史上尚无记载。林彪手里只有一个老虎师，太少了，如果他有六个老虎师的话，也可能创造出一口吃掉三十万城防部队的奇迹。但是老虎师需要几年的实战锻炼，比训练幼儿学步难得多。共军建军二十二年，仅仅训练出一个擅长功城夺寨的一二八师嘛。

所幸的是，毕竟国共两军是内战，双方都珍爱八百年古都，谁也不愿意落一个遗臭万年的败家子。摧毁天津的洋灰楼，战后可以重建，若炸碎故宫、摧毁文物是无法再造的。如何保护故宫完整，是对傅作义将军的勇敢及林彪将军的耐性考验，也就是说傅作义有没有勇气投降。如果不投降的话，林彪有没有耐性长年累月地围困北平。林彪只有五十万军队的时候很有耐性地围困长春一年，现在已有百万大军，是否实力增长而耐心减低了？俗语说：官大脾气长，财大气粗，人一阔脸就变。林彪的的确确阔了，能成为百万大军的统帅，我国历史上不多见。在上海抗战中顾祝同统帅百万大军；武汉中日会战白崇禧统帅百万大军，均为临时统帅，战争过后他们又回到自己战区的小天地。还是傅作义将军审时度势，勇敢地举起和平的白旗，为保护文化遗产做出贡献，为子孙后代所景仰。

九十年前英法联军火烧圆明园遭万世唾骂，如国共两军打碎了故宫将成为千古罪人。如老虎师在攻坚北平时表现英勇将为千夫所指；若表现平平又失掉林彪的宠爱。傅作义的爱国义举，不仅拯救了故宫、成全了国共两党的名声，同时还保全了老虎师的名誉，所以毛泽东、林彪、龙书金都应重谢傅作义将军。以上是石鸿儒一面游览故宫，一面回想的。游览三天故宫后，石鸿儒坐火车回山东老家。火车驶入山东境内，放眼远望，满目凄凉。房屋失修，田园荒芜，人人面露菜色。青壮男丁参军或支前，老、小、妇人为生产主力。德州车站只有三间小土坯房，面积约二十平方米，其中包括售票室、站长室、调度室，候车室是站外的露天广场。铁路与公路两侧的电线杆高矮不一，弯弯扭扭，像秫秸般纤细。电线呈"U"字形，不能拉紧，否则纤细的电线杆会被拉断。石鸿儒下火车后徒步走回家，发现各村禽畜极少，人人骨瘦如柴。马颊河两岸的树林也被砍光，石庄西北的大松林也无影无踪。整个鲁北像一个凄凉的古战场。所谓大军过后必有凶年，鲁北没闹兵灾，既不是抗战主要战场也不是内战场，为何如此荒凉？

石鸿儒终于走进老家石庄。与六年前的石庄相比，家乡已面目全非。全村迎接他的第一批乡亲是一帮穿戴简陋或赤身裸体，光着脚丫的儿童。石鸿儒留着长发、身着制服、脚蹬皮鞋，而且长得细皮嫩肉。孩子们见了这位与家乡人不同的来客挺好奇，他们奇怪地争着问："你从哪儿来？""我从沈阳来。""你到哪里去？""石庄是我的家，我回家来着。我跟你们一样，是从石庄土生土长的。"孩子们惊异得互相对视着，想从对方的眼神中得到答案，又紧盯着石鸿儒：这位衣着整洁的来客是谁家的人？为解除孩子们的疑惑，石鸿儒问孩子们："咱们村有位老石先生吧？"孩子们七嘴八舌地说："有！有！他治好过我的病。"石鸿儒说："我是老先生家的人。"孩子们像飞一样跑向石家送信，一面跑一面喊："老爷爷，老奶奶，你家来客人了啦，你家来客人啦！"

石振铎出诊没在家，宫氏迎出屋外，问孩子们："从哪里来的客人？"孩子们说："从沈阳。"宫氏知道是孙子回来了。一个孩子问宫氏："老奶奶，这位客人是你什么人？"宫氏高兴的回答："我的孙子！我的宝贝孙子！"有一个孩子笑着说："我还以为是你儿子呢。你儿子在哪儿？这么长时间也不回家看看你吗？"宫氏说："儿子在美国，太远了。"这个孩子用胳臂肘子碰了碰另一个孩子说："你知道美国在那儿吗？是在云南呀，还是在黑龙江呀？"被问的孩子很自信地回答："反正美国离咱家不近，再远也是在天底下、地上头呗，再远，也得回家来看看嘛！"

天已晌午，干活的老头与妇女从田里回家，聚集在街头与石鸿儒拉呱，拉着六年多家乡的苦难。孩子们簇拥着宫氏出胡同口接孙子。乡亲们向石鸿儒说："快！奶奶来接你啦，以后有空再拉。"石鸿儒向奶奶跑过去。1945年10月10日，石鸿儒在乐陵开拔进军东北之前与奶奶见过一面后，1946年秋在双城见过一面，现在整整四年没见面了。

奶奶老态龙钟、头发斑白、步态蹒跚，比四年前老多了。石鸿儒握住奶奶的双手感慨万千，祖孙俩未曾开言泪先流。奶奶抽噎着说："我孙孙长高了，成大小伙子了。哎！跟你爸爸长得一摸一样。"石鸿儒流着眼泪说："奶奶老多了，又想爸爸又想我，哪能不老哟！"石鸿儒扶着奶奶回家，看热闹的孩子们也欢快的跑回家，向家长报告所闻所见。石庄出了大新闻：老石先生的孙子回来啦！

昔日的小康环境不见了，处处呈现出贫穷寒酸的景象。奶奶不像从前那样有充足可口的多种菜肴及丰富的面食给孙子吃。面缸子里只有两碗干面，宫氏挖来给孙子擀面条吃。奶奶老了，和好面擀不动，孙子帮着擀。老母鸡刚下了一个蛋，正好给孙子煮在面条里。吃饭时石鸿儒不好意吃面条里的鸡蛋，把鸡蛋捡到奶奶的碗里，奶奶又捡给他，祖孙俩来回让了几次，最后石鸿儒用筷子把鸡蛋夹成两半，给奶奶一块大的，互相推让的局面总算解决了。

下午爷爷出诊归来。在村外，田里干活的人告诉他孙子回来啦！他紧打小毛驴，催他大步快跑。小毛驴知道主人有心事，四蹄蹬开，一溜烟地跑进村子。毛驴所以跑得快，因为它膘肥体壮。为什么人吃粮都很艰难，而驴吃的却膘肥毛亮呢？由于人们对石先生的尊敬，出诊时病家总用粮食喂驴，有人用玉米、高粱，甚至用绿豆、小麦的。人民过着贫穷的生活，毛驴的生活却超过小康水平。这头毛驴跟着石振铎真是有福气啊，它不仅过着超前的小康生活还享受过现代运输工具，从天津到蓟县，龙书金把它放在汽车上；从蓟县回石庄，马克辛又请锱重营的安营长出专车把它送到家。主人的知识，造福了家畜。

　　爷儿俩见面没掉泪，反而都笑呵呵的，也许是因为泪水在北大荒流干了。祖孙俩有说不完的话，夜以继日地连续长谈，就像儿子念协和时春节回家一样，说不完的话，讲不完的题目。谈话内容无所不包，从家庭谈到世界；从庶民开始到帝王将相；从地下谈到天上；从过去谈到未来；从文艺谈到科学；从中谈到西；从治家谈到治国；从和平谈到战争；从龙，虎，赖、猫（毛）、猴（侯）、崔长金抗战谈到粟裕、林彪打内战；从二十八军金门丧师谈到老虎师海南登陆。当然占他们时间最多的是流落国外的亲人。尽管美国处处是黄金，也不如自己的穷乡僻野，虽然食不果腹、衣不遮体，但孩不嫌娘丑、狗不嫌家贫，所谓金窝银窝不如自己的草窝，这就是中国知识分子的大爱。

　　祖孙俩谈到渤海军区内战的洗劫，不曾是战场，但为何像古代战场一样凄凉惨淡？经过分析讨论得出结论。第一个最大的祸根是日本鬼子的侵略。抗战八年中，冀鲁边区的土匪蜂涌而起，每个县的土匪成千上万；同时共产党发动起义组织游击队后，肖华带领八路军来到鲁北，还有沈鸿烈、石友三、高树勋等国军残部以及日本鬼子，以上四种武装力量互相争夺地盘。每天都有几处发生战斗。经过激烈争夺，土匪变成伪军；国军残部一部份分化为伪军，一部份南撤，一部分与八路军合作。剩下的只有八路军与日伪抗争。由于冀鲁边区战略位置重要，威胁天津、济南及交通大动脉津浦路北段的安全，日寇投以重兵扫荡冀鲁边区。因为年年、月月、日日的鏖战，打得冀鲁边区家破人亡、社会秩序大乱、生产受到破坏、经济瘫痪、人力畜力大减，家园被毁，每个家庭的人与财都受到损害。爷儿俩举了自己家庭的例子，如果不是抗日战争，三个主要家庭成员不会远走他乡。而今，一家五口，只剩下两位满头白发的老人守在家里，三位生气勃勃的青壮年不能为家乡尽力。最令人痛心的是百年广德堂被日寇烧为灰烬。本来骡马成群，现在只剩下一头小毛驴；原来有五六个药工生产丸、丹、膏、散，现在人去楼空。石家的衰败就是渤海军区甚至整个山东的缩影，但又何尝不是全华北乃至全国的缩影呢？

渤海区第二个凋零的原因是内战。抗战胜利以后，痛定思痛，全国上下一齐努力重建家园，贫穷面貌是可以改观的。但国共两党为了私利发动内战，其战争规模大大超过了抗日战争，给濒临病危的国家雪上加霜。虽然渤海区还不是内战战场，但山东南部为国军重点进攻地区。集结了二十四个整编师（军）、六十个旅、共四十五万人；华东共军有十四个纵军、四十个师（旅）共三十五万人；再加地方部队，双方共一百万大军大战于鲁南三十三个县约四万平方公里的土地上。国军以徐州为指挥中心，从陇海路东段由南而北，又从津浦路中段由西而东，以拉网式战术驱赶共军，准备把共军赶到黄河以北的渤海区。当时华东军区党政军机关、后勤、伤兵以及山东省委、政府机关四十多万人转移来渤海区，他们的个人消费比农民高几倍，而这些消费都出自渤海区农民身上。渤海军区组织了三个纵队，青年人参军有三十多万人；参加前线运输、担架民工一百二十万人；有三万烈士、八万荣军、南下干部六千，上百万青壮年不能参加生产。支援前线大车三千辆、小推车一万多辆、担架四千多付，还有粮食、鞋、袜、布匹等等。参加生产劳动的都是老人与妇女，缺乏青年，生产自然下降。

第三个凋零的原因是土改。平均地权具有进步意义，并无可厚非。但土改被极端政治化了，结果出现了进步意义的反动。贫穷农民得到的土地被宣传为救世主给的恩赐，人民要永远感谢大救星---红太阳。其实太阳给万物以生命并不要求谢恩，而是借土改神化了个人。土改后当局要求得到土地的穷人子弟去参军保卫胜利果实，毛泽东等于夺来地主的土地换取了穷人的命，无本万利。命令富人子弟也要参军上前线，名曰立功赎罪。借土改愚弄了人民，再对被愚弄的人民进行个人神化教育，这样颠倒黑白的教育出的人民只有消极怠工，当一天和尚撞一天钟，不会有积极性。

财富可作为衡量个人才能的标志之一。财富可增进个人的社会地位及荣誉，任何国家的任何元首，喜欢谒见世界首富或国内首富，没有渴望谒见叫花子、穷光蛋的。但在土改中及其以后的宣传中，提倡越穷越光荣、越高尚，穷是至高无上的美德。富是一切罪恶之源，富人是千刀万剐的革命对象。社会的是非标准、伦理道德一下子被颠倒了。生活在这种是非不明的政治环境中，人民争着当穷人，怕致富被革命。互相比穷，越穷越光荣，越穷越进步，越穷越被信任，越穷越能成为革命动力。结果没有人再愿为社会创造财富，而是千方百计的制造贫穷。村外的几百年松树林被刨光了；马家河两岸的树被分了；耕牛被吃了；农具被破坏了；耕地被荒废了，这就是革命。这与马克思的"各尽所能、各取所需"的思想风马牛不相及。难道在政坛上的许多大人物或可能的大人物就没一个读懂马克思主义的吗？难道高官们仅仅热衷于帝王将相的政治权术吗？但石鸿儒对革命仍抱有幻想，认为土改中的过火政策是为了取得战争胜利而采取的暂时权宜之计，不可能成为治国的长久政策。

石鸿儒站在已不属于自己的广德堂及南苑子，这里已失去往日的繁荣，院子长满多半人高的杂草，老鼠野猫出没追逐，地下道坍塌，在当初龙书金养伤的房间散发出一股霉味，房顶已经漏水，马厩的石槽已被抢走，满目凄凉、败落。但石鸿儒既不心疼也不悲观，认为这是革命的副作用，是暂时现象。他相信伟大的毛主席与光明的共产党会改变这种暂时的穷相。如今，这院子的主人是一位农会主任，他给石鸿儒打开门作向导，石鸿儒确确实实已经是这院子的客人了。

在观看之前，爷爷嘱咐孙子与农会主任尽量少说话，对自己的房产家园不要流露感情。既不能暗示房屋是自己的，但也不表示不是自己的；既不表示高兴，也不表示愤怒。

石庄有烈属，荣军十三名。石鸿儒计划访问这些烈属与荣军，因为他与烈士与荣军有同样的革命理想及相同的战斗经历，感情上与他们很亲。爷爷提醒他："烈士的母亲常因失去儿子而伤心掉泪，有人像疯子一样向县政府要儿子。他们见到你反而会引起巨大痛苦。多数荣军以功臣自诩，在村里横行霸道，威信低劣。十三个荣军你得挨个拜访，不能厚此薄彼，否则不但会怪罪，也会牵连到家庭。"孙子觉得爷爷的话很有理。

在暑假中石鸿儒还有三个心愿。一桩是寻找在蔡家沟车站牺牲的张连长的家属，通知死讯，希望民政局能给遗属以烈属待遇；第二桩是去德县烈士陵园悼念抗日烈士；第三桩是看望抗战时期老房东。计划得到了爷爷的大力支持。

石鸿儒骑着爷爷的小毛驴，大清早到了德县政府民政局。他向民政局负责人查找张连长的家庭地址。民政局负责人说："全县参军人员有一万多，姓张的上千，当连长的上百。你光知道姓不知道名，不好查。"石鸿儒说："全县参加县大队抗战的不到一万人，至多四百人。在四百人中查一下有多少姓张的，当时他的职务是侦察班长。当侦察班长的只有两个人，正班长姓张，副班长姓范。"

民政局负责人很不耐烦：增加一个烈属会给民政局增加很多麻烦，经常有烈属大闹民政局。但站在面前的这个人年龄不大，可听口气资历不浅，至少在德县大队参加过抗战。对此人的态度不能强硬，但必须把这个年轻人哄走。烈属够多的了，别给添乱啦。民政局负责人说："即使查出姓名与家庭住址也不行，烈士必须有证明人。"石鸿儒听了，激动地说："我就是证人！我写个材料不就是证件了吗。"那人说："个人证明不行，必须有军、师级政治机关的关防"石鸿儒马上说："这好办，只要查出家庭地址，我可找原部队出证明。他牺牲的时候，是属七师二十一团，二十一团就是我们的第二军分区的三个独立大队。编为六纵队后改为十七师五十一团。现在是四十三军一二八师三八四团。龙书金现在是四十三军军长，抗战期间，他原兼任二军分区司令，认识二十一团的每个战士，何况连长！叫龙书金命令四十三军政治部给出证明！这是顺理成章的事，好办得很。"

民政局的人无可奈何，只有用和平的方法哄走面前这个人："这样吧，留下你的地址、姓名，把被查找者的情况写一下，我们查出后通知你好吧。"石鸿儒很认真地留下自己的地址和姓名及张连长死亡时间及地址。石鸿儒走后，民政局的人哈哈大笑："真是吃饱了撑的，别人家死了人与你有啥关系？憨巴子！"

石鸿儒继续骑着小毛驴，到达了佟家寨。这是六年前爷爷送他参加八路军的村子。县大队经常进驻本村。老房东在村西头路北的一条胡同里的西侧，第二个门便是。砖砌的门楼上有飞檐，建筑别致，很容易识别，黑油漆的门，每扇门上用红油漆写着"福"字，门楼两边门框上写着黑漆对联：一夜连双岁，五更分二年。上联是：福禄寿。

老房东姓张，是私塾教员，儿子与石鸿儒同龄。德县大队卫生所每次进村都住在张家，房东跟卫生所的人交往甚密，像老朋友一样。老房东还经常去天津亲戚家，为八路军偷购外科用药材，能间接为抗战做点贡献也是最大的安慰。

石鸿儒下了毛驴，径直走到老房东家大门口。他倒吸了一口凉气，瓦门楼已被拆毁，楦门倒了半截，落地门也不见了，对联被凿得七零八落，一扇破梯门虚掩着。他蹑手蹑脚走进院子。一个脏兮兮的汉子趿拉着鞋，蓬头垢面从东屋里走出来问："你找谁？""我找张先生。"汉子向北屋呶呶嘴。石鸿儒问："你不是主人？"汉子指着东屋说："这三间屋是我分得的，北屋是原主人。"说完，汉子就走进东屋了。

石鸿儒拴好毛驴，一面推北屋门一面喊："大娘！我来看你啦。"一位五十来岁的妇女见到一个像干部穿戴的男人闯进屋来，吓得两眼呆直，浑身颤抖。"大娘，你别害怕。我在德县大队的时候常住在你家，现在革命胜利了，我来看你了。我是石庄的，你还记的吧？张大爷呢？你家小哥哥呢？"

女房东仔细看看来客，确认是县大队的小石，惊恐的心情渐渐稳定下来，但还是不放心，因为抗战时期的许多好人胜利后变成坏人了。石鸿儒环顾了徒有四壁的房间，猜测出家庭肯定遭遇了不幸。女房东吞吞吐吐的说出悲剧的实情："俺孩子他爸爸在土改中被斗挨打，吓得一直卧床不起。他不吃不喝恹恹怏怏地死了。农会指派你小哥参军，叫他到前线主动赎罪。在攻打济南时死了！"

女房东悲痛欲绝，石鸿儒潸然泪下！等了好长一阵子女房东继续说："盼星星盼月亮，盼来了抗战胜利。全家的人没有死在鬼子刀下，反而死在自己人手中！"石鸿儒无言以对，只沉浸在无限的同情中！临别时他掏出仅有的六元人民币留给房东，当作对受难者的安慰，并悄悄地嘱咐："你不是还有个女儿吗？最好你跟大姐姐住在一起，你一个人孤零零住在这座房子里怕不安全！"女房东点头会意。当今社会，杀死地主不仅无罪，而且是进步行为，因为阶级立场站得对。

石鸿儒牵着毛驴，顺着大街由西往东一面缓缓前行，一面沉思：常常出没在本村的县大队的英雄们安在？石俊禹、冯三荣、张剑洪、闫玉鹅安在？你们可曾知道，你们拼命流血打下的天下变成什么样了？

　　骑上小毛驴朝东北烈士陵园方向走去，路过边临镇、惠王、官道孙即到达当年县大队根据地---兴安街。烈士陵园在兴安街西南角，陵园的土胚围墙四面倒了三面，只有北面没倒，还残缺不齐，有三四个大豁口子。园子没大门，因为三面都是大门口，可谓四通八达。园内光秃秃的没种一棵树。陵园内有一座瓦房，因为是给活人住的，比较别致。房主是守陵人呢还是村内上层人物的皇亲国舅？不得而知。陵园内竖着三块石碑，东北角一块，西北角一块，靠中轴线西侧一块。

　　驴子无树可栓，石鸿儒就牵着驴子看碑文。先看东北角碑文，这是德县大队曾管理员的碑文，上边也写着他是江西人，老红军，因积劳成疾得病而亡。再向西走看当中一块，张剑洪的名字像闪电一样进入石鸿儒的视野，他突然一阵眼黑，坐在了地上。他依着石碑，张剑洪的秦腔《小寡妇上坟》不绝于耳。他逐渐清醒过来，扶着石碑站起来，反复读了三遍碑文。上边刻着张剑洪是陕北红军，没写明哪个县的人，1745年5月在边临镇与日寇遭遇战时牺牲。西北角那块石碑是何队副，他牺牲的时候，石鸿儒在场。何队副是在开辟吴桥那场战斗牺牲的。石碑上没籍贯，而且有姓没名，可见德县县政府及民政局的工作态度何等恶劣！这是对烈士的侮辱，是忘本！忘本只是局限在德县县政府及其民政局呢？还是全国性的？

　　毛驴自由自在地漫步在陵园里啃草，牠不曾知道历史上的暴风骤雨，也不知道人类和牠一样愚昧无知。

　　回家后石鸿儒把佟家寨女房东的遭遇、张剑洪的牺牲、烈士陵园的荒凉一一向奶奶爷爷细说。他原计划去黄河口、渤海军区的老根据地八大组及刘家屋子看看，但老房东及烈士陵园的现场教育，令其大失所望。他对过去的历史发生怀疑，好像自己被愚弄了，已失去游览八大组及刘家屋子的冲动，也放弃了重回民政局查询张连长的家庭地址及烈士证明，没人会重视烈士！民政局是不会查找的。

　　暑假将结束了，石鸿儒在家守着奶奶爷爷待了一个月，亲眼所见，亲耳所闻，了解了社会的真实情况，这比政治教员在课堂上胡云八谤、《人民日报》的谎言连篇可信多了。大儒还跟爷爷日日夜夜讨论医学、思想、哲学、历史、科学技术、文艺等，得益匪浅。

返回沈阳的路线没经天津，而选择青岛经海路去大连到沈阳。轮船航行到威海卫与大连之间，一架美国海军侦察机，围着轮船低空飞行，甚至低到要撞倒桅杆，驾驶员的头清楚可见，有支冲锋枪随时可以把它打下来。美国人竟敢在我国内海如此放肆！大连市到处是苏联军队，大街上的苏军比中国平民要多。从大连到鞍山的铁路沿线到处是纷纷扬扬的苏军炮兵，可想而知在中朝边境、鸭绿江沿岸苏军就更多了。在天空中，有一批批的苏军米格飞机巡逻，据估计，目前在辽东半岛的苏军人数不是通常的十万，至少有三十万，第三次世界大战有一触即发之势。四十五年前东北曾是日俄战场，现在又将成为美俄战场。

第三十四章　政治运动兴起　苏式制度建立

　　石鸿儒整理好读书笔记，新学年开始，对新开的生物化学、生理学、病理学、药理学、细菌学深有兴趣，特别对各学科的实验课兴趣更浓，认为自己确实已进入科学的宝塔。科学与人文学相比，前者是食品，后者是化妆品。食品不吃会饿死人，不涂口红、胭脂不妨碍健康。科学是真知识，是知识的升华，能造福人类、改善人类生活。人文学较为肤浅，可不学自通，只能供人欣赏，还可能给人文学家本人带来杀身之祸。秦始皇焚书坑儒不烧科技书籍，坑儒不坑科学技术家。尽管秦始皇为暴君，但头脑清醒而有见地，知道该保护什么，该扬弃什么。石鸿儒把全部精力用在教科书学习上，只有星期天读课外书。他认为，尽管人文学不如科学深奥实用，但可作为精神调解剂，缓冲一下一周的紧张精神。

　　国庆节，庆祝新中国成立两周年这天，全沈阳市人民情绪热烈，一面庆祝国庆两周年，一面高喊"打倒美帝国主义侵略朝鲜"。全体同学举着红旗到大街上游行，高喊口号，高唱瞿希贤编的《歌唱祖国》，还歌唱"雄赳赳气昂昂，跨国鸭绿江"。

　　更热闹的是高岗对军队的检阅。在中山广场中央，临时搭一个圆形检阅台，像炮楼子一样大小。高岗站在里头，观看各路部队。高岗虽然个子不比洪学智高，但脸上的麻子比他大，五官也不比洪学智和善。天上有上百架苏制米格飞机呼啸而过，地面上成千上万辆汽车拖着苏制高射炮、探照灯、喀秋莎火箭炮，还有T-34型坦克，好像一夜之间，解放军完成苏械化了。据传，中国医大所以从北安搬回沈阳，并不是志愿军在朝鲜取得关键性胜利，也不是第三次世界大战没有爆发的可能，而是有苏联的两个空军师及经过一年多我们自己空军的壮大，如果有五百架美国飞机同时轰炸沈阳的话保证叫他有来无回。军队检阅时间最长，直到下午五点还没完没了。吃过晚饭同学们又集会到大街上游行，直到深夜，热闹非常。

十月一日国庆节过后，学校对老师开始思想改造运动。同学们六个人编为一组，每组负责帮一个老师，改造封建、资产阶级、小资产阶级思想及崇洋媚外和单纯技术思想，建立工人阶级及为人民服务的思想。同学们每天走进老师住宅，给老师增加思想压力，进行精神威慑、心理攻坚，使老师一家鸡犬不宁。尽管学生对老师毕恭毕敬和颜悦色，但老师们心里对学生小组还是极端厌恶。稍具头脑的老师明白，这是利用学生对老师实施专政。

由于四十二期同学受到师徒如父子的传统影响，觉得随意进入老师住宅不礼貌，有些理不正、言不顺的尴尬。所以同学们进入老师住宅后，闭口不言思想改造或写检查的话，都埋头给老师拖地板、擦桌椅、抹玻璃、抱孩子、打扫厨房，有的女同学帮师母洗衣服。

石鸿儒小组每进入老师家，他首先抢拖把，抢不到打扫卫生工具的同学感到坐也不是，立也不是，手里的卫生工具成为同学们的心理稳定器。因此，每次造访老师时，在住室门口，都争着向前挤，争取首先入室抢到心理稳定器。

其实老师们并不怪罪学生们入室骚扰，因为这是政治制度使然。一天，石鸿儒没抢到心里稳定器，就从一位女同学怀里抱起一个五六个月的男婴代替心理稳定器。他一面摇晃着孩子，一面哼唱着肖邦的摇篮曲。突然，男婴的一泡尿泚他一脸，同学们都笑弯了腰，老师与师母满口歉意，满脸的难为情。师母忙给他洗脸，石鸿儒笑呵呵地说："《本草纲目》记载，童尿具有滋阴降火、明目益声、止劳渴、润心肺的功效，男童尿尤佳。有何可笑？有钱难买童尿。"。老师赞不绝口："鸿儒是实实在在的大儒！大儒！大儒！比我强，比我强得多！"从此"大儒"的称号不胫而走。

建国后，王斌校长聘请了一批美国华裔教授来中国医大任教。连续经过八年抗日战争、四年内战，目前又正在朝鲜进行抗美斗争，我国已一穷二白。由于中国人天生的爱国情感，许多在美国学有专长的专家，弃美国天堂般的生活，投入食不果腹、衣衫褴褛的祖国，参加新中国建设，这是一种十分可敬的爱国行为。但爱国无好报，他们都得被重新改造。改造一词只能用于无生命的器物，现在却把它用在万物之灵的人身上，而被改造的这些人恰好又是万物之灵的精华。没有文化的粗人，不但不被改造，而且是改造人的人，他们天生就是人类优良品种。

真理受到屈辱，爱国受到嘲笑。我国著名心脏专家潘绍周教授曾留学美国，是我国心电图利用于临床的首创者。假释日本战犯的诊断书得由他签字，同学们对潘绍周崇拜的五体投地，像张良对黄石老人一般。每当他讲课的时候，学生们全神贯注、鸦雀无声。在校园里与之相遇时，同学们都会鞠躬让路。

一天在大礼堂思想改造检查会上，潘绍周第一个上台检查，在台上声泪俱下，然后被校方宣布"过关"。"过关"就等于解放或释放的意思；"不过关"就等同在精神上继续在押。仔细分析潘绍周的检查书，都是大半生的鸡毛蒜皮，并没值得痛哭流涕的内容。他的眼泪要么是因受到屈辱而流，要么因为他不仅是一位有建树的心脏病学者，而且还是一位优秀的演员。不管他是学者还是演员，终于混过关了。与老子混过关不同的是，老子向关尹讲的是哲学原理，而潘绍周向把关人讲的是鸡毛蒜皮，这说明潘绍周比老子聪明多了。如果他讲哲学原理将被挡在关里，不许过关。

另一位刚从美国归来的学者杨克勤是骨外科专家。他在美国结婚生子，为了报效祖国抛弃了在美国的工作，直接来中国医大任教，爱国精神着实可嘉。回国不久恰遇思想改造运动。附属医院门诊夜班，都是住院医师的任务，主治医师也很少参加，教授更没有夜班的任务。杨克勤出于对青年医生的爱护，说青年人爱睡觉，替他们上夜班，让年轻人白天更好的工作。

没料，人有旦夕之祸福。一天夜晚，急诊室来了一例阑尾炎。他自认为阑尾炎是小病一桩。如唤醒睡梦中的医生起床割阑尾炎，未免有兴师动众、小题大作之嫌。于是他请门诊二位值班护士到手术室准备一下，自己主刀。

杨克勤用一位护士当助手，另一位护士递器械，三下五除二，不到半个小时，阑尾炎手术结束。大教授割阑尾是身先士卒的模范劳动，应该受到赞赏。可惜，术后第一天，疼痛不但没减轻，而且加重，体温持续升高，中性白细胞高达一万七千以上。上午，杨克勤带领大夫们查房的时候，下级大夫们认为手术失败，但谁也不好意思给刚回国的洋大夫提出异议。杨克勤无话可说，只是摇头。

第二天病情更加严重。病人腹部出现板状硬，，这是腹膜炎的特征。下级大夫偷偷议论。腹腔内肯定遗留手术器械或蘸血纱布块。但大夫们更不敢提出如此荒诞的问题，这等于侮辱权威，像杨克勤这样最优秀的学者不会无知到如此程度。

紧张的杨克勤自昨天就怀疑是腹腔遗留异物，今天上午他找到参加手术的护士，杨克勤问递器械的护士，术后手术器械和纱布块与术前数目一致不？因为他们是病房护士，没有手术室护士的专业知识，回答说："没核查"。杨克勤二话没说，给病人进行了第二次手术。

拆线打开腹腔，取出一块脓迹斑斑的纱布，杨克勤出了一身冷汗，昏倒在手术台下。

第三天病人死于腹膜炎及败血症。由于事故重大，杨克勤有死的念头，但又挂念老婆孩子，只好听天由命了。一夜之间，全校黑板报声讨杨克勤玩忽职守，视人命为儿戏，思想改造运动推向高潮。杨克勤的好心，给自己带来几乎灭顶之灾。

无巧不成书，事故死亡者是东北日报总编辑小姨子。于是该报连篇累牍地攻击中国医大及杨克勤。漫画家华君武也趁热闹，登在《东北日报》上一幅漫画以这次事故为内容：肚子痛的病人开刀后仍痛，医生打开腹腔，取出一把镊子，肚子还是痛，又打开腹腔取出一把止血钳子，肚子还是痛。医生准备再开刀，病人说："大夫，你把肚子给缝个拉链算了"。华君武的应景之作，令其在同学中威信大降，不该落井下石。

一波未平，又起一波。一天，帮老师改造的学生小组又进入杨克勤的住宅。八岁的儿子由院子跑到房间门口，用英语说："爸爸，他们又来了，我们回国吧"。

该学生组写了一篇报道投向板报组，题目是"杨克勤的祖国是美国。"。板报组问学生党支部，这篇文章能否采用。石鸿儒说："这句话如果出于杨教授之口，当然可以登报。如果是一个七八岁的孩子的话，不能把儿子的错加在老子身上。如果登的话，把题目改成'杨教授的八岁儿子说，他的祖国是美国。'这很实事求是嘛，孩子生在美国，国籍就是美国嘛。"

过了几天，板报组又问了其他干部，文章终于登出。这篇文章像华君武的漫画一样起到了推波助澜的作用。运动结束后，杨克勤被调往北京医学院。

杨克勤出版了几部骨科专著，确实是全国骨科权威，这是后话。对助教一级在本科室过关检查，讲师以上的教师，在全校排队"过关"，过了关的算解放，过不了关的继续检查，杨克勤一直没过关。第一次过关没通过的老师忧心忡忡，如热锅上的蚂蚁，惶惶不可终日。

经过半年的风雨，运动结束。

总结思想改造运动的意义及结果如下：

一，是向知识分子进行专政预演；二，迫使知识分子离心离德，学会说假话；三，知识分子对党敬而远之；四，知识分子不敢再参考外文书刊、不敢做课题研究、不敢写论文，避免再被扣上崇洋媚外，单纯技术观点的帽子，知识分子成了惊弓之鸟、漏网之鱼；五，关闭了国外专家回国的大门。

在运动之前各高校及科学机关有大批专家回国报效祖国，其中包括核物理学家赵忠尧、运载工具专家钱学森、地质专家李四光等等。思想改造运动后，国外华裔专家像接到不受欢迎的通知书一样，一个也不回国了。即使个别人回国，也是做短时探亲、旅游，然后仓促离去，像屁股后有人跟踪的感觉。这是我国闭关锁国的前奏曲。

我国自己没培养出一流专家，又让外国培养的专家不敢回国，试问，没有专家怎么建国？就像没有钢筋怎么建高楼。

国家对知识分子进行思想改造运动的同时，对农民进行土改运动。一九四七年，在老区已经进行了土改，现在对广大新区展开土改，土改结束的地区进行划阶级定成份。农民被划成地主、富农、上中农、中农、下中农、贫农、雇农七个阶级。地主、富农是专政对象；上中农是孤立对象；中农是团结对象；下中农及贫、雇农是工人阶级的同盟军，是农民中的专政力量。

在五亿农民中，被专政的地主、富农、得占总人口的百分之五，约二千五百万，相当英国或法国人口的一半。经四年的内战，共产党消灭了八百万国军，现在又制造了二千五百万敌人背在身上。如消灭、折磨、控制、监视这两千五百万奴隶，还得需要数倍的人力，其中包括农村政权、党组织、民兵、监狱、检察院、法院、警察、军队、劳改场、劳教所等大批人员。如想建立一个强国，需要全民上下团结一致，只有众志成城，方能达到建国任务，这是常识。把人民分成封建等级制，是《独立宣言》、《人权宣言》所坚决反对的。封建主义革命是解放奴隶。资本主义革命是打倒封建阶级、主张"主权在民""天赋人权"，共产主义革命是解放全人类。全人类自然也包括中国二千五百万现代奴隶。人为的封建分级与共产党宣言格格不入。土地改革是需要的，但把人类分成九等十八级是可笑的。

对城镇的政治运动是私人工商业改造运动。所谓改造或改革一词，对不同对象的意义是一样的。对工商业改造是没收其财产；对农村土地改革是没收其土地；对知识分子改造虽然无法没收其大脑中的知识，但用专政的方式，对大脑进行封闭、冻结，使知识处于冬眠状态。知识分子没知识就变成白痴，白痴是革命的依靠力量。

当时我国私人工商业不是太多而是太少，不是太大而是太小。对官僚买办工商业当然没收，例如宋子文的永安公司等等。以上曾提到过，中国解放前各大城市最大的私人企业就是纺织厂、面粉厂、牙膏厂、肥皂厂、毛巾厂、酱菜园、饼干点心作坊等。唯一的机械工业就是上海、青岛、天津三家自行车厂，还是外国人办的。当权者必须正视我国的落后现实。

根据马克思学说，共产党革命首先在西方发达资本主义国家完成。因为没有资产阶级的国家就没有工人阶级。没有工人阶级就没有无产阶级革命。阶级必须是实实在在的存在，而不是牵强附会人工制造。实际情况是，中国的资产阶级刚刚进入襁褓中，工人都是从农村来的季节工。

中国的重工业都分布在沈阳及其周围各城市。由于苏联红军的掠夺，各工厂机器已被抢去，工人已经解散，只有铁路工人维持现状，产业工人没几十万。这对一个六亿人口的大国，根本构不成工人阶级。革命成功不是限制打击或消灭私人工商业，而应该支持和鼓励共同发展壮大。应和平进入资本主义。经济发达了再和平进入社会主义。把两者称作国家资本主义或早期社会主义。表明在政治上先进入临时资本主义，在经济上为社会主义创造条件。

工商业改选运动，把资本主义窒息在襁褓中。国家既失去了资本主义经济，又没建起社会主义经济，必然发生经济危机。难以理解的是，不但消灭了私有工商业，甚至把剃头铺、茶馆、小杂货店、小诊所、铁匠铺、染坊、香油坊也国有化了。剃头铺任命个铺长，茶馆任命个馆长，小杂货店任命个店长，诊所任命个所长。一下子都管起来了。一夜之间变成社会主义企业，并放鞭炮庆贺，这等于取笑社会主义，真可谓今古奇观。

运动给国家脆弱的经济雪上加霜。政治运动不是一个接一个，而是一个摞一个。有些政治运动虎头蛇尾或有头无尾，因为一摞摞的运动都得走走过场，摆摆形式，否则没法向上回报。

在政治运动中，还有持续二年的镇压反革命运动，被逮捕、枪杀、管治之多几倍于国民党被歼的八百万大军。虽然定为反革命分子的条件是特务、三青团区队长、国民党区党部委员、警察派出所所长、警察分队长及军队连长以上的骨干分子，但各地执行起来宁左勿右、宁多勿少、宁严勿宽。可杀可不杀的杀，可抓可不抓的抓，可押可不押的押。以此向上级邀功受奖。

在定为反革命分子的人群中，有人有证据，有人证据不足，有人被怀疑，有张冠李戴，有无中生有，有人被陷害，可谓五花八门。冤案、错案、比比皆是。但是将错就错，一错到底，没人承担责任。因为在攻城夺寨中，炮弹打出去，目的是打击敌人，也可能伤及好人，在所难免，以此自我辩解。

在成摞的政治运动中还有"三反五反运动"。"三反"是反内部干部的贪污、浪费、官僚主义；"五反"是反私人工商业的行贿、偷税漏税、盗窃国家资财、偷工减料、盗窃国家经济情报。

在成摞的政治运动中还有清理中层运动，被清理的目标是党员干部。清理内容是阶级异己分子、思想落后分子。上查祖宗三代的历史、下查亲戚朋友的出身。例如姑夫姨夫的历史，外公舅舅的成分，岳父母的背景更不能放过。每次运动的斗争对象规定为人群的百分之五，一年几个运动下来就是几个百分之五，年年如此。等于人人都能摊上百分之五，有的是轮流挨斗的机会。人民的大救星对阶级斗争有名言：要年年斗，月月斗，天天斗；你不斗他他斗你；阶级斗争一抓就灵。六亿人民变成好斗的公鸡，斗得头破脸青，把马克思阶级斗争学说庸俗化扩大了，搅得本来也主张阶级斗争的马克斯在九泉之下不得安宁：为何东方信徒的面孔竟像犹大？

作为四十二期学生党支部主要负责人，石鸿儒对目前的真真假假、是是非非的混乱局面搞得一头雾水。他几乎每天中午、夜晚、星期天都在开会学习政治文件，不是上面召集他开会，就是他召集下面开会，好像开会变成生活的必需。即没有复习功课的时间，更没有阅读课外书的机会。他烦躁不安，觉得生活无聊、低俗，甚至觉得作为共产党员很不体面。在发展一位同学入党的时候，甚至说：“不是共产党员，也可以为共产主义奋斗嘛。”言外之意是劝这位同学不要入党，结果被抓成政治小辫子。

历次政治运动的学习文件尽管名目繁多，内容只有一个“斗”字。千遍万遍地重复说：“划清阶级路线，站稳阶级主场，要相信党，相信组织，对敌人的仁慈就是对人民的残忍，对敌人不能心慈手软。”意思是只有六亲不认、无限上纲、无中生有、心狠手辣、打小报告的人才是进步分子。石鸿儒对这套逻辑，实在不敢恭维。他十四岁参加八路军、十六岁参加共产党，追求共产主义的真理，欢欢喜喜迎来了战争胜利，现在竟出现了历史倒退。他默默回忆过去，可惜无数烈士的头颅换来的是全国腥风血雨！退党等于自杀。石鸿儒自我安慰地想：目前的混乱也许是整个共产主义运动的暂时现象。付出巨大代价后，会自然转到正确轨道上来，我应该保持信心，要耐心等待，不能退党。马克斯是优秀知识分子，他的学说不是肤浅的，但他无力避免无知者的丑化。

1949年10月1日。中国建立了一个完全不同于苏联一党独揽的专制政府，在中央政府六位副主席中有三位民主人士；在四位副总理中两位民主人士；在二十九位部长中有十二位民主人士。民主人士在政府官员占很大的比重，但是政府运作起来之后表明，这与苏联政府别无二致，因为立法在党中央，人民代表大会徒有虚名。党中央不仅仅是立法机关，同时也是行政与司法机关，一把抓三权。国务院、法院、检察院、人大政协都以党中央马首是瞻，党中央又以毛泽东马首是瞻。否则就是反党，闹独立王国，罪该万死。

一个六亿人口的大国攒在一个人的手心里。在经济政策上完全复制苏联模式：重、轻、农。首先全力发展重工业；其次是轻工业；最后是农业。重、轻、农政策违背经济学常识。只有农业发达了才有充足的工业原料及商品市场。只有成本小、赚钱多、技术含量低、周转快的轻工业，才能积累资本。然后再发展成本大、赚钱少、周转慢、技术含量高的重工业，三岁的孩子也能说明白这个简单的道理。

英国工业化先发展的纺织工业。成为世界工厂后，经过资本积累，发展了重工业。美国先经过"宅地法"，无偿地给几百万原住居民及欧洲移民大量土地，发展畜牧与农业，然后发展纺织业，再后发展钢铁业。日本明治维新也是先允许土地私有及自由买卖制发展农业，然后发展商业与轻工业。农、轻、重是世界各国经济发展的普遍遵循的道路。唯独苏联违反了经济规律，主张重、轻、农。

解放初期，全国政治协商会议相当于立法机关，等同于国民议会或人民代表大会。当政协会上讨论国家经济政策及五年经济计划时，毛泽东、周恩来发表谈话，主张重、轻、农的经济政策。当时一位政协代表，是北大硬骨头教授梁漱溟。他提出相反意见，主张中国是农业国，主要人口为农民，应该先发展农业经济及乡村教育，然后再发展轻工业，最后是重工业。指出重、轻、农的政策使苏联发展成不伦不类的国家，不能照搬苏联模式。

他的发言像一颗炸弹投向会场，令所有代表先是目瞪口呆，接下来是口诛笔伐，指责其发言有两大罪状：一是反共；二是反苏。两条罪状有一条就蛮可以被置于死地了，而梁教授趁两条。首先起来反击的是周恩来，第二位是毛泽东。毛泽东气势汹汹，骂梁漱溟的为反动分子。有的代表让梁漱溟检讨认罪；有的代表建议把他的家赶出颐和园；有的要求法办他。

梁漱溟又要求发言，大家以为他是上台检讨认罪的。其实，这次更出乎平庸者的意外。他不仅继续主张农、轻、重，而且要求毛泽东骂他"反动分子"这句话收回，并说："看看润之有没有雅量，如不收回，我将站在讲台上不走下去。"

双方无言，僵持了很长时间。最后毛泽东确有雅量，没有法办他，只是发动了全国对他的声讨。梁漱溟全家搬出颐和园，不过政协会议厅再也没有他的坐席。以后历史证明，梁教授是一位伟大的爱国主义者，他不顾个人安危，竟敢向毛泽东净言直谏，具有魏征的耿耿忠心。可惜毛泽东不是李世民！以后历史证明，国家走了弯路吃了大亏，出现经济崩溃，饿殍遍野，比苏联建国初期的悲剧更凄凉惨淡。

远在新中国成立之前，中共就出现向苏联一边倒的政策。苏军在东北的强奸、掠夺，媒体只字不提。1946年初，爱国作家萧军在哈尔滨他主编的《文化报》上发表一篇短文，题目是"来而不往非礼也"。内容是一个中国小孩，双手攀着苏联的别墅院墙向里看。别墅院内坐着一位苏联女人，愤怒地哄赶这个小孩。影射了苏军占领东北不退兵，而喧宾夺主。此文引起轰动，萧军也被扣上反苏的帽子，被罚往抚顺煤矿体验生活，实际是劳改。从此萧军被打入地狱，终身不得翻身。

1950年2月，毛泽东往莫斯科为斯大林祝寿。同时签定中苏友好条约。在讲话中声称中国外交政策向苏一边倒，捧苏联为社会主义阵营头目，是老大哥，东风压倒西风。从此，苏联老大哥的称呼响遍全国。直呼苏联为不敬，必须在苏联后加老大哥的称谓。为了达到政治目的，让全国人民奴颜婢膝。有五千年文明史的泱泱大国，称呼只有五百年历史的国家为老大哥。因为说话不小心，被定为反苏罪的人成千上万，投入监狱。而对知识分子的判罪严上加严，可判刑八年以上。

其实，奴颜婢膝并不是毛泽东的性格，毛泽东是谎言大师，一生撒过许多弥天大谎。这次向苏联一边倒的谎言不仅蒙住了苏联，也迷惑了中国人民。在他的骨子里有强烈的大国沙文主义，他喜欢别人向他奴颜婢膝。他声称外交上向苏联一边倒，东风压倒西风，称呼苏联老大哥是权宜之计，是忍辱负重。毛的习性是口是心非，口里说的往往是心里反对的，但亿万人民并没猜透毛泽东的初衷。

向苏联一边倒的第一个理由好像是让苏联信任中国，同时刺激西方接近中国，因为中苏联合力量太大了；第二个理由是西方不承认中国并进行经济封锁，中国只有从苏联进口工业设备；第三个理由也是最重要的，大连旅顺地区是苏联的军事基地，驻有十万大军及太平洋舰队，中长铁路中苏共管，东北各大城市有苏联的商业网系秋林公司。如不收回大连、旅顺、中长铁路及秋林公司，中国就不能摆脱半殖民地的屈辱地位。想收回，谈何容易！等于挖老大哥的心头肉。

莫斯科毛斯会谈出现了僵局。斯大林指明要周恩来去莫斯科谈判，把毛泽东晾在一边，这显然是挑拨中国党的高层关系。1950年2月中旬，最后谈判成功。苏联归还大连、旅顺、中长铁路及秋林公司，这是建国后外交上的第一次巨大胜利。

1953年5月中旬，中苏又签订了苏联援助中国的经济协定，决定帮助我国建设一百五十六个建设项目，并派遣成千上万的苏联专家来中国工作。各高校，特别是军校，中央机关，军事机关及大行政区机关、科学机关、工业技术机关、一百五十六个项目建筑工地都有大批苏联专家。例如东北人民政府卫生部有苏联专家四名；中国医大先后有八名。各行各业、方方面面都要求学习苏联模式，一切一切以苏联马首是瞻。大学教科书要改苏联课本，中国医大在全国首先采用莫斯科第一医学院的课本引以为荣。内科教研室集中力量译出塔列耶夫的《内科学》、米亚斯尼考夫的《诊断学》，讲授巴甫洛夫的《生理学》，宣扬米丘林、李森科的《植物学》，以表明对苏联无限忠诚，否则就是背叛无产阶级的国际主义。对科学的庸俗态度，可谓无以复加。

　　苏联派来中国的所谓专家，绝大多数为讲师水平，副教授很少，教授更是凤毛麟角，一流专家绝无仅有。所以学生们有问题很少请教苏联专家。与潘绍周、李培林、吴执中、杨克勤教授相比，苏联专家的水平不及助教。同学们为了练习俄语，偶尔与苏联专家搭讪几句。同学心里明白，所谓苏联专家，如果不是克格勃，就是政治动物。他们不学无术，但不能言传，只能心会。

　　苏联学术水平之低，在派来中国的医学代表团成员中暴露无遗。代表团成员都是苏联的一流医学教授，来中国医大访问的包括苏联全国小儿科总医师，另一位成员是莫斯科第一医学院诊断教研室主任米亚斯尼考夫。中国医大就是翻译他们的书作为教学课本。他们当然是苏联一流内科权威，所以学生们对他抱有奢望。

　　米亚斯尼考夫在欢迎他的礼堂上讲的是高血压。他身材修长，不失礼貌，表情和善，说话温文尔雅，风度翩翩，很有学者风貌。他的研究课题是高血压，对高血压的动物造摸并没有成功，利用巴甫洛夫的信号也没出现条件反射性高血压。可是他举了一个例子，证明精神刺激可出现高血压。在第二次大战中，一位护士在病房正为伤兵测体温，突然一枚德军炮弹穿过屋顶落在她面前，虽然炮弹没爆炸，但护士惊恐万状，从此患上高血压。但仅此一例并不能说明普遍规律，至少七例以上才有说服力。对高血压的病理、生理、内分泌都无实验数据，可见米亚斯尼考夫课题研究的粗糙及水平之低。同学们大失所望，从而也认识了苏联科学水平的低下以及莫斯科第一医学院的水平高低。

中国医大送走苏联医学代表团不久之后，又迎接苏联大型文化代表团。一天夜晚，苏联文化代表团专列临时停在沈阳车站。欢迎仪式就在车站内举行，欢迎队伍中包括中国医大四十二期部分同学。被选中的同学，当然是党、团员及积极分子。参加车站欢迎队伍的还有正在沈阳活动的朝鲜、阿尔巴尼亚、罗马尼亚、保加利亚歌舞团及波兰女篮代表队。

七个社会主义国家的同志围成一个椭圆形大圈圈，一个中国人一个外国人插花排好，后面的人把双手搭在前面的人肩上，大家一面跳一面唱，好不热闹。当晚沈阳车站的盛况表明，社会主义阵营的团结达到最高潮。如果人们把双手从前面人的肩上放下来，也就更加自由更加欢乐，不仅跳还能舞。束缚人们的双手的是公安机关的安全潜规则，不能违反，这给热烈的场面增加了疑惑气氛。

有一个在车窗探出半截身子的苏联人，反复高喊："周恩来万岁！而不喊毛主席万岁，显然这是一位克格勃。他在执行斯大林的意志，挑拨中共高层的关系。说明在各国年轻人蹦蹦跳跳的欢歌笑语中背后有许多暗活动。

苏联文化代表团到达北京后，又分组到各大城市活动。分来沈阳的是电影代表团，他们首先访问中国医大。其中有《幸福生活》电影的导演及男、女主角。狂热的四十二期同学用俄文高歌《幸福生活》中的《红梅花》，把男女主角乌鸦及百灵抬在肩上，走进礼堂，举上讲台。暴风雨般的掌声、欢呼声久久不息。

大家要求女主角唱《红梅花》，百灵光感动得流泪，但拒绝歌唱，说自己喉咙发炎、疼痛，为了保护声带今日不能歌唱。同学们要求再三，她再三拒绝。同学们怀疑百灵可能只会演戏不会歌唱，电影中的插曲可能为其他女歌唱家的录音。欢迎仪式结束后，代表团平静地走出礼堂。同学们的热情明显降温，怕被人愚弄，觉得对方嘲笑我们过剩的热情。

沈阳郊区建立了苏式农场，不叫集体农庄，称为农业合作社。进口了苏联的拖拉机、收割机等。中国的政治、经济、外交、军事、文化、教育、工业、农业彻底苏联化了。

斯大林去世的时候，全国下半旗，奏哀乐，以志哀悼。四十二期选派党、团员及积极分子去沈阳的苏联总领事馆吊唁时，有的人垂头顿足，悲痛欲绝。虽然有些滑稽，也说明中共的亲苏教育多么高明。教育中真真假假似乎蒙住了俗人的眼睛，但俗人也会真真假假，以廉价的眼泪模糊了政治家的视线。在总领事馆斯大林灵堂前，小花脸们一出接一出的小品表演，让人啼笑皆非。

任何事物发展均似海浪，既有高峰也有低谷。盛极必衰，这是自然规律。所谓花无百日红，人无千日好，确实是一大实话。斯大林死前中苏大团结达到最高峰，斯大林尸骨未寒，赫鲁晓夫巧妙地利用无能短才的马林可夫，以最高领导人身份抓了杀人魔王贝利亚，然后又逼马林可夫让位。赫鲁晓夫抓到最高权利后，清算了斯大林的个人崇拜、专制独裁、杀人如麻的罪状，平反了众多骇人听闻的冤假错案。

凄凉的民主微风，吹动了铁幕、刮进了阴森的苏共内部。尽管赫鲁晓夫出言粗鲁，在联合国讲话，脱下皮鞋敲打讲坛，但他摧毁了斯大林的暴政，松动了被奴役的苏联人民身上的枷锁，功不可没。至于他的经济、外交、内务政策还没完全脱离斯大林时期的模式，也不能求全责备。他虽没能力使苏联的变革一步达到自由民主，但他是初步改革苏联集权制度的创始人，对历史做出贡献。虽然毛泽东对斯大林并无好感，但人以群分，物以类聚，赫鲁晓夫的鞭尸行动，引起兔死狐悲、同病相怜的感慨，怕自己身边也有个赫鲁晓夫盯着他。

赫鲁晓夫鞭尸斯大林当然有一儆效尤的含义，警告各国共产党内部的斯大林同类，要么主动下台，要么被动下台。赫鲁晓夫处处刁难毛泽东，毛泽东看透了赫鲁晓夫的目的，于是向他发起进攻。先给其扣上修正主义的帽子，然后在《人民日报》上发表了九篇批评修正主义的文章，表面是攻击赫鲁晓夫，实际是威慑中共内部的赫鲁晓夫，目的是维护自己的独裁皇位。

中苏两党终于撕破脸皮，互相指着鼻子对骂，跳着脚撒野。以后的历史瞬间表明，表面看似团结的社会主义大家庭，顿时分崩瓦解，各奔东西。由于强大无比苏联大帝国的崩溃，和覆盖全球的社会主义大家庭的破灭，又一次雄辩地说明一个真理：用暴力支撑的政权绝对短命！夏桀、商纣、厉王、秦皇这样；希特勒、斯大林、日本军阀也这样。这是历史规律，任何暴君无法扭转。只有以礼为用，以和为贵，以德治国方能长治久安、国强民富。尧、舜、禹、汤、文、武、成、康这样，汉文、唐宗、宋祖也这样。不管信与不信，历史就是按本身的规律转动。明智者以史为鉴；昏庸者向规律挑战。神话般的社会主义大家庭，像肥皂泡一样纷纷破灭。

沈阳车站七个国家大联欢初次呈现的社会主义大团结，也是最后一次。真可谓天有不测风云。

第三十五章　大学教育政治为纲
科学技术边缘化

以往对学生的修身要求为仁义礼信，包括对国家忠、对父母孝、对兄弟悌、对夫妻礼、对子女爱、对邻里恕。以礼之用，以和为贵，己所不欲勿施于人，己欲立而立人，己欲达而达人，以温、良、恭、俭、让为作人准则。几千年来先贤们在修身治国方面留下许多至为珍贵的理论，而且颠扑不破，放诸四海而皆准。这是西方文化望尘莫及的。而当今对学生的教育以毛泽东思想为纲，以阶级斗争为宗旨，目的是把学生培养成好斗的公鸡。

汉武帝采纳董仲舒"罢黜百家独尊儒术"，设五经博士，以五经取士，结果汉朝大治。唐太宗根据儒家经典，完善了科举考试制度，选拔优秀知识分子为国家栋梁，故有唐朝的鼎盛。宋朝第一任宰相赵普，半部论语治天下，宋朝不仅文化艺术空前辉煌，在经济方面，占全世界总量的三分之一，比今日美国更繁荣富强。明朝先后有宋濂，刘伯温、王守仁等儒学大师，理顺了明朝的纲纪典制，明朝建成泱泱大帝国，其航海、医药、瓷器领先世界，绘画、书法、文学的发展也和唐宋遥相呼应，并编纂成功世界第一部大百科全书"永乐大典"。

秦始皇焚书坑儒不仅国运短暂，还给他的两个儿子带来杀身之祸。元代虽没焚书坑儒，但在儒学方面没有产生带头人，经济落后，政治腐败，官吏贪污受贿成风，腐败受贿占全体官吏的八成。人分四个等级，一等是蒙古人，二等是色目人，包括西夏、回回及西域各族人，三等是北方汉人及少数民族，第四等为南方汉人及少数民族。可想而知，像这样严格封建等级制及腐败透顶的国家不可能成为强国，何况蒙古又是马上民族。元朝不仅经济落后，文化更落后。但又如何看待元朝画坛四大家及元曲四大家的诞生？政治风雨易突变，如同山从人面起，云傍马头生一样突兀其来，如秦皇统一天下仅十一年，楚霸王仅仅五年。文化兴衰较缓慢，属渐变。儒学兴起二千多年仍有生命力，中庸哲学已两千多年至今仍被遵从。

元朝画坛的黄公望，倪瓒，王蒙、吴镇四大家应是五代及宋朝绘画高潮的余波。例如南宋最后一位大画家赵孟頫也是元朝最有成就的画家，其书画功夫是在亡国之前练就的。元四大家都得受他的影响及传授，其中王蒙是赵孟頫的外孙。元四家均为江南人，擅工祖国山水及岁寒三友，借以明志。画山水，表达对故国的情怀。画松、竹、梅显示自己刚正不阿。蒙古人生在马背上，长在沙漠里，自古以来没有绘画的闲情逸志。元曲的兴起可看成汉人对压迫者蒙古人反抗。北京为元都，受蒙古压迫首当其冲，统治最严酷。元曲四大家三位为北京人。元曲第一大家关汉卿，编杂剧六十多种以表示对异族统治的反抗及对腐败、冤案的揭露，如《窦娥冤》、《蝴蝶梦》、《斩鲁斋郎》等。蒙古人不干涉中国的文化教育，中国文化被完整地保留下来，故在元朝仍出现了一些文化大师。毛泽东把优秀的传统文化当成四旧进行清除，代之以满口荒唐的政治谎言进行愚民教育，达到摧毁中国传统文化的目的。他对传统文化的仇恨，远远超过异族统治者。

满清政府不反对儒学，历代皇帝都来曲阜参拜圣人，甚至慈禧也来，还立碑书写一个大寿字。孔子蔑视女人，历代祭孔不让女性参加，慈禧也不怕别人指脊梁骨，厚着脸皮来曲阜祭孔。满族人从皇帝到百姓完全汉化了，满人占据了汉人的国土，汉人占据了满人的头脑。汉人竟能同化一个大民族，显示中华文化的博大精深。犹太人没有祖国，流落在世界各国，但犹太民族在各国继续得到独立发展，和其他民族井水不犯河水。有德国犹太人，有俄罗斯犹太人，有美国犹太人。在抗战前，中国也有许多犹太人，上海与开封是集聚较多的地方，但现在上海与开封均没有犹太人了，他们完全变成了中国人。中华文明不仅可以同化一个附近的文化欠发达的民族，也可以同化一个遥远的文化古老的民族。

还有一个文化现象很有趣，中国人不管在外国居留多少代，仍是华人，不被外族所同化。辛亥革命他们回国参加革命，黄花岗七十二烈士，三成为华侨，抗日战争华侨回国参战，还捐钱、捐橡胶等战略物资，并派来几千汽车司机参加滇缅公路军用物资大运输，解决了中国缺乏司机的困难。

未来中国的经济建设也要依靠华侨投资。中华民族对外有不可抗拒的同化力，对内有强大的凝聚力，验证了中华文化的优越性。中华文化就是儒家文化。儒家文化并非孔子一个人创造的，而是他对之前几千年的民族文化进行总结、归纳、筛选、提炼而成为儒学。儒学又反过来教育中华民族。清朝虽然崇拜儒学，但没有出现董仲舒、韩愈、朱熹、王守仁那样的带头人，只有继承没有发展。尽管经济上出现乾隆盛世，在文化上没有像唐宋那样形成高潮。中国文化竟能同化一个统治自己的大民族，毛泽东对传统文化更胆战心惊，怕他那点浅薄的政治谬论，挡不住中国人的眼，所以在学生中用政治课取代传统的修身道德教育。

民国时代，因为刚刚打倒满清，全民有一种中华文明回归感，对传统文化更加亲近。由于西方的科学技术进步，一些有志之士留学国外，把西方的长处据为己有。中西文化合璧之后出现了一批优秀人物，如孙中山、胡适、宋美龄、周恩来、吴健雄、吴大猷等。中华文化气度恢宏、不排斥外来文化，而且有兼容并蓄的特性。古代对印度佛教，当代对西方的科学技术融合就是例证。中国文化有整体性、系统性、包容性、故有强大的生命力。西方文化相反，它具有局限性、排斥性、间断性，不尊重传统、不尊重老师、不孝敬父母、夫妻不忠，对儿女不尽义务，利己至上，自由至上，好出风头，喜欢冒险。最后四个弱点给他们带来坏处也带来好处。坏处是好发动战争，好处是促使科技进步。

在伦理教育方面西方较落后，亚里斯多德虽提出教育包括体育、德育、智育三大核心，但三个核心的内容不丰富。而他的学说没有重要继承人也没形成学派。亚里斯多德是柏拉图的学生，在理念论和灵魂不灭论的观点师徒之间见解相左，发生辩论。师徒之间可允许见解不一致，但公开辩论不见得是件值得推广的事。他们的辩论给西方留下不尊师的先例。也有悖于亚里斯多德的德育教育主张。在体育方面用不着亚里斯多德多费笔墨，在他生前希腊已在奥林匹斯山建立起运动比赛制度。智育教育也不需要提，学校就是传播知识的嘛。希腊给西方留下的教育制度及内容，远没有中国那样有系统、有连续性，历代有代表人物，内容丰富充实。如孔子传曾子，曾子传子思，子思传孟子，汉代有董仲舒，唐代有韩愈。宋代有朱熹，明代有王守仁。而且每个大师对儒学都有独立的新贡献，所以儒学长盛不衰。西方的哲学、思想、教育没有这样的传统。

目前，我国知识分子的任务是把西方的科学技术变成中国文化，就像把印度佛教变成中国佛教，这个任务最终会完成。在国家局势安定的前提下，根据历代经济文化的发展规律，大约需要一百年时间，也就是到2049年，中国的科学技术将领先世界。先出现经济领先，经济领先半个世纪后将出现文化领先。最怕的是战争，不管是内战或外战。如果呈现经济、文化领先后，凭借国力可以斡旋外战，但对内战无能为力。为了避免内战要求政局安定，建立宽松的政治制度、还政于民的任务迫在眉睫。但是多数帝王一旦大权在握，习惯用简单粗暴的高压政策治国，对为他打天下的人民视若路人。

历代统治者，只有少数像毛泽东那样挑战放诸四海皆准的传统教育。目前重政治轻专业的教育制度，对国家有百害而无一利。政治教育否定了经历代先贤验证的，几千年行之有效的伦理、道德、修身准则，代之以刚刚兴起，尚没经历史验证的马克思主义理论和毛泽东思想。如果将来历史验证马克思理论及毛泽东思想优于儒家理论，我国现行政策将获益匪浅；如果经不起历史验证，我国将积重难返，苦海无边。这是场政治实验、胜败参半。退一步说，即使马克思主义理论是千真万确地正确，目前高校的政治学时偏多，专业学时不足，这不利于专家培养，因为马克思主义政治学不能代替自然科学。更不幸的是，狂热的人没把马克思主义当成自由讨论的学说，而当成神圣不可侵犯的宗教戒律，阻断了马克思主义发展途径，凝固了马克思的理论，这是马克思的不幸，也是国家的不幸。政治课的内容包括马克思主义的政治经济学、哲学及国家学说。以《资本论》为中心内容，把《资本论》视为圣经。

《资本论》的核心理论是剩余价值学说，剩余价值导致了阶级斗争。无疑马克思是一位很博学的学者，他翻阅了大英图书馆所有经济学领域的著述。他的《资本论》也非空穴来风，而是引经据典有根有据，治学态度令人景仰。后人把《资本论》当成圣经未必是马克思的本意，因为他是具有民主精神的学者，而非封建主义的教皇。

马克思主义的主要部份是经济学说。《资本论》断定资本主义八年一次危机，但二战已结束六十一年（1945-2006），资本主义发展仍欣欣向荣，没有丝毫危象。在国家学说中断定社会主义革命首先在先进的资本主义国家实现。实践证明，先在俄罗斯及中国两个半封建国家完成，马克思又错了。至于马克思第三部份的辩证唯物主义哲学，这不属于他的创造。一千九百年前，我国医生治病就熟谙因时、因地、因人而制宜的辩证方法，也掌握了阴阳、虚实、寒热、表里的八纲辨证。那时，马克思的祖先还正住在山洞里钻木取火。

每周共四十四个学时，政治课占四个学时，俄文占六个学时，共占全周学时的四分之一。世界各国均以英语为第一外国语，法语为第二外国语。中华民国也不例外，也以英语为第一外语、法语为第二外语。现在毛泽东的外交政策向苏联一边倒，以苏联马首是瞻，全国高喊"向苏联老大哥学习"之声音振聋发聩。谁喊的声音低，谁就是反苏。反苏就是反革命，将被逮捕。一切向苏联一边倒。毛泽东规定俄语为第一外语。各种世界组织共同规定英语为第一外语，根据是美国、英国、加拿大、澳大利亚、新西兰等英语系国家的经济能力占全世界的七成以上，科学技术比重占全世界的九成以上，二战后美国已取代西欧，成为世界科学中心，凡是高水平的论文，都出自英文杂志。英语已成为世界语，世界上说俄语的国家只有苏联一家，苏联是一个经济贫困，科学技术落后的国家，难道我们学俄语是为学习贫困落后吗？学老大哥的俄语是出于政治需要，社会主义阵营嘛，以苏联老大哥为头头，老大哥说俄语，小弟兄们责无旁贷，也得说俄语，否则就不成为社会主义大家庭，一个家庭必须说同一种语言，同一腔调。规定俄语为第一外语，既害了国家又害了一代青年学生。青年学者们参考苏联科技杂志，找不到有价值的论文；英文杂志有许多具有参考价值的论文而学者们看不懂。这既耽搁了青年学者的成长，又迟滞了国家的科学发展。青年学者及国家将为学俄语付出惨重代价。

长江以北地区的当代大学生好苦哟！他们念小学及中学时期，正好处于抗战年代，当时日寇占领者强迫学生学日语；现在的日本论为美国的殖民地，本来日本的科学技术就不发达，经过二战轰炸后，日本列岛变成一片废墟，日语是没前途了，白白浪费了少年们的青春。现在到了念大学的年龄，而大学规定不学英语学俄语，他们毕业后会发现又受骗了，强求学日语和俄语的政治目的远远超过其使用目的。

令人啼笑皆非的是，毛泽东下令全国亿万青少年统统学俄语，他自己倒请英文教员学英语，目的是怕在青年中培养出像胡适那样看破红尘的人物。唯他毛泽东一人学贯中西，聪明透顶就可以了。政治课是愚民教育，俄文是奴化教育；前者是为毛泽东培养听话的愚民，后者是为红色帝国培养顺从的奴才。除了政治、俄文浪费了大学生青春年华之外。还有经常停课闹革命的时间。1950年2月入学，进行了全时空的政治学习及向党交心运动，最后写自传，直到7月结束，整整耗时半年。以后又有停课闹思想改造运动、三五反运动、反细菌战运动及肃反镇反运动等等。这些运动共占用一年半的时间，再加上占用全课时四分之一的政治俄文授课时间，合计约占用二年时间。学制六年，还剩四年，医学毕业生的文化水平达不到医学本科的质量，至多达到大专水平。不知教育当局为什么非把大学生变成政治动物不可，不把他们培养成诺贝尔奖的候选人。政治课的一句口头禅要求学生走红专道路，不要走白专道路，不要毕业后开小医院。政治教员的红是指高喊政治口号，打小报告靠近党，不是指勤奋学习科学，埋头研究学问。高等教育刮起一股急功近利、好大喜功、否定过去、空幻未来、迷信政治、蔑视科学的学风。

中国医大与所有大学一样，组成了庞大的政治教研室，教研室主任是林彪前妻张梅的丈夫徐介藩。他是经过长征的将领，毕业于莫斯科装甲兵工程学院。政治教研室如同军队的政治部，与校部平起平坐。校长是老大，政治教研室主任是老二。从教研室规模及人员安排上也可看出以政治为主的教育政策。政治课的第二部分也是主要部分是中国革命史，关键内容是中共党史、军史，占时间最多的是毛泽东个人的夺权史。

中国国民党起源海外华侨之间，中国共产党孕育于北大师生之中。中国共产党于1921年由上海、北京、广州、日本、湖南、湖北、山东小组及后来的旅欧支部组成。以上海及北京两小组为主要力量。两个小组的成员以北京大学教授及学生为主要成员。这种组合局面一直维持到中共第五届中央委员会期间及1927年8月1日南昌起义之前。1927年8月7日中共在汉口召开的八七会议，改选了领导机构，撤销了以陈独秀为代表的知识型中央。增选了以工人出身的向忠发为总书记，顾顺章负责特科保卫上海地下党中央，1931年他俩先后被捕叛变。在这之前中共机械套用欧洲及苏俄以工人暴动夺取政权为主要革命形势。中国的实践是资本主义仍处于襁褓中，工人阶级当然极为幼稚。但中国的军阀林立，割据一方，混战不止，有东北张作霖、山西阎锡山、江南孙传芳、华北吴佩孚、西北冯玉祥、云南龙云、四川刘湘、广西李宗仁、青海马步芳、宁夏马鸿逵、湖南唐生智、山东张宗昌。中国的政治现实表明，没有枪就没地盘，毛泽东的结论是枪杆子出政权。周恩来领导的南昌起义失败后，朱德陈毅率领几千残兵败将在湘南发动农民起义壮大了部队。然后与毛泽东领导的农民军汇合于井冈山。从此，红军就是共产党、红一方面军就是红军的代表，红一军团就是红一方面军的老大哥。所以中国共产党要看红一军团的眼色行事。工人阶级的共产党变成红军党。更确切的说变成红一军团党。红一方面军的党代表为毛泽东，红一军团的政委也是毛泽东，所以毛泽东就是中国共产党。

1928年周恩来是六大的主持人，自六大开始，周恩来为组织部长兼军事部长。其实他是党中央的实际负责人。不过他不习惯争强好胜，不喜欢出头露面罢了。1931年12月，上海白色恐怖严重，党中央没有藏身之地，于是由上海潜逃到井冈山。作为知识分子的周恩来深深体会到，城市暴动是死路一条，发动农民打游击是唯一的出路。那么农民出身的毛泽东是自然的领袖。

1933年9月到1934年9月井冈山根据地第五次反围剿失败，当时中共组成三人团为中央核心领导，其中包括第三国际德国人李德为主，博古为次，老三是周恩来。1934年10月长征之前三人团已通知毛泽东留在苏区打游击，不参加长征。毛泽东十分明白，留在苏区打游击是死路一条，不被打死就被俘虏，于是向周恩来请求跟随红军一起长征。周恩来经权衡，决定毛泽东随红军长征。留项英、陈毅坚持老区打游击。毛泽东参加与不参加长征，决定他未来命运的吉凶与成败。在以后的年代，毛泽东攀登到权力顶峰后，尽管他好斗成性、所有主要领导人都尝到他的厉害，唯对周恩来网开一面，不置于死地。另一方面表明周恩来具有大政治家的胸怀，为了国家命运，在党内展现温良恭俭让的美德。其实，直到如今，周恩来在党内军内的势力最大，但不争夺权力。由于他性格豁达，能言善辩，思想开明，与人为善，他的朋友遍天下。

周恩来在四个不同的时期交了四批朋友，第一批是1921年到1924年任旅欧支部负责人交了一批勤工俭学的朋友，包括现在的朱德、陈毅、聂荣臻、邓小平、李富春；1924年到1926年任黄埔军校政治部主任交下叶剑英、徐向前、陈赓以及许多国军高级将领及国民党领袖为友；1927

年南昌暴动，交下叶挺、刘伯承、贺龙、粟裕为友；1928年任中央组织部长，实际为第一号人物，又交下党内许多重要领袖。在党内可以说，毛泽东兵多，周恩来将广。党内、军内有才能的大人物多在周恩来手下。但周恩来把荣誉的位子让给别人，他谦虚地坐在第三位。居第三位者既可瞻前，又可顾后。他巧妙地把先贤中庸之道，运用到当今的政治生活中。因此周恩来派始终是党内的中坚力量。现在和以后的历史证明。他们拯救了国家、拯救了革命。回顾中共腥风血雨的党史，在历次路线斗争中，毛对周的网开一面，是出于人道呢，还是因周是路线斗争的高手呢？肯定属于后者。

毛泽东出身、经历类似于朱元璋，性格也雷同，怀疑一切，甚至怀疑自己的亲属。毛泽东是个十足的农民领袖，心胸狭窄，喜怒无常。朱元璋如没刘伯温保驾，就不会成功。同样毛泽东如没有周恩来的鼎力相助，他也坐不上龙椅，穿不上龙袍。但是周恩来的鞠躬尽瘁并不是为了毛泽东个人的成功，而是通过毛泽东建立一个繁荣、体面的文明国家。

新中国成立后，特别是抗美战争胜利后，毛泽东有些飘飘然了。舆论界的吹捧，史学界的编造，假话、瞎话、万岁声，铺天盖地，舆论与史学界把八亿人民视若白痴，好像人民不会辨别谎言与真实。

石鸿儒在课堂中听到的是政治假话、党史的瞎编。讲解五次反围剿中，说前三次是毛泽东指挥的，所以胜利了，说明毛泽东是军事天才；第五次反围剿是李德、博古指挥的，所以失败啦，说明他们瞎指挥，战略战术都是错误的，没接受毛泽东的英明建议。决定战争胜败有许多条件，不会像革命史中说的如此简单，至少要有天时地利人和三个条件。

孙子规定了道、天、地、将、法五个条件，即使出现一条不利，也不会一败涂地。敌人第一次围剿有十万军队，打仗五天，围剿结束；第二次敌军二十万，打了十五天结束；第三次围剿敌军三十万，打仗七十五天结束；第四次敌军五十万、战斗六十天结束；第五次围剿敌军一百万，蒋介石亲自指挥，整整打了一年。前三次围剿的时间正好与蒋桂之间、蒋湘之间、蒋冯阎之间混战，蒋介石纵有百万大军，也无力顾及江西红军。第五次围剿时，军阀混战结束，蒋介石获得胜利。胜利的蒋介石腾出手来调动百万大军对付红军五万战斗部队，连续清剿一年，红军的失败是注定的。失败的主要原因是力量相差悬殊，敌我为二十比一，战略战术是次要的。四野攻打锦州有五个纵队加十七师及二个炮师，三十万人参战。歼敌十万；攻打天津也是三十万。孙子规定十则围之，五则攻之，倍则分之。第五次围剿敌我之比超过孙子十则围之的一倍，红军只有转移逃跑，没有第二条路可走，长征是无可奈何的选择。

1946年5月四平防卫战，我军七个师，国军五个师。后期廖耀湘新六军二个师增援，双方人数相当，我军望风北逃，一直跑到八百里外的哈尔滨，兵败如山倒，逃亡成风。如把第五次反围剿与四平保卫战进行纵横比较，第五次反围剿战敌军百万，我军五万，坚持一年；四平保卫战，我军七个师，敌军也是七个师，我军坚持三十天败北。指挥反围剿战的是李德、博古，指挥四平战的是林彪，比较它们的过错谁大谁小？为什么林彪的过大而不受指责？因为四平的保卫战的命令是毛泽东下达的，所以错也不错，李德、博古功也不功。

对军史的不公正让石鸿儒迷惑，史学家编红军长征史，只编毛泽东的红一方面军的长征经过，好像红四方面军的八万人及红二方面的二万人根本不存在。石鸿儒更大为不解的是，毛泽东率领的八万红一方面军到达陕北还剩七千人，损失百分之八十八；所谓反动的张国焘率领的八万红四方面到达陕北还有五万人，损失百分之三十八。从数字比较中可得知，毛泽东与张国焘谁的功大功小？谁错谁对？谁有才谁无才？课堂上的中国革命史都无交待。

1936年10月，五万红四方面军到达陕北后，12月上旬毛泽东以军委的名义命令红四方面军四个军的两个西进甘肃，其中包括红三十、红九军共二万多人，还有受毛泽东排斥的起义部队红五军。表面理由是开拓根据地，以便与外蒙、苏联取得联系。经三个月血战，结果全军覆没，马家军大胜。是谁主张西进？命令是谁下的？到现在为止历史编造者还没编造出来。可以推测，李德、博古在长征路上已被夺权，命令不会他们下的；红四方面军的领导人张国焘、徐向前到陕北立刻被清算，失去军权，西进命令自然也不是他俩下的；周恩来在长征路上也把军队主要负责人的权力让给毛泽东，到达陕北后他只负责军队后勤的被服、粮食筹集，他也没有下命令的权力。算来算去，只剩毛泽东一人有权力下西进命令。如果是别人的命令，使二万五千战士遭遇灭顶之灾，毛泽东不杀他的头，也叫他一辈子抬不起头来，就像博古下场一样。那么把红四方军二分之一的部队推向悬崖，是为了开辟宁夏根据地呢？还是怕五万军队力量太大，不好一口吞掉，不好清算张国焘徐向前呢？不得而知。不过在毛泽东看来，谁的枪杆子多，谁就在中共中央占有主导地位，他的七千残兵败将无法与张国焘的五万大军相抗衡。欲想攫夺中共主要领导权就得把红四方面一分为二，一半借马家军的刀杀掉，另一半攫为己有。

许多困惑缠绕着大儒。革命史中讲领导抗战胜利是毛泽东，反反复复空讲平型关消灭千八日军、百团大战破铁路、扒岗楼的战绩。但宋美龄的国际统战，把中国国际地位提高为四大国之一，她还为抗战建立了中国空军；1939年12月，杜聿明、郑洞国率第五军在广西昆仑关、毙敌第十旅团长中村正雄少将以下四千人；1939到1941间，薛岳四保长沙，每次歼日军四五万；1938年10月薛岳在江西万家岭歼日军万余；1943年6月国军第十八军在鄂西会战中毙伤日军二万五千七百人；1945年4月，国军七十四军、十八军在湘西会战歼敌二万八千人；卫立煌率新一军、新六军等三十万远征健儿，自1943年5月到1945年1月全歼驻缅日军九个师团二十五万人。以上资料在课堂里，只字不提。这算什么当代革命史？历史可以任意编造，根据政治目的任意取舍，对史实任意放大缩小，即使封建社会御用文人，也不敢这样恣意妄为，而当代的革命文人却不敢不恣意妄为。这怎能让大儒不困惑？

1942年延安整风运动，其目的是批斗王明、博古、张国焘各派，建立毛泽东的权威。以上各派被打倒后，建立起毛泽东的绝对领导权。把党内的三个主要山头削平后，毛泽东的视线又转向知识分子，及各级干部，于是发动了另一场残忍的运动，抢救失足者。自七七全面抗战后，东北、平津、上海、武汉等沦陷区知识分子，为参加抗战，冒生命危险，穿越国军及日军防线，投奔延安，把中共中央所在地延安视为自由圣地、抗战灯塔、祖国希望。平型关的战斗虽规模不大，但影响深远，毕竟是中国人第一次杀死上千日本贼。从此延安就成为家喻户晓的抗战名城。抗战初期，1942年9月延安整风之前，数万知识分成为延安一大景观，满城牛羊的穷延安，大街上出现一群群西装革履、油头粉面、南腔北调，细皮嫩肉的知识分子，而且数目之多超过牛羊。会说话的牛羊们兴高采烈，自以为进入水草茂盛的自由放牧区。突然，他们惊呆了，发现这儿是个危机四伏的狩猎场。毛泽东怒不可遏，命令康生，向每个猎物张开机头，一万五千知识分子束手就擒。把他们关在牢房里，用手铐、脚镣、捆绑、吊打、饥饿，进行逼供，强迫承认是打入延安的特务，好像延安特务多如牛毛。每个人日日夜夜写不完的检讨书、悔过书、检举信、向人民大救星表忠心写誓词，一直闹腾到1943年春。毛泽东大发恻隐之心，宣布一个不杀，大部不抓。奄奄一息的囚徒们高呼大救星万岁！万岁！万万岁！以后的历史证明，一万五千囚徒，没一个特务。其中一个不识时务的王实味，写了一篇《野百合》登在延安《解放日报》上，被扣上现行反革命的帽子，拉出枪毙，以儆效尤。表面看来，枪毙一个，比秦始皇活埋四百六十个开明多了，但是被捕的几千知识分子，在劳改场里被折磨致死的不止四百六十人。以后有人把这笔历史帐算在康生名下。即使康生是个杀人侩子手的话，把"抢救失足"的罪行完全扣在他身上也未必公正，侩子手只是执行命令罢了，没有下命令的权利。三十年代初，中央苏区大抓AB团，冤杀了四千多人，占红军的十分之一。当时康生在苏联莫斯科，距瑞金二三万里之遥，那么这桩冤案又是出之谁手呢？自从1942年开展整风运动后，沦陷区知识分子再不敢向往革命圣地延安了。做亡国奴，可能还能苟延残喘，进入延安难逃特务论罪。延安整风实况，是大儒在军队中听到由延安来东北的干部介绍的，但今日课堂里讲，延安整风取得伟大胜利，整风是马列主义的创举，是毛泽东思想的光辉发展。大儒又迷惑了，历史的是是非非被搅糊涂了，他所崇拜的毛泽东只是课堂里的伟大人物。

满口假、大、空，震天万岁声的政治学习耽误了大儒太多的时间，消耗了太多的生命。他对政治开始厌倦了。但他已坐上政治黑船，跳船将被淹死，等于自杀；不跳船就得随波逐流，做人难啊！

在一次镇压反革命的全班讨论上，地点在解剖教室，大儒声色俱厉的向两个有历史包袱的同学吼叫："你必须老实交代反革命罪行，否则死路一条。坦白从宽，抗拒从严，何去何从，由你选择。"虽然没提两位同学的名字，但大家都清楚是指谁。会后，大儒羞愧的无地自容。他骂自己是奴才！是狗腿子！助毛为虐的帮凶！可耻啊！可耻！在同学中怎样作人！差不多有三个月的时间，大儒没脸和几个好朋友见面。

在课堂上，由于虚假的政治宣传、强化的思想改造、严厉的阶级斗争灌注、树毛泽东的神像、反对白专教育、丑化单纯技术观点等，同学们把努力学习专业课视为不体面的事，考试够三分就可以了，明明能答出五分的卷子，也答满三分为止，避免成绩优秀，以防削尖，扣上白专的紧箍帽。

尽管许多同学的考试分数不高，仍对专业课暗使劲，对专业知识的掌握达到娴熟的程度。例如对细菌的染色、病理细胞的鉴别，制作青蛙心动的烟波鼓、人体各部位血管神经走行，外科消毒麻醉、内科望闻扣听、三大常规化验、完整病历书写等都很出色。

有一次外科教授领着十二位同学查房，领到一个瘸子床前，同学们查不出病症所在，只见右腿有外伤疤痕，比左腿短三厘米。在讨论的时候，老师说："病人是位志愿军，右股骨是枪弹贯通性复杂骨折。经手术取出骨碎片，打上石膏绷带，痊愈后变成瘸子。姑娘们嫌他瘸，不能结婚，大家出个主意，怎样给他娶个媳妇？"

大家听后都笑，你看我，我看你，想不出办法来。医院又不是婚姻介绍所，无法可想。同学李森把嘴凑到大儒耳边小声说："把好腿上的骨头给他拉下一块去。"大儒听了直乐。老师问："你笑啥？"大儒回答："李森说把好腿的骨头拉下一块。"李森锤了大儒一拳，大家哄堂大笑。老师说："你们别笑，还就得用李森这个治疗方案。"大家笑得更厉害了。

一次吴执中教授领着同一个小组十二位同学实习内科，在肺科病房遇到一例刚入院二十四小时的病人没确诊。病人为青年，既往健康，家族中母亲长期咳嗽。病人只有下午发热，夜间盗汗，透视双肺未发现异常，拍摄的X线片没洗出来。吴教授检查后，让同学检查，检查结束在办公室进行讨论。有的同学说是无名高热；有人说是肺结核初期感染，所以X线透视阴性。化验单刚报出来，血沉快速，每小时90mmH2O，血象表明，淋巴细胞偏高，排除了急性炎症，同学们争论不休，谁也不服谁。吴教授扣诊后发表长篇大论的分析，最后诊断为右肺空洞型肺结核。空洞很小大约1cm左右在右肺尖。吩咐大家再回病房进行叩诊练习。大家回到办公室，吴教授吩咐科主任去放射科，借阅一下可能尚不干的X线片。摄片表明，右肺上野确实有一个小空洞。同学们及在场的临床医生都惊呆了，吴教授的叩诊跟X线片一样权威，竟叩出不到一厘米的结核空洞，令全体医生及学生无不叹服。吴教授的权威名不虚传。他教给学生们不仅仅是医学技术，作为医生的细心、周密、严谨的科学态度，对学生有潜移默化的作用。

每次周日下午，在大礼堂召开病理讨论会，这是同学们最感兴趣的活动，都踊跃参加。每次讨论会，不仅楼上楼下座无虚席，在通道上也站满听众。讨论会不仅有医大的学生、医生参加，沈阳、抚顺、本溪、鞍山及阜新各大医院的医生，也争前恐后的来医大旁听。人们戏称周日病理讨论会为东北周日科学论坛，可见讨论会学术水平之高。主持讨论会的主要学者有两位，一位是病理学家李培林教授，另一位是心血管病专家潘绍周教授。每个参加会议的人，在礼堂入口获得一份油印病历，不给病理解剖资料。

今次周日讨论的死亡病人是在住院期间突然死亡。男性，五十二岁，高血压史十三年。不能平卧、唇色紫绀、下肢浮肿、呼吸困难，右季肋下肝大二点五厘米，有揉面感。入院时收缩压一百九十毫米汞柱，舒张压一百一十五毫米汞柱。左心室肥大，二尖瓣及主动脉瓣听区有嘶嘶性杂音，肺底有湿性罗音。入院诊断为高血压、高血压性心脏病，心力衰竭。死亡诊断为左心衰竭，主持会场的是一位病理教研室讲师，临床负责治病的主治医生上讲台宣读病历，然后进行死因分析。他的分析与病历一致，因为病历是他完成的。

在讨论中有人诊断死亡原因为急性肺水肿；有人说痰多阻塞呼吸道突然窒息；有人说急性心力衰竭；有人说大面积的心肌梗塞；有人说因高血压突然脑出血；有人说左心扩大，左心室可能有血栓形成，血栓脱落掉入冠脉，形成心肌梗塞。

潘教授作总结性发言，他说："突然死亡不像心力衰竭，患者虽然有心衰的特征，心力衰竭不会突然死亡。也不像心肌梗塞，因为心肌梗塞出现胸痛、冷汗、休克症状。更不像脑出血，脑出血不会立刻死亡，要出现长时间的陈氏呼吸。死亡原因是否在主动脉弓与下腔主动脉间有动脉瘤破裂，但动脉瘤很少见。不过此例有高血压病史，也不能完全排除夹层动脉瘤的可能性。总之，这例病人很难确诊。"

潘教授发言后，主持会议的病理讲师宣读病理解剖结果，结果是下腔主动脉夹层动脉瘤破裂。大家为潘教授的诊断鼓掌。然后主持人请李培林教授作病理总结。李教授上台说："夹层动脉瘤占梅毒病人的十万分之几，占高血压十万分之几；发病部位主动脉占百分之几十，下腔主动脉占百分之几十，其他部位占百分之几；发病年龄组以五十五岁最多见，男性多于女性。抗战胜利后，此例为我校首例经病理解剖证实的夹层动脉瘤。他还讲了发病机理，及西方发病多于中国的原因等。

李教授性格幽默，继续说道："潘教授毕竟是心血管病专家，倒是猜对了夹层动脉瘤，但内科医生胆小不敢确诊，明明猜到花轿里抬的是花媳妇，不敢撩帘子，怕轿子里坐着李逵。"全场大笑，掌声四起。潘教授也不示弱："我们内科医生，只能隔皮猜瓜。西瓜到底是红瓤还是黄瓤？听诊器无法听清。不像李教授手里有把刀，不行拉开看，红瓤、黄瓤一目了然。"大家又是一阵笑。

在思想改造中，两位教授为了过关，痛哭流涕。一位骂剑桥大学歧视中国学生；一位骂加利福尼亚大学对中国学生不公正。其实他俩哭的是不该回国自投罗网。当局对大学生花大力气进行政治谎言教育，为了培养对毛泽东的个人迷信，削弱科学技术教育，是怕学生获得知识后思想开阔，无法推行愚民政策。同学们多么渴望与李培林、潘绍周、吴执中教授谈经问道啊！可惜，课时被政治掠夺了。除了在课堂上进行有计划的愚民教育外，大学生中的党团活动异常频繁。定时召开党支部、党小组、团支部、团小组会议，不厌其烦，每周甚至每晚都有会议。会议的内容主要是每个党团员汇报同学们的思想动态及批评与自我批评。统治方法有两种，一种是公、检、法系统的功能，负责对人民的肉体进行专政；另一种是政治课与党团会议负责对人民的思想进行专政；前者是限制躯体活动，后者是遏制思想自由。对人民进行双管齐下统治的目的是为毛泽东个人独裁扫清道路，完成造神工程，把高等教育办成愚民大学。

周恩来对毛泽东的愚民教育痛心疾首。与毛发生正面冲突，那不属周恩来的性格，如鼓动知名知识分子提出建议，由于梁漱溟、胡风因言获罪，知识界噤若寒蝉。擅用迂回战略的周恩来，邀请李政道回国访问为他放炮。李政道重炮轰击英语教育、物理教育、博士制度、博士后流动站、留学生派遣、科学家培养从儿童抓起、重点物理实验室的建立等禁区。促使了物理领域大幅度的进步，物理领域又带动了数学、化学、国防、医学等领域的发展。在李政道帮助下，周恩来如愿以偿。如果李政道是中国户口的话，不被划成极右派，也得扣上反动权威的帽子。不被送进滕县劳改队，也得蹲牛棚。李政道对祖国科学发展功不可没。

杨振宁对祖国科学发展也有贡献，不过由于受岳父杜聿明的牵连，他的炮声远不如李政道的振聋发聩，怕毛泽东不给岳父摘战犯帽子。

国外大学的宗旨是为国家造就诺贝尔奖得主预备队，国内大学的任务是为毛泽东培养逆来顺受的奴才。使人深信不疑的是，祖国文化具有强大的生命力，既然能改造印度佛教，又能同化满族和发展日本文化，也有能力同化毛泽东思想，改造马克思主义，发展民主社会主义。世界走向大同需要两个要素，一个是中国的人文社会学；另一个是西方的科学技术。人文社会学，指导人与人、族与族、国与国创造和平环境，为科学技术发展铺平道路；科学技术为人类造福、创造财富，又为人文社会学发展增加便利条件。人文学与科学是人类世界的左膀右臂，缺一不可。只有左右臂双全的国家方有前途。

中西文化合璧、人文与科学融合是世界文化发展方向。积极发展传统文化的同时，再努力吸收西方文化，然后才能创造出新文化。届时，每年诺贝尔奖项将会像世乒赛一样，中国可能囊括全部冠军。

可惜！时至今日，重政治轻科技的高教政策仍雨行旧路。2012年某理工名校，在百年校庆时，曾为培养出几十名官吏而引以为荣，不以没培养出一名诺奖得主而内疚。该校本为科学家摇篮，现已退化为行政学院，但该校当局不仅不以此为忧，反而沾沾自喜。

第三十六章　女朋友百病缠身
沈阳站依依惜别

　　学生科经常调整宿舍，房间组合隐含着政治目的。党员与现行反革命学生的搭配；团员与落后同学的搭配；团干部与历史背景复杂同学的搭配，都经过精心策划。就像营养师搭配食谱一样，三大营养要素既不过剩，也不过缺。没有两个党员同住一个宿舍的，也没有两个落后同学或两个反革命嫌疑分子同住一间宿舍的。全体同学对这种政治内幕不了解，甚至党员学生也不了解，不过大儒看穿了这种政治把戏。

　　最近一次宿舍调整，大儒被分配在群英东楼一楼南段东侧一间。四位房客还包括胡振东、吴强及岳文浩。胡振东是温州人，属于落后学生；吴强是华侨，纨绔子弟属落后同学；岳文浩的父亲虽为国军战犯，但思想进步，为团支部委员。看来政治问题出在吴强与胡振东身上。吴强家庭富裕，不愁钱花，性格快活，成天嘻嘻哈哈，好跳舞，好谈恋爱，不关心政治，不像特务的材料。胡振东沉默寡言，喜欢读书，不好争论，像似治学问的人，也看不出政治问题。不过吴强与岳文浩与大儒谈话挺投机，无所不谈。但胡振东很少参加他们三个人海阔天空的清谈。

　　一天夜晚，大家刷洗后在熄灯之前，吴强问大儒："你每天又是开会又是读课外书，还要专业学习，时间如此紧张也没空谈恋爱。"大儒说："倒是给谈恋爱留出时间了，可是女同学不愿接近我。"岳文浩说："叫吴强给你介绍介绍经验，他是专家。"吴强反驳说："我这个专家得拜你岳文浩为师，我发现你与尚钫正进行地下活动呢。"大儒笑着说："还是专家观察问题仔细，我怎么没发现他们的蛛丝蚂迹呢？明天我跟踪侦查一下。"

　　青年人最喜欢谈论的话题就是谈恋爱。胡振东光笑不参加讨论。岳文浩已躺在床上，他提出一个问题："大家给恋爱定定性，是好是坏还是不好不坏。"吴强问："你说呢？"岳文浩答："我说有好，有坏。好处是传宗接代，坏处是太耽误时间，婚后对家庭孩子责任重大。"吴强说："恋爱是好事，否则人们追求它干嘛？音乐家、文人、画家、电影歌颂它干什么。"大儒插言："恋爱、结婚，传宗接代是生物学现象。不管动物或植物都要传宗接代，否则物种将灭绝。植物传宗接代以风、昆虫为媒；动物用翎毛、歌喉、体魄、力量进行优胜劣汰良种选择；人类选种较为复杂些，过去旧社会笼统的说就是男才女貌，男才内容很广，不同的历史有不同的条件。以往男才包括学识、金钱、地位，现在还需要包括思想、政治属性等。不过很难量化，现在男女还不是真正平等。所以闺女选女婿极慎重，俗话说嫁鸡随鸡，嫁狗随狗。从生物学角度传宗接代是生物无法抗拒的规律，要从个人角度看，恋爱给人带来的好处远远小于坏处。恋爱太耽误时间，浪费精力，带来的痛苦比幸福多得多；对家庭责任儿女义务压力之重，直不起腰来。但是人类无法摆脱传宗接代这种生物规律……"

恋爱的讨论话题也激发起胡振东的兴趣。他说："从社会角度来看，恋爱婚姻给人带来的害处大于益处。例如吴王夫差与西施；唐高宗与武则天；唐玄宗与杨玉环；梁山伯与祝英台；罗密欧与朱丽叶，都因爱情酿成悲剧，所以要警惕爱情的麻醉性，避免诱发悲剧……"走廊的守夜值班同学轻敲屋门，禁止他们喧哗。

久旱禾苗吁待甘霖，百病缠身的人渴望温情。伏淑鹤健康可能无法继续学业，她面色苍白、瘦骨嶙峋、弱不禁风。她和大儒非同一班，但都是学生干部，三天两头开会见面。见面后大儒常常问起她的健康、百般同情，她感到温存抚慰。一个星期六夜晚，他们相邀教学楼东面，樱花园树下，各自谈起自己的辛酸泪。

两个人同岁，属马，1930年生人。一个生在京城；另一个生在山东农村。两家都过着同样的温馨富足的生活。七七抗战爆发，一个家庭颠沛流离，长期逃难；一个家庭支离破碎，至今天隔一方。伏淑鹤说："鬼子进入北京后，我家与许多北京大学的教授逃出虎口，来到济南。济南人心惶惶，省长韩复渠准备撤退，我家逃往南京。上海失守后，南京吃紧，又逃到武汉，当时汉口为临时首都。1938年夏天，武汉吃紧，一家直奔香港。到香港后，听说在昆明成立西南联合大学，平津各大学教授又向云南跋涉。逃难以家庭为单位，没有政府组织。生活的贫困、路程的艰难可唯罄竹难书。从北平逃往广州，多半靠火车代步。由广州去香港有轮船可搭。再由香港转向昆明，是最艰险的一段行程。所谓艰险有三个方面。一方面随身携带的钱快被花完；第二方面没有铁路、公路相通；三方面旅途中土匪肆虐。逃难一年多，一分钱的收入也没有，但处处要花钱。乘车搭船要花钱，住宿要花钱，吃饭要花钱，日用品要花钱，就是穿衣花钱少。因为南方温暖，不穿棉衣，单衣穿破了，妈妈给缝缝补补又继续穿，到了昆明我的穿戴像个小叫花子。由香港到昆明有两条路可走，一条路是经海路坐船去越南，再从越南进入云南；另一条路是走陆路经广东、广西入云南。走海路不安全，日本舰船经常出没于北部湾，对轮船进行袭击。走陆路也不安全，各省土匪成群结队。最后还是决定走陆路。因为土匪也是中国人，他们要钱不要命。日本鬼子要钱也要命。两相权衡还是舍钱保命。不过走陆路爸爸妈妈最担心姐姐。姐姐十七岁，长得很漂亮，怕土匪行不善。爸爸妈妈让姐姐不洗脸、不梳头，衣服越破越脏越好，经过化妆，她像个四十多岁的精神病患者。我年幼不懂事，望着姐姐直乐。她却不敢照镜子，一照镜子就哭。"

"为了省钱，我们每天只喝两顿稀饭，当然喝不饱。爸爸妈妈常在碗里省点稀饭根倒给我，我也不客气，倒给我就喝，不管父母饿不饿。见到卖干饭的、卖饼的、卖馒头的，馋得流口水。出来香港，大部分时间坐船西行，我年龄小也不知经过什么地方。在广东期间，还算幸运。没遇上土匪，到广西土匪猖獗，划船的也可能是土匪。一家人不敢租小船赶路，怕遇上黑船，几家合伙租赁一条大船，人多好壮胆子，比较安全。有一回，北大、南开五位教授家庭合赁了一条大船，共三十二三个人。航行了一天，傍晚那条大船在一个小码头靠岸，船老大说："岸上有小饭馆，茶馆，饮食摊等，请大家上岸吃饭喝水，一小时后继续西行。大家一天劳累，又渴又饿，船一靠岸，除二三个有病的老年人外，大家一齐上岸准备买饭，喝水。人们一上岸，船就开走了，大家急得直跺脚、呼喊。船越行越远，年轻人顺着河北岸向西追赶，再赶也无济于事，船不见了。我对这次事件记忆深刻，地名叫乐里，那条河叫乐里河。第二天一早向乐里镇报案。中午乐里派出所在乐里西十多里处的河边上发现三个老人，北方口音，还有一堆破皮箱。大家飞奔而去，认领老人和皮箱。经查看，皮箱中的银元、金银首饰、贵重衣物不见了。破旧脏衣物都堆在河岸上。爸爸是哲学家，好像比别人多个心眼。他上岸的时候，把装有钱财首饰的箱子随身带上岸，所以损失不大。其他四家被洗劫一空。土匪嘛，毕竟是中国人，给三个老人每人留下五块大洋，够去昆明的盘缠。"

谈到此情此景，两个人咯咯地笑起来，因为是夜晚笑声很低。伏淑鹤谈兴正浓，继续娓娓而谈："现在听来是笑话，当时可把人吓死了。三位失掉老人的教授，呜呜直哭，而且一贫如洗，只有爸爸还有二百多元大洋，大家省吃俭用，终于到达昆明。西南联大成立后，花钱问题解决了，爸爸月薪四百元，但食品和住房很困难，有钱买不到食品。一家五口人住在一间十二平方米的茅草房里，包括寝室、厨房、饭厅、书房、会客室、仓库。厕所是大街上的公共厕所，满地都是蛆虫、屎、尿，根本插不进脚去，上厕所成为精神负担。一个厕所搞得满街恶臭，国不国，家不家，谁还管厕所？在逃难中，父母仍抓紧子女教育，我和弟弟练习毛笔字，学习柳公权的字帖，反复书写《千字文》、《道德经》及《论语》，既练了书法也学了汉字，还获得伦理哲学教育，其次是学习英文及数学，学习主要是妈妈辅导，爸爸辅导姐姐的初高中课程。到昆明后不久，我与弟弟进了小学二年级。姐姐进了高中。教室很狭窄，十五平方米的教室要容纳四十个学生。没课桌，都坐小竹板凳。黑板是用石灰把土墙抹平。再擦上烟灰。食品、营养直到1943年才有所改善。多亏姨夫的帮助，他从洛阳第一战区调到缅甸任远征军司令。昆明是远征军的大后方，野战医院、辎重部队、联总兵站都驻在昆明。1943年5月，第一次吃上美国牛肉罐头及洋白面。可惜，在这之前由于营养不良，生活贫穷及卫生条件恶劣，我已染上肺结核，咳嗽，冒汗，食欲不好，虽有了罐头、白面，但吃不下去。姨夫又给我送来许多奶粉及炼乳，终于保住了我的性命。但结核没好，至今右肺上叶仍有一个空洞。"

伏淑鹤心情沉重地说："日寇侵华战争给我们国家造成惨重破坏，给每个家庭带来贫困，给每个人带来不幸，其中包括我的家庭及我的结核病。在北京，爸爸每月挣四百元工资，当时猪肉三毛钱一斤，每月等于挣一千三百斤猪肉，住房两百多平方，洗澡间、抽水马桶一应俱全。生活在这样环境能得肺结核吗？但侵略战争给日本带来的伤害也不比中国小，不但没建成大东亚共荣圈，反而论为殖民地。日本人是多么愚蠢！为什么喜欢战争，害人又害己？1945年8月15日，日本天皇广播"终战诏书"，宣布投降。自8月15日是至9月3日，昆明万人空巷，天天游行。街头演唱，发表演说，欢庆胜利。男女老少浸沉在欢乐的海洋里。虽然自己有病，我也和爸爸、妈妈、姐姐、弟弟一起参加胜利游行。在游行中又习惯地喊了一声"打到日本帝国主义"，周围的人都笑我，姐姐说：'日本帝国主义已经倒了，就别再打了。'"

稍停顿了一下，她继续说："1946年春，国民政府由陪都重庆还都南京。西南联大由昆明返回北平。回北平是梦寐以求的大事，自离开东单绒线胡同，不管逃到什么地方，每天翘首北望，计算距家乡的里程，结果越逃越远，一直逃到云南昆明。虽然你大儒有学问，也不准知道云南的含义。我告诉你，云，只有天上有，云之南，就是在天边之南，寰宇之外的意思。"

"西南联大搬家，多数教授是坐陈纳德航空队的飞机代步。破床烂椅子盆盆罐罐丢在昆明不要了，随身带着细软回北平。早晨八点上飞机，在武汉停一停，下午六点到达北平。从北平逃荒到昆明，耗时二年半，由昆明返回北平只用了一天的时间。两相比较，就知道战败者与胜利者的滋味。抗战胜利的欢乐不到一年，更大的战争开始打响。国共两党像项羽刘邦一样争天下，津浦路、平汉路一直不通。平津与京沪间只靠水路或空运。一个国家四分五裂像南北朝一样。在北平高中毕业后考入燕京大学生物系。因为自身不健康，爸爸叫我学医。最好的医学院是协和，考进协和必须先考预科，燕京大学的生物系相当协和的预科。北平解放后，协和医学院被解放军接管，停止招生。南满医大的牌子挺亮，与中国医大合并后，又贴上了革命的标签，为了赶时髦我考进了中国医大。第一学年开始，朝鲜战争爆发，学校由沈阳搬到距西伯利亚只有一步之遥的北安。冬季温度零下四十五度之下，结果黄鼬单咬病鸭子，冻出月经频发性过多的毛病。两个病都是由战争引起的，日本侵华战争染上结核，美国侵朝战争又患上月经病……"

伏淑鹤对自己的健康及前途失去信心，她的声调变了："战争对我是致命的，老天为什么这样冷酷，我的未来一片黑暗……"她由抽泣变成哽咽。大儒心急火燎，束手无策，不知怎么样安慰她。他手伸进衣兜，掏出一块手帕递给她擦泪，手帕救了大儒的尴尬。抽泣停止了，两个人沉寂了好长时间。大儒试探着问："你现在月经怎么样？""现在正多着，不好意思，裤子都湿透了。"大儒又问："月经颜色怎么样？""淡黄色。"大儒想给她号脉，但又羞于摸一位少女的手。大儒说："我总觉得你的病是可以治好的，但必须用中药，咱们附属医院没有中药房，明天到校外中药房买几味中药试试看。"伏淑鹤没希望地说："你不要为我操心，功课又紧，会议又多，你也抽不出时间，我死活就这样啦。"大儒说："天不早了，我送你回宿舍。"

伏淑鹤毕竟是大家闺秀，有教养，对人礼貌而和善。她中文英文都很好，如不是百病缠身，将是一位很有前途的少女。第二天大儒请假去校外中药房买药。根据病史及月经颜色，患者为虚寒性崩漏。经血淋漓不断为主证，应予以温经摄血、敛阴收涩为治则。买棕榈炭、乌梅炭、炮姜炭各二两，研末，每包各二钱，冲服，一天二至三次；另买阿胶三两，打碎，每日三钱烊化。

伏淑鹤无力走到教室，躺在宿舍休息。大儒把药送进女生宿舍，又为她提了一暖瓶开水，把药方告诉她。本来伏淑鹤惯于客气礼貌，这次反而无话可说，只是心潮起伏，激动异常，像一个乖乖的孩子一样，按嘱咐服药。服完药她掏出五元钱给大儒。大儒说："我不是勤工俭学，不需要钱。"伏淑鹤无奈。

服药六个小时，伏淑鹤的月经戛然而止。药效像拧死水龙头一样快捷。月经暂时止住了，但身体已经垮了。需要回家疗养，暂时休学半年，半年后要么降班，要么退学，要么转学，学籍一定有变化。

大儒为了能到车站为伏淑鹤送行，回北京的时间选择在星期天搭乘沈阳直达北京的火车。其他城市直通北京路经沈阳的车还有大连至北京、安东至北京、长春至北京、吉林至北京、哈尔滨至北京，莫斯科至北京，平壤至北京，平均两个多小时一趟。沈阳为全国铁路枢纽名不虚传，有七条铁路通往各城市。

星期天北陵游者如织、人声鼎沸，难得有清净之处。两人奔往郊外的东陵。东陵距市中心较远，风景不如北陵优美，所以游人稀少，显得空间宽广，环境愈加宁静。宽广与宁静的自然美远胜人工美。过多的游人及频繁活动，对自然美有破坏作用。例如王府井大街、南京东路，越装潢越丑，这和人的密度大有关。泰山、黄山、庐山、桂林、西湖诸多自然景美，在旅游季节人头攒动、人山人海，令人烦躁不安，破坏了欣赏天赐美景的心情。

大儒、伏淑鹤游览宁静的东陵，是人类心灵对美的自然选择。由于长期淋漓不断的月经停止流淌，伏淑鹤的心情愉快，满面春风。她对人过分客气的习惯，令人不自然，很有距离感。今日大儒发现，伏淑鹤满口的客套不见了，对他像对兄弟一样自然而真诚。大儒当然也为她的病情好转高兴异常。中午两个人野餐很开心，吃了面包、香肠、自带一壶开水。

深秋的东陵天高气爽，金黄色的树叶、沁人心脾的松香、湛蓝的天空、一望无际的原野、三三两两的游人，比苏州园林更美丽三分。

伏淑鹤笑着问："大儒，有件事能告诉我吗？"大儒不假思索地回答："只要我知道的事，都能告诉你。""当然我问的问题，你肯定知道。"她扮了个鬼脸，笑嘻嘻地问："你的小名叫啥子？"她调皮地用四川腔令大儒"扑哧"一声笑声出声来。

大儒快活地在草地上打了一个滚儿，然后说："我叫复生子。就是死而复生的意思。"他又问她："娘子，你的小名尊称能告知穷书生吗？"伏淑鹤乐得喘不过气来："不许问姑娘的小名，不礼貌。"大儒嘻嘻哈哈地说："我不问姑娘的小名。我问伏同学的小名叫什么？我闭上眼，你小声回答，我装听不见。"伏淑鹤把嘴唇凑到大儒耳边小声说："我叫迎雪"大儒大声喊道："雪妮子妹妹！"刚喊完就挨了她一捶。

伏淑鹤解释，她是小雪前一天生人，所以叫"迎雪"。大儒郑重其事地说，你的两个病都怕寒冷，如你改了小名，病会好的。只改一个字，"迎雪"改为"融雪"。她笑他迷信，他反驳说："炕上有病人，不得不信神嘛。"

两人坐在柔软的草地上，大儒慢慢地讲着自己的经历，这也是她渴望了解的。大儒说："我生下来就没气，死孩子一个，是爷爷嘴对嘴把我吹活的，所以叫复生子。在婴幼儿期，去北京协和医院看过两次病，一次是麻疹，一次是哮喘。协和医院虚有其名，对这两个病都束手无策，还是爷爷用中药医好的。在儿童时期，你颠沛流离一直逃到寰宇之外，云天之南，而我一直在山东。爷爷不仅救活了我的命，治好了我的病，还辅导我学中医及古文，爷爷尽到父亲的义务。虽有父亲，他既没培养儿子，也没教育儿子。父亲并非没有父子情的人，他在协和刚毕业一年多，就发生七.七事变。国家全面抗战，他参军组织了一个医疗队。抗战的大战役他都参加了。包括上海、南京、武汉、长沙、昆仑关，最后到了缅甸战场，在你姨夫麾下。抗战胜利后医疗队解散，新一军军长孙立人邀他到新一军任上校军医处长。孙立人在上海战场负伤多处，住进设在苏州的医疗队，因为都是知识分子嘛，又都毕业于北平的名校，他们在抗战中结为莫逆之交。父亲投笔从戎是为了抗日，日寇投降后，1946年初次来东北，在四平获胜后占领了长春及吉林，驻防松花江之南岸。无巧不成书，我所在的东北共军第六纵队恰好与新一军对阵。父亲得知后思绪万千，父子俩对打，被政治家愚弄了。于是他远走高飞，去美国攻读学位。为了陪读爸爸，妈妈居然也考中了，父母一齐去美国读书去了。我现在实际是个有父母的孤儿，尽管有爷爷奶奶疼爱，还是觉得像李密那样茕茕孑立、形影相吊。很幸运，现在又遇到你，觉得精神世界充实多了。爷爷是名中医，爷爷是第三代中医传人，在抗战期间，冒险治疗八路军伤兵。为隐藏八路军伤兵在院子里砌成地下道，可容纳几十名伤兵，其中包括后来成为攻坚老虎师的师长龙出金。我刚满十四岁的时候，爷爷把我送进八路军的县大队。祖孙三代都参加了抗日战争。我所在的这支部队，在抗战后期，最大的战役就是攻克几千二鬼子防守的小县城。来东北后。内战越打越大。经过几次四平战役，冬季攻势，这支部队越战越强，最终攻克锦州，决胜辽西、解放平津、登陆海南，可谓所向披靡，无敌天下。国共两党不管谁胜谁败，谁对谁错都无关紧要，都是同胞弟兄。谁胜了都得励精图治建设国家。建设国家嘛，需要培养大批专家，我们年轻人的责任，只管埋头读书锤炼，成为建设国家有用之才。我来中国医大就是抱着这个目的。给王校长的申请信也是这样写的，而且得到校长的好评。为了成为国家有用之才，立志苦读，只有这样才对得起死去的烈士。他们所以勇于捐躯，其目的就是建设一个不受外人鄙视的强国嘛。可是目前，当局对知识分子的态度不仅冷淡而且反感，热衷于阶级斗争、政治宣传、个人崇拜，好像革命越成功，斗争越升级了。为此我很苦闷。"

伏淑鹤插言："你的想法很珍贵，也是知识分子普遍的想法。王校长欣赏你的观点，因为他是知识分子嘛。制定政策的人都是政治家。当代政治领袖的青年时代正好是国难当头，政治斗争处于你死我活的年代，养成了斗争的性格，现在虽革命成功了，但性格一旦养成，很难再塑。我不是劝你逆来顺受，要习惯于静观其变。"她低下头说："很对不起，这几天我影响你的读书进度了！"大儒郑重地说："不，你没影响我的读书进度，我现在正聚精会神的读一部奇妙的天书。"伏淑鹤糊涂了："什么天书，黄石老人送给你的？什么书名？"大儒快活地说："这部书是你爸爸妈妈送给我的，书名叫《伏淑鹤》。"伏淑鹤先惊疑后高兴："你不外乎是林彪的部下，学会了战略迂回。如果我真成为你的天书，那是非常有福气，可惜我是一部残缺不全的天书，上册空洞斑斑，下册漏失不全，封面徒有其表。我实在是一个金玉其外、败絮其中的人。"

大儒认为她的回答很客观，不但不令他失望，更加重了对她的崇敬，又对她的健康忧心忡忡。一个失去健康的人往往很自卑，希望得到别人的安慰和精神支持，她却不接受他人的精神施舍。不过她又认定大儒是个很有前途的人，将来会做出大事业，而且感情真挚，洞察力强，心底善良性格诚实，勤奋好学，主张正义。这些美德也许又正好是他人生失败的原因。

她沉思一阵子说："我断定你未来如能成功将成大功，失败将为大败。"大儒对她突如其来的判断大吃一惊，一时缓不过神来，瞪着眼望着他，过了一些时辰问道："愿听其详"。

伏淑鹤说："成功者的条件在你身上都具备，将来国家如出现像王校长那样喜爱知识分子的政治领袖，你将成大功，如果出现焚书坑儒的政治环境，你将大败无疑，你将是第一批被坑的大儒。不过像秦始皇那样的君王几千年出一个，也许我们是幸运的，所以你成大功的可能性大。"大儒反驳说："你过分杞人忧天了吧。现在党是集体领导，国家政策的制定也不是只听一个人的金口玉言。"大儒开玩笑地说："我的名字就是肖华给起的，即使出现在坑儒名单上，看在肖华面上，也会被抹掉。"两个人笑得前仰后合。

他们在东陵整整谈了一天，好像时间刚刚过去不到一小时，觉得肚子里的话还没谈出千万分之一。时间已过六点，该去买火车票了。乘无轨车，到火车站。票很好买，人少不用排队，递进钱就买到票。距开车还有一个多小时，两个人进了一家小餐馆，每个人吃了一碗牛肉面。一面吃，一面柔声细语地交流，一碗面条足足吃了一个多小时。

走进候客室，检票员说北京的直通车已经开走快半个小时了。两人你看看我，我看看你，又着急又觉得好笑。检票员叫他们到问事处签个字，可以坐大连到北京的车次，还得等两小时零十五分钟，二十一点四十五分到站。

沈阳站不仅是全国最大的车站，候客室也是全国规模最大的，两个人在候客室内这瞧瞧那看看，欣赏沈阳站的宏伟。他们整整玩了一天太疲劳了，坐在联椅上，互相依偎着睡着了。两颗纯洁而疲劳的灵魂依偎在一起，第一次得到爱的抚慰，初次品尝幸福的甜蜜。他们睡得那样自然。

候客室外的汽笛声把他俩唤醒，这恰好是大连经沈阳达北京的车次启动笛声。两个人又傻笑一阵，又到问事处要求签证哈尔滨经沈阳直达北京的车次。签字员是个五十多岁的更年期妇女，说话粗鲁又急躁："你们两个来车站是坐车的还是谈恋爱的？你们难舍难离就不走嘛，何苦给我添麻烦，只再签一次，再不走车票作废。"两个人乖乖地满脸堆笑，给签字员毕恭毕敬地赔不是。签完字，挨了一顿熊，两个人乐得像孩子一样天真。

为了不错过来自哈尔滨的车次，他们坐在距检票口最近的联椅上，精神抖擞得像蹲在起跑线上的运动员听枪响一样。等了一个多小时，哈尔滨的车进站了，他们是第一个检票、进站、上车。列车上满是积雪，十月的哈尔滨已是大雪纷飞。列车员不许持月台票送亲友的人上车。两人无可奈何的被列车员强行分开。伏淑鹤坐在窗口，把车票递给大儒，大儒持车票上了车。刚好坐在伏淑鹤身旁，火车起动了，车门被锁上。两个人急的团团转，愈笑不能，欲哭无泪，就给列车员不断地说好话，列车员笑道："你们安静点，我反正不能开门让你们跳车呀。如果你不打算把朋友送到北京的话，下站是新民。在新民下车只若你俩不讨厌我打扰，到站我提醒你们，但要补上从沈阳到新民的车票。大儒说："坐这么短距离还补票呀？"列车员认真的说："不补票出不去站，车站要罚你从列车起始站哈尔滨补到新民。"吓得两人吐了吐舌头，补好票他们安心的坐在原位。

新民激起大儒的历史回忆，向伏淑鹤介绍："新民北五十华里有个村叫公主屯，1948年1月，正是过春节最寒冷的时候，我所在的六纵队，在那儿歼灭了国军的新五军两个整师，军长、师长都被俘虏了。当时你姨夫还没来东北，由陈诚坐镇沈阳。1948年10月，六纵队二个主力师一个独立师在新民西南七十华里姜屯、半拉门、励家窝棚堵住廖耀湘兵团逃回沈阳的通道，使其兵团覆灭。廖耀湘刚愎自用，不听你姨夫的话，他不让廖耀湘兵团增援锦州，要坚守沈阳。廖耀湘还是率军出援，如当时廖耀湘兵团坚守沈阳的话，革命胜利最短可推迟一年，甚至更长。在这期间也许发生偶然历史事件，促使历史向不同的方向行进，很难预测。没有辽沈战役全胜，也不会出现平津及淮海战役，也许也没有我们今天的相会。人的一生有许多偶然，许多巧合。"伏淑鹤也说："我不信教，也不迷信，但我老是想，我为什么是爸爸、妈妈的女儿？我为什么又碰上许多朋友、同学？今天我为什么又碰上你？"

大儒说："这是老天安排的，谁也弄不明白。"伏淑鹤说："你不是好看书吗？请查查有这方面的论述，如有请介绍给我。"她又继续说："我有件心头大事想告诉你。毛泽东与北大校长胡适不对劲、1948年底，林彪围困北平的时候胡适乘飞机逃走了，走前委托我父亲代校长。你说毛泽东能不能拿我父亲出气？"大儒思考了一下说："拿你父亲出气将无法避免。能不能动动脑筋，想想办法？人的大脑装满智慧，用它，会创造出人间奇迹，不用它是一分不值得废物。"伏淑鹤严肃地说："你能为我爸爸动动脑筋吗？"大儒说："国军上将有几十个，不管他们住在台湾、香港还是国外，都成了废物。没有军队的上将不是废物吗？如果能把废物变成精品，得需要智慧。抗战初期你姨夫与周恩来、朱德过从甚密，并去延安慰问了负伤的林彪，给林彪送去十大卡车枪弹，手榴弹等慰问品。毛泽东也欢迎了他。这一段历史很珍贵，要巧用这段历史。凡是抗战名将都爱国，否则成不了名将。爱国必然想回国，你姨夫也不例外，他一定也愿回国，何况他与中共上层关系融洽。中共领导人也渴望他回国。借他的威望好与台湾搞统战。估计中共会利用各种渠道劝说你姨夫回国。你家能不能跟你姨夫取得联系，劝他对北京方面的任何说客都无动于衷，只对你爸爸的劝说认真对待。借你爸爸搭起的政治桥梁，返回大陆，只要周恩来在，你姨夫永远会是座上宾。毛泽东对这位座上宾搭桥牵线的亲戚也会高抬贵手。即使你爸爸与胡适是老朋友，也会安然无恙，这就是把政治废物变成政治精品的设计方案。"伏淑鹤高兴地说："我把你的方案告诉我爸爸。"

火车汽笛呜呜的响彻夜空，列车员报告新民站来到。两个人站起，握手告别。送君千里，必有一别。车刚停稳，大儒一个箭步跳下火车，跑到窗口，车已起动，小站只停二分钟。伏淑鹤从窗口探出头，大声喊："回北京我先给你写信，把我家地址写给你……"大儒在站台上目送，直到火车隐没在夜雾中。回到学校，西门已经上锁，南门半掩着，夜间来人必须登记在册。理由如实写清，白天上班后，保卫科落实登记内容。连接东西群英楼的走廊大门朝南，两座楼的东西门上锁，只许走南门，门口有值班同学，十点后进宿舍也得如实登记，隐私不胫而走。同学们见了他都笑眯眯的，他装得若无其事的样子与同学们无话三分说，好像交女朋友办了一件不光彩的事一样。尽管五年前在长春抓特务很勇敢，但对交女朋友很胆怯。之所以胆怯害羞，是因为他认为男女恋爱追求是一种无法摆脱的本能，远不是对社会责任的承担。可见人类与一切低等动物一样原始，并不像文人夸张得那样高尚。如果伏淑鹤不是异性，能对她那样一往情深？忘却一切，车次一延再延，被签字员奚落，送上车忘了下车，一直送到新民，又被列车员笑话吗？

自从送走伏淑鹤后，大儒常留意宿舍门口挂在墙上的开放信箱，明明知道走后第一天不会收到来信，还是来回目不转睛的盯着信箱，好像信箱上挂着伏淑鹤的肖像一样。第二天果然收到来信，其欢乐的程度，堪比王斌校长批准他念中国医大的通知。信皮是淡红色的并绕有蓝色花边，但更漂亮的是她的字体。在抗战逃难中练的是毛笔字，毛笔字写得漂亮的人，钢笔字自然漂亮。他恨不得一下子取出信笺，拜读其内容，但又舍不得撕烂信皮。回宿舍用小刀轻轻裁开，当作艺术品把信皮保存好。使他不解的是寄信地址为北京大学化学系。信中写道：

儒兄：为了不让你焦急的等待，借微弱的灯光，在火车上给你草草回信。火车晃晃荡荡，字也随着车一起晃荡，写得不规范很难看，请谅解。在同学眼里，你是当代最优秀的大学生，在选举团总支委员中，你差一票满堂红就是证明。我和同学们一起起哄，视你为学生偶像。在五天之前，并不知你深浅，由于最近几次推心置腹的长谈，发现你名不虚传。尽管我很自负，但在你面前仍显得微不足道。你开阔了我的视野，给予了我力量，使我第一次品尝到幸福的滋味。写到此，快乐的眼泪夺眶而出。上帝待我不薄，竟把这样优秀的造物赐给我，也许是我祖祖辈辈行善的结果。当我给你写信的时候，女列车员来回睥睨我，也顾不得害羞了，旁若无人般地继续抓紧时间给你写。对我最重要的就是健康，没有健康就没有一切。否则，我的命运将像同为患肺病的茶花女一样，百病缠身，未老先衰，过去的朋友远离人老珠黄的人而去。好像我已看到自己的归宿，这不是杞人忧天，而将是凄凄惨惨戚戚的必然。越往前走光线越暗淡，重蹈茶花女的覆辙，在所难免！尽管眼前眉清目秀，了解的人都清楚，我只是镜中花、水中月，中看不中用！青年人，其中包括少数有头脑的年轻人，习惯感情用事，少于深思远虑，往往把自己置于后患无穷的境地。当今世界是畸形世界，各大国政治家倾其国力，集中全部人才、物力发展杀人武器，恨不得一颗炸弹把整个地球烧成灰烬，而对人类健康漠不关心。医学发展，踏步不前，即使对感冒也无特效药可用，更不用说对肺病、妇科病了。福拉明的发现虽然对千疮百孔的医学进行了部分修补，但一药不能治百病，无力扭转医学的大颓势。我国历史上的许多名医，由其本身或亲人的疾病为媒介成为名医的，张仲景就是一例。他的亲人及家族三分之二死于伤寒，巨大的悲痛力量，激发他"勤求古训，博彩众方"刻苦攻读，精心实践，给后世留下不朽的著述。祈祷上天，保佑送我百里外的痴心人儿，成为二十世纪的张仲景。

　　天津已过，东方大白，瞬间抵京，到此驻笔。祝你百事如意！

小雪十月九日

第三十七章　长征首位功臣　陈光将军罹难

　　高岗、绕漱石既无军功又居高位，野心勃勃，还不属井冈山毛派，突然被毛泽东治罪还能勉强掩人耳目。陈光将军既属井冈山毛派嫡系，在长征中又是披荆斩棘的开路先锋，被全党全军誉为长征第一大功臣而被毛泽东置于死地又为那般？

　　1949年11月组建广东军区，司令兼政委为叶剑英，副司令邓华、陈光、洪学智、曾生，副政委赖传珠，参谋长洪学智，政治部主任肖向荣。除叶剑英外，以上负责人都是第四野战军第十五兵团原班人马，兵团机关兼省军区机关。因为四十三军（六纵队）是兵团主力，也是全国资格最老的部队，而且陈光、洪学智、赖传珠又是六纵队原负责人，所以兵团机关四十三军的干部最多，这是理所当然的。邓华虽然身为兵团司令，他所在的原四十四军（七纵队）不属主力，是一支资历很浅的新建部队，调入兵团机关的干部较少。

　　1950年6月朝鲜战争爆发前，驻郑州的三十八、三十九、四十军为全国机动部队，被调入东北备战。这三个军隶属十三兵团。由于周毛两派的暗斗，周派亟须把43军与15兵团分离开，以保周派在广东的优势，因为陈光在43军及15兵团的势力太大，影响太深了。中央军委决定两个兵团的部队不动，兵团机关对调，十五兵团机关改称十三兵团，十三兵团司令部改为十五兵团，黄永胜领着改为十五兵团司令部由郑州进驻广州，邓华领着改为十三兵团的司令部由广州进驻沈阳，同时兼沈阳军区司令部。

　　四十三军一二七师是林彪的娘家军，是他的最爱；一二八师是四野百万大军中的攻坚老虎，为林彪的掌上明珠。因此林彪把攻占华南重镇广州的光荣任务有意交给四十三军，就像斯大林把攻占柏林国会的光荣任务，有意交给朱克夫的白俄罗斯第一方面军一样偏爱。

　　石鸿儒得知，沈阳军区卫生部部长及各处处长均为四十三军（六纵队）的干部。1954年暑假结束，秋季开学不久的一个星期天，石鸿儒到了马路湾沈阳军区卫生部。进门后正巧遇到保健处长李元俊，他原是六纵队（四十三军）十七师（老虎师一二八师）二十团（三百八十三团）卫生队长，在抗战期间讨伐汉奸张景月时他们就认识。他是恒台县人。两人相见欢喜异常，他正领着一帮人清扫院子。李元俊说："沈阳军区卫生部的干部都是咱六纵队的人，陈璋院长是部长，我领你到他家去。"陈璋住一幢二层小楼，很别致。一上楼梯李元俊就大声嚷嚷："陈部长，你看谁来了。"陈璋哈哈的直乐："小石从哪儿来呀？"他瞅见了小石胸前的校徽，还没等小石回答，他接着说："你是中国医大的学生啦？读几年级啦？"小石给他俩作了自我介绍后，李元俊下楼领导保健处干部继续扫院子去了，走到楼梯口又回头说："小石呀，毕了业再回来吧。"小石说："毕了业到你保健处当科员，你要我吗？"李元俊笑得把金牙都露出来了："你毕了业就变成洋包子了，我这个土包子领导得了你吗？你只要回来，咱们有空军医院、海军医院、陆军医院、随你挑，我担保陈部长会满足你的要求。怕你毕业眼眶子高了，不愿回来呢。"小石说："回来，回来，一定回来。"李元俊一面嘟嚷着，一面乐着下了楼。

陈璋，河北人，抗战期间为一一五师及山东军区卫生处军医，抗战胜利前夕任医务科副科长，日寇投降后任山东第七师及后来的东北第六纵队医务科长及野战医院院长，现任沈阳军区卫生部部长。他的妻子姓杨，是眼科医生也是河北人。

陈璋问了小石的学习情况，有没有对象，爸爸去了美国有消息吗？爷爷的健康情况等，又回忆道："打长春，我的军事地图被特务王德茂偷走了，为此，差一点叫你搭上性命。如投在你脚底下的那个手榴弹爆炸的话，咱俩今天就见不着面了。"两个人一面说一面笑着。

杨医生下班回来了，上楼见到小石说："在楼梯下，我听到楼上的口音还挺熟呢，原来是小石回来了。"她说话热情，像大姐一样问长问短。小石问："大姐生了几个娃娃了？"杨医生说："哪把壶漏，你提哪一把。作为女人，我还没学会生孩子。"小石说："不要着急，继续学，还不晚，活到老学到老嘛。"两个人的诙谐，三个人一起笑。

小石问："马克辛部长是在广州呢？还是在武汉？"陈璋说："马克辛在军委卫生部，任保健处长，你去北京可以住他家，我每次去北京常住他家。"小石说："五年前我给你当党小组长的时候，你俩常在小组会上对峙，现在关系好啦？"陈璋说："同志之间待久了，难免因一些鸡毛蒜皮的事发生矛盾，随着时间的流逝，自然而然的也就烟消云散了。"陈璋继续说，"你提到我与马部长的关系，我想起一桩秘密告诉你。"小石问："什么秘密，你的军事地图又被盗啦？"陈璋说："与军事地图也有点关系，我们的老首长死啦。"小石毫不在意地回问："谁死啦？洪大麻子、还是赖胖子？……"陈璋说："洪学智在朝鲜安全无恙。"小石又猜："赖胖子死啦，他太胖，有高血压，很容易患脑溢血或心肌梗死。"陈璋说："赖传珠也没事，我经常和他见面。"小石又猜："黄永胜还是李作鹏？"陈璋说："黄永胜在六纵队待的时候短暂，不能算老首长，李作鹏是十六师师长，六纵队改为四十三军以后，他才任军长，也不算是我们的老首长。"

小石又猜："该不会是陈光将军吧？"陈璋说："就是陈光，陈光与罗荣桓、林彪、叶剑英，就像我与马部长一样，待久了，因一些鸡毛蒜皮的事闹矛盾，结果出了大乱子，太可惜了。在山东八年抗战他为军区司令是我们的老首长，来东北后组建六纵队又是我们的老首长。打长春因作战地图被盗他批过我，你抓特务王德茂的事由刘政委汇报给他，还表扬过你。之前，在山海关、北镇你们见过面，然后在双城三下江南和我们在一起。六月于武汉突然死亡，这件消息不让扩散。"陈璋心情沉痛，把陈光的历史及罹难经过断断续续地介绍出来，小石全神贯注地听着。

陈璋最后说："当什么也别当官，最近刚刚出了高岗、饶漱石事件，现在又出了陈光命案。你学业完成后，一定要当专家别挂长。"我快老了，否则我去医院当外科医生，多心静，我很羡慕你杨姐，每天去医院上班下班，过着神仙般的生活，无忧无虑，恬淡宁静，可谓无官一身轻。"

自此之后，每逢节假日，小石就来卫生部一趟。好像沈阳军区卫生部，就像四十三军卫生部、六纵队卫生部、七师卫生处、渤海军区卫生处一样，是自己家。

陈光将军的血泪史，让一切革命者寒心。陈光同志，湖南宜章县人，1907年生于一个农民家庭，读过三年私塾，然后务农。

1926年，在家乡参加了农民协会，1927年加入中共，1928年一月，朱德、陈毅、率南昌起义军残部一千多人到达宜章县，发动湘南年关暴动。陈光同志于1927年在湖南农民协会被马日事变镇压时，偷偷藏起十二支步枪，组织了一支农民赤卫队，配合朱、陈红军发动年关起义。当时农民军都手持大刀、梭镖、土枪为武器，十二支步枪可谓先进武器，实在了不起，对宜章的暴动成功举足轻重。陈光同志的赤卫队为起义军的核心主力。他的十二支步枪令手持菜刀起义的贺龙垂涎欲滴。宜章的起义扩展到郴州，永兴、耒阳、资兴十多个县，参加起义的有三十多万人。湘南暴动失败后，陈光随朱德、陈毅部队进入井冈山任连长。1930年2月，第一次围剿时在朱、毛、陈的红四军，林彪的第一纵队，一支队任大队长。在水南、值夏战斗中，一纵队长林彪指挥所被敌军包围，林彪的安全处于千钧一发之际，陈光大队长不顾个人安危，身先士卒，带领部队勇猛冲杀，打退敌人，救出林彪，自己却负了伤，林彪到救护所看望陈光，一再表示感谢，并为他请功，提升为副支队长，从此二人结为至交。同年六月，陈光在湖南文家市战斗中，第三次负伤。因作战勇敢，已升为红四军军长的林彪提升他为十师、三十团团长。1931年11月，中华苏维埃第一次代表大会在瑞金召开，授予陈光二级红星奖章，并升任红四军十二师长。1933年八月任"少共国际师"师长，十七岁的肖华任政委，全师平均年龄不到十八岁。1933年底调任林彪的红一军团、红二师师长。1934年10月14日夜开始长征，李德、博古、周恩来等中央军委首长，点将陈光的红二师为前卫部队。

　　红二师的经历就是长征的缩影。如果没有陈光的勇敢，中央红军也很可能重蹈石达开的覆辙。湘江血战，八万六千红军只剩三万，十二个师覆没八个。陈光率红二师首先轻而易举的度过湘江，由于中央机关没有敌情意识，不认为是突围逃跑，而是消消停停地搬家，迈着八字步，日行不到五十华里，带着盆盆罐罐，前后左右有部队保护着，像抬轿子一样形成甬道慢慢前进，哪有不覆没之理？过湘江后，红二师披荆斩棘，攻关夺隘，突破乌江，智取遵义，四渡赤水，强渡大渡河，跋涉草地，翻越常年积雪的夹金山，与红四方面军在懋功会师，又突破天险腊子口，越过岷山，首先到达陕北吴起镇，以陈光部为主攻，配合徐海东十五军团及刘志丹的游击队，在直罗镇一举消灭东北军一〇九师一个整师，生俘师长牛元锋以下七千人。八万六千人的红一方面军，到达吴起镇只剩七千人，中央干部五千多，红军战士只剩一千多，给大官们站岗也不够用。如果不是陈光的勇敢善战，恐怕这点红色火种也传不到陕北。陈光将军是全党全军一致公认的长征第一大功臣。在大渡河、于腊子口，红军陷于死地而后生，这是陈光将军永远彪炳青史的大功勋，子孙万代永志不忘！可惜有一个人把这件事忘了，他就是"人民大救星""伟大"的毛主席！

1936年6月红军大学第一期一千六十三名学员，分三个科，第一科为将军；第二科为团营长；第三科为连排长。第一科科长为陈光将军，政委为罗荣桓，学员有林彪、彭雪枫、罗瑞卿、谭政、杨成武、刘亚楼、刘震、王平、莫文骅、耿飚、陈士榘、黄永胜、张爱萍、苏振华等三十八名将军。

西安事变后，林彪调任红军大学任校长，陈光将军为红一军团代理军团长。抗战开始红军改编为国民革命军第八路军，总司令为朱德，副司令为彭德怀。下辖三个师，红军一方面军编为一一五师；红二方面军编为一二零师，红四方面军编为一二九师。一一五师师长为林彪，政委聂荣臻；一二零师师长为贺龙，政委关向应；一二九师长刘伯承，政委邓小平。每个师组编两个旅，另一个独立团。一一五师两个旅是三四三旅，由红一方面军组成，旅长为陈光将军、政委为肖华将军；三四四旅由十五军团组成，旅长为徐海东将军，政委为黄克诚将军。每个旅只有两个团。三四三旅六八五团团长为杨得志，由红一军团编成；六八六团团长为李天佑，由红三军团组成；独立团团长为杨武成，由地方部队及新兵组成。平型关战斗以三四三旅两个团为主攻部队，独立团在后阻击敌军突围，三四四旅的六八七团为预备队。平型关战斗实际是陈光的三四三旅打的。

平型关战斗结束后，一一五师一分为二。三四四旅先调出一一五师，归八路军总部指挥；然后把独立团、骑兵营分出，由聂荣臻将军率领进入五台山区，建立了晋察冀军区。一一五师已成为空架子，只剩三四三旅两个团。

1938年3月，林彪师长被国军误伤转往延安治疗。国不可一日无君，军不可一日无帅。林彪3月1日早晨负伤，驻在山西太行山八路军总部的司令朱德及彭德怀征得林彪同意，当天十七时下令三四三旅旅长陈光代——五师师长；六八六团团长李天佑代三四三旅旅长；副团长杨勇代六八六团团长。七小时后延安毛泽东直接给——五师下达命令，任政治部主任罗荣桓为代师长。比较这两道命令，朱、彭的命令考虑的周密，其——五师实际部就是三四三旅两个团，旅长代师长理所当然；其二，陈光是将才，指挥能力强；其三，把代师长、代旅长、代团长已进行了有序安排；其四，陈光是林彪喜爱的部将，林彪出任红大校长后，他曾代林彪为红一军团长；其五，陈光是过关闯隘的长征第一大英雄；其六，陈光是属井冈山派，又是毛泽东的湖南老乡。毛泽东的命令有明显缺陷，其一，罗荣桓一直是政工干部，没有军事指挥经验；其二，命令越级下到——五师罗荣桓个人手里，没经过太行山八路军总部；其三，罗荣桓任师长，由谁代替他为政治部主任没下文。毛泽东很可能收到朱、彭的命令后，又故意下了第二道命令，表示对朱、彭二人的不满，抗战不重要，闹意气第一。这次毛泽东的感情用事，给陈光同志的悲剧埋下种子。可惜，人没有先见之明，如果朱德、彭德怀知道他们的委任状会给陈光将军造成悲剧的话，是不会命令他为代师长的。这道命令不但害了陈光，伟大领袖同时也恨上朱德、彭德怀。尤其是彭德怀，凡八路军总部的主意，都是出自他的手。

陈光将军走马上任，走进——五师师部。其实——五师的全部家底还是三四三旅两个团为战斗部队，师部只是多一个特务营和骑兵连，还有一个二三百人的教导队，及三百多人的机关干部。六八五团团长杨得志调往三四四旅代旅长，三四三旅代旅长李天佑因病住院，六八五团参谋长彭明智升任团长，陈光将军率——五师在晋西展开军事行动之前，彭明智奉命率六八五团挺进苏皖豫边区开辟根据地，——五师的主力只剩杨勇的一个六八六团。肖华由三四三旅政委升任——五师政治部主任后，又率师政治部教导队挺进冀鲁边区开辟根据地，给二三百人的教导队起一个硕大无比的名字，叫八路军东进抗日挺进纵队，肖华为司令员，其实这个纵队的人数至多相当一个加强连。以后的攻坚老虎龙书金，就是这个加强连的，石鸿儒的名字就是这个加强连的司令肖华给起的，石振铎成为肖华的朋友，广德堂变成加强连的微型地下野战医院。

——五师又一分为三，陈光、彭明智、肖华各分一份。陈光将军率杨勇的六八六团及特务营在晋西南汾离路战果辉煌。

　　1939年5月初的山东日军最高指挥官尾高龟藏纠集八千部队，坦克一百余辆，火炮一百余门，分九路合围一一五师师部、六八六团、特务营、鲁西地方部队及鲁西党政机关三千余人于肥城陆房村周围。处于劣势的一一五师面临全军覆没的危险境地。10日白天，陈光率六八六团、特务营、机关干部浴血奋战，打退敌人多次冲锋，这是陈光将军一生打得最惨烈最危险的一仗。上月1日，在陵县大宗家龙书金的五团三个连被日寇一千五百人合围，四百位英雄殉难，龙书金重伤。龙书金事后说这是他一生打得最惨烈的一仗。目前陈光的处境与上月龙书金的处境一样，有全军覆没的危险。

　　经一整天的厮杀，我伤亡三百多人，敌伤亡一千三百多人。夜幕刚刚降临，一位农民兄弟从包围圈外偷偷爬进一一五师防地，为陈光选一条最难走的路，必须四肢着地匍匐爬行，冲着敌人的火堆向西南蠕动。敌人认为，西南方无路可行，又有熊熊火光，八路军不可能向西南方突围，所以没设重兵把守。农民兄弟顺利的把陈光部队领出包围圈，免遭覆没；变不可能为可能，这是共军有史以来，最典范的化险为夷的突围战例。陆房浴血奋战突围的消息震动全国，蒋介石给朱德、彭德怀来电，表示"殊堪嘉慰"陆房突围两个多月，一一五师来到好汉倍出的梁山。8月1日部队正在准备搭台子开大会，庆祝建军节，演节目。突然传来敌情，四五百敌人由汶上县出动，朝梁山方向前进，是股孤军，周围郓城、济宁、东平各县之敌，没有出动的消息，梁山周围也没据点。陈光手下只有特务营四个连，准备打一场双方兵力相当的平原伏击战。梁山是一座小山，周围都是一片平原，《水浒传》上的梁山泊里的水已干涸三百年。部队埋伏在青纱帐里，但敌人没完全进入伏击圈，夜晚集中在独山庄过夜，当敌人正进入梦乡时，趁其不备，战士们突入村内，杀得敌人叫爹喊娘。一夜激战，四百余敌人全部被消灭，俘虏日寇十二名，缴获野炮两门、九二步兵炮一门、掷弹筒三个、轻重机枪十七挺、步枪二百余支。敌酋大队长少佐，长田敏江被击毙，他是日皇的亲戚，来华前受天皇谒见。此战获八路军总部来电嘉奖，称其为"平原打伏击战的典范"。经过陆房突围及梁山伏击战，陈光在山东名震遐迩，山东日军本部，专门写了一本小册子，名为《陈光部作战研究》，发到各部队学习参考。

一一五师的胜利，鼓舞了山东青年的抗日热情，短时间内参军三千人，成立了鲁西独立旅，杨勇任旅长，张仁初接任六八六团团长。

由于山东民性刚烈，民族精神高亢、又加中共地下党的鼓动，1938年抗日烽火燃遍黄河两岸，泰山周围，农民抗日暴动队伍之多是全国少有的现象。全省发动和组织这支抗日农民军的首位功臣是省委书记黎玉其次是辅佐黎玉的林浩、赵健民、廖容标、洪涛、姚忠明、郭子华、景晓村，及爱国人士范筑先、马耀楠、马宝山等。

1938年底，已发展为九个支队，统一整编为八路军山东纵队，一个支队相当一个旅，张经武任总指挥，黎玉任政委。九个支队有四万多人，人数已超过八路军三个师的总合。由于张经武资历浅，与中央各派不沾边，黎玉也没有山头背景，尽管领导农民起义有功，也不能掌握山东军政大权。各个山头对山东这四五万土生土长的抗日起义军垂涎三尺。山东纵队成立半年后，于1939年6月，徐向前，朱瑞调来山东，显然他俩与周恩来关系密切。8月张经武、黎玉领导的山东纵队改为八路军第一纵队，总指挥徐向前，政委朱瑞。徐向前毕业黄埔军校第一期，参加过叶挺、叶剑英、张太雷领导的广州起义。他有能力把四五万起义军训练好，也确实有建立根据的经验，并有军事指挥才能。朱瑞在苏联入党，他是知识分子，于苏联学得炮兵技术，回国后任上海地下党中央周恩来的军事参谋，对政治军事都内行。徐、朱二人合作，有能力把山东军区建好。

毛泽东对山东这块肥肉，特别对这四五万土八路垂涎三尺。他借口鲁西为平原，山小岭低不适合部队隐避为由，命令一一五师由鲁西越过津浦路，挺进鲁南山区，以抱犊崮为中心建立根据地。一一五师是毛泽东的嫡系，应该得到最好的环境及发展条件。1939年9月，一一五师进入鲁南。本来山东抗日起义军在黎玉领导下团结统一，现在突然竖起三个山头，有黎玉本地山头、徐向前、朱瑞的周恩来山头及毛泽东的陈光、罗荣桓山头。如何把三个山头统一为一个山头，这是山头头头们的心腹大事。

当时朱瑞在政治上仍不成熟，曾以省委书记的名义多次向党中央及毛泽东拍电报，建议徐向前任山东军区司令，统一指挥山东境内的八路军，并说陈光与罗荣桓不团结、能力差。这是出于朱瑞对党对国家的忠心，并没想到山头间的利益争夺。

徐向前的军事才能可能强于陈光。他经过军校的正规训练，既有文化，又有指挥八万红四方面的实践经验，这都是陈光望尘莫及的。政治才能肯定也超过罗荣桓，他的政治才能是在红四方面受压，四方军的干部挨整、日夜写检查、过关被斗中锻炼出来的。作为总指挥，所受的折磨不次于政委张国焘。张国焘一跑了之，没料到跑后，徐向前将受到双倍折磨。毛泽东把张国焘的"错误"加在他一个人身上。在受折磨的当时，很痛苦，是件坏事，但从长远看受折磨是件好事，它锻炼了人的聪明才智。折磨人的人，当时视折磨别人是件痛快之事，能使对方俯首称臣；但从长远看，折磨人是件坏事，因为受折磨的人变成更难对付的对手。罗荣桓没受过政治磨难，当然不如徐向前更有政治经验，更加成熟。毛泽东对朱瑞的电报很生气：手握八万大军的张国焘想吞掉红一方面军而没办到的事，竟建议徐向前任山东军区司令指挥一一五师，这等于让我毛泽东束手就擒。于是徐向前来山东仅仅一年被调回延安。抓实力第一，抗战第二，没有实力就是抗战胜利又怎么样，没有实力就没有一切，徐向前六月调离山东，十月陈光罗荣桓成立山东军区，撤消了山东纵队，解除了朱瑞的军政委。陈光为军区司令，罗荣桓为政委，朱瑞为省委书记，形成党政军三驾马车。

山东军区随即整编了七个教导旅，九个支队，部队已发展到九万人。毛泽东认为，徐向前是朱瑞背后的操纵者，朱瑞是政治婴儿，很不成熟，可笑之至。当时他为中共山东省省委书记兼第一纵队政委。

关于徐向前与朱瑞在山东的军事实力与政治地位，一一五师进入山东之前，罗荣桓早就看在眼里，放在心里，驱逐徐向前是易如反掌的事。根据过去红一方面军与红四方面军两个山头龃龉内斗，现在的徐向前仍处于政治休克状态，只若向毛泽东发份电报，就能使其流浪政治街头。不出所料，徐向前来如电去如风。

赶走徐向前后，罗荣桓仍感心头不轻松。一个是朱瑞，他是政委书记，事事都得经过他的批示；另一个是陈光，他性格倔强，刚愎自用，独来独往，不听召唤，而以他独尊。跟他在一起配合工作，等于给他当指使丫头，没一点尊严可言。驱赶朱瑞相对容易，驱赶陈光难度较大，因为陈光也是井冈山上的人，又是长征功臣，林彪、彭德怀、陈光是毛泽东的关羽、张飞、赵云三大将。可是有一点值得推敲，为什么代一一五师长一职，毛泽东厚我薄陈呢？其中必有奥妙。毛泽东决意要办的事，早晚一定要办成，不管任何人阻拦，如果不借助毛泽东的思想为自己飞黄腾达，就如同政治侏儒。

罗荣桓要求毛泽东派钦差大臣来山东巡视。毛泽东派新秀新四军政委刘少奇来山东，处理罗荣桓与朱瑞，罗荣桓与陈光的内斗，把外斗打鬼子先放一放。刘少奇为了建立自己的山头，竭力靠拢毛泽东。经过一个多月的了解，与罗荣桓私下达成协议。回延安后，先调走陈光，后调走朱瑞，冠冕堂皇的理由是调他俩去延安准备开七大，当时距开七大还有两年半的时间。调走陈光，罗荣桓当上了山东军区司令兼政委及一一五师代师长兼政委。随后调走朱瑞，他又坐上山东省省委书记的宝座，罗荣桓在内斗大获全胜，党政军一把抓，成为山东的张宗昌、韩复榘。毛泽东终于把九万山东农民抗日起义军争到手。

陈光与罗荣桓相处十年，一个战壕的战友，风雨同舟，生死与共，即使直性子的陈光有这样或那样的不对，不看僧面看佛面，不该背后捅他一刀。即使毛泽东想调走陈光，让罗荣桓身兼双职，罗荣桓也不该从命，"陈罗"与"朱毛"一样不能分离。受宠若惊的罗荣桓为了答谢毛泽东的厚爱，在山东《大众日报》上，于1944年7月1日发表了《学习毛泽东思想》的文章，先刘少奇提出毛泽东思想的论点，这为个人崇拜开了先例。为以后的政治雷雨，设下伏笔。

越直来直往，越口无遮拦越可恨；越巧言令色，越鲜于仁越可爱。毛泽东恶直爱巧，于是陈光与罗荣桓的命运一个入地一个上天。傻气十足的陈光仍看不透罗荣桓的魔术，临离开山东之前，告诫他的部下说："我走后，你们要服从罗荣桓同志的领导，他是个好同志！"他的忠厚耿直催人泪下。陈光的精力都放在打鬼子方面，不料同一战壕的战友，比鬼子还厉害。

在七大期间，陈光被任命为资格审查委员会主任，对七大的拉拉扯扯，吹吹捧捧，对大会无原则地奉官许愿不服是理所当然的，否则也就不成为陈光了。例如对高岗四级连跳，刘少奇的三级连跳有看法。在七大后期，毛泽东指定薄一波为候补中央委员。作为大会审查委员会主任的陈光提出相反建议，认为薄一波被捕后，在北平反省院里有悔过叛党反省书，登在《北平日报》上。毛泽东不但不听，反而将薄一波升为正式中央委员，并侮辱陈光反党。地下党派风云直上，整人斗人的刽子手飞黄腾达，而在前线拼命流血的英雄们靠边站，陈光难掩心中怒火。如与新上台的政治局委员相比，陈光在资历军功等都占绝对优势，结果连个候补中央委员也没混上。作为大军区的山东省书记朱瑞也没进入中央委员会。这一切都是毛泽东、刘少奇、罗荣桓的精心策划。如果把陈光、朱瑞安进中央委员会，就等于承认撤掉他俩的职务是错误的。打人打个死，救人救个活，陈、朱二位注定成为政治僵尸，罗荣桓注定成为政治宠儿。作为知识分子的省委书记朱瑞，在斗争中长了见识，看破红尘，他也学会了周恩来、徐向前的"忍"。

七大后，毛泽东让朱瑞当副总参谋长，接替烈士左权的职务。为了不给自己的未来带来更大的灾难，他谢绝了。他宁愿到破破烂烂的炮校里重操专业，朱瑞的选择近乎隐居，远离险恶的政治漩涡，他的明智受人尊敬，给后人留下榜样。可是老粗陈光同志就不同了，像李逵一样风风火火，骂骂咧咧去找毛泽东，直面质问："我怎么对不起你啦？"这更令老毛记恨在心。在七大期间出于权宜，毛泽东给陈光写了一封信，信中说："你的意见我是了解的，有些意见是对的。你在山东执行的路线是对的，你的意见可在会后交谈。"

会后毛泽东请陈光一家到家吃饭，老粗陈光受宠若惊。直到他死前，仍把毛泽东的信揣在怀里，认为"伟大的毛主席"是了解他的，没想到"伟大的毛主席"给他设下圈套，用激将法让他自投罗网，给人以假象，不像朱元璋明火执杖地杀功臣。

日寇投降后林彪受命去山东任职，中途转东北。行前林彪要求陈光同行，许诺当他的副手，陈光应诺。东北共军都是陈光将军山东的老部队，指挥起来得心应手。罗荣桓利用指挥员喜爱电台的心理，把从山东带来的两部大功率电台主动交予陈光，陈光感谢不尽，指挥员离了电台寸步难行嘛。

东北局第一书记彭真为了建立自己的军事实力，把林彪晾在一边，令陈光为前线指挥，在锦州以北组成第二道防线，阻击国军前进。罗荣桓把电台交给陈光的目的是激化陈光与林彪的关系以借刀杀人。林彪手中有大功率电台，其实他不需要陈光的电台。但要陈光把电台交给他，等于要陈光交出军队指挥权。没有电台不能指挥军队；不交电台就等于抗拒交军权。电台这件小玩意，竟引起两位大将军的争斗，而遗恨终身。历史何其巧妙的重现！齐国晏婴杀三个大力士，是用了两个桃子；罗荣桓杀陈光用了两部电台。

来东北后林彪没有践诺陈光为他的副手，林彪没有践诺有三个原因，第一、因毛泽东讨厌陈光，没任他为中央委员；第二、政委罗荣桓作梗，如重用陈光，便得罪罗荣桓，得罪罗荣桓就等于得罪毛泽东；第三、林彪在延安出发时决定去山东与其同去的候补中央委员，只有肖劲光。到山东后准备将罗荣桓调回延安治病，林彪将成为山东军区的唯一中央委员，他说话算数。中途中央命令林彪转向东北，同去东北有四个政治局委员、四个中央委员、六个中央候补委员，关键是罗荣桓也去了东北，十多个中央人物林彪又不是政治局委员，所以在延安的许诺在东北就不好实现了。

林彪个人虽生陈光的气，但并不恨他，因为他是个大老粗嘛，何况对自己还有救命之恩。还是让他去了东北野战军最精锐的第六纵队任司令员，没派政委。虽没命令叫陈光兼政委，实际有这层用意。陈光认为当纵队司令是大材小用，怒气冲天，不但每天骂部下，而且当着部下的面骂林彪。

1947年夏，叶剑英以国、共、美三方停战调处的名义。由北平来到哈尔滨，代表党中央调解林彪与彭真及林彪与陈光的关系。陈光不给叶剑英面子，不听调解，令叶剑英大失所望。经调解后，中央降彭真为东北局副书记，不久又调出东北；升林彪为第一书记兼军区司令。毛派在东北取得内斗的胜利，而刘派偷鸡不着蚀把米。叶剑英以减损刘派实力，维护毛派利益而得到毛泽东的信任，也表明毛派和周派的合作无间。至于对毛派林陈之间的内斗，叶剑英不能厚林薄陈，留给他们自己解决。

陈光来东北后指挥了几次漂亮的战斗，1946年4月，攻克长春歼灭了伪满最精锐的铁石部队两万多人，给四平战役开了个好头。当四平防卫战兵败如山倒的时候，他又指挥老部下梁兴初的一师消灭了进入拉法的新六军一个加强团，从此国军停止追击步伐，使东北战局稳下来。

1947年1、2月的冬季攻势，陈光指挥六纵队在焦家岭与城子街消灭了孙立人新一军两个团，从此新一军一蹶不振，东北共军由防守转为反攻。当时消灭王牌新六军、新一军一个团，是很不容易的，这是日本军队在缅甸办不到的。陈光同志继长征、山东抗战之后，在东北内战中又立了大功。但林陈的矛盾越演越激化，最后撤了陈光六纵队的司令职务，以后任命他为松江军区的司令、哈尔滨警备司令和野战军第三副参谋长，这等于把他挂起来。但林彪仍不愿把陈光置于死地，因为把救命恩人置于死地是不道德的，会留骂名。生死与共战友的友谊重于兄弟，即使之间出现这样或那样的矛盾，也并非你死我活不可。

1950年1月，林彪把陈光推给叶剑英当副手，1950年1月任广东军区副司令员兼广州警备司令。三年前曾任中共最北方，也是中共唯一大城市哈尔滨的警备司令，现在又任最南方的大城市广州警备司令。警备司令一职，级别并不算很高，但这两个城市异乎寻常地重要，陈光同志暂且也可忍辱负重了。可惜！倔强的脾气又与叶剑英合不来。

叶剑英与林彪是两个完全不同的人物，前者是精于权变，生活放肆的政治家，后者是擅长兵术，谨守传统，生活像苦行僧一样的白痴。两人于陈光的关系也不同，叶剑英没有像林彪那样与陈光风雨同舟的战友关系，两人对陈光问题的处理当然就完全相反。林彪委曲求全，尽量迁就，怀念既往；叶剑英以党内山头斗争为最高利益，不择手段。

陈光由于政治失意，情绪低落，怀念其二十二年前宜章起义牺牲的战友，为了安慰九泉之下的英灵，把烈士遗孤收拢起来，共两百人进行军事训练，以使获得军事技术，未来参军后将容易被提拔重用，借以养家糊口。陈光不会把遗孤培养成医生开诊所，也不会培养成律师开事务所，他只会军事技术，只能办军事学习班。陈光不懂政治，傻气十足，没料到别人抓他小辫子。叶剑英说陈光要造反，培养自己的军事势力。周恩来在南昌领导两个军造反失败了；你叶剑英在广州领导一个团起义失败了；陈毅、朱德领导湘南三十万农民起义失败了，难道他会领导两百农民造反？天大的笑话！原本出于恻隐之心，却落了个阴谋造反之名。笨口拙舌的陈光怎么也说不清、道不明。即使叶剑英捂着半边嘴，三个陈光也说不过他。

身兼中共华南分局书记，广东省军区司令及政委的叶剑英罗列了陈光陆房突围、七大代表、扣押电台、开设训练班等错误，主张开除他党籍及逮捕。报告打到武汉以林彪为司令的中南军区，恰好林彪去苏联养病。主持中央及军委日常工作的是周恩来。这是叶剑英瞅准的好机会。中南军区没主帅，别人不当家，中央是自己人主事。

处理像陈光这样的高级将领，又是长征功臣，除了毛泽东之外，谁也主不了。经过周恩来一番巧舌，毛泽东批准了叶剑英的报告。并秘密焚杀！。

时止今日，人们一直把陈光的冤案归根于林彪一人身上，这可谓墙倒众人推，破鼓乱人捶，实在不公正。思想单纯的陈光一直认敌为友，认友为敌，把他的不被重用怨在林彪身上。难道你的山东军区司令及一一五师代师长的职务被撤也怨林彪？你在七大没被任命为中央委员也怨林彪？根据这两件事，林彪当然不敢重用你。你不想，你被任命为一一五师代师长，也是朱德、彭德怀根据林彪的意见任命的嘛，只是林彪不善表白罢了。你在六纵队的干部会议上，多次攻击林彪，林彪看在战友的情面上，装聋作哑，只是最后忍无可忍在北京师以上干部会上批评你居功骄傲，并没有给你任何处分，就很够宽容的了。如果说林彪有什么不对的话，就是在叶剑英建议逮捕的关头，没伸手挽救战友，因为他是白痴军事家，没政治头脑，没看清叶剑英的魔术。如果他伸手挽救陈光的话，林彪将成为智勇双全的大英雄了，世上没有十全十美的人，有其所长必有其所短，再说林彪当时正在苏联治病，根本不在武汉。

有人说陈光受难与性格暴烈有关。不曾见过负伤十次以上的将军性格温和的，暴烈是战争环境造成的，暴烈不该死罪。在长征的时候，陈光同志就性格暴烈，如何不逮捕他？而革命成功了，置他于死地？许多名将如蒙恬、白起、韩信、岳飞，都不得善终，因为是名将，这就是历史规律。陈光将军也不能逃出规律之外，长征的功劳导致了他的毁灭，子孙后代，永远缅怀将军的英名！

不管叶剑英出于怎样的政治目的，及其以后对历史有怎样的贡献，也难以抵消其亲手导演的陈光悲剧，这是历史的遗憾，从陈光将军开始，毛泽东的屠刀向建国功臣大开杀戒。继陈光之后是高岗、饶漱石。高、饶之后又排上谁呢？毛泽东口口声声喊为人民服务，对为他打天下的功臣都视若草芥，对人民又有什么感情呢？毛泽东善于正话反说，习惯编造谎言。他所说的服务是屠杀。

叶剑英借助毛、林、罗与陈光的内部矛盾，杀害了陈光，与周恩来利用毛、刘、高、饶的内部纷争加以火上浇油如出一辙。未来的胜利必然属于周派，因为在毛、刘两山头上，没有周恩来、叶剑英、邓小平这样翻手为云覆手为雨的政治家。

毛泽东借敌人之刀杀害了张国焘的西路军及周恩来的新四军；周恩来又借毛泽东之刀杀害了他的三大军事支柱---陈光、彭德怀与林彪，致使毛泽东一败涂地。以后篇章继续详述彭林悲剧。老首长陈光将军安息吧！山东人民怀念你！第四、第三野战军两百万将士怀念你！

第三十八章　政治运动肆虐华夏
知识分子在劫难逃

　　毛泽东亲手发动对知识分子第一次围剿是1942年延安整风运动；第二次围剿是1951年上半年对电影《武训传》的批判运动；第三次是1951年下半年对知识分子的思想改造运动；第四次是1954年对俞平伯为代表的红楼梦研究的围剿。第三次与第四次相距时间较长，这是因三年抗美战争使毛泽东腾不出手。第五次围剿运动是1955年对胡风的陷害。

　　抗日期间，在延安1942年的"拯救失足者运动"，可称为对知识分子发动的第一次围剿。当时的知识分子，完全失去了藏身之处，犹如屠宰场的羔羊，任人宰割。

　　建国期间，1951年以批判《武训传》电影为借口，对知识分子发动了第二次围剿。与第一次围剿一样，是由毛泽东亲自策划的，亲手发动的。

　　武训，山东聊城人，清朝民间教育家，主张教育强国，教育育民，教育复兴民族。和所有具有良知的知识分子一样，热衷教育。认为中国之所以受外族欺凌，就是教育落后。为了达到自己的美好愿望，他节衣缩食，周游化缘。为了筹措办学经费，常被流氓地痞侮辱，为了答谢他人的资助，常作揖磕头为礼。武训办学的崇高行为，在鲁西北传为美谈，家喻户晓，人民引以自豪。

　　为了弘扬武训的办学精神，有人编排了一部电影《武训传》，著名演员赵丹主演。

　　赵丹原籍山东，对家乡的美丽故事演得活龙活现，引起全国人民普遍好评。热爱教育的人为武训叫好，喜欢看热闹的人为赵丹的演技叫好，全国叫好声震怒了伟大领袖毛主席。他把《武训传》调进中南海上映。

　　他看了一遍又一遍，用放大镜终于发现了《武训传》的瑕疵。于是在《人民日报》上发表了一篇社论，《应当重视电影〈武训轮〉的讨论》一文。严厉批评对武训及电影《武训传》的赞扬。全国报纸电台霎时扭头转向，由赞美转为侮蔑，从此开始了对知识分子的第二次围剿战役。尽管赵丹与周总理私交深厚，经常是周家的座上宾，但也难逃厄运。周总理对老朋友也无能为力，不敢两肋插刀。批准拍摄与放映《武训传》的是文化部，具体到电影司，涉及到编辑、导演、摄制、服装、化妆、灯光、剪裁等等一系列人员及一大批演员，都得没完没了地写检查，写检举材料，人人如漏网之鱼，个个像惊弓之鸟，惶惶不可终日。

批判运动由《武训传》扩大到整个电影界；由电影界扩展到戏剧界；再扩大到文学界及全国艺术界；由艺术界又扩大到教育界。对《武训传》的批判无限上纲上线，说是向新中国的挑战，是向党的进攻，是明目张胆地歌颂封建主义，抵制无产阶级，好像《武训传》比原子弹还厉害。人们一面写检查，一面心中暗笑：这简直是精神病大发作。

为搜集更多的批判材料，中央组织一个武训历史调查组，以电影司艺术处长钟掂菲为组长，组员有江青。钟掂菲这个组长不好当，他心里赞美《武训传》，工作上还得收集批判武训的历史证据，在收集过程中必须去真存假，删精取糠，这是政治原则。在调查中历史唯物主义排不上用场，戈培尔的逻辑倒是很有借鉴价值。为了取得领袖及其夫人的欢心，调查组写出一篇满纸谎言的调查报告。当时由于朝鲜战局紧张，全国上下集中力量支援前线，批判运动时间不长，就草草收兵，结束了对知识分子的第二次围剿战役。经过这次打击，文艺界再不敢演唱帝王将相、才子佳人的节目了。演工农兵的节目又无剧本，舞台上出现了青黄不接的荒芜。

中共部级以上高级干部上千名，其中最难做的莫过于周扬那把交椅。抗战前周扬负责上海地下党文艺界领导；抗战后任延安鲁迅文艺学院负责人，兼中共文艺界的负责人，建国后任中共宣传部副部长兼文化部党组书记，为中央文艺理论忙活一辈子。一辈子的生活异常艰难，生存在两座大山的夹缝里，一座大山是要自由的文艺界；另一座是主张专制的毛泽东。文艺家说没有自由就没有创作；老毛说，没有党的领导就没有人民文艺。周扬居中间，两边陪笑脸，对毛的主张表示坚决主张执行；对文艺界的要求表示尽量争取。结果，老毛指责他对中央的政策执行不坚决，骂他阳奉阴违；文艺界指责他争取来的是专制而非民主，骂他是伪君子，助毛为虐。周扬两边不落人，有苦难言。

毛泽东想撤掉周扬找个更左的人领导文艺，而更左的人不懂文艺。又想找个懂文艺的人代替周扬，而懂文艺的人比周扬更右。只好委曲求全，只能用周扬来撑局面了。周扬是毛泽东座下的破自行车，不断地被敲打。周扬兼文艺界的泔水缸，文艺家把各种怒气向缸里倒。如果按老毛过左的文艺政策执行，中国的文艺界将万马齐喑，毛泽东会骂他左倾冒险主义；如果周扬满足文艺家的自由，文坛会出现百花齐放的盛况，毛泽东又指责他为右倾投降主义。自古以来有上千种专业，但还没有一种比周扬的专业更错综复杂，上下挤压、左右为难的。尽管他使出浑身解数，耗尽全部才智，还是受两边指责。他宁愿到舞台上跑龙套，搬桌子、挪板凳，也不愿当部长，可是没有辞职不干的规章，辞职等于革命的逃兵。民谣说：“叫你干，你就干，不能干也得干；叫你不干，你就不干，能干也不能干。”

抗战初期，周扬到了延安建起鲁迅文艺学院。集中从上海及全国逃来的专业知识分子，建立了文学、绘画、音乐、文艺理论、哲学等学系。全院呈现学术自由的校风，教学相长，考核、教学制度严格，春风满园，很像一所正规的大学，不像政治学习班。

经过1942年整风，含苞欲放的鲁艺一下子进入霜冻期，花没开就谢了。鲁艺不仅变成政治学习班，而且变成准劳改队。政治是一顶紧箍帽，扣在每个人的头上，谁与上司的想法不一致，紧箍咒一念，轻则头疼得眼冒金花，重则像陈光、高岗一样被打入另一个世界。

周扬经过许许多多的政治风雨的抽打、训练，变成一位技艺高超的政治杂技能手。他走政治钢丝如履平地，对文艺界实行张弛并举的政策，包括政治运动、学术批判、个案处理等问题的解决。只张不驰，谓之过左，伤害艺术家；光驰不张谓之过右，上司震怒。对文艺界的政治运动要做到雷声大、雨点小。雷声大是为了应对上级；雨点小是为了保护艺术家。对艺术家的个案处理把握批判从严、处罚从宽。能把儒家中庸巧妙地融入当代政治中，就能履过薄冰，他暗拜周恩来为师。

周扬与宣传部长陆定一各心照不宣地分析了批判《武训传》的时机与当前国际国内的政治形势。现在国内的形势是全国集中一切力量支援朝鲜战争，动员各界捐献飞机大炮，同时镇压反革命，又是刚刚建国，百废待兴，忙着经济建设等；国际形势上，朝鲜大战正酣，十三国提出停战要求，中国又想借机进入联合国。现在毛泽东就是有三个脑袋也忙得没有时间睡觉。批判《武训传》的运动与以上国内外大事相比是小事一桩，毛泽东无暇过问。陆定一与周扬以延安整风枪毙王实味为戒，使批判《武训传》运动和平收场，趁机做干打雷不下雨的方式处理，保护了一大批电影工作者，赵丹免蹈王实味的覆辙，他俩为国、为党、为民立了一大功。不过，经过以后多次围剿知识分子运动，周扬学乖了，以宁左勿右保住自己的既得利益。

朝鲜战停后，毛泽东精神大振。中国竟能打败世界头号强国，这是他伟大的胜利。既取得国内革命成功，又获得对外战争胜利的领导人，即使头脑再清醒也会忘乎所以。权力与谦虚呈反比；金钱与堕落呈正比。

毛泽东的名言是："八亿人民不斗行吗，你不斗他，他斗你。要天天斗，月月斗，年年斗，阶级斗争一抓就灵。"他一生发动的斗争包括对日寇、美帝、苏修、国民党的外斗；对党内各山头、功臣、知识分子、各阶层人民的内斗。他的外斗，取得巨大成就，是欺骗人民的结果，他内斗不管胜败人民是厌恶的。每年一次或几次的政治运动，也有一次运动持续多年，伤害了人民，伤害了国家，也严重的伤害了他自己。如果抗美战争胜利结束后，老毛隐退政坛，他将是历史上的大英雄、贤明的君主。虽然在瑞金有杀AB团、延安有整风冤案及山东血淋淋的土改，那时革命远没成功，影响范围较小。可惜，历史的发展不仅与人们美好设想背道而驰，也不顺从权力的规范。胜利后的老毛更肆无忌惮，置全国于腥风血雨中。历史反反复复的证明，以德治国，长治久安；以暴治国，失败难免。以德治国需要智慧与耐性；以暴治国简单易行。坐了天下的人，往往喜简厌繁，权力摧毁了理智，自以为几百万拿枪的敌人被消灭了，手无寸铁的老百姓敢不听话？祸端往往起于预料之外。

对外已无仗可打，斗争的锋芒只能指向内部了。斗争就像鸦片一样，已成为毛泽东的癖好。

1954年秋季开学伊始，山东大学两位青年学子李希凡、蓝翎在山大校刊《文史哲》杂志上发表了《红楼梦研究》一文。导致了对知识分子第四次围剿。《文艺报》、《光明日报》对李希凡、蓝翎的文章没重视，不可能转载。因为文章不是研究红楼梦的，而是骂研究红楼梦的人。如果因骂人成名，就在学术界创下不好的先例，所以全国各大报没给转载。毛泽东眼尖，发现了这篇文章，文章好像是龙书金的炸药包，毛泽东把它丢进红学界，引爆了对胡适与俞平伯的围剿战。

石鸿儒收到伏淑鹤一个小包裹和一封信。拆开前想入非非，用手触摸一遍，像触诊病人的腹部一样进行鉴别诊断。包裹的硬度为弹力软、无包块，可以排除糖果、书籍等。根据望诊，体积较小又不像是衣服，体积又较大不像袜子、手帕。最后不能确诊，需要剖腹探查。当宿舍没人的时候，用水果刀轻轻挑开缝线，打开一看是一个绣花枕头套，图案是浮在水面上的一对鸳鸯嬉戏追逐，还绣有含苞欲放的荷花，较远处一枝柳丝随风飘浮在水面上。在左下角，用英文绣着"赠儒兄·小雪拜"。绣工精美，两只鸳鸯呼之欲出。在他眼下，这无疑是一件艺术珍品。他小心翼翼地套在枕头上，好似这件作品是玻璃的，一不小心将被碰碎。雪妹的少女时代处于兵荒马乱年代，她何时学会刺绣的？他又匆忙拆开信封，迫不及待地读下去。

小复生子：

自你寄来爷爷的处方后，家庭发生意见分歧。妈妈与我为同意派，爸爸和姐姐为反对派。本来我也不相信中医，可是在沈阳吃了你的棕榈炭、乌梅炭、炮姜炭、及阿胶四味药，服药六小时，多日淋漓不断的月经突然停止，真可谓奇迹。我几年来用西药治疗，从没有这样神奇的效果，从那以后我也爱上了中医。自服了爷爷的温经汤后，几个月来月经周期正常，血量中等，完全痊愈，爸爸姐姐也服气了。现在全家同意我服用爷爷治肺病的方子，每天服两丸左归丸，二丸补中益气丸，二钱白芨粉，每两月拍一次胸片，对照一下疗效。如果我的肺空洞愈合了的话，爸爸和姐姐会和我一样爱上中医。

报告你一个不好的消息，最近两个月，月经病痊愈了。爸爸不许我再回沈阳读书，正在给我联系转学手续，准备转入北京医学院。我一百个不同意，爸爸也不听我的意见。他说我的病痊愈一方面与中药治疗有关，另一方面和北京温暖的气候也有关系。你同意我转学吗？我准备再和爸爸争论一番。不过妈妈与姐姐也同意爸爸的意见。这样我的意见受到孤立，对我们很不利，我很着急，你说怎么办？

我的刺绣技术不娴熟，作品没有欣赏价值，请不要笑话，但也能表达心意。我的刺绣技术是跟西南联大一位教授的苏州太太学的，她很喜欢我，她的技术比我高多了。因老师是苏州人，所以我的刺绣作品属于苏绣。苏绣与湘绣的鉴别在于苏绣玲珑剔透，类似菊花的千姿百态；湘绣大方朴实，类似牡丹的雍容华贵，如果你喜欢，我将继续为你绣作。现在北京挺热闹，尤其北大更热闹，山东大学两位刚毕业的学生，没学会治学，学会了鲁迅的成名之道，以骂人而扬名。对学术可以讨论不可以讨伐，可以自由辩论，不可以依势压人。辩论以考证结果为依据，不能以政治帽子满天飞。辩论双方必须政治平等，不是统治者对被统治者的叫骂。目前北京各报刊，用同一政治口径，同一声调，同一语言反反复复的攻击红学家俞平伯先生，这哪是学术讨论，是政治讨伐。这不仅红学界不服，即使旁观者也不服。对老红学家的研究模式横挑鼻子竖挑眼，左也不对，右也不行，那么新红学家的研究又是什么模式呢？骂人、扣大帽子总不算研究学问的模式吧。在北大各级批判会议上，千人一口，百人一面，都按报纸上的统一内容发言，言之无物，空洞滑稽，发言者自己也好笑，这简直是闹笑话，丝毫没有严肃性，在群众的心目中，被批判者反而更被尊敬，形象更高大，批判者反倒成为笑料，小花脸。

批判俞平伯的目的是想借此掀起更大的批判胡适的运动。了解胡适的人对他的治学、为人倍感尊敬，有话不能写；不了解胡适的人想写而又怕闹出笑话，毕竟胡适是当代文化泰斗嘛，不是无知之辈任意可以贬低的。所以对胡适的批判一直搞不起来。其次对胡适的批判还要影响许多海外华裔学者。报纸上对他早年的"多研究些问题，少谈些主义"，"大胆想象，小心求证"的观点进行隔靴搔痒的批判，文章显得苍白无力，人们读后，不知文章的目的是批判呢还是表彰。

在北大现有教授中，家父是胡适最要好的学术朋友，为完成《中国哲学史大纲》一书经常碰头，互相切磋。如刮起批胡适风暴，必然牵连家父，但历史有许多巧合，现在家父正通过秘密渠道，规劝姨夫回归大陆。如批判父亲，姨夫将不敢回来。批判胡适如没有家父作陪及他的检讨文章，批判运动就不会热火朝天，再加上其他阴差阳错的历史事件，所以批胡适运动没达到高潮而潮退。其中，我把你的先见之明告诉了父亲，他曾频频点头，姨夫回国主要是依靠父亲这根线，看来，政治运动是不会终结的，脱了初一，脱不了十五，我总觉得知识分子将有大灾大难。不管这些，只有听天由命了。我们青年知识分子还好些，年老者的命运不堪想象。不知为什么，对知识分子有如此深仇大恨，《人民日报》竟登过这样一篇文章，说大学毕业的人不如高中思想进步；高中不如初中；初中不如小学；小学的不如只识几个字的。根据这个逻辑，文盲是马列主义的先天信徒，博士是先天的敌人。越无知越先进，越优秀越反动，是非、好坏完全颠倒了。好了，不谈这些令人生气的事了。

你最近好吗？心情舒畅吗？又看了多少书？在目前形势下你看的书多了，是否对你有利？不过你是吃共产党的奶长大的，也许政治上上了保险，知识多了不被另眼看待。

我病愈后还是争取回沈阳中国医大。由于你的关系，我特别爱中国医大，甚至爱沈阳城，因为这座城这所大学有我的人儿。所谓爱屋及乌这句话，现在才有深刻体会，人的感情真奇妙，纵使北京距沈阳一千五百里，感觉像近在咫尺一样。对遥远的城市想念的次数多了，就拉近了两座城市的距离。感情不是物质的，但能拉近或疏远两个物质的距离、古代哲学家主张精神左右物质的说法，也不是无稽之谈。感情还像一根有形的绳索，两个相爱的人儿，虽然相距遥远，还是被这条绳子捆绑在一起，好像很近很近。每当我给你写信的时候，好像你就在我眼前，我们就在校园里，就在樱花树下，就在东陵松树旁的草地上谈天，就在车站等车……给你写信是我精神享受，是生活必需，是最快乐的时刻。从前听说爱情给人以力量，使人朝气蓬勃，我不相信这些话，令人肉麻。现在体验这些话是实实在在的经验之谈，大儒，你不会笑话我吧？

小雪拜

大儒把这封信连续读了三遍，第二天又温习了两遍，第三天在没接到新信之前又复读一遍，大儒日夜想念她，说梦话也喊小雪，把同寝室的三位同学吵醒了，第二天同学们问他小雪是谁？大儒的头发根子都臊红了。

1955年对知识分子发动了第五次围剿，就是对胡风、舒芜、路翎等的围剿。抗战前后，中国文坛分两派，胡风、萧军、舒芜、冯雪峰等为鲁迅派，也可称为右派；周扬、田汉、何其芳、林默涵等为左派。他们从上海斗到武汉；从武汉斗到重庆；由重庆斗到延安；最后抓着脖领子斗到北京。文艺界酒足饭饱之余，没有写出惊世之作的才华，打嘴仗是无可非议的，没事找事干嘛。

文艺创作是一件极为艰苦和复杂的劳动，无法按照文艺理论家的固定模式，政治家的框框进行创作。胡风教导作家的理论是"主观战斗精神"与"人格力量"；舒芜与胡风的主张雷同，吹捧"主观"，提出"主观精神"、"战斗要求"、"人格力量"三个口号。

毛泽东在延安文艺座谈会上主张文艺作品的评价标准有二，政治标准第一；艺术标准第二。艺术家要为工农兵创作，为工农兵服务，要创作出工农兵文艺、无产阶级文艺。所谓为工农兵服务就是为毛泽东歌功颂德，他自封为工农兵利益的代表。

胡风的主观战斗精神与毛泽东的政治第一的标准是水火不相容的，其实胡风与毛泽东对作家的操心是多余的，作家有自己的经历、自己的修养、自己的目标、自己的策划和自己的理念。如果作家被别人牵着鼻子走，也就不成为作家了，就变成御用文人、木偶演员手下的木偶。

对科学家或艺术家能否成功，孔子早有教导："知之者不如好之者，好之者不如乐之者。"科学家之所以在某个领域成功，他觉得活动于这个领域是一种快乐；作家所以能写出惊世佳作，是对自己喜爱的事物，以吐为快。爱迪生发明留声机、电话、电报是为了享受发明的快乐，成功之前，并没想到为谁服务的事。曹雪芹写大观园，是对过去快乐生活的重温。蒲松龄骑着毛驴到处收集妖魔鬼怪的故事是一种快乐享受，如果有高明之士，为他俩指点迷津定下条条框框，可能《红楼梦》、《聊斋志异》到现在也写不出来，即使勉强写出来也得受批判。前者是歌颂才子佳人；后者是宣传妖魔鬼怪，根本没有工农兵的影子。曹雪芹与蒲松龄必然受到惩罚，轻了像赵丹一样口诛笔伐，重了步王实味的后尘。

唐宋诗词作家、意大利画家、德奥音乐家、俄国长篇小说家都达到艺术极致，又是谁指点他们成功的呢？又是按什么标准创作的呢？他们达到成功的唯一条件就是自由加天才。

春秋战国之际，社会自由的程度令人难以想象，不但帝王无权教训文人如何创作，反而文人指点帝王如何当帝王。孟子对齐宣王、梁惠王当面指教，而语言刻薄，齐王梁王不但不杀他而且很礼貌。所以春秋战国间，百家争鸣，百花齐放的学界盛况成为中国的文化高潮。宋朝的文学绘画理学在我国又达到高潮，宋朝连续五位黄帝没杀过一个文人，"言者无罪"这句开明的话，是出于宋朝第一个封建皇帝赵匡胤之口，他本人不但做到"言者无罪"即位的兄弟子孙也做到了。没有开明的赵匡胤就没有宋朝的文化高潮，用焚书坑儒的政策，只能出现万马齐喑。万马齐喑就是反抗，就是向君王脸上抹灰，百家争鸣就是向君王脸上贴金。文化高潮的出现是君王的政绩、骄傲，这个简单的道理连幼儿园的小朋友都懂，可是一旦坐上高位的人，就糊涂了，连壹加壹等于几都不明白了。

胡风的性格很像鲁迅，喜欢高声呐喊，好打不平，要做横眉冷对千夫指，俯首甘为孺子牛的梁山好汉。他把主观战斗精神的理论写了一长信送给中共中央，这等于与毛泽东《在延安文艺的座谈会上的讲话》政治叫板。解放后敢于和毛泽东叫板的他算第二位好汉，第一位是梁漱溟，毛泽东的国民经济政策是死搬苏联模式：重、轻、农；梁漱溟主张相反，是农、轻、重。他被扣上既反苏又反共的帽子。好处是他一个人单枪独马地与毛泽东对着干，没有第二个人敢和他站在一边，一个人不能算为反共反苏集团，对他处理较轻，只是叫他搬出颐和园就算了，没戴政治帽子，当然开除全国政协委员是天经地义的了。

毛泽东阅读了胡风的十万言上书。把重要的段落划出来加按语，连篇累牍地发表在《人民日报》上。毛泽东写了序言，及二十多条按语，同时把胡风及夫人梅志以及舒芜、路翎等作家的通信也公之于众，也加上按语。

石鸿儒每天去图书馆，观察《人民日报》的动态。序言和按语虽没署名，但一眼就看出是毛泽东的霸道口气及强词夺理的文风。石鸿儒对照着读胡风的上书、信件，与毛泽东的按语。认为按语太离谱、太玄、政治帽子满天飞，是欲加之罪。同学们都冲着《人民日报》发笑，谁也不敢多说话，尽管心里的是非曲直分得清清楚楚。有的同学看着《人民日报》喊一声："乖乖！"，轻蔑的一笑，扬长而去。"乖乖"是江淮地区的中性感叹词，无法定性反对还是同意按语及序言，但轻蔑的笑意是嗤之以鼻的意思。

有权势的人习惯把真理看成贱骨头，喜欢趋炎附势者，视升斗小民为草芥，对是非没有判断力。视自己比泰山高，比大海深，比无所不能的上帝更无所不能，可一手遮天。其实不然，小民并不比大人物缺少智慧。大人物成为大人物之前，不也是小民嘛。朱元璋没登基前，是个到处乞讨的小沙弥，斗大的字不识一麻袋，怕大臣们嫌他出身低贱，没文化不服他，所以大杀功臣。刘邦是个卒长，刘备以打草鞋为生，断断续续念了不到三年私塾的朱元璋，是最低贱的小民嘛，但朱元璋跟他俩相比，算不上文化大师，也算个大知识分子了。试问他们有什么超人的智商？毛泽东企图用序言及按语贬低胡风，抬高自己的威望，其实他错了，恰好收到相反的效果。被同情的是胡风集团，毛泽东及《人民日报》被视为无赖骂街。如果陆定一、周扬与《人民日报》社长吴冷西、总编邓拓真正对毛泽东忠诚的话，就该把他的序言及按语从《人民日报》上撤掉，这等于保护了毛泽东的威信，不让他出丑，避免全国耻笑。不过这些人没有魏征的勇气，当然他们也看透了毛泽东没有李世民的宽厚，怕弄巧成拙，引火烧身，只能随声附和，摇旗呐喊，求得明哲保身，反正胡风属鲁迅一派，不属周扬的左派。周扬不但不救人，正好是他落井下石的好机会，借机报了几十年的仇。

毛泽东及《人民日报》判定胡风、梅志、舒芜、路翎等是一伙潜伏在革命阵营内部的反革命集团，全国报纸电台对胡风的讨伐声地动山摇，全国上下，文艺界、党、政、群机关，到处抓胡风分子，好像胡风分子无处不在，无处不有，风声鹤唳、草木皆兵。神经错乱的程度比堂.吉歌德有过之而无不及。一场闹剧没完没了，好像治知识分子就是治国，今天不杀胡风，明天中国就由红变黑。胡风被渲染成一位呼风唤雨的反革命魔术师，令全国人民哭笑不得。

胡风的文艺理论本来可以在文艺刊物上发表，或写成书由出版社发行。可是建国后一切大大小小的单位都归国营，都在党的严格控制下，即使两三个人的剃头铺也是国营，也建立了党小组为领导的核心，何况报刊、杂志、出版社呢。胡风的文章没处发表，于是寄往中共宣传部，宣传部交给了毛泽东。

毛泽东如获至宝，总算抓住了知识分子的小辫子，可给他提供借题发挥的根据了。陆定一、周扬算立了一功，暂时稍微缓解了毛泽东对他俩过右的指责。胡风作为陆定一、周扬的贡品被敬献给毛泽东，他俩的政治目的达到了，既打倒了对立派，又讨好了毛泽东，一举两得，可谓高明之策，为获得的个人胜利沾沾自喜，俩人都没想到对胡风集团的镇压比对枪毙王实味的影响更坏。全国六亿人民都把这场恶作剧看在眼里，不管影响好歹，全由毛泽东兜着。陆定一、周扬总算松了一口气，放下了包庇赵丹的包袱了。可是因胡风事件进行大逮捕后，他俩的良心又受到了谴责，但又无力扭转局势。毛泽东借星星之火扇成熊熊大火，烧遍全国，这是他俩始料不及的，责备自己做了一桩傻事。

毛泽东之所以自延安到北京对知识分子发动了五次大围剿，只有一个目的，就是艺术家必须歌颂工农兵，共产党是工农兵的先天代表，歌颂工农兵必须先歌颂共产党伟大领袖。话不直说，只是绕了一个大圈子罢了。自古以来没有一个君王为工农兵利益着想的，即使李世民、赵匡胤制定了温和的政策，也是出于稳定人心，使自己的统治稳如泰山，后世子孙免遭杀戮而已。被统治者又借温和政策之空隙发展生产，统治者与被统治者的需求趋于一致，便出现盛世。盛世既稳定了统治者的统治，被统治者又得到物质与文化的满足。君王把统治者与被统治者的利益稍予协调便被称为明君。君王鼓动工农兵为其打天下，打下天下不仅吃不饱肚子，连说话的权利也没有，光空喊工农兵伟大，又有谁相信呢？人民不信巧言，信言不美，美言不信，信吃饱肚子，信说话自由。

对文艺理论家胡风的围剿，是自命伟大的人物办了一件可笑的事。对手无寸铁的胡风，就像对手握五六十万重兵的卫立煌、杜聿明、傅作义一样，调兵遣将、兴师动众、八面埋伏、四面开炮。作为一个大国领袖，钦定对一个小小文艺理论家的围剿，并且御笔钦点按语，钦撰序言，带头冲锋陷阵，未免有小题大做的嫌疑。杀鸡焉用牛刀？由文化部主持，以《文艺报》为论坛，进行公平论战，不以势压人，既活跃了文坛气氛，又显示出执政党的豁达大度。至于双方谁胜谁败都不重要，因为作家不可能按照任何一方的条条框框去写作，没有放之四海皆准的规章框框。都要因人、因地、因时而制宜。

全国人民种田没有统一的时间，在黄河下游秋分种麦正当时；在长城一带白露种麦正当时；在江淮地区寒露种麦正当时。必须按天时、地利条件决定播种。医生治病也非千篇一律，因病制宜，例如对骨瘦如柴的穷人治疗以滋补为主；对脑满肠肥的富人要清利为主；对江南人选用药性轻灵的药物而且剂量偏低；对北方人治病选用药味浓重的药物而且剂量偏大。这都在医生自己掌握之中，没有哪个权威为医生规定全国全民用同一方法治疗同一种病，这就是辩证唯物主义。如果规定所有作家遵照统一理论模式去创作，这就是唯心机械论。胡风强调"主管战斗精神"，毛泽东强调写工农兵，都言之凿凿认为自己正确。其实也谈不上谁对谁错，双方都是可笑的。

历史就是历史，不管好坏不能倒转。假设鲁迅在世的话，在反胡风的年代刚好七十三岁，刚刚进入高龄，那么他对围剿胡风运动将持什么态度，对另一位得意门徒萧军被罚在抚顺煤矿劳动管制又能说些什么呢？倒是很令人玩味的。

鲁迅死后，毛泽东给他加冕九顶桂冠，称他为中国无产阶级革命文化伟大旗手、伟大文学家、伟大思想家、五四新文化运动的伟大开创者、伟大革命家、伟大文化革命的主将、伟大共产主义战士、中国新文化的奠基人和中国现代文学史上第一篇白话小说的作者等等。

鲁迅确实是个杰出的人物，假如他在世，肯定声援胡风与萧军。鲁迅的性格比梁漱溟更倔得多，宁死不屈。其语言的犀利与刻薄唯恐毛泽东难以招架。毛泽东逮捕胡风的同时必然也得逮捕鲁迅，否则鲁迅骂起来没完没了。逮捕鲁迅将臭名昭著，不逮捕鲁迅将恶名远扬，毛泽东将骑虎难下，左右为难。也可能仿效朱棣杀方孝孺的办法，把鲁迅的门徒杀尽斩绝以解心头之恨。宋庆龄、鲁迅与共产党走的近乎是由于周恩来的个人魅力及统战的成功，与毛泽东没关系。如毛泽东逮捕鲁迅，周恩来必然出面斡旋，如不给周恩来面子，怕引起党内不和，如接受斡旋自己又不好下台阶，左右为难。好处是幸亏鲁迅已于十七年前五十五岁就去世了。

毛泽东之所以爱鲁迅恨胡适及知识分子是有渊源的。毛泽东在北大图书馆当服务生时，工资8元。工资在六百元以上的一级教授没人理他，其中包括胡适。而鲁迅工资三百元，相当讲师，对下层工作人员有所接触。有一次鲁迅问毛泽东："工资低，生活拮据不？"鲁迅要给他介绍个工资高的活，毛泽东虽没接收但受宠若惊。所以鲁迅死后，给他加冕了九顶桂冠。

胡适去图书馆没搭理过毛泽东，虽然胡适比鲁迅的成就大得多，但毛泽东却对他恨之入骨，不但恨胡适一个人，由胡适扩大到全国的知识分子，这是毛泽东围剿知识分子的原因之一。其次，中共从一大到七大之前，一直是知识分子掌权，包括陈独秀、李大钊、张国焘、瞿秋白、周恩来、博古、张闻天、李达、邓中夏、彭述之等，毛泽东受到排挤，甚至失掉了他的军事指挥权；第三个原因是他认为知识分子不如没文化的农民听话。进步与反动，革命与反革命的界定，是根据听不听老毛的话。

同样被批判，为什么对梁漱溟处理轻而对胡风处理的重呢？其中内涵错综复杂。梁漱溟是北大哲学教授，古代哲学、历史、教育、文化研究是他的专长。中国在治国、政治、人文、社会、军事、修身等理论，几千年来一直走在西方的前头，有颠扑不破的成套理论，有放诸四海皆准的学说，比西方先进得多。

发展"农耕"是历代民富国强的必由之路，农民占国家人口九成，若改善绝大多数的人生活条件，必须先从农耕入手，这是治国的定律。只有九成农民富起来，工业才不短原材料，产品才有市场，这个道理再简单不过了。梁漱溟在政协会上先农后工的发言，并非空穴来风，学者发言是有根据的。周恩来、毛泽东虽然表面上批评了梁漱溟的主张，也发动了政协委员对梁漱溟进行声讨，但他俩心里明白，梁漱溟的主张是有道理的。周、毛也明白，西方治国无现成理论可循，无章法可依，侵略、掠夺、争夺市场及人权自由是西方国家的治国大纲。至于苏联重、轻、农的治国政策是一种政治试验，能否成功，尚无结论。梁漱溟搞过乡师教育试验，也有些农村建设经验，不能小看。如重、轻、农的政策碰壁，再转为农、轻、重的话，好为自己留有退路，好下台阶。为国际政治需要，为了向苏联学习，为了向苏联一边倒，只能制定重、轻、农的政策。其次是梁漱溟与周恩来毛泽东的私交不错。还有最重要的条件是当时朝鲜战争处于胶着状态，胜负难分，毛泽东的骄傲还没达到登峰造极。最后是梁漱溟单枪匹马，孤军奋战，没有小集团。当局最反对小集团，因为小集团往往是党派的雏形，共产党就是各个小集团凑成的嘛。毛泽东亲手发动的对知识分子的第五次围剿以逮捕胡风集团而告终。毛泽东认为，对胡风集团的胜利只是在文艺界的局部胜利，发动一场对理工、人文、自然科学界知识分子来一次全国围剿势在必行。

第三十九章　肃反运动鬼哭狼嚎
拳拳学子呼爹叫娘

　　肃反运动继延安整风、批判《武训传》、思想改造、批判红楼梦研究、陷害胡风之后是第六次围剿知识分子的政治运动。在第二、三、四次围剿运动中，因正处于抗美战争时期，对被围剿者惩罚比较轻。只给赵丹，俞平伯及一些知名知识分子一个下马威，并没逮捕法办。抗美战争结束后，狰狞的毛泽东现了原形。

　　如果说毛泽东有什么发明的话，唯一的发明就是政治运动。这项发明不管对党、国、革命，还是对他个人及人民大众有百害而无一利，每次都是毛泽东亲手发动的。自以为政治运动是保护其个人独裁的唯一法宝。

　　历次运动打击的对象主要有三多的人，一是知识多，二是功劳多，三是财富多的人。运动依靠的力量主要是三少的人，一是知识少，二是功劳少，三是财富少的人。硬把社会分为两大人群，一群是知识分子，功臣和有产业的人；另一群是无知，平庸和贫穷的人。利用人的妒忌心理，发动无知识的人统治有知识的人；无功劳的人斗争有功劳的人；贫穷的人专政富裕的人。知识、功劳、财富是罪恶；无知、平庸、贫穷是美德。政治运动的目的是消灭知识，提倡愚昧，打倒功臣、提拔庸才、抢夺财富、制造贫穷、摧毁道德、培养仇恨，把人类社会改造成牲口圈。破坏几千年的传统文明，粉碎中华民族生来具有的审美观，建立一种本末倒置、是非不分的社会。一个暴君的手要扭转亿万人的心，必然出现荒唐的结局。

　　大儒参加革命的目的是打败日本侵略者，打倒蒋介石的旧中国，建立人人平等，没有压迫，没有剥削，自由、民主、民富国强的社会主义新中国，崇拜伟大的毛主席。建国后，特别抗美战争胜利后的局势急转直下，他开始担心，好像历史车轮在逆转，要回到几千年前的奴隶制度。他开始有被愚弄的感觉，有被欺骗的想法。上船容易下船难，只要上了黑船就任其随波逐流了。

本学期同学们正专心致志实习的时候，毛泽东发出肃反运动的指令。中国医大开始做肃反的准备工作，首先要寻找肃反对象。凡是有历史问题的人在自传中都作了交代，在同学们交待的材料中进行鸡蛋里挑骨头。学校保卫科汇同学生科组织力量，在四十二期同学中选拔反革命分子。其中选中四十三名候选人。四十二期政治指导员及四十二期党支部三个委员，包括大儒等四人，对四十三名后选人的档案进行审查，每人负责十一份。对档案中的疑点进行记录，然后向学生原籍的学校、政府、公安机关及有关个人写调查信，进行核实。其他三位审查者对每位被审查者都发出若干调查信函，唯有大儒对十一份档案没发出一封调查函件。

作为一名共产党员及革命者的大儒的反常态度，引起校方注意，认为大儒的反常态度有几种可能，一是思想不重视肃反，态度轻率；二是反对肃反，阶级立场没站稳；三是被反革命分子拉下水。如果是第一个可能的话，问题不大，应受到批评；如果是第二个可能的话，问题不小，该受到党纪处分；如果是第三种可能的话，问题就严重了，就得受到法律制裁。

有关人员又进一步分析，第三种可能性不大，大儒从十四岁参加八路军，十六岁参加共产党，长期受到党的教育，不可能与反革命同流合污；第二种可能性也不大，他本身是革命者，祖父是开明人士，父亲虽是国军军医官那是为抗战，现在因反对国民党内战而远赴美国，家庭没有反革命背景。第一个可能性也不大，大儒一向做事认真，态度严谨，工作仔细。审查档案是一件极严肃的政治任务，不可能吊儿郎当，这与他的性格不符合。

分析来分析去分析不出结果，有人提议：大儒自传中没有提到亲戚朋友关系，在干部党员登记表中的亲戚及社会关系一栏是空的，应对他的外公、舅舅、姨妈、姨夫、姑母、姑父、姨表兄弟、姑舅表兄弟、伯父、叔父、叔伯兄弟以及堂叔伯兄弟等等的政治面貌展开调查。朱棣对方孝儒一案株连十族，我们无论如何要比愚昧的封建皇帝站得更高、看得更远。

学校当局向德（州）县六区石庄党支部发出调查函。两周后学校收到石庄党支部的调查信，信中写明，大儒的外祖董明德是地主，在土改中死亡；舅舅姨妈在国外留学未归；暑假期间，大儒回家歇息，曾给外祖父上坟，摆放供品，跪在坟前好久，口中念念有词，不知嘀咕些什么，还痛哭流涕；他的祖父石振铎是地主；父亲石开山是国民党的反动军官；他的曾外祖父是清朝翰林，为满清效劳的翰林应算为汉奸。校方收到以上资料如获至宝。

当同学们紧张而快乐的往各个医院实习的时候，一张黑色巨网悄悄地向不知不觉中的青年学子撒来，这只网越收越紧。正当毕业考试结束，大家为考出好成绩互相道贺的时候，正当同学们整理行囊准备快乐地走向工作岗位的时候，大礼堂敲响了战鼓。

战鼓不是向日本鬼子宣战，也不是向国民党宣战，而是向人民宣战，向知识分子宣战。通知全体同学到礼堂听肃反报告，同学们用疑惑的眼神互相张望着，好像毕业考试有两道关。教授把技术关；另一关是令人不寒而栗的政治关。后者比前者更重要。

毕业不准离校，新年不放假，春节不准回家。利用寒假期间进行肃反，包括教职员及学生。在各年级学生中四十二期是重中之重。

往日每次开会，四十二期在礼堂前像比赛歌咏一样，各个班竞相引吭高歌，一显身手。这次开会像霜打的叶子一样，蔫了，失去往日的朝气蓬勃。俄文民歌不见了，中文歌曲也销声匿迹了。礼堂前站满人群，不分男女老少一律身着灰色制服，像一片被污染的灰色海洋。内心的恐惧、衣着的单调、死一般的沉寂。千百张苏格拉底面孔更增加了恐怖气氛。整个会场的空气凝固了。

礼堂的原意是礼仪之厅堂，现在中国医大的礼堂像一个殡仪馆，礼堂内外人群像在低头默哀，没勇气抬起头来正视现实。欢迎苏联文化代表团，欢迎志愿军英雄代表团，欢迎尼赫鲁的妹妹潘迪特夫人的场面一去不复返了。

肃反动员大会开始，报告人并不是阙森华校长，是一颗政治新星。他头戴苏联皮帽子，身着水獭皮领子大棉衣，脚蹬大头皮棉靴。这身打扮没有丝毫文化气息，倒有一派山大王的霸气。

报告内容分为肃反的政治意义、反革命分子的划分标准、对反革命分子的政策、反革命分子应抱正确态度、群众在肃反中的阶级立场、学校方面在肃反运动中的坚决态度等，滔滔不绝，整整讲了两个半小时，像老太婆的裹脚布又长又臭，听众直打瞌睡。现在政治人物的报告也是苏式八股化了，满口假、大、空，千篇一律。由上到下，一层一层地照本宣科，固定的程式是：英明毛主席的领导、伟大党的政策、各级党委的努力、群众全力支持、取得伟大的胜利；成绩是主要的，主流是好的，方向是正确的，错误是难免的；缺点、错误是十个手指头与一个手指头的关系。

今天的肃反报告和所有的政治报告一样，从上到下一个腔调。用不着下属干部劳神费心起草发言稿，一层层的下级干部只起到喇叭的做用。报告的第一个内容说：肃清暗藏在我们革命阵营的反革命分子，其政治意义巨大，他们是定时炸药，随时有爆炸的可能，如不消灭他们，他们就消灭我们。好像中华人民共和国的末日即将降临。这如果不是一派假、大、空、耸人听闻的谎言，也是神经衰弱，杞人忧天。

肃反的政治目的并非为了消灭暗藏的反革命分子。暗藏的反革命分子，四年前在镇反运动中已被肃清了，而是以肃反为借口，敲山震虎，吓唬人民；再一个目的是教会每个人打小报告、互相监督、互相仇恨，以此达到治国、治民的目的。

报告第二个内容是反革命分子的划分标准：是伪军中队长、国军连长、警察所长、三青团区队长、国民党区党部委员以上人员及特务分子。有以上官衔的反革命分子，在镇反中已被抓走，如曾与大儒住同宿舍的胡振东是中国托洛斯基派中央宣传部长，早被逮捕了。现在四十二期同学中只有几个三青团员，一个国民党员、二个警察，都达不到反革命标准。所以大儒对十一个人的怀疑档案，一封调查信也没发出。

报告的第三个内容是对反革命分子的政策：坦白从宽，抗拒从严，立功赎罪，立大功受奖，这不是镇压反革命运动中的标语口号吗？用不着重复。

报告的第四个内容是反革命分子应抱的态度。号召他们争取走坦白从宽及立功受奖的路子，只要态度真诚可以不念旧恶嘛，但抗拒决对是死路一条。

报告第五个内容是人民群众应抱的态度，应站稳阶级立场，大胆怀疑，利用各种方法检举反革命分子。就是号召人民之间打小报告、互相监视。

当报告到最后一个问题学校对肃反运动的决心时，报告人声嘶力竭、杀气腾腾地说："我们依靠英明领袖毛主席的领导、伟大共产党的决策、人民大众的支持，一定取得伟大的胜利！不获全胜决不收兵！"他的狂吼把打瞌睡的人给震醒了。在报告期间，有几个保卫科的干部在会场周围走来走去左瞧右瞅，摆出要抓人的凶相，故意制造紧张气氛。

时间一分一秒地流逝，大家不敢不忍着性子，白白浪费了两个半小时，听着像奴隶主训斥奴隶的话。大会终于结束。一宣布大会结束，大家像离了弦的箭，飕飕地离开会场。大家面面相觑，大气不敢喘，怕走慢了被留在礼堂一样。可怜的青年学子们，你们向哪跑？难道跑到宿舍里就安全了？偌大的国家没有一处避风港。

听完肃反报告大会，然后由指导员再召开四十二期学生会。指导员开完会后，各班再开班会，然后再开小组会，像陶瓷瓦盆一样，由大、中、小一套一套的。

班长开宗明义，一字不落的重复一遍上边的报告，然后要大家发言。每个人表明态度及阶级立场。同学们也学乖了，发言内容与大会一致；大会报告又与省委报告一致；省委报告又与胡乔木写的、毛泽东修改的《人民日报》社论一致。真可为千人一口、万人一面。读了六年大学，大家都被训练成鹦鹉，中国医科大学改名为鹦鹉大学更名副其实。

大儒是个哑巴鹦鹉，在几天的讨论一言不发。在讨论会一角，还写了几首歪诗。还有一只捣乱的鹦鹉胡献珍，他是班的共青团支部书记。他的年岁最小十六岁入学，毕业的只有二十二岁。他不但没有鹦鹉学舌，而且催促校方发毕业证，走向工作岗位，把有问题的人留校整顿，没问题的人不要陪伴浪费生命。

在同学们几天的讨论期间，保卫科与学生科负责人及四十二期党支部委员定出二十三个被斗人选。大儒已被排除党支部委员会之外，撤销了他参加积极分子会议的权力，以后的发展对他更凶险。在党团员中选拔了二十三个积极分子，负责对二十三个被斗争对象的材料整理并主持斗争会，他们集体办公，住在群类东楼的二楼，此楼层变成阎王殿。

校当局根据上级百分之五的肃反指标，四十二期不到五百学生，制造了二十三个斗争对象，还模拟了一个更为荒堂的反革命小集团，其成员包括大儒、吴述曾、吴强、张仁元、徐子评。如果能够歼灭这个小集团就是肃反的伟大胜利。这个反革命小集团的吴述曾与吴强属于二十三个斗争对象中的人物。先把这两个人击垮再顺藤摸瓜，向大儒、张仁元、徐子评伸手。

吴述曾是典型传统知识分子，与世无争，宽厚待人，对人交往准则是择其善者而从之，其不善者则改之；见贤思齐，见不贤而内自省，做事如临深渊，如履薄冰般地小心。1949年5月，苏州解放前他逃到台湾，因生活拮据又返回大陆。根据在台湾住了两个月，给他扣上了特务嫌疑分子。以上材料已写入自传，自传成了反革命的根据。写自传前指导员说："有事写出来也没事了，这是向党交心嘛。"现在根据你交出来的心，变为反革命证据，这就是政治！太令人恶心了。

吴强的背景是印尼华侨，姐姐住香港，暑期回香港探亲，姐姐给他个小相机，这是件很平常的小礼物。据说，他在香港曾与一个国民党女特务跳了一场舞，香港地下党就把此事传送到沈阳中国医大。中国医大认为他已被传染为特务，那架小照相机是为特务搜集情报的。

徐子评在武汉曾参加三青团，家庭为地主。张仁元的父亲在上海开办一家面粉厂，家庭为资本家。今年秋天一个星期天下午，五位好朋友在图书馆门前的一棵樱花树下拍了一张照片。这张照片被校方搜查到手，以此为证据，证明吴强在中国医大已发展一个特务小组。周恩来经常和蒋介石一起照相，毛泽东在重庆与蒋介石站在一起照过相，他们是不是也被蒋介石拉下水啦？

每个班的斗争大会开始了。被斗争者站在房子当中，周围是积极分子，指着被斗争者的鼻子，又推又搡地吼叫着，就像农民斗地主一模一样。整个宿舍大楼像失了火一般，鬼哭狼嚎。公安局的囚车停在学生宿舍大楼门口前，摆出随时准备抓人的架势。啊！人类是多么可耻的禽兽！落后同学与准反革命分子无权参加斗争会，其中包括大儒。

本来稳如泰山的大儒，对目前的恐怖也毛骨悚然。他慎重思考后，做出两件未雨绸缪的准备。一是在军队时，曾发给他一支手枪，十发子弹。脱离部队进入中国医大前，手枪上缴，十发子弹曾打了两发，随手枪上缴三发，留下五发子弹作为参加革命的纪念。时至今日怕由此引火烧身，他把存放六年多的五发子弹偷偷投进抽水粪池随水而下，子弹永远不会惹事生非了；二是，把爷爷及伏淑鹤的二百多封信件及二十二本读书笔记烧掉，怕信中有不慎内容而受到迫害。

读书笔记内容如被发现肯定扣上现行反革命的帽子，不杀头也得判无期徒刑。在什么地方焚烧呢？学校没有保密场所，北陵游人太多，还是去东陵合适。把信及读书笔记本装满一提包，买一盒火柴，乘公交车向东陵而去，在东陵东北角背静处开始焚烧。二百多封信与一堆笔记本如一起燃烧，烟火太大会引人注意，只能一封一封、一本一本地向火堆里投。见字如见人，每投入一封信，先看看信封上的字迹，爷爷、伏淑鹤好似在他眼前。

大儒哭了，哭得好可怜！对不起爷爷和雪妹，参加共产党，革命十一年，时至今日，连亲人的来信及读书笔记都不敢保存。骂自己错了，愚昧无知，没看透人心，被人欺骗了，把毛泽东的花言巧语信以为真，太幼稚可笑了。

1947年7月，攻打四平惨败，杜聿明命令孙立人、廖辉湘十万援军合围六纵队。林彪下令，全军烧掉每个人的信件及日记本，怕出现第二个皖南事件。那是怕被国军俘虏杀害。十年河东十年河西，时隔九年，现在又怕被自己人搜去笔记逮捕杀害！实在不理解呀！老天爷，你能告诉我吗，这到底是怎么回事？大儒越哭越恸！二百多封信及二十二本笔记本经七十分钟燃烧，终于变成灰烬。他朝西南方给爷爷奶奶及雪妹磕了三个头，将与亲人们诀别。书是焚了，怕接踵而来的是坑儒。

擦干眼泪，站起身子，望望四周，没人跟踪。大儒像被通缉的犯人一样惊慌失措地逃走了，逃到曾与伏淑鹤幽会的那棵松树下，停住脚步回忆起爱的甜蜜。好像有爱神保护一样，他的身心立刻松弛下来，第一次品尝到爱的力量。九天没给雪妹写信了，她一定很焦急。如果给她写信，她会在字里间发现我心不在焉的心情会引起误解；如长时间不写信更会引起误解。生活在暴政下，难啊！做人难，做情侣更难。爱情的张力稍微一松弛就被对方看成地震。但又不能把目前的政治情况如实相告。

斗争形势越演越烈。不许被斗争的同学自由活动，专门为他们每个人配有跟班盯梢的喽啰，没收他们的信件，禁止与他人讲话。上厕所要经批准，喽啰跟进，大便不许关小门，手纸要经过检查，看是否有反动文件被投入粪池。人身没丝毫法律保护，任人侮辱、批斗、审讯。

一天，二个积极分子在图书馆找到大儒，神情严肃地通知他回宿舍。通知者紧跟大儒后面，一同回到三楼宿舍。推门发现已经有两个面带杀气的人在等他。其中一个胖女人领着四个暴徒，女人二十六、七岁的样子，满脸横肉，态度恶劣，摆出统治者架势，很像女强盗孙二娘再世。她是政治指导员，原本与大儒很熟悉，在开党团干部会议时经常见面交谈。她与奸佞杨国忠为本家。

女头目从衣袋里掏出沈阳市公安局搜查证。对大儒的床铺、皮箱、柳条包中的衣物、鞋袜、书刊、笔记，一件件、一本本、一页页挨着检查。女头目问："你的信呢？"大儒气呼呼地反问："你要什么信？"她说："与家庭朋友间的通信。"大儒说："我道德败坏，没人理我，都不屑与我通信。"胖娘们的眼睛瞪的像牛眼一样大、胖娘们在皮箱里发现一个很精致的日本钱夹，好奇地问道："这是什么？"大儒反问："你看像什么？"胖娘们又问："你要这个干什么？"大儒想，这个无知愚昧的贱货，搜查这种低贱的活连警犬都能干，她只能干这等低贱的活了。大儒若无其事地说："如你感兴趣，可以拿去玩嘛。"

经过一个半小时的搜查，暴徒们抱走了三本小说草稿，小说的内容是一位爱国华侨的恋爱故事。五本借书证也被当成反革命根据收走了。

自1955年12月中旬到1956年3月上旬，疾风暴雨的肃反斗争进行了三个月，春节期间缓和下来。入学时开展了三个月的政治学习，毕业时又进行了三个月肃反，这就是大学教育。虽然斗人的场面结束了，大儒每走在操场上，还是听到北面宿舍楼上鬼哭狼嚎地开斗争会，对恐怖的社会已形成幻听。

今年的春节与过去五个春节相比，惨淡而凄凉。陈曾德的管弦乐队偃旗息鼓；李泰然的歌咏队寿终正寝；待德舞蹈队马放南山；张安玉古典音乐鉴赏厅门可罗雀；候怒的小提琴处于冬眠；周思文的毛笔字潇洒飘逸，今年也没人请他写对联。正月初一早晨，太阳晒到屁股，同学们也不起床，没一个人恭喜新年。

六年的欢乐、活泼、多才多艺、朝气蓬勃而著称的四十二期，如今死一般的沉寂。同学间见了面谁也不说话，只是点点头匆匆而过，像路人一般，六年同窗兄弟姐妹情都没有了。

一次在操场上，大儒见到被批斗的吴述曾。吴述曾低头躲开，大儒大步流星的赶上他问："身体好吗？吃饭怎么样？"吴述曾苦笑着说："很好，放心，我很好！"临别时大儒补充道："保重身体！"吴述曾屁股后面的跟班监视哨陈某人，在小本子上快速地记录下他俩的谈话。一次在宿舍楼门厅大儒见到吴强，问："怎么样？吃得饱，睡得好吗？"吴强强作笑脸："谢谢你，我能吃、能睡。"后边的监视哨也在小本子上记录下两人的谈话。

春节后，肃反运动已进入定案终结阶段，强直性政治痉挛开始缓解。学生会组织一次看电影。在学校西边不远，是个五百座位的小电影院。各期同学及教职员工分批轮流去看。包小电影院比豪华的东北电院要便宜些。

出了校西门，大儒与吴述曾又相遇。他们一同走向电影院，一面走一面谈话，两人都很尴尬，不知说什么好，想说话又不敢说。陈盯梢跟在后边举着小本子。不想说的话说出来也没意思，不能表达思想。两人走在大街上，默默无言。到了电影院，走上二楼，两个人并肩坐在同排相连的两张位子上。陈盯梢坐在后排，向前伸长脖子、探着头听大儒与吴述曾的谈话，一面听一面记录。虽然身体坐在电影院，心里余悸未消，总想着最近三个月的斗争，哪有心思看电影？

电影名字是《流浪者》，歌颂一个小偷，很俗气。大儒脑子里仍回想三个月的腥风血雨，电影演员尚未登场，极具民族特色浓浓的音乐震撼了大儒。他这是第一次听到印度音乐。音乐表明印度是一个文化底蕴深厚的国家，故能孕育出释迦摩尼、甘地这样伟大的思想家。

电影开始了。男主角叫拉兹，女主角叫丽达。两人念小学是同桌，互相爱慕。拉兹家庭一贫如洗。父亲曾是强盗，已去世。拉兹与母亲相依为命，很快辍学，以偷为业。

丽达的养父是一个大城市的大法官。大法官与大主教、市长同为城市的三大头面人物，经济富裕，生活优越，地位显赫。丽达大学法律系毕业后当了律师。

一天在电车上，丽达显示身份的珍贵皮挎包被盗，小偷恰好是面貌全非的童年好友拉兹，但现在的他们互不相识。小偷找了一个背静地方打开皮包一看，除了小镜子、梳子、口红外并无财物。为了与美丽的姑娘调情，他决定把皮包还给她。

当丽达下车大喊皮包被偷的时候，拉兹伪装追撵小偷，跳过一堵高墙，在墙外假作拳打小偷。丽达跨不上高墙，只听到墙外打人的声响而不见真相。拉兹又跨过高墙把皮包还给丽达，从此二人为友。

大法官的哲学观念是血统论，认为好人的儿子是好人；强盗的儿子永远是强盗。酷似毛泽东的见解：龙生龙，凤生凤，老鼠的儿子会打洞。拉兹本来不是小偷，大法官在一次小偷盗窃案中，抓住拉兹，而没抓住真犯。根据强盗的儿子一定是强盗的逻辑，制造了拉兹冤案。刑满释放后的拉兹真的当了小偷，而且偷技高明。

丽达问拉兹是什么职业，他说是钢琴修理匠。拉兹估计，这样高贵的姑娘家当然有钢琴，借修理钢琴可乘机入室偷窃。丽达让他到家修钢琴，拉兹到丽达家后发现墙上挂着他与丽达的童年合照。

拉兹心慌意乱之际，大法官下班回到家中，一眼认出小偷拉兹，他也认出冤案制造者大法官。拉兹掏出刀子要捅死仇人，大法官把刀子夺下，又逮捕了杀人未遂的拉兹。丽达去监狱调查案情，了解了实况。当大法官宣布开庭的时候，丽达出庭为男友辩护。父女俩在法庭上唇枪舌剑，丽达指责爸爸的哲学观念唯心而制造了许多冤假错案，其中包括拉兹。大法官闭口无言，默认了自己观念的错误、荒谬。

最后，法庭判杀人未遂案的拉兹轻刑三年。丽达三日两头探监，许下出狱后结婚。大法官深感内疚悔恨，他也去探望拉兹。父女俩在监狱探监室相遇，既尴尬又欣慰。

电影《流浪者》是由一个人编剧、导演兼主演，此人多才多艺而思想深邃。动人心弦的音乐、感人肺腑的歌唱、多彩多姿的舞蹈、优秀娴熟的演技、自然而紧张情节，堪称观止，俘虏了每个观众的的心。更为重要的是进步思想对反动思想的揭露；先进观念对唯心观念的鞭笞，最后是正义战胜了邪恶。

电影结束了，全体同学起立，热烈鼓掌，无言地表达内心的向往。电影流浪者是对目前肃反运动的挑战，是对唯心哲学的否定。看完电影在返校的大街上、校园里、餐厅里、宿舍里，拉兹与丽达的歌声无处不在，无处不响。《流浪者之歌》不仅响彻中国医大，很快响彻长城内外、大江南北，像抗日战争时期《游击队员之歌》响彻全国一样。抗战使《游击队员之歌》响遍全国，表明全国对日寇的仇恨；当今《流浪者之歌》唱遍全国，表明全民对唯心血统论的厌恶。

当时周扬是文艺主管；茅盾是文化部长；夏衍是电影局长。他们的忠贞与勇气令人震撼。他们企图通过电影《流浪者》说明毛泽东的唯心血统论与阶级斗争论的荒谬。同学们以高唱《流浪者之歌》，借以讽喻唯心的捕风捉影的肃反运动。

3月上旬肃反结束，全校没查出一个反革命分子。四十二期宣布毕业填写志愿，申请工作岗位。全校劳师动众、雷霆万钧、地动山摇、杀声四起、鬼哭狼嚎、风声鹤唳、草木皆兵地折腾了整整三个月，结果虚惊一场，一个敌人也没有肃出来，这是古今中外第一大笑话。如果塞万提斯在世，他会写出比《唐.吉歌德》精彩百倍的名作。

宣布肃反运动结束的前一天，校方为了表示对大儒的关怀，决定给他以帮助。首先由班长领导全班进行批判。在批判大会上大儒一言没发，批判大会开得很不成功。大家都闷闷地坐着，你看我，我看你。只有两个人发言，这两个发言人平时与大儒关系良好。虽然不是知己，也近似朋友。一个是班长，在党支部，是大儒提议他当班长的。班长是江苏省人，工人家庭出身，属于统治阶级的人，平时说话装腔作势，好拉长调，显示统治阶级的趾高气扬，好像工人阶级出身是金招牌，比抗战打天下的英雄还高一头，实属幼稚可笑。

作为工人阶级是先进的。作为工人个人，各种情况都有。向忠发是工人阶级出身，是中共第六大的常委会主席，后来叛变了；顾顺章也是工人阶级出身，是中共第五届、第六届，两届中央委员及政治局委员，后来叛变投敌。不能因向忠发，顾顺章叛变就否认工人阶级的先进性。不是工人阶级出身的人也有许多先进人物，瞿秋白是知识分子、刘胡兰是农民，他们都宁死不屈。

班长是工人的儿子，至于他们是否比向忠发及顾顺章思想更进步，无从证明。但对提拔他当班长的大儒，反戈一击，倒很值得玩味。如果解放前他是地下共产党员，被敌人逮捕的话，是否会像向忠发、顾顺章一样出卖党组织是很值得推敲的。不管任何时代、任何情况下，道德是衡量人品好坏的唯一标准。

在批判会上班长对大儒声色俱厉，还夹着狞笑。这也不能难为他，班长一方面执行上级指令，一方面利用这个机会装腔作势，得到上级的信任，借此入党，获得好的工作岗位。至于大儒，落时的凤凰不如鸡，班长踩着他的头顶向上爬一节，是理所当然的。道德多少钱一斤？在班长眼里一文不值。

在批判会上另一个积极分子姓旺，女姓。她是吉林省人，在大学六年中，始终与大儒同班。思想幼稚、脾气无常、性格虚荣、好出风头。大儒对其无好感，她倒很喜欢接近大儒，常用语言，表情或肢体语言暗示他，他始终装作不知不觉。她在会上说认错了人，她这句话可能是双关语，一层意思是五六年来他使她很失望，她白费芳心；另一层意思是，目前大儒虽年龄不大，却是老八路、老党员、老革命、老干部，现在看来已变成反革命的第二梯队。她借此机会发泄出昔日的愤怒，解解心头之恨。

这位女同学怒发冲冠，咬牙切齿地恨不得啃大儒一口。但大儒并不恨她，只是可怜她无知、幼稚。散会后，如大儒邀请她到饭馆吃顿烧麦的话，她会高兴地跳起来，会抱着对方亲个没完，就是这样俗不可耐。

主管肃反的保卫科，终于在大儒三本小说草稿中及借书证中发现了敌情，发现他曾阅读过《独立宣言》、《人权宣言》、《社会契约论》这些资本主义的基本纲领，而且借读时间较长，借书证证明每册阅读一天。而对《剩余价值学说》、《共产党宣言》极冷漠，两本书只借读了一天。表明他对资本主义的向往，对共产主义的仇恨。还发现他经常哼唱贝多芬的《第九交响音乐》，而对罗曼·罗兰的《约翰·克里斯朵夫》爱不释手，没发现他对萧霍洛夫《静静赖河》的颂扬，也没听他哼唱萧斯塔科维奇《第七交响乐》，表明他对西方腐朽艺术的崇拜，对社会主义先进文化的厌恶。还发现他在书稿中对西方科学及其科学技术的热衷，没提到对毛泽东思想及政治运动的拥护，表明他满脑袋装着单纯技术观点，没有毛泽东思想立足之地。并且，在三个月的肃反运动中，大儒不但不积极参加运动，却又读了百本反动书籍。

够了，大儒浑身上下释放出来的是资产阶级臭味，没有丝毫无产阶级的香味，是一个地地道道的资产阶级腐朽人物，没有半点共产党员的组织纪律性。

保卫科的发现及意见报告给了党委，学校党委召开了对大儒批评教育会议。会议在校部东侧小会议室举行，参加人员有校党委成员，包括校长兼党委书记阙森华、组织部、宣传部、学生科、社会科学教研室负责人及四十二期党支部委员等。与会的人绝大部分只带耳朵没带嘴来，只听不说。学生科长宣布会议开始，简要说明开会内容及到会人员，由阙森华校长首先讲话。他责无旁贷，校长必须首先发言。

阙森华，福建人，十六岁参加红军，历经长征。红军卫校毕业，性格温和，遇事谨慎，长期辅佐王斌校长的政治管理、思想教育、组织安排、后勤服务等工作。王斌校长及陈应谦第一副校长调往北京中央卫生部工作后，阙森华升任代校长兼党委书记。他的思想是长期处在过左思潮环境中成长起来的。难免没有过火的工作方式，宁左勿右对他也是金科玉律，无力摆脱，这是可以理解的。

这次对大儒的处理，是阙森华参加革命二十多年来做出最温和、最右的一次决定。原因是多方面的。其一、虽然他与大儒年龄不属同一年龄段，但先后革命的路途是一致的，十四岁参加八路军，十六岁参加共产党，经历抗战、内战，亲历四平保卫战及攻坚战，三下江南，辽沈、平津诸大战役，没有功劳也有苦劳了。他们虽没在同一战壕里打过仗，但阙森华对大儒的战友之谊油然而生，同志之情溢于言表。其二、王斌校长所以批准大儒就读于中国医大，他们并无私人关系，也不是根据他的文化程度及革命经历，是根据他超前的思想，认为建设社会主义需要培养三百万技术专家。他入校后孜孜不倦地日夜苦读，争取成为一位红色技术专家。其三、大儒手下有沈阳各大图书馆的五本借书证，都填得密密麻麻，而且更换过多次。六年大学生活读了六百多本课外书，这本身是件罕见的事。他从来没见过这样爱学的学生。小八路变成有大学问的人。可惜他读的书鱼龙混杂、良莠都有，对共产主义与毛泽东思想态度冷淡，反而对西方资本主义的文化情有独钟。惋惜呀！惋惜！在组织处理方面若给党内警告，太轻，不刺痛他一下是不会回心转意的，达不到挽救的目的；若开除党籍又太重，毁了他的前途，也不符合毛主席惩前毖后、治病救人的精神；给他留党察看可能是最恰如其分的处分，既刺痛了他，又挽救了他，以上是在开会之前阙森华的思考过程。

阙森华讲话如下："今天的党委扩大会是帮助石鸿儒同志认识自己的错误，纠正资产阶级的思想，由于受周围同学朋友的影响，特别受西方文化的毒害，资产阶级人生观在他脑子里占领了主要阵地，把无产阶级人生观及毛泽东思想抛到九霄云外。不可否认石鸿儒好读书，有抱负，革命早，有贡献，很让人喜爱，包括我在内。但是他缺乏政治嗅觉，没有批判能力，被资产阶级的思想观点俘虏了。我们今天开会的目的就是把他从资产阶级思想牢笼中里解放出来，做一个光荣的共产党员，做一个又红又专的医生。我看了他的许多借书证及部分小说书稿，读了那么多书，肚子里有那么多的话，脑子里装了那么多想法，对事物有那么多看法，本来是个小土八路，念了六年大学，变得面目全非了。对这个变化，如站在单纯文化观点上，应该点头，但站在革命立场上应该摇头，不仅摇头，我们向他大吼一声，告别错误，回到正确的道路上来，否则将苦海无边。对石鸿儒的错误，我也负有责任，要检讨我们学校的政治思想教育方法有毛病，不能把全部学生的思想教育成无产阶级化。本来一个思想最红的人变得思想最黑，这个例子为其他同志也敲响警钟，如不努力改造自己，不努力学习马列主义，毛泽东思想，就是像石鸿儒那样的自来红也会变黑。为了挽救石鸿儒同志，迫不得已，准备给他留党察看的处分。作为个人我很惋惜，但是他的思想违背了党的原则，必须给与纪律处分，欢迎他尽快改正思想错误。改正错误后石鸿儒仍然是一个很有前途的优秀同志。我深信，他将来一定是出类拔萃的人物。"阙森华又摇了摇头叹道："唉！可惜啊！"

　　校长讲完话后，学生科长要求其他同志发言，帮助大儒认识错误，会场一片沉寂。在座的都是知识分子，都有自知之明，在发言前必须衡量一下自己的重量、身世和会场的气氛。否则会让与会者耻笑。阙校长发言已很有概括性，充满感情。别人发言也脱离不了校长定的调子，再重复发言，毫无意义，他人对大儒的感情还不如校长深。其次大儒的年纪不大，资历不浅，在座的除了校长外，他排行老二。如果对他和颜悦色地发言，有失会议的严肃性；如果以严肃的态度进行批评，又显得不知天高地厚。又因为大儒满腹经纶，非胸无点墨之辈可比，如果在发言之中，遣词造句有失疏漏必然贻笑大方，还是少说为佳，使对方猜不透我等城府深浅。至于大儒审查十一名可疑分子档案没发调查信一事，也不能算错误，因为折腾三个月没肃出一个反革命而告终，说明同学中没有反革命分子，旁证了大儒是对的，这件事不能再提，再提，反而证明大儒有先见之明，是正确的。

没人发言，最后轮到大儒，他站起来说："校长，各位同志，让我一个人耽误大家那么多时间，实在抱歉。承领大家帮助，接受同志式的批评，诚恳地感谢各位。对我的影响最深的是我国古代思想家及现代西方思想家包括资产阶级的与无产阶级的，我从十四岁阅读毛泽东的《新民主主义论》、《论持久战》以及后来的《实践论》，我的思想是个大杂烩，不管好坏，兼容并蓄。毛主席教导我们学习要取其精华，抛弃糟粕，我反其道而行，近其糟粕，远其精华。同学、朋友们对我没影响，因为他们不是思想家，没有精辟的著作，没有深邃的思想，对我不可能有影响，至多交换一些肤浅的读书心得。谈的多是《约翰克里斯朵夫》等文艺作品，很少涉猎哲学与思想。我有一个想法，对我的影响主要是古代与现代西方资产阶级著作影响，能否建议沈阳市图书馆、书店，把这些书籍等收藏起来，借以杜绝非无产阶级思想对当代青年人的腐蚀。由于这次教训，以后只读科学技术书籍，远离人文书刊，毛泽东著作除外。

我是个共产党员服从党组织的纪律，接受处罚，毫无怨言。今天使我感触最深的是校长的教诲，刚才的会场充满了诸葛亮斩马骥的气氛，如我不改正错误，对不起校长的一片苦心。"

三个月的肃反没清出一个敌人而结束，其恶劣的影响深远而广泛。积极分子认为被愚弄了，被当成傻狗利用，不但得罪了被斗同学，也给其他同学留下犹大的形象，无脸见人；被斗同学认为冤枉了自己而耿耿于怀；中间群众认为白白陪绑三个月，浪费了青春年华，怨言载道；落后同学因受到政治歧视而不满，认为当局是杞人忧天，精神病大发作。

政治运动的目的是减少敌人，但适得其反，却制造了大量的敌人。发动政治运动的政治家就是这样自欺欺人。

大儒庆幸的是在悲剧即将爆发之际，把五发手枪子弹投入厕所把祖父及小雪的二百多封信件与二十二本读书笔记烧掉，否则他将成为全校唯一的反革命分子，并株连亲人。书虽被焚了，却没发生坑儒。

毕业之际应该像入学时一样快乐，但经过这次政治洗礼，校园里不仅失去了往日的欢乐，而且人人见面如路人，互相戒备，态度严肃，话到舌边留半句，叽叽喳喳无话三说的情况没有了。入学时热烈活泼，亲如兄弟姐妹；毕业时冷冰冰阴森森，像素昧平生。人与人的关系是打小报告、互相监视的仇敌。出校时，谁与谁也不话别，像小偷一样溜走了，好像离开中国医大越快越好，怕走晚了，被抓回去挨斗。这就是政治运动在四十二期造成的后果，又何尝不是全国的缩影。

肃反运动是对知识分子第六次暴力围剿，比前四次的延安整风、批判电影《武训传》思想改造、批判俞平伯、反胡风集团规模更大、涉及面更广、手段更狠。多灾多难的中华民族，苦海无边！政治运动对国家民族的破坏远胜过战争！对知识分子与地主，反革命、特务等量齐观。

在春节期间，中国医大对知识分子肃反突然刹车。这不是毛泽东的思想，而是周恩来的奋力营救。正当肃反无法无天的时候，于1956年1月20日，周恩来作了有关知识分子的报告，要求充分发挥他们的力量，为社会主义建设服务。毛泽东放火，周恩来灭火，灭火时间恰到好处。中国医大与全国知识分子暂时逃过一劫。

四十二期二十三位同学将要被定案为反革命分子的千钧一发之际，周恩来以耶稣的大爱拯救了羔羊，免于坠入深渊。

周恩来练就的迂回战略，达到炉火纯青的地步。为了拯救身陷肃反漩涡中的知识分子。而作了关于知识分子的工作报告，报告的内容只是强烈强调知识分子对国家的重要性，一个字也没有提肃反的事。好像报告的题目，内容与目的毫不相干。但他的报告彻底瓦解了肃反运动。各级掌权者受到总理启示，知识分子既然是国家的宝贝，谁把他们划成反革命谁不就是反革命了吗？

建国初期，我国高级知识分子只有六千人，美国苏联各有三百万，当时我国高级知识分子的划分包括讲师、工程师、主治医师及以上。外国划分包括副教授、高级工程师及副主任医师及以上。如按外国的划分界限，我国高级知识分子不到二千人。不当家不知油盐贵，作为管家的总理明白，把少得可怜的六千名高级知识分子，再抓出百分之五的反革命，靠谁来建国？但又不能为了保知识分子与毛泽东直接冲突，于是又用了百用百灵的迂回战略。周恩来与毛泽东的矛盾不只是表现在某个孤立的事件上，而是贯穿在中共革命与国家建设的全过程中。一个坚持民主社会主义，一个主张极权社会主义。如果按历史传统界定，这是儒法斗争的延续，以后的历史证明，最后胜利者是儒家周派。法家毛派树倒猢狲散。

毛泽东在肃反运动中也取得胜利，虽然没给知识分子带上反革命的帽子，但达到了制造仇恨扩大敌人的目的。二十三个被斗同学对老毛恨之人骨，五百名同学被愚弄怨言载道，自然成了毛泽东的对立面。毛泽东很喜欢敌人，有了敌人，他的血腥斗争嗜好才会得到满足。

第四十章　贬往穷乡僻野　初尝人间炎凉

奶奶爷爷对大儒的成长教育替代了父母的义务，大儒对奶奶爷爷要承担儿子的责任是理所当然的。奶奶的抚养，增长了他的骨肉及力量；爷爷教他知识、道德、修身、作人。在毕业登记表申请工作地点一栏中，他填写上回山东省的志愿，目的是离家近好照顾二位老人。校方按志愿分到山东。

大儒和所有毕业同学心情一样，拿到分配介绍信后，一天也不愿在学校多待，尽快离开学校奔向济南。济南的车站及大街比沈阳贫穷许多。沈阳人多穿皮鞋，济南人多穿布鞋；沈阳商店人声鼎沸，济南冷冷清清；沈阳处处车水马龙；济南静悄悄像农村，人人以安步当车，骑自行车的也很少。由此可见，作为八年抗战的敌后主战场，尤其是四年内战中的重点战场，土改中的极左中心区，给山东带来了经济贫穷、市场萧条、人气低下。

山东卫生厅人事处通知大儒去山东省热带病研究所报道。此所驻地在济宁。大儒希望在德州或济南工作，距家近，便于照顾祖辈。共产党员服从组织分配是纪律，处于目前政治困境的他，不好提出额外要求，只有服从、服从。

一天在卫生厅大院里，大儒突然和李力打了个照面，大儒认出他，他没认出大儒。大儒愣了一下，没打招呼，擦肩而过。从人事处得知，李力是办公室主任。如果通过李力的关系，留在济南或去德州工作易如反掌。但是李力一旦知道自己留党察看的处分，大儒又觉得很丢脸。因同一个原因，在离开沈阳的时候，他没勇气与沈阳军区卫生部长陈璋及橡胶厂钱厂长、罗科长夫妇见面。最后两周也一直没有给雪妹通信。

李力及其夫人与小石的爸爸是协和医学院同窗好友。李力在抗战时期是渤海军区第二军分区卫生处长，冀鲁边区与清河区没合并为渤海军区之前，曾任冀鲁边区卫生处长。当时他们见面时，小石只有十四岁。相隔十二年，处于战争年代不知谁死谁活，再说少年的体型变化大，因此李力没认出小石。

大儒去济宁报到前，先回家探望了奶奶爷爷。告知了二老工作单位及地址，但绝口没说留党察看的处罚，以免给老人增加烦恼。爷爷觉着工作分配的不对劲，便问道："凭你的资历与学历，应该分配到重要的高等医学院校或国家科学研究机关。怎么分配到一个偏僻的农村城市，这不公正。"老人却不知，不公正才刚开始。

小石有苦难言。犹豫一会说："我要求回山东照顾奶奶爷爷，替爹娘完成对老人的孝道。"强忍着眼泪没流下来。石振铎察觉，这次孙子回家比以往消沉，不知是青春期的缘故，是恋爱出了问题，还是由于思想已经成熟。他万万没有想到孙子遇到政治麻烦。

从济南坐车南下三百多里到兖州，济宁在兖州西南方六十里，不通火车，只能乘汽车。公路是土路，上下颠簸，车像小船在大海漂浮一样。一路尘土飞扬，抵达济宁汽车站。

大儒租了一辆三轮车，装上皮箱、柳条箱、旅行袋，准备向热带病研究所进发。虽然济宁是个大村庄般的弹丸小城，但三轮车夫却不知道该所坐落在什么地方。经过打听才知道在清华洞。

三轮车夫不认大门，把大儒拉到该所西侧。围墙是用竹篱笆围成，三轮车夫把篱笆扒拉开一个大洞，让大儒先钻进去，再把行李、箱子塞进去。院内四排土坯房为宿舍，最前面是一排砖房是办公室。

大儒报好到，走到院子里。院子东边是一片麦田；南面隔一条土道，是一处芦苇池塘，北邻是一间屠宰场，大难临头的猪整日惨叫不止，就像肃反运动中四十二期学生宿舍的声音；西邻隔一条土路，有几间平房的院落，院落内有一个没水的土坑，据说是李白的浣笔池。李白在这个院子住过二十三年。济宁虽是古代的运河码头，经过八年抗战和四年内战的国共多次争夺，实际已变成地道的大农村，既没文化设施，也没楼房。城墙、城楼被夷平，全城都是土路。济宁的面貌堪称无风三尺土，小雨满街泥。

济宁虽然贫穷落后，但人文历史很耀眼。东北方九十里是孔子故里曲阜；东南六十里是孟子故乡邹县；东南一百二十里是墨子故乡滕县；西北方一百里是一百单八将的根据地水泊梁山；正南是抗日战争铁道游击队的根据地微山湖；再往西两百多里是黄巢的家乡菏泽。济宁东面是圣贤之邦；西面是好汉之乡，具有东文西武的格局。在唐代，李白住济宁二十三年，生了三个儿女；杜甫住在兖州，两个人不断相邀饮酒作诗。大儒不禁惊叹，为什么在济宁这块贫穷的土地上，孕育了这么多优秀人物！由于济宁为人杰地灵，思想家与英雄辈出之地，冲淡了贫穷和落后的丑陋，给大儒减少了些许苦闷。

本所共五十多个人组成，连正、副所长在内，老少共十二位大学生，先后毕业于北大医学部、上海医学院、中国医科大学、复旦大学、山东医学院、浙江医学院等。还有三十来个中专毕业生。

在建国初期，这个所的文化水平不算低，两位所长及一位主任是抗战前毕业，其他九位是近年毕业的。抗战八年，全国医学院校瘫痪，出现文化断层，本所知识分子的年龄组合，也反映了文化断层现象。抗战前毕业的老知识分子已经四十岁出头，而九成新知识分子是新中国刚刚建立后毕业，只有二十四、五岁，其中空缺十二年，缺乏三十岁年龄段的主治医生，因战争摧毁了教育系统所致。

本所分为黑热病、丝虫病、疟疾、医学昆虫及临床五个科室，还有动物室。大儒分在丝虫病科。在校期间，寄生虫并不是主科，丝虫病讲得极简单，已没有印象。现在大儒重新学习了丝虫病的相关资料，知道丝虫病的的传染媒介为中华按蚊及淡色库蚊。成虫寄生在淋巴系统，幼虫出没在血液系统。慢性并发症为橡皮肿、鞘膜积液大蛋及乳糜尿。乳糜尿成奶状，血性，有时为全血及血块。当地民谣有"粗腿大蛋在泗河两岸"或"粗腿大蛋在邹、滕、峄县"之说。在澡塘里可以发现三成男人有大蛋鞘膜积液。

本所一例鞘膜积液病人手术切除后，其大蛋的重量高达四十斤。经过对丝虫病的学习及调查，大儒恍然大悟：罗荣桓患有血性乳糜尿。常年尿血对健康影响不大，则罗生特及苏联医生误诊为肾癌。罗荣桓八年抗战在鲁南，鲁南是丝虫病的重疫区，所以感染了丝虫病。困惑他的一个问题是在东北工人医院实习外科时，有许多鞘膜积液手术，病人都是山东人。当时外科老师说不明白为何鞘膜积液患者多为山东人，也不知道发病的原理。现在大儒清楚了。

自被留党察看，大儒一直没给伏淑鹤通信。毕业后又分配到济宁这个贫穷落后的农村，他更打消了与小雪通信的念头。这不是对她的冷酷无情，相反是对她的至爱，是对自己的冷酷无情。他强忍痛苦，自我惩罚。

在大儒看来，毛泽东既然发明了政治运动，会继续不断地推广他的发明，以后的政治运动会年年不断。每次政治运动都设定百分之五的打击目标。几年下来，所有共产党员及干部都有机会沦为运动对象。被留党察看的党员自然是运动的首要对象，被开除党籍在所难免。他不愿意牵连她，使她苦海无边。中断通信的另一个理由是，她是大家闺秀，家庭生活优越，虽然在抗战中一家颠沛流离，最后落脚于昆明西南联大，但现在的济宁比当年的昆明更贫困落后，他不愿意让这位千金小姐与他一起发配济宁。只有具备真诚无私的大爱及人道主义的人，才做出忍痛割爱的决定。雪妹必然会误解，会比自己更痛苦，每想到此情，一阵阵心痛像被蛇咬一样。夜深人静的时候他浮想联翩，彻夜难眠。

根据丝虫幼虫在血液中昼隐夜出的生物规律，每天晚九时到午夜一时，全体医生到居民点检血。夜晚验血，白天染色镜检。泰安以南各县阳性率三成以上；北纬三十五度左右感染率最高为四成以上；三十六度以北感染率逐渐降低，北纬三十七度以北已无流行。在抗战期间，罗荣桓在山东活动范围处于北纬三十四点五与三十六度之间的鲁南地区，该地区的丝虫感染率为百分之四十，由此可以推断，他在山东八年感染了丝虫病，同时并发血性乳糜尿。

大儒来热带病所不久，有四位刚毕业的未婚大学生与他相处亲密，其中三女一男。男医生与大儒同岁，信仰耶稣教。他知道大儒喜欢古典音乐，常给大儒唱《弥赛亚》。三位女医生与他俩常在一起欣赏音乐，一起谈天。星期天一起看电影，下馆子，吃糖醋鲤鱼及鸡蛋馅饼，这是济宁的名吃。他们喜欢大儒的风趣及渊博的知识修养，对他的音乐评论尤感兴趣。

除大儒外，其他四人都是出生在大城市。一位是北京人；一位是上海人；一位是苏州人；一位是南京人。五位青年朋友生活得很快活，冲淡了贫困落后的济宁小城给他们造成的烦恼。大儒像磁铁一样，毕业前在沈阳，于身边凝聚了四位朋友，现在又有四位围在身边。尽管这四位朋友的文化修养远不如那四位，可是这四位中有三位女性。三位姑娘一面锣，她们的活泼、快乐、叽叽喳喳地说个不停，冲淡了她们的文化修养的不足，给大儒带来不同滋味的享受。三位姑娘常用上海话说笑，那显得更热闹更快乐了。不过也常常吵得大儒无处躲藏。

　　大儒在中国医大的五人小圈子差一点被划成反革命小集团，当局最忌恨小圈子，认为这是反革命温床，对此大儒有切肤之痛。于是他对目前五个朋友的相聚产生顾虑，设法摆脱四位朋友。为此，向所领导建议组成丝虫病调查小组，下到县里进行工作。长期住在下边，五个人不在一起，联系少了，总是好一些。

　　丝虫病调查小组有四人组成，大儒为组长，其中包括一位医士，一位化验员，还包括五位朋友中的一位女医生。她毕业于山东医学院，苏州人，二十四岁。调查小组住进曲阜师范学院，对教职员工抽血检查。调查组居室隔壁住着一位五十多岁的中文教授陶愚川，留美学者仍未婚，对人文学堪称专家，与大儒趣味相投，两人有过多次长谈，大儒得益匪浅。但老头对自己的事业并不热爱，后悔青年时期没学技术。他对大儒一帮人每天抽血、涂片、染色、显微镜检查很羡慕。他说学医比学文好多了，学文没真学问。据说他是曲阜师范学院最权威的文学教授，他的胞兄陶百川是《中央日报》的社长。可以想象他处境的艰难。

　　这位教授经常坐在化验室陪伴几个看显微镜的年轻人。从他对科学技术的向往，对文学的厌恶，可体会其内心里的苦闷。近年对赵丹、俞平伯、胡风的围剿以及思想改造和肃反运动，他必然是首当其冲的革命靶子，是被围剿的重要对象。他以为好像科技专家处于围剿圈子外，这是他羡慕技术、厌恶人文学的真正原因。孰不知，坐在他身边看显微镜的这位青年医生，在运动中被留党察看折磨着。一老一少同是天涯沦落人，到处都是落魄的知识分子。苦啊，知识分子苦海无边。

　　曲阜是中华文化发源地。每到星期日，大儒就去孔庙、孔府、孔林逛悠，阅读没完没了的碑文，一面看一面记载在日记本上。带着干粮及凉开水，中午在孔庙野餐。碑文抄累了，就坐在杏坛石级上休息。此时此刻，大儒思绪回溯到春秋时代，孔子是世界上第一位老师，杏坛是世界上创办的第一所学校，孔子为教育可谓呕心沥血，两千年来，一代传一代，按照他的教学内容、教学方式，培养出亿万知识分子。当代知识分子，被当作过街老鼠，这是孔子的罪过。如果当年孔子大腹便便，吃得脑满肠肥，无所用心，不创办教育，中华民族像个牲口圈，一直到现在也没有知识分子，我大儒也不会被留党察看了。

虽然这样埋怨孔子，休息一会后又站起来，继续抄录碑文。他套用孔子的一句话表达自己：同事之间，必有忠信如大儒者焉，不如大儒之好学也。大儒之好学，渊源于孔子的遗教。

在曲师院现场调查结束后，调查组迁移到曲阜师范学校——大儒妈妈的母校。五四运动后，山东建立了四所洋学堂都是师范。曲阜师范最为出名，为山东培养了众多知名知识分子。曲阜师范教职员工的伙食制度是一日只有两餐，此地的穷困可见一斑。1956年全国普遍实行粮食统购统销政策，每人每口七大两，全月二十一斤，推行粮票制，没有副食供应。2月是二十八天，粮食仍不够吃。遇到有三十一天的月份更苦，就得绾起半截肠子，所以师范学校每天只吃两顿饭。曲阜县卫生局为了照顾调查组。每人每天补一斤点心。昔日的点心原料是由三成面粉三成砂糖三成的食用油组成。因为经济凋零，今日的点心只含面粉，糖与油不见了。调查组四人为了节省粮票，光吃点心就能饱肚子，结果形成大便干燥、大便困难、痔裂、流血不止疼痛难忍，苦不堪言。沾了便宜却得了病。因为点心里没有油及糖的成分，烤得又干燥，自然肛门受苦。很快大家发现了新吃法，先用开水把点心泡成糨糊再吃，就解决了大便之苦。

曲阜师范调查结束后，又调查了郊区五个农村。经统计写成调查报告。曲师院丝虫病感染率为8.6%，曲阜师范为13.4%，郊区农民为20%，与曲阜邻县比较，宁阳、泗水、邹县、兖州的感染率均在30~45%之间。大儒在文章讨论中分析道，曲师院感染较低的原因有三条，一条是外地非染区或低感染区人口占70%以上；第二条是文化程度高容易接受防蚊知识；第三条是知识分子家庭经济条件较好有蚊帐蚊香等防蚊工具。曲阜农村发病率高于两所学校，说明农民的文化低不易接受防蚊知识；其次是经济困难，缺少防蚊工具。曲阜师范的发病率介于曲师院与农村之间，说明他们的文化水平介于两者之间；他们的家庭经济条件也恰好介于两者之间。还有，曲阜师范多为本县人，感染率应该高，但学生的年龄较小，感染率又较低，这也是介于中间的根据。至于为什么曲阜农村的发病率低于邻县10~25个百分点。这有赖于曲阜受孔子传统教育的影响，总体文化教育较邻县发达，例如现在曲阜有一所大学，一所著名师范是全省其他县望尘莫及的。

调查结束后，返回济宁本所，参加1956年的年终学术汇报会。大儒代表曲阜调查组向大会报告，报告获得一致好评。在出版的年报上，他的总结文章列为第一篇，全组人员兴高采烈。

阳历年过后，大儒设计了微丝蚴周期课题。先调查农村人口微丝蚴的出没规律，再调查夜班工人的规律。课题组由三人组成。农村调查点没在济宁东北五里外的蒋家林村，夜班工人调查点设在枣庄矿务局田屯煤矿。日出而作，日落而息的农民组阳性病人三十例；夜班工作阳性者也三十例，以资互相对照。

大儒每天骑自行车去蒋家林村，工作点设在村支书家。每天交给他七大两粮票三毛钱。一天吃两顿饭。共工作了两周。两周吃了二十八顿饭。二十八顿饭的花色是相同的：喝地瓜面粥，粥内切上鲜地瓜块，里里外外都是地瓜。全村六百居民，食谱都是一样的。胎儿在娘肚子里就靠地瓜营养，出生后吃妈妈的地瓜奶。母亲营养不良，奶汁又少又稀，孩子长得又小又瘦，先天营养不良，后天营养不足，这就是我们当时民族的营养情况。

课题组的工作开始于腊月，是天气最寒冷的月份。节气已是小雪，所谓腊七、腊八冻掉下巴。二小时采一次血，把每位带虫者的采血时间分散开，第一周采六次第二周采六次，平均每天采一次。农民冬天没活可干，也没副业可做，又不准做买卖，每天在家休息晒太阳，这倒有利于到各户找病人采血，不会遗漏。在白天自然光线下观察，每个农民的血是否黄色，被刺针眼处出血时间延长。

大儒对农民的红细胞及血色素进行抽样调查，十位农民的血红细胞每立方毫米为260万，正常500万，血红蛋白六克，正常10到12克。这就是我们的民族健康水平，触目惊心。白天全村很宁静，听不见孩子们的吵闹声，也听不见妇女们叽叽喳喳的说笑声，也没有狗吠声更没有牛叫。孩子妇女饿得没力量吵闹、说笑，人都吃不饱饭，哪有剩余饭喂狗？各家各户烧火做饭，都没柴草，哪有柴草喂牛？白天全村鸦雀无声，夜晚死一般的沉寂，令人悚然。

夜间到各家采血，令大儒伤心。农民睡铺，用高粱杆绑成把，在地面上围成圈，圈外沿砸上橛，借以固定秫秸把，再在上面铺上麦秸，这就是农民居室内的床铺。与狗窝猪窝有什么区别？四五个人老少两代盖一床又脏又薄的破被子。他们脱得光光的，只有肉靠肉互相温暖才不会被冻死，这就是我国的经济水平。由此看来，梁漱溟是了解国情的，主张优先发展农业，不是空穴来风。他的思想不仅不是反动而是很进步，毛泽东颠倒是非，把进步说成反动，恰好他本人是历史的真反动，是农民的敌人。

调查结束后，因当时没有课题经费一说，大儒自掏腰包，给每位合作者两元人民币，四毛钱可买一斤猪肉，两元钱对农民来说是个天文数字。

蒋家林调查结束后，节气已过大寒，大家准备春节过年。大儒也回家与奶奶、爷爷团聚。尽管战争结束了，但春节的欢乐气氛远远没恢复到战前。村里出现许多烈属，大年初一不是恭喜发财声，而是此起彼伏的哭儿唤女声。毛泽东的胜利是用千百万母亲的眼泪换来的，这种胜利价值何在？

济宁小城没有图书馆，没有书店，更无博物馆。有一个小电影院及一个露天的脏剧院，是济宁唯一的文化设施。当大儒出发曲阜的时候，在所内，四位朋友读了大儒的存书。为了理解贝多芬的音乐，他们通读了《贝多芬传》及《约翰·克里斯朵夫》。

春节回来后大家带来许多音乐唱片。五个朋友以听贝多芬的唱片及讨论贝多芬为唯一文化生活。大儒还给他们介绍了欧洲古典派、浪漫派的代表人物及其代表作。五个朋友似乎与十八世纪的欧洲音乐家交上了朋友。在所有的艺术作品中，以音乐最伟大，音乐能净化人类的灵魂，引导人们度过难关，教诲人们忍耐与谅解，给人以欢乐与和平，启发大众尊敬既往，珍惜现在，拥抱未来。只有躁动的贝多芬例外，他不满既往，挑战现在，怀疑未来。音乐已成为五个朋友的生活必需，又像一条灿烂的纽带把五个人捆绑在一起。

1957年春节过后，天气逐渐转暖，惊蛰之前课题组出发枣庄田屯煤矿。在田屯煤矿篮球场，晚饭后散步的时候大儒经常回忆枣庄的历史。由于他的军旅生涯，喜欢回忆军事方面的历史。

枣庄之南四十里为峄县，枣庄原属峄县的一个镇。自英国人在此开办煤矿以来，经济逐渐发达，升枣庄为市（县）。抗战期间日本人抢夺英国人的煤矿为日本人所有，抗战胜利，煤矿回到我国手中。枣庄是徐州的北大门，是藏龙卧虎之地，是兵家生死要地。枣庄东北面山峦起伏，西面为平原，南面为丘陵。东北二十里为抱犊崮。1912年津浦路完工，通车典礼的第一列火车由天津开往浦口，上面坐的是外国达官贵人一百多名，路经薛城时，数百绿林好汉由抱犊崮出发，劫持了火车上的全部乘客，引起国内外轰动。

抗战初期铁道游击队成立于枣庄地区。日本列车每每来到薛城路段，如进入地雷区般的胆战心惊。1938年4月李宗仁在枣庄南郊相距八十里的台儿庄歼灭日寇二万，残敌龟缩进峄县城。1939年9月陈光率一一五师由鲁西越过津浦路，在抱犊崮建立鲁南根据地。枣庄地区为抗战做出巨大贡献。

1947年1月粟裕、陈毅指挥了"峄枣战役"，歼灭国军二个整编师，四个旅，一个快速纵队五万三千人。这是全国共军有史以来第一大胜利。在内战中，粟裕以枣庄、临沂为大后方，连续取得了六个第一。第一个第一就是枣庄战役；第二个第一是1947年2月莱芜战役，歼灭敌军六万余；第三个第一就是1947年5月在孟良崮，第一次全歼国军五大王牌之一的整编七十四师；第四个第一是1948年6月豫东战役歼国军九万；第五个第一是1948年9月指挥许世友部攻克第一座大城济南，并歼敌十万；第六个第一是一九四九年一月淮海战役，歼敌五十五万五千人。

大儒为枣庄过去的贡献及粟裕的军事才能感慨万千。国家如果出个把像粟裕指挥战争一样有才能的政治家，强国富民之梦指日可圆。我们努力研究粟裕，把他的军事的智慧套用到医学领域，争取创立六个医学第一。

调查小组对八百名矿工及职员进行抽血普查，血丝虫感染率为34%。工人的血是鲜红的，红细胞五百万，血色素十二克。1953年9月，梁漱溟在政协会上与毛泽东顶抗说工人在九天之上，农民在九地之下，引起政协地震是有根据的。大儒用科学数据证明，梁漱溟的论断千真万确。

井下工人三班捯，早班是从早上四点到中午十二点；中班是由中午十二点到晚上八点；夜班由晚八点到早上四点。四周一换班。在夜班工人中遴选三十名微丝蚴密度大的病人三十例作为调查对象，七天为一周期。每隔二小时查一次血，每天查六次，两天完成。每例井下查四次，井上查八次，共下井三十次。三十例患者分布在四个坑道，还得去每个坑道寻找患者。

大儒与化验员头戴安全帽及矿灯，坐着升降机进入井下。坑道两旁出煤的小洞，工人称为"掌子"，"掌子"很矮，有半米高，工人爬着进去，用小铁锹或双手向外扒煤。烧暖器的能源就是这样采出来的，矿工的原始劳动让大儒心酸。

接近早晨四点，是人体一天最困乏，精神最低迷，免疫功能最脆弱的时候。工作一夜的大儒浑身酸痛，坐在一个三十公分见方的木头箱子上休息。一会儿，来了一位工人，叫大儒起身，说打开箱子取药。大儒心想，可能工人进行过急救教育，负伤后会自己包扎，井下设有急救药箱。大儒问工人："你哪儿破了？我替你包扎。"工人说："箱子内不是医药，是炸药！"大儒"啊"的一声惊叫，吓得跳起来就往外跑。工人笑着说："没事，没有雷管炸药不会爆炸的，雷管在别的地方放着。"整个三十个日日夜夜，工作结束后每人体重下降了四公斤半。他们整理卫生，洗澡理发，洗衣裳，着实睡了几天后，开始进行医学总结、统计，画出图表，写出总结文章。

统计结果表明，蒋家林遵循自然生活规律的人群，在末梢血液中，微血蚴晚八时开始出现，午夜十二点到拂晓两点达到高峰，四点开始隐伏。夜班工人的结果是夜班第一周，微丝蚴为昼隐夜出；第二周呈现紊乱，失去昼隐夜出的规律；第三周出现昼多夜少的结果；第四周末呈现昼出夜隐的奇观：白天十二点到下午两点为最高峰，夜间十点到拂晓两点几乎没有微丝蚴出现。

大儒在办公室里快乐地跳起快四步，嘴里高唱《红梅花》。结果表明微丝蚴在末梢血管的隐现是根据交感神经的阻抑与兴奋、末梢血管的张弛、血流速度急缓而定，属于生物物理现象，非化学现象，像水面上的浮萍一样，水急浪高浮萍少；水流迟缓浮萍多。大儒创造了医学领域的第一个第一。

大儒在田屯下矿井三十天，不仅获得专业成绩，还体验了工人的真实生活。工人在井下，随时有死亡危险，全家为之提心吊胆，并且卫生条件恶劣，虽然勉强吃饱肚子，这是冒着生命危险换来的。工人整天下井采煤，没有任何安全保障，没有任何权利，名誉上是国家的主人，实际上除了有损健康的劳动外，别说是对国家，就是对工厂也没有丝毫管理权。工会是摆设，是愚弄人的，根本不为工人利益说句话。上边宣传说，机关干部是人民的勤务员。但矿山的勤务员们在办公室喝茶、打扑克，吃得又白又胖。勤务员们疾言厉色监督着"主人"劳动。人间竟有这等滑稽可笑的颠倒宣传。共产党宣言号召世界无产者团结起来，解放全人类。解放全人类之前应首先解放自己吧？

大儒下井三十天，体重下降四公斤半，那么成年累月下井的矿工，健康又怎样保障呢？对工人弟兄无限同情！毛泽东口口声声说工人是国家的主人，土改斗争是土地还家，纯粹一派谎言！也许他一个人是国家主人，其他人都是奴隶。土地还家是还给老毛一个人，他是全国最大的地主！受剥削的农民，血红蛋白不超过六克，只有健康人的一半！这就是土地还家的真相。

第四十一章　毛记文字狱 冤儒三百万（一）

1956年9月，中共在北京召开了第八次代表大会。由于周恩来取得消灭毛派第一战役的胜利，获得党内主导权，所以在八大中，周派取得了压倒优势，在六个常委中占三位，毛派、刘派各一位，还有一位近周远毛的中间派。周派在十七位政治局委员中占八位；毛派四位；刘派两位；中间派三位。

周派不仅在政治局取得压倒优势，一年前在军委也取得了一边倒的优势。在授军衔中，十个元帅中七位属周派。在中央政府中，几乎是清一色的周总理的人马。毛虽然身居党中央最高位，但党政军三大实权掌握在了周恩来手中。周恩来并不越俎代庖，对毛仍行君臣之礼。

八大中，通过了刘少奇的政治报告。报告指出，国内的主要矛盾已经不再是无产阶级与资产阶级的矛盾，而是人民对于经济、文化迅速发展的需要同当前经济、文化不能满足人民需要的状况间的矛盾；国家的主要任务是在新的生产关系下保护和发展生产力，全党要集中力量发展生产，把我国尽快从落后的农业国变为先进的工业国等正确思想。这说明周、刘两派的经济思想占了上风，毛的阶级斗争被边缘化。

报告中，还有坚持集体领导制，反对个人崇拜，发展党内民主等空前进步的内容。同时，在党章中删除了"毛泽东思想"五个字。八大所以通过了空前进步的政治决议，是与周恩来的政治智慧分不开的，是巧妙的诱导了毛泽东，主动地团结了刘少奇的结果。

由于在国外打败了美国军队，在国内制服了知识分子中的两大硬汉，一个是逮捕了胆敢上书三十万言的胡风；另一个是镇住了敢于当面顶抗毛泽东、为农民打不平的梁漱溟。毛的心情极为愉快，所以他在八大开幕前，以胜利者的口气说了一些开明的话，其目的是想显示一个比齐威王、唐太宗更为开明的君主形象。在八大预备会议上，毛泽东说："在建设社会主义时期，不要像民主革命时期犯那么多、那么长时间的错误，避免栽那么多的跟头；我们要造就知识分子，以适应社会主义建设的需要，到那时，党中央委员会的成分也会改变。中央委员会中应该有许多工程师、许多科学家。"他这些转瞬即逝的开明思想当然是受周恩来游说的结果。中共建党以来，八大是开得最成功的一次代表大会，结束了一百多年的战乱，首次把经济建设提到议事日程上来，这具有里程碑意义，似乎中国有救了。

毛泽东为了证明自己不但对梁漱溟一人态度开明，对全体知识分子都同样开明。他号召知识分子为共产党整风提意见，帮助整风，而且口口声声地说："知无不言，言无不尽；言者无罪，闻者足戒；有则改之，无则加勉。""整风要本着团结批评团结的公式进行"。毛泽东指出：革命时期的大规模的急风暴雨式的群众阶级斗争基本结束，今后主要任务是正确处理人民内部矛盾，以便团结全国各族人民向自然界开战。并强调贯彻"百花齐放、百家争鸣"的方针；目前不是放得太宽，而是放得不够。要使人们敢于说话、敢于批评；在整风运动中，要小小民主、和风细雨、治病救人，反对一棍子打死人的方法。

以上讲话，毛泽东给人以百川归海、有容乃大的大政治家的印象。他将成为中国历史上最开明、最民主的君王，将永远载入史册，将为后人树立榜样，其英名将万古流芳。

知识分子生活在伟大的毛泽东时代将大有各显其能的感觉，至于王实味为什么被枪毙，胡风为什么被逮捕，人们思想上模糊了。兴许他俩真是戴笠的特务，心胸豁达的毛主席是不会冤枉他们的。

反右派前，毛泽东的闪电开明与他的历史知识与当时的国际政治状况有关。毛泽东不懂自然科学，也没耐性读《资本论》，他唯一感兴趣的是古代帝王篡位夺权的《资治通鉴》及暴君斯大林的专制方法。斯大林死后三年，被赫鲁晓夫扬坟鞭尸；波兰匈牙利人民起义，反抗暴政统治，使毛泽东倒吸一口凉气。他把苏联与东欧共产党的危机与周厉王弭谤相互对照；把从谏如流的齐威王、虚怀若谷的唐太宗与周厉王互相比较，如不重蹈周厉王与斯大林的覆辙，广开言路势在必行。

毛泽东的一生最开明的一篇政治报告是1957年2月27日在最高国务会议上发表的《关于正确处理人民内部矛盾的问题》。石鸿儒在济宁地委大礼堂听了地委书记高克亭的传达报告。

高克亭学毛泽东说："暴风骤雨的阶级斗争已经结束，必须对人民开放民主，接受人民的监督，杜绝官僚主义，听取人民的批评，要做到知无不言、言无不尽；言者无罪、闻者足戒，有则改之，无则加免。一定执行国家宪法，不能干涉人民言论、出版、结社和游行示威自由。游行示威也是帮助官僚主义改正错误的方式嘛。要接受斯大林的教训，你活着人家不敢讲，你死了，人家也是跟你算账。"

　　但这篇正确处理人民内部矛盾的演讲稿迟迟未见诸报端，经反复修改，四个月后，直到6月19日正式公布于《人民日报》，但与高克亭传达的原稿已面目全非，令大儒大失所望。

　　1957年4月，《人民日报》上，毛泽东发表了数篇百家争鸣、百花齐放的社论，要民主人士帮助整风。1957年5月上旬到6月上旬，中共统战部邀请各民主人士开座谈会二十五次，几乎每天一次，要求帮助党整风，提意见。

　　4月下旬到6月上旬，提意见的时间共四十二天，毛泽东变脸了。6月8日，他在《人民日报》上发表《这是为什么？》的社论。社论中说：在民主党派、高等院校右派最猖狂，刮起一阵害庄稼、毁房屋的七级大台风。于是反右派运动开始，知识分子大呼上当受骗，上了毛泽东的阴谋圈套。毛泽东说他是阳谋，是"引蛇出洞"。身为国家领袖，公开承认欺骗人民。

　　毛泽东认为党外知识分子中右派分子约占百分之一到百分之十；党内也有一部分知识分子与社会上的右派相呼应。从4月下旬到6月上旬，毛泽东开明了一个半月。这是他一生绝无仅有的一个半月。

　　6月8日，中共中央发出《关于组织力量准备反击右派分子进攻》的批示，认为战场既在党内，又在党外；7月1日，《人民日报》发表了毛泽东写的社论：《文汇报的资产阶级方向应当批判》。7月，中共中央在青岛召开省市委书记会议，毛泽东发表了《一九五七年夏季的形势》一文指出：资产阶级右派和人民的矛盾是对抗性的，你死我活的矛盾。毛泽东把自己的喜怒无常、出尔反尔的性格说成是"引蛇出洞"，是阳谋，竟不怕天下人耻笑！

　　在反右派期间，尽管周总理与陈毅元帅热爱人才与知识，但他俩并没为知识分子说句公道话，当时周恩来因反冒进受到毛泽东的攻击，泥菩萨过河自身难保，不敢再用迂回战略保护知识分子。在六位常委中，除了毛泽东之外，唯有邓小平在清华大学开了一炮。他疾言厉色地攻击了知识分子，号召"向知识分子成堆的地方抓右派"。这句话在全国极为流行，影响恶劣，给全国高等院校、科研机关、教育界、文艺界、医学界、舆论出版界造成了八级大地震。不管邓小平为历史做出怎样的贡献，在清华大学中的演讲，给他脸面增加不了丝毫光彩。他不应该助毛为虐、火上浇油。

当然邓小平的讲话，也并非一时感情冲动，而是经过深思熟虑的。他首先要保护自己的即得利益，又要照顾周派的整体利益，还得兼损毛、刘两派的利益。毛的整风运动原委是让民主知识分子向周、刘两派的官僚们开炮，结果炮打了老和尚。于是，毛改变原计划，发动了反右派。邓小平扩大反右规模，目的是诱导毛的炮火，猛轰右派，没有剩余的炮火再轰周、刘两派官僚，借以躲过一劫。这是舍车保帅的一步棋，车固然重要，但比全军覆没要好些。只要周帅在，知识分子终有出头之日。可惜，邓小平生前，没把问题交待清楚，可能他是羞于出口吧。

自发动反右派以来，都是毛泽东一人在发表社论、写文章、下通令、作报告、演独角戏。作为总书记的邓小平，必须摆出积极架势辅佐最高领导人，以期保护自己与周派。在清华大学的演讲，不仅代表他个人，也代表周派支持了毛泽东，理所当然地获得毛的青睐，也使周派获得毛的信任。

反右派运动反正是毛泽东亲手发动的，即使没任何常委支持，运动也不会收兵。邓小平的火上浇油使运动烧遍全国，运动给知识分子带来的伤害越大，毛泽东的威望损伤也越大，而对邓小平的影响不大，因为他不是始作俑者。

八大开明的政治纲领是刘少奇与邓小平共同策划的，是由刘少奇在大会上出面报告的，说明这份清除了毛泽东热衷的阶级斗争的决议内容主要是刘少奇的主意。邓小平在清华大学的演讲是推卸责任之举，这样就加剧了毛、刘两派的斗争。

刘少奇主张仍坚持八大的政治纲领，主张目前的主要矛盾已不是无产阶级与资产阶级之间的矛盾，而是落后的生产力与先进的生产关系的矛盾，或落后的经济、文化不能满足人民日益需要的矛盾。毛泽东仍坚持认为目前仍无产阶级与资产阶级的矛盾为主要矛盾。毛、刘两派誓不两立。周派与刘派的政治观点是一致的，周派对刘派表示友好，但对毛泽东发动的反右派运动也表示支持，以讨好毛派。以两方面陪笑脸的权术保护周派，而爱国知识分子成为派系斗争中的殉葬者。

以上就是邓小平在清华大学演讲的错综复杂的考虑。邓小平为周派第二号人物，是周恩来的多年莫逆之交，但在性格上，更近于毛泽东的火爆、盲动而疏于周恩来的中庸、隽智。他好像对知识分子也是恨之入骨，在清华大学的演讲带有十足的霸气。

新中国的政治、经济、文化、教育、军事、外交等领域的政策、制度、组织结构均克隆了苏联模式。但在政府组成方面表面上却有别于苏联的一党专制。中央人民政府中的六位副主席，其中三人是非党人士；国务院四位副总理中有两位非党人士；二十九位部长中，有十二位是非党人士。从表面看来，好像很宽容，政府高官中非党民主人士近占一半。设这些高官的目的是给逃往台湾的国民党军政高官看的，也就是说北京的非党高官就像酒店门口的美女，是当花瓶来吸引人的，是点缀、摆设；或者像鱼钩上的蚯蚓，是为了诱鱼上钩。其实他们一两权力也没有，上班就是喝茶看报。权力都集中在第一副部长及党组书记手里。例如卫生部长是冯玉祥的夫人李德全，其实卫生部的人谁也不认识她，都听从党组书记兼第一副部长贺诚及副部长王斌的领导。其实质，中国政府与苏联一样，也是彻底的一党专制。有一些非党高官，看不清形势，不正视自己蚯蚓的身份，更不承认如美女、花瓶似的点缀品的地位，硬要求有职就有权，不愿做傀儡，与共产党争权，结果上了当，美女被硬划为右派，花瓶被扔进垃圾箱。

1957年4月，《人民日报》自大鸣大放开始，大儒每天阅读《人民日报》、《光明日报》、《文汇报》，三份报纸的动态就是全国政治的晴雨表。所谓帮助共产党整风的大鸣大放开始于北大，北大是我国思想最先进、嗅觉最敏感的地方。北大是"五四运动"的发源地，民主与科学是五四运动的核心，反帝爱国是五四运动的指南。北大是共产党的孵卵箱，北大是优秀学者荟萃之地，包括蔡元培、胡适、陈独秀、李大钊、熊庆来、吴大猷、梁漱溟、傅斯年等等。

反右派运动开始，这是继延安整风、批判电影《武训传》、批判俞平伯、思想改造、反胡风集团、肃反运动后的第七次围剿知识分子运动。自新中国成立的六年中，共发动政治运动十二次之多。按时间排列有：土地改革、镇压反革命、思想改造、三反五反、打老虎、清理中层、工商改造、批判电影《武训传》、批判俞平伯、反胡风、肃反、反右派运动等。平均每年两次，有时运动摞运动。

建国后，毛泽东每年发动二次政治运动攻势。政治运动持续的时间长于战争。解放战争打了不到四年就结束了，政治运动持续了六年，仍处方兴未艾中。

大鸣大放伊始，放的第一炮是北大物理系学生谭天荣与哲学系学生龙英华。经他俩鼓动，食堂、宿舍、教室内都帖满了大字报、漫画。学生们发表几百次演讲，批评党对教育机构的领导不利，外行不能领导学校，学校当局对学生干部、党、团员偏爱，对一般学生不爱，党员干部态度傲慢，享受特权，重视红而忽视才，盲目鼓吹苏联，反对学生学习西方，事无巨细，均以苏联马首是瞻，反胡风运动过火、肃反运动过左等等。以上诸多弊端，导致学生们强烈不满。

比谭天荣、龙英华思想更活跃的学生是林希翎。她是人民大学法律系四年级学生，共产党员。她到北京、天津各大学发表几十次演讲，受到学生们的极度欢迎，称她为"带刺的玫瑰"。她说："现在国家判断一个人不是根据品质和能力，而他是不是共产党员或青年团员。她强调，要有民族自尊心，共产主义应当以自己的民族特征为基础，不要盲目套用苏联模式，例如中国的军衔制是对苏联的模仿，造成了不好的官兵关系。"她还为胡风喊冤："胡风的思想是正确的"；她为肃反鸣不平："肃反冤枉了许多好人。"毛泽东有一句狂言：凡是敌人拥护的，我们就反对；凡是敌人反对的，我们就拥护。林希翎更针锋相对：凡是毛泽东称好的，她说坏；凡是毛泽东说坏的，她称好。堪称当代女杰，可与秋瑾、刘胡兰媲美。

林希翎的原名为程海果。因为她喜欢《红楼梦》中的女主角林黛玉，又欣赏批评老红学家俞平伯的两位小红学家李希凡、蓝翎，她就把三个人的名字缩写成林希翎。

大儒与全国知识分子一样，每天报纸上的鸣放消息紧扣着他的心，看报纸的时间超过工作时间。

今日报纸报出一位大英雄葛佩琦。人民大学不仅出了个巾帼英雄林希翎，又出了个超级硬汉葛佩琦，硬度既不亚于梁漱溟、胡风，也不次于写《党天下》的储安平。

葛佩琦是人民大学工业经济系的讲师，1938年入党的老共产党员。5月31日，《人民日报》刊登葛的发言，在学校组织的帮助共产党整风的鸣放会上，他语惊四座。

开始，他的口吻很缓和，只是指责学校领导人骄傲自满，没完成大学教育应该完成的任务："学校领导有职有权而无能，自己没经验又不依靠专家；领导方法不像个大学，像个县政府，对农村层层领导，一道道命令，既土气又原始；办大学既不遵循蔡元培的办学方针，也不接受外国的教育经验，还像在山沟里打游击一样，放一枪就走，毫无计划性，无长远目标。"

他越说越气："今天的党群关系与解放前比差十万八千里，学校是这样，社会上也是这样。老百姓把豆饼做的豆腐叫做日本的橡子面；统购统销搞糟了，所以物资供应紧张。'肃反'运动搞糟了，党犯了错误。猪肉紧张，老百姓吃不上，有人说这是生活水平提高了。生活提高的是哪些人？过去穿破鞋，现在坐小卧车、穿呢子制服的党员干部！说良心话，这不是生活水平下降，这是党的政策犯了错误，猪肉被干部们吃光了……""看党员成绩就看汇报多少，汇报得多就是好党员。党员起到了监督人民便衣警察的作用。这事不能怪党员，是党组织叫他们做情报，党员要完成组织交给的任务……共产党对我三心二意，我对党也三心二意。中国是六亿人民的中国，包括反革命在内，不是共产党的中国！你们认为'朕即国家'是不容许的……共产党可以看看，不要自高自大，不要不相信我们知识分子。搞得好可以，搞得不好人民可以打倒你们，杀共产党人，推翻你们，这不能说不爱国，因为共产党不为人民服务。共产党亡了，中国不会亡。不要共产党，人家也不会卖国！"

6月8日，《人民日报》上继续报道葛佩琦在5月的鸣放座谈会上的发言："至今群众对鸣放也有顾虑，具体的反应了群众对共产党的话不敢相信。因为"民无信不立"。我还要重复一遍，群众是要推翻共产党，杀共产党人。如果你们再不改，不争口气，腐化下去，那必走这条道路，总有那么一天。这也是合乎社会主义发展规律的。只空喊万岁是没用的。群众为什么不敢信任共产党呢？因为共产党善变。党组织对人，认为有用时，把杀过朋友、杀过同志、杀过党内人的人都当作宝贝；不用时，把对流过血和汗的人关在大门外，冷若冰霜，甚至要投入九层地狱。有些党员六亲不认，和爸爸都不接近。儿子入党后，给妈妈来信称"同志"。这些事例说明，群众不信任共产党是完全合乎情理的……官僚主义、宗派主义、主观主义的三害不除，狂澜即倒，挽狂澜即倒的可能是除三害；另一个可能是被狂澜冲走，葬身鱼腹。"历史资料表明，葛佩琦1937年毕业于北京大学，是1935年"一二.九"反日运动的学生会的领袖。1938年参加共产党，以公开的少将身份深深地埋在国军中，为共产党搞军事情报，为抗战与解放战争做出了贡献。解放后，他被共产党遗弃。其实被遗弃的葛佩琦不该火冒三丈，比比被迫害致死的陈光、高岗、逮捕入狱的饶漱石、潘汉年，你太幸运了。

继林希翎、葛佩琦之后，第三位右派大英雄是储安平。自5月8日起，统战部开始召集民主党派领导人及著名民主人士开座谈会，已有九十多人发言。6月1日是最后一次帮助党整风座谈会。储安平最后一天发言，他发言的重量超过以上九十多个人发言的总和。

6月2日，《光明日报》报道储安平于一日在中央统战部鸣放座谈会上的发言。他对时弊的鞭辟可谓入木三分。他说："最近大家对小和尚提出了不少意见，但对老和尚没人提意见。我现在举一个例子，向毛主席、周总理请教。""解放以前，我们听到毛主席倡议和党外人士组织联合政府。

1949年开国以后，那时中央人民政府六个副主席中有三个党外人士；四个副总理中有两个党外人士，也像个联合政府的样子。可是后来政府改组，中央政府副主席只有一位，原来中央人民政府的几位非党副主席，他们的椅子都搬到了人大常委去了。这且不说，现在国务院副总理有十位之多，其中没有一个非党人士，是不是非党人士中没有一人可以坐此交椅？或者没有一个人可以被培植来担任这样的职务？从团结党外人士、团结全国的愿望出发，考虑国内和国际的观感，这样的安排是不是还可以研究？""解放后，知识分子都热烈地拥护党，接受党领导。但是这几年党群关系不好，而且成为目前我国政治生活中急需调整的一个问题。这个问题的关键究竟何在？据我看来，关键在'党天下'的这个思想问题上。我认为，党领导国家并不等于这个国家即为党所有。大家拥护党，但并没有忘了自己也还是国家的主人。政党取得政权的主要目的是实现他的理想，推行他的政策。为了保证政策的贯彻，巩固已得的政权，党需要自己经常保持强大，需要掌握国家机关中某些枢纽，这一切都是很自然的。但是在全国范围内，不论大小单位，甚至一个科、一个组，也要安排一个党员为头儿，事无巨细，都要看党员的颜色行事，都要党员点头才算数，这样的做法是不是太过分了点？在国家大政上，党外人士心心愿愿跟着共产党走，但跟着党走是因为党的理想伟大、政策正确，并不表示党外人士就没有自己的见解，就没有自尊心和对国家的责任感。这几年来，很多党员的才能和他所担任的职务很不相称。既没有做好工作，使国家受到损害，又不能使人心服，加剧了党群关系的紧张。但其过不在那些党员，而在党为什么要把不相称的党员安置在各种岗位上。党这样做是不是'莫非王土'那样的思想，从而形成了现在这样一个一家天下的局面。我认为，这个'党天下'的问题是一切宗派主义现象的最终根源，是党与非党之间矛盾的根本所在。今天宗派主义的突出、党群关系的不好，是一个全国性的现象。共产党是一个有高度组织纪律的党，对于这样一些全国性的缺点，和党中央有没有关系？"

芒种是收割小麦的季节。麦收尚没结束，连降暴雨。济宁地区变成一片汪洋，抗洪抢险，人山人海，排满运河的两岸。解放军水陆两用汽车到被淹没的村庄救援。

小麦不能晾晒，普遍发霉。济宁人吃了一年霉黑面。通往兖州的公路被冲垮，运输中断，外地报纸不能运抵济宁。每晚五个朋友都集中到大儒的宿舍听收音机。五个朋友中，唯有大儒有收音机。他买收音机的目的是为了收听音乐节目，由于反右派运动在北京已开始，五个朋友闭口不谈报纸上反右派的消息、文章及人物，好像在中国并没有反右派这件事一样。这是因为肃反的余悸仍然在心，对北京轰轰烈烈反右派运动只字不提。大儒相反，自从参加八路军、参加共产党后，他一直处于政治泥沼里，浑身上下沾满政治泥巴，洗也洗不清。看来，反右派运动的寒流很快由北京吹到山东，他忧心忡忡，与朋友们在一起时，心不在焉。

大儒预感，在这次运动中将大难临头。他认为自己的思想比林希翎、葛佩琦、储安平更超前。何况留党察看没解除，在大儒心里，三大右派英雄各有特色。林希翎是个大声疾呼的宣传家；葛佩琦是个发泄郁闷的冒险家；储安平是个思想深邃、文笔锋利的作家，而大儒自己，将成为忠心耿耿的大冤家。

根据北京电台广播，反右宣传理出三大主题，一个是章伯钧的"政治设计院"；第二个是罗隆基的"平反委员会"；第三个是储安平的"党天下"。前面两个主题是当局欲加之罪；最后的"党天下"是实实在在的，既是储安平的实在说法，也是社会政治生活中实在存在的现实。

6月8日开始反右派之前的鸣放阶段，出现三大英雄人物，就是上边提到的林希翎、葛佩琦与储安平。6月8日《人民日报》发表《这是为什么》的反右派社论之后，北京被定为大右派的有四人，其中包括章伯钧、罗隆基、章乃器与储安平。他们都是民主同盟的负责人。在八个民主党派中，民主同盟的右派最多，是重灾户，堪称右派同盟。章伯钧为民主同盟第一副主席，《光明日报》社社长、政协副主席、交通部部长。在统战部长李维汉召开的座谈鸣放会上，章伯钧说道："现在工业方面有许多设计院，可是政治上有许多措施，就没有一个设计院。我看政协、人大、民主党派、人民团体应该是政治上的设计院。应该多发挥这些设计院的作用。一些政治上的基本建设，应事先交他们讨论，三个臭皮匠合成一个诸葛亮。"

章伯钧的这几句话，不管是纵看还是横看，在字里行间也看不出有任何政治目的。可是《人民日报》中央广播电台无限上纲上线，说章伯钧的政治设计院要与共产党分庭抗礼、平分秋色。欲加之罪何患无词？如果章伯钧在座谈会不发言，将被当局扣上对党消极抵抗、对党不满的大帽子；如果发言，就是对党恶毒攻击。不发言不行，发言也不行。在党天下作人难啊！

毛泽东横说横有理，竖说竖有理，反正都有理。他叫民主知识分子大鸣大放帮助党整风，不帮助是对党离心离德；帮助就是攻击党。根据以上章伯钧的发言，以后给他扣的帽子更玄了，说他的政治设计院要与共产党轮流坐庄。

四大右派的第二位是罗隆基。他是位政治明星，获哥伦比亚大学哲学博士，曾任南开大学及西南联大教授。他中、英文都极好，能说会道，擅长写文章，任中央人民政府政务委员、森林工业部部长。既然中共统战部一而再、再而三地邀请他在座谈会上发言，可见中共真诚要求民主人士帮助其整风、提意见，不能不给面子，不得不应酬一下。

　　远在1945年，当局以反革命罪逮捕胡风时，罗隆基就认为胡风不是反革命，是纯文艺理论问题，应以公平论战，不能以暴力相加。其次在肃反运动中也有许多过头的地方。为了实事求是，不冤枉好人，成立一个平反委员会，解决政治运动中造成的冤、假、错案，这对国家、共产党及受害人民都有好处。

　　于是他在座谈会上作了发言："为了鼓励大家'鸣'、'放'，并保证'鸣'、'放'得好，我觉得人民代表大会和全国政协，可以成立一个有共产党、民主党派成员和其他方面的人员参加的委员会，以检查过去三反、五反及肃反工作中的偏差。毛主席在最高国务会议上批示过，由人大常委、政协常委成立一个机构来检查肃反偏差。成立这样一个机构有三大好处。一，可以鼓励有意见的人向委员会申诉，地方上的知识分子都希望有说话的地方并希望条条道路通北京，做到'下情上达'，使有委屈的不至于没地方申诉。二，可以更好地做好平反工作。过去是由领导政治运动、制造冤案的机关负责平反，所以平反工作展不开。现在，把领导运动的机关与平反机关分开，工作起来方便而公正。三，在'鸣'、'放'中，有人有顾虑。谁也不会保证对鸣放绝对不会有人报复。有了平反委员会，受到打击，被报复的人可直接向委员会控诉。这样，有报复思想的人就害怕，真的受到报复的人也有路可走。"

　　尽管罗隆基是政治明星，但他的设想仍幼稚可笑。曹操每杀害无辜后，往往给予厚葬，表示假惺惺的仁爱。再杀人再厚葬，他可以屡屡厚葬但不可以不杀人。毛泽东每次发动的政治运动，制造大批冤假错案。运动结束后，又进行纠偏、甄别、落实政策等。一百个冤案纠正不了三五个，然后又紧接发动下一次政治运动。他逼死高岗后，叫高岗夫人在沈阳当子弟学校校长，给予副部级待遇，显得何等仁爱！曹操相距毛泽东一千七百三十八年，两人何其相似尔！

　　罗隆基建议成立平反委员会，就等于是毛泽东专门制造冤、假、错案，而罗隆基是专门平反冤假错案。毛泽东理所当然地恨上罗隆基。

　　四大右派的第三位是章乃器。章乃器是著名爱国人士和工商业代表人物，与沈钧儒、史良、王造时、邹韬奋、沙千里、李公朴是名震全国的"爱国七君子"，1936年为蒋介石逮捕。全国掀起营救"七君子"运动。迫于压力，蒋介石释放了七位君子。抗战期间，他任中国民主建国会主任委员，任国民政府安徽省财政厅长时，利用各种借口每月供给新四军大洋三万元。1948年，抛下香港的企业，应中共之邀来到东北解放区。听到各地歌唱《没有共产党就没有中国》，他建议在中国前加一"新"字。因为先有中国后有共产党。以后，在筹备新政协期间，毛泽东与章乃器会面时，很"谦虚"地说："你的意见很好，我们已经让作者把歌词改了。"这首歌就是现在的《没有共产党就没有新中国》。

建国前的毛泽东像个君子。建国后，特别是抗美战争胜利后，毛泽东的脸变得一天比一天长。

建国初期君子章乃器任全国政协常委、全国工商联副主任、民主建国会副主任、粮食部部长。在一次有关中国民主建国会性质的讲话中，他称建国会是"红色资产阶级政党"。在一次最高国务会议上，毛泽东对章乃器说："我很同意你的红色资产阶级说法。难道我们还允许白色资产阶级存在？"。在一次建国会宣教会议上，章乃器说："不要喊没有内容的抽象口号，不要神化任何人。大家都是人，没有哪个人是神，包括毛主席在内。"

5月14日，章乃器发表了《从"墙"和"沟"的思想基础说起》的文章，批评了"以党代政"。他比喻党组织如戏剧导演，国家各种机构如演员。技术和管理人员、导演不必上前台，更不必为演员、技术、管理人员代劳。这样党组织头脑更清醒，领导更全面，而且更主动。章乃器说："如果社会主义企业加上官僚主义，那它的效率将比资本主义企业低。资本主义也有好有坏，我们应吸取对社会主义有益的东西。为什么有些社会主义企业反而不如私营企业呢？因为资本家善于选用、培养、提拔人才，而且尽量表示公平。不这样，就很难和别人竞争，而社会主义企业都不能做到这一点。"于于，报纸上对章乃器的批判像冰雹一样袭来。批判他的"红色资产阶级"；批判他的"社会主义企业不如资本主义企业先进论"；批判他反毛主席、反社会主义、反共产党。秀才遇上兵，有理说不清，君子傻眼了。君子曾被国民党逮捕，又被共产党划为右派。统治者的共性是厌恶君子、喜爱小人，如摆脱共性就会出现盛世，出现明君，可惜与我国无缘。

从6月末开始，人民大会变成反右战场。有头有脸的大右派先后登台检讨。章伯钧、罗隆基低头认罪；储安平投降，唯有硬汉章乃器不交枪。他在这场风暴中显露出君子本色：头可断，血可流，真理不可丢。

7月中旬，在人民代表大会上，章乃器的发言题目是《我的检讨》。别人的题目都是《认罪》、《投降》、《悔过》之类，他只是检讨。他的检讨实质是争辩。章乃器检讨时说："尽管对大家的热情帮助很感激，但从讲道理来说，没有说服力。这是老实话，要不然，我也可以来个假检讨。我的错误性质是资产阶级个人主义的思想和作风。我同那些在政治上反党、反社会主义的右派分子没有任何共同之点。和我接近的人都可以证明，我是一个革命的乐观主义者。解放前，有三种威胁经常纠缠着我。一种是政治威胁，反动派随时可以杀害我；二是社会威胁，反动派可以指使流氓迫害我；还有一种是经济威胁，企业随时可以破产，陷于失业。解放后，这三种威胁都完全消失了，我现在只有一条心，做好党和国家交给我的工作。我每天往往工作十个小时，为的就是社会主义。虽然工作中也提过意见，那是根据'知无不言、言无不尽'的政策。"他差点说出储安平的一句名言："如我早知道知无不言还有个界线，就不发言了。"

章乃器申明，他从六个方面与右派分子没有共同之处。

一、我从来没有夸大自己国家的缺点，抹煞国家的成绩。刚刚相反，我经常为每一点一滴的国家工作成绩而引以自荣，因为其中有我的微薄贡献。

二、我坚信党和国家的强大，绝对不相信匈牙利事件会在我国发生。如检查我的思想片面性，那只是片面的乐观，而绝不是悲观。

三、我参加各种工作、各种会议，以至到各地去视察，都是以主人翁的自觉，帮助领导上解决问题，而绝不是无事生非，到处点火。

四、对苏联和其他国家，我一贯表示最友好、最真诚的态度，没有丝毫违背"一边倒"的精神。

五、我从来不搞什么小组织，从来不争取私人权力，对国家和人民给我的荣誉和待遇，经常觉得已经太高，从来没有丝毫不满。因此，必须夜以继日地劳动，做好工作，才能对得起党和国家。

在这次整风运动中，我对党所提的意见，没有超出批判"三害"的范围，所指的只是部分党员的缺点，而绝没有涉及全党和党中央的地方。我相信，目前那些对我的流言，都会逐步得到澄清。章乃器还说："有些人相信'众口可以烁金'，'曾参杀人'重复了三遍慈母也为之动摇。我认为，这是旧时代的事情了。在今天，我相信'真金不怕火炼'。

第四十二章　毛记文字狱 冤儒三百万（二）

　　在反爱国右派运动中，四位爱国主义者及其四篇精品简介，家喻户晓的有费孝通的《知识分子的早春天气》、储平安的《党天下》、钟惦棐的《电影的锣鼓》和萧乾的《革命事故》。费孝通曾任西南联大、清华大学教授，现任中央民族学院副院长，他的《知识分子早春天气》影响很大，全国上下到处谈"天气"。

　　文章刊登在1957年3月24日的《人民日报》上。费孝通写道：去年1月，周总理关于知识分子的报告，像春雷般起了惊蛰作用，接着百家争鸣的和风一吹，知识分子的积极因素应时而动了起来。但是对一般老知识分子来说，现在还是早春天气。他们的生气正在冒头，但还有一点腼腆，自信力不是那么强，顾虑似乎不少。早春天气，未免乍寒乍暖，这原是最难将息的时节。百家争鸣实实在在的打中了许多知识分子的心，太好了。从知识分子方面来讲，他们对百家争鸣是热心的。心里热，嘴却还是很紧，最好别人争，自己听。要自己出头，还是瞧一瞧，等一等再说。不为天下先，不肯敞开暴露思想的人还占多数。向科学进军，可以关起门来进，而百家争鸣就得抛头露面，腼腆就鸣不成。究竟顾虑些什么呢？对百家争鸣的方针不明白的人当然还有。怕是圈套，搜集些思想情况，等下一次运动来临时，好好整一整。面子是很现实东西，戴上一个落后分子的帽子就会打入冷宫，一直会影响到物质基础，因为这是'德'，评薪评级，进修出国，甚至谈恋爱，找爱人都会受到影响。"明哲保身""不吃眼前亏"的思想还没有全消的知识分子，想到了不鸣无妨，鸣了说不定自讨麻烦，结果是何必开口。另一方面是具体领导知识分子的工作人员，对于百家争鸣的方针是不是都搞通了呢？也不全是通的。有些人是一上来就有点担心，等到鸣放起来，闻到有些唯心主义气味，就有人打起警钟："唯心主义泛滥了""资产阶级思想又冒头了"。大有好容易把妖魔镇住了，这石碣一掀开，又会冲出来，捣乱人间的样子。对这方针抗拒的人不算多，但对这方针不太热心，等着瞧瞧再说的人似乎并不少……知识分子的心态是"草色遥看近却无"这原是早春天气应有的风光。费孝通巧妙引用了李清照的《声声慢》'乍暖乍寒'时候，还引用了苏轼的《蝶恋花》"笑渐不闻声渐悄，多情却被无情恼"以及韩愈的《早春呈水部张十八员外》"草色遥看近却无"。

5月31日，《光明日报》又刊登费孝通第二篇《（早春）前后》。费孝通文章发表后，全国谈"天气"最有创意的谈论莫过于北大历史学教授翦伯赞。

翦伯赞写道：自从党中央提出"百花齐放，百家争鸣"的方针以来，在我国科学、文学、艺术方面都出现一些欣欣向荣的现象，这些现象，在知识分子的感应中就是所谓'早春'的景色。不言而喻，把这种现象比作"早春"就是意味着一直到现在还看不到万紫千红、鸟语花香的美景，能看到的只是花的蓓蕾，能听到的只是鸣的前奏。"百花齐放，百家争鸣"的方针已经提出半年多了，为什么还会有"早春"之感?这不能说没有原因。原因何在，各人所见不同，我的看法，主要是放得不够。近来知识分子发表了带有诗意的谈话，好像"早春微寒"、"春风不度玉门关"等等，充分地反应出有些地方或部门还有"春寒"，另有一些地方或部门连春风也没吹到。如果把这带有诗意言语直截了当说出来，就是有些地方或者部门的文化学术领域领导同志，直到现在还是不敢大放，甚至不敢小放、小小放。大家都知道，知识分子，特别是高级知识分子，对于气候的变化最为敏感，他们鸣不鸣要看放不放，鸣到什么程度要看放到什么程度。有人说："我们是大放则大鸣，小放则小鸣，不放则不鸣"等等。

翦伯赞一脚把球踢给毛泽东。不仅大陆知识分子到处谈天气，台湾也趁热闹，谈费孝通的《早春天气》。这就加重了他的政治包袱。"盛锡福帽庄"老板不仅给章伯钧、罗隆基扣上"章罗联盟"的帽子，也给费孝通一顶'章罗联盟'的军师帽。毛老板手下有的是帽子。与费孝通《早春天气》同样掷地有声的文章是钟惦棐的《电影的锣鼓》。费孝通的文章一发表，全国谈"天气"。钟惦棐的文章一发表，"锣鼓"响遍全国。费、钟二人的文章不仅寓意深刻见解独到，而且有艺术欣赏性，是不可多得的好文章。在对《武训传》电影事件中及对引进印度电影《流浪者》的分析中曾经提过钟惦棐，他是中共宣传部电影局艺术处长。钟惦棐写道：……电影的锣鼓先从上海方向敲起来是有道理的。这里是我国电影发祥之地和著名电影艺术家的汇集之处。经过七年的岁月足以辨明，电影——这一群众性最广泛的艺术，究竟该怎样。按照过去的经验，无疑应该丢掉一些东西，但也需要保留一些东西，而其中最重要的是电影与观众的联系，丢掉这个就丢掉一切……上海《文汇报》在11月份发表的二十四篇文章，就问题的性质看，可分两大类：一是属于电影的组织领导的，即以行政的方式领导创作，以机关的方式领导生产；二是属于电影的思想领导的，这便是中国电影传统问题，题材偏窄问题，与所谓"导演中心"等问题。……我们有许多领导人对列宁所说的："电影是教育群众的最强有力的工具之一。在所有艺术中，电影对我们是最重要的。"理解得很不正常，因为它重要，深怕它搞不好，也就往往干涉过多。……目前许多有经验的电影艺术家，不能充分发挥创作上的潜力，而只能唯唯听命于行政负责人员的指挥，尚未进入创作，已经畏首畏尾，如何谈到电影艺术创造？没有创作，如何谈得到电影事业的繁荣！艺术创作必须保证有最大限度的自由，必须充分尊重艺术家的风格，而不是磨平它。所谓'导演中心'，乃是指为了克服当前导演在摄制组时，感觉婆婆过多而且过严，某些艺术描写的细节都要遭受干涉的情景而言。祥林嫂手中的鱼掉不掉？何时掉？这完全是创作人员，首先是导演自己的事。如果这样的事都要由行政决定，要导演干什么？

文章同时发表在《文汇报》与《文艺报》上。两个月前，老毛对《文汇报》总编辑徐铸成说："《文汇报》对电影的批评很有益。"当然也包括《电影的锣鼓》一文。两个月后又说："中宣部有个干部叫钟惦棐，他的文章把过去说了个一塌糊涂，否定一切。"一锤定音，钟惦棐自然成为右派。

不仅对钟惦棐一人而已，在整个反右运动前后，老毛经常有喜怒无常，说话不算话的记录。四月份要求知识分子帮助党整风要大鸣大放；6月份发动反右派，说大鸣大放是圈套，是引蛇出洞，是骗局。作为国家最高领导人、人民的父母官，对人民出尔反尔，就像父母用圈套对付儿女一样！令人啼笑不得。

以文章定罪的还有萧乾，他在1957年6月1日《人民日报》上发表的文章《放心，容忍，人事工作》及之前的《革命的事故》等。不过远没

《早春天气》、《党天下》、《电影的锣鼓》那样波澜壮阔影响深远。萧乾与罗隆基一样，中、英文都很好。二战前他在剑桥攻读博士，二战伊始，应《大公报》社长王芸生之邀，中断学业，成为中国驻欧洲战场唯一记者。

当时中国报纸刊登的欧战文章都出自萧乾之笔。文章生动、逼真，令人身临其境，远在中国的读者好似能嗅到欧洲的硝烟。《大公报》从而声名骤然鹊起。《革命的事故》等文章虽文笔简约，但由于出自萧乾之手，读者乃刮目相看。文章说自己去理发店理发，理发师给他的发式造型和他事先要求的发型大相径庭，而且丑陋无比。他向理发师提出不满。理发师向他道歉："对不起了。"萧乾对着镜子越看越丑，他嘟嘟囔囔地满腹牢骚。理发师发怒了："不是向你检讨对不起了嘛，你这个人有么了不起的，不识抬举。"犯错误一检讨，由被动变为主动，受害者由主动变为被动。这就是革命的事故。

《人民日报》批判萧乾的文章是向工人阶级恶毒进攻，理所当然的戴上右派帽子。萧乾花了钱，理了个丑发型，向理发师发牢骚，等于向工人阶级进攻，被扣上右派，进行无产阶级专政。这就是因理发一桩鸡毛蒜皮的小事，落了个终生不得翻身的下场。这就是人民大救星毛泽东的德政。萧乾早知如此，即使头发长一丈长也不会进理发店呀！

6月6日，刊登在右派光荣榜上的六大爱国教授简介，章伯钧以民盟第一副主席的身份，召集民盟的六位教授座谈，帮助共产党整风，以后称为六大教授事件，或称6月6日六大教授为六六六事件。六大教授有社会学家费孝通、力学家兼清华大学副校长钱伟长、化学家北大化学系主任、高等教育部副部长曾昭伦、北师大中文系主任黄药眠、清华社会系主任吴景超、北师大经济学教授陶大镛、清华大学人类学家潘光旦。

尽管北京是全世界大学最多的城市之一，数目有四十所之多，根据知名度排前三名的是北大、清华和北师大。六大教授是这三所大学的各学科代表人物，也等于全国学界泰斗，他们的见解很有代表性。

钱伟长对一位采访的新华社记者说："我是老清华了，但是这些年来，当家作主的味道越来越稀薄了，很多事情做不了主，另外一条线（指党的领导）总是比你走的快。高等学校究竟依靠谁？应该主要依靠老教授。不仅清华如此，目前全国高校对老教授的作用和积极性，估计不足是普遍的严重问题。现在的情况是首先把人分成两类，对一类人先看他的优点，对另一类人先看他的缺点，这样老用"先入为主的眼光看人，一堵墙就造成了"。钱伟长的话是事实。社会把人群分成九级十八等，最重要的区分是党员与非党员，前者是统治者，后者是被统治者。钱伟长糊涂，历代统治者与被统治者能平起平坐吗？被统治者伸手要统治者的支持，能不打成右派吗？有权势的人可以'造墙'，百姓不能"说墙"，否则就是右派，这比"只许州官放火，不许百姓点灯"还厉害哩。曾昭抡召集千家驹、华罗庚、童第周、钱伟长五位著名科学家，向国务院科学规划委员会提出一份对我国科学体制的意见书，就保护科学家、高校及科学院所的协作、培养新生力量等写出书面报告，题目是《对于有关我国科学体制的一点意见》登在6月9日的《光明日报》上。《意见书》被定为大毒草，是"反社会主义的科学纲领"。

参加规划《意见书》的千家驹首先反戈一击，给曾昭抡当头一棒，然后是华罗庚、童第周宣布被曾昭抡利用，与他划清界线。作为科学家，把自己的责任都推到曾昭抡一人身上，远非君子之举，像小顽童一样要无赖，即使身处暴政高压下，也得维护自己的人格独立。三位科学家的倒戈，损害不了曾昭抡的一根毫毛，他们反而丧失了尊严，即使毛泽东也不会尊敬犹大，他更看重梁漱溟、胡风、储安平这等好汉，尽管他嘴里不说。例如在所有降将中，他最高看陈明仁，因为陈明仁在四平打得他与林彪最痛。

六大教授之一的黄药眠于中共统战部座谈会上的讲话，刊登在5月12日的《人民日报》上。他说："当前最重要的缺点是党与非党的关系搞得不好。有些事党员不对也认为是对的，非党员对的也认为是不对的。党员可以一年提升三级，非党员尽管勤勤恳恳工作，三五年也不能升一级。党员犯了错误关起门来在党内检讨，只若不受组织处分，依然有权在手。非党员犯错误，党组织对他很少教育、帮助，一方面任其自流，另一方面就开始对这个人作组织处理。有些学校领导人怕和教师群众见面，坐在办公室里听党、团员汇报，造成部分群众怕和党、团员接触。还有部分党员特别骄傲，有特权思想，不甚读书，靠党吃饭，口谈马列主义，而不肯刻苦钻研。其实黄药眠给领导层提的都是些无关痛痒的皮肤病，没有伤及五脏六腑。小毛病也不许提，给他戴上一顶极右派的光荣帽。

六大教授的吴景超被划为右派的根据有两项，一项是1954年3月在《新建设》杂志发表的《中国人口问题新论》；另一项是1957年6月6日六大教授发言稿。关于人口问题的文章写道："中国人口的庞大，是中国大多数人民贫穷的主要原因。中国有四万万以上的人口，一不能卫国，二不能生产，只是许多消费的单位，增加中国消费力量而已。中国的财富本是有限的，现在都要供给这许多人的衣食，安能不走上穷国衰弱的路上去。"吴景超在六六六座谈中说："有些人遇到一个理论问题或实际问题，不是去搜集、分析事实，从事物的客观联系中去寻找答案，而是去查经据典，看看马、恩、列、斯对这些问题是怎么说的。……例如，说民族问题，并不认真的研究中国有哪些民族，分布在什么地方、有哪些特点，而只会背诵斯大林所讲的四个基本特征。研究帝国主义的人，并没有去搜集有关美国、英国的大量事实来进行分析，而只知道背诵列宁在1916年所提出来的五个基本经济特征，使得对帝国主义的认识还停留在第一次世界大战的那个阶段。……教条主义者对马、恩、列、斯没说过的话就不敢说，离开马、恩、列、斯就什么文章也写不出来。而且还迷信马、恩、列、斯，以为他们说的任何一句话，都可以放诸四海而皆准。"根据以上吴景超的真知灼见，当局批判他与北大校长马寅初同为反动的新马尔萨斯人口论；而且是反马、恩、列、斯的十恶不赦的罪魁，兴隆的毛记盛锡福帽庄又增加一位新顾客。

六大教授的陶大镛，在章伯钧召集的六六六座谈会上谈到了四个问题：一、北大学生来师大组织罢课未成功；二、反映了目前形势是"五四"运动以来所未见的情况；三、肃反斗错的多，并举例说明；四、评级评薪不公平。不管发言轻重与多少，凡参加六月六日六大教授座谈的人都戴上毛记极右派的帽子。

列在右派光荣榜上的十位巾帼英雄简介：第一位女英雄林希翎，在六十一章已经介绍过，她是浙江温岭县人，贫农出身，人民大学四年级学生。反右初期，向北京、天津各大学进行几十次演讲。竟敢声称胡风的意见是正确的，中共现在所提百家争鸣、百花齐放与胡风的观点是一致的，声称肃反是错误的，冤枉了无数好人。真正社会主义是很民主的，现在我们这里是不民主的，现在的社会主义是在封建主义基础上产生的社会主义。林希翎既有口才，又有文才，更有勇敢精神，很像法国民族女英雄贞德的化身，是我国女知识分子的楷模。光有知识不配称为知识分子，敢于把自己的观点讲出来，在茫茫夜空中闪烁出光辉才配称为知识分子。

第二位女英雄是浦熙修，她是上海嘉定县人，姊妹三人排行老二，所以叫浦二姐，大姐浦洁修是化学家，三妹浦安修为彭德怀夫人，供职北师大。浦熙修原学美术，后改行为记者。抗战期间，在陪都重庆为《新民报》记者。

1941年12月8日，日寇偷袭珍珠港，同时轰炸香港，香港有权有钱人乘飞机逃往重庆，但飞机票奇缺。正当浦熙修在重庆机场采访时，见到孔祥熙之妻宋霭龄抱着一只狗姗姗走下飞机，后面跟着一群狗。

同时发现落魄的王云五站在飞机场的一角，眼巴巴地望着飞机舷梯，没接到夫人。

浦熙修同时写出两条消息，一条写宋霭龄的狗坐上飞机来重庆；另一条是王云五的夫人没坐上飞机，言下之意人不如狗贵。送审时，两条新闻分开，检察官未加注意。第二天两条消息同时见报，顿时轰动了山城。在重庆她跟周恩来、邓颖超来往颇多，夫妇俩称浦熙修："你是我们的亲戚"。1946年政协会在重庆召开，她采访了三十八个政协代表，均为国共两党领袖及文化名人，给每位代表写了一份专访，其中包括罗隆基。没料两人一见如故，罗隆基未婚，浦熙修已离婚，两人长期同居而未办结婚手续。抗战胜利后回到首都南京，因经常写攻击国民政府的文章而被逮捕入狱，国共和谈时被总统李宗仁释放。1949年10月1日，在天安门城楼上，周总理把浦熙修介绍给毛泽东，毛泽东久闻浦熙修的大名，当即说："你就是坐班房的女记者？"浦熙修任《文汇报》驻京办事处主任，1957年7月1日，毛泽东给《人民日报》写一篇社论《文汇报的资产阶级方向应该批判》，并把"罗隆基浦熙修与《文汇报》编辑部"列为民盟右派系统。国民党曾把她送进监狱，毛泽东把这个能干的女将送进湖北沙洋五七干校，没想到干校成为她的坟墓。

第三位女杰是彭子冈，彭子冈苏州人，读师范、高中时就喜写作。1934年考入北平中国大学英语专业，以记者职业终其一生，先后为《大公报》、《旅行者》、《人民日报》的记者、主编、文艺部编辑等职。

在新闻界她与浦熙修齐名，合称姐妹花，在反右派中并称两位"能干的女将"。她曾以记者之名，潜入江西红区，写出红区见闻报导，令人刮目。1938年加入中共地下党，以记者身份做掩护为党做秘密工作。抗战期间在重庆为《大公报》记者，浦熙修为《新民报》记者，两位女强人并驾齐驱驰骋于中国新闻界，全国传为美谈。

1945年8月28日，毛泽东由延安飞抵重庆与蒋介石谈判，她以一千五百字的篇幅报道了《毛泽东先生到重庆》轰动山城。没料，十二年后的今天，被她热情歌颂的毛泽东先生以怨报恩，给她一顶帽子，以表谢意。这顶帽子重如泰山，几乎把她压的粉身碎骨。反右派前，她任《文汇报》编委、《旅行家》主编、中国青年出版社编委。8月1日《人民日报》批判她与党貌合神离。当右派向党进攻的时候，这位"名记者"更变本加厉，她一方面参加浦熙修、费孝通右派骨干分子，策划向党进攻的活动，为储安平"党天下"的谬论打掩护；另一方面又在中国青年出版社内部点火。她疯狂叫嚣，否定党对中国青年出版社的领导，要求把《旅行家》杂志改为《同仁刊物》，她的头衔是极右派。

第四位女英雄是姚芳藻，《文汇报》记者，三十岁，共青团员。丈夫梅朵为《文汇报》编委，都驻北京办事处。1957年4月，姚芳藻采访了主管文艺的大人物周扬。9日《文汇报》以醒目的标题：《中共中央宣传部副部长周扬同志答本报记者问》文章，还配发了社论《读周扬同志答本报记者问》。她向周扬提出五个敏感的政治问题。一、自去年党中央提出"百花齐放百家争鸣"的政策以来，在学术界、文艺界有什么收获？二、你觉得在这几个月中"百花齐放"放得够了？"百家争鸣"是不是鸣得够了？如果不够的话，你以为是什么阻碍了"百家争鸣，百花齐放"政策的贯彻执行？三、你对陈其通等四同志的《我们对目前文艺工作的几点意见》一文有什么意见？对文艺报评论员《电影的锣鼓》一文有什么意见？批评这些文章，对开展"百花齐放，百家争鸣"有什么意义？五、你认为应该怎么进一步开展"百花齐放，百家争鸣"，使科学、文艺更加繁荣起来？

周扬是文艺界的阎王，采访他如同摸老虎屁股。姚芳藻这位初生牛犊还真不怕虎，别人不敢做的她做了，当时成为大新闻，所以配发了社论。她不仅采访了周扬，还采访了红墙内的钟惦棐，催化了《电影的锣鼓》响彻云霄。6月7日，姚芳藻与浦熙修一同访问了丁玲，写成《作家们的窃窃私语》，准备把1955年作协党组批判丁、陈问题公开化。她像龙书金手下的爆破英雄，到处送炸药包，把封建堡垒炸个底朝天。

1957年9月16日，《文汇报》发表文章《充当文艺界反党集团急先锋，姚芳藻公然煽动党员叛党，配合丁玲、钟惦棐等分路向中央宣传部进攻》，指责她与丁玲陈企霞反党集团、吴祖光、钟惦棐、萧乾等右派分子有千丝万缕的关系。毛记盛锡福帽庄生意兴隆，老毛又销售了一顶右派帽子。

第五个巾帼英雄为谭惕吾，她早年就读于北大法律系。参加过北大学生救国团。1931年参加国民党，与原广西省主席、国军上将黄绍竑的关系甚密。1945年加入了中国民主同盟，接受了中共统战。

1949年当黄绍竑在香港时，她帮中共华南局潘汉年与黄绍竑接头，促使黄绍竑脱离国民党从香港赴北平，出席新政协第一次全体会议。她在香港为中共统战出了力，到北京后，担任国务院参事。1957年，英雄爱英雄，她很欣赏林希翎的口才、文才及勇敢，林住在她家，一老一少如母女。在"鸣放"当中，谭惕吾对某些民主人士言不由衷的粉饰太平深恶痛绝，主张说真话、说实话及逆耳之忠言，不是歌功颂德。她要求共产党重视知识分子，要任人唯贤等。经过八次大会批斗并无原则错误，而她对共产党的功远远大于过，还是给她扣上右派帽子。

第六位女英雄为戈扬。戈扬于1916年生于江苏海安县。1937年毕业于镇江师范学校，1941年参加苏北新四军，同年加入共产党。曾任过记者、编辑，新华社苏南支社主任、苏北分社社长、华东总分社主任、《大众日报》采访部主任、《潍坊日报》副总编辑。1950年，毛泽东的御用秘书、中共宣传部副部长、新闻总署署长胡乔木，为了筹办《新观察》杂志，物色了新闻界的"四大名旦"组成编辑部。其中包括戈扬、浦熙修、彭子冈及杨刚。这"四大名旦"中的三位被本章列为巾帼英雄。胡乔木盐城县人，选定苏北老乡戈扬为总编辑。给《新观察》定下十六字方针：图文并茂、活泼清新、古今中外无所不谈。与其他刊物相比《新观察》确实做到了活泼清新，无所不谈。发表了许多见解独立、言之有物、文字优美的好文章。一反言之无物全篇假、大、空，充斥阿谀谄媚之言以及公式化概念化的颓废文风。

费孝通发表了《早春天气》后，她的《新观察》赞美了这篇文章，于5月16日第十期，以本社记者的名义发表了《蓓蕾满园乍开时》，与《早春天气》堪称姐妹篇。

文章说：费孝通先生的感受，是有一定代表意义的。因为"早春"确实说明了知识分子当时的心情。既然是早春的气候，就不免寒暖无常。早春天气的比喻，看法大家一致。

戈培尔式的宣传家姚文元，在《人民日报》上指责这篇文章是向党进攻的一支毒箭。《新观察》编辑部在对戈杨的批斗会上有人发言说，戈杨反对肃反运动采取群众运动的作法。整风运动开始后他说："教条主义束缚人，过去做一个党员，不是当疯子，就是当死人，心里话只是在自己私房里讲讲。"盛锡福帽庄毛老板又给戈杨头上扣上一顶帽子。

第七位女豪杰是陈修良，在十位女英雄中她的革命资历最老。1907年生于宁波，十八岁已成为宁波学生运动的领袖。1928年加入中共。在莫斯科中山大学时，与陈伯达、杨尚昆为同学，她长期从事地下党活动。曾担任南京地下党市委书记，建国后任中共浙江省委宣传部长。她两次被打成右派，第一次是在莫斯科，因反对左倾社会主义而被打成右倾机会主义，右倾机会主义就是右派。第二次就是今天的事。1956年7月在中共浙江省委第二次代表大会发言时，反对以党代政。举例说，农村开路条也要盖上乡党支部的圆印子。那时乡政府用的是方印子。所以老百姓说："方印子不如圆印子。"她认为，党与政府该分开，该用方印子的地方，不用圆印子。

划为右派的第二个原因是受丈夫沙文汉株连。沙文汉宁波鄞县人，早在1925年，年仅十八岁便加入中共，比丁玲、冯雪峰党龄都长。他多年从事地下党工作。1937年4月，冯雪峰担任中共上海临时工作委员会书记时，沙文汉任宣传部长，同时也长期受潘汉年领导，解放后任浙江省省长。在中共浙江第二次代表会议发言时，反对以党代政，加强党内民主，结果被扣上篡党夺权和反对党领导的罪状，同时怀疑他是浙江的汉奸潘汉年。沙文汉的反对以党代政，再加上妻子陈修良的方印子、圆印子，便凑成浙江的反党集团。夫妇双双被扣上右派帽子。

第八位女英雄是吴茵。吴茵一九零九年生于上海，毕业于上海浦东女校国画科，1934年改行弃画从影，专攻老太婆一角，演技惟妙惟肖，广受观众称赞。在电影《八千里路云和月》、《一江春水向东流》、《万家灯火》、《乌鸦和麻雀》中，成功扮演了各种老太婆，感情自然，演技娴熟，喜笑怒骂，恰到好处。因而获得了东方第一老太婆的美称。其实她并不老，1957年划她为右派的时候，只有四十多岁，扮演以上电影的时候，正处于豆蔻年华的三十岁左右。

从各个角度分析，吴茵都达不到右派标准，她被排上右派分子光荣榜，是老毛看重了她。不管奖还是罚，有资格被老毛钦定的人物都不是白吃干饭的，包括中共中央委员、省部级高官、解放军上将、著名科学家、名教授、名作家、名记者、民主党派领袖以及社会贤达等。1957年7月9日，老毛在上海干部会议上讲话时，钦定了上海六位右派的大名，其中包括留美博士、复旦教授、七君子之一的王造时；留美博士、复旦教授陈仁炳；留美硕士、民盟中央委员、上海民盟副主任委员彭文应；抗战中著名的战地记者陆诒；毕业于清华及耶鲁大学的复旦教授孙大雨点了五位之后，老毛又补充说："还有一个吴茵。"

全会场的人百思不得其解。即使像马连良那样家喻户晓的名演员，又曾去长春参加汉奸皇帝加冕庆典，又在朝鲜慰问志愿军时一场戏索要八百元，毛泽东也没点他的名。吴茵的名声比马连良小得多，又没马连良那么多污点，又与北京上海的名右派不沾边，也没像林希翎那样滔滔不绝发表演说，也没像钟惦棐那样写出一针见血的文章。越思越想，老毛点吴茵的名毫无根据，真可谓空穴来风。

若站在政治与社会角度之外，从个人道德修养的角度分析，问题就迎刃而解了。杨开慧生前对毛泽东的评价，既是生活流氓又是政治流氓。老毛品行恶劣，是个色狼，一生侮辱过许多妇女，其中包括演员、歌唱家、护士、服务员、翻译、高级干部的妻子，甚至亲戚朋友烈士的女儿也不放过，谁拒绝侮辱就置谁于死地。敢于拒绝侮辱的女性都是道德高尚，视死如归的巾帼英雄。升斗小民的吴茵，被毛泽东点名为右派的疑案，不就昭然若揭了嘛。烈士遗孤、总理的干女儿孙维世的死，不是也因对色狼嗤之以鼻吗？

第九位巾帼英雄谢雪红，她是台湾民主自治同盟主席，是台湾二二八起义的领袖人物。第十位女杰是刘王立明，她是民盟中央委员、全国政协常委、全国妇联常委。八个民主党派的负责人及次要负责人多数被划入右派，他俩也不能幸免。"常在河边走，哪能不湿鞋"，长期处在政治漩涡的边缘，早晚会被卷进漩涡的中心，葬身鱼腹。

反右派的重灾区有三个，一是民主同盟，二是文艺界，三是高等院校。这是邓小平号召向知识分子成堆的地方抓右派的结果。知识分子思想独立、见解超前、渴望自由、热爱祖国、反应敏感、观察透彻、不受愚弄、难以统治。以上八大特点，恰好构成右派的条件。民主同盟所以成为反右重灾区，因为盟员的文化水平较高，各民盟的主席、副主席、常委都有留学背景。民盟中央几乎烂透了，副主席、常委及大部分委员都成右派，只有主席沈钧儒没戴帽。凡是在国外学政治、社会、法律、哲学的回国留学生，都够右派条件。七君子的思想条件跟右派相同，也应成为右派。七君子中的李公朴及邹韬奋一个被国民党杀害一个病故，如活着的话，也会与王造时、章乃器的待遇一样。

沈钧儒既留学日本法政大学，又是七君子，为什么没划他为右派呢？他和杜聿明一样，沾了女婿的光，他的女婿邓稼轩是氢弹专家，跟李政道杨政宁是同学。如果把沈钧儒划成右派，必然株连女婿邓稼轩。在氢弹专家奇缺的情况下，邓稼轩属国家级人物，因此沈钧儒躲过一劫。

健在的七君子之一的史良女士也没被划为右派，主要因为她的两个知心朋友宋庆龄、何香凝的保护。因为台湾还有国民政府，蒋介石还有几十万军队，还不能丢掉鱼饵。否则宋庆龄、何香凝也将成为毛的阶下囚。

老毛置人于死地有五个条件：一、地位高，二、名望重，三、功劳大，四知识多，五，忠于共产党革命。

最后一位七君子沙千里，也躲过反右劫难，因为他是共产党员、工业部长。镇压党的部长以上高干是以后的事，当时毛泽东还没腾出手来。

第二个重灾区是文艺界。抗战前，文学界已形成两派，一派是鲁迅、胡风、冯雪峰、萧军，以后丁玲、陈启霞、艾青也与冯雪峰靠近，鲁迅派提出"民族革命战争的文学"口号。另一派周扬、夏衍、邵荃麟等提出"国防文学"口号。因为口号不同，两派衍化为政敌。从延安时期以及进入北京后，周扬一直是文艺界的霸主，文艺界的多起惨案，除与老毛有直接关系外，周扬是帮凶。枪毙作家王实味，逮捕文艺理论家胡风均是周扬与毛泽东共同策划的。他在毛泽东面前，不但不保护作家，而且给作家们的伤口撒盐。

鲁迅的门徒，作家萧军十年前被扣反苏罪，打入九层地狱，后押送抚顺煤矿劳改。又一位门徒文艺理论家胡风，三年前以欲加之罪逮捕入狱。现在又对鲁迅另一位门徒、朋友、文学家冯雪峰进行围剿。在围剿冯雪峰之前，先歼灭了他的盟友丁玲。

老毛的脾气像七月的天气一样喜怒无常诡谲善变。周扬是气象专家，娴熟老毛的阴晴风雨。当老毛面露笑容时，他把唐诗、宋词、元曲、四大名著及国外古典推向书店，甚至向反对血统论的印度电影《流浪者》开绿灯；当毛泽东怒气冲冲的时候，他就把一批与他不和的文化人推出来，满足毛泽东的镇压欲。

例如1957年6月6日，周扬在作家协会党组扩大会上检讨说："1955年对丁玲的批判，只有斗争没有团结，对待丁玲这样的老同志，这样做是不应该的……"可是过了两天，6月8日《人民日报》发表了老毛撰写的社论《这是为什么？》后，周扬立刻改口说："1933年，丁玲被捕后，自首变节；从南京回到延安是敌人派回来的特务。"

周扬是个典型的伪君子，对自己的出尔反尔脸不红、心不跳。丁玲1932年加入中共，1933年被捕，在以冯雪峰、潘汉年为首的上海地下党援助下，1936年出狱。出狱后投奔陕北中共中央，在保安县一个大窑洞里，中共宣传部为之举行欢迎会，毛泽东、周恩来、张闻天出席作陪。毛泽东填词《临江仙》一首，表示热烈欢迎之意。《临江仙》最后一句是："昨日文小姐，今日武将军。"

建国后丁玲为作家协会副主席、党组书记，他的代表作为《太阳照在桑乾河上》。七年后，1958年1月19日，毛泽东在《文艺报》上把"昨日文小姐，今日武将军"说成与王实味一样的大毒草，是人民的反面教员。在老毛帮助下，周扬对围剿冯雪峰的外围战，初战告捷，乐不可支。毛记帽店给丁玲扣上了叛徒、反党分子、右派三顶帽子。

周扬乘胜围剿冯雪峰。冯雪峰1903年生于浙江义乌县，1925年作为年轻诗人，于北京结识鲁迅。1927年在白色恐怖下加入中共。

1931年任中国左翼作家联盟党团书记。1933年任中共江苏省委宣传部长。当年进入红区瑞金，与毛泽东结为好友，他们交谈散步数十次之多。1934年参加了长征。1936年由陕北奉张闻天之命潜回上海，住在鲁迅家中。10月鲁迅谢世，他为鲁迅主持丧礼。并为美国记者访问陕北作了安排。

　　1937年返回陕北，与毛泽东长谈十几个夜晚，可见他们友谊之深。随后又潜回上海，曾任上海地下党工委书记。解放后任中共作家协会副主席兼党组书记、《文艺报》主编、人民文学出版社社长兼编辑。

　　周扬与冯雪峰的矛盾，一方面是文艺观点不同，冯雪峰坚持鲁迅的观点；另一方面周扬怕冯雪峰挤掉他文艺总管的位置，因为在资历、才干、著作等方面他远逊于冯雪峰。借反右派的难得机会，周扬给冯雪峰扣上变《文艺报》为独立王国、人民文学出版社为右派分子的"青天"、三十年来一贯反党、反马克思主义、文艺思想与胡风一致等等；毛泽东赐给好朋友一件礼物——右派帽子。

　　文艺界被划为右派的著名人物一百多名，除丁玲、冯雪峰之外，著名文人还有诗人艾青，翻译《约翰克里斯多夫》的傅雷，剧作家吴祖光，青年作家王蒙、刘绍棠，画家江丰、刘海粟，漫画家丁聪等。著名小提琴家、中央音乐学院院长马思聪及《游击队员之歌》的作者、上海音乐学院院长贺绿汀也被划为右派，分别被周总理及陈老总保驾过关。另外，陈毅元帅与张闻天还保住了外交部长助理乔冠华。在反右派运动中，这是绝无仅有的三位大慈大悲的政治家，他仁和所有优秀人物一样，以忠厚、仁爱、己所不欲勿施于人而著称，故名垂千秋。

第四十三章　毛记文字狱 冤儒三百万（三）

邓小平为了确保自身利益而号召向知识分子成堆的地方抓右派。开始，不管文科还是理科大学都成为重灾区。以石鸿儒最熟悉的山东医科大学及中国医科大学的反右作简要介绍，即可窥见全国高校的一斑。

山东医科大学，当时称为山东医学院，基础部有十三个教研室，十三个教研室主任全部划为右派；附属医院十一个科室，十个科主任划为右派。各科室还有大批副主任、教授、讲师、助教也同时划为右派。附属医院只有五官科主任孙洪泉教授一人漏网，原因并不是他的思想时髦而在他精于内耳开窗，给全国各医院举办内耳开窗讲习班，五七年反右派运动结束了，五八年右派补课也补完了，讲习班也就结业了。不知他的讲习班与反右派运动的进度刚好同步呢，还是故意把两者的进度调配为一致，那就不得而知了，反正讲习班变成他的避难所，躲过反右一劫。

掌握山东医学院全体职工生死大权的领导人，明白为全国举办讲习班，是为山东医学院特别是给党政领导人争光的，如果把孙洪泉划为右派，就得解散讲习班，这就损害党政领导人的政治资本。因此不管孙洪泉的政治思想有多么"反动"，为了保护领导人的自身利益，只好睁一只眼闭一只眼，网开一面，放孙洪泉过关。所以孙主任就成为漏网右派。二十四位科室主任只差一人一网打尽。

至于校内二十三位主任教授由课堂、科室、病房送往劳改队、或扫大街、洗厕所、拉大板车，能不能降低教学质量及医疗水平，学校领导人就看不得那么远了。宁左勿右是向上爬的阶梯，二十四位主任教授打掉二十三位，得到了省委书记舒同及科教部长王众音的表扬。舒同、王众音以无情斗争精神打倒了省长赵健民、副省长王卓如以及山东大学副校长陆侃如，当然获得了毛的青睐。各级官员欲想保护权位，或直上青云，必须具备六亲不认及刽子手的心肠。

试问，二十四位主任教授抓走二十三个，如何进行教学及临床？山东医学院变成一副空架子，它的教学质量降至中级卫校的水平以下。漏网之鱼孙洪泉，每时每刻战战兢兢如履薄冰，不知哪时哪日与那二十三位挚友同样变为天涯沦落人，哪有心思去教学、去做内耳开窗？他唯一想的是大难临头，如何逃避危险，这是本能的生理反应。东北地区有两所名校，一所是沈阳中国医科大学，一所是哈尔滨工业大学。两校为国家培养了众多优秀医师与工程师。名气越大的学校，优秀知识分子越成堆，知识分子越成堆，越是镇压的重点。知识分子家破人亡的越多，毛泽东的快活感越强烈，镇压欲越有满足感。石鸿儒对哈工大的反右情况不甚了解，但对中国医大了如指掌。

1957年反右派是由党委书记兼代校长阙森华主持。阙森华与原延安来的教职员及干部是抗日战争时期间战友；合并进来的原满洲医大及奉天医大的教授、医师是他手下的教学医疗主力军，就像林彪的掌上明珠老虎师一样。已经毕业留校工作的四十二期五十三位学生是他呕心沥血培养出来的得意门徒，不管在任何场合，每每提起四十二期学生的高质量，他都会眉飞色舞。

在1957年的反右派运动中，不管冲击到教授还是四十二期门徒都如同挖他的心头肉，但为了应付毛的镇压欲，也不得不将少数知识分子割爱。对少数人被划为右派的处理上，争取高举轻放，仍让他们在原岗位上发挥聪明才智，时机一成熟，给他们尽快脱帽加冕。

全国上千所高校，类似阙森华雷声大雨点小蒙混过关思想的大学校长大有人在，所以1957年下半年全国右派总数不到十万。右派区区不到十万，不能满足毛的镇压欲，于是他下令在1958年上半年进行反右派补课，下达指标不是百分之五，而是百分之十以上。把包庇、同情右派的人都划为右派。实在抓不出右派的学校，为了完成上级下达的划右指标，在知识分子中进行抓阄，谁抓住算谁，或投票选举，谁的票多谁当选。

辽宁省当局为了完成毛的右派指标，派遣最疯狂的暴徒，到知识分子成堆的单位去挖掘右派。辽宁省有几个中心，本溪是煤铁联合之都，沈阳是机械制造之都，抚顺是煤都，鞍山是钢都，中国医大变成右都。1957年中国医大划右派三十多个，1958年补课补进121名。占全校900名本科毕业以上知识分子的百分之十三。1958年辽宁省派遣一位华姓钦差，他在礼堂作报告时说："你们医大水浅王八多，很有抓头来。"他把原反右各级领导组织的成员，以包庇、同情右派之罪，统统划成右派，所以中国医大的右派分子，以党员、团员、积极分子，党支部、党委成员占比例很大。即使长征干部阙森华校长，以后也补划为右倾机会主义的反党分子，被开除党籍，赶出中国医大。

1958年6月，全国反右派结束，由1957年的十万，一下子增补到三百万之多。毛的镇压欲得到满足：你粟裕不是有本事吗，淮海一役，消灭国军五十万吗，那都是没文化的大兵，我一役消灭知识分子三百万，比比谁的能耐大，谁更是大英雄。

四十二期同学所受教育，跨越两个时代，小学、初中、高中教育是在旧中国完成的；大学是在新中国完成的。1950年春，中国医大是全国唯一招生的大学，四十二期是建国后首批考入高校的学生，当然也是建国后首批大学毕业生。他们的人生沉浮，很有历史代表性，抽样观察四十二期同学，在反右运动中的处境，就可窥见全国新一代知识分子的一斑。

毕业后，分配最集中的单位有三个，分到上海医学院五十七人，留校五十三人。北京医学院三十四人。四百零九十八位毕业生分配到全国各地，被划为右派的至少二十五人，占百分之五。分到北京医学院的三十四人，没有右派；分到上海医学院的五十七人，只有胡献珍、孙依麟二人被划为右派，占百分之三点五；留校五十三人中被划为右派的十一人，近百分之二十一，高出全校右派平均百分之十三的八个百分点，占四十二期全体右派的百分之四十二。

据调查，四十二期二十五位被划右派的主要根据有两项，最主要的一项是对刚刚结束的"肃反"运动不满，像堂.吉诃德一样，斗了三个月没查出一个反革命，这显然是对知识分子的迫害。对肃反不满是划二十五位右派的主要根据。在肃反运动中的四十二期没有查出一个敌人，而肃反运动本身却制造出二十五个敌人，这就是毛泽东制造敌人的方法。第二条是对本单位领导提出批评。

为什么留校生的右派数远高于上海与北京两医学院的同学比例？首先要了解四十二期的生源地区分布。百分之五十的同学来自长江以南，百分二十来自华北，百分之三十来自东北。三大地区其中江南地区占南方人的百分之五十，两湖占百分之三十三。各地区的文化教育、政治条件、自然环境、文化传统不同，三个地区的思想状态也就不同。

东北地区民族节日气氛很淡薄，缺乏地域传统文化特色，缺乏文化大师，五四的民主科学精神波及不到东北，所以人们的精神状态少有跌宕起伏。尽管东北的物产与矿产丰富，但教育落后，1931年前的教育欠发达，九一八后，变成日本殖民地，进行奴化教育，沦陷十四年不懂中国历史；日本投降后打了三年内战，变成老解放区，进行毛的阶级斗争教育，人变成喊万岁的封建喇叭；新的东北青年精神状态比较压抑封闭。

华北青年学生，除深受传统文化影响外，还受现代的五四精神、梁漱溟在山东举办乡师教育、武训的乡村教育精神，以及华北沦陷后，北京师范大学陈垣校长的民族浩然正气等影响，有利于催化华北青年学生的爱国主义、民主自由思想的产生。

南方同学的性格像江南的环境一样，青山绿水多彩多姿，明媚靓丽活泼开朗，思想活跃，心胸坦荡。抗日战争主要是华北破坏严重，日寇投降前一年，长沙刚刚失守，南方的教育体制，基本维持抗战前的秩序，个别地区只有短暂中断。青少年继续接受传统文化教育与西方的自由民主和科学技术熏陶。

在同学交往中，华北同学得天独厚，因为华北既北靠长城与东北相望，又南依长江与南国相邻，因此华北青年学子既理解东北同学的思想封闭，又习惯江南同学的性格开朗。但是东北同学与江南同学的性格相去甚远，往往造成误会。

地理区域不同，政治环境不同，文化背景不同，所造就的思想、习惯、语言也迥然各异，常出现许多误解。由于以上原因，东北与江南同学谈恋爱的尚有，但很少，交朋友的绝无仅有，因为谈恋爱无须志同道合，交朋友远非生理本能所及。

四十二期的南方同学是沈阳的一道风景线。在东北从没见过这么多南方知识分子，他们的衣饰、口音、习惯等引起东北人的好奇，人们像对动物园的珍禽异兽一样欣赏这帮生机勃勃的南蛮子。在东北的江南知识分子，特别是上海知识分子，被划为右派的比例极高，把上海人的性格开朗，思想活跃，彬彬有礼看成是先天的资产阶级右派分子。这就是四十二期留校的五十三位同学中右派占百分之二十一，十一位右派中南方同学占九位的原因。由地域、习惯、性格、文化背景的不同造成了历史的悲剧。由于进入上海医学院的五十七位同学只有两位被划成右派，北京医学院三十四位同学没有右派，说明上海与北京人视南方知识分子为自己的同类，不属珍禽异兽之故。

大儒最近和朋友们一起时总是心神不定。大儒为全国反右派消息忐忑不安。反右派的打击目标主要是针对党外民主人士及著名知识分子，至少是当科室主任的教授，而且是向共产党提意见的人，而大儒从小参加革命，没理由害怕反右派运动。

这天，五个朋友圈子的一位女医生来找大儒玩。大儒不在宿舍，宿舍的门没锁，走进来，坐在椅子上，一面哼着太湖小调，一面浏览桌面上一摞新书。无意中发现书里一沓信笺，顺手拽出来看看，原是一封被改得乱七八糟的长信，题目是《献国策》。女医生看了下去。

景仰的伟大领袖亲爱的毛主席台鉴：我是十四岁参加八路军的小战士，十六岁成为光荣的共产党员，二十六岁毕业于中国医大。我是吃共产党的奶汁长大的，我的命运和党的命运息息相关。党在困难的时候，十四岁参加了游击队；党取得胜利后，我顺利的念了七年大学，由战士变成专家。革命战争需要战士，建设祖国需要专家。我的职业随着党的需要而变化。只因为个人利益与党的利益一致，对国家及党的前途倍加关注，似杞人忧天那样，唯恐党的事业中道夭折，革命毁于一旦。人轻未敢不爱党，位卑未敢不爱国，故对党的一些目前政策略陈管见，权且称为《献国策》，圣人门前卖经，愚顽之至，望主席见谅。

目前有五大政策需要主席关心：一、政治运动百害而无一利；二、农民饿肚子；三、工人无权利；四、知识分子上天无路入地无门；五、功臣寒心。

一、政治运动百害而无一利。政治运动是毛主席的发明，建国前的两大政治运动是苏区打AB团及延安整风，建国后六年半大小政治运动已有十三次之多，平均一年两次。尽管政治运动名目繁多，但内容只有一个-----肃反。打AB团是肃清内部特务及阶级异己；延安整风是肃清王明、张国焘派及思想活跃的知识分子；批判电影《武训传》是肃清文艺界的封建思想；批判红楼梦的研究是肃清胡适俞平伯红学派；思想改造运动是肃清落后知识分子；镇反和肃反两大运动更是名正言顺的肃反；土改运动是肃清地主阶级；三反五反是肃清坏分子及不法资本家；工商改造是肃清资产阶级等。到头来，事与愿违，运动不但肃清不了敌人，反而制造了更多敌人。目前普遍认为，政治运动就是继续革命，这话不假。革命的真实含义是破坏。在旧中国革命是破坏旧中国，在新中国革命是破坏新中国。新中国不需要破坏而需要建设。代替革命的是经济建设、文化建设、民主思想及法制建设。建国后，因政治运动频仍，则建设不足而破坏有余。农业生产耕畜死亡，农具失修，产量下降。教师方面的尊师重教以批斗教师取而代之。孝顺父母为美德，现在以检举父母为荣，被誉为大义灭亲。辉煌的古文化被指为封资修垃圾，当成四旧被清除。工业设备陈旧失修，经济生产落后，政治运动猛烈冲击工业及经济，实行政治先行，经济让路，停产闹革命。团结互助的人际关系被破坏，流行人人监督，怀疑一切，夫妻反目，父子为仇，出卖朋友为时尚。法律制度被糟蹋，以长官意志为准绳，制造冤案、制造敌人、培养仇恨、无中生有为革命。社会秩序被打乱，以无法无天为时髦。勤劳致富的为革命对象。勤奋好学的为斗争目标。整个社会上的是非被颠倒了。以上是政治运动造成的后果。胜利前的革命行为不适用于胜利后，现在需要建设，不需要破坏。

一言以蔽之，目前我国需要建设，不需要继续革命。建设本身就是改变旧世界，是不同于旧革命的新革命。旧革命是政治革命，是破坏阻碍生产的旧政体。新革命是物质革命，为建设新经济创造物质条件。后者是更高级的革命，是为建设共产主义打基础的革命。政治运动与国家建设水火不相容。

二、农民饿肚子。我国革命本质不是社会主义革命，而是农民革命。社会主义革命的前提条件是发达的资本主义及其庞大的掘墓者工人阶级。我国不存在这两个阶级，也就不具备社会主义的革命基础，硬给农民戴上社会主义的帽子，属于张冠李戴。工人革命就是因为自己的劳动剩余价值被剥夺，农民革命是因为生产落后吃不饱肚子。历代农民造反，其中也包括主席领导的秋收起义，都是因为饿肚子揭竿而起，如果农民都过上三十亩地一头牛，老婆孩子热炕头的生活恐怕秋收起义要流产。食不果腹的农民想要不饿死，就得结伙起义。所以解放军上自高级将领下至普通士兵都是穿军装的农民。锦州、天津是被穿军装的农民攻克的，龙书金的攻坚老虎师是由农民组成的。范汉杰、廖耀湘、杜聿明是被穿军装的农民抓获的。张灵甫，邱清泉是被穿军装的农民击毙的。

傅作义投降是害怕东北百万农民大军。三大战役的胜利是由农民的头颅和鲜血换来的。现在农民革命胜利了，本来也是农民的高层领导人住进别墅宫殿，妻妾成群，山珍海味，名酒洋烟，呢装革履，前呼后拥，进口轿车，专用飞机等等不一而足。对自己的利益照顾的无微不至，却把农民为什么起义造反闹革命这件事忘了。土改后农业生产刚刚有些起色，中央立刻下令建高级社，把农民的土地收归国有。土地是农民的唯一的生产资料和主要财富，没有土地的农民一下子变成了无产阶级。现在农民的口粮只够一天喝两顿地瓜面稀粥，普遍出现严重的营养不良。由于职业关系，我经常下乡为农民查血治病，千百万农民的血红蛋白平均只有六克（正常十至十二克）。红细胞平均二百三十万左右（正常五百万），根据血液化验，农民处于半饥饿状态。由于农民没粮食吃，副业生产停顿，更没有草料饲养家畜家禽，目前的农村出现满目凄凉的古战场惨景，这就是农民牺牲流血换来的胜利吗？忘掉农民就是忘本，天理难容。

三、工人无权力。我亲身经历在枣庄市田屯煤矿的三个月井下调查。工人分白班、中班、夜班三班倒。接班前要提前半个小时接班。交班要延后半个小时清理现场及清理工具，上井后还得换工作服洗澡开会学习，回家后还有家务做饭等等。每天睡眠时间不足八小时，没有星期天。他们的生命被肮脏笨重的长时间劳动一天天吞噬。在政治上，工人们任由职员干部指挥，只有服从没有讨价还价的余地。他们的工作负荷，作业环境，政治地位，工资收入与解放前没有丝毫变动。以上就是国家主人翁工人领导阶级的真实生活。他们不但不是国家主人，也不是厂矿主人及班组主人。他们只是井下、坑道、掌子里的生产主人。这又如何体现工人阶级是领导阶级呢？纠正办法是让工会独立，不要当花瓶撑门面。工会委员要在工人中选举，工会对厂长经理有任命和罢免权，对生产有管理及监督权，对政府有发言、监督、参与权，对工人福利有决定权。只有这样，才能体现工人阶级的领导作用，才能发挥工人阶级的创造性。

四、知识分子上天无路入地无门。知识是推动历史进步的动力，知识分子是知识的创造者。因此知识分子是国家的精华。一般人把美国的繁荣进步，以年产五千万吨钢，亿吨石油，四百万两汽车为三大衡量指标。其实创造这三大指标的主要力量是三百万工程师、企业管理人员、会计师、经济师等专家的力量，所以衡量一个国家的进步应以在职的专家的人数为指标，不应以商品为指标。建国初期作为六亿人口大国，高级知识分子只有六千人，远不如欧洲百万人口的小国多。令人百思不得其解的是，国家对这六千专家不是爱护，不是动员他们充分发挥其积极性，而是用思想改造，反胡风，肃反等政治运动连续围剿，使他们惶惶不可终日，将其定性为资产阶级反动权威、臭老九进行专政或准专政。知识分子苦海无边，敢怒不敢言，逼得上天无路入地无门，还有什么心情创造、发明、工作？被专政的六千专家，不如在自由环境下的六十位专家的成就大。我国将变成一个没有文化、没有创造没有专家的文盲国家了。各大国进行经济军事竞赛，没有专家只靠贫下中农竞争吗？笑话！经济越发达，科技越进步，越亟需专家的发明创造。如果我们不急起直追，努力造就几百万专家，将亡党亡国。培养专家需要自由宽松的环境，大学教育的时间分配应满足理科的课时，同时抓紧英文教学。目前我们的理科大学，变成政治学院。厚政治薄数理化，提出反对单纯技术观点等威胁性口号。只要能专，白也能为我所用嘛。法西斯德国培养的原子弹专家，美苏两国当成宝贝进行抢夺，为两国的原子弹制造做出很大贡献，如培养出中国的白色专家，即使不爱共产党也爱祖国吧，仍会为我国做出贡献。客观上为社会主义建设服务了。要求培养又红又专的专家是唯心主义，喜爱红的人不喜欢专，喜爱专的人没心思爱红，鱼和熊掌不可兼得。现在还没有一个世界级的大科学家爱红。尚贤者，政之本也。尚专者，国之本也。没有数百万专家的参与，想建成一个经济大国是痴人说梦。我国还没有培养顶尖科技专家的能力和环境，国外却给我们培养一批高水平专家。因为中国人独具爱国的传统，许多专家回国参加国家建设，这是求之不得的好事。可是回国后经过思想改造，反胡风，肃反等运动，被扣上洋奴、媚外、特务、反动权威等帽子，都吓呆了。尚没回国的专家吓得宁客死异乡，也不落叶归根。美苏专家多如牛毛，还互相争夺德国专家。我国专家少如凤毛麟角，却关闭专家回国的大门，孰是孰非，谁贤谁愚一目了然。当政者宁愿要社会主义的草，也不要资本主义的苗，关键在此。

五、功臣寒心。从报纸上了解，高岗、饶漱石因这样或那样的不是被撤掉职务，但还有两个更重要的大人物，长期没在报纸上露面，不知是吉是凶。他俩是因为有病住进医院，还是因错误进了法院，不得而知。我国革命分两个战场，一个公开战场，一个秘密战场。公开战场是兵对兵将对将，真刀真枪的拼杀，以毛主席为代表；秘密战场行动诡秘，斗智斗勇，搞统战，行策反，窃情报，混淆敌人视听，瓦解敌人，动摇其军心，以周总理为代表。毛主席手下有三员猛将，他们是林彪、彭德怀、陈光；周总理手下有三大智多星，他们是叶剑英、潘汉年、李克农。以上六位英雄，为中国革命赴汤蹈火拼命流血作出巨大贡献。可是其中两位，几年来销声匿迹，不见了，令人议论纷纷。他俩是长征英雄陈光，谍报大师潘汉年。陈光的能力可以指挥一个方面军，潘汉年的作用相当于一个兵团。

对打天下的功臣，最好选择赵匡胤的政策，使其还乡为民安度晚年，千万不能模仿朱元璋狡兔死走狗烹的恶作剧。

胸怀若谷的伟大领袖，对布衣小民的五点建议，会像齐威王唐太宗一样从谏如流，不可能采用周厉王的弭谤政策。因为兴国之君乐闻其过，慌乱之君乐闻其誉。

祝人民大救星毛主席万寿无疆！

无限忠于毛主席的共产党员：石鸿儒

1956年8月10日

洋洋洒洒，整整八页。女医生不知是喜是忧，是对是错，是功是罪。比较一下费孝通的《早春天气》、储安平的《党天下》、钟惦棐的《电影锣鼓》及萧乾的《革命事故》，可谓小巫见大巫了。那四篇小巫也不足这一篇大巫重量大，这是她担心的根据。她又想，大儒是共产党员，按党章规定向中央提意见的内容，并未向他人扩散，虽言辞锋利并无恶意，据实说理，对党一贯赤诚。再说，信的本质是献国策，而且是在"八大"前写的。八大的决定又与本信有相似之处，与反右派的时间、条件不吻合，这是使她放心的理由。

不管是凶是吉，这份献国策使她惊恐不安，因为现在正处于天昏地暗、无事生非的政治环境中。偷看别人信件是不体面的，她没向大儒告知此事，当然也对别人保密。

自1957年5月，老毛掀起反右派运动后，大儒几乎每天把去年8月寄出的《献国策》一文与报纸上的右派文章及言论进行比较，认为林希翎热情有余，言之无物；葛佩琦勇气可嘉，根据不足；费孝通的"天气"近似文人的吟风弄月、矫揉造作，毫无力量；钟惦棐的"锣鼓"涉及面太窄，音域不大；萧乾的"事故"类似小品文，缺乏政治内涵；储安平的"党天下"虽打中要害但文章过于简单。六个人的文章合起来，也不如《献国策》一文丰富。看来被划为右派无疑了。不过还有一丝幻想，《献国策》是寄给老毛的，没向任何人扩散，遵守党的纪律，这符合党章规定。其次《献国策》是去年写成的，不在反右派时间范围内。日日夜夜焦虑不安，左思右想应该在右派圈之外，又仔细比较对照，还是难以突破右派圈。

去年济宁地区洪涝成灾，当局忙于救灾，反右派斗争推迟到1958年，春节刚过，地委书记高克亭在地委大院做反右运动大会报告。1947年山东土改中，他任鲁中南区委书记，与战友渤海区委书记景晓村、胶东区委书记林浩、山东省长黎玉被饶漱石、康生扣上右倾的帽子，所幸没像景晓村那样被一棍子打死，时至今日仍心有余悸。据他所知，自反右以来，河南省委第一书记潘福生、浙江省长沙文汉、浙江省副省长杨恩一、贵州副省长欧百川、安徽副省长李世宏以及本省省长赵健民、副省长王卓如等被划为右派。可见反右派的打击锋芒不只限于知识分子，也包括老革命。

十年前因为他的灵魂被饶漱石、康生的棍棒触及过，所以在报告中并没有杀气腾腾，不想把运动搞得过火，但矛盾的是，发动政治运动是他的职业，为了保护自己，又不得不执行宁左勿右的安全路线。为了不蹈赵健民的覆辙，济宁地区的反右派的热度，一点也不低于全国任何地区，他对知识分子打击的力度，一点也不比舒同、王众音手软。

高克亭执行了邓小平号召，向知识分子成堆的地方抓右派，他把打击重点放在曲阜师范学院及山东省热带病研究所两个省级单位。

热带病研究所的反右派运动开始了。党支部书记丁某曾任过莱芜县委书记，为人老实软弱，支部组织委员兼所长办公室秘书尤某性格刁钻而奸诈，擅长煽风点火，习惯无中生有，对人无限上纲，更喜喧宾夺主抢夺权力，把所长、支部书记的权力攫为一身，全所知识分子的命运攥在他一人的手心里。

在支委会上，他钦定三人为右派，一位是萧农艺，疟疾专家，抗战前毕业北大医学部，为了抗战，参加战场救护，为国军联勤总部四个医疗队队长之一，与石鸿儒的父亲石开山的情况近似，是中校军医，因为是国军中校被扣上极右派帽子。第二位是丝虫病科主任李正钧，抗战胜利后毕业齐鲁大学，已晋升为主治医师，曾参加过三清团，尤秘书钦定他为右派。第三位右派是老革命石鸿儒，鉴于他的留党察看处罚仍没撤销，再给他个雪上加霜，使他永不翻身。如果不划他为右派，一旦撤销留党察看处分，他将是本所的头面人物，将能动摇他独断专行，为所欲为的权力。更使他喜出望外的是石鸿儒给毛主席一封信。去年反右派高潮期间，，此信已由北京转到本单位，装在档案袋里，这封信足以置他于死地。不过这封信上级不让向群众公布，怕群众一旦了解了信的内容，就会把石鸿儒视为真理的化身，马列主义的代表，国家的忠臣，而毛泽东的名誉将受到严重挑战，公布信的内容等于给毛泽东脸上抹灰。不公布信的内容又要打倒他，得需要阴谋策划。因为他是本所知识分子的代表人物，威信很高，而且有一个五人小集团。毛主席教导说："堡垒最容易从内部攻破。"尤的外号叫"尤棍子"，简称叫"棍子"。

团支部书记叫色狼，色狼与棍子一拍即合，发动团员写大字报，百分之八十的大字报都是色狼写的。他们发动五人小集团的两个女成员，命令她们检举石鸿儒，再把她们鸡毛蒜皮的检举材料，经过色狼加工，写成大字报，变成很轰动的消息。

色狼，小学没毕业，是背着药桶喷洒蚊子的卫生员，现在紧靠棍子，前途会一片光明。色狼是共产党员，又是团支部书记，是全所叱咤风云的政治人物。棍子是老大，色狼是老二。在全所反右派运动的全过程中，唯有棍子和色狼是毛泽东的好学生，棍子见人就打，制造恐怖；色狼不管血统远近的女人，得手就摸。

打倒萧农艺、李正钧二人，棍子胸有成竹，不费吹灰之力，因为他们都有历史污点。在批斗会上，群众会踊跃发言。

批斗石鸿儒就要颠倒黑白，把是说成非，把真说成假，把好说成坏，这需要阴谋。尽管毛主席把阴谋美化为阳谋，其实阴谋还是阴谋。棍子对大儒的四个朋友实行各个击破，同每个人进行分别谈话。谈话的内容是一致的："为了爱护石大夫，要对他进行热情帮助，把他的错误言行实事求是地交代出来，这样对他有好处。能帮助他认识错误。对你也有好处，以免发生政治误解。如果继续顽固地与石大夫站在同一反党立场上，党的耐心是有限的。"四个朋友的回答也几乎一致："感谢党的信任，但我没发现石大夫有任何反党言行，我们在一起也就是听听音乐，讨论讨论《约翰克里斯多夫》而已。"

四个人的回答让棍子大失所望，堡垒内没有叛徒。色狼召集团员组织火力网。在批判大儒的群众会上，棍子没露面，隐蔽在后台。把书记老丁及色狼推上前台，叫他两主持会场，打头阵。批判会很沉寂。主持会场的老丁觉得没趣，他打破会场沉默："全所知识分子只知道有个石鸿儒，不知道有党支部，这是怎么回事，你交代清楚。"石鸿儒严肃地回答："不知道你的意思是表扬呢还是批评？党员要深入群众，和群众交朋友，了解群众疾苦，不要漂在上面，这是党的号召。我与群众交朋友实践了党的号召。党支部漂在群众之上，不忠实于党的号召嘛！"老丁的脸红一阵白一阵无言以对。

色狼为了给老丁解围，羞答答地说："你为什么反对毛主席，你把毛主席比喻成谁？"从他的发言中，大儒知道《献国策》已被转回本所。大儒愤怒地说："反对毛主席！一派胡言，我是毛主席最忠诚的门徒。你能不能把我给毛主席的信拿出来念一念叫大家听听，每一条每一句每一字都渗透着对主席的忠诚。再说按党章第一章第四条第七款的规定：党员有向党组织直至中央提意见的权利嘛。怎么样，你要反对党章？"色狼理屈词穷羞辱地低垂着脑袋瓜子，恨不得钻进裤裆里去。这是对大儒第一次批判会，也是最后一次。棍子觉得对大儒无能为力，不过他还是有胜利的信心，因为他手中握有政治权力。从开完批判会后，朋友们沉默寡言，与大儒渐行渐远。一次，在舞场上，看过《献国策》的女医生拒绝了大儒的邀请，大儒为此愤然退场，再不主动与她接触，从此他们变成陌路人。大儒不主动找她，怕株连她，她也不找大儒，因怕株连。大儒后悔在舞场上的愤怒，她是个无辜柔弱的少女，如受到自己的株连，那将终生遗憾。

第四十四章　毛记文字狱 冤儒三百万（四）

决定知识分子命运的关键，不是根据是非曲直，更不考虑贡献大小，而取决于统治者的好恶。组织部、人事科是阎王殿，各级秘书是阎王的替身。阎王说你有理，没理也有理；说你没理，有理也没理。阎王说：太阳是黑色的，愚民们必须说：太阳本来就不发光。不跟着喊的就是反党、反人民的右派；跟着喊的就是老毛的好党员、好干部、好学生。

反右派运动兴起了黑白不分、本末倒置的风尚。恶棍陷害好人，以打小报告、告密为荣。传统道德沦丧，视爹娘为路人；视统治者为爹娘，"爹亲娘亲，不如毛主席亲"响彻云霄。小人当道，好人哀泣。儿女检举父母、妻子告密丈夫、兄弟如同冤家、朋友背叛、恋人反目，以文明而著称的国家堕落为小丑的天下。

党支部通知石鸿儒被划为极右派，他既悲痛又愤怒，连续三天不吃不喝。世道的黑暗压得他有了自杀的念头。往日的朋友变成奸谍，大儒的一举一动、一言一语都变成邀功的情报。

棍子探听到大儒要自杀的消息，报告了公安局，极右派想自杀等于现行反革命，公安局逮捕了大儒。

入狱时，犯人并不多，但犯人中多数为英雄好汉。不知为什么，大儒被投入死牢里，其中有一位鲁西大盗，囚号为201号。他会飞檐走壁，砸过银行、劫过汽车。他满脸横肉，神情凶险，眼带杀气，体格粗壮，说话粗鲁，很像梁山好汉。还有原国民党济宁县县长张吉庆，他曾下令枪毙过二十多个共产党员。大儒本质上与张吉庆是誓不两立的敌人，现在被硬塞进一个房间里成为难友，成为朝夕相处的同窗。大儒从没想过会与一个血债累累的反革命分子成为室友，政治就是如此地滑稽，如此令人恶心。石鸿儒与张庆吉同为两党政治家的玩具。

1946年4月四平战役期间，大儒在长春日本陆军医院抓特务王德茂，险些送命，十二年之后的今天，比王德茂更为反革命的张庆吉竟成为形影不离、同甘共苦的室友，这是天翻地覆的历史变化。这个变化不是历史发展的必然，而是人工制造的混乱，就是由翻手为云、覆手为雨、喜怒无常、出尔反尔的老毛一人制造的历史。他一会儿笑眯眯地要求人民帮助党整风；一会儿又咬牙切齿抓右派；一会儿像开明的君子一样说言者无罪；一会儿又变成以言定罪的食言小人；一会儿像开明的君主主张"百家争鸣"、"百花齐放"；一会儿又变为昏君，焚书坑儒打右派。在今天以前的大儒对血债累累的反革命誓不两立，恨不得剥他们的皮，喝他们的血。今天却认为，如果张吉庆杀的共产党员是毛泽东式的人物，他将是民族功臣。同时，大儒后悔抓捕王德茂的可笑。

入狱后，大儒的脑子像演电影一般，一幕幕地出现形形色色的画面。三天三夜，睁大眼睛不能入睡，就像1947年2月攻坚德惠城一样，忙于手术，三天三夜没睡。对目前社会的堕落、政治的反动、愚民们的推波助澜没丝毫精神准备，一切都感到突然，就像夜阑人静时突发地震一样。为什么毛泽东翻脸不认人了呢？为什么他以怨报德，以仇报恩？把帮他打天下的人当仇敌对待？

大儒不断地回想，爷爷、爸爸及他本人参加抗战是光荣而豪迈的。爸爸退出内战的漩涡是明智之举，自己参加内战是受骗，是耻辱，被毛泽东愚弄了！以往，他一直把毛泽东当成亲人，把共产党当成自己的家，对爸爸、妈妈并不十分想念。今天，毛泽东强迫他日日夜夜想家，想念爸爸、妈妈。虽然庆幸爸爸、妈妈躲开了人类历史上最黑暗的国家，但你们的亲生骨肉难逃虎口了，你们唯一的儿子将殒命于暴政之下。

大儒泣不成声，难友们无不为之动容。狱卒在门口恶声大吼："四零三，不许哭！再哭给你砸上脚镣！"大儒被捕入狱后，姓名消失了，狱号四零三便是他的姓名。四零三号入狱后已经绝食三天，第四天，靳姓看守所长站在死牢门口，咬牙切齿地吼道："四零三，警告你，绝食是重新犯罪，是对人民的反抗！再不吃饭，给你砸上脚镣！"在监狱，痛苦时没有哭的自由，也没有不吃饭的权利。

一周后，大儒心情逐渐平静下来，像要砸碎地球的第五交响乐离他而远去了。他开始回顾历史，在度日如年中，唯有历史给他带来安慰。经常陪伴他的朋友是屈原、骆宾王和李后主。屈原悄悄凑近大儒的耳边吟唱道："长太息以掩涕兮，哀民生之多艰……亦余心之所善兮，虽九死其犹未悔。怨灵修之浩荡兮，终不察夫民心……宁溘死以流亡兮，余不忍为此态也！鸷鸟之不群兮，自前世而固然……路漫漫其修远兮，吾将上下而求索……世溷浊而不分兮，好蔽美而嫉妒。"屈原教大儒虽身处绝境也不同流合污，坚守自古以来知识分子的固有清高。屈原还安慰他的心，指出暴君的必然归宿："夏桀之常违兮，乃遂焉而逢殃。后辛之菹醢兮，殷宗用而不长……皇天无私阿兮，览民德焉错辅。"按屈原总结的规律，知识分子常为民生的艰难而哀叹流涕，自己的忠贞而被误解，早晨提出忠谏，晚上就被治罪。但昏君的归宿必遭灾逢殃，其纲纪短命，国运不长。

安慰大儒的第二位朋友是骆宾王。他的蝉鸣比柴科夫斯基的音乐更感人十分，"西陆蝉声唱，南冠客思深。不堪玄鬓影，来对白头吟。露重飞难进，风多响易沉。无人信高洁，谁为表予心？"两位南冠客的精神世界尽管像秋天的长天与秋水一样清澈湛蓝，像蝉翅一样透明光亮，可是嗜好腥风血雨的君王视高洁为右派。

在三位朋友中与大儒具有共同心声的莫过于李煜。李煜与大儒的国家都亡了，李煜的国家亡于赵匡胤之手；大儒的国家被毛泽东踩在脚下，国破家亡，中华人民共和国变成毛泽东一人的天堂、六亿人的地狱。中国共产党变成毛泽东打人的棍子。什么中央委员会、政治局、书记处，都成了他的傀儡、工具，是他打人的棍子。

"春花秋月何时了，往事知多少……问君能有几多愁，恰似一江春水向东流。""胭脂泪，留人醉。几时重？自是人生长恨水长东。""剪不断，理还乱，是离愁，别是一般滋味在心头。""雁来音信无凭，路遥归梦难成。离恨恰如春草，更行更远还生。""独自莫凭栏，无限江山。别时容易见时难，流水落花春去也，天上人间。"

除了以上三个诗人难友外，后面还有众多同为天涯沦落的朋友。大儒的习惯是读书，监狱无书可读，只能回忆，背颂读过的书籍。牢房内有的是时间，不要浪费掉，温故而知新嘛。

苏轼教人以清高，要做到"拣尽寒枝不肯栖，寂寞沙洲冷"的境界；陆游要知识分子追求"零落成泥碾作尘，只有香如故。"不与世俗同流合污。现在的大儒，已被"零落成泥碾作尘"，他必然能做到"只有香如故"。

每当极度愁闷的时候，流落江南的李清照以幽怨凄恻的情调向他唱起：寻寻觅觅，冷冷清清，凄凄惨惨戚戚……这次第，怎一个愁字了得！落难的大儒有两根主要精神支柱，一是宋词；其次是欧洲古典音乐。和他共历风雨的不仅有苏轼、柳永、辛弃疾、李清照，还有贝多芬、巴赫、柴科夫斯基。他每天不是默然低吟宋词，就是在心里独自哼唱音乐。入狱之初，岳飞、辛弃疾、贝多芬诸多英雄不离其左右。"仰天长啸，壮怀激烈。驾长车踏破贺兰山阙""想当年，金戈铁马，气吞万里如虎"大儒真可谓"怒发冲冠"，恨不得一脚踢碎黑暗的地球，烧尽人间的不公。

随着时间的推移，他的愤怒逐渐冷却下来。哀怨悱恻、肃穆和平的众多圣贤接替了英雄们的守护。李后主、李清照、巴赫、享德尔、柴科夫斯基的安慰，让大儒安静下来。他的心灵好像跨进基督的世界，把世上一切罪恶看得很平淡。

大儒患了失眠症，通宵达旦彻夜难眠。在漫漫苦夜中比较了历史上谏议案例。

第一例，公元前六百多年，《宫子奇谏假道》，晋献公给虞公以厚礼，以借道虞国去伐虢国，取得胜利。三年后晋公又向虞公借道伐虢国，虞国大夫宫子奇向虞公谏道："虢国是虞国的屏障，虢亡，虞从之。谚曰'辅车相依，唇亡齿寒'就是虞、虢的关系了。"虞公说："吾享祀丰洁，神必据我。"宫子奇对曰："臣闻之，鬼神非人实亲，唯德是依。神所冯依，将在德矣。"虞公不听，答应了晋国使者的借道要求。

冬天，晋灭虢，师还，遂灭虞，俘虞公。虞国公不听忠臣宫子奇之谏，贪图晋公的礼物，致使国亡，成为晋国的阶下囚。虞公比毛泽东开明得多，虽没接纳忠臣的之谏，并没把宫子奇当成敌人镇压。

第二例，公元前八百多年，《召公谏厉王止谤》中记载：厉王虐，国人谤王。召公告曰："民不堪命！"王怒，派卫巫吏监谤者，以告则杀之。国人不敢言，道路以目。王喜，告召公曰："吾能弭谤矣，人不敢言。"召公曰："防民之口，甚于防川。川壅而溃，伤人必多，民亦如是。是故为川者，决之使导；为民者，宣之使言。"王弗听，于是国人莫敢出言。三年，乃流王于彘。周厉王虽为暴君，比毛泽东民主的多，至少他没把召公划为右派。

第三例，公元前三百多年邹忌为齐威王重臣，徐公为齐国美男子。邹忌个高而漂亮，衣冠楚楚，对着镜子问其妻曰："我孰与城北徐公美？"妻曰："君美甚，徐公何能及君也！"复问其妾："吾孰与徐公美？"妾曰："徐公何能及君也！"翌日又问之客："吾与徐公孰美？"客曰："徐公不若君之美也"一日徐公来，熟视之，自以为不如。窥镜而自视，又弗如远甚。于是人朝见威王，曰："臣诚知不如徐公美，臣之妻私臣、妾畏臣、客欲求于臣，皆以美于徐公。今齐地方千里，百二十城，宫妇莫不私王，朝臣莫不畏王，国人莫不求于王。由此观之，王之弊甚矣！"王曰："善。"乃下令：群臣吏民，能面刺寡王过者，受上奖；上书谏寡人者，受中奖；能谤议于市朝，闻于寡之耳者，受下奖。"

令初下，群臣进谏，门庭若市；数月后，时时而间进；期年之后，虽欲言，无可进者。燕、赵、韩、魏闻之，皆朝于齐。此所谓战胜于朝廷。威王继承父业，又延续桓公的霸主地位三十六年，之所以成功，是因他与父亲同样具有开明的胸怀。

桓公小白宽恕管仲箭射之仇，重用其为国相，故成霸主。威王广开言路，选贤举能，故重振霸业。毛泽东不但不能成为霸主，把原有的家底也折腾穷了。国家财富组成分两部份，一部份是人才；另一部份是财物。如没有人才，就不会创造出财富。国家强弱、家庭贫富决定于人才。人才的产生不完全取决于文化教育，但绝大多数人才获益于正规文化训练。毛泽东就是把接受过正规训练的优秀分子划为右派。优秀知识分子不一定完全划为右派，但被划为右派的人多数是优秀的知识分子。他们品德、学识、思想、创造性是优秀的。所以，人民把右派作为优秀人物的代称。

威王与毛泽东对人才的态度有天壤之别。威王遣使魏国，将双腿残废的孙膑偷偷接回齐国，后来以"避实就虚"的战术在桂陵设伏，大胜庞涓；十年后又用"退兵减灶"之计诱敌深入，伏击魏军于马陵，庞涓中箭身亡，齐军大胜，凯旋而归，从此众诸候东向朝齐。毛泽东相反，他把长征中最重要的功臣陈光暗捕于广州，偷杀于武汉；对策反、情报、统战功臣潘汉年逮捕入狱；现在又对知识分子大开杀戒。

用现在的话说，威王开门整风，让被统治者给统治者提意见，第一个月门庭若市；数月后时时而间进；期年之后，虽欲言，无可进者。威王说话算数，不用引蛇出洞的骗术，不仅做到言者无罪，而且言者有奖。毛泽东也想粉饰自己，像威王一样，让各界知识分子、民主人士向党提意见整风。从五月八日开始，统战部、各民主党派先后召集座谈会提意见，提了一个星期，毛泽东的脸由笑变沉，写了《事情正在变化》；六月八日，提意见刚一个月，毛泽东的脸由沉变怒，发出《组织力量准备反击右派的进攻》的文件。人民给齐威王提意见一年，直到没意见可提为止。毛泽东只有一周的耐性，与威王相比，可见其小肚鸡肠、喜怒无常的本性，远远不具备威王的气度，所以也不能成为名君。

第四例为李斯的《谏逐客书》。在所有谏文中，石鸿儒最欣赏《谏逐客书》。李斯不仅是一位大政治家，还是位造诣颇深的文学家，可见身为宰相的人都是才华横溢的优秀人物。秦王嬴政二十二岁亲政，因秦处西方边陲，经济文化落后，人才多出于中原各国。秦人疑心中原人不忠，又加原卫国人吕不韦、嫪毐、淫乱母后一案，秦王下逐客令，把全部外国人赶出秦国，其中也包括长史李斯。

长史相当于丞相、太尉、御史大夫的助理、办公室主任、秘书之类的官员。李斯在回楚国路上写成《谏逐客书》，全文条理清楚，极富逻辑，说理透彻，论证充分，文字流畅，造句精当，字字掷地有声。此文比《早春天气》、《党天下》及《电影的锣鼓》更具可读性。大儒的诘屈聱牙的《献国策》与之更无法相比。

李斯认为，秦所以成为强国，是历代秦王求贤若渴的结果。例如"穆公西求由余于戎，东得百里奚于宛，迎蹇叔于宁，请丕豹、公孙支于晋。此五子佐穆公并国二十，遂霸西戎。孝公用商鞅之法，举地千里，至今治强。惠王用张仪之计，逐散六国之从，使之西面事秦。昭王得范雎，吞食诸侯，使秦成帝业。是以泰山不让土壤，故能成其大；河海不择细流，故能就其深；王者不却众庶，故能明其德。今乃却宾客以业诸侯，使天下之士退而不敢向西，裹足不入秦，逐客以资敌国，损民以益仇人，内自虚而外树怨于诸侯，求国无危，不可得也。"

秦王嬴政不但没把李斯当成右派镇压，而且接受了李斯的建议，撤消《逐客令》，任李斯为廷尉。廷尉是国家最高司法、治安官员，以后又升为丞相，为统一六国出谋划策。

嬴政比夏桀、纣王、厉王暴虐有过之而无不及。他刚愎自用、独断专行、飞扬跋扈，杀人如麻的嬴政，令其他暴君不敢望其项背。但他的民主精神远远超过毛泽东，嬴政求贤若渴，言者无罪的政策令毛泽东汗颜。

《逐客令》是秦王的命令，是国家的干部、人才、移民政策，一旦发布，不能朝令夕改。但为了广求天下贤才，他断然接受了《谏逐客令》，撤消了《逐客令》。他的新人才政策大大促进了统一六国的进程。至于他统一天下后的焚书坑儒如何解释，一方面他性格中有人类共同的弱点：人一阔脸就变，官大脾气长。毛泽东建国前的脾气也不很疯狂吧。另一方面，被活埋的儒士都是妖言惑众的巫师、神汉，不包括有真才实学的儒士，例如对韩非的向往。毛泽东不同，在镇压的右派中，不仅包括文艺家也包括物理学家、化学家、教育家、经济学家、医学家、工程师。毛泽东只具有秦始皇的残暴的一面，而不具备爱才的一面。所以他在历史上远没有秦始皇贤明。

秦始皇的《逐客令》可以撤消，但毛泽东的命令、主张、政策谁也不敢改。谁改就是自取灭亡。刘少奇在八大改动了毛泽东的阶级斗争的谬论，最后命归黄泉。看来秦始皇比毛泽东既民主、开明，又有高瞻远瞩的眼力。毛泽东只是个庸庸碌碌的市侩。

第五例为谏议大夫魏征的《谏太宗十思疏》。魏征奏疏道：求木之长者，必固其根本；欲流之远者，必浚其源；思国之安者，必积其德义。源不深而望流远；根不固而求木之长；德不厚而思国之安，臣虽下愚知其不可。人君不念居安思危、戒奢以俭，斯亦伐根以求木茂；塞源而欲流长。凡昔元首，善始者实繁，克终者盖寡，岂取之易，守之难然？盖在殷忧，必竭诚以待下；既得志，则纵情以傲物。竭诚，则吴越为一体；傲物则骨肉为行路。虽动之以严刑，振之以威怒，终苟免而不怀仁，貌恭而不心服。怨不在大，可畏惟人。载舟覆舟，所宜深慎！一，见可欲，则思知足以为戒；二，将有作，则思知止以安人；三，念高危，则思谦冲而自牧；四，惧满盈，则思江海下百川；五，乐盘游，则思三驱以为度；六，忧懈怠，则思慎始而敬终；七，虑壅蔽，则思虚心以纳下；八，惧谗邪，则思正身以黜恶；九，恩所加，则思无因喜以谬赏；十，罚所及，则思无以怒而滥刑。总比十思，宏兹九德。简能而任之，择善而从之，则智者尽其谋，勇者竭其力，仁者播其惠，信者效其忠。文武并用，垂拱而治，何必劳神苦思，代百司之职役哉！

唐太宗把十思疏长期放在办公桌上，时刻对照自己，并嘉许了魏征。李世民即位之前，魏征建议皇太子李建成刺杀李世民。事败，李世民杀了李建成坐上了皇太子位，即位后仍重用魏征为谏议大夫，就像齐桓公重用管仲一样，仇将恩报。此前太宗问魏征："人主何为而明，何为暗？"他回答："兼听则明，偏信则暗。"

上书十思疏六年，魏征病故，太宗大哭说："以铜为鉴可以正衣冠；以古为鉴可以知兴替；以人为鉴可以明得失。"魏征西去，使他失去一面镜子，哭得愈加哀恸。

凡是强国之名君，较平庸之君必然有独到之处。齐桓公与唐太宗共同特点是思想开明，心胸豁达，他们都广揽人才，即使曾经与己为敌的能人也拜为上卿。毛泽东不具备名君的美德，恰好相反，把自己的功臣、朋友、部下置于死地而后快。既不以古为鉴，也不以人为鉴。

魏征有后见之明，他把一千三百二十年后的毛泽东描绘得惟妙惟肖：盖在殷忧，必竭诚以等下；既得志，则纵情以傲物。对人民动之以严刑，振之以威怒。终苟免而不怀仁，貌恭而不心服。源不深而望流之远，根不固而求木之长，德不厚而思国之安。魏征预测毛泽东有九大弱点：见可欲则不自戒；将有作则不思安人；念高危则不思自牧；惧满盈则不思江海下百川；忧懈怠则不思惧始而敬终；虑壅蔽则不思虚心以纳下；惧谗邪则不思正身以黜恶；恩所加则因喜而谬赏；罚所及则以怒而滥刑。

根据魏征的预测，大儒断定毛泽东的黑暗统治只能是短暂的历史现象。因为残酷的政治镇压和野蛮的阶级斗争使人民貌恭而不心服。毛泽东集厉王弥谤、纣王暴虐、秦始皇焚书坑儒、曹操狐疑及假慈悲等弊端于一身；威王的深思远虑和从谏如流、太宗的虚怀若谷、高瞻远瞩等他一条也不具备。不过他在吹牛、撒谎、颠倒是非方面的专长不在戈培尔博士之下。

大儒入狱前，曾看到《人民日报》上刊登了陈铭枢将军给毛泽东的一封信，信中写道：你好大喜功，在个人修养上热而不淡、疾而不舒、躁而难宁、察而难周。轻信干部的虚伪汇报与教条主义的分析方法，未经郑重、细致的研究，即做过激的决定。在察人听言、决策定计方面缺乏睿断；在政策措施上畸轻畸重、失缓失急。我深感于党的领导诸同志，一般都缺乏个人师友关系，个人的精神生活总不免失于单调。你所接触的党内外人士，乃多趋附之辈，耿介不苟者实属寥寥，至于能犯颜敢谏者，我尚未见其人。建国后，党在用人方面，少能兼及其品格与能力的遴选，不次拔擢，累累若若，阘茸满目，修法潜光。至于贪天之功者有之，不虞之誉者有之；争名猎位，禄蠹充斥⋯⋯我感到你有时尚不免为喜怒所乘。在一个浪潮下，轻易挫伤高级干部的自尊心和他们固有的地位，同样有时被狡黠者乘你喜怒之际，俟隙混淆黑白，投其所好。俾斯麦曾对威廉第一说过："对相随日久的人，因念其汗马勋劳，不忍也不能去之。"继起所说，新硎初试，必能割此痼疽。

以上是陈铭枢老将军对毛泽东阴暗灵魂的CT扫描，得出的结论是：好大喜功、喜怒无常、忽冷忽热、六亲不认、好坏不分；爱趋炎附势之辈，恨忠言直谏之徒；对功臣大开杀戒，扶奸佞直上青云；政策畸轻畸重，又常朝令而夕改。

储安平的《党天下》一文，命题不准确。其实"党"如同虚设，寸权没有。所有大权都握在毛泽东一人手中，党组织是他的傀儡。正确的命题应是《毛泽东的家天下》或是《毛天下》。

法院没有法律可依，以毛的马首是从，如同黑社会的私立公堂。例如对大儒的审判，完全违犯法律程序。大儒被捕六个月，法院并没进行任何听证、预审、辩论、核对犯罪事实等程序。

一日，济宁中级法院在一间低矮的小平房里对大儒进行唯一的一次审讯。他这是第一次见到中级法院的法官，所谓审判厅只有法官一人，既无陪审员也无书记员，更无证人及旁听者，只有一个法警坐在一边，维持秩序，怕犯人大闹法庭似的。

法官衣着极为随意，像似刚从农田里归来的农民。脏兮兮的衣服，浑身上下是皱褶。蓬头垢面的法官坐在一张四条腿长短不齐的小条桌后面开言道："石鸿儒，你知道犯了什么罪吗？"石鸿儒气呼呼地答："知道，我没罪。"法官喃喃地说："你的信，攻击了我们伟大领袖毛主席。"大儒理直气壮地说："不对。只因为我是毛主席的忠臣，怕我党革命之成功毁于一旦，才给毛主席提出忠言。《献国策》的五条，条条是真理，件件是忠心。难道杀害陈光不是狡兔死走狗烹？难道逮捕潘汉年不是卸磨宰驴？难道面对农民的饥寒交迫不该仗义执言？难道面对知识分子的镇压该保持缄默？试问你现在对我正在干什么？我是抗战功臣，是建国打天下的功臣，是又红又专的技术专家！你是对功臣的审判！是对知识分子的镇压……"

大儒越说越激动，他愤怒地从椅子上站起来，指手画脚，慷慨陈词。旁边的法警喊道："你老实点，坐下！"大儒继续大吼："鬼子我不怕！国民党我不怕！自己的人我更不怕！陈光无罪！"二十八岁的大儒这是头一次发表如此精彩的演讲，可惜听众只有两个人。

法警站起来，大叫："我要给你戴上手铐，砸上脚镣！"法官摆了摆手叫法警坐下。本来法官对大儒的激昂争辩，大闹法庭万分恼火，可是听到大儒突然喊了一句"陈光无罪！"，令其大为惊愕。

审判前，法官查阅过石鸿儒的档案及《献国策》，其中最后一条专门提到陈光的冤案，对老首长很尊敬，对其遭遇抱不平。《献国策》五条，条条是真理，而且作者极为勇敢，直书毛泽东，确实是位有胆有识的忠臣。凡是阅读过《献国策》的法院干部，对石鸿儒的勇敢、忠诚及文才佩服之至，但都闷在心里，不敢表达出来。

在讨论这个案子时，法官们有两种意见，一种意见是为保护石鸿儒，说他没构成犯罪，按极右派处理，判其劳动教养；另一种意见也是为了保护石鸿儒，说攻击毛泽东已构成犯罪，主张判三年徒刑。持这种意见的法官心里认为，像这种刚正不阿的硬汉子判送劳动教养所等于无期徒刑，可能死在劳教所里。劳动教养没有时间限制，直到改造好了方可放出。像石鸿儒这等宁死不屈的人永远改造不好。判三年徒刑时间很短，很快就回到社会。持有这种意见的人就是今天面前的法官。

后来石鸿儒得知，这位法官在1942年参加八路军抗战，是山东军区司令部警卫排的战士，每天为陈光司令站岗，对首长敬爱崇拜。陈光调离山东后，他被分配到鲁南军区政治部任组织干事。今天石鸿儒大闹法庭令法官很不耐烦，认为他不知好歹。但法官的想法，石鸿儒是不了解的。

其实大儒的愤怒不是针对法庭，更不是对法官，而是对毛泽东。正当法官要拍桌子发怒的时候，大儒突然喊了一声"陈光无罪"，法官憋在胸里的怒气刹时凝固了。因为他俩同为陈光的老部下，对老首长的遭遇同样抱不平。但作为法官，也得维护法庭的严肃，不得不装腔作势发表一通应景之言："石鸿儒，警告你，反对毛主席就是反革命。反革命就应该受到法律制裁。你今天大闹法庭更应受到严惩，可庆幸的是你手里没有权力，否则你比高岗还厉害……"

三天后，判决书下来了，石鸿儒被判三年有期徒刑。判决后，大儒被提到监狱内的卫生所给犯人治病。法院、检察院纷纷扬扬地传说，监狱有一个吃共产党奶子长大的红色知识分子犯人，以献国策为名，给毛主席写了一封长信，竟骂毛主席是痴人说梦，侮辱他是秦始皇、周厉王一样的暴君；为陈光、潘汉年抱不平；为农民诉苦；为知识分子申冤；侮蔑政治运动并且大闹法庭。许多干部以看病为名，来卫生所跟大儒搭讪，满足好奇心。法院内部对处理大儒一案的两种态度就是他们说给大儒的。

现在法院异口同声地说判三年徒刑对大儒有好处，但大儒不会感谢给予的好处。他们是助毛为虐、无视正义，是魔王的小爪牙，令人鄙视的奴才，为了混口饭吃而丧尽天良。法院的人每天来卫生所喋喋不休，令大儒厌恶、作呕。

1958年反右运动尚未结束，毛泽东又发起"鼓足干劲，力争上游，多快好省地建设社会主义总路线"，全国掀起"大跃进""大办人民公社""大炼钢铁运动"。为了大跃进，济宁修建通兖州的铁路，组织监狱的四百多犯人修筑光复河至济宁段的路基。每天早晨出发，晚八点收工，整整干十六个小时。犯人们吃地瓜面窝头，喝白开水。大儒每天背着红十字药箱负责抢救、包扎。犯人们用大柳条筐抬土方，每筐土方约三百多斤，肩膀普遍被压肿、发炎、出血。他们排着队请大儒治疗。大儒用碘酒涂抹。为了夸张病情，后来大儒给犯人的肩上涂红药水，涂的面积很大，老远一看，许多人肩膀都是耀眼的一片红色，以此提醒看守所长老靳，应适当减轻土方重量，缩短劳动时间。

不知老靳是迟钝呢，还是故意，劳动时间与劳动负荷照旧。

1958年8月的天气酷热难熬，气温高达三十八度。一天下午三点钟，突然十四名犯人先后晕倒、头痛欲裂、神志昏迷，体温高达四十度。老靳毛了："石鸿儒，这是怎么回事？他们得了什么病？"大儒说："可能是中暑"，大儒建议把病人抬进凉棚。老师在课堂没讲过中暑。东北天气冷，冬季作战有大量冻伤。今天是大儒第一次见到中暑病人，而且数量多，没有专门药物治疗。物理降温可用冰块冰，用电扇吹。此处是地狱，既没有冰块，也没电扇。灵感突然降临，大儒指导犯人们在凉棚下挖十四条沟，长两米、宽七十厘米、深四十厘米，把病人裸体放入沟里，头在浅端，脚在深端，从深水井内提凉水灌进沟内，给病人泡凉水澡。

两个小时后，病人体温逐渐下降，神志开始清醒，头痛缓解。八点收工的时候，十四例病人恢复常态。一分钱没花，救了十四条命，老靳的心放下了。如果在狱内有犯人无故死亡，要追查看守所长的责任。从此老靳对大儒开始有微笑的面容，而且语气也温和了许多。

监狱长对犯人应该永远保持刽子手的面孔，这是规矩。技术与人道，迫使刽子手对大儒以礼相待。大儒利用老靳的心态松动，建议下午开工时间由两点半改为三点半，躲开一天最热的时间段，抬土量也由三百多斤改为不超过两百斤；建议给犯人充足的凉开水供应，并在水中加少许食盐；让十四位中暑病人休息两天，不上工地。老靳愉快地接受了四条建议，从此杜绝了中暑再发。职业为刽子手的老靳比毛泽东开明得多。毛泽东不但不接受大儒五条建议，反而置他于死地。毛泽东竟不如看守所长的灵魂高尚，不如刽子手更有人性。

据报道，1948年夏，华北各地有许多医院因对中暑抢救不力，造成死亡事件，其中包括北京协和医院。以后得知，根据济宁看守所的防暑经验，济宁地区十四个县看守所及两个劳改大队的夏季下午开工时间均由两点半改为三点半，并有盐凉开水的充足供应，成为监狱的保健制度。

大儒毕业后的短暂时间内，在工作岗位上曾为血丝虫的周期性研究做出贡献；身陷囹圄，由共产党员变为毛泽东的囚徒后，又为难友们的健康、缩短奴隶的工作时间做出努力，创造思维与上下求索精神主宰了大儒的头脑，这是他被打入地狱的关键原因。因为毛泽东喜欢"一穷二白"，"穷"就是穷光蛋；"白"就是白痴。只有穷光蛋才对小恩小惠感激涕零；只有白痴才看不破老毛的奸诈。所以毛泽东与知识分子誓不两立，特别把具有创造思维、思想活跃的知识分子视为毒蛇猛兽，这些人直接威胁他的愚民政策和鄙视所谓"毛泽东思想"。

第四十五章 滕县劳改队 人间地狱（一）

滕县劳改队当局得知，济宁看守所有一位成功抢救十四例中暑病人的犯医，于是报告济宁地区公安处，指名把石鸿儒调往滕县劳改队医院。

1958年9月底一天，济宁看守所将大儒押解到滕县劳改队。滕县劳改队直辖济宁地区公安处。劳改队坐落在滕县城西北角，紧靠津浦路东侧。围绕三百亩土地筑起高墙，墙顶拉上电网，大铁门朝东。劳改队以烧砖瓦为业。

劳改队医院坐落在劳改队西南角，能容纳一百二十名病人。名为医院，实为殡葬馆。

1958年，以罗瑞卿为头头的公安部提出的政治口号是"以大跃进保卫大跃进"。罗瑞卿以助毛为虐而著称。毛泽东提出大跃进，多快好省地建设总路线，命令全国人民在工业、经济上超过英国，同时争取赶上美国。在三年内，按每人平均粮食供应量由目前的400斤达到2000斤，甚至3000斤；钢产量由1957年的500万吨，1958年要提高到1070万吨，1959年要升到3000万吨，到1962年要达到9000万吨（1959年美国钢产量只有6000万吨），同时毛泽东命令全国成立人民公社，吃大锅饭，并高喊："人有多大胆，地有多大产"。相信小麦亩产5000斤，水稻15000斤到13万斤。老毛迷信作物密植，小麦一亩播种量定为200斤，认为即使一颗麦粒长出两颗，也可每亩达到400斤。正常小麦每亩播种量为7斤。最后密植的小麦一斤也收不到，因为密集的麦苗没出土就枯萎了。

老毛又开始高烧打摆子了，他昼夜谵妄不绝于耳。罗瑞卿以大跃进的方式保卫毛泽东的谵妄。公安系统的大跃进就是大逮捕。济宁地区的劳改、劳教合算约占居民的百分之一，知识分子集中的单位可高达百分之六，另外还有高达几十倍的被专政管制为准罪犯。全区人民四百万，被逮捕的劳改、劳教的总数约四万人。全国当时六亿人口，在押劳改、劳教人数可达六百万。

罗瑞卿在一年内逮捕六百万人民向毛泽东请功受奖，毛泽东毫不吝啬，给他优厚的回报，第二年就提升他为总参谋长、副总理、军委常委兼公安部长，不过，还差点没爬进政治局。如果再逮捕六百万人民，给他敬爱的毛主席献礼的话，老毛会从政治局搬给他一把椅子。

自建国后八年，全国逮捕人民一千多万；枪杀三百多万；在街道、机关、农村被管制的两千万；受株连的家属子女、亲戚、朋友八千万，罗瑞卿帮老毛制造了一亿敌人，占全国人口的六分之一。罗瑞卿的罪孽，罄竹难书！

对犯人的关押地点，根据刑期而定。刑期三年以下的，关押在本县看守所，劳改四至十年的在本地区劳改队，十年以上的发配边疆，或开采有损健康的矿山。滕县劳改队的犯人刑期都在四至十年之间，犯人人数保持在两千以上。

滕县劳改队犯人，每天劳动十二小时以上，除中午有二十分钟的午饭时间外，中间没有休息。主要劳动是抬土方、和泥、制作砖瓦坯子、抬砖瓦坯子装窑、烧窑、出窑等等。夏天，窑洞刚刚熄火，犯人就进入窑洞搬动砖瓦出窑。窑内温度高达六十度，砖瓦温度八十度，滚热烫手。七、八月间中暑病人不断，平日烫伤不绝。

公安专政人员恶声吼叫，骂声冲天，比日本鬼子稍有不同的是，没有牵狼狗持军刀。但对劳工监管的严酷、环境的险恶、营养之低劣比鬼子有过之而无不及。

1959年，犯人们的食品供应常常中断，长期以微山湖的苲草、金鱼藻为食。苲草喂猪羊，猪羊也不吃。大儒学营养学的时候，老师讲得条条有理，在黑板列出各种食品的热量，但没列出苲草的热量，因为这不属人类的食物。草类不含三大营养素，无热量可计算。人类是食肉动物，不是食草动物。食肉动物与食草动物的消化器官结构不同，功能各异。即使犯人们不参加劳动，每日摄取的营养也不足以维持活命。有时改善生活，吃几顿胡萝卜。胡萝卜不含蛋白质，含糖也了了，只有胡萝卜素丰富。胡萝卜素在体内可以合成维生素A，经过煮燉，胡萝卜素被完全破坏，即使不破坏，维生素A也不能代替三大营养素。

劳改队最好的食物是地瓜面粥。比蒋家林农民喝的地瓜面粥稀淡得多，而且不含地瓜块。每人每顿定量只有五百毫升，其中含地瓜面不足五十克。五十克地瓜面即使含有十五克淀粉的话，劳改队一日两餐，三十克淀粉可产生两百大卡热量，重体力劳动的犯人每日需要热量四千大卡。即使不参加劳动，二百卡热量也远不足维持生命。犯人们饿得皮包骨头，枯瘦如柴，面部毫无表情。不管判刑长短，进入滕县劳改队就等于被判死刑。地狱是什么样，无从得知，但可以确信，地狱的惨状绝不比滕县劳改队更阴森恐怖。

为了延迟大批犯人的快速死亡，劳改队当局对医院的犯医及在押工程技术人员稍加优待，每人每顿可以喝一千毫升地瓜面稀粥，同时每顿增加像饼干大小的两块地瓜面卷子。犯医们常常小口咬一块卷子，在嘴里慢慢品味，像咀嚼巧克力一样，舍不得下咽。

在犯医中，有几位刑满留用的人。他们与尚未刑满的人在医院一起工作。因为大儒的学历高、技术精湛、品德高尚，深得犯医们的尊敬。虽然没敢像在校与吴强、张仁元、吴述曾、徐子评那样结成朋友小团体，也没像在热带病研究所那样有一个温馨快乐的朋友圈，但劳改医院的知识分子都喜欢与大儒接近，愿意和他交谈。劳改队绝对不允许犯人们交友，交朋友将被加重刑期，或戴手铐、砸脚镣。

大儒不管在军队、大学、工作岗位，还是在监狱，总能交往许多朋友，尽管因此吃尽当局的苦头，还是难以逃避周围优秀人物对他的尊敬。为了三年刑期按时结束，不被加刑，他决心拒绝交朋友。

毛泽东惧怕六亿人民交朋友，否则他的暴政将被推翻。不许人与人之间有横的联系，包括父子、母子、夫妻之间。只许有纵的控制，人民群众要向积极分子交心靠近、积极分子要向党团员交心靠近、党团员要向小组长、小组长要向支部书记、支书要向总支书、总支书记要向党委书记、党委书记要向市委书记、市委书记向省委书记、省委书记要向老毛溜虚拍马。全国人民齐喊："大救星，毛主席万岁！"

毛泽东坐在北京，牢牢地监控了六亿人民的每个人。为了达到这一目的，每年、每月、每天进行政治运动，号召人人告密，大义灭亲。在犯医中，肯定有人以告密而谋求立功的败类，所以大儒跟犯医的交往加倍警惕，以免上当受骗。

大儒清楚，自己最重要的任务是保命，避免饿死在狱内；其次是不要饿成脂肪肝、肝硬化，出狱不久而死亡。避免死亡的唯一办法是加强食物营养。去哪儿弄食物呢？不仅监狱，全国人民大饥荒，没饭吃，饿殍遍野，想逃命不死，比登天还难！

一天夜晚，大儒与一位刑满留用的犯医马永乾值夜班。子夜过后，夜深人静的时候，马永乾偷偷递给大儒一只熟鸡蛋。大儒多半年没吃鸡蛋了，鸡蛋是高蛋白食物，蛋白如同细胞的钢筋支架，是组织新陈代谢的主要物质，是维持生命的第一营养素。

大儒惊奇地问："你从哪搞来的？"马永乾笑眯眯地说："今天是星期天，被我救过命的一个老病号请我吃饭，散席的时候赠送我几只鸡蛋，给你一个吃。"大儒顾不上自尊心了，剥去蛋壳，一口填到嘴里。蛋黄噎在嗓子里，他瞪了瞪眼，使劲往下咽。幸好灯光昏暗，马永乾没看清楚大儒的狼狈吃相。

马永乾，三十四岁，滕县人，是当地小有名气的外科医生，地主出身，被诬陷医疗事故，因是地主成分，被判五年徒刑。

他入狱之前，也是一次值夜班，一例七月龄男婴患肠套叠，因家长延误入院三十个小时。入院时已出现腹膜炎的特征，腹壁板状硬，失去手术机会。家长是本县党政机关的地头蛇，强迫马永乾给小儿开刀，因马永乾是本地名医，他的身世及生活细节包括家庭成分全县无人不知，其中也包括地头蛇。家长对马大夫的态度就像劳改队的管教喽啰对犯人一样蛮横："你总不能借着贫下中农的孩子有病进行阶级报复吧？"

病人症状明显违背手术适应症，家属又胡搅蛮缠，马永乾只好找院长汇报，请院长作主。院长住独门独院，半夜三更院长正搂着娇妻快活。听到"当当"敲门声自然怒不可遏，开门后，他站在门槛里，马大夫站在门槛外，院长强压住怒火，听完马永乾的汇报，咆哮道："如果每个病人都找我处理，要你们医生干嘛？你不要耍滑头，把责任向领导身上推嘛。该怎么处理你自己作主张。你是不是知道我是外行，想将我的军？没门！从中央到基层，所有的专业单位都一律是外行领导内行，这是伟大毛主席的政策，你想推翻毛主席的英明决策，不掂量掂量你是什么人！哼！"

"哐啷"一声，门关上了。院长回到床上，娇妻问："谁叫门？什么事？"院长哽哽地笑着说："外边的事处理完了，咱继续快活咱的。"

患儿体温四十度，白细胞二万二千四百，腹部板状硬，神志不清处于病危。地头蛇继续催马大夫开刀手术。马大夫说："给病危的患儿开刀，等于持刀杀人。"地头蛇说："你见死不救也等于杀人，孩子死了我要你偿命！"

当时，抗菌素开始应用于少数大城市的大医院中，小城市及农村还没福分享用。马永乾给患儿输上生理盐水，维持治疗。

第二天，患儿死亡，外科全体医生进行死亡讨论会，一致认为，根据体温、血象、体征、发病时间超过三十个小时，入院死亡时间不到二十四小时，鉴定为非医疗事故，属正常死亡。责任者应归家属，拖延了急腹症的入院时间。但院长认为这是一桩一级医疗事故，因为马永乾干扰了院长的夫妇生活，同时也为了讨好本县地头蛇。院长的认定令全体医生瞠目。

地头蛇把马永乾告上了法院。根据毛主席的教导，法院是国家机器。国家机器是为本阶级利益服务的，是无产阶级专政的工具。尽管法院调阅了外科医生们在死亡鉴定会上发言记录，也逐个专访了各位外科医生，排除了医疗事故，录写了证言，但又考虑到马永乾是地主成份，地头蛇与院长是本县无产阶级先锋队的重要成员，又回顾伟大领袖毛主席对国家机器机能的论述，判处马大夫有期徒刑五年。

五年时间不算长，但法院公然违犯了国际通用刑法、蹂躏了人权。在法官眼里没有法律，只有权力；没有公正，只有偏袒权贵。判决后，地头蛇大闹法院，指责法院保护地主，量刑太轻，要求处马永乾极刑。法院负责人对地头蛇笑脸相迎，解释说："这不是一桩医疗事故，为了照顾患者家属及院长的面子，假借他是地主为由，才判刑五年的。"

在毛泽东年代，地主即使没任何刑事犯罪，法官无故判其五年徒刑，不但不算违法，还被誉为捍卫无产阶级利益的红色法官，得到上级奖励及提拔。

根据马永乾的阅历、待人接物、精神面貌等，大儒猜测他是一位可以信赖的人，于是把自己的计划试探着说给他听："我手中无钱，想把手表卖掉，陆续增加一些高蛋白食物。想拜托你，能不能帮帮忙？"马永乾微微点点头，说："现在我相对自由，可以想想办法，但需要高度警觉，不能犯错误。"

经多次治谈，大儒的大罗马牌手表卖了一百五十元（商店价为一百六十元）。大儒随时随地把这笔钱带在身上，不敢锁在皮箱里。劳改队当局随时搜查宿舍及衣箱、提包等。钱钞必须交狱方代管，现花现提。

每到星期日，或隔三差五，马永乾出门办事，千方百计地为大儒买点高蛋白食品。买食物不是件容易事，全国大饥荒，市场、商店根本没有食物出售，只能偶尔在乡村集市上，或委托农民朋友暗地偷买偷卖。不管多么困难，马永乾发挥了本地名医朋友多的优势，断断续续地买到一些高蛋白食品，最低限度地满足了大儒的健康需要。

有钱没粮票还是买不到食品，粮票由马永乾靠各公社粮所的朋友关系户解决的。买进的食物不能在公开场合吃，这是犯法的，要在夜晚灯光昏暗的旮旯里，或夜间钻进被窝里偷吃。因此买进的食物必须是质量柔软的，否则咀嚼出声，会引起别人注意。梆梆硬的，嚼起来嘎嘣作响的食品不能买，如炒花生、玉米花、炒黄豆、芝麻糖等。在农村，相对容易买到的食物是鸡蛋与豆腐皮。两种食物既柔软，蛋白含量又高。在滕县劳改队两年半多，鸡蛋、豆腐皮支撑了大儒生命。另外，他还常吃到老鼠肉、蛇肉、刺猬肉，不过吃之前，马永乾向大儒隐瞒了动物的名字。马永乾为大儒的生存帮了大忙，他们成为至交诤友。

在犯医中，还有一位优秀医生梁重光。他毕业于齐鲁大学，阳谷县人，跟武松是同乡。他个子高大，一米八以上，块头大，有一百七十多斤。现在饿得只剩一付骨头架子，还有一百十二斤。他信仰基督，笃信和平。

梁重光像大象一样，虽然块头大，但性格温和，尽管身高体重不比武松差，但没有武松打虎、夜斗孙二娘的蛮横霸气。他原是济宁地区医院的外科医生。济宁距滕县只有一百二十多里路，妻子是医院的护士。每到节假日或在值夜班时，总会借白天休息时，瞒着医院官吏，偷偷去滕县劳改队给丈夫送食物，所以梁重光还能在这个鬼多人少的世界上苟延残喘。

食物是妻子忍饥挨饿节省下来的，她自己常常因饥饿晕倒，下肢也因饥饿而浮肿。医院每人每月供应地瓜干十公斤，没有任何副食。

梁重光块头大，食量也大。一天二公升地瓜稀粥、四块饼干般大小的地瓜面卷子，不足以维持他的生命。他幸运，有一个敢于豁出性命的妻子，不怕当局的株连、迫害政策，保护丈夫搭乘诺亚方舟，安全地偷渡到苦海彼岸。

朋友的品德优劣、爱人的感情深浅，在春光明媚的环境中是看不清楚的；在狂风暴雨中、航船将覆翻的时刻，被包装得五彩缤纷的灵魂才能裸露出真面目。梁重光是幸福的，当他身陷地狱之际，爱情保护了他的生命，赐予了他重生再世的机会。

大儒羡慕梁重光的家庭幸福。在毛泽东的天下，越渺小、越卑贱就越安全；越伟大越高贵反而越危险，越易零落成泥。在人鬼颠倒的社会里，越虚伪、越狡黠越易受褒奖；越诚实、越正直越易被专政。面对毒蛇猛兽，逃避危险是动物的本能，只有极少数的杰出人物才能摆脱部分本能。

梁重光的妻子为爱做出巨大付出，从表面看来梁重光好像得到了爱的幸福。其实不然，妻子越爱他，悔罪感越沉重，觉得对不起妻子。因自己受难，株连妻子矮人一等，抬不起头来，在人群中无处躲藏，变成毛泽东被专政大军的预备队、准犯人。常言道：好死不如赖活着。在梁重光认为，赖活着不如死。死只是他一个人的事，赖活着株连妻子、儿女，直到九族一大帮。作为基督徒的梁重光，暗暗祷告，让主不要拯救他这位罪人，要拯救他的亲人。

梁重光笃信基督，基督不但没拯救了他，反而给他招来杀身之祸。任何宗教都信神，神在哲学上属唯心主义。共产党是无神论，自诩为唯物主义。故共产党与宗教是天敌，没有调和余地。宗教徒变成共产党的专政对象，那是顺理成章的社会现象。毛泽东的无产阶级专政就是消灭非无产阶级者的思想及肉体。其实毛泽东并不真信马克思列宁主义，就像身为基督徒的各国总统们不信基督一样，只是装装门面而已。毛泽东自以为比马克思高明千万倍，他能拜马克思为师吗？再说马克思著作中的那些繁琐的经济学理论他也读不懂。

1956年8月一天，地区人民医院外科病房收进一例骨髓炎患者。梁重光在医嘱中开了青霉素五万单位，隔八小时一次肌注，并注明皮试。护士经皮试为阴性，并写在治疗记录上。可是五万单位青霉素肌注后半个小时，病人突然过敏死亡。死前梁重光给予肾上腺素注射、吸氧气、人工呼吸等抢救，都失败。

病人家属控告，医院当局保护事故责任者——护士，反而嫁祸于无责任的梁重光。法院借机对基督徒无限上纲上线。

青霉素过敏事故是护士的责任，与医生无关。注射青霉素前，护士做过敏试验，如试验阴性，注射偶然死亡，护士没有责任。问题是护士的技术水平高低不同，有无准确地判断过敏试验的阴、阳性能力？如果试验阴性，即使注射后出现过敏，反应也会较轻，不会立刻死亡，有充分的抢救时间。至于这例过敏死亡原因，完全是护士的责任。一个可能是护士没有判断青霉素皮试阴阳性的能力；二是皮试时间太短，不足十五分钟，阳性反应还没出现；第三，青霉素试液注入太深，表皮看不清红润反应；第四可能青霉素试液中不含青霉素，只有注射用水；第五，青霉素试液配制时间过长，失去药效；第六，根本没做皮试。

不管这六个原因属于哪一个，都是护士的责任，与医生不沾边。

法院或检察院不懂医疗常规，不懂技术操作过程，不熟悉医疗事故鉴定，应该组织专家鉴定小组，应听取专家意见，专家不能来自一个医院，要来自多个医院。医院官员要公正，要实事求是地分析技术操作的各个环节，分清责任人，不能张冠李戴，不能嫁祸于人。可惜，法院没有组织有权威的专家鉴定小组，只听医院领导一面之词。最后，毫无根据地误判梁重光八年徒刑。其实判死刑、无期、有期毫无意义，没有根本区别。因为进入劳改队的犯人活不了一年都得饿死，所以徒刑一年与死刑本质一样，死刑得死，一年徒刑也得死。

其实梁重光案，犯罪的不是梁重光，而是济宁检察院及法院的院长、审判庭长及有关医院领导人。他们犯有故意制造冤案罪。济宁地区人民医院主要官员犯有诬陷罪。护士犯有知情不报罪及歪曲现场罪。济宁中级法院、检察院、医院、护士等四方结成犯罪团伙，故意加害梁重光。其目的是借故清除基督教徒，是有预谋的政治迫害。如果梁重光不是基督徒，而是贫下中农或工人家庭出身的话，医院事故绝对扣不在他的头上。可惜，在一九五六年以前，全国还没有一个医生出自贫下中农或工人家庭的。

中级法院判决是醉翁之意不在酒，而在于消灭宗教。犯罪的中级法院院长、检察长、医院院长，制造冤案后，不但不受到法律制裁，反而更官运亨通，因为他们为毛泽东清除了异己，不但没罪反而有功。毛泽东时代就是这样原始，这样野蛮。国家无法可依，就是有法也不依。犯人无辩护权，也没有律师组织。司法系统与其他系统一样，长官说了算，谁要谈法律，那会被耻笑的。毛主席的话是金口玉言，凌驾于法律之上。毛主席号召站稳阶级立场，实行无产阶级专政，全国司法系统就无条件地清除非无产阶级分子。冤案制造得越多，说明你的阶级立场站得越稳，越是毛泽东的好党员、好干部、好信徒。毛泽东及其下边一层一层的小毛泽东视党章、法律、宪法一文不值，那只是装潢门面的。长官的话就是党章、法律、宪法。如果党章、法律、宪法与长官的话有冲突，那是党章、法律、宪法存在缺陷，长官永远正确，这就是梁重光一案的悲剧所在。

劳改队医院有一花圃，花圃有一花匠负责花卉栽培修剪。花匠姓周，名字不详，大家都称他为周师傅。周师傅是巨野人，四十七岁，地主成分。他擅长栽培牡丹，即使饿得瘦骨嶙峋、步履蹒跚、表情呆滞、语音缓慢无力，脸上长满死亡斑，但一谈起牡丹的栽培、维护、品种、花色，及菏泽牡丹与洛阳牡丹的鉴别要点，他滔滔不绝。

牡丹是他一生所爱，但对儿子的爱甚于牡丹，是他的至爱。周师傅弟兄三人，他排行老三。大哥、二哥有女无子，都是绝户，只有老三周师傅生一子。老兄弟仨欢喜异常：老周家的根绝不了了，有传递香火的了。老兄弟仨只有这一株独苗，男孩成为他们的掌上明珠。

1947年春土改，老兄弟仨的土地、房屋、农具、家具被一扫而光，兄弟仨也分别被扣上地主的帽子，给他们留下的唯一的希望就是这个独生子。土改运动刚刚结束，紧接着是大扩军运动，村农会主任（后称支书）的眼睛紧紧盯上周家的独生子。周师傅的儿子刚满十七岁，农会主任对老周命令道："叫你儿子去参军，到前线立功赎罪！"周师傅不敢不同意。

十七岁的孩子瞎瞎懂懂地参加了刘邓部队的陈再道第二纵队第六旅，随部队渡黄河北上。参军三个月后，第二纵队又跨越黄河南下，会同兄弟部队围攻金乡县的羊山集国军六十六师。在战斗中，独生子不幸牺牲。烈士证上写着部队番号是：晋冀鲁豫军区第二纵队第六旅。有旅长王天祥、政治委员刘华清的名字。

接到烈士证书后，老兄弟仨不胜悲痛，决定去羊山集找儿子的陵墓。羊山集周围到处都是密密麻麻的坟墓，国共两军的都有。坟前没木牌，哪个坟里埋着儿子的尸骨无从识别。老兄弟仨在羊山集西北郊焚香烧纸，一面哭一面低声喊着儿子的小名，向西北方向巨野老家缓缓走去，叫着儿子的灵魂回家安息。

周师傅虽有一纸烈士证，但地主的烙印永远洗不掉，家庭成分仍是地主。

周师傅的住宅十年前土改时被一贫农分夺。由于故土难离的动物本性，周师傅三天两头转悠到自己老宅周围，不胜感慨地望望上下五代人的出生故地。新宅主每每见到周家人在周围眺望住宅时，便怒气难遏，叫骂不绝，为此，把房子拆掉，选址重建。房子被拆掉后，周师傅还是常常去故地转悠，也常站在空宅中央，流连忘返。

有一回，周师傅捡起几块不到馒头大小的碎砖头，放进粪筐里。这几块碎砖头背回家毫无用处，因为是祖先的遗产，可留作回忆纪念。刚要举步回家的时候，与分夺此宅的贫农迎面相遇。贫农夺过他的粪筐，查一查筐内有五块碎砖头，就连筐带碎砖头夺去，交给村党支部书记。党支部书记以地主反攻倒算罪，报告了公安局。周师傅被逮捕法办。县法院根据反攻倒算的物证是五块碎砖头，每块判刑一年，五块判刑五年。判刑后，送来滕县劳改队。上面提到过，对地主即使没有丝毫的违法行为，判定五年徒刑也是法律允许的。

越饥饿越易回忆过去的美食。有一次周师傅问大儒："石大夫，你说，我们还能有吃顿棒子面煎饼的时候吗？"大儒张了张嘴，没说出能与不能。七天后，周师傅饿死在花窑里。

五块碎砖头的刑期由五年变成死刑。大儒不禁回想起雨果的《悲惨世界》，主人公冉阿让，因为给七个饥肠辘辘的小外甥偷一块面包，跟周师傅一样被判刑五年。九十七年后，在济宁地区发生的悲剧比法国更悲惨，五块碎砖头虽然没有一块面包更有价值，东西方两案同样判五年徒刑，说明雨果大声谴责的法国，远没有九十七年后中国黑暗、悲惨。冉阿让因越狱而屡次加刑，但一直健在；周师傅没有越狱逃跑，也没加刑期，而实际判了死刑。

周师傅的独生子被逼参军，为毛泽东打天下，十七岁的娃娃死在前线，老周饿死在劳改队。这家地主的肉体在地球上永远被消灭了，连根也拔掉了。这就是毛泽东的阶级斗争取得的辉煌胜利。更令人触目惊心的是，悲剧并非只发生在周师傅一家，而是千千万万家。全国变成了比《悲惨世界》更令人毛骨悚然的世界。

济宁县划家庭成分是按家庭人口与土地亩数平均计算。平均人口一亩地以下家庭为贫农、二亩地的为下中农、三亩地的为中农、四亩地的为上中农、五亩地的为富农、十亩地以上的为地主。

病房里住着一位四十二岁男性犯人，叫史清汉。土改前有土地十五亩，五个儿女再加妻子共七口人，人口平均土地为二亩一分四里。按规定，划成分就低不就高的原则，他家该划为下中农。在土改之前一年，史清汉的叔叔家出了灾祸，叔叔家有四口人、十亩地。叔伯弟兄被疯狗咬伤，患狂犬病死亡；弟妹没孩子，丈夫死后改嫁；婶婶因儿子夭亡、媳妇改嫁而想不开，结果悬梁自尽。叔叔成为孤独的鳏夫。

按民族传统，叔叔绝户由侄子继承，这是理所当然的。叔叔的生活由史清汉照管，叔叔的土地由史清汉耕种。在土改的时候，因叔叔一口人有十亩田地被划成地主。原来该划为下中农的史清汉因继承了叔父的家业，也得继承他的成分，所以他也变成地主。如果实事求是地把两家土地加在一起，二十五亩地，八口人平均分，每人只有三亩一分二里，该划为中农。可是农会主任与史清汉两家的小孩子曾打过架，农会主任的孩子吃了点亏，于是种下矛盾，借土改划成分之机，不同意两家合二为一，决定叔叔划为地主，史清汉为继承地主。叔侄俩都戴上地主的帽子。史清汉不服气，向区政府控告村农会主任划成分不公正。区政府指责他是地主翻案，翻案犯法，史清汉被逮捕法办，判徒刑四年，由济宁看守所送进滕县劳改队。

进入劳改队后，先抬土、和泥、扣砖坯、装窑、出窑，三个月下来，史清汉浑身突出成块状的紫色腱子肉不见了。他不断地晕倒、昏迷。犯人管教员骂他装呆卖傻、消极反抗、不老老实实改造、顽固到底、誓死与人民为敌、花岗石脑袋等等。管教员像背书一样，每天对每个犯人背好多遍。

管教员除以上职业专用语外，还有一个最常用的专用字"快"，每个管教员每天成千上万次重复"快"字。起床要快！快！快！；吃饭要"快！快！快！"；排队要快！快！快！；走路要快！快！快！干活更要快！快！快！大小便要快！快！快！开会检讨要快！快！快！批判别人发言要快！快！快！向党交心要快！快！快！互相检举要快！快！快！打小报告要快！快！快！认罪要快！快！快！认真改造要快！快！快！劳改队每时每刻在每个角落充满"快！快！快！"的吼叫声，其目的是催促犯人在死亡道路上快！快！快！

史清汉在工地晕倒在地，昏迷两小时以上。起初管教员骂他消极抵抗、装蒜、装死，狠狠地向他踢了一脚，却没反应。他叫来一个犯医进行鉴别是真病还是装病。犯医摸了摸，史清汉浑身冰凉，冷汗湿透了衣服，面色苍白，脉博细弱。犯医诊断为低血糖虚脱。为了自身安全起见，犯医把"低血糖"一词隐去，只说虚脱。

管教员问："他虚脱的原因是什么？"犯医不能说原因是饥饿与超强度劳累，只能说："他身体本来就虚弱。"管教员说："不对，他才进劳改队时，浑身是紫溜火光的一身横肉，怎么来的虚弱？"犯医说："过去的情况我不了解，我看的是目前的情况。"管教员故意挑衅："你是不是说他来劳改队变虚弱了？"犯医吓得连忙说："他可能有慢性病。"管教员问"你诊断他有什么慢性病？"犯医说："需要进一步检查，在现场很难一下子确定。"

在谈话间，犯医给犯人注射了一支樟脑磺酸钠应付管教员的刁难。管教员又问："为什么打了针，他还没苏醒过来呢？"犯医说："我的药包里只有樟脑磺酸钠一种抢救药，需要进医院继续抢救。"管教员无隙可乘，只好把病人送进医院。入院后，静脉注射了两支百分之二十五的葡萄糖五十毫升，史清汉苏醒过来。苏醒后的史清汉对给他注射葡萄糖的男护士王传峰很感激，认为他是救命恩人，把他一直耿耿于怀的家庭成分问题告诉了王传峰。在一个万籁俱寂的夜晚，王传峰值夜班，史清汉低声向王传峰介绍道："我不是地主，我该是下中农。村农会主任不公正，硬给我扣上地主的帽子。"他把藏在心里的话告诉了救命恩人，感到心里舒服了许多。

第二天早晨，王传峰把史清汉的知心话报告给负责医院的管教员。管教员带领两个狱卒来到病房，给史清汉砸上脚镣，骂他死不认罪，企图翻案，要给予严惩。史清汉做梦也没想到，救命恩人竟是个擅长告密的无耻之徒。

管教员在病房院子内，反复开现场斗争大会，斗争史清汉的不认罪、搞翻案。史清汉骨瘦如柴，满脸死亡斑，一张苏格拉底的面孔。他不仅无力走动，干瘦的身体也站不起来。管教员叫狱卒用担架把史清汉抬到院子里，躺在担架上批斗。最后一次批斗会经过一个多小时，经大家发言，管教员总结后，命令史清汉表示态度，问他认罪还是不认罪，还翻不翻案。史清汉不言语。管教员吼道："你这个癞皮狗！论什么堆呀？为啥不说话？"一个狱卒伸手想把史清汉拽起来让他回话认罪。另一个狱卒一看说："不好，他死了。"

管教员叫旁边一个犯医看看是不是真死。犯医扒看史清汉的眼皮，发现瞳孔已散大，认为的确死亡。管教员怒道："臭地主，拿死吓唬谁呀！别说死一个，死一千、一万、一亿也没什么了不起。毛主席给我们撑腰。你不死，我们也消灭你们！你以为死了就没事啦，你别妄想！死了我们也斗你！"王传峰领着犯人们高喊："打倒地主！打倒翻案分子！打倒不认罪的坏蛋！我们感谢毛主席的宽大政策，感谢毛主席的恩情！我们要好好改造！争取重新做人！争取早日为建设社会主义服务！"

这场人类耻辱的闹剧令大儒心酸，但他不敢不跟着王传峰喊口号。史清汉认错了人，在现场给他抢救的不是王传峰，而是犯医王斌怀。

史清汉进入劳改队尚不到一年，就变成了死刑。滕县劳改队有一个右派犯人叫连野火。安徽人，原是济宁地区水利局的干部，负责编辑《济宁水力报》。在抗战期间，他是孩子剧团的小演员。戏剧家、《义勇军进行曲》的词作者田汉是剧团的团长。

剧团属于国军军事委员会政治部第三厅领导。政治部主任是陈诚上将，副主任是周恩来，第三厅长是郭沫若。孩子剧团的足迹遍布正面战场、西南大后方及陪都重庆。周恩来、宋氏三姐妹接见过他们。前方将士、后方伤兵对孩子剧团的戏剧演出、歌唱、舞蹈齐声赞扬。

抗战后期，连野火改行为战地记者。在反右派之前他曾向一位同事吐露过，苏德开战六个月，苏联红军丢盔卸甲被德军消灭三百万，说明战争初期苏联红军的装备、战斗力不及德军；另方面说明最高统帅斯大林麻痹大意，战前没有警惕性。

说者无意，听者有心。1958年反右派期间，那位同事写出大字报说：连野火反苏、反斯大林。污蔑苏联红军是没有战斗力的乌合之众，侮辱全世界人民伟大领袖斯大林是个麻痹大意的官僚主义。尽管乌合之众与官僚主义为不实之词，连野火百口莫辩，被划为极右派，再加上孩子剧团的国军背景，历史反革命加极右派，判徒刑五年。

连野火由于有编辑、记者的职业经历，劳改队当局叫他编辑《劳动快报》。耍笔杆子比装砖瓦窑轻松许多。长期饥饿使他没出现可怕的干瘦，而只出现下肢浮肿。他以看病为由，常来医院门诊与大儒交谈。

劳改队与军队不一样，没有开病号饭的规定，为了延缓他的死亡，大儒经常给他开些具有营养成分的中药。为了不让药房有所察觉，避免被检举的危险，每次开药方之前，大儒着实动一番脑筋。一些营养丰富药不能开，开了很显眼，如人参、鹿茸、大枣、饴糖、桂圆、阿胶、胡桃等。健脾和胃药不能开，开了饥饿更难忍，如山楂、神曲、麦芽、内金、砂仁等。清凉药不能开，目前饥饿病人体质正处于虚寒状态，凉药会起到雪上加霜的作用。生血药不能开，饥饿的犯人所以出现干瘦、浮肿、贫血，不是骨髓造血功能衰竭，而是缺乏造血的原料。热药不能开，目前饥饿病人的虚寒状态可以减缓新陈代谢，具有自我保护作用，如加热药，促使新陈代谢旺盛，消耗更多的养分及津液，会加速病人死亡。

处方设计保证两个安全前提，一是医生的政治安全；另一个是病人的生命安全。为了迷惑中药房中药师的视线，大儒设计了三个处方轮流使用，每次三至五剂。

第一个处方：葛根、麦冬、淡豆豉、莲子心、熟地、山茱萸、山药、白扁豆、黄芪、党参；第二个处方：白术、茯苓、桃仁、白豆蔻、槐角、黄精、胎盘粉、益智仁、三七、炙甘草；第三个处方：菊花、绿豆、小茴香、赤小豆、冬瓜皮、小麦、昆布、桑椹、田鸡、炙甘草。

大儒嘱咐连野火，不要在中药房煎药，拿回去自己煎，为了增加营养，连药渣一起吃掉。连野火像小孩吃糖果一样，把药渣吃得干干净净。大儒为了政治安全，经常去中药房与中药师套近乎。中药师问："你的处方不大遵循君臣佐使的原则呀。"大儒说："毕业前中医教授讲了两周课，我中医还没完全入门，一只脚踩在门里，另一只还在门外。处方的逻辑性还谈不上，请药师多多帮助提醒。"药师听了恭维的话很舒服，哈哈地直乐。比地狱更阴森十分的政治环境使大儒学乖了许多。

　　石开山很幸运，也是二十多岁，在马颊河畔遭到张小二强盗，差点被顺进冰窟里。张小二发现石开山是救命恩人石振铎的儿子，得以化险为夷。现在大儒碰上的不是张小二，而是毛泽东，他活命的希望渺茫，他将像滕县劳改队全体犯人的命运一样，死神随时光临。

第四十六章　滕县劳改队　人间地狱（二）

滕县劳改队医院，名称为医院，实际没有医院的设备及相应的医生、护士，相当一个诊所。医院没院长，只有两个医生。虽然两个医生被冠以医生的名称，他们远没有医生的水平，没受过专业训练，是由军队转业的卫生员。不仅没有医生的本领，甚至连普通的卫生常识都不具备。一个姓吴，名字不详，都称他为吴医生。三十岁出头，文化水平至多为小学五年级。他满口滕县土话，说一大阵子，大家也听不清他啰啰些啥。他个头不超过一米五五，是个小矬子，长了两条罗圈腿，走起路来一歪一歪的。眼睛很小，贼眉鼠眼，面相凶狠。

人生在这个世界上，总得想法活下去，一类人是靠本事、知识、专业；一类人不具备本事、知识、专业，就靠吃苦、受累、劳动；第三类人既没有本事、知识、专业，又不愿吃苦、受累、劳动，就得靠溜虚、拍马、制造事端、陷害好人为职业。吴医生就属最后这类人。别看他无能，但在政治上很吃香。他是医院的总管，医生兼管教员，业务、政治一把抓。当时，他红得发黑。

另一个医生姓丁，名字不详。三十岁不到，参加过朝鲜战争，由解放军转业地方上。他高个子，小伙子长得挺帅。可能在军队当过看护长、医助之类的工作，文化程度不超过小学六年级。他与吴医生不和，既抓不到专业，更抓不到政治，成天闷在屋里画画。从他的行为、态度上分析，可能对暴政不满，特别对劳改队惨无人道耿耿于怀。在谈话中，他从不喊政治口号，对毛泽东的社会主义没有一句恭维的话。口头不恭维的人，心里一定反对；口头恭维的人，心里不一定不反对。丁医生从不查房，也不去门诊，既不过问医疗也不过问政治，更不闻不问天下大事，与整个残暴的社会现状很不协调。

医院能容纳一百二十个病人，以通铺为主，床位极少。有犯人医生及男性护士共二十三人，有门诊、中药房、西药房、制药室、手术室、化验室。中药房的中药不超过两百种，多数发霉、虫蛀。老鼠出没于药斗子之间，药斗子里的老鼠屎比中药少不了多少，而且老鼠在药斗里安居乐业、传宗接代。

西药房比中药房还可怜，有阿斯匹林、安基比林、安乃近等退热止痛药；有副肾素、樟脑磺酸钠、尼可杀明强心药；有维生素C、维生素B类；各种浓度的葡萄糖注射液、生理盐水、几种止咳祛痰药、治胃病的酵母片、苏打片、阿托品片、氢氧化铝片，治大便干燥的有硫酸镁、甘油制开塞露；消炎药有土霉素、氯霉素、合霉素、四环素，还有些中成药，合计起来不超过百种，还有十几种过期失效的。

所谓手术室更徒有虚名。手术室的器械、药品、敷料少得可怜，不及大儒任室长的四野六纵队手术室器材、药品的百分之一。这个手术室实施最大的手术是切脓包，其实脓包不切也会自行破溃。

医院有一个制剂室，不会制药，只能制蒸馏水。滕县劳改队医院还有一个特殊组织叫埋葬组，全组由三个身强力壮的犯人小伙子组成，工具有担架一副、地板车一辆。病人死后负责搬运、埋葬。埋葬地点在城北门外西侧。这个组的工作最忙碌、最辛苦。饥饿死亡的病人多发生在夜间，特别是拂晓时段是死亡的高峰。埋葬组每夜至少出动三次，最多达十次。有时在拂晓同时饿死三、四个人，便一车拉走，埋进一个坑里，不埋坟头，埋的与地平线一样齐，也没有姓名标记。死者家属也得不到通知；即使旁敲侧击地探听到，也找不到埋葬的地址；即使找到地址，也找不到坟坑；即使找到坟坑，坑里埋有几具尸体，腐烂得面目全非，也分不清张三李四。当时又没有DNA鉴定，犯人送进劳改队就等于在地平线上消失了，家属永远找不到亲人。一个人像一缕青烟一样，突然飘忽不见。因为埋葬得很浅，当地的狗成群结队去北门外吃死人，长期吃死人的狗野性大发，白天对行路的活人也跃跃欲试。埋葬组任务多人头紧的时候，大儒常被指派为帮手。黑天半夜拉着尸体到郊外埋葬，大儒时常想，自己将来也有被拉到郊外的时候。

滕县劳改队医院，它的真实名字应该为殡葬馆；滕县劳改队应叫人类屠宰场。希特勒在奥斯威辛集中营，用毒气杀犹太人；日本军阀在哈尔滨的七三一部队用细菌杀中国人；毛泽东在滕县劳改队用饥饿杀自己的同胞。三种杀人方法比较起来，毛泽东的杀人方法最简便，既不用技术手段，又省粮食。希特勒是杀人狂，日本军国主义分子是杀人狂，为什么毛泽东也以杀人为乐呢？

滕县劳改队医院的住院人数平均每天维持一百人左右。每天死亡人数平均为五名。这里又出现了毛泽东喜爱的百分之五，按照百分之五的死亡速度，滕县劳改队现有一千多犯人，七个月内将死光。不过劳改队的管教干部并不愁失业，因为各县看守所的死亡后备军源源不断地充实劳改队；而各县看守所又有取之不尽、用之不竭的犯人来源。只要人民没死绝，看守所长绝没有失业之忧，永远是毛泽东的宠儿，是杀人机器的发动机。但发动机们不要过分高兴，当毛泽的杀人欲得不到满足的时候，发动机也难幸免。

劳改队医院死亡率奇高，周转又特快。医院的主管吴矬子把大儒叫到他的办公室问："你说，犯人们得的是什么病？死的如此之快？"很明显，这是明知故问，没安好心，目的是嫁祸于人。

大儒回答："我也弄不清楚是什么病，好像老师也没讲过，教科书里也查不到，临床杂志也没有类似病案报道。"吴矬子又问："你能不能想个治疗方法？用哪些药对症？我们好进购药品。"大儒说："目前病房抢救病人，不知为什么，都习惯用高渗葡萄糖，静注二至三支病情就暂时缓解。"吴矬子紧跟着问："病人是不是缺糖啊？"大儒回答："可能不完全这样。"吴矬子又进一步追问："为什么注射葡萄糖昏迷病人就苏醒呢？"大儒只能说："机理不清楚。"

矬子命令说："你把这个病的诊断及治疗方法花几天时间整理出来，给大家上上课，讲讲。"矬子的话把大儒吓了一跳，他急促地回答："我不能胜任这个病的讲座，还是另请高明。"吴矬子斩钉截铁地说："就这样定啦！我看你是最高明的！"

大儒的嘴嗫嗫嚅嚅，腿趔趔趄趄地走出矬子的办公室。这是一起政治陷害阴谋，如不接受讲座任务，就等于顶抗命令，不接受改造；如接受任务，把因饥饿引起的低血糖虚脱说出来，后果更加严重。大儒吓得浑身发抖，心慌意乱。长期徒刑近在眼前，死神向他招手。

为什么矬子欲置大儒于死地呢？据传，西药房的犯医向矬子告密说，其他犯医在抢救虚脱时，只用二支至多三支葡萄糖；石鸿儒经常用四支。目前各医疗单位抢购葡萄糖，货源短缺，无处进货。饿死人的地方不光是滕县劳改队，到处都有。葡萄糖成为全国抢救饥饿虚脱的首选特效药。吴矬子认为大儒抢救病人多用一支葡萄糖等于刁难他，所以欲置大儒死地。

其实，抢救长期饥饿、虚脱，别说四支葡萄糖，即使用十支也不为过。长期饥饿的机体像着干的灯碗一样，添上点油就着一会儿，不添灯就灭。上百斤的机体四支葡萄糖根本达不到起死回生的疗效，至多延缓死亡两小时。两小时跨过拂晓死亡高峰期，明日拂晓仍旧虚脱死亡。出于医生的人道主义，大儒给将死亡的犯人注入四支葡萄糖，可多活几小时。如用二支葡萄糖抢救，多数病人注完几分钟后就死亡，撑不过拂晓，达不到抢救目的，但对夜班医生很安全，在死亡病历上写明"经抢救无效死亡"。

吴矬子要求的就是走过场的假抢救。他向上级做死亡汇报时，也以"经抢救无效死亡"来敷衍搪塞。夜间病人虚脱死亡如值班医生不知道，将被加刑，像似犯医把病人饿死的一样。如果多用几支葡萄糖让饥饿病人多活几小时这也是犯罪，因为这消耗了国家物资葡萄糖，另一方是被延长寿命的是社会主义的敌人，对敌人仁慈就等于对社会主义的残忍。

其实人人都心知肚明，饥饿虚脱再抢救也得死亡，只有早死几个小时，晚死几个小时之分。人道的大儒目的是让虚脱的病人多活几个小时，结果引火烧身。

如果中药房把连野火的处方向吴矬子告密，大儒将罪上加罪。没料，为建设社会主义强国而学成的医学技术，不但没贡献于国家，反而给自己惹来飞祸。

临床讲座如同伍子胥过昭关，不过，就得死；过，谈何容易！他反复琢磨怎样过关，怎样写讲稿。一夜失眠，将要天亮时，突然灵感降临。毛泽东思想拯救了他。他活学活用了毛泽东说谎、吹牛、颠倒黑白的本领，口口声声说言者无罪，结果以言治罪；口口声声说为人民服务，结果镇压人民、饿死人民。把毛泽东的话倒过来体会，正好是他的思想。

大儒把讲稿的真实题目《饥饿性低血糖虚脱诊断与治疗》改为《机体衰竭综合征诊断与治疗》。机体衰竭综合征这个病，在任何医学词典上都查不到的病名，这是老毛赐给大儒的新发现，没有毛泽东就没有机体衰竭综合征；没有毛泽东思想的启发，他就不会撒谎。把由饥饿引起的机体衰竭综合征的发病季节说成四季都可发病，冬季较多发，此病恶寒。其发病机理胡诌为年老体衰、肠胃功能障碍，对食物的消化吸收不良，大量的营养物质随大便排出体外所致。根据毛泽东有虚、有实，虚实并举的说法，大儒把机体衰竭综合征病名加以虚化，将体征与症状写得比较真实。

大儒写道：机体衰竭综合征分两种类型。一种是干瘦型，约占百分之八十五以上；另一种是水肿型，约占百分之十五。干瘦型预后凶险，虚脱发作频繁；水肿型预后好于干瘦型。

（一）、体征干瘦型的如朽木干枝，血压偏低，脉博虚软、缓慢，舌体萎缩、舌质淡、苔薄，面颊及胸前及手背与阳光接触的皮肤布满褐色斑，步态迟缓、精神萎靡、神志清楚，容易虚脱。

（二）、水肿型需与心力衰竭、急慢性肾炎、粘液性水肿鉴别。治疗：中医药治疗以健脾、和胃、补气、养血药治疗为主。干瘦型加滋阴增液药；浮肿型加利湿药。西药治疗以葡萄糖、维生素治疗为主。虚脱抢救时可用强心药。每天下午讲两个单元，共讲了六个单元。为了瞒天过海、转移视听，光鉴别诊断就讲了四个单元，在课堂上反反复复的背诵肺结核、癌症、糖尿病、肾炎、粘液性水肿的内容。

吴矬子也参加旁听课。他听课别有用心，准备寻找破绽严惩大儒。课讲完三天后，仍没发生政治风暴。矬子没找茬，也没听到他对讲座的评论。他不是不想评论，因为没文化，语言贫乏，连常识性的词汇也听不懂。他常用的语言是：行、不行，是、不是，坏、好，革命、反革命，毛主席万岁、地富反坏右、无产阶级专政等。会说这几句话就可当干部。他对医学专用词汇听起来很生疏，像洋鬼子听京戏一样，不懂什么意思，太可怜了。不过，听完课后，他背后跟丁医生说："石鸿儒还真有两下子。"

大儒达到金蝉脱壳的目的，知识保护了他，同时也受到周总理迂回战略的启发。

讲座结束后，在臭气冲天、粪池里里外外爬满蛆虫的厕所里，大儒与梁重光相遇了。两个人蹲在邻近的粪池上低声谈了半个小时。梁重光压低声音说："你还真行哪！真话假说，把个莫须有的病说得有鼻子有眼，像是发现了一个新病种一样，讲得天衣无缝、无懈可击。把鉴别诊断拖了四个单元，你的乌贼战术挺灵。叫洋鬼子傻眼了。"大儒说："无可奈何呀。刀压在脖子上，不得已而为之。成功的瞎编乱造可以迷惑对方，逃避危险。"其实他俩只是小便，没有大便可排。为了交谈假装排便，蹲在粪坑上，直到蛆虫爬上他们的裤脚，方恋恋不舍地离开这块自由的天地。

大儒负责二十五张床，配合两个男性护士，每天查房。给病人开的药物千篇一律，都是维生素类。每位病人的五脏六腑几乎都健康无病，只因饥饿导致死亡。长期饥饿影响精神，出现两种状态，多数属于阻抑型。萎靡不振，对周围事物毫无兴趣。语言謇涩，精神抑郁，呈苏格拉底面孔，没有表情，反应很迟钝。这类病人存活期稍长一点，因为阻抑状态具有自身保护作用，但最终还是死亡。

另一种类型是兴奋型。兴奋型的病人每天谈论过去的美食，把美食的滋味、形态、原料搭配、制作方法、火候控制、出锅时间说得不厌其详。兴奋型病人在死前往往出现精神欣快症状，像喝醉酒一样。

一位病人为威海卫人，姓名贾长山，五十一岁，职业是港口引航员，说一口流利的胶东味的英语。大儒值夜班时，他向大儒朗朗背诵《最后的一课》和《阿里巴巴与四十个强盗》的一段。夜半过后贾长山逐渐安静下来，护士发现他已处于虚脱状态。注射了二支百分之二十五的葡萄糖，虚脱缓解。到了拂晓，病人又处于深度昏迷。大儒又为他注射了两支葡萄糖，但这次没起到灯干加油的作用，灯灭了。他带着一肚子英语及引航技术走了。

贾长山被捕原因是根据他的英语好，又常与外国人打交道，估计他是里通外国的间谍。虽然没任何人证、物证，还是判他九年徒刑。来到滕县劳改队七个月，一命呜呼！死前出现精神欣快症的兴奋型病例约占百分之二十，阻抑型占百分之八十。

饥饿综合征的头发直立、稀疏、干燥、色淡、脆性大。头发直立原因可能因饥饿致使皮肤变薄，皮下脂肪殆尽，肌肉萎缩失去弹性所致。头发稀疏、干燥、色淡、脆性大都与蛋白质及脂肪缺乏有关。指甲菲薄生长缓慢。死亡前几天，眼角膜出现淡绿色光辉，面颊、胸前、手背与阳光接触的部位出现褐黑色死亡斑，大小不等，小者如绿豆粒，大者如铜钱。死亡斑越大越多，死期越近。患者的皮肤光亮，弹性差，这与蛋白质缺乏、皮肤出现轻微角化有关。病人还出现步态不稳等症状。

饥饿综合征的体态分为两型。一型为水肿型；二型为干瘦型。水肿型多为初发病人。除水肿外其他体征不明显。如在水肿期及时补充三大营养素，症状很快缓解。如石鸿儒在没取得马永乾的食物供应渠道时已发生水肿，经过三个月的食品补充，水肿消失。如水肿型饥饿综合征得不到充足食物，便发展为干瘦型。

以上描述的体征为干瘦型，所能见到的是病人的精神状态及体外体征，对五脏六腑的内在损伤及病理变化无从得知。据分析，内脏的重量肯定减轻，细胞间及其周围的脂肪将被减少或消失。细胞长期得不到蛋白供应，必然发生结构变化或自溶。所以干瘦型为非可逆转型，即使补充上三大营养素，受损的内脏也不能恢复为原态，会衍发其他慢性病，如肝硬化等。

干瘦型病人体重明显减轻，减轻幅度为百分之五十以上。入劳改队前一百二十斤，现在只剩五、六十斤。夏天光着膀子只穿短裤的病人们宛如实验室的骨骼标本，一副副的骷髅陈列架呈现出真实的鬼世界。

病人每天供应四两地瓜干，每天两顿饭，每顿两碗地瓜面稀粥。囚犯们常因分勻不勻而吵闹，最后，每个人把饭碗舔得干干净净。为了争舔舀粥的勺子及盛粥的空桶而打架。为此，医院规定，轮流打饭的值日生有权舔勺子、舔饭桶。为此，尚能走动的病人争相替代不能动弹的病人值日、打饭，争取舔勺子、舔饭桶的权利。为了不让值日生获得过多的剩余实惠，犯人们规定舀完饭后，必须把空桶倒过来扣在碗上，以不再向下滴稀饭点为止。清理饭桶有各种不同的方法，有人把脑袋瓜子钻到里头舔；有人用手指头抿，最先进的方法是倒进饭桶两碗白开水，用炊帚刷洗干净，把泔水均匀地倒在两个碗里，两个值日生各分一碗泔水。值日生的美差令人垂涎。以上是病人与全体犯人养成舔碗、舔桶的普遍习惯。

饥饿综合征的死亡时间有规律性，一年四季都有大批死亡，在冬季死亡人数最多。冬季的冬至到立春的一个半月间，死亡人数为全年的最高峰，说明寒冷季节人体热量消耗大。冬季夜长昼短，大环境处于阴盛阳衰的自然状态。饥饿的病人因热量短缺，个体处于阳衰的虚寒状态。大自然的阴盛与个体的阳衰相结合，加速了病人的死亡率。个体与自然失去平衡就发生疾病与死亡。如果个体得到充分的热量供给，抵消自然的阴盛保持平衡，就不会发生疾病与死亡，由此可见，先贤的天人相应理论是可信的。以上是季节性死亡规律。

在每天二十四小时的病人死亡也有规律性。冬季的上午九时到下午四时是安全的时段；从夜间两点到早晨六点是死亡高潮时段；拂晓四点是死亡的高峰期。所以犯医们在上白班的时候比较放心，精神不十分紧张。每轮到值夜班时，精神高度紧张，进入病房犹如士兵进入战壕。到拂晓时分，周围被死亡的恐怖所笼罩，好似听到啾啾鬼叫声。室外突然刮起一阵寒风，值班的犯医立刻毛骨悚然。如果西伯利亚的大寒潮来临，西北风吹得窗户吱吱作响，夜班犯医的恐惧程度比短兵相接的战士更有过之而无不及。犯医马不停蹄地跑到每个病人的床头，弯下腰听听病人的呼吸均匀不，伸出手放在病人的鼻孔上，试试是否还有气息。病人死前往往有躁动不安，犯医容易发现，能够及时进行抢救。但有许多病人死前无声无息，呼吸慢慢停止，死亡不容易被发现。没经抢救而死亡，值班医生就被严惩，轻者砸脚镣，重者加刑。好像饥饿死亡是犯医故意造成的。真正的罪犯毛泽东反而在紫禁城花天酒地，妻妾满堂。

1960年1月21日，这天节气正好是大寒。大儒与男护士王传峰值夜班。每位犯医都怕与王传峰值班，都视他为毒蝎疯犬，特别他检举病人史清汉后，人们更不敢接近他。古人传下相面术，从面相推断人的性格、心态是有道理的。王传峰鹰鼻子呈钩状，眼小而圆像蛇眼，耳朵向后捱着，整个头形酷似蛇头，背呈驼形，腰如水蛇，嗓音沙哑，笑声像夜猫子一样瘆人。他演戏时如果扮成汉奸，甭化装也很像。

西伯利亚寒潮来临，西北风呼啸，狂吼一整天，到接夜班的时分，仍无停风的迹象。从八点钟接夜班，大儒就战战兢兢，如临深渊、如履薄冰，惊恐万状。据报，明早气温降到零下十三度，将滴水成凌。根据白班交班记录，他对每个病危病人进行诊查，根据病人回答问题的语音清晰与否、声调高低、脉搏强弱，估计今夜的凶吉。

诊查一遍后，大儒仍不敢坐在椅子上休息，来回在各病房巡视。午夜已过，还没有虚脱发病的病人。时针慢慢指向死亡频发时段的两点，有三个病人出现醉酒欣快症状。大儒为他们每人都注射两支葡萄糖，几乎同时又发现四位安静无声的虚脱病人。如法炮制，每人在肘静脉注入葡萄糖两支，但抢救效果不大，先后有五位病人在四点前死亡，大儒通知埋葬组处理。

在四到六点又有四位病人经抢救无效死亡。早晨七点半，死亡高峰已过，大儒坐下埋头书写了九份死亡报告。八点钟准备交班的时候，他发现一位病人没起床，走近一看，已经死亡。但主管此人的犯医怀斌才并没有在交班薄上填写该死亡病人的病危报告。

一夜死了十人，这是本院自大跃进两年半来因饥饿死亡的最高纪录。在一般情况下，对没有精神症状的死亡病人，通知埋葬组悄悄地处理是不会有问题的，都明白这是饥饿死亡，是毛泽东制造的死亡，不是因病或由医生治疗抢救不当死亡。死亡报告要求不严，犯医们也写也不写，写了也没有人看，也没有死亡病历讨论制度。

不幸的是这次夜班男护士是王传峰。他立刻向吴矬子告密，说："白班犯医怀斌才没写病危报告；夜班犯医石鸿儒没发现病人虚脱，也没发现死亡，更无从抢救。石鸿儒坐在桌子旁打盹、睡觉。"当时，大儒坐下写交班薄及死亡报告，被造谣为睡觉。矬子震怒了："石鸿儒一夜给弄死十个病人，这是建院以来的死亡最高峰。况且病人死亡时他没发现，没抢救！而他这一夜消耗的葡萄糖最多，死的人最多！这是故意搞破坏嘛！"

1月21日下午，医院开大会。吴矬子公布了大儒与怀斌才的罪状，先令两个人做了检讨，然后公布处罚。怀斌才被记大过一次；石鸿儒先砸脚镣，将起诉加刑。

两个身躯硕大的狱卒，立刻把大儒拖倒在地，砸上脚镣。为什么不给戴手铐呢？因为还需要大儒的手检查病人、写病历、拿听诊器及空针。从此，大儒蹚着脚镣来回在病房里查房、值班。人到了这等地步，还不如猪狗有尊严！狗可以获得主人及儿童的喜爱，大儒在这个世界上已经无人喜爱。这个世界给予他的是不公、凄凉、恐怖、酷刑，前面等候他的只有死神。

在大儒心中，一·二一是他一生的黑色纪念日。诚惶诚恐地抢救了一夜病人的医生，反而有罪。饿病人的罪魁祸首毛泽东反而被称为人民的大救星。大儒脚下这副脚镣是替毛泽东蹚的！

一切国计民生政策、政治运动和目前的大跃进、人民公社、大炼钢铁、所谓的三面红旗、全国饥荒，都是毛泽东一人说了算。共产党毫无权力，包括中央常委在内，都是他的奴仆，任其宰割。

大儒在想，全体共产党员，包括自己在内，被毛泽东愚弄了，被他利用了。毛泽东是头号骗子！

犯医们为了不重蹈怀斌才的覆辙，白班犯医交班时，在夜班薄上几乎把所有病人都填写为"病危"。夜班犯医失去察看重点。24日，在怀斌才夜班上死了十二位病人，吴矬子又向全体白班犯医发怒了。在朝会上骂声不绝，骂出许多低级下流的话。

25日夜班死了十三个；26日死了十一个；27日死了十个。五天西伯利亚寒潮帮助毛泽东杀了五十六个无辜百姓。28日死亡数字回落为七人。

严峻的现实让吴矬子傻眼了，他不再咬人了。大儒被加刑的事有所松动，因为在他的夜班，死亡数由最高峰变为并列第四高峰。六天死亡人数超过住院人数的一半以上，虽然这样，但住院人数并没减少，仍维持在一百二十名，因为随着寒流的来临，窑场的劳改犯虚脱也随之增多。死亡后备军源源不断地涌向殡葬馆---劳改医院。各县看守所的犯人为死亡大军第三梯队，又源源不断地涌向第二梯队－劳改队。

劳改医院远不是犯人死亡的唯一渠道。在劳动现场、在犯人宿舍不断有死亡发生。犯人死亡最多的渠道莫过于取保外医。看守所或劳改队把临近死亡的犯人通知家属取保外医，许多犯人死在回家的路途中。即使回到家，也没食物可吃，全民吃大食堂，农民得到的食物量也不比犯人多，又有不劳动不得食的政策，取保外医也等于埋进滕县城北的死亡坑。

大儒被砸上脚镣后想入非非，又患上失眠症，辗转反侧、彻夜难眠。他推测，像滕县劳改队这样高的死亡率一年将饿死多少犯人？济宁地区至少有两个劳改队，除滕县外，徽山湖边韩庄还有一个。滕县劳改队每天平均饿死五个人计算，一年将达一千八百人。另外还有省劳改队、国家劳改队若干。每个劳改队按滕县劳改队每年死亡人数计算，全国每年将饿死七十二万六千多犯人，再加取保外医和三千个县监狱，死亡人数加在一起，每年至少饿死犯人一百万多，四年四百万。山东一百二十个县，当时分十二个地市，共二十四个劳改队（济南、青岛两市按一个劳改队计算），再加各看守所，山东每年将饿死五万两千多犯人。山东是抗战、内战的老解放区，军烈属特别多，反革命分子少，所以，山东在押犯人数量不会多于其他内地省份。像东北各省是日本殖民地，汉奸及伪政权职员特别多，那么被逮捕在押犯人也会多于山东省。另外，广东省是国民党的发源地，在国民政府及国军中任要职的干部为全国之最，他们的亲朋好友受株连的多，所以被逮捕在押犯人也一定多于山东。浙江省比山东小三分之一，人口少五分之二，但被逮捕在押的犯人不会比山东少，因为浙江是国民党的人才库。例如领袖人物蒋介石父子、政治家陈果夫兄弟、教育家邵力子、理论家戴季陶、青帮头子黄金荣、军政全才的陈诚、上将军胡宗南、汤恩伯、邱清泉、中国空军的创始人之一的周至柔等。他们将有千百万亲友、同学受株连而被逮捕。还有江山县是特务发源地，是戴笠、毛人凤的家乡。有多少趋炎附势之辈在他们手下混饭吃。黄金荣是余姚县人，有多少余姚人如蚁附膻为黄金荣当打手。江山与余姚两县必然各有一个比滕县劳改队规模更为壮观的劳改队。所以，浙江虽小，劳改队比山东多。江西、湖南、湖北、安徽、河南是红一方面军、红二方面军、红四方面军的根据地。红军撤退后，当地国民党、政府、民团等组织进行报复，杀了大批共产党员、红军军属。全国解放后，必然也以其人之道，还治其人之身。所以，以上五省的在押犯人也一定多于山东。

　　福建与广东一样，华侨多。台湾本属福建省，与台湾同一个老祖宗，所以受海外及台湾关系株连多，在押犯人也没有理由比山东少。四川省是抗战大后方，国共双方特务斗争激烈。四川人口多，当国军、当特务的多，在押犯人也一定比山东多得多。云南王龙云在云南统治二十二年；黄绍竑与李宗仁、白崇禧为广西三巨头，对广西进行军阀统治二十六年；阎锡山在山西称霸三十三年，他们培养了大批封建爪牙及军政干部；西北各省是马家军的根据地，以上诸省的在押犯人一定也多于山东。

　　西藏是农奴制，达赖又鼓动藏人叛乱。虽然西藏人口少，按人口比例在押犯也不少。

　　上海、北京、天津三市是日本鬼子、汉奸、国民党的统治中心，又是知识分子成堆的地方，虽然市区人口少，按比例，以上三市的在押犯也不能比山东少。

所以，按山东在押犯人数及死亡人数为准，进行全国估算，所得数字只能少不能多。当时全国二十九个省、市，三千个县区，每年饿死一百万犯人是最保守的估计。

　　由于蹚脚镣、顽固性失眠、精神恐惧、营养不良，大儒明显消瘦。他将与住院病人一样，一步步靠近死神。他对死亡并不恐惧，早死、晚死总得死，没有尊严地活着倒不如死了更心静。再不为社会的黑暗而愤怒；再不为社会不公而急呼；再不为六亿人民被奴役而心痛；再不为革命成果为毛泽东一人糟蹋而痛心疾首。死了再不被羞辱了该多好！活着还有什么意义？只能给毛泽东多一个阶级斗争的靶子。

　　毛泽东视六亿人民为草芥，为奴隶。只有他一人是奴隶主。对六亿人民任意宰杀，杀人是他的嗜好，是最快乐的享受。大儒越想越气愤，如果毛泽东在他跟前的话，他会像荆轲一样，冒死也要给他一刀。

　　眼下，春节又到了。春节是家庭团圆、亲友祝福、邻里团结、人人互敬互爱和慎终追远、祭祀祖先的节日。即使封建帝王在春节期间，也向上天顶礼膜拜、祷告上天降福子民、风调雨顺、五谷丰登。可是，1960年春节，毛泽东赐给六亿人民什么礼物呢？就是饥饿、死亡，与整个国家的毁灭。在春节前后，虽然没来寒流，没刮大西北风，气温稳定，但病房的每天死亡人数却维持在九至十三名之间的高位。说明春节想念家人、亲友的精神痛苦是促使死亡率高的原因，精神的痛苦比肉体伤病更有损健康。大儒印象深刻的是1936年及1937年的春节。当时他六、七岁时已有清晰的记忆。爸爸已成为协和的医生，自北平回家过年，他到松林采松枝，在前、中、后三个院子每个门框上挂上松枝，点着香插在松枝上。各个门口都挂上灯笼，点上蜡烛。还负责院子撒上高粱瓤子、芝麻杆子；用秫秸葆、苇席扎天地棚、筛香炉灰。

　　爷爷负责写对联、神牌；奶奶、妈妈负责燉肉、煎鱼、炸丸子、蒸花糕、包饺子。除夕夜放鞭炮、点篝火、磕头、接神、守岁。年初一穿新衣，全家磕头拜年。整个家族及全村大拜年。

　　参加八路军后第一个春节是在黄河口度过的。李平凡指导员组织文艺节目、踩高跷、赛篮球、演京戏《打漠杀家》、演话剧《锁着的箱子》、包饺子、吃肉菜，也很热闹。当时渤海军区准备做春节后的反攻准备。鬼子投降后，渤海军区主力挺进东北，1946年春节在黑龙江省肇州过的，部队只是吃了一顿饺子。因为正在行军备战中，没演文艺节目。东北过年没一点节日气氛，真是到了名副其实的塞外北国了。

大儒想来想去，忽然想到年三十该他值夜班，身上立刻出了冷汗。上夜班对他如同过鬼门关，对所有犯医也都是一件肝胆俱裂的任务。大儒甚至后悔当年申请念了大学，即使申请的话，王斌校长不批准该多好。不念大学，文化不深，思想简单，不会成为右派。即使念了大学也不该学医，医生职业太危险了。

年三十夜，病房静悄悄，没人说话，死一般地沉寂。但病人们并没入睡，人的思想感情都是一致的。除夕夜没有不想亲人的。只有大儒的脚镣声在各病房里哗啦啦地、有节律地发出凄凉的声响。夜越静，显得脚镣声越响得厉害，人人听了发瘆。

大儒一步不停地由这个病房走到另一个病房，察看每个病人的生命指标，怕病人死亡而自己发现不了，又要大祸临头。

大儒利用上半夜死亡高峰时段没降临之前，怀念奶奶、爷爷、父亲、母亲、舅舅、姨姨、姑妈、表姐及去世的外公、外婆。回忆他们对自己的疼爱及音容笑貌，恭喜健在的亲人新年快乐、健康长寿。祷告去世的人，有幸免于毛泽东的暴政摧残，也该泉下含笑。

大儒还回忆起女友伏淑鹤，觉得很对不起她。不知她今天的春节是怎么过的，他在心中默默地祝福她全家团圆。

时针指向午夜十二点，就是对联上写的"一夜连双岁、五更分二年"的时辰。对眼前许多饥饿病人来说，今夜不是五更分两年的问题，而是五更分阴阳两个世界的问题。过了十二点，大儒的每根神经绷得紧紧的。

虚脱病人的躁动又开始了，谵妄频传。因为大儒踉着脚镣，打针不方便，今夜给他配了两个男护士。蛇面狼心的恶棍王传峰没参加今日夜班，大儒的心悸稍有缓和。因此打针时手颤较轻。

大儒吩咐两位护士，给每个虚脱病人至少静注三支葡萄糖，尽量不使病人死在大年初一。因为人人都忌讳这一天。

大儒急促的脚镣声从一个病房传到另一个病房。从叮当作响的脚镣声中就知道各病房都告急。早晨四点是虚脱死亡高峰期，一位护士说："备用葡萄糖用光了。"大儒叫护士敲开西药房的门，要葡萄糖。药房犯医给了三盒葡萄糖，不耐烦地说："每到石大夫值班的时候，葡萄糖就用得多。不知他安的什么主意！"

取药的护士把药房犯医的话传给大儒。大儒吓了一跳，药房人明天准得向吴矬子告状。他只好对护士说："对新发现的虚脱减用两支；对重复虚脱的用一支。"从四点到八点，连续不断地死了九个病人。

蹚着脚镣跑了一宿，体力与精神受到双重摧残的大儒支撑不住了，突然晕倒在地上。护士把他抬到病床上，打了两支葡萄糖进行抢救。醒后，大儒知道护士为他注射了葡萄糖，他惊恐万分，责备护士道："你们千不该万不该，不该为我注葡萄糖。叫西药房人与吴医生知道了，会给我加刑的。"两位护士说："病人虚脱了可以抢救，抢救病人的医生虚脱了不是也应该抢救吗？抢救是我俩决定的，与你无关，加刑给我俩加，你放心！"大儒的眼睛湿润了。

病人们发现石大夫为抢救难友一夜劳累而晕倒，不胜感慨。当大儒离开病房的时候，人们齐喊："向石大夫拜年！石大夫辛苦了！"。大儒回了礼，泣不成声。

大家虽身为人犯，但人性未泯。毛泽东与他们相比，是个没人性的小丑。大儒鄙视他！共产党员、人民鄙视他！

上午十点，吴矬子来到门诊对大儒说："你这一夜，葡萄糖没少用，病人没少死。都说你技术高，不知高到哪里去了！"

本该热闹非凡的春节，滕县城竟无声无息，死一般地沉寂，比大儒当年在肇州过的春节更寂寥冷清。滕县古代是鲁国领地，距中华文化发源地——曲阜只有七十公里，距邹县孟子家乡只有四十公里，又是墨子的故乡，具有民族文化特色的春节，滕县更该锣鼓喧天、鞭炮齐鸣、人声鼎沸、灯火辉煌才是。滕县春节沉寂说明，毛泽东的臣民们被饥饿所困，濒临于死亡。监狱墙外与墙内的惨象大同小异。

整个中国就是放大的滕县劳改队，滕县劳改队就是全国的缩影！

第四十七章　滕县劳改队　人间地狱（三）

伏淑鹤吃了大儒爷爷的药方，病情逐渐好转，服药半年后，经X线片证实，右肺尖空洞已经闭合钙化。频发性月经过多也被中药治愈，痊愈后她转学北京医学院，现留校任助教。自1956年3月大儒毕业后，一直没收到他的信件，她日夜不宁、疑虑重重。中国医大四十二期毕业生分配到北京的同学有五六十名，她问遍了其中学生干部及大儒的同班同学，对大儒的分配详情没有肯定的回答。但在肃反后期受到党内处分有所耳闻。同学们对四十二期唯一的土八路突然陨落感到愕然。但对其内幕都说不清道不明，整个事件好像覆盖一层神秘面纱。

伏淑鹤对收集的有限信息进行综合分析：看来大儒在肃反运动中出现政治麻烦，他从童年就参加八路军、共产党，其本身不可能有政治问题，可能受海外爸爸妈妈的影响，也可能受到政治冲击后怕株连女友所以忍痛割爱与自己的情感。在极端恐怖的肃反运动中，大儒不可能喜新厌旧，这与他的品德修养不相符，只要自己在地球上不消失，他不可能对任何异性胡思乱想，伏淑鹤十分自信。

下一步她策划寻找大儒的行动方案，不管他在天涯海角，即使死了，也得找到他的尸体，爱情赐予她无限力量，使她变得勇敢而果断。首先给中国医大学生科寄去一信，寻问大儒分配的工作地点，但杳无回信。她又准备乘车去沈阳，亲自到学生科问个详细，但去沈阳的路途遥远又正值寒假，办公室可能没人，同时现在又适逢隆冬，东北气候寒冷，怕诱发月经病的复发。北京距大儒的家乡德州较近，但又不知他家的详细地址。又想，他爷爷是当地名医，德州当地人必然知道其详细地址，于是决定在元宵节之前，借用短促的寒假乘车去德州问个明白。正月初三下午乘火车南下，初四早晨七点到德州。德州车站及街道行人较少，一方面是由于春节初过，一面由于饥饿难忍，人们很少出门活动，更糟糕的是饭店放假不开业。即使饭店开门也没有什么食品可卖，只卖玉米面稀粥，一人一碗不许多买，一碗两毛钱三两粮票，先交粮票与钱，后给稀粥，免得没钱没粮票的人或有钱没粮票的人混水摸鱼打歪歪。没有钱事小，没粮票事大，现在正处于饥荒灾年人吃人的年头，粮食比金子贵。没有粮票，粮所不卖给粮食，买不到粮食，饭店就得关门。当时最美的差事是粮所职工，特别是所长与会计，他们掌握粮食及粮票，比县委书记撑劲得多。

伏淑鹤肚子不饿，最迫切的难题是打听到大儒的家庭地址。她想找个中药店探听一下。中药店很少，走了很长一段路在菜市街有一家中药店，放假没开门。又向南走了一段长路，在汽车站北面有一家中医门诊，门户也关的紧紧的。汽车站里头很冷清，没有乘客，但窗口是开着的。她问售票员："您知道县里有个石大夫吗，很有名气。"售票员向她笑笑："只管卖票，不知道医生的事。"伏淑鹤心灰意冷，不知如何是好，如处五里云雾中，她有打道回京的念头。德州的荒凉景象使其害怕，好像有身处塞外荒野古战场的气氛。

她想再做最后一次努力。估计德州地区人民医院急诊室不会关门吧，不过急诊室不可能有中医值班，碰碰运气吧。三轮车夫都回家过年，现在雇不到三轮车。她又走了一段很长的路，从德州西南角汽车站开始，直走到德州市东北角的德州地区人民医院。医院各门诊室都关门，只有急诊室有一名护士和一名医生。一进急诊室，护士问："你看什么病？"伏淑鹤说："对不起，打扰你一下，我不是病人，我想问这儿有没有中医上班？"

一位值班男医生发现来客穿戴不土，又持京腔，好奇地凑过来。护士说："中医都回家过年啦，过完十五才回来。"伏淑鹤又大失所望。这时男医生说："你先坐下，有什么事，我们可以帮忙吗？"伏淑鹤坐在一张候诊的长凳子上说："谢谢你！我是从北京来，趁寒假我来德州打听一个同学的家庭地址。他姓石，爷爷是当地名中医。"男医生说："德州地区有两个姓石的名中医。城北有一名石大夫，他看皮肤病，名气较小，城东南有一个石大夫，名气很大，不知你找哪一个？"

伏淑鹤突然心里亮堂了，她说："请麻烦你能不能介绍一下名气大的石大夫的家庭背景？"男医生说："东南乡石大夫是三代家传中医，他儿也是医生，在美国读博士，他孙子在中国医大毕业，听说跟我们医院外科马大夫是同班同学。"伏淑鹤不自觉大叫一声："啊！"立刻站起来，快乐得不知说啥是好，又立刻脸颊绯红，刚才的原始情绪及欠修养的大叫显得既不文雅又不礼貌。她"啊"的一声大叫令医生、护士莫名其妙。

伏淑鹤客气地说："很对不起，没想到我走投无路的时候，在这碰到一位同学，所以很惊奇……请问你们马大夫是叫什么名字？"对方答："叫马振麟。"伏淑鹤急切的说："我们不同班，但认识他，你能领我和他见见面吗？"男医生："当然可以。"

他领着伏淑鹤到了后边宿舍大院。宿舍是一排排平房。马振麟的宿舍锁着，据邻居介绍，马大夫回家过年去了。男医生说："明天该他急诊班呀。"邻居说："不明白，是不是安排有别人替班呀？"男医生与伏淑鹤无奈的向大院门外回走。刚走到医院门口与马振麟夫妇碰个正着。伏淑鹤猛叫一声："马振麟！"马根麟抬头一看："哎哟！你怎么上俺们德州这个小地方来了？快跟我回家。"伏淑鹤向马夫人问候，并向那位男医生表示感谢。

她一面走一面问马振麟："听你们的口音像唐山人？"马夫人答："离唐山不远，八十里路，乐亭县。"打开门锁，马夫人点炉子烧水做饭，伏淑鹤与马振麟谈来德州的目的及她现在的工作情况。

马振麟说："大儒分到省热带病研究所，该所不在济南在济宁。你是先到他家呢，还是直接去济宁？济宁不通火车，由兖州站下车，再乘汽车向西南六十里，坐落在微山湖边上。"伏淑鹤稍考虑片刻说："既然来到德州啦，我想看看大儒爷爷的健康及生活情况，大儒也许回家来过年。"马振麟说："明天我值急诊班，你晚去一天，后天我陪你一块去石庄看大儒爷爷。"伏淑鹤不同意："我时间很紧迫，你离石庄很近，随时都可以去大儒家嘛。"马振麟反对说："你是个女同学我不放心啊。""路上有安全问题吗？"马振麟说："没安全问题。""没安全问题我明天决定一个人去，还得麻烦你解决交通工具。"

当时县城到农村之间没有汽车往来，只有马车为唯一的交通工具，但在春节期间，马车也很稀少，只能骑驴或徒步。第二天，马振麟给伏淑鹤雇了一头小毛驴。毛驴像只大绵羊一样大小，即使掉下来也摔不痛。像新媳妇走娘家，驴后还有主人跟脚。此时此景如有照相机拍下来，将是她一生最珍贵的纪念照，如在照片上写上千里骑驴觅夫婿，那更好玩更好笑，但伏淑鹤笑不起来，她预感大儒有大难，为此她不愿意与马振麟一块来石庄见大儒爷爷，以免被马根麟知道内情而耻笑。

路经大、小村庄十几个，她发现每个村庄死一般的寂静，既没有小儿嬉笑吵闹声，也没有鸡鸣狗叫，而每个村周围都筑有许许多多新坟，偶尔遇到几个村民，也都是骨瘦如柴，面无表情如同僵尸，更不见走亲访友拜年的客人。她觉得像进入人间地狱，虽然北京也有饥饿水肿，但远没有山东这样惨不忍睹。种粮的人挨饿，建房的人受冻，古今一样道理。一路络绎不绝的千千万万新坟墓，是山东特有的惨象，真可谓饿殍遍野千里凄凉。殊不知复生子的爷爷是死是活，她心里直打鼓。

伏淑鹤的坐骑终于到达石庄。石庄和一路经过的村庄一样沉寂的令人发瘆，上千人的大村，大街竟悄无人影。鸡狗都被宰肉吃了，牛驴被饿死了，人饿死的饿死，没死的也在苟延待毙。

正在左右盼顾，举目张望之时，由远而近，走来一位腔大腰圆，脑满肠肥，声如洪钟的壮汉。伏淑鹤不解：怎么山东还有这么营养好的汉子。壮汉问道："你们找谁？"伏淑鹤忙道："麻烦您，我找老石大夫。"壮汉说："噢，原来是找大夫看病的，石大夫在村中央路南那个夹道子，北数第二个门朝东。""您能不能领我去？"壮汉说："好吧，我领你去。"

到石家夹道子巷口，壮汉指着石振铎的第二个门说："就是那个门，你们去吧，我不陪你们了，今天公社领导来检查工作，我是支书，已做好饭，在街道迎候他们，我以为你是公社的领导呢。"伏淑鹤明白，只有支书才吃得如此肥头大耳。

推开大门，伏淑鹤朝北屋一面走一面喊："石爷爷在家吗？"驴主人把毛驴栓在一棵枣树上。从房里走出一位满头银发的老太太："你们是来看病的？屋里坐，大夫一会回来。当今每天死人，谁家的人快死了，就来请大夫看看，不去不合适，去了又没办法。不是真有病，是饿的，不是医药能治好的病，没粮食吃，叫医生有什么办法？"伏淑鹤说："奶奶我不是来看病的，我是大儒的同学，趁春节来给爷爷奶奶拜个年。"宫氏一愣："你是从哪儿来的？""我是从北京来的。"宫氏猜想从北京来的，可能还不知道复生子的遭遇。""你等等我去找找老大夫去。"

等了好长时辰，老夫妇俩回来了。伏淑鹤侃侃而谈，说明她与复生子的关系，石爷爷的处方治愈了她的病，她转学北京的情况，自1956年大儒毕业后与她音信全无已四年，不知复生子发生了什么，今天专程来访问二老。借寒假机会与他见一面。说到此两位老人泪如雨下，痛不欲生。伏淑鹤以为复生子已不在人间，她也抽噎起来。

哭一阵子后，怕说话不方便，石振铎给毛驴主人三元钱，二个饼子，把他打发走了。毛驴主人高兴极了，给三元高价固然高兴，更高兴的是另外赐给二个棒子面饼子，两年没见过这等美食了，肚子饿得咕噜咕噜作响也舍不得吃，揣在怀里，回家给妈妈吃。

石振铎对复生子与这位姑娘的亲密关系坚信不疑，从心里由衷地感叹这位美丽的姑娘及比容貌更美丽的心灵，为孙子能有这样感情专注的媳妇而高兴，但是他们能不能最终成为眷属？前面还充满荆棘。现在中国正处在历史上最黑暗的时代，成千上万对鸳鸯被拆散，千千万万个家庭人亡家破，两个孩子正处在风头浪尖上，未来两个孩子凶多吉少！

"姑娘你叫什么名？"老石大夫低声问。"我叫伏淑鹤，我忘了事先告诉您了，伏就是三伏天的伏，淑就是贞洁淑女的淑，鹤就是丹顶白羽的仙鹤。""你的名字寓意颇深。"老石大夫继续说："关于复生子的情况我了解的不多，我只知道他的三件事，也不相瞒了。第一件是他没结婚；第二件他被划为右派；第三件他被判三年徒刑。至于为什么被划为右派和判罪我都不清楚。"

尽管伏淑鹤早已推测大儒在政治上出了大问题，但是听到被逮捕判罪的话，如五雷轰顶，晕倒在炕上。两位老人慌了手脚，不知如何是好。宫氏沏了一碗鲜姜红糖水，叫姑娘暖煦暖煦。伏淑鹤清醒后喝了几口糖水，对两位老人说："我早就估计复生子受到政治迫害，因为他的思想太超前，见解太独立，对党太忠诚，又才学横溢，人品优秀。毛泽东最害怕的就是像复生子这样优秀的人物，他明白，越优秀人物越鄙视他，越能看穿他的欺骗伎俩，是他奴役人民的隐患，所以对优秀知识分子疯狂镇压。我要到济宁监狱看他去，明天就走。他今天出狱，我明天就和他结婚，我俩继承石家祖业，当医生何必干公家医院受人管辖呢？自己开诊所不是很好嘛，既自由又实惠，我将是广德堂的第五代传人。"

两个大海距离遥远，中间相隔一块大陆，互无往来；若果在中间挖一条运河，两个大海就变为一体。人类的情感也如此，两个人素昧平生，如果中间建立一条通道，感情就如同一家。大儒是两位老人与这位少女间的运河，尽管石振铎夫妇与伏淑鹤年龄相差三代，又是初次见面，就建立起祖孙感情。两位老人视伏姑娘如亲孙女儿一样亲近，伏淑鹤对两位老人如亲祖父母一样孝敬。人类的感情竟如此崇高。

　　伏淑鹤亲切的直呼奶奶爷爷，把在西南联大帮妈妈劈柴烧火做饭而练就的本事，用在今天的烧火做饭上，并为老人烧水洗衣服。两位老人亲切地直呼伏姑娘，把在荒年凶月中积攒起来的腊肉、鸡蛋、咸黄花鱼给伏姑娘吃。伏淑鹤好奇地问奶奶："怎么在人吃人的念头，奶奶还有这么多高蛋白食品？"宫氏答："咱本地方有一种民谣，说当今最吃香的人有四种：听诊器、方向盘、供销社、粮油站，就是医生、汽车司机、供销社售货员和粮所的干部。你爷爷算公社的医生，不吃大食堂，可以在家自己做饭。所以说，学医是金饭碗子，在饥荒年头也不挨饿。伏姑娘与复生子都学医，我死了也不挂心你们没饭吃。你公爹也是学医的，你婆婆不学医，是学化学的，如遇凶年艰月，她可沾儿子、儿媳妇的光。"说到此，祖孙俩郁的面孔稍许有一丝松弛。

　　祖孙三人决定一起去济宁探监。石老先生事前做好准备，将携带一些高蛋白食品给孙子，高蛋白对饥饿者有起死回生的作用。他在县食品公司平价买了三斤烧猪肉、五斤豆腐干、五斤鸡蛋。当年即使是县委书记或地头蛇，一次也买不到这么一大批高蛋白食品。这是县食品公司半年来的全部存货。他还到了附近三个公社粮所筹措了九十斤山东省粮票。

　　筹备了三天，第四天祖孙三人上路，由德州乘火车去兖州，再转济宁。

　　自去年石振铎就计划探监，因年近八十，倘若因精神刺激突发意外，这把老骨头将抛尸荒野，尸无葬处，有朝一日儿孙回家，给他们造成终生遗憾，因之没有成行。幸好伏姑娘对孙子感情真挚，如疯似魔，迢迢千里，欲探望孙子于是非之地，把株连危险抛向九霄云外，其品德天下少有。今日老幼同行，相依为命，在生产队借用一辆花轱辘牛车，整整走了一天来到德州。他们先到医院与马振麟大夫相见，马振麟给伏淑鹤六十斤全国粮票，嘱咐给大儒一半，并给石老太爷路费四十元。

火车到达兖州已是下午三点，再搭乘汽车，土公路坑坑洼洼，本已浑身晃悠的汽车，上下颠簸、左右摇摆，如坐摇篮。车后扬起遮天蔽日的尘土，坐汽车犹似拿钱买罪受。

　　来到济宁，住进一家又脏又小的旅店。第二天上午老少三口怀着极其痛苦的心情，来到济宁看守所。监方说石鸿儒已转送到滕县劳改队。

　　济宁距滕县一百四十里路没有长途汽车，还得坐汽车到兖州，再由兖州搭火车去滕县。来到滕县已是下午三点，小雪找好旅店，先让奶奶爷爷吃饭休息。自从在德州上火车到滕县行程二天中，老幼三口心情愁闷，很少说话，饭吃不下，水喝不进。想象着大儒受苦受难的痛苦相，在脑子里挥之不去。

　　探监是件极度劳累的事情，其精神劳累的程度远远超过肉体。年老体弱者决不能胜任此项任务。如不是小雪的帮助，二位老人也许永远见不到孙儿。滕县劳改队的大铁门、高耸的围墙及电网令亲人们不寒而栗。

　　他们鼓足勇气，走进劳改队办公室，说明来意。劳改队让他们填好探监表，小雪的名字改为石鸿贤，这是与爷爷奶奶事先商量好了的名字。他们坐在接待室等候受苦受难的亲人，他们的精神痛苦远远超过大儒。

　　管教员通知石鸿儒到接待室。大儒心想，偌大的中国，六亿人口，只有奶奶爷爷来探望他，如蹚着脚镣去见奶奶爷爷，等于给二位老人一次致命打击，会加速他们离开这个世界。石鸿儒拒绝接见，管教员骂他不老实。

　　三位亲人被告知，说石鸿儒拒绝接见。伏淑鹤问道："他为什么不接见亲人呢？"管教员说："为什么？我怎么知道？你问得蹊跷。"三个人回到旅店，很不放心，是不是有病？身体很虚弱？怕亲人见了心痛？

　　三位亲人离开接见室后，管教员回到医院对大儒怒目切齿，指着他的鼻子大吼，问他为什么拒绝接见，这是给政府脸上抹黑，要继续惩罚他，声称要减少他的食物供应，去掉四个卷子，每天只喝四碗地瓜面稀粥。石鸿儒说："我犯法自作自受，我蹚着脚镣跟奶奶爷爷见面，等于杀害他们，等去掉脚镣后再见。"管教员吼道："去掉脚镣没门，下辈子说吧。"

下午两点，三位亲人又来劳改队，直接找到劳改队总负责人，都称他为协理员，协理员通知负责医院的管教员来办公室。协理员把石振铎三人支出办公室，在门外等候。管教员向他汇报大儒拒绝接见的理由后，协理员命令管教给大儒砸开脚镣。

砸开脚镣后，大儒来到接见室，向奶奶、爷爷、雪妹跪下，四人恸哭，久久说不出话来。十五分钟接见时间已到，管教员催石鸿儒回医院。最后大儒叫奶奶爷爷多多保重，叫雪妹千万不要固执一条路走到头。爷爷说："我有罪啊！对不起孩子啊，我认错了人啦，原谅爷爷吧！"小雪流着泪说："我将固执到底，直到海枯石烂……"

爷爷把带来的食品要给孙子，管教员说，监狱有规定，不许犯人接受狱外食品。大儒被带走了，石振铎等三人擦擦眼泪，又来到协理员办公室，向他解释说："虽然劳改队有规定，但现在是荒年，是否可以照顾一下，这是一家老少的愿望。我们不远千里而来把食品留下，我们离开滕县后也放心许多，希望领导高抬贵手。协理员又把医院管教员召来办公室说："两位老人大老远来趟不容易，把食品留下来给石鸿儒吧。"管教员检查一遍食品有无密信。

管教员与协理员看到带来的食物，惊呆了。在当今荒年，即使高干也享受不到这些高贵食物，毛主席还假惺惺地给自己规定一年不吃肉哩。老头给他孙子带来五斤烧猪肉还有鸡蛋，管教员与协理员垂涎欲滴。

由于食物的高贵，石振铎在管教员与协理员的眼睛里，也高大起来，这位老头背后肯定有来头。于是对他态度和善，语气客气。石振铎借机说："肖华、杨国夫、龙书金、周贯五，这些高级将领把石鸿儒宠坏了，他的名字是肖华替他取的，请你们多多帮助他。"协理员与管教员心想：不出所料，这人确有来头。协理员问："你认识萧华？"石振铎说："岂非认识，而且是老朋友。抗战期间，我儿子在武汉把一封长电报发到家，通过军事委员会政治部副主任周恩来同志，他把电报发给肖华同志。当时萧华同志是冀鲁边区司令兼政委，肖华将军亲手把这封家电送到我手，从此我们成为至交。龙书金负伤后藏在我家，经我的手给他治好的，我的孙子石鸿儒每天给他从地道里送饭。周贯伍也是我家的常客。打四平之前，龙书金的旧伤复发，我给他送去青霉素。当时青霉素还没在我国上市。龙书金师是四野的攻坚老虎，攻克天津我又去看望了他，他派专车把我送回家……"

吹牛是石振铎最讨厌的丑行，但为了孙子的安全也不得不吹吹。吹牛能起到保护作用，因为现在人信丑不信美。在以后劳改剩余的日子里，大儒确实得益于爷爷三寸不烂之舌的保护。

与亲人们会面后，大儒立刻请好朋友马永乾尽快到高墙外与爷爷奶奶取得联系，把自己的情况向他们介绍，并要求雪妹与自己一刀两断免受株连。

下班后马永乾找遍了滕县火车站附近所有旅店，没找到石振铎等三人的住处。最后一家旅店说，两个年老夫妇及一个青年女子去火车站等车去了。马永乾三步并作二步赶到火车站候车室，两位老人及一年轻女子正看着手里的火车票。再等十五分钟，浦口通北京的火车就到站。

马永乾气喘嘘嘘，站在老人面前，上气不接下气地说："您是石振铎爷爷吗？"又看着宫氏说："这一定是奶奶。"又对着伏淑鹤说："这位是弟妹伏淑鹤吧？"三个人懵了，在滕县这块弹丸绝地，怎么突然冒出这么个亲戚来？

马永乾先介绍了自己的名字，说："我与大儒弟是难友，我刑满后留劳改队医院工作，相对自由些。大儒叫我出来把他的情况转告你们，我们好好谈谈，把车票退回，找个旅店先住下。"说着，顺手把大儒的纸条递送给爷爷说："你们也写封信，我捎给他。为了安全，信中不写姓名与日期。

大儒的字条写道：来人是我的好友，他的话就是我的话，望爷爷奶奶长寿。对不起雪妹，千万个对不起，请鼓起勇气，一刀两断……

马永乾与车站上的职员很熟，退票没费事，也没扣退票费。石振铎三口住进一家小旅店。店主是马永乾的老病号，看在他的面上让三位客人住进两间较干净的房间，马永乾事先付清房费，店主按最低价收的。马永乾请店主想尽办法给客人一顿美餐。店主几乎跑遍滕县全城，买来三斤三合面面条，所谓三合面就是小麦面、棒子面、地瓜干面各三分之一。店主既没油，也没鸡蛋，更没肉丝，给客人各一碗清水煮面。这是目前全滕县最美的食品。

饭后马永乾开始向大儒的三位亲人介绍大儒毕业前后的详细经历：

"大儒毕业前后，发生了影响他命运的几桩大事。为了年迈的祖父母健康和不失在弟妹面前的自尊心，不曾向亲人们透露。毕业前，中国医大进行肃反运动，他有一个朋友小集团被怀疑为反革命集团，经肃反证明，此为子虚乌有。但大儒由于看的书过多，思想独立，见解独到，与毛泽东思想格格不入，毕业前被留党察看两年，这是他与弟妹中断联系的原因。1956年秋天，在热带病研究所，由于对毛泽东的盲目忠诚，他给毛泽东一封信，名为《献国策》，共有五条。一是政治运动百害无一利的问题；二是，农民打下天下而挨饿的问题；三是工人没有当家作主问题；四是对知识分子进行专政的问题；五是对建国功臣用狡兔走狗烹的问题，还列举了齐威王、唐太宗知人善任，政治民主，给国家带来的富强，及周厉王弭谤的恶果。《献国策》非但没被采纳，反而转回本单位，被划为极右派。极右派不该判刑，该送入劳改队进行劳教，但判刑有期，劳教无期。法院认为劳教者改造好了就能释放。对大儒刚正不阿的性格而言，劳教等于无期徒刑。来到热带病研究所后，他对丝虫微丝蚴周期性与睡眠时间相关，他深入矿井进行了研究。济宁看守所四百多犯人修筑济宁车站段路基，正值58年8月酷暑，中暑十四个人，经他抢救一个人没死，一分钱的药也没用。他用的办法是在地面上挖长方形浅坑，病人躺在里头，向坑里灌井水，把病人泡起来，这个方法又安全又快捷又省钱。滕县劳改队知道后把他调来劳改队医院。医院领导给他出了一个难题，问他劳改队饿死人的事算什么病？叫他给大家讲授，他写了讲义，把饿死人命名为"机体衰竭综合症"，包括发病机理、好发年龄、精神状态、肠胃功能障碍及诊断、鉴别诊断、治疗方法，洋洋洒洒讲了六个单元，没漏一点破绽，得到难友的好评和院方的认可。"

前前后后马永乾啰里啰嗦地又把自己卖手表一百六十元，设法给大儒不断增加高蛋白食物一事告知于大儒的三位亲人，对他的营养健康可以放心。三人对马永乾为朋友两肋插刀再三感谢。小雪问："为什么大儒上午不接见我们呢？"马永乾顺口说："他怕刺激爷爷。"

时至今日，伏淑鹤也顾不得害羞了，她给大儒写了一信：

全情知悉，北京医学院毕业后留校当生物化学助教，借寒假寻夫。来到德州巧遇马振麟同学，他帮我雇了一头毛驴到了石庄见了爷爷奶奶，得知你的实况后，继续南下，总算见了面，我庆幸你有一位挚友帮助。

我读过许多大科学家、大英雄的传记，但没有一篇比你的品德、才智、阅历更为观止。我很幸运，这个非凡的人物竟是我的男人。自你送我去北京的火车上，在新民站已算结婚。从那时起我就决定活为石家人，死为石家鬼！你给我无限幸福，每当我遇到困难的时候就想到你，你立刻给我巨大力量。以后不许再提"株连"这个词。如果因你而受到株连，我将感到光荣而自豪，因为你的对立面必然是真理的反面。对目前的遭遇不必过分苦恼，苦难会增加你的智慧，赐给你刚毅，训练你的观察力，教会你创造，提高你对环境的适应能力。苦难对强者是人参，起到补气益智之功；对弱者如甘遂，具有破气泻下的作用。我深信，苦难会给你带来成功，绝不是自暴自弃。有朝一日，我将分享你成功的欢乐。即使在最困难的环境中，为了科学与人民健康，你竟勇于冒险，下到矿井深处，进行现场探索，这是多么高贵的科学精神。祖国就是需要这样的科学家。祖国是属于六亿人民的国家，不是任何人的私有财产，你将为六亿人民做出贡献，不是为了讨好某个人，否则将是失去人类尊敬的小丑。请不要急躁，要养就佛家坐禅的精神。所谓"重为轻根，静为躁君"，聒噪必然是虚弱而无能。要耐心，"飘风不终朝，骤雨不终日"，风停雨歇会重现阳光明媚、万紫千红的绚丽画面，是自然规律也是社会规律。我们还年轻，我们将拭目以待。年迈的奶奶爷爷有我照管，再见！抱抱我。

马永乾把信垫在鞋垫底下，并约定明日下午六点半再见。走前，伏淑鹤请马永乾转交人民币一百元，马振麟的全国粮票六十斤。马永乾说："我与各公社粮所关系良好，大儒的粮票我可以解决，钱可以转交。"他只拿了一百元走了。

回到医院后，把信与钱交给大儒，要求大儒写封回信，明日下午转给三位亲人。马永乾看过大儒的回信，信中一而再，再而三的重申怕株连伏淑鹤，拒绝接受她。马永乾不同意，令他三易其稿，最后勉强通过。

信是这样的：

奶奶、爷爷、雪妹：一百块钱可救活一条命。雪是寒凉的，但我的雪是炽热的！在校园樱花树下，东陵松柏树旁，别离沈阳南站，新民百里相送，永远烙印在我心间。每当我最苦闷的时候，幸福的回忆给我无限慰藉。今日你又千里觅夫，今生今世我也无法报答你伟大的爱于万一，又替我孝顺奶奶爷爷，令我更永世难忘！当前的是是非非千言万语说不清、道不明，但历史是公正的，孰是孰非将会阐明得一清二楚。六亿人的眼睛，宛似十二亿台Ｘ光机，一切历史暗区，将被透视得明明白白。使我最挂心的是风烛残年的奶奶爷爷，二老唯一的掌上明珠落入万丈深渊，对二老的精神伤害无可补救，我不曾做过对不起任何人的事情，但我的遭遇实在对不起二位老人，二老对我的抚养、教育、希望等一切都破灭了。我唯一的希望，盼奶奶爷爷长寿，待风止雨过之时孝顺二老。亲亲奶奶爷爷，抱抱娇妻雪妹！

不肖孙孙！草莽丈夫！叩禀！

马永乾大夫将此信折叠好，垫入鞋垫下，交给大儒的三位亲人，然后送别于滕县火车站。

火车进入德州车站之前，伏淑鹤给奶奶爷爷说，她直回北京，不在德州下车了，暑假期间，再来石庄孝敬二老。她把六十斤全国粮票及一百四十元钱交给爷爷说："粮票及四十元钱退给马振麟，另一百元孝敬奶奶爷爷。"石老先生说："六十斤全国粮票你带走，在缺吃少粮的北京有用处。你的面色苍白，上眼脸浮肿，比复生子脸色还差，我有办法偿还马大夫的粮票，我手下还有九十斤山东粮票，把它换成全国粮票就是了。一百元钱不能收，你的孝心我领了。"最后争论结果，伏淑鹤带走六十斤全国粮票，爷爷收下一百四十元钱。

石老先生在旅途中很少说话，心中五味杂陈。后悔当年送十四岁的孙子参加八路军是一件永远对不起儿子、儿媳、孙子的重大错误，等于把孩子送入虎口。这个错误已经无法挽回，给孙子造成终生灾难。无脸面对儿孙，只有死，才能摆脱无休止的良心折磨。

当时看来，萧华、龙书金、周贯伍是些很诚实的将领啊，为什么胜利后他们变心了呢？老先生还没看透，变心的不是高级将领，而是毛泽东。尽管老先生满腹经纶，医术高超，但还没有从毛泽东喜怒无常、出尔反尔、吹牛说谎、好战嗜杀的性格中发现偏执狂的特异症状，这是石振铎祖孙两人的悲哀。现在老先生竟想到死，将准备以死抗议暴政。

火车站前，有几辆牛车来接泰山烧香归来的善男信女。老牛跟人一样，饿得皮包骨头，一步三摇。甭说拉车，本身走路都很费劲。其中一辆车是西张庄的，驶车人认识石老先生，让他跟车走，拉车黄牛二头，乘车人共四位。驶车人对石老先生说："现在坐车请放心，趸不了车，老牛快饿死了，走都走不动，别说跑了。"驶车人又继续说："俺村才换了支书，看看他有什么新招吧。"石老先生顺便问了一句："现在换上谁当支书啦？"驶车人说："噢！你认识他，张小二。他刚当兵复员回家。"石老先生既是张小二的恩人，也是绑架石开山的土匪，更是汉奸队长，现在竟成了共产党的支书，天下的事就是如此滑稽。

　　走着走着辕里的老牛累趴下了，坐车的人下车抬牛，把牛抬起来，继续前进。驶车人及石老先生在车后步行，车上只坐着两位老太太。

　　因为张小二混阔了，当上了支书，石老先生专门到他家拜访。张小二热情不减当年，仍大叔长大叔团地叫，让大叔大婶住几天再走，并声称自己刚当上支书，以后有能力孝敬二老，还问到开山弟及小侄子复生子的情况。石老先生以实相告，张小二不断叹息。

　　石老先生把九十斤山东粮票换成全国粮票的问题，及还给德州医院马振麟大夫六十斤全国粮票及四十元钱的问题，剩下的三十斤粮票及一百元钱寄给孙子媳妇的问题说给张小二听。张小二满口答应，说明天到抬头寺公社粮所换粮票，然后去德州还账，再寄给北京侄媳妇粮票及钱。

　　第二天上午张小二出发，中午回来了三件事都办妥当，并把寄钱、粮票的单据及马振麟的收条一并交给老先生。住了一宿，临走时，张小二给老先生一斤花生油，五斤小米，派牛车送到石庄。

　　回家第二天早晨，石老先生走近村外一口咸水井，棉裤裆里装进七块砖，跳进井里，等被人们捞上来时，四肢僵直，早已死亡。女儿石兰子、外孙女杜富妮及老伴宫氏哭得死去活来。石兰子一面哭一面诉："我的好爸爸呀！你一辈子明白呀，看透了人间红尘呀！怎么一时想不开呀，不该寻短见呀！全国人都在受难呀，不光咱自己呀！弟弟及弟妹不是逃出虎口了吗？咱家还有团圆的机会呀！你怎么狠心离开儿女呀！我的好爸爸呀！侄子虽不幸，他还年轻啊！他还有还性啊！还有好时候呀！你还有个好孙子媳妇孝敬你呀！好爸爸呀，你怎么忍心离开俺们呀！我有你这个好爸爸而自豪呀！我的好爸爸呀！女儿有话再对谁说呀！"哭得街坊邻里无不动容！石老先生的自杀，影响深远，作为共产党的朋友，竟落得这等下场。

自老伴死后，宫氏不思饮食，辗转反侧彻夜难眠，丈夫、儿子、孙子每天在她心里搅来搅去。她嘴里反复嘟囔着："石家三代人行善！救人！抗战！爱国！……"三个月后奄奄呛呛去世。

本来一些五大三粗的小伙子，饿得不是干瘦就是水肿，去井里汲水，水桶也提不动，只用小瓦罐去提水。石振铎夫妇死后，年轻人抬不动灵柩，只能把灵柩装进牛车，由老牛拉到墓地。

广德堂门面被没收了，广德堂的人被消灭了，三代人营造的广德堂在地平线上消失了。战争期间，日本鬼子烧光广德堂部分房子，但没有消灭主人，毛泽东的政治运动彻底摧毁了广德堂，连人带物一齐消灭。

尽管伏淑鹤给大儒的信洋溢着勇敢与正义，对未来充满希望，并且对前途也颇乐观，但这趟滕县劳改队探监给他的精神带来摧毁性打击。现实比想象的更为严酷。精神折磨，想念大儒，无穷无尽的愁苦，以及饥饿性浮肿，损害了她的健康。频发性月经过多死灰复燃，病情比以往更为严重。两个月后因夜晚高热盗汗大口咯血，而住进结核病医院。医生给她静注脑垂体后叶素抢救，暂时止住肺咯血，但健康仍每况愈下。医生对高热盗汗束手无策，链霉素，异烟肼的规范治疗毫无效果，链霉素致使听力逐渐减退。协和医院的妇科专家给她肌注黄体酮及维生素K，月经病丝毫不见起色。爷爷给她开的中药方，她还保存着，并且背的滚瓜烂熟，但不想吃中药了，对这个罪恶的世界失去信心。人生在世为什么受这么多折磨，受暴政折磨、饥饿折磨、疾病折磨、感情折磨。作为医生，她明白自己将不久于人世，于是给大儒写了一封信：

大儒，我心痛的男人：我一直弄不清，人为什么急急忙忙要降生在这个万般痛苦的世界，婴儿离开母体第一个表情是啼哭，而不是欢笑，说明选择错了道路。生后的婴幼儿被众多疾病包围威胁生存。稍长又进入拼命竞争的学校，终日是老师的训斥、父母的白眼。贫穷的埋伏圈，愁吃愁穿愁住行，再后痛苦的恋爱，寡欢的家庭，冷漠的邻舍，尔虞我诈的人际关系，你死我活的事业竞争。但是疾病、贫穷、失恋、竞争、失业还不是最可怕的。最可怕的是战争，比战争更可怕的是政治运动。时时刻刻吞噬我的生命的是战争、政治运动和疾病。抗日战争给我留下疾病，现在政治运动更激化了疾病，疾病强迫我尽快离开这个世界。对你来说，战争使你失去了童年，而政治运动置你于死地。百思不得其解的是，一个吃共产党奶汁长大的革命者，为什么共产党又威胁他存在？最近彭德怀、洛甫事件，使我认清了政治的险恶及那个人的丑陋嘴脸。

我的月经病及结核病已经复发，我将提前摆脱这个罪恶的社会，将进入一个极乐世界，不能陪伴你了！虽然这样，我还是希望你在医学上、文学上成功。你用事业上的成功来安慰我吧，我将含笑九泉之下，亲爱的再见了！多么渴望亲亲你抱抱你！向爷爷奶奶问好，请原谅不能孝敬二老了。剪下一绺头发及一张照片装进信封里留念。

你垂危的妻子

1960年7月4日拜

又：请偿还马振麟大夫六十斤全国粮票、四十元钱。信封粘牢，写好收信人姓名及地址，贴好邮票。把信交给姐姐伏淑让，拜托她，死后把此信寄出，并在信封上写明死亡日期。信写完三天后，于七日肺部大咯血窒息死亡。

身处滕县劳改队的大儒虽没死，而在劳改队外的三位亲人因他而死亡。那么滕县劳改队众多犯人们，又有多少亲人由于恐惧、饥饿、疾病而死在监狱之外呢？

精神打击对人体健康的损害远远超过躯体伤痛。精神打击可使免疫力下降，旧病复发，突然罹患重病。冤案平反后，或伴侣死亡后，容易患不治之病的道理，就是因免疫功能下降。显然，宫氏很快死亡，伏淑鹤的旧病复发就是精神受到严重打击的结果。受到精神打击后的健康人，除了发生免疫功能下降外还容易出现精神抑郁或心理障碍。石振铎的自杀是精神打击后出现了精神心理方面的变化。毛泽东的文字狱及大跃进又给多少人民的精神造成毁灭性打击，因政治运动到底死亡五千万或七千万，毛泽东及其奴才们默不作声。石鸿儒一人受冤一家死亡了三口。全国至少有一千万冤案。

第四十八章　三年毛祸　饿殍五千万（一）

　　1961年，春回大地，但社会政治图像仍是一片冰山雪原。整个中华民族处在腥风血雨中。起始于1958年5月的大跃进、大炼钢铁、大办人民公社，也称多快好省地建设社会主义总路线的三面红旗运动，是建国后的第十四次政治运动，也是毛泽东获取政权后最惨烈的一次运动！

　　明天是3月6日，是大儒三年刑期最后一天。这晚，他值最后一次夜班，争取一夜顺利，不出差错，就有望逃出人间地狱。

　　前半夜有三例病人出现虚脱，经抢救缓解。时针指向午夜后两点，死神开始发动总攻，到早晨五点半为止，有六位难友因饥饿虚脱死亡，其中包括上半夜抢救的三位病人。殡葬组把六具尸体摞在一辆地排车上，用绳子缆牢，像拉死猪一样拉出劳改队医院。大儒写完死亡病历报告，走出病房，站在院子里换换新鲜空气。几个年轻病人也在院子里蹒跚，并向大儒招手致意。其中一位突然瘫软在地。大儒三步并作两步跑向病人，把他抱进病室进行抢救。病人拒绝说："石大夫，你是天下第一位大好人，技术精湛、医德高尚，难友们都极为感谢你。我知道，我不行了，你别费神抢救我了，你忙乎一夜也该休息了。"不管病人说什么，大儒仍按常规抢救。一管子葡萄糖没推完，病人呼吸、心跳停止。

　　吴矬子声色俱厉地问大儒："这个病人在院子里散着散着步，你怎么把他摆鼓死了呢？"大儒小心翼翼地说："这个病人在院子里很可能是因为大面积心肌梗塞或主动脉夹层动脉瘤突然破裂死亡，所以抢救无效。"吴矬子说："如果不是呢？怎么办？"大儒不知该如何回答。

　　吴矬子接着说："如果不是，给你加刑。你刑期到了，我也让你走不了，再给你加上三年。"吴矬子厉声喊着："梁重光！梁重光！"喊了几声，没有回声。矬子骂道："混蛋！干么去了？梁重光！"

　　梁重光惊惶失措地答道："吴医生，我在厕所啦。"吴矬子喊道："厕所有你的啥？快出来！"梁重光提着裤子跑步来到吴矬子面前，一面系着腰带，一面苦笑着："报告吴医生，我来啦。"

吴矬子瞟了一眼梁重光，命令道："石鸿儒说这个病人是心脏堵住啦，或什么瘤破死亡。你把他弄到手术室，拉开看看，证实一下他的诊断。"梁重光低着头回答说："报告吴医生，我会外科，不会病理。病理需要切片机及试剂，需要包埋，需要固定。这些条件我们都不具备，即使具备我也不会病理技术。"

吴矬子不耐烦了："叫你干点事，你提出涅么些困难。再困难，你也得给我干！"

梁重光无奈，把尸体搬上手术台。开胸后，发现胸腔积血，主动脉壁破溃，证明为夹层动脉瘤破裂。大儒在校期间，于病理讨论会上把潘绍周、李佩林两位教授的夹层动脉瘤排上了用场，躲过一场劫难。

第二天劳改队宣布大儒释放。吴矬子相中了大儒的技术，决定他留队就业，像马永乾一样。大儒当然不愿在这个人间地狱工作，他要求先回家，探望祖父母。吴矬子没法拒绝他的要求。

收拾好细软，马永乾给大儒三十斤山东省粮票，逃出地狱，坐火车回家。

从滕县到德州八百里行程中，大儒向窗外望去，发现两种特异景观。一是铁路两旁及各村的树木消失了，整个山东大地光秃秃地像个硕大无比的和尚头；另一种是各村镇周围增添了无数新坟。火车跨过黄河铁桥后，越往北新坟越多。新坟与旧坟有明显区别，新坟的坟头矮小，土壤新鲜，少有杂草，坟顶插有白纸幡；旧坟相反。

火车停在德州站，天色已晚。按常理，下车后应向人民医院外科与马振麟见见面，但大儒是刚刚出狱的罪犯。一是没脸与同学相见；二是怕株连无辜，所以想直接回家。

德州是石家几百年繁衍生息的地方。大儒十四岁在佟家寨村参加八路军后，到今日已有十八个年头。围着中国转了一圈，如今又回到自己的家乡圆点。尽管德州像古战场：新塚满目、哀鸿遍野、良田荒废、十室九空，令人惨不忍睹，但大儒不能摆脱生物本能，对德州的旮旯旮旯、一草一木充满感情。

德州扒鸡是本地特产，原来，不管在车站还是城区到处是扒鸡店。小贩的叫卖声振聋发聩。现在整个车站及城区，连根鸡毛也看不见。著名的"又一村包子铺"现在只卖地瓜面稀粥，三两粮票一碗，中午十二点开门，下午两点关门。大儒在偌大的德州城买不到点滴食品，只好饿着肚子徒步向家赶。

天黑路不熟，他只是朝东南方向走。忽然雾霭迷漫，伸手不见五指。大儒头皮发炸，心慌意乱，失迷了方向。走了半宿，路经一个村庄。他走到一家小旅店里打听，得知此村是边临镇。本来应朝东南方向走，结果朝东北方向走来，距家越走越远。

大儒又饿又累，在小店里住下。小店没有床铺，地面上只堆些干草。没办法，只能躺在干草上睡了一宿。

天亮后，大儒得知，今日是边临镇四、九集。周围各村回民很多，在集市上一家回民卖羊杂碎。羊没草吃被饿死，主人虽饿肚子，也舍不得吃，于是推到集市上卖点零钱花。大儒花五元买一块羊肝，吃了顿美餐，喝一壶开水，继续赶路。

大约十二点到达石庄。一路所见是一片片的新坟。村外及马颊河两岸的树木全被伐光。榆树皮被剥光吃掉。每个村子死一般地沉寂，既听不见儿童的喧闹，也没有妇女们的嘻笑，连鸡鸣犬吠、牛哞马叫也没有，给人一种被土匪洗劫的恐怖感。

大儒在滕县上火车的时候，希望火车快开，尽快到德州。当在德州下车的时候，他不顾天黑雾大，恨不得一步到家。现在已进入生他养他的故土——石庄时，心情骤然紧张起来。不知爷爷、奶奶的健康如何，整个华北平原处处是新坟，越近家乡越发心惊肉跳。进庄后，即使遇到熟人也不敢问爷爷奶奶的健康如何，真可为"近乡情更怯，不敢问来人。"恰好，大街上没一个人影，他快速走进胡同，朝自己家的大门走去。

门楼的东北角倒塌了一块，露出一个大洞。两扇大门及门框不见了，门口挡着一个歪歪扭扭的栈子窗户权当大门。因门口宽，窗户窄，在门口一侧摆了几块土坯支着窗户不倒。走进大门后，映入眼帘的是满院子比人高的蓬蒿。房子的屋门都没有了，窗户也不齐全，家具也被洗劫一空。

奶奶爷爷呢？奶奶爷爷上哪去了！？奶奶爷爷上哪去了！？一种强烈不祥的预感袭击着大儒，他瘫软在地上，泪如雨注。没想到家乡的惨状比滕县劳改队更甚。一只野猫不慌不忙地在大儒面前悠然而过，进了南屋，这是大儒进村后看到的第一个活的生命。

南屋门半掩着，好像有人住。是不是奶奶住南屋里？他猛地站起来，又慢慢走进屋子。在炕上躺着一位面部水肿的老妪，奄奄待毙。不像奶奶的模样，因水肿面部变形，认不出她是谁。老妪听到有人进屋，闭着眼睛呻吟着问："谁呀？"大儒回答："是我。"又等了好长时间，老妪又问："你是谁呀？"大儒轻声说："我是复生子。"老妪撑开眼皮，想坐起来，挣扎了一阵子，没爬动。大儒帮着她坐起来。老妪哭了："我的儿，你从哪里来？我是你婶子。"大儒仔细端祥了一阵："噢，开河婶子！俺爷爷奶奶呢？""孩子，甭提了。都死啦！"大儒呜呜地哭起来。婶子断断续续地介绍着事情的经过："你奶奶、爷爷、二爷爷、二奶奶、你叔，都死了……"

当务之急不是追思过世的亲人们，而是如何抢救即将饿死的婶婶。大儒准备用粮票去公社粮所买点米、面以解燃眉之急。与粮所干部没私交是买不到米、面的，只能买地瓜干。地瓜干在抢救中不能起到立竿见影的作用，大儒焦急万分。

刚才进屋那只野猫在黑暗的角落里捉住一只大老鼠，望着大儒呜呜直叫，因为胜利而骄傲，向人耀武扬威。野猫发现，三年前人是一种极不友好的动物，小孩们追逐它，成年人耍弄它。近几年，人变质了，变成了一种最无能、最软弱的可欺动物。小孩子们老实多了，依着墙根晒太阳，动也不动；成年人都像得了一种步履蹒跚的流行病，而且人数越来越少。野猫自以为，它已经取代了人，变成村子里的霸主。唯一跟它争霸的是家犬，可庆幸的是家犬都变成人的美餐，被消灭了。

嘴里叼着老鼠的野猫，在大儒面前神气地踱着方步，根本没把大儒放在眼里。牠将由里间屋走向外间屋享受美餐。大儒灵机一动：这只野猫就是抢救婶子的特效药。说时迟，那时快，像踢足球一样，大儒把野猫踢了一个满天高，野猫脑浆迸裂。时值三十一岁的大儒，第一次做出这等野蛮行为。不应该错怪大儒的凶狠，这是由"大救星"毛泽东"为人民服务"的政策所酿成。大跃进、大办人民公社、大炼钢铁的所谓"三面红旗"，不但给人类带来死亡，也给鸡、鸭、猪、狗、牛、羊甚至猫、鼠带来厄运，它们被饥饿的人民吃光、杀绝。

大儒学到的解剖知识派上了用场，不过他解剖的不是人的尸体，而是猫与老鼠。经剥皮分解后，下一部进行清洗，然后烧火煮熟。但水缸里一滴水也没有，缸底是一层厚厚的尘土。他挑起两只木桶去井边汲水。在井旁遇见与他同年、同月、同日生的小狗子。小狗子手提一只瓦罐，也来汲水。大儒仔细揣摩后问："你是狗子哥吗？"小狗子说："你是复生子弟弟吗？你多咱回来的？""我今天刚回来。你怎么用小罐子提水呢？"小狗子愤愤然，用手指摁了一下浮肿的面颊，又撩起裤角摁浮肿的小腿。他浑身上下一摁一个窝，说："你瞧，饿成这个样子，还有力气挑水桶吗？"大儒由此明白，婶子不但几天没东西吃，水也没喝一口。他挑了一担水，刷洗干净水缸，先烧开一壶水，把猫、鼠肉一起放在锅里燉。除盐之外，别的佐料都没有。一锅肉分成三顿吃，每顿一人一碗。大儒给婶子盛的碗里肉多汤少，自己碗里汤多肉少。婶子说："猫肉挺香！比猪肉也不差。"

3月10日傍晚，大儒提着一碗猫肉为供品，带上一摞黄表纸，扛着一把铁锨，给奶奶爷爷上坟。他没把祭文写在纸上，而是印在心里。一出家门就哭，一直哭到茔地。他低头围着坟墓转了三圈，然后跪下，摆好供品，点着黄表纸，一面哭一面念道："爷爷奶奶在上，不肖孙儿跪拜。由于我闯下天祸，连累二老殒命，即使孙儿碎尸万段，也不足以赎罪……孙子自幼少有父爱，继之又远离慈母。奶奶代母哺育孙儿长大成人，爷爷代父教孙儿做人接物，授我医学文化，送我参加革命。悬念四平、平津战役凶吉，不畏天寒地冻，不顾年老体弱，两次冒险，千里迢迢深入白山黑水，探听孙儿的安危。爷爷视孙儿为掌上明珠，孙儿视爷爷为众生楷模。爷爷的品德令子孙受益；爷爷的学问为患者解忧；爷爷的勇敢为抗战尽忠；爷爷正义凛然不向暴政低头。可以使爷爷含笑九泉的是，您的孙儿分毫不差，是爷爷的再版。

尽管爷爷明察秋毫之末，但没辨清毛泽东的真面目；尽管爷爷医术超群，但没确诊毛泽东偏执狂。这是我家祖孙三代的悲剧所在。爷爷为正义视死如归，爹娘逃难异国他乡，孙儿因忠于共产党而被投入人间地狱！我并不埋怨爷爷送我参加八路军共产党，即使与毛泽东几近相濡以沫的大政治家周恩来、王明、张国焘、张闻天、彭德怀、博古、项英也没看出毛泽东的善变、多疑、满眼是敌人的精神症状。他不仅给我们的家庭带来悲剧，也给全国、全民族、每个家庭带来灾难。他奸污了共产党、欺骗了每个共产党员，其中包括全部共产党的领袖。不管腥风血雨如何肆虐人间，孙儿将坚守爷爷的仁、义、忠、信准则，为国尽忠，为民尽力，为家庭尽爱，为朋友尽信。只有这样为人，才能感受到人的纯洁，才能品尝到人的高贵。否则，人只能是一个会说话的动物。"

"当我降临到这个冷酷的世界，爷爷的医术使我死而复生的时候，我无从感知爷爷的高明；当爷爷领着我踏青，为我撵兔子的时候，不晓得爷爷与俗人有什么区别；当爷爷带我欣赏马颊河的时候，没有觉察到爷爷的爱；当爷爷教我文化及医学专业的时候，并没认为爷爷的文化精深、医技高明；当爷爷挖地道收藏八路军伤兵的时候，不明白爷爷是为国尽忠；当爷爷遯迹扬名的时候，我不懂这是品德高尚；当爷爷送我参加八路军的时候，我也没意识到爷爷的爱国之心；当爷爷冒兵荒马乱之险去东北探望我的时候，我没有领悟到爷爷是大仁大爱。现在长大了，什么都明白了，什么都感悟了，可惜爷爷离我远去了，令孙儿痛不欲生。爷爷以死抗议毛泽东的暴政，爷爷的英雄行为是子孙永远的荣耀，为后人留下榜样。石家人为了真理，宁死不屈；为了清高，不与鄙俗者同流合污；为了尊严不为权贵摧眉折腰；为了爱国，不会苟延偷生！历史上优秀知识分子的传统美德，重现于石家祖孙三代。正直知识分子的生离死别我石家饱尝。但是，阴、阳、寒、热，是互相运动的。不幸，我家正处在最阴暗、寒冷的时代。在阳光明媚、春暖花开之前，我们倍受摧残。一个泱泱大国，六亿芸芸众生竟被一个精神病人百般蹂躏！这是极为反常的历史现象。虽然不会长久，但对国家、民族、家庭、个人造成的破坏是无可挽回的。尽管我家受害最严重，千不该万不该，爷爷不该寻短见，与孙儿不辞而别……奶奶、爷爷千不该万不该到滕县劳改队探望孙儿。时至今日，家破人亡，田园荒芜，满眼凄凉。我家五代与人为善、为民除疾、济世救人，何曾落到如此悲惨！天啊！何为真理？何为公正？奸佞当道、忠良受害；阿谀受宠、虔诚遭殃；吹牛者上天；直言者入地；歌功颂德者获奖；坚守正义者受罚；把暴君说成大救星……够了，当局把一切事物都完全颠倒了……" "奶奶爷爷放心，当被颠倒的社会再被颠倒过来的时候，我将再来二老灵前，告知九泉之下的亲人，分享普天同庆的欢乐！请奶奶爷爷耐心等待吧！这一天总会到来！呜呼哀哉，尚飨！

孙儿泣拜，泣拜，泣拜

1961年3月10日

祭祀结束，大儒掘起几锨土，轻轻地培在坟墓上。当离开坟茔时，他一步一回头，三步一叩拜，直到百步以外。他缓步在回家的路上，其实他与亿万人民一样，是无家可归的流浪汉。悲痛萦绕在心头，久久不能消逝。家破人亡，像流落街头的野狗，比印度电影《流浪者》中拉兹的命运辛酸万倍。拉兹还有母亲、女友互相依托，印度社会环境宽松，没有阶级压迫，没有政治歧视，人人平等相待。大儒将苦海无边，脱离了滕县小监狱，又步入全国的大监狱。

将要进村的时候，路旁一对雪白的刺猬互相追逐嬉戏，它们暂时驱散了大儒心头的悲痛。大儒跟在刺猬后面，分享着它们的快乐。刺猬发现身后有不速之客，奋力逃之夭夭。大儒急忙将它们收拢在一起，放在铁锨板上带回家中，扣在一瓦盆底下。

第二天猫肉吃光了，又面临着断炊的威胁。万般无奈，两只刺猬又为延缓婶子的死亡做出贡献。经过两天的抢救，濒临死亡的生命开始复苏。首先表现在说话的声音逐渐清晰，力量逐渐增强，由卧位主动爬起来改为坐位，跟侄子谈话的内容也逐渐丰富。在谈话中得知，平原县梁庄姑母健在，姑夫是公社粮所主任。表姐富妮子的丈夫是粮油站主任。奶奶爷爷在世的时候，主要是靠这条渠道供应食品。

大儒得知这条消息后如获至宝，立刻到梁庄探望姑妈。娘儿俩见面后，未曾开言泪先流。姑母一字一泪地诉说奶奶爷爷的死亡过程及殡葬经过。姑妈断断续续地把积压多年的心里话说出来："你是爷爷的命根子，会把祖传家业继承下去。你是爷爷唯一的希望，没想到鬼子进攻中国，爷爷的家传祖业计划被打乱。为了全民抗战，爷爷把你送进八路军。八年抗战结束后，人们脸上短暂的胜利喜悦消失了，内战越打越大。你随渤海部队开往东北，你爷爷两次下东北探望你。在长春国军部队，先见到你爸爸，你所在部队与你爸爸的所在部队恰好对阵。爷儿俩变成互相厮杀的敌人。一气之下，你爹娘远走高飞，脱离内战的漩涡。共产党胜利了，建立了新中国。人们该平平安安地过日子了，可是胜利后政治运动一个接一个，年年搞、月月搞。毛泽东比日本鬼子还厉害，决心把自己的人斗得家破人亡。不但斗一般人民百姓，连共产党的领袖也不放过。最近整倒了彭德怀和张闻天，吓得周恩来提出辞职，陈云噤若寒蝉，刘少奇、邓小平战战兢兢。你爷爷生前反复地念叨，他一生做了一桩大好事，又犯了一桩不可饶恕的大错误。大好事是把你爹娘送出国门深造；大错误是把你送进八路军参加共产党。你被划为右派入牢后，你爷爷一直有犯罪感，没脸去济宁探望你。他的心比你痛苦得多。没想到，你的痴心女友从北京拐弯抹角地找到咱家，于是打伴到了滕县劳改队探望你。回来后更感对不起你，自认为把你推进万丈深渊，毁了你的好像不是毛泽东的暴政，是爷爷自己。你爷爷投井后，方圆附近的百姓深感心痛。奶奶不吃不睡，又想你爷爷又想儿子和你，三代亲人死的死，走的走，坐牢的坐牢，石家的辉煌烟消云散。她承受不住这三重精神打击，恹恹怆怆撒手人寰……""今天你复生子回来了，你知道我心里多么高兴吗？咱石家的根没断，有根就不愁开花结果。石家多少代人都是优秀的！由你把石家医学书香传承下去。关于吃饭问题你不用愁，由我负责。你自己有什么打算？"

大儒沉痛地说："爷爷送我参加八路军共产党是对的。只是没看清毛泽东的真面目，受毛泽东骗的不是我一家人，也包括大批知识分子及革命大功臣。爷爷如果不去滕县劳改队看我，也许不会出现悲剧。我想偷越国境找爹娘去。"

姑妈断然否定了侄子的计划："偷越国境太危险了，被抓住就没命了。一定留在国内，看看毛泽东这出戏到底怎么收场。"大儒说："出国不出国以后再说，目前救人要紧。开河婶子快饿死了，我有粮票准备到粮所买点粮食给婶子吃。"

姑妈说："自你爷爷奶奶过世后，我不愿再回石庄，除非上坟的日子回去一趟。上坟也不去庄内，直接到坟上烧完纸就回梁庄。石庄让我太翻心了。你二爷爷及你开河叔太耿直，也不到梁庄来，结果一下子饿死两口！太伤心了！"

吃完中午饭，姑母给侄子带走十斤小米、十斤大米、十斤面粉、六个棒子面饼子、六个包子、一斤豆油。给他一辆破自行车代步。大儒很高兴，婶子有救了！

两周后，开河婶子水肿消退，自己下炕做饭照顾自己生活。大儒还是想越境出国，出国前他打算先见雪妹，再看看祖国的大好山河，然后与祖国告别。

越境前他又回到了姑姑家，说到上海看看老同学。又到了表姐富妮子家，也说到上海一趟。他走后要求表姐每月来石庄一趟，给开河婶子送一次米面。表姐给表弟三十斤全国粮票，又给他三十斤米面带回石庄。

开河婶子转危为安。大儒闷得心慌，既无书刊可读，又无收音机可听，又无病人求医。他悄悄地到九个生产队进行人口、牲畜、生产等现场调查，写下了《三年毛祸调查》。

一、前言：从前最低行政单位的区、乡，现在改称公社。公社由党委书记、社长、组织委员、宣传委员、民政助理、公安助理、粮管所主任、财政助理、文教助理、卫生院长、供销社主任、水利助理、妇女会主任、武装兼民兵营长等组成。从前的村庄，现改称为生产大队。生产大队以下分小队，根据生产大队大小、人口多少，每个大队由一到十几个小队组成；一个小队人口由几十名至二百多名不等。每个大队有支书、大队长、会计、民兵连长、妇女会主任、赤脚医生各一人。每个小队有小队长、副小队长、会计各一名。公社兼有政府、军事、生产、专政多种功能。大队与小队是传统的军事组织名称。

二、材料与方法：石庄大队的九个小队，土地5857亩，人均土地4亩3分，原人口1362人；耕畜273头，其中包括骡马35头；原年产粮食96万斤。根据1957年原人口、牲畜、粮食数目与1958年底到1961年底进行三年调查比较。

三、结果：1、人口调查：1957年底到1961年底，石庄人口由1362人降为730人，减少632人，占47%，约为1/2；出生率由15‰降为零；死亡人数由1958年到1961年底共312名，再减正常5.1‰死亡率，因饥饿死亡291名，占21.3%，为全村人口的1/5；逃亡人口由1958年到1961底共320人，全村逃亡率为23.5%，全部逃到东北。

2、耕畜调查：耕畜数逐年下降，由1957年的273头降到1961年的75头，死亡198头，死亡率为72.5%；1959年到1961年三年的出生率为零。自1958年8月建立公社后，耕畜由个体户喂养改为集体喂养，饲料粮被饥饿的饲养员偷食。1959年，饲料被取消。饲草缺乏，饮水不及时，缺乏农民的照顾，致使死亡率升高。虽然耕畜逐年大幅度减少，但耕地、农活没减少，加重了每个耕畜的劳动量。又叫马儿跑得好，还叫马儿不吃草，这是耕畜死亡的重要原因之一。人是饿死的，耕畜除了饥饿外，极度透支的劳累是死亡的重要原因。耕畜的发情、孕育、生产是在精心喂养、侍候的环境下完成的。建立公社后，良好的环境被破坏，所以三年的出生率为零。

3、粮食调查：粮食生产由1957年96万斤，降到1961年的26万斤，减产70万斤，减产率为73%；自1958年开始，各级污吏为了保住乌纱帽，吹牛、撒谎、打骂百姓、断绝人民食物、剥夺人民生存权成风。各村、社、县、省等官员以虚报粮食产量为时尚。石庄大队虚报数比实产数高一倍以上。国家根据虚报数征购粮食，由1957年433斤口粮以后，逐年降为60斤、9.9斤及零斤。种子与饲料也全无，播种季节再由粮所返还种子。人口粮也由粮所返还，每人三两地瓜干。即使供应三两葡萄糖也不足以维持生命。在征购中，农民被捆绑、吊打、逮捕致残、致死比比皆是。真可谓实实在在的苛政猛于虎。石庄在征购中农民石开文被逮捕，石德清被打死。

1958年是丰收年，年末仍有28人被饿死。因为办大食堂供给制，叫敞开肚皮吃饭，一天吃三天的粮食，再加上偷盗、浪费，到年底，粮食用光。腹内空空再加天气寒冷，难逃死亡威胁。滕县劳改队在冬季的饿死率也高于温暖季节。

结论：石庄饿死人口的抽样调查，对全省乃至中原各省均具有参考价值。山东省人口当时近6000万，1/5的死亡率，全省将死亡1200万。河南省的人祸比山东更严重，饿死人口只能多于山东的1200万。皖北、苏北人祸与山东相仿，两省相加，饿死人口也不会少于1200万。以上是人祸最严重的四个中原省份，饿死人口可达3600万。另外，陕西、甘肃、河北、山西四个中原省份较以上四省饿死人口绝对数略少。因为河北与山西毗邻人祸较轻的东北及内蒙，他们逃亡或贩运粮食相对方便。甘肃与陕西虽然出现母亲吃儿女的惨状，但两省人口密度较小，估计以上四个中原省的饿死人口总和不会低于山东的1200万，再加全国劳改队及监狱饿死的400万，即使不算其他21个省，只中原八省饿死人口高达5200万，占全国人口的8.6%，超过二战各国战死人数总和。毛泽东面对5200万的死亡竟说："死人好哇，死人可以作肥料。"

五、讨论：中华民族惨绝人寰的空前历史大悲剧，是大暴君大流氓毛泽东一手制造的。1958年1月，在南宁会议上，毛泽东指责周恩来总理及陈云副总理的反冒进，说总理距离右派只有三十米。周总理及陈云同志做了检讨，总理并提出辞职。1961年12月在七千人的大会上，毛泽东六次邀请陈云同志讲话均被婉拒。1958年8月，在北戴河政治局会议上，毛泽东正式提出大办人民公社、大跃进、大炼钢铁的希斯特里狂言，要求1958年实现粮食一万亿斤，比1957年增长90%（按农业规律，粮食增产不超过8%），每人平均1000斤，要求部分省区达到2000斤。钢产量由1957年的500万吨，1958年达到1070万吨（年产钢3000万吨以下的国家，年增长率不超过20%）。建立了100万个土高炉，动员了9000万精壮劳力炼钢，命令各家各户把饭锅砸碎，车轮上的铁瓦、铆钉拆下，铁农具交出来，门锁集中起来，妇女头上的簪子、手指上的顶针也取下炼铁，争取三年翻几倍，达到4000万吨，超过英国的3000万吨，十五年内赶上英国，要跑步进入共产主义。毛泽东的愚民们唱道：'稻粒赶黄豆，黄豆像地瓜；芝麻赛玉米，玉米有人大；花生像山芋，山芋赶冬瓜。河北徐水县县委书记张国忠向暴君汇报说：＂全县产粮12亿斤，平均亩产2000斤。＂毛泽东高兴地让他们每天吃五顿饭。

农业要求搞密植，正常密度播种小麦为7至9斤。疯狂的毛泽东要求播种一麻袋约200斤，幻想一粒麦结两个粒还收400斤哩，结果麦田完全荒芜，一粒小麦也收不回来。

《人民日报》还登载了河南新乡地区日产钢120万吨。湖南有个乡党委书记在大会上宣布：1958年11月8日是共产主义开始之日，私人的东西也不分你我，小孩子也不分你的我的了，只保留一条，老婆还是自己的。不过这一条还得请示上级。河南新乡兴宁人民公社，4000户20000人，实行军事化，全公社编成15个营，50个连，房屋公有，集体宿舍，社员男女老幼分开，按连排编制集中居住，礼拜六回家度周末。用军事组织监控人民造反，这是毛泽东大办人民公社的真正目的。

在人民公社、大跃进、大炼钢铁中，最受偏执狂毛泽东青睐的高级干部有上海市委书记柯庆施、河南省委书记吴芝圃、阳信地委书记路宪文，昏君当面表扬了他们三人。

1959年3月，中共在上海召开政治局会议，柯庆施宣读事先写好的文章：人民公社要做到社社有大学、研究所、奶牛场、面包房、剧院、电影院、养老院、医院；人人会唱歌、跳舞、画画、研究科学、表演、创作，各尽所能进入共产主义。只若＂钢＂元帅升帐，一切都活了。

《人民日报》净登些让毛泽东精神病大发作的消息，说人有多大胆，地有多大产。报道说河南遂南县卫星公社亩产小麦5103斤；西平县亩产7320斤；早稻43075斤9两；广西环江县红旗人民公社中稻亩产130434斤14两4钱。

河南省委书记吴芝圃是第二位使毛疯子青睐的大人物。吴芝圃原是河南省长，1957年借反右派运动，打倒了省委书记潘复生，他取而代之。因之在河南形成了政府行政主管斗书记风气。1958年，全省实产粮281亿斤，向上虚报702亿斤。为完成高征购，对农民进行捆、绑、吊、打、捕、拆房等手段逼粮。1959年，实产210亿斤，虚报450亿斤，因此河南饿死人最多。信阳地区像滕县劳改队，是人间地狱。信阳地委书记路宪文因为制造人间地狱有功，受到毛疯子的接见，并握手言欢。全区打人成风，手段千奇百怪、骇人听闻。光山县委第一书记马龙带头打"右倾"县委书记张福洪，用皮带打他的头、胸、背，把头发连头皮撕掉，张福洪活活被打死。

这个县的另一书记刘文彩，到农村催粮。一天拷打四十多个农民，打死五人。把尸体扔到河里喂鱼。光山县，公社一级干部亲自动手打人的占93%。解山公社团委书记亲手拷打农民九十二人，死十二人。信阳地区因逼粮逮捕1774人。河南大部分村庄没有鸡叫、狗吠、猪跑。农民只能老老实实地坐以待毙，不许外出逃荒。民兵封锁村庄、路口、道路、车站，被抓住的外逃者不是挨打，就是送命。

物理诺贝尔奖得主崔琦，原籍河南。上世纪六十年代，爹娘因饥饿折磨致死。童年的崔琦逃出人间地狱到香港，至今心有余悸不敢回国，怕被毛疯子的徒子徒孙抓获治罪。

毛疯子在山东的得意门生是舒同，他的罪恶与吴芝圃不相上下。1960年他陪同刘少奇视察鲁西北，刘少奇发现路旁村边的榆树皮被剥光了，向舒同问道："为什么树皮都没有了？"舒同当面撒谎说："当地农民有吃树皮的习惯。"

在反右派运动中，他亲自斗了省长赵健民、副省长王卓如。山东划的右派最多，大跃进中他饿死山东人民1200万。

对毛祸的计算日期应从1958年8月北戴河会议开始，到1961年12月七千人大会结束后半年为止，共持续四整年。因七千人大会并不产粮食，直到1962年6月芒种麦熟，人民才吃饱饭，全国饥荒结束。

二十世纪六十年代，中国5200万人民被饿死，其数目之大、持续时间之长、惨不忍睹的现状、社会的恐怖、政治的黑暗、官吏的反动、喽啰的残暴是古今中外绝无仅有的大悲剧。饿死的人口数目相当欧洲一个大国。毛主张与天斗、与地斗、与人斗，他要日月星辰运转听他的指挥，地球的风雪雨露、春夏秋冬的交替服从他的命令，六亿中国人民乃至全世界几十亿人民必须成为他的奴隶，任毛疯子蹂躏、屠杀。毛泽东为了满足领袖欲，谎言说尽、坏事干绝。

1958年8月，中共北戴河会议上，毛泽东说："陈云能管经济，我不能管呀？"他昏庸得自不量力。陈云同志虽没进过大学经济系，但他是自学成功的经济学家，他是中国的大管家。六亿人民的衣、食、住、行、油、盐、酱、醋、生、老、病、死、工农业生产管理得井井有条。毛疯子既不懂工、农业之间的协调关系，更不懂经济规律，甚至连点经济常识也不具备，只会吹牛瞎指挥。他命令九千万精壮男劳动力大搞小土高炉炼钢，其他工业因没工人而停业。农业只有老人、妇女劳动，因此农田荒芜。九千万人搞小土高炉浪费了大量矿石、大量煤炭、大量运输工具，拼死拼活地炼出三百万吨土钢，但都成为废品，不能用。

人民公社、大炼钢铁不但没有促使工、农业大跃进，反而出现了经济崩溃、工农业大跃退、饿死五千万同胞。毛泽东撒谎说，饿死五千万同胞是三年自然灾害造成的。实际情况是1958年风调雨顺大丰收；1959年是中等收成；1960年局部地区有旱涝灾情。一个跨度热、温、寒三带的大国，每年将出现局部旱涝灾害是正常现象。国家对局部灾区进行积极赈灾是不会饿死人的。毛泽东自认为谎撒得大了，没人相信又改口说，七分天灾、三分人祸。刘少奇稍微客观，说是三分天灾七分人祸。其实是十分人祸。为此，毛泽东恨透了刘少奇。

对大办人民公社、大炼钢铁、大跃进导致的经济崩溃、饿死5200万同胞等十恶不赦的滔天大罪，毛泽东却轻松地说成绩是主要的，错误是次要的，是九个手指头与一个手指头的关系。言外之意，把六亿同胞都饿死他才开心。毛泽东确实是个疯子！疯子杀人至多杀一个，毛泽东一次杀了5200万，还强迫人民唱东方红，自封为人民大救星，滑稽透顶，可笑之极！

毛泽东大办人民公社、大炼钢铁、大跃进及大兴水利的真实目的不是为了发展经济、赶超英国、建设社会主义，而是怕人民造反，推翻他的反动统治、杀他的头。在他眼里，每个人都是敌人，都想杀他。这是精神病的多疑症状。集合起九千万青壮年大炼钢铁或兴修水利，按照军队编制进行统治，使人民多劳动、少吃饭，又累又饿又瘦弱的人民是没心思造反的。公社的大食堂供给制又是一种军事共产主义形式，便于对人民统治和惩罚。从城乡调走9000万青壮男人，占人口的百分之15%，剩下的是妇、幼、老、残，他们是造不起反来的。这样毛泽东至高无上的统治地位将稳如泰山。毛泽东的一切主意和谎言都是为了巩固他个人统治为准则。故意借大办人民公社、大炼钢铁、大跃进的方式破坏经济生产，达到饿死5200万人民的目的，是对全体人民的警告：只许老老实实，不许乱说乱动，否则再变着法地搞三面红旗，再饿死5200万！

第四十九章　三年毛祸　饿殍五千万（二）

　　能够向毛泽东忠言直谏的不独大儒一人，还有彭德怀、张闻天两个大人物。人以群分、物以类聚，出狱后大儒就搜集庐山会议的文献资料及社会流言，进行总结分析，形成一篇无法发表的腹稿，对彭德怀、张闻天有同为天涯沦落人的的感情。下面是腹稿的梗概：

　　暴君有饿死五千万人民的自由，人民没有说出现实真相的权利。滕县劳改队三年饿死同胞四千余，谁也不敢说出死亡的真情实况。人人都说是病死的，不敢说是饿死的。胆怯的犯医，在死亡报告上因饥饿死亡违心的编造成机体衰竭。全国的阴森恐怖，与滕县劳改队大同小异。在鬼多人少、凄风血雨的暴政统治之下，中华民族出现了两位大英雄。为了六亿同胞的存亡，置个人安危于度外，冒死向老毛直谏。他们就是万古流芳的彭德怀与张闻天。彭德怀以刚正不阿、生活俭朴、军功显赫而名扬遐迩。张闻天以温文儒雅、思想缜密、理论高深而著称政坛。在庐山会议上，一文一武，相得益彰。

　　毛泽东喜怒无常、出尔反尔、狐性多疑、满眼敌人的性格，不仅在历次政治运动中暴露的淋漓尽致，在庐山会议上表演得更一览无余。1959年7月2日，庐山政治局扩大会议的初衷是纠正错误的反左会议，计划开会时间为半个月。即将在散会的14日，毛泽东像庐山风云一样突变，把反左会议突然改为反右。就像1957年把整风运动突然改变为反右派运动一样。1959年7月庐山会议之前，全国还没出现大片大片饿死人的惨状，只是出现了惨状的先兆。如果按照彭、张二贤的意见悬崖勒马，全国还不至于变成滕县劳改队般的人间地狱。就像一个癌症病人，当某个器官早期发现癌肿，癌细胞没向全身扩散之前，忍痛进行手术割掉。虽然手术给机体以重创，但能保持生命安全。彭、张二贤就像两位技术精湛、思想敏锐、责任心强的医生，早期发现了国家癌症，并提出根治方案。不幸的是，粗犷鲁莽的彭德怀和书呆子气十足的张闻天并没有看透毛泽东发动大跃进、大炼钢铁、大办人民公社的真实目的。毛泽东以维护至高无上的个人独裁统治为目的，不杀死几千万人，不足以显示他的权威，不足以巩固他的独裁统治。

彭张二贤也不理解毛泽东正话反说的欺骗伎俩，他的"为人民服务"恰是对人民专政；他的"当人民勤务员"正是当人民的奴隶主。

如果他请下级官员到家做客吃饭，说明恨透了你；如果他当场痛骂你，说明你是他的爱卿；如果表扬你，即是暗度陈仓准备袭击你；如果提拔你，那是欲取之先必与之；如果对你礼仪有加，犹如黄鼠狼子给鸡拜年，将要吃掉你。他的一生无不如是，这就是毛泽东的性格特征。

1959年7月14日，彭德怀为处于水深火热的六亿人民上书毛泽东，上书内容有根有据，不是空穴来风。1958年12月他先后去湖南湘潭县两个公社进行调查，一个是彭的老家乌石公社，另一个是毛的老家韶山公社，还调查了他1928年7月发动起义的平江县。家乡父老饿得干瘪惨白的面孔，饿得哇哇直哭的泪水，乡亲们一锅锅的野菜汤，比济宁郊区蒋家林的农民更苦。1956年大儒为蒋家林农民的营养不良性贫血上书毛泽东，而被划为极右派判刑三年；1959年彭德怀为乌石、韶山农民的饥荒上书毛泽东竟被定为右倾机会主义反党集团。虽然大儒与彭德怀的阅历不同，社会地位悬殊，军功大小更不成比例，但对共产党的热爱、对毛泽东的忠心是一致的，对受苦受难的农民弟兄抱恻隐同情心是相同的，因此一老一小的彭、石的命运也是殊途同归。

彭德怀还调查了平江县及其养老院。在养老院遇见一个当年相识的老红军，老红军偷偷的递给他一张纸条，纸条上一首诗写道：谷撒地，薯叶枯。青壮炼铁去，收获童与姑。来年日子怎么过？请为人民鼓咙呼！曾亲手打败过美国大军的彭德怀，读后泪湿戎装。可见彭德怀感情世界的高尚纯真。彭德怀心里满装湘潭与平江父老的泪水，走向庐山会场。1958年12月，仅仅是毛祸的开始，令人发指的惨状还没完全显露出来，彭德怀预感到国家大灾大难即将降临，对人民的责任心，对国家的忠心迫使他勇敢的上书毛泽东，以图力挽狂澜。

彭德怀的信有三千多字，分两部分。第一部分肯定了1958年大跃进的成绩；第二部分是如何总结工作中经验教训。

一，指出当前的主要问题及解决方法。彭德怀不敢不首先肯定了总路线、大跃进和人民公社的成绩。但重点提出人民公社运动中出现的所有制混乱；大炼钢铁浪费了人力、财力和资源；基本建设规模过大。信中指出："现时我们在建设工作中所面临的突出矛盾，是由于比例失调而引起的各方面紧张。这种情况的发展已影响到工农之间、城市各阶层之间、农民各阶层之间的关系，因此是具有政治性的，是关系到我们今后动员广大群众继续实现跃进的关键所在。在安排来年建设时，在实事求是和稳妥可靠的基础上，加以认真考虑。对于1958年和1959年上半年那些实在无法完成的基本建设项目，也必须下最大决心暂时停止，在这方面必须有所舍，才能有所取。否则严重失调现象将要延长，某些方面的被动局面则难以摆脱，将妨碍今后四年赶英超美的跃进速度。

二，总结了1958年工作失误与经验教训。彭德怀提出："我们在主观上，在思想方法和工作作风方面，暴露出不少值得注意的问题。一方面，主要表现在浮夸风普遍地滋长起来。去年北戴河会议时，对粮食产量估计过高，造成一种假象，大家都感到粮食问题已经解决，中国温饱问题不再是世界话题，因此可以腾出手来搞工业了。在对发展钢铁的认识上，也有着严重的偏面性，没有认真的研究炼钢、轧钢和碎石设备，煤炭、矿石、炼焦设备，坑木来源，运输能力，劳动力增加，市场商品如何安排等等。反之，是没有必要的平衡计划。这些犯了不实事求是的毛病，恐怕这是产生一系列问题的起因。"

另一方面，小资产阶级的狂热性，使我们容易犯左的错误。在1958年的大跃进中，与其他不少同志一样，为大跃进的成绩和群众运动的热情所迷惑，一些左的倾向有了相当程度的发展，总想一步跨入共产主义，抢先思想一度占了上风。把党长期以来形成的群众路线和实事求是的作风置诸脑后了。在思想方法上，往往把战略性的布局与具体措施，长远性的大政方针与当前步骤，整体和局部，大集体与小集体等混淆起来。固而脱离了实际，得不到群众的支持。"

简而言之，彭德怀的信可概括三个问题，一是人民公社破坏了农业生产；二是大炼钢铁失多得少；三是基本建设摊子铺得过大。并低调的提出改进以上三方面工作的意见。纵观全信，文字温和，躲躲闪闪，欲言还休，分析非一针见血，立论四平八稳。即使用放大镜细看，也发现不了反毛反党的蛛丝马迹，彭德怀的想法及语言与普通农民并无二致。彭的上书远不及二年前大儒的《献国策》更一针见血。毛泽东何以小题大作，置彭德怀以死地而后快？

　　毛泽东最怕三种人，一怕知识分子不合作，二怕工农大众起义，三怕开国重臣造反。全国知识分子，四分之一已被划为右派，劳改的劳改，劳教的劳教，管治的管治。没被划为右派的知识分子吓得两眼发直，浑身筛糠，像奴隶一样俯首帖耳，摇尾乞怜，不敢不听救世主的摆布，在整治知识分子方面取得伟大胜利。在毛泽东看来，六亿人口中的全部青壮年九千万，编成军队组织，调去炼钢，开山挖河建水库。其劳动强度及时间之长远远超过蒙恬修长城的奴隶，青壮年累得没有起义的思想和时间；城乡剩余的妇孺老迈构不成起义的力量，因此清除了人民揭竿而起的隐患。目前的安全死角是开国重臣，特别是军权在握的名将。长征中功劳最大的是陈光，内战军功最高的是林彪、粟裕，外战功最大的是彭德怀。比魏延更难驾御的是陈光和彭德怀。陈光已被悄悄处死，现在该收拾彭德怀了，可假借他的来信作为他灰飞烟灭的导火索。毛泽东自信具有翻手为云覆手为雨的本事。

　　毛泽东除掉彭德怀的计划非今日始。1928年7月彭德怀率领一个团在平江起义，成立了中国红军第五军。12月与朱德毛泽东的红四军会合。以后红四军改称红一军团，红五军改称为红三军团。红一军团长为朱德，政委毛泽东；红三军团长为彭德怀，政委滕代远。1930年，红一军团与红三军团整编为红一方面军，朱德为司令，彭德怀为副司令，毛泽东为政委，陈毅为政治部主任。

　　彭德怀在井冈山红一方面军中的地位，几乎与毛泽东平起平坐，他们之间亲切的以老毛、老彭互相称谓。两人是同一县老乡，出生地相隔只有三四十里之遥，年龄相近，只差五岁。毛泽东把彭德怀团结为本山头的人，以掣肘周恩来的朋友：朱德、陈毅。朱德忠厚谦和，彭德怀豪爽坦诚，又都是行伍同行，朱德大彭德怀十二岁，彭德怀不但没有起到掣肘作用，反而视朱德为师长朋友，与朱德的亲密往来远超过对老毛。老毛虽不动声色但怀恨在心。彭德怀成为毛的热山芋，丢了可惜，不丢烫手。为了争夺中央领导权，加强本山头势力及会议上的选票，老毛咬了咬牙，强压住心头怒火，写了一首"谁敢横刀立马，唯我彭大将军。"这首诗表面看是赞扬彭德怀，其真实目的一方面是拉拢，另一方面主要是警告彭德怀，你军功再大仍是我老毛手下的一员大将而已，要把自己的位置摆正，不要趾高气扬地不听召呼。直到建国前，全国六亿人民都称毛泽东为主席，人民大救星，高呼万岁，唯有彭德怀仍以亲昵的老毛相称，甚至早晨去掀老毛的被窝。在井冈山这样做可以，现在的老毛今非昔比。在井冈山，在长征途中，老毛像个在逃犯，昼伏夜出，在山沟里躲躲藏藏。现在的老毛握有两百万大军，一言九鼎，即将黄袍加身。昔日听"老毛"很亲切，今日听"老毛"很刺耳，怒不可遏。

远征朝鲜的抗美胜利，给国家增加了荣誉，给毛泽东彭德怀带来悲剧。抗美胜利后毛泽东明显骄傲了，目空一切，视人民为草芥，疯狂地连续发动政治运动，镇压知识分子，用饥饿统治人民，成为历史上最残忍的暴君，遗臭万年。彭德怀犯了功高震主的忌讳，于是败走庐山。1959年春，他访问了东欧八国，所到之处，均以民族英雄的美誉相加，特别得到苏共领袖赫鲁晓夫的吹捧。这些赞美与吹捧加速了彭德怀的政治死亡，因为它既加深了老毛的嫉妒不安，又麻痹了彭德怀的政治嗅觉，大意输了满盘棋。虽然那封信的内容并不激烈，毛泽东借机新账老账一起算，欲加之罪何患无词，何况当时正处于一个人神圣，全民族卑贱的非常时代。

上世纪三十年代初，毛泽东在井冈山中央苏区大抓AB团，大开杀戒，枉杀红军四千余人，其中包括许多优秀的红军指挥员及忠诚的共产党员。毛泽东网开一面，没把彭德怀当成AB团杀掉，而后彭德怀知恩不报，这是老毛的第一恨。在长征途中四渡赤水，全部队走弓背路，红军苦不堪言，林彪给毛去信，主张彭德怀取代毛指挥红军，毛误认为这个主意出自彭德怀，这是老毛的第二恨。1938年3月——五师长林彪负伤，彭德怀在太行山，没通过延安毛泽东，以八路军总部的名誉任命陈光为代师长，十几个小时后，毛泽东来电，命令亲信罗荣桓为代师长，彭德怀没执行毛的任命，这是老毛的第三恨。1940年，日寇进攻长沙，目的打通粤汉路，为了减轻正面战场的国军压力，没经毛的批准，彭德怀组织了敌后百团大战，毛的主意是坐山看虎斗，让国军与日军互相厮杀，乘虚扩大自己的力量，而彭德怀不识时务，这是老毛的第四恨。1950年11月，皇太子毛岸英随彭德怀远征抗美前线，在同一个隐蔽部内美机单单打死了皇太子，而彭德怀安然无恙，彭德怀没尽到保护之责，这是老毛的第五恨。1956年八大将召开之际，彭德怀建议刘少奇，在党章与政治报告中把"毛泽东思想"五个字抹掉，刘少奇照办，这是老毛的第六恨。1958年，老毛指示彭德怀，批斗周恩来派的两大军事家刘伯承及粟裕，指责前者的军事理论为教条主义，后者为里通外国，彭德怀尊令主持了批斗会，但批斗后没做组织处理，没达到老毛斗死斗臭的目的，这是毛的第七恨。高岗、彭德怀作为西北地区的先后负责人，在朝鲜抗美战争中，彭是前线总司令，高是东北主席，东北是抗美战争的大后方，彭、高配合默契，他们长期有千丝万缕的密切关系，但高岗事发后，彭德怀没进行检举揭发，态度暧昧，这是毛的第八恨。1953年，抗美胜利后，彭德怀在解放军中威望太高，在国际上，特别在东欧苏联名声大震，这是毛的第九恨。毛泽东说大跃进、人民公社、大炼钢铁的成绩与错误是九个手指头与一个手指头的问题，成绩伟大，问题不少，前途光明。而彭德怀大唱反调，把老毛的论断，掐头去尾，只谈中间的"问题不少"，结论是失多得少，把毛的九个手指头与一个手指头倒过来，这是老毛的第十恨。建国后，中央办公厅主任杨尚昆，知晓老毛是色狼，为投其所好，准备组建中南海歌舞团，光靠中南海的保健护士不能满足老毛的需要。彭德怀说，这与封建皇帝的三宫六院有什么区别？乱弹琴！歌舞团告吹，这是老毛的第十一恨。在十一恨当中，最关键的是第九恨。当年林彪所以拒绝任抗美总司令，就预料到败则有罪，胜则掉头。彭德怀的悲剧不幸被林彪猜中了。

除了十一恨外，毛对彭还有两怕。一怕借马家军之刀杀西路军的机密被彭揭穿；二怕借顾祝同的刀杀新四军的秘密被彭泄露。因为这两桩血案是毛泽东通过前线总指挥彭德怀完成的，如果毛泽东死在彭德怀之前，有被彭德怀揭密的可能。

彭德怀、黄克诚、张闻天、周小舟在庐山被定为右倾机会主义反党集团。彭德怀排名第一，他是政治局委员，又是他惹的乱子。第二名该是张闻天，因他是候补政治局委员在庐山会议他发言最长，九千言讲了三个小时。在会上毛泽东又无中生有的提出彭德怀有军事俱乐部组织，俱乐部主任是彭德怀，黄克诚是他的参谋长，所以把黄克诚列为第二名，张闻天屈居第三。

1961年底彭德怀写了八万言的《自述》递给党中央，毛泽东指他的《自述》是右倾翻案风，翻案不得人心。毛泽东好奇心极浓，他喜欢与被他整治得死去活来的人见面，看看对方的可怜相，或者请仇人吃饭。1945年在延安杨家岭请陈光一家到家吃饭；1965年9月23日又请彭德怀到中南海颐年堂吃饭，并请刘少奇、彭真等作陪。彭德怀错认为老毛回心转意。1971年，毛泽东决定判彭德怀无期徒刑，因林彪案发，打乱了毛泽东的既定方针。最后，和陈光的下场一样，以死亡了结了这桩公案。

彭德怀始料不及的是，他死后比生前更受人民尊敬与爱戴。庐山会议之前他是国家的功臣，之后变成人民的忠臣。他在朝鲜消灭美军三十九万的功德，不抵三千多字的那封信有分量。功臣多是被动的，可能是受某政治党团指使，付出的是体力或智慧，有时也可能是生命；忠臣是主动的，付出的多是生命。功臣多是完成某利益集团的局部利益；忠臣是为全国全民族全体人民的利益而献身。彭德怀授毛之命赴朝抗美，是为了满足毛的好大喜功及个人独裁。客观也有利于国家，所以他是毛的功臣；在庐山上书毛，是主动的冒险为全国人民请命，所以称之为人民忠臣。岳飞、文天祥、海瑞、彭德怀为忠臣，萧何、韩信、徐达为功臣。历史上功臣多于忠臣，做功臣容易做忠臣难，忠臣必备有为民牺牲精神，没有一丁点私心杂念。所以彭德怀已去世半个世纪，人民仍对他缅怀难忘，难忘的不是他消灭了三十九万美国军队，而是他给毛的那封信。那封信使彭德怀像岳飞、文天祥、海瑞一样流芳千古，而使毛遗臭万年。可惜，人非圣贤，孰能无过，

1936年如果不执行毛借马家军之刀消灭西路军的计划，1941年不执行借敌刀杀新四军的计划；1958年，不主张批判两位大功臣刘伯承及粟裕，彭德怀的形象更高大。

令人百思不得其解的是，彭德怀属于井冈山枪杆子派系。山大王是毛，手下有三大元帅，包括彭德怀、林彪、罗荣桓。罗荣桓是政工干部缺乏军事才智，彭德怀、林彪二帅是老毛的哼哈二将、左膀右臂。在遵义会议所以能够篡党夺权获得成功，就是靠哼哈二将及其手下的高级将领的摇旗呐喊。在庐山，老毛突然砍掉自己的左膀，而竟不心痛，这只能用他的昏庸、偏执狂、神经病大发作来解释。

中共从一大到五大高层领导人以学者为多，以陈独秀、李大钊为代表，其次具有正规高等学历的有张国焘、瞿秋白，邓中夏、李达、彭述之等。自六大以后文化水平逐渐降低，到九大、十大降到最低，大部分

中央委员为工人、农民和将军，许多是文盲或半文盲，政治局委员陈永贵为农民，常委王洪文为工厂的保卫，毛把知识分子视为毒蛇猛兽。在七大政治局中，受过正规高等教育的优秀知识分子只有洛甫一人。另一个是朱瑞，但他被毛迫挤出中央委员会之外，能力再大也构不成威胁。

1959年7、8月，张闻天在庐山的悬崖峭壁上，被毛一把推入万丈深渊。只因他是忧国忧民的优秀知识分子，毛为此恨之入骨，以除之而后快。张闻天又名洛甫，历任中共中央宣传部长、政治局委员、政治局常委总书记等职。他和博古、王明、瞿秋白、王稼祥、任弼时等人为中共党内的苏俄派或第三国际派。经1942年整风运动及1945年的中共七大斗争，苏俄派被彻底击溃。虽然任弼时被选为常委，张闻天为政治局委员，但二人徒有虚名，像民主人士一样，有职无权。任弼时的实际职务是青年团书记，还有一帮副书记"帮助"他；张闻天为黑龙江佳木斯合江军区政委，还有一个少将司令贺晋年"帮助"他，更在中央委员的林彪、罗荣桓节制之下。从以上职务安排上看，任弼时与张闻天的政治生涯已名存实亡，已被毛判为政治缓杀。任弼时、张闻天只能忍辱负重、满于现状，乖乖地成为毛泽东的政治玩具。如对现状稍有非议就是反党，就变成政治斗争的靶子。在庐山会议上，党内书生张闻天铤而走险，为处于饥饿待毙的亿万苍生呼救。他变成毛斗争的靶子，为此毛泽东快乐的眉飞色舞。在遵义会议前后的长征途中，毛主动与张闻天同住一个房间，伪装多年至交的样子，进行百般哄骗，因而获得常委的席位。七大后张闻天已失去毛泽东的需要，就把他安在政治打靶场上。

洛甫在大会发言之前，已收到毛的秘书田家英的电话，根据近几天毛的动向，得知庐山会议的风向将由反左转为反右，劝张闻天在会议上不该说的话少说或不说，避免过激言词。惺惺惜惺惺，秀才很欣赏洛甫的理论造诣及大块文章，不要一时心血来潮，口无遮拦，毁了自己后半生。别看是书生，还有股牛脾气，越不让说就越说。张闻天的发言稿三倍于彭德怀的上书，约九千字。像当总书记作政治报告一样，在会场上抑扬顿挫有板有眼整整讲了三个小时。讲话稿有根有据，引经据典，有调查结果，有论证分析，有改正方法，有远景展望，就像是一篇社会学博士论文。毛得到他的发言稿如获至宝，把它当成反党右倾机会主义的铁证，他斗人的嗜好将得到满足。

彭大帅的信写于7月14日，洛甫发言是21日。发言之前，彭德怀的信已导致风云骤变，庐山已处在山雨欲来风满楼之中。洛甫有充分的思考时间，可在21日不发言或另起发言稿，这会短暂的延迟处于病危的政治生命。但作为马列主义的信徒，不能对倒悬的六亿人民熟视无睹。其次出于义气，不能让彭德怀一人孤军奋战，他必须开辟第二战场，增援好友。7月21日下午，他在毛泽东的帮凶柯庆施主持的华东组发言，整整讲了一个下午。除了柯庆施插言外，没任何人插话。

洛甫开讲了。他平心静气的照本宣科。讲稿分十三个小题：大跃进的成绩；缺点；缺点的后果；对缺点的估计；产生缺点的原因；主观主义和偏面性；政治和经济；三种所有制的关系；民主和集中；缺点讲透很有必要；光明前途问题；关于彭德怀同志的意见书；成绩和缺点之间的关系。发言通篇立论恢宏，高屋建瓴，绵针细密，逻辑严谨，分析透彻，针砭时弊，入木三分。对昏庸、狂躁的毛泽东，不啻是一副清凉剂。

洛甫讲道："经济建设缺点的原因是比例失调，指标过高，求成过急。共产风主要是所有制和按劳分配问题。虚报浮夸、强迫命令是不允许讲话，不允许怀疑所致，否则就扣帽子。钢铁指标过高，其他指标也跟着上，造成全面紧张和比例失调。基建战线拉的太长，浪费太大，工程质量也差。新增工人太多，招二千多万，人浮于事。产品不配套，朝令夕改，不能实现其价值。原料供应缺乏，经常停工待料。产品质量低下，技术水平下降，没有设备维修等等。从而造成资金及物资的大量浪费与积压，市场供应紧张、物资储备减少，财政结余用光，外贸出口不能完成等等恶果。大炼钢铁不单赔了五十亿，最大的问题是九千万人盲目上山采矿炼铁，破坏了农业生产，丰产也不能丰收。什么都提倡全民，甚至要求全民写诗，搞得老百姓不胜其烦。"

关于大食堂问题，洛甫指出："坚决贯彻按劳分配，取消吃饭不要钱。不能把供给制、公共食堂等同于社会主义、共产主义，这是两个不同的范畴。"

关于共产主义风格宣传问题，洛甫认为："为集体牺牲个人的思想可以宣传，用来要求少数人、先进分子，但不能作为制定政策的根据。如果社会主义不能满足个人物质及文化需求，就失去目标，社会主义也就建设不起来。"

关于产生错误的原因，洛甫说："主要是缺乏经验，但不能到此为止。要从思想方法、观点和作风上查找，这有利于总结经验和教训。避免今后重蹈覆辙。"

洛甫强调："主观能动性是对的，但过了头，就是主观主义。好大喜功要合乎实际，否则会弄巧成拙，欲速则不达，好事变坏事。要尊重经济规律，不能主观的光强调政治挂帅，有人看不起经济规律，认为只要政治挂帅什么问题都解决了，这要受到经济规律的惩罚。"

毛认为"平衡是相对的，不平衡是绝对的"洛甫反驳说："经济建设就是要找出相对平衡，利用相对平衡制定经济计划。遇到某一方面被突破，便要及时调整，这就是所谓积极平衡。领导经济建设，不懂经济规律是不行的。"

洛甫针对报纸上放肆的报道，吹大牛、放卫星、超外国很反感："吹牛引起很大混乱，在国外造成很坏影响。有些东西我们自己认为正确的，必须经过实践检验。搞经济的要学点科学技术知识，办事要有科学根据。要改革，也要在人家已有科学成就的基础上改革，不能随便把原来的东西推翻。更不能乱吹，叫人家看了笑话我们很外行。鞍钢把工业生产定额制度一把火烧掉了，像打土豪时烧地契一样。现在到处也找不到，弄得生产秩序大乱，生产技术没有科学依据，光用土办法蛮干怎么行呢？蛮干是要死人的，一切经过试验。这条原则我们必须遵守。实验室成功了，还不等于在工业生产中也成功了。工业中少量生产与批量生产也不一样。上海的"英雄100型"钢笔吹成超过"派克"，开始美国人很害怕，试验后说"没什么了不起，很多关键没摸到。"其实"英雄"并不超过"派克"。上海造的表也吹了一阵子，其实走的并不怎么样。"

关于党内民主问题洛甫勇敢的阐明说："主席常说，要敢于提不同意见，要舍得一身剐，不怕杀头等等。这是对的，但是光要求不怕杀头不行。被国民党杀头不要紧，被共产党杀头可遗臭万年。问题的另一面是要造成一种空气、环境，使下面敢于发表不同意见，形成生动活泼，能自由交换意见的局面。这个问题对执政党尤其重要。我们不要怕没有人歌功颂德，讲共产党英明伟大，讲我们的成绩。怕的是人家不敢向我们提出不同意见。不要造成一种提错意见，就会被扣上机会主义，右派帽子的局面。过去一个时期，几句话说错了，就被扣帽子。反而有些虚夸被奖励，被树为红旗。真正坚持实事求是，坚持群众路线的人，一定会听反面意见的。毛主席关于群众路线，实事求是的讲话很多，但讲起来容易做起来难。"

洛甫对毛继续说："光讲成绩，不讲缺点，是否会保持积极性呢？我看不会。因为人家不服。马列主义鼓励积极性靠真理，现在我觉得有些虚，就是因为真理不够。要防止骄傲自满，要清醒的看到存在的问题。有些地方发生浮肿病，饿死一些人。胜利本身有消极面，容易使人头脑发热、骄傲自满。谦虚一点，头脑冷静一点，倾听一下不同意见，多想一下问题在哪里。满足于成绩，虽然心宽体胖，却研究不了问题，接受不了教训。"

最后，洛甫几乎以完全肯定的口吻评论彭德怀的那封信。他说："信的本意是好的，至于个别的说法，说得多一点少一点，关系就没有多大。关于彭总对得和失的提法，是就局部问题而言，在炼钢问题上有得有失，考虑一下也是可以的。各方面的紧张具有政治性的说法，是值得我们考虑的，在刮共产风时，各方面的关系的确紧张。彭德怀讲'浮夸风'，说浮夸风吹遍了各地区各部门，他指的是对粮食估产过高而言。但是，我们应该自己承认，'浮夸风'确实严重。彭德怀说'小资产阶级狂热性'不说好一点，说了也没什么。但是，刮"共产风"也是小资产阶级的狂热性吧。彭说'把党长期形成群众路线和实事求是的作风置之脑后了'如果是讲一个时期的事，这样讲问题不大。关于说到纠'左'比纠'右'更加困难的问题，有人说容易，有人说难。做得好，抓的紧，就容易；做不好，抓不紧，就不容易。这是个辨证问题。"他几乎逐条逐款地肯定了彭信的积极性。

文质彬彬的洛甫竟是一个真实的荆轲，所不同的是，荆轲用的是匕首，洛甫用的是笔头，两人的结局近似。荆轲是生理死亡，洛甫是政治死亡。

洛甫与毛的思想本质水火不相容。洛甫是信仰（一）马列主义；（二）坚持唯物主义；（三）赞成实事求是；（四）主张民主；（五）为民请命；（六）对朋友义气；（七）对党忠诚；（八）遇事三思，冷静严谨；（九）理论造诣颇深；（十）处世淡泊，不争权夺利。

毛泽东相反，（一）他满脑袋封建主义、帝王思想，自命大救星，强迫人民喊万岁，喜欢被人神化，被人崇拜；（二）毛泽东是唯心主义者，主张"人有多大胆，地有多大产"，"不怕做不到，就怕没想到"，迷信阶级成分血统遗传；（三）毛喜欢吹牛、撒谎，饿死五千万人民还说成绩是主要的，缺点是次要的，是九个指头与一个指头的关系；（四）毛主张个人独裁制；（五）害怕人民造反，以镇压、屠杀、饥饿来统治人民；（六）老毛没朋友，满眼是敌人；（七）对党奸诈，凌驾党之上，把党当成打人的棍子，蒙骗党员；（八）疯狂、头昏、躁动、好发动战争与政治运动，鼓吹与天斗、地斗、人斗，天天斗，月月斗，年年斗；（九）不懂装懂，不懂马列主义，不会辨证唯物论，科学技术一窍不通，缺少经验常识；（十）争权夺利，迫害异己杀害功臣，权欲熏天，蹂躏妇女。

以上毛的十大恶迹，与洛甫的十大美德比较后可知，两人从本质上是水火难容的。嫉贤妒能的毛泽东，不会给洛甫留下生存空间。即使他在庐山不为人民仗义执言，以后也难逃脱欲加之罪。

据统计，洛甫九千言的发言稿，提成绩只有二百七十字，用了三个危险，三十九个"但"，十三个"比例失调"，十二个"生产紧张"，一百零八个"很大损失"，以及"太高"、"太急"、"太快"等一大批"太"字。被人颂扬为圣贤者，给历史留下的文章不在量而在质。老子只留下一篇道德经五千言，孙子只留下一篇兵法篇幅也不比道德经长，屈原的离骚尚不到二千五百言。但是他们三人的伟大思想，精辟见解，独立人格，超人的智慧，忧国忧民的精神，成为民族的楷模，子孙万代的师表。即使洛甫没有任何著述，只凭庐山一篇九千字的发言稿，其爱国、爱民、爱党及其视死如归的勇敢精神，也像屈原一样，永垂青史。洛甫的为人，永远是共产党员的表率，人民的忠臣，知识分子的骄傲。可惜，人无完人，金无足赤，如果在遵义会上不帮毛泽东进入常委会，不在延安帮毛泽东批斗无辜的张国焘，洛甫就是完人。

在以后的毛、周、刘三派十年混战中，他和彭德怀一样被毛折磨致死。

毛泽东在庐山面临两个抉择，一个是狼狈辞职，卸甲归田；另一个是厚着脸皮苟延残喘，他选择了后者。在毛看来，彭德怀的信，对党对人民越忠诚，在党内越有市场；洛甫发言越凿凿有据，文字越委婉隽永，对高级干部越有诱惑、煽动性，今天不摁住他俩，明天在庐山会有十个彭张站出来，后天会有一百个造反，届时，只能回家抱小孙孙去了。毛泽东点了点政治局、中央委员会与各部主官的画名册，发现十七位政治局委员中，多数是周恩来的人，还有少数刘少奇的人，只有林彪、罗荣桓二人支持他，罗荣桓还重病缠身，帮不上忙，只能靠林彪这根棍子，但他并不很积极。在九十七个中央委员中只有林彪、罗瑞卿、柯庆施、李井泉、吴芝圃受用，其他九十二根棍子靠不住。不过那五根棍子也各怀鬼胎，林彪想当国防部长，罗瑞卿瞅着参谋总长，柯庆施、李井泉、吴芝圃目的是混进政治局。老毛数来算去，党中央没一个好人，都是奸佞，他是真正的孤家寡人。至于各省部主官一百多名，他们与民众直接接触，了解基层的灾难实情，几乎百分之百地反对三面红旗。例如周小舟、李锐骂我如斯大林晚年独裁，一手遮天，像袁世凯当皇帝，喜欢歌功颂德。他自以为陷入四面楚歌的危险。

毛深信，两军相遇勇者胜，先下手为强，后下手遭殃。首先要扑灭彭、张的星星之火，以防燎原。他的一贯伎俩是把忠说成奸、坏说成好、失败说成胜利、斗争说成治病救人、迫害说成与人为善、压迫说成帮助、独裁说成民主、奴役人民说成为人民服务。这样，毛用"与人为善"的态度，"治病救人"的方法，"民主"的程序，"帮助"彭张二贤进入毛设计的断头台上的索套。毛泽东说："斗争是共产党的哲学，你不斗他，他斗你，你不打他，他打你。"不妨回顾一下历届斗争路线，了解毛的真面目。在长征之前，中共曾有三次重大的路线斗争。一次是右倾二次左倾。

1921年7月到1927年8月为陈独秀的右倾投降主义，主张与国民党左派继续联合。1930年6月至9月，是李立三的左倾冒险主义，主张在一个或几个省首先胜利，夸大了自己的力量，轻视了敌人的力量，盲目地发动暴动。

以上两次路线斗争与毛泽东关系不大，因为他既不是政治局委员更不是常委。发生路线斗争的地点在武汉和上海。老毛在湖南乡下组织农民暴动或在井冈山打游击，山高皇帝远，鞭子打不到他身上。

第三次路线斗争是从1931年1月在上海召开的四中全会到1935年1月遵义会议上是王明的左倾冒险主义，主张攻占中心城市。在长达四年的王明路线中毛泽东吃尽苦头，他的领袖欲、好大喜功、飞扬跋扈、胡吹海谤受到压制，没混进政治局，对常委的坐席垂涎三尺，可望不可及。甚至中央苏区书记及苏区政府主席的职位也被项英、张闻天挤占。所以对苏俄派耿耿于怀。尽管1934年1月，在中共六届五中全会上勉强混进政治局，但军队指挥权仍攥在博古、周恩来、李德及朱德手中。1934年，中共中央成立三人团临时指挥领导机构，统一领导党政军。长征前，三人团决定留老毛领导苏区斗争。他向周恩来恳求随红军长征。豁达的周恩来答应了他的要求。周恩来一生为国家做了许许多多大好事，但他也犯了一件大错误，那就是答应老毛随军长征的要求。如果把他留在危险的苏区坚持游击斗争，他即使死不了，也不会成为中央的核心领导人。那就不会有无穷无尽的政治运动，更不会有三年毛祸，饿死五千万同胞，彭德怀、张闻天也不会含冤而死。

1935年1月长征红军进入遵义城，毛泽东哄骗周恩来、张闻天、王稼祥甚至博古，主张召开遵义会议。参加遵义会议的政治局委员不过半数，不能称为政治局会议，没有选举常委的权力。参加会议的十八个人，其中九位是毛泽东的红一方面军高级将领，于是毛泽东打进了中共常委会，成为五个常委之一。遵义会议的实质是毛泽东的军事政变，用枪杆子夺得常委。在遵义会议上，毛泽东攻击三人团对第五次反围剿的失败负有责任，指责三人团的指挥错误是拒敌人于国门之外，没按他第一二三次反围剿的诱敌深入战术去打。这纯粹是哗众取宠，无视现实。第一、二、三次反围剿，正处于蒋、冯、阎、李中原大战，双方投入军队百万多，死伤三十多万，蒋介石没力量围剿红军。第一、二、三次围剿投入军队分别为十万、二十万、三十万。第五次围剿投入一百万，整整打了一年。再英明的将领，指挥八万红军也打不退百万国军。如果说中央苏区第五次反围剿失败归罪于三人团，那么红四方面军八万人，红二方面军二万人也被国军赶出根据地，进行长征突围，又是谁的责任呢？欺骗、撒谎、颠倒是非是老毛夺权害人的一贯伎俩，这次在庐山又故伎重演。与天斗、与地斗、与人斗，天天斗、月月斗、年年斗是毛泽东的政治纲领。当他被王明、博古、洛甫领导的时候，骂他们是左倾冒险主义；当他夺取了最高权利的时候骂高饶是反党集团，彭张是右倾机会主义。他当媳妇的时候骂婆婆是虐待他的母老虎，他当婆婆的时候指责媳妇是不孝的泼妇。

洛甫是苏俄派在中共中央最后一个代表人物，毛抓不到王明，就拿洛甫祭刀，以报当年心头之恨。至于洛甫在遵义会议上对他的恩惠，早已忘到九霄云外。如果庐山会议算作路线斗争的话，应属反左倾冒险主义斗争。尽管这次斗争以失败而告终，但永垂青史。其实，这是一场反非人道主义斗争，是捍卫人权斗争。彭德怀、洛甫两位人权卫士为六亿同胞的生存而赴汤蹈火，堪称为"先天下之忧而忧，后天下之乐而乐"的仁人君子。

建国后到目前为止，证明毛是明君抑或昏君已出现五大鉴别依据。一，能不能接受梁漱溟的先农业后工业，先让农民吃饱饭，再为工业提供原料与市场；二，对马寅初的新人口论，为中国少生几亿人口，是接受还是反对；三，对胡风的文艺理论能否坚持公正争论抑或镇压；四，对知识分子政策是保持宽容还是大搞文字狱；五，对彭德怀、洛甫的忠言直谏是接受或是一棍子打死。以上五大鉴别表明毛泽东选择了嫉贤妒能、抑善扬恶、罚忠奖奸、与民为敌的政策。

彭德怀、张闻天只是谈到灾难起始的1959年，尚饿死人不多，尚没谈到灾难深重的1960年与1961两年大片大片饿死人的的实情，毛泽东竟怒不可遏，决心与亿万人民斗争到底，他终于获得饿死五千两百万人民的巨大胜利。

第五十章　三年毛祸　饿殍五千万（三）

　　御用文人将毛泽东饿死五千两百万人民的政治运动美化为"三年自然灾害"，将四年运动缩短为三年，其真实的历史题目应为"四年毛祸"。四年毛祸起始于1958年5月中共八大二中全会，毛泽东提出"鼓起干劲，力争上游，多快好省的建设社会主义开始，到1962年6月中旬小麦丰收为止。因为"三年"已喊了近四十年，本文仍按"三年"说事。

　　救活开河婶子后，大儒仍计划逃亡国外。选择的逃亡路线经云南去缅甸，由缅甸向美国，到美国哥伦比亚大学由医学院查询父亲的通信地址。中缅没有边界纠纷，两国关系友好，边界贸易往来畅通，缅甸中国同为落后国家，哨卡警戒相对松弛。云缅边界应是最安全的逃亡路线。十一年前国军李弥的两个军残部被共军强逼由云南逃亡缅甸。当时参加追击战的部队就有大儒极为熟悉的三十八军，原是东北第一纵队。曾几何时现在大儒将重复李弥的逃跑路线，将逃出国门。可能国境线上就有三十八军的哨卡，哨卡很可能对当年东北战场上的战友做出非礼行动，想到此，大儒笑了，历史真像演戏！

　　大儒也曾想到逃亡香港，由广东直接进入香港是不可能的，边界警戒森严。如在陆地汕尾乘渔船偷渡到香港太冒险，划渔船的艄公说不定就是便衣警察，即使不是便衣警察可能偷渡费用太高，无钱支付，再说香港附近的公安快艇会穿梭巡逻，另外害怕碰上台风。自香港到潮汕是四十一军的边防。四十一军是原东北的第四纵队，也是东北的一支主力部队，是许世友在抗战中培训出来的。从广州到湛江及海南岛附近是大儒的娘家部队四十三军防区。太不可思议了，过去的娘家现在成为冤家。毛泽东既然能把老革命家彭德怀洛浦变成反革命，把一个小党员变成鬼更不在话下了。大儒搭上火车南下，逃亡前想先与同学、朋友见见面，然后游览祖国的大好山河，顺序是苏州、上海、杭州、桂林，再乘汽车到昆明春城，届时大儒面朝东北方，摇手告别祖国。苏州的园林、上海的高楼、杭州的西湖、桂林的山水、昆明的四季如春，这就是婀娜多姿的祖国。毛泽东蹂躏了这个美丽的国家，把国家变成劳改队，变成人间地狱。偷越国境前，应先去北京与雪妹见面，但勇气不足，没脸见她，更不愿株连她。

动身前大儒谎称出外旅游访友，姑妈送他一只上海牌手表，好掌握时间，这表虽走得欠准，但比没有强。大儒的第一站在苏州下车，住在好友吴述曾家。

吴姓是苏州大姓，是东吴的发源地。吴家的住房是几百年继承下来的老房子，房子的建筑是古色古香的传统格式，窗棂雕花、梁柱漆画、屋檐勾心斗角。室内摆设百年红木家具。桌、椅、柜、橱朱色油漆，边沿镂空龙凤图案，色彩贝壳镶嵌出历代名画，有松鹤图、花蝶图、雪树寒禽图、芙蓉锦鸡图等。整个住宅宛似一座小博物馆，书香气氛浓郁。他又回忆起战前自己的家与爷爷的广德堂，建筑格式虽是北方的四合院，但室内外布局也不失传统文化风韵。江南的古建筑没被战争、政治运动摧毁，令大儒羡慕不已。

礼拜天吴述曾为导游，领着大儒逛了拙政园、狮子林、留园、西园寺、玄妙观。星期一吴述曾去医院上班，他自己逛了沧浪亭、文庙、寒山寺和著名的虎丘。他对整个园林加以评论总结。苏州园林代表江南小巧玲珑、宁静安详、赏心悦目、流畅开放的建筑风格，使用与观赏并重。与北方的故宫、孔庙、岱庙的恢宏雄伟、闭塞保守的风格迥然不同。北京以实用为主，整座宫殿具有居住、祭祀、办公、防卫的多项功能。因地理条件、气候条件、政治环境不同，因此南北方建筑风格各异。如果把苏州园林建在北京显得冷清凄楚；如果把北京故宫建在苏州显得笨拙庞大。建筑物的丑与美因地而宜。世上没有相同的审美标准，苏州园林之间的风格也各不相同，这是根据园林主人的文化教养、性格爱好、社会职业、思想观念、个人资产的不同而各异。如果说拙政园为苏州园林的概论，其他园林就为各显特色的各论。规模最大的拙政园集众园林特色的大成，楼台亭榭、幽径长廊、繁花修竹、小桥流水、假山鱼池无所不有、美不胜收。狮子林的假山在各园林中一枝独秀，外观假山很小，只有几步之遥，但进入假山之后，山路曲折、忽上忽下、忽左忽右、忽前忽后，犹如身处迷宫，好像走了几小时才走出山洞。看看手表只走了一分钟，虚幻的空间，给人造成时间虚幻。留园小巧玲珑，造型别致，像个硕大无比的象牙透雕，堪称园林之精品。沧浪亭是金鱼世界、儿童天堂。金鱼喜欢儿童的笑脸，儿童爱看金鱼的美丽，儿童和金鱼同为沧浪亭诱人景观。

使大儒惊叹的是西园寺的五百罗汉。五百罗汉的喜、怒、哀、乐、忧、思、恐七情各不相同，没有重复的面孔，没有相同的体态。和平安详、行善救人、修身养性、胸怀超脱、抑恶扬善是罗汉们的思想指南。如果芸芸众生的思想观念达到罗汉们的境界，那么世界将没有战争，没有政治运动。在大儒看来西园寺虽小，却是一块和平主义的净土，与寺院外的阶级斗争风马牛不相及。五百罗汉的哲学信念不仅让大儒神往，而且古代工匠对罗汉雕塑的艺术令他赞叹不已。如果不笃信佛教的哲学观念，即使具备娴熟的雕塑技艺，也塑造不出栩栩如生的罗汉形象，技艺必然寓于信仰。

五百罗汉雕塑的最出神入化的莫过于站立在大殿中央的济公像，根据观赏者站立角度的不同，济公面部表情各异，左喜、右怒、中间和平，说明古代工匠还对光学造诣颇深，而且笃信佛教的和平主义与儒家的中庸哲学，把济公的喜与怒置于边缘，把和平置于中央，喜与怒是两个极端。喜使人忘乎所以，怒让人失去理智，都容易带来灾难。唯有心地和平、静观世界才能置身于灾难之外。济公启示大儒五年前上书《献国策》是出于怒，现在越境逃亡又是出于怒，将灾难重重，对未来的命运应持中庸和平态度为上。

大儒羡慕罗汉们的社会地位，五百罗汉在西园寺各有各的坐席，而中国如此之大，竟没有自己的立锥之地。忠诚地跟毛泽东打了五年战争，敌人被打败了，自己又被毛泽东收拾了。可能自己年轻无知，不知道天高地厚而闯了祸，难道军事家彭德怀、理论家洛甫也不知天高地厚？彭德怀、洛甫成了大儒的精神支柱，正当他痛不欲生的时候，好像彭帅与洛甫在鼓励他：年轻人，我们同为天涯沦落人，你并不孤立。

根据张继《枫桥夜泊》大儒徒步登上枫桥，走进寒山寺。寒山和尚居住的这座寺庙，在规模、气势、建筑艺术、文化内涵远不如城里文庙。可是经张继生花之笔的描绘，寒山寺名扬中外，就在大儒进入寒山寺的时候，来了一帮日本游客。其实人们向往的不是寒山寺而是"姑苏城外寒山寺，夜半钟声到客船"的出处，可见一篇佳作对一座古建筑物的作用，优于最华丽的装潢及建筑艺术，不仅能提高其知名度而且增加其历史价值。大儒根据寒山寺的建筑时代与张继的年代对照，张继不可能为其增添一块砖或一片瓦，后来他只为其写了二十八个字，这二十八个字的重量多倍于寒山寺。可见文化的价值无法用物质或货币衡量。

　　虎丘是大儒游览的最后一站。使他始料不及的是虎丘的历史对他有借鉴意义。虎丘是阖闾、孙武、伍子胥、夫差、勾践等英雄居住的地方，时至今日仍保留着勾践卧薪尝胆洞。以上人物的成功，是凭借智慧与勇敢。为了考验孙武是纸上谈兵还是有真实的军事才干，光靠一本兵书无法验证，阖闾于是拨给他一百宫女，要求训练成一支能征善战的部队，训练这支队的难度不亚于写一部兵书。孙武以智慧破智慧，他任命了阖闾的两名爱妃担当正副队长，女兵们不听号令，不成队形，哏哏直乐。孙武警告说："再不听口令要杀头，我有令剑在手。"宫女们谁也不当真，量你孙武胆大包天，也不敢杀国王的妃妾。宫女们照旧嘻嘻哈哈，队形照旧像扭秧歌一样歪七扭八。孙武斩了正、副队长，结果把这支女部队训练的像仪仗队一样整齐，并让阖闾阅兵。阖闾虽验证了孙武的军事才能，却痛失爱妃，有苦难言。

　　伍子胥乔装俗人，替身乔装伍子胥，蒙混过关。这既需要智慧又需要勇敢。大儒在想，没有伍子胥的智慧与勇敢，将难以达到偷越国境的目的。偷越国境需要冥思苦想精心设计，不能盲动，以免造成终生大恨。伍子胥的经验可以借鉴，先在距国境线五、六里之外进行观察，了解过境知识及可能出现的危险性，学习过境常用的少数民族话，穿少数民族服装，交少数民族朋友，了解毒蛇猛兽的分布地区、出没时间、防卫器械、急救药品、货币比值和兑换地点都得考虑致密，万无一失。

　　勾践的智慧与忍耐对大儒的启发最大，勾践命令文种暗地训练童子军、范蠡选西施麻痹夫差，磨刀霍霍，准备报仇雪恨。而当面对夫差卑躬屈膝，喜怒不形于色，骗取了夫差的信任，最后取得胜利。

　　忍耐是胜利的钥匙，小不忍则乱大谋。大儒进一步联想到周总理，总理原籍越国首都绍兴，可能与勾践有血缘关系，勾践的忍耐功夫遗传给他，在老毛面前毕恭毕敬，犹如勾践对夫差，老毛一茬一茬地镇压了所有的中共领袖，就是没打倒总理，历史证明总理与勾践一样得到忍耐的回报。古代的勾践与当代的总理成为大儒的两面镜子，两位贤哲收了一位没拜师的新门徒。

　　由虎丘回吴述曾的家时，路经玄妙观，山门两旁门神为四大天王，使大儒大开眼界，第一次见到如此高大的神像。身高有十米、头大如牛、凶神恶煞、眼球突出似篮球，手像蒲扇，脚丫子像地排车，紧握刀、枪、剑、戟，精神抖擞摆出随时准备厮杀战斗的姿态。若儿童相见准吓哭了。西园寺的五百罗汉与玄妙观的四大天王表明，古代苏州不仅园林建筑独具一格，精湛的雕塑艺术也让人叹为观止。大儒又联想到苏州的明、清两代的医学，及繁荣的画坛不由思绪万千，苏州的文化史、园林建筑、宗教雕塑变成大儒的哲学教科书。这就是我的祖国啊！不出国将不能与父母团圆，出国将见不到祖国，难啊！父母，祖国我兼要，谁能给我出个主意？矛盾呀！难呀！

　　明天大儒将前往上海，行前与吴述曾彻夜长谈。今晚他俩像在校时的每礼拜天清谈。不过这次清谈缺少张仁元、徐子祥、吴强三人。自来苏州后吴述曾每天重复一句话；"大儒，受苦了！"

　　吴述曾说："你受苦了！我劝你在苏州多呆些日子，恢复恢复健康，缓解缓解紧张的精神，苏州的文化氛围有益于你的身心健康。我家很清闲，只有我母子二人，加上你才三口，偌大的空间，即使三十口也显不出人多。你曾提到在云南偷越国境的计划，我反复考虑你的计划不可取。你的长相、体型具有典型的北方人特征，又不会少数民族语言，很容易引起公安人员的注意。对当地的地理环境不熟悉，走走看看，躲躲闪闪很可能走到哨卡跟前。偷越国境的时间必然选夜晚，云南的猛兽不多，毒蛇不少，如果蹭上条毒蛇有死无活。现在毛泽东六十八了。七十三，八十四，阎王不叫自己去。他的岁数比我们长一倍多，他总活不过我们吧。他不死便罢，一旦死亡必然天下大变，受压迫的不光是你我，还有共产党内类似彭德怀、洛甫那样的一大批领袖，还有被饿死的五千万人的两亿家属和亿万亲友。天是要变的，不要着急，毛泽东活到八十岁的话，即使不死也成为行尸走肉，天下也要变。届时我们才四十岁，正处于年龄的黄金时期，你还有与父母团聚的机会。如果你葬身于云南边界，不但见不到父母，也见不到变天后的国家了。作为医生，到哪儿都有饭吃，外国再富裕也只能吃饱一个肚子，中国再穷也饿不死医生。好汉子不能逃走，要留下来，如果不参加演戏也要成为戏台下的观众。一句话，绝对不能冒险外逃……"

吴述曾语气果断、神态坚决，与以往的优柔寡断相反，好像没有回旋的余地。大儒沉思了一会说："你考虑得很周详，分析得也很有道理，具有参考价值。关于外逃一事，我会三思而行。现在的政局与孙中山、黄兴、宋教仁闹革命时不同，国内局势宽松他们就组织起义，局势紧张就流亡国外，来回反反复复，他们出入国境很容易。今天与清末不同，铁幕很严，甚至连候鸟也休想飞越国境，我是有思想准备的。好了，我们不聊这个话题啦。"大儒接着问："江苏的饥荒怎么样？山东饿死了一千两百多万，根据我的抽样调查分析，全国可能饿死五千两百万。"吴述曾说："根据病人反映，苏南饥饿性浮肿很普遍，饿死人不多。苏北不得了了，可能跟山东一样严重，还有皖北比山东还严重。当局真是伤天害理呀！"两个人了解了各自家庭的血泪史，及四十二期同学的政治遭遇。窗外已呈乳白色，他们抓紧时间睡了一会。

中午，吴述曾为大儒买了去上海的火车票，把他送上火车，一再嘱咐大儒要听他的话。

一个多小时后，火车停在上海站。大儒由山东流浪到苏州，今天又由苏州流浪到上海。他是一个有知识的流浪汉，没有工作，没有家人，没有父母，伶仃孤苦，形影相吊。偷越国境有危险，留在国内太艰难，上天无路，入地无门，这就是流浪汉大儒的人生处境。

上海县本来是苏州地区靠海边的一个落后小县，这儿既没有文化古迹给人享受，也没有高山流水饱人眼福，可是近百年来，这个贫穷荒芜的小县一跃变成东方的大都会。

上海有两大景观，一是外滩上沉闷的高楼；二是南京路上喧嚣的人流。偌大的上海唯一给予大儒安慰的是福州路尽头的外文书店，这间书店虽小，但备有造福人类的科学技术精华和净化人类灵魂的古典音乐，西方的价值都藏在这家小店里，但外文书店门可罗雀，而南京路上的百货店却门庭若市。这种反常的景观是毛泽东的愚民政策制造的。毛泽东主张一穷二白，越穷越白越革命；知识越多越反动，把三百万知识分子打入另册，就是为了制造"白"，"白"就是愚昧无知。

大儒记忆犹新的一件事情，就是他的老师留美心血管病教授潘绍周订一份《THE NEW ENGLAND JOURNAL OF MEDICINE》，按期从波斯顿寄到沈阳，收到后潘教授不敢拆封，原原本本地摞在书柜里，以此证明，他不曾看外文书刊，以免被扣上洋奴、美国特务、反动学术权威、崇洋媚外等等一摞大帽子。知识分子不愿给自己带来政治麻烦，好像外文书店门前布有地雷，谁也不敢越雷池一步。大儒在上海呆了二天，光临书店二次，流连忘返。

大儒身上带的钱不多，不敢奢侈，没住进旅馆，住在同窗好友张仁元的集体宿舍。宿舍是一间十四平方的小房子，摆了四张双层铁床，住八个人，每人平均居住面积一点七五平方米。室友虽同为肿瘤病研究所的同事，谁也不知道谁是哪个科室的人，即使睡同一张床的上下铺，也不知道姓甚名谁。上海人都是老子的忠诚信徒，并大大发展了他的学说。老子主张邻国相望，鸡犬之声相闻，老死不相往来，而上海人同床相睡，鼾声相闻，老死不相往来。人与人之间只准有统治与被统治的上下垂直纵向关系，而不许有互相友好的横向交往，这是反右派以后，在知识分子之间形成的人际封闭状态。只有这样，毛泽东才会有安全感。本来上海人既热情又爱交往，熟人见了面像更年期妇女一样唠唠叨叨没完没了，现在怕祸从口出，为了安全，不开口为上策。

吴述曾有房子没媳妇，张仁元有媳妇没房子。张仁元与同班女同学结婚一年多，没自己的安乐窝。夫妻各住集体宿舍，每周末到妈妈的楼梯底下，搭上布幔过夫妻生活。大儒在张仁元的床上睡了两夜，第二夜不知道他又去哪里打游击去了，因此不好意思久住。

自来了毛泽东，上海人口突飞猛进，但住宅建设几乎停止，居民居住面积平均不到一平方米，科研机关得到优待，每人只有一点五平方米。上海人口多，不仅住房拥挤不堪，而且公共空间窄小的令人窒息。朋友或情侣没有谈话或交换感情的去处。每晚公园里像戏院一样人山人海，一张凳子上挤坐四五对情侣，没法谈情，只能互相搂抱着传情，生活在上海真别扭。

张仁元每晚把大儒领到实验楼的楼顶上，一面观赏外滩的灯火，一面互相交谈过去的经历与未来的设想，以及国家的厄运和知识分子的苦海无边。他和吴述曾一样，坚决反对冒险越境。他的理由比吴述曾的更加充分，大儒接受了两位朋友的意见，不过既已来到上海，还是想到杭州看看。

杭州虽有几位同学，但疏于交往，不好给人添麻烦。再则原来的学生领袖今日沦为右派而且是刑满释放的劳改犯，无脸向同学们交代，有伤自尊心。在杭州流浪二天，住宿一夜。为了省钱只住一晚，其余住宿时间安排在火车上。火车一物两用，一是交通工具，二是免费旅馆。在上海站十点上车，车厢百余座位只有十几个人，躺在三人靠椅上昏昏入睡，一直睡到杭州，天已蒙蒙亮，徒步走到断桥。西湖变成大儒的大脸盆，他用湖水洗净脸上的一夜尘埃。脾气难改，性难移，像一只无家可归的野狗一般的大儒，对名胜古迹仍兴趣盎然，准备在二天内游遍杭州的二十四景。饿了，一面走马观花，一面啃馒头，为了省钱没买香肠，不实在饥饿难耐，不会啃一口馒头。

来杭州游览，西湖当选第一站。二十四景中，西湖周围有十景。大儒围着西湖转了一圈，觉得虽不像传说中的那么神秘，但杭州的青山绿水，满城花香，可使世界上最美丽的城市相形见绌。尽管断桥没有白蛇传中的情意缠绵，柳浪闻莺就是一柳树林子，但与湖水相映成趣，增添无尽诗情画意。白堤、苏堤本身毫无艺术价值可言，但两位文化大师兴修水利，造福农民的精神比任何艺术珍品更有价值。毛泽东曾久居西湖刘庄宾馆，也曾多次踏上苏白两堤，与两位知州相比，应感到汗颜而渺小。苏、白二堤不是为了饱人眼福，而是给后人留下的政治丰碑，给历史官吏树立的学习榜样。白居易、苏轼不仅是诗坛泰斗，也是官吏的楷模，后人的脚步踏在苏、白二堤上，好像杭州的两位父母官向每个人握手问侯，这就是苏白二堤的价值。

大儒步入岳王庙使他感慨万千，岳飞远不如彭德怀的军功显赫，但相隔八百多年的两位大英雄的归宿却惊人的相似，都是因忠得祸。

在大儒看来，杭州最美的风景莫过于以玉泉寺为中心的大森林，古木参天、郁郁葱葱、百花争艳、蝶飞鸟鸣、金鱼大如小牛，确是人间天堂。如果说苏州是能工巧匠创造的人工天堂，那么杭州是上天慷慨赐予的自然天堂。假如杭州没有钱塘江与西湖的绿水，与几十座秀山翠峰与森林的点缀，天堂也将黯然无光。

天色将晚，大儒在玉泉寺喝了二杯冷泉水，啃了一个干瘪的馒头，权当晚餐。因腰包羞涩，舍不得住旅店，挑拣草坪厚实的地方作宿营地，天为被地为床，古树为伴，金鱼为邻，就这样睡在天堂里。睡至半夜天堂变冷，站起来打太极拳取暖，幸好夜深无人，否则会被疑为精神病大发作。越临近拂晓，天气越冷，下半夜一直无法入睡。第二天游览了灵隐寺、飞来峰、北高峰、九溪十八涧、龙井镇、烟霞洞、六和塔。累得浑身酸痛，两腿发直。晚间坐上杭州直达北京的火车。车厢的乘客稀稀落落，大儒走进一节卧铺车，车内竟空无一人，他爬上一间上铺，头尚没枕牢就呼呼入睡，直睡到千里外的南京，火车过轮渡，熙熙攘攘才把他吵醒，足足睡了十个小时。

大儒回到石庄，开河婶子不见了。据邻居介绍，粮食被小偷盗窃，梁庄亲戚把她接走了。

大儒到了梁庄，向姑母谈了去南方游玩的经过，但没谈及在杭州露宿的寒酸。他向姑母提议，准备把开河婶送往东北她儿子的工作地点。她没文化，没出过远门，没坐过火车，必须由大儒陪送。姑妈考虑再三，同意侄子的提议。开河婶长期在她家居住很不方便，唯恐四邻八舍议论，怕人说人家饿死人，她家养一个远房亲戚。二人去东北的盘缠带多带少人家看不见，在家养着一个成年人太扎眼。

姑妈给他俩买了二张由德州到海拉尔的车票，带上五十元钱、四十斤全国粮票、几十只熟鸡蛋及十多个馒头，婶侄二人准备上路。在开始动身前往德州上车的这天，开河婶子对侄儿说："咱家抽屉里有你的一封信，是去年七月北京寄来的，一直没打开。"

大儒本来这次去东北要绕道北京，下定决心探望女友。这封信来得正是时候，可以了解到她的情况及详细地址。他兴奋得手舞足蹈。从出狱后，姑母从没见过侄儿如此高兴。她感到欣慰，侄儿会笑了，多么难得呀。大儒骑上自行车朝石庄飞驰而去，说一会儿回来，再去德州上车。

回到家中，拉开抽屉，翻出来信。信封的字体流畅美丽，一眼就认出是雪妹的来信。大儒精神紧张，两手颤抖，不知信的内容是喜是忧。他小心翼翼地启开信封，把一缕头发及照片攥在手里，头发是用一根红绒线扎着。他急切地阅读信稿，越念心越凉，看样子信是在病危中写的。读完信后又翻来覆去地看照片及信封，突然发现信封后面有一行小字，仔细一看，上面写着：1960年7月7日下午三时，妹妹西去。大儒的眼泪像断了线的珠子唰唰地淌下来。因去滕县劳改队探监，失去了三位亲人，令他愧疚得无地自容。

他想把这件珍贵的遗物保存下来，但收藏在什么地方呢？他没有家，除了自身肉体以外，一无所有。如把照片及书信带在衣袋里，遇到下雨或出汗会变质发霉、失真破碎。他抹了抹眼泪，向上扫视，东西两山墙的顶端各有一个小壁橱，又像神龛，这是爷爷收藏珍贵文物、钱财及地契文书的地方。他觉得夏天雨季多刮东北风或东南风，东山墙容易潮湿，他选择干燥的西山墙上的壁橱。他登上八仙桌上的椅子，把装有照片秀发及信瓢的信封塞进壁橱顶端靠西北角的砖缝里。但里头很硬，塞不进去，他用手掏一掏竟掏出二十九块银元，里头还有许多，手长莫及。把信封塞进砖缝，为了安全，预防偷盗，他把桌子腿、椅子腿砸断，然后锁上屋门。

回到梁庄，已是下午。姑母察觉侄儿脸上有泪痕，大儒以实相告，又抽搐起来。姑母一时找不出安慰的话，只看着孩子流泪，开河婶也唉声叹气地流泪。第二天，去德州上火车前，大儒暗地嘱托姑母，常去石庄看看，不许外人居住，可能爷爷藏有金银财宝，并把二十九块银元留给姑母。

到达北京后，大儒与开河婶住进北京城最脏最小的一家旅店。趁夜深人静的时候，在昏暗的灯光下，趴在鼾声四起的通铺上写出祭文：雪妹：你驾鹤西飞近一年后，我才看到你的书信。我完全赞成你对人生一世痛苦多于欢乐，悲惨多于幸福的说法。人降生在这个冰冷的世界上是莫大的错误。花木、虫鱼、飞禽、走兽只受到大自然的虐待，而人类则罪加一等，不仅受自然的虐待还得受社会的摧残。往往后者比前者更无情。如三年来五千两百万人的死亡，奶奶、爷爷及你的不幸，就是社会的摧残。如果自然虐待与社会摧残相重叠，人类将被压得窒息死亡。文明社会可以缓减或消除自然的虐待，而野蛮的社会可加剧自然虐待。如你处在文明社会你的疾病完全可以治愈，而处在野蛮社会结果相反，促使疾病复发，夺取娇妻的生命。你的美丽叫我一见倾心；你的家庭教养叫我肃然起敬；你的文化修养叫我陶醉；你的彬彬有礼叫我自愧不如；你的落落大方叫我赏心悦目；你甜蜜的微笑动我心弦；你潇洒的字体令我百看不厌；你的衷情令我永世难忘；你的温柔使我浸泡在幸福之中；

你的勇敢令我惊叹；你的正义令我骄傲；你的为人使我刮目。你就是我追求的完美，我的理想，我的梦幻。我的娇妻，今世你为我妻，来世我仍为你夫。牵你纤纤素手，陪我走向地狱，伴我升向天堂。你中不能没我，我中更不能没你，你我合璧，永远不分离。

雪妹为我去滕县一趟，付出三条人命的代价，我的罪过永远不能饶恕。我害了爷爷奶奶又害了你，苍天啊！愧疚啊！我只能忍辱负重，死皮赖脸的活下去，完成你的尊嘱，将在文学或科学方面作出贡献，以告慰你泉下之灵。言有穷而情无尽，如泉下有知，梦中相会，相约在校园、东陵、南站、火车上还是新民，你愿在哪儿？

呜呼哀哉，尚飨！

你的丈夫

1961年4月5日写完祭文，大儒沉入与伏淑鹤一幕幕的感情回忆，又加几个铺友的如雷鸣鼾声，辗转反侧不能入睡。天明后与婶婶简单吃过姑母给带来的食物，即去北京大学化学系与雪妹的姐姐联系上坟的事。伏淑让全天有课，约定下午六点领大儒指认雪妹坟墓。大儒买了一本雪妹生前喜欢的《西厢记》及一盒上海泰康食品公司的奶酪夹心饼干作祭品。按约定下午六点，伏淑让领大儒来到西郊公墓，一路无话。公墓松柏稀疏，只是一眼望不尽的坟墓。雪妹的墓前立一块矮石碑，上边刻着她生辰年月日及死亡时间。

大儒先圆坟三匝，已泪如雨下，他跪在碑前，摆好供品，点燃事先拆散的《西厢记》，哭颂祭文。念到相约校园、东陵时，哭声大恸，压抑在心中的所有的痛苦都统统发泄出来。伏淑让一直陪着掉泪。

念完的祭文混同《西厢记》一起烧掉。月亮升起，他们回到城里。大儒察觉伏淑让面色苍白，有轻微浮肿，分手时大儒送给她三十斤全国粮票。伏淑让虽内心垂涎，碍于情面，婉言拒收。但她时时刻刻惦念着大儒摆在坟前的那盒夹心饼干。与大儒分道后，她想重返坟场，但坟场阴森恐怖，有些胆怯。如明天去取，怕一夜被蚂蚁觅食。由于饥饿难忍，更心疼孩子营养不良，就顾不得坟场的可怕了。回到坟场，拣到那盒饼干，回头返城。由于精神恐惧，头皮发炸，副教授伏淑让迷失方向。狂奔几个小时仍没走出坟场，越走不出坟场越害怕，越害怕越迷向。忽然记起初中老师讲过的天文知识，首先确定了北极星的位置，再参照上弦月的方向，终于回到家，已经是午夜二点。

丈夫问她为何回家如此晚，她谎称与石鸿儒失迷了方向。丈夫又问："怎么还带回一盒饼干呢？"她说是石鸿儒买了两盒供品，送给她一盒。身为化学系的她，计算了一下奔跑几小时消耗的热量，远远超过这盒饼干产生的热量。当把真实情况告诉丈夫后，两位教授抱头痛哭。

大儒在北京启程之前，心里一直担心伏淑让的浮肿，就给她邮去三十斤全国粮票。伏淑让望着比黄金还珍贵的粮票，悲喜交加。

1958年大儒没被划为右派之前，他对北京的评价好于苏杭两个天堂，认为北京是政治中心，党中央所在地毛主席居住的地方，有雄伟的建筑群，是中华民族的骄傲，特别北京是爱人的家乡，真可谓爱屋及乌。现在的印象完全相反，北京是爱人的坟墓，更重要的是毛泽东的居住地，他使北京角角落落里充斥阴风鬼火，全城笼罩在封建烟雾之中。他的画像污染了天安门城楼，令城楼上的每层瓦都充满封建色彩。北京城像七三一部队的杀人工场一样令人毛骨悚然。因此他在北京没游览任何景点，带着婶子尽快离开这个令人恶心的城市。

火车来到山海关，穿越锦州，经过黑山，到达新民，大儒来到亲爱的第二故乡。山海关的防卫战、龙书金的锦州攻坚战、黑山、新民是蒋介石的滑铁卢、廖耀湘兵团墓地、毛泽东骄横的起点、林彪的沉重包袱，战争无胜者。时过境迁，不想过去的辉煌了。最令大儒终身难忘的不是辽西战役，因为这场大战给中国历史带来黑暗。而是新民火车上百里相送，没想到这次相送是与爱人的永别。此时此刻，大儒满脑袋充满迷信，认为辽西这块地方风水不好，往往给人制造先喜后悲的结局，多少英雄扬名辽西，而后又变成囚徒，如当时的杜聿明、廖耀湘、范汉杰、郑洞国、赵公武等。尚不知林彪、龙书金、李作鹏、吴法宪、黄永胜、邱会作、胡奇才以后的命运如何！早知如此，当时即使冒险跳火车，也不送雪妹到新民……这些可笑的思想转瞬而逝。火车停在沈阳南站。沈阳对大儒太亲切了，这儿虽没有苏州的玲珑雅致，杭州的翠绿芬芳，只有一片灰蒙蒙的丑陋烟筒，但儿不嫌娘丑，他认为沈阳比两个天堂更婀娜多姿，因为这儿曾是孕育他思想、技术的母体，赐予他爱情的大观园，是他的文化艺术的培养基础，是教他为人修身的杏坛。他要和亲爱的沈阳城亲亲抱抱。

大儒把开河婶婶安排在候车室的七年前与雪妹相拥坐的那张背静的长联椅上，让他注意看管包袱与食品袋，在原地不要乱走动，他要去中国医大看看。走到中国医大西门，突然打住了脚步，又想见见同学，又怕被同学认出来。目前流浪汉的身份太卑微寒酸了，如同学们问起毕业后的经历，将无言以对。

　　他由西门顺着铁栅栏围墙转到南门，只是从栅栏的空间向校园内张望。校园内人来人往，幸好没见到一个同学。索性他去商店买了一只硕大无比的大口罩，除了眼睛外，把整个面部捂得严严实实。他大胆地跨进南校门。在图书馆门口看见同学熊第志拉一车新书向图书馆里运，熊第志面部表情很沮丧，好像是在干搬运工。

　　大儒匆匆而过，怕被熊第志认出来，又走到操场，群英楼及学生北宿舍，没见到一位同学。又穿过教学楼，来到西南角的解剖与法医教室门前，正是上课时间，没见到人影。又返回来经过樱花园，绕到附属医院后门，进到附院门诊部，隔着玻璃门窗看见肾外科的张铭铮、心内科许克诚、皮肤科陈洪铎、消化科姜若兰在上班。唯恐同学发现，他像小偷一样大步地走出门诊走廊。出附院正门到了中山广场，乘公交车直达东陵。此时此刻的大儒如释重负，精神紧张、加速的心跳缓和下来。同学们没发现他这个刑满释放的流浪汉。

　　心情恢复了平静，大儒从容走到与雪妹幽会的那棵大树旁，躺在草地上，回顾过去闪电般的幸福及无穷无尽的灾难。到目前为止，苦海仍然望不到尽头。雪妹倒是逃避了苦难，对她反而抱有羡慕之情，此时的大儒对人生失去希望。

　　草地上，大儒面朝青天，双手枕在脑后睡着了。劳累的肉体与紧张的精神都得到恢复。睡眠是他最幸福的时刻。进入梦乡不到五分钟，一个清脆温柔的声音喊道："复生子，我在这儿。"复生子左右张望，到处找着，大声地叫着："雪妹、雪妹……"还没有看见雪妹，梦醒了，大儒已是泪流满面。为了完成雪妹的遗愿，不能死，继续奋斗！他站起来走到东陵的东北角，这是焚烧情书及读书笔记的地方，不仅重温了肃反残暴斗争的场面，也认识了政治的污浊下流。如果当时不焚毁情书，雪妹肯定受到政治株连，虽摆脱了政治株连，最后仍丧命于政治。

　　时针已指向下午二点，肚子饿了，准备回车站与婶子吃点干粮，继续北上。到了候车室，婶子坐在原来座位上掉泪，大儒问出了什么事，婶子哭着说："一个说家乡话的老乡，平原县人，坐在我旁边，他也说去海拉尔，跟我搭伴走。我看他是个挺诚实的中年男人，我去厕所，让他帮我看管东西，等我回来，老乡不见了，食品袋也没有了。哪有老乡偷老乡的。"大儒安慰说："别哭了，在家的粮食不是被邻居偷了吗？邻县的老乡就不可以偷东西吃吗？肚子饿了，不管近远，偷饱肚子为原则。没关系，咱还有粮票，饿不着。"黑天前火车到达大儒两次参战的四平。天黑后，由于一天的疲劳他熟睡了。对他与爸爸对峙过的长春、德惠，被飞机袭击过的蔡家沟，长期驻扎过的双城不知不觉中过来了，来到哈尔滨天已经大亮，继续换车向海拉尔飞驰。

开河婶子的大儿子石鸿圣的具体工作地点是内蒙古呼伦贝尔盟额尔古纳旗拉布大林国营农场，位置在海拉尔以北三百里，不通火车。这儿与俄罗斯搭界的额尔古纳河是黑龙江的发源地，拉不大林镇向西五十里是黑山头，过河就是俄罗斯。苏武牧羊的北海（现贝加尔湖）在拉不大林的正西方，两地同处于北纬五十四度线，外蒙处于北纬五十度以下，看正南及西南方，黑龙江看正东及东南方，西伯利亚在正西五十里，正北三百里，拉布大林处在西伯利亚怀抱之中。由海拉尔到拉布大林，边检站要求出示边境护照，否则不卖长途汽车票。难住了大儒娘儿俩。边检人员审视确认满口山东口音的一老一少是逃荒农民，于是高抬贵手，开恩放行。

下午娘儿四人相见，痛哭一场。儿子以为母亲早已不在人间，突然相见宛如似活人见鬼。母亲说："如不是你复生子哥哥，八个娘也活不到今天。"两位兄弟向大哥叩头谢救母之恩。

石家一家四口，确确实实逃到北国的北方最北边的国境线上，往北距苏联只有一步之遥。这儿是中国的北旮旯，也是中国的大冰窖。冬季温度在零下五十度以下，夏天没有蚊子，不用蚊帐，不用扇子。霜期长，只长春小麦，其他谷物熟不下来。草原辽阔，牧业发达，牛羊多于人。我国良种奶牛，良种马都出于此地。此地没有名胜也无古迹，异国风调浓郁，与苏州杭州相比，可谓别有天地。不过这儿有春小麦，有牛奶有土豆不挨饿，两个天堂只管眼饱不管肚饿，所以山东难民像潮水一样向这个万里之外的旮旯里挤，虽然这里是个大冰窖。

第五十一章　三年毛祸　饿殍五千万（四）

母子见面后，首先向母亲回报出逃经过。大儿子石鸿圣二十六岁。1959年逃出山东。他说："自爷爷奶奶饿死后，只靠吃大食堂，会继续饿死，但外逃困难重重，一是没钱买火车票；二是大队、公社戒备森严，大道、路口、汽车站、火车站都有民兵执勤，一旦查获外逃人员，绳捆索绑、严刑拷打、取消吃饭资格，有死无活。我跟大爷爷商量怎么办。大爷爷说，'山东外逃人员很多，查得很紧。据说河北省宽松些。津浦路查得紧，京汉路好买票，叫我直接逃往哈尔滨。在家徒步出发，走田间小路，不走大路，不路经村庄，直行一夜走出山东境地，经河北省故城再到南宫，约一百五十里路。因故城在冀鲁边界上，情况可能紧张，不要驻足，一直往西到南宫。在南宫买汽车票到石家庄，在石家庄直买哈尔滨的车票。不能路经衡水，衡水有铁路通德州，这条路查得紧。去东北不要在沈阳站下车，因辽宁省粮食也恐慌，吉林好些，但都不如黑龙江。黑龙江地域辽阔，相当于三个半山东大，人口不到山东的三分之一，是个自然大粮仓，盛产高粱、大豆、春小麦，到了哈尔滨等于能活命。在黑龙江的农村可以打工，还有双鸭山、鹤岗、鸡西、七台河煤矿，另有伊春、通河、牡丹江的林业，都可以找到工作。'但大爷爷不让我当矿工，危险大，最好在农村落脚当农民。"

"外逃路线确定了，没有钱买车票还是逃不成。大爷爷又给我凑了二十七元钱。这二十七块钱救了我一条命。拿着大爷爷的钱，按他指定的路线来到哈尔滨。哈尔滨人山人海，到处是山东人。遇到了平原县的一个老乡，他表哥在拉布大林放牛，每天喝牛奶，吃面包、土豆子。拉布大林好找工作，有多少人要多少人，这正适合大爷爷叫我在农村干的要求。"

"于是，我来拉布大林开始放牛、挤奶、打草，什么杂活都干。因为我会木匠活，又叫我盖房、垛木架、打门窗、给学校做桌椅、板凳。我用自己的手艺结交了一些朋友。在学校干活的时候加班加点，我给校长做了一个红松木书橱，很别致。校长高兴极了，他也是山东老乡，是潍县人。一次在派出所做档案柜、写字台的时候，我又加工加点，给派出所长做了一个黄柏床头柜、一个炕桌，他是山东阳谷县人，我和他也成为朋友。他给我落下户口，我就成为农场的正式工人。不过，你们注意，我报的是中农成分，不是地主，千万别说走嘴，边疆是不允许地富反坏右分子居住的，包括他们的子弟。农场各部门的干部，包括场长、办公室秘书、武装部长、财政助理、粮所主任等都有我做的家具。干了一年，我被提升当了事务长。我自己吃饱肚子，时时刻刻挂着爹娘，我回来接你们，怕有去的路没回来的路，怕被扣在家。再说，来回路费也是个大难题，实在顾不了生我养我的爹娘了。"

"去年秋天，十二岁的弟弟经过千辛万险跑来拉布大林，知道爹已被饿死，娘也不会长久。今天能和娘见上面，还能留着这条命，都托大爷爷和大哥的福。今天才知道，大爷爷、大奶奶也过世了。除去国外的大爷、大娘外，两家合起来共九口人，死了五口，而且这四口逃到天边来避难。老天爷爷不睁眼，为什么这样虐待好人啊？我们到底犯了什么罪？老天，你说呀！"

陈氏一边听大儿砖头子艰难历程，一面流泪，不断地说："我儿命大，逃出虎口，幸亏你大爷爷的指点。"听完儿子的叙述后又说："你再困难，已长大成人了，你大爷爷又给你钱、粮票，到石家庄上火车，叫你奔哈尔滨，到农村打工。大爷爷都为你计划周密，我心里还放心些。最叫我放不下心的是你弟弟石头子。他去年十二岁，六月初一不见了。只穿了一个裤头、一件背心，手中没有一分钱，没一两粮票。我想他无论如何也没命了。直到8月底，接到你的信，才放下心，知道也跑到你这儿来了。虽然咱家死了五口人，老天爷还给石家留下三条根。你们年轻，还有缓性。如果老天爷不瞎眼，石家还有好日子过。"

陈氏搂着小儿继续说："石头子，你说说你怎么闯过来的呀！十二岁，仅仅十二岁的孩子，被火车轧死，娘也不知道你死在哪儿呢。"

石头子丝毫没有痛苦感，他口齿清楚、精神愉快，好像是在讲述别人的孩子流浪记一样。他向娘、大哥娓娓道来："逃出石庄之前，有一个十四岁的伙伴叫小喜子，他哥哥在黑龙江省木兰县砖瓦场干活。我们商量一块偷上火车逃往东北。在出发前一天夜晚，趁月黑风高，我从窗户爬进大食堂，摸了很长时间，没摸到吃的东西。最后，在一口大缸里，摸着半面袋子馍馍。这一定是司务长给自己或给队长留的。我高兴得差一点叫唤起来。我一个也没给他留，第二天晚上，把馍馍给娘留下一半，我背着一半，伙同小喜子到了平原火车站。"

"当天夜里没爬上火车。我们俩就在候车室吃馍馍、喝凉水。半夜后睡着了。天亮醒来，面袋子的馍馍被人偷走了。第二天一天没饭吃。傍晚，一列货车由南而北进入车站，我们爬上一辆敞车。上面一麻袋一麻袋地装着粮食，上边还盖着大帆布。一个押运粮食的警察发现我们，抓住了小喜子，我跑了。半夜后，车站进行列车组编，火车头朝北，后边拉着五节车厢，我以为这一定是向北去的火车，于是就爬了上去，没被人发现。车上拉的是西瓜。"

"一会儿，一列火车由北向南来，车站上的这个火车头拉着五节车厢，接在那列车的后尾上，车头跑了。我还没来得及跳下车，火车就向南开动了。没办法下去，我就在车上吃西瓜。吃饱后，一觉睡到天明。睁眼一看，来到徐州。警察把我抓住，送进收容所。在收容所待了六七天，把山东盲流（当时称外逃的农民叫盲流）向济南遣返。火车到达一个小车站，我就逃跑了。我跑得快，警察没撵上。"

"夜晚又偷偷爬上一列北去的货车，车上是一笼子一笼子的鸭子。鸭子不能生吃。有的笼子里有鸭蛋，我就把笼子弄开个洞，掏出鸭蛋来生喝。火车到济南后，没向北开，拐弯上东去了。白天也不敢在中间站下车，就这样，一直把我拉到青岛，又被收容了。"

"山东人去东北的盲流很多，向青岛去的很少。胶东上东北逃亡走荣城、烟台、威海的海路，不来青岛坐火车。青岛就等于是个死胡同，所以收容所收容的人很少，凑不够数，就不遣返。在青岛待了半个月才被遣返回德州。坐了一个月的火车又转回老家来了，等于原地踏步走。"

"在德州遇到陈楼表哥，他给我三元钱、二斤本省粮票，让我回家。我说我不回家，去海拉尔找我哥哥。他不放心，非叫我回家不可。我只好答应回家，晚上我又偷上了北去的火车。这列车到天津没向东北开，向西北方向去了。开到北京丰台站，丰台站不抓盲流，可能没有收容所。丰台站车辆很多，我没出站，爬上一列运煤车，又累又饿，躺在车上睡着了。不知不觉，火车越过天津，继续朝南开到静海县。煤车被甩下来卸煤，卸煤工人打开车厢，连煤带我一起滚出二层楼高的路基以下，被埋在煤炭底下。我骨拽骨拽，从煤堆里爬出来。把工人吓了一跳，一个人说：'如果你再晚出来一秒钟，我的铁铣下去，你就没命了！'又一个人说：'幸亏这是一车碎煤，如果是大砟，砸不死也得重伤。'工人师傅问我上哪去，我把情况如实告诉了他们。他们看我是个小孩，很可怜我，就每人匀出一点夜班饭给我吃，并帮我爬上开往东北的火车。"

"火车来到唐山停下来，我想，唐山离山海关已经很近，只要出了关就没收容所了，就不会被抓住，不再送回山东老家了。山海关是个鬼门关，闯过去能活命，闯不过去就等死。我藏进一个闷罐车里，里头是大米。我就扒开麻袋吃大米。不料，几节拉大米的闷罐车被甩下来，我也被卸车的工人发现。这些工人很混帐，不如静海站的工人好。他们不但不给我饭吃，反而把我送进收容所。收容所在三楼，跑也跑不掉。"

"住了七八天，我等得不耐烦了，计划逃走。厕所窗户外有一根铁水管子，从五楼通往楼下。我冲量了好几天，抓不住管子太危险，不好爬过去。后来，我用腰带拴在窗棂子上，一手抓住腰带，一纵身就顺着管子坠下去了。可一纵身水管子断了，水管子是铁皮的。"

"看来即使摔不死也得摔残废。真是命大不该死，水管子下面垛着一堆成捆的芦苇席，有惊无险。可到了院子门口又被抓回三楼，又住了两天，收容所登记遣返。在收容所里早就听说，过了关就没收容所了。我登记的是出关后第一大站绥中县。怕登记海拉尔太远，人家不相信。登记人员说：'你口音像山东人，不像辽宁人？'我说：'父母亲在绥中工作，外祖父母在山东。我跟外祖父母长大，所以说一口山东话。现在山东饥荒严重，我给外祖送全国粮票去哩，回来没钱买票，所以爬私车回来的。'于是，我就被登记为绥中人，被遣返回家。"

"到绥中打听，确实没有收容所，于是胆子大了起来。现在公家不找我的麻烦，我去找公家的麻烦。候车室的几个山东盲流叫我去找民政局。到了民政局，我编造说爹娘在哈尔滨工作。民政局给我十五元钱、四斤粮票，叫我买票回哈尔滨。这是一生第一次趁这么多钱。得到甜头后，我并没花钱买车票，仍爬私车。到了锦州下车，又去找锦州民政局，又得到十五元钱、四斤粮票。到了铁岭、德惠仍如法炮制。到了哈尔滨，天气转冷，不能磨蹭了，赶快去海拉尔找哥哥。"

"当时，我手里趁六十元钱、十六斤粮票，浑身没有口袋，没处放。就用一张破报纸包着，手使劲地攥着。哈尔滨站人山人海，都是操山东口音的难民。在拥挤中，手里的纸包没有了，我急得呜呜直哭。阎王不嫌鬼瘦，小偷不知我的钱来之不易。"

"哈尔滨难民太多，秩序很乱。难民们在车窗上爬出爬进，我趁乱也在车窗爬进车厢。一节客车定额一百人，挤进二百多人，人摞人呀。我睡在座椅底下，觉得比坐煤车舒服多了。这是我外逃以来第一次坐客车。这次没坐错车，也没看火车头朝向何方。因车厢外挂着通往海拉尔的牌子。"

"火车一早就到达海拉尔，风大天冷。据说海拉尔八月十五就下大雪。当天是八月十八日，我在候车室冻得不敢出门。大约过了十点，天气暖和了点，我又雨行旧路，跑到民政局。一进门，把民政局的人吓了一跳。这么冷的天，一个只穿裤头背心的小叫花子站在他们跟前。他们一面派人给我取衣服，给我穿上一身成年人的秋衣、秋裤、绒衣、绒裤，和一身蓝色制服及一顶蓝帽子、一双蓝布鞋，都是成年人的穿戴。他们又给我三斤内蒙古的粮票、十元钱，领我到饭店吃了一海碗肉丝面、两个面包、二根香肠、一斤牛奶，比在家过年吃的都好。为了省钱，我没去汽车站买票，到各旅店停车场看看有没有去拉布大林的载重车。"

"走了几个旅店，也没找到车。刚要走出最后一个旅店，迎面来了两个人，望着我不合身的穿戴直乐。他们问我从哪里来，到哪里去，还说听我的腔调很熟悉似的。摘了我的帽子，他们对我的长相也似曾相识，就问我姓啥。我说姓石，他们又问我认识石鸿圣吗，我说那是我哥哥。他俩乐了，说哥哥是他俩的好朋友，又是老乡。他们是去上库力农场的，来回经过拉布大林。我就跟着他们的车找到哥哥。"

"经过七十三天的流浪，折折腾腾来来回回的路程上万里，终于来到了北天边。哥哥把我送进学校插班学习。不过来拉布大林后，每天梦见娘，怕跟娘再也见不着面了。"说完，石头子趴在娘怀里呜呜哭了起来，叫人心酸。一家人为他的辛酸经历抽泣着。

拉布大林农场还有几个分场，农业工人上万。拉布大林只是额尔古纳旗十多个农场的一个，附近还有上库力、图力河、库都尔、黑山头、七卡、哈达图、一二零农场等等。一二零农场的名字是取自此地距海拉尔一百二十公里的意思。各农场除少数复员转业军官外，绝大部份是山东难民。额尔古纳旗为山东人民做出了贡献，山东人民也为额尔古纳旗的繁荣做出了回报。山东人民与东北三省及内蒙人民的血肉关系，额尔古纳旗及其拉布大林只是千百个例子中的一个。不过在三年毛祸期间，对山东人民贡献最大的应属黑龙江省，但海拉尔地区（也称呼伦贝尔盟）与东邻黑龙江省的自然环境、土质、气候相同。海拉尔地区的面积相当一个半山东大，但全地区人口不及山东一个大县，因此成为山东难民的避难所。

大儒本想在这块像锅底一样黑的肥沃土地上做点贡献，但听到大弟弟不经意地说，边防地区不允许地、富、反、坏、右居住，他打消了长期居住的幻想。这儿本是古代犯人流放的地方，是苏武牧羊的地方，是最偏僻的北天边，是中国的北旮旯，但大儒在此地仍没有站脚的资格。只有听天由命了，什么时候驱赶就什么时候走。如果额尔古纳河封冻，这儿进入苏联很方便。但苏联对右派，对知识分子也不会比中国客气，他们不是把知识分子赶出国外当白俄吗？

为了吃饭，必须劳动。大儒要求大弟弟为自己找份工作。石鸿圣知道大哥是知识分子，不能干粗活。干粗活，弟弟的脸上也不好看。石鸿圣想让他去卫生院当大夫。他跟卫生院的负责人关大夫联系，关大夫说不是正式职工，没有正式户口，卫生院不敢收。大儒知道弟弟为他的事为难，主动要求去放牛。

陈氏听说侄子去放年，她一百个不同意。这么有学问的人去放牛，岂非笑话？大儒终于如愿以偿地获得牛倌的职务。他右肩扛一根长鞭子，左手持一根短鞭子，脖子斜挂一个大牛皮兜放食物。一群奶牛五十头左右。放牛有三大任务，一让牛吃得饱；二要喝得好；三是不能散帮。检验吃饱喝好的标准是产奶多少。

放牛人最劳累的活是保证牛群不散帮。五十头牛的喜好、性格、行动快慢、个头大小、畜龄等，各不相同。要让它们围成一团着实不易。长鞭子不断地抽打前头冒进的；短鞭子频频抽打后面掉队的；长鞭与短鞭一齐抽打左右出格的。围着牛群一圈圈地奔跑，不断纠正着它们的队形，一天下来，等于长途行军百里有余。大儒晚上躺在床上，浑身酸痛，一觉睡到天明。

第二天再重复第一天的劳动。这样，一周干七天，没有节假日。工作时间不按钟点，日出而行，日落而归。拉布大林处于北纬五十四度，与贝加湖处于同一纬度线。夏天与北极圈一样，昼长夜短。早晨四点天亮，傍晚九点钟仍如白昼。一天放牛不断地奔跑十六个小时，而一夜睡眠不足六小时。

有一天，大儒在一个山丘上放牧，他坐在山坡上睡着了，结果五十头牛散落满山岗。大儒整整奔跑了三个小时才把五十头牛集合起来。放牛不到半个月，大儒累得又黑又瘦。婶子心疼，又叫儿子给哥哥找个轻松活干。石鸿圣经后门活动，又给哥哥找了个挤牛奶的活。挤牛奶活轻，都是女工干的，费了不少口舌才进了挤奶组。但挤奶技术不过关，大儒挤得牛奶产量低不说，还抓得满手是牛粪。牛虻叮咬奶牛时，沾满粪便的牛尾巴左右摆动轰赶牛虻，抽打得大儒满脸、满身都是牛粪，女工们在一旁笑弯了腰。

婶子发现侄子浑身上下都沾满牛粪，又是心疼。她叫儿子给哥哥再找个干净活。弟弟于是又走后门把他调到打草队。拉布大林的牧草高度近一米半，超过山东的苜蓿。镰刀弯月形，长六十五厘米，镰柄两米长。人们双手抱着镰刀柄横扫，搋下的草一排排地，排列很整齐。

但大儒怎么也学不会搋草的技术，队长叫他敛草、垛垛。大儒敛得慢，把草垛垛得像椎间盘脱出的病人，锅着腰撅着腚，工人们见了直乐。打草队队长也是山东人，建议基建队长收下这位书生老乡。

大儒又在基建队负责和洋灰。活干得挺仔细，但太慢，供不上用。沙子与洋灰的比例算得很仔细，分毫不差。他像做分析化学试验，用微量天平称试剂一样，小心仔细。看在朋友石鸿圣的面子上，基建队长给调换了工作，调别人和洋灰，叫大儒推着小车给瓦工送水泥。但大儒没学过驾驶技术，车子经常歪倒，浪费了不少水泥。

这天，农场办公室秘书六个月的儿子突然哭个不停，卫生院的大夫说着凉了，打了止痛针，吃了止痛药，但均无效，孩子越哭越凶。石鸿圣知道后，向秘书提议让大哥看看。炕上有病人不得不信神，秘书同意了。大儒摸了摸孩子的肚子，听了听肠蠕动音，诊断为小儿肠套叠。秘书开车把孩子送到海拉尔医院开刀。七天后出院，从此大儒成了卫生院的大夫。

在卫生院，大儒的技术最高是不在话下。来拉布大林两个月，调换了五个工种，最后才对上专业。大儒给秘书儿子准确地隔皮猜瓜的诊断故事不胫而飞，传遍了整个拉布大林。一位小学女教员不到三十岁，蒙古人，来请大儒出诊，说她大伯哥也是肚子痛，是不是肠子也套住了。

大儒带着银针到她家，经检查，是胃痉挛。为患者扎了银针，立竿见影，不痛了。女教员很感谢，请大儒在家吃晚饭。

她家房子很小，只有一个炕。炕东西长约两米半，南北宽约二米。女教员的丈夫在一二零农场工作，每星期六回家住一宿。丈夫的哥哥三十三岁，也睡同一个炕。他靠炕东头睡，弟妹靠西头睡，等于兄弟俩一个媳妇。一夜属于弟弟，六夜属于哥哥。如果她生了孩子，不知是哥哥的还是弟弟的，真不可思议。

蒙古人比美国人更开放、更进步。大儒在心里不断地摇头，不过他认为，蒙古人处于四十到五十以上的高纬度，气候严寒。为了生存，就建立起一种狭窄的保温环境，形成拥挤的生活习惯，男女难免性乱。

美国处于北纬三十度左右的标准温带区，他们的居住面积是全球最宽敞的，但美国的私生子占总人口的一半，又怎么解释？再说，居住在北纬六十度以上的俄罗斯家庭也并没有都变成牲口圈。大儒随即否定了因寒冷、保温而出现性乱的看法。他最后认定，一个民族的文明程度与性乱与否，是重要的衡量标准之一。性解放是文明的倒退，把人类文明降低到普通动物的水平，没有羞耻心就没有人类；没有羞耻的民族，就是野蛮的民族，不管其经济、技术发达或落后。

中华民族本来是一个文明礼仪之邦，但自毛泽东执政以来，残暴镇压、阶级斗争、溜虚拍马、说谎吹牛、忠良受害、奸佞升天等，形成社会主流风尚。如果这种邪风不刹住，中华民族将堕落为野蛮民族。

大儒如果继续放牛、挤奶，可能和成千上万的山东难民一样，在拉布大林定居下来。由于他医术优秀，名声越来越高，引起派出所的注意。派出所长调查石鸿圣："你大哥是干什么的？"他愉快而骄傲地说："他是干医生的，到卫生院没几天，全拉布大林都找他看病。可见他医术多么高超！"

所长又问："他在什么单位工作？""听说在山东省什么研究所。""研究所是国家机关，他身为国家干部，为什么跑到边防线上来？根据边防政策，身份不明的人不能在拉布大林落脚，必须尽快离开。"石鸿圣的疑惑不安顿时取代了几秒钟前的愉快和骄傲。突如其来的逐客令使他不知所措。他把逐客令压在心里，既不向母亲说，也不向大哥谈。

大儒还是照常上班诊病，若无其事。过了几天，派出所所长又问石鸿圣："你大哥走没走？"他为难地说："这实在说不出口，我大哥确实是天底下第一大好人啊！"所长说："不管是好人、坏人，要按政策办事，你不好意思通知他，我通知他。"

大儒在门诊曾为一位山东女难民复诊频发性月经过多。由患者而联想到抗美战争初期中国医大由沈阳迁往寒冷的北安后，多数女同学都患上了月经病，尤其是女友伏淑鹤的频发性月经过多，令他又陷入了精神的煎熬与彻骨的思念中。

大儒曾按照伏淑鹤的常用有效方"温经汤合独圣散加减"为女患者施治。今天女病人欢喜异常，一进门诊走廊就喳喳呼呼地喊："石大夫可神啦！三付药就给治好了我一年多的病。今天再请他为我巩固巩固。"

根据病情，大儒按上方开了温经汤减独圣散，病人高高兴兴地持方去中药房取药。

派出所所长走进门诊室，对大儒严肃地说："我通知你，限你一周之内离开拉布大林。你的身份可疑。"

逐客令虽早在预料之中，大儒还是感到突如其来。在冬季封河之前，为了防止人民偷渡苏联，清理边疆户口，驱逐可疑分子，是公安机关的每年入冬的常规工作。大儒沉默了约一分钟，看了看布满玻璃窗上微细的水珠说明隆冬即将降临，江河即将封冻。他继续望着窗子说："好的，接受你的逐客令。"双方没说一句多余的废话。

派出所所长退出门诊室，一群病人争着挤进来。大儒一一处理完病人，结束了一天的工作。

《谏逐客令》令残暴的秦始皇能听进耳朵，对毛泽东及其追随者等于给牛弹琴。1956年大儒曾对牛弹过琴，结果被打成右派。在庐山，彭德怀、洛甫也曾对牛弹过琴，而被打成右倾机会主义反党集团。为了安全，琴不能再弹了。

石鸿圣一周前得知大哥将被逐赶的消息后，虽没告知母亲与大哥，但在暗中做了物质准备。他为大哥购买了一套防寒的衣裤、靴帽，及全国粮票和现金。等明春江河解冻时，再回拉布大林，届时边防政策又恢复宽松。

大儒也为长期流浪做了准备，买了一本针灸手册、各种型号的银针一百多支、五毫升及三十毫升的注射器各一具；酒精一磅、脱脂棉半磅、盛酒精棉球的磨口瓶子一个、帆布背包一个。他手无分文、地无一陇，而这就是他赖以生存的全部家当。

临离开拉布大林这天，陈氏唉声叹气。天气冷了，挂心侄儿没有安身之处。大儒要求小弟弟勤奋学习，争取念上大学。他握着大哥的手，呆呆地望着，一言不发。

石鸿圣在根河农场有个朋友，是逃难时在火车上认识的，山东夏津人。他每次去海拉尔都在拉布大林落脚，和石鸿圣见见面，喝喝酒。人也很诚实，最苦恼的一件事是媳妇的月经病，结婚两年没怀孕。他本身还有腰痛。石鸿圣对大儒说："大哥，你就以我的口气，送医上门。看看能在他家落落脚吗。一个朋友一条路，一个冤家一堵墙，也许他能帮上忙。要接受教训，在接触人的时候不要暴露大学毕业、国家干部身份，只承认是农村郎中。"

大儒来到根河农场。石鸿圣的朋友叫潘志宏，二十九岁，建筑队长，性格豪爽，喜欢交朋友。他对大儒以贵宾相待。

一次喝酒时，潘志宏透露："在石鸿圣兄弟那里，对你常有所闻。他介绍过，有一位大哥毕业于中国医大，是山东省热带病研究所的大夫。我想就是大哥你了，他的大哥就是我的大哥。"

大儒急忙说："我是他的堂叔伯哥哥，是乡村郎中，没念过大学。他介绍的大哥是他的同胞弟兄。"潘志宏笑道："堂叔伯兄弟也很近嘛。我和鸿圣兄弟没血缘关系，但我们像同胞兄弟一样好。"

潘志宏的媳妇经期不规律，一个月二到三次，经量少。来东北之前经期规律，经量适中。寒冷引起月经紊乱。大儒的治疗方法除针刺外，最好再用艾卷灸，可能疗效更好些。但此地不生长艾蒿，大儒就把烟叶卷成卷，权当艾蒿使用。他选用三阴交、关元、气海，配肾俞、太溪、足三里。用平补平泻法，留针三十分钟。起针后用烟卷炙针刺穴，每次每穴炙二十分钟，一天一次，十天为一疗程。

潘志宏患坐骨神经痛，同时给他做穴位封闭，用百分之二十普鲁卡因十毫升，加注射用水二十毫升、维生B1注射液三十毫克，向压痛点注射。三天一次，十次为一疗程。同时也给其他患者治疗，多数为山东难民。

除潘志宏夫妇外，对其他病均收费。收费标准针炙一次两元，自购药物封闭一次三元。吃饭一顿扣一元，住宿一夜扣一元。每天治疗十二至十五个病人。

一个月后，潘志宏的腰不痛了，这倒不为奇，为奇的是他的媳妇月经中断了，并出现妊娠反应。对其他腰腿痛及月经不调也同样取得如桴鼓疗效。大儒在根河名望超过在拉布大林，这对大儒很不利。

他离开根河逐渐向东南转移，采取八路军打游击的活动方式，不在城镇中心地区活动，要选在城镇与城镇、县旗与县旗、省与省之间的边界交接处活动。边界地区距中心城镇较远，交通闭塞，统治者鞭长莫及。在鄂伦春、牙克石旗四个县旗的交界地带活动，这儿很落后，但很安全。山东难民较少，少数民族较多。大儒经常夜宿蒙古包。蒙古包尽管是用牛皮缝制的，冬天仍然很冷。锅里放上水，锅灶下二十四小时烧牛粪取暖。另外包中心有火盆，火盆也烧牛粪，满包臭气熏天。在偏僻的乡野，虽病人更多、更挣钱，但蒙古包寒冷、脏乱及腥臭的空气实在难忍。于是，大儒又向黑龙江省转移。

大儒准备在牙克石上火车，所以由大兴安岭北面来到其南面的牙克石。这里气温好像暖和了很多。牙克石是大兴安岭的林业区，林业工人几乎是百分之百的山东难民，这儿经济富裕，是个行医的好地方，但这是个中心城市，不利于安全。大儒又要长途转移了。

坐上火车一直向东南行进，来到黑龙江省经济最发达、气温相对温暖的东南角。大儒选择在双鸭山、七台河、鸡西、勃利、林口、方正、依兰各县之交界处的农村。北面是连绵的众多林业城市，南面是几个巨大煤矿。这儿每个林业区及煤矿区几乎也是百分之百的山东难民，每个农村也都住有山东难民，是真正的山东人第二故乡。农民各家都烧火墙子，室内温度高达近二十度，适宜于裸臀露腰扎针炙。

大儒在某一县边界的一个农村住一个月就转移到另一个县的边界农

村，为了安全，每攒三百元钱就汇寄给姑妈或石鸿圣代为保管。每月向外寄款一次，他算了算帐，每月纯收入四百元以上，相当一个半一级教授的工资。他心里很舒服，但笑不出来。连个家也没有，挣钱有什么用？

比经济收入更丰硕的是技术的成长。他学会了针灸，对东北常见病，如月经病、腰腿痛、慢性气管炎的治疗得心应手。但他收获最大的莫过于治愈顽症后的精神快乐，这是心灵上的高级享受。

依兰、方正两县的林业工人患椎间盘脱出及坐骨神经痛的病人很多，这是林业工人的职业病。工人们抬木头、装卸车，对第五腰椎的压力特别大，所以患病率高。大儒用普鲁卡因、维生素B1封闭大肠俞、关元、环跳，配腰二至五夹脊，两天封闭一次，十次为一疗程，几乎百分之百地痊愈。大儒被林业工人们称为"神仙一把抓"。

七台河、鸡西煤矿工人长期在潮湿的井下作业，患腰腿痛的特别多。针灸肾俞、大肠俞、阿是穴配委中、阳陵泉、复溜。一天针灸一次，十次为一疗程，百分之九十可获得痊愈，百分之十缓解。矿工们给大儒起了一绰号"石半仙"。

在林口县农村，大儒遇到一例顽固性隔肌痉挛。男性病人，四十三岁，营养良好，身体壮实。病程已半年，不断发出宏亮怪异的呃逆声，经常把人吓一跳。病人自己很痛苦，邻里称其为一种怪病，是鬼神作祟。家属也觉得患了怪病，脸面不光彩，多次到哈尔滨、长春、沈阳各大医院诊治。治后偶尔缓解二、三个小时，随之复发。家庭花穷了，病也没治好。

大儒进村后，患者抱着试试看的心态，不认为一个乡下郎中比东北各大医院高明，请大儒针灸，反正花钱不多，试试看呗。病家把火墙子烧得挺热，请来石半仙。大儒选天突、膈俞、内关为主穴，选巨阙、气海、足三里为配穴，采用泻法，留针三十分钟。其间每五分钟行针一次，没想到针到病除，着手成春，针刺一次痊愈。以后又巩固了六次，在乡里传为奇闻。病家更是感恩戴德，留大儒在家过春节，住了一个月，以贵宾相待。

春节后，大儒又要流浪他乡。临走时，病家给了他六十六元六角盘缠。六、六、六表示祝愿石先生一切大顺。

大儒像断了线的风筝，飘落到牡丹江、延寿及尚志县。该地区在抗日期间是北满抗日联军出没的地方。这儿有森林，可以隐藏游击队员，气候也较暖和。东望苏联，只有咫尺之遥，中间无屏障相隔，随时可以进进出出，是游击队的良好避难所。但在1942年之前，东北抗日联军仍被日寇陆续消灭，只有少数游击队员逃往苏联。尚志县原名珠河县，县境东北方有一条河，名为亮珠河而得名。

珠河县为北满抗日游击队活动中心，到处留有著名抗日英雄赵一曼、李兆麟、赵尚志的足迹。女英雄赵一曼一九三六年被俘，在珠河英勇就义；赵尚志一九四二年在战斗中被混入游击队的特务暗害，解放后，珠河县改名为尚志县；日寇投降后，一九四六年李兆麟在哈尔滨被国民党特务杀害。

大儒极度羡慕三位烈士的归宿。如果他们活到今日，也许被扣上叛徒、汉奸、反党分子、右派、右倾机会主义的帽子，落得像陈光、潘汉年、彭德怀、洛甫一样的下场。在尚志县的一个月，大儒三次进入烈士陵园，追思抗日英魂，他心潮汹涌，久久不能平静。

黑龙江省的冬季漫长，从九月到五月，需要穿九个月的棉衣。春天来的既晚，时间又短。光秃秃的树木，还没发现树枝上吐出嫩芽，突然两三天，硕大的叶子挂满树头，表明已进入夏令。秋天更来去匆匆，树叶尚没发黄，西北风呼啸一夜，树头突然变成和尚头，一毛不留，象征着寒冬的来临。松花江四月仍可以溜冰，五月始开江，开江之前，大儒徒步跨过松花江。站在江中心凝神回忆，这是他第七次徒步跨江。前六次是在三岔河、德惠之间。十四年前，1947年1至3月间，东北野战军三大主力纵队十万人，三次跨越松花江，向新一军发动冬季攻势，三战三捷。从此，扭转了东北战局，由防御开始反攻。人遇到危难时，往往出现迷信想法，大儒祈祷这次过江，也像十四年前三大主力纵队来回六次过江一样，旗开得胜，由被动转入主动，由败北转入反攻，盼望个人命运走出低谷。

由松花江往北，经通河、清河各森林地带，进入小兴安岭。这儿是无边无垠的原始森林，堪称中国的氧气库。不到小兴安岭原始森林，就不知我国除苏州、杭州之外，还有第三个天堂。

跋涉到南岔已是春意盎然。南岔镇在小兴安岭西麓，是第三天堂的南天门。山势峭拔，郁郁葱葱的松柏直冲云霄，到处鸟语花香，狍子叫，鹿求偶，黑熊悠悠。山下是公路，汽车满载木材，小心向山下蠕动。公路下是湍急的河流，一片片的木材，由山涧飘流而下。

这是人间最美丽的图画，可惜历代画家还没有谁来南岔采风、素描。这样娇艳的国家，不知为什么毛泽东决心要毁掉她，大儒百思不得其解。

伊春是小兴安岭最大的林业城，半径三百里内都是连绵不断的森林和几十个林场。这儿是东北虎的家乡，也是山东难民的宿营地。每个林场的工人都是山东人，他们亲戚连亲戚，朋友结朋友，老乡找老乡。一个县的山东人，多集中在一个农场。例如通河林场多为山东齐河人；清河林场多为山东平原人；南岔多为德县人；红星多为临邑人等等。难民们的居住条件极差，百十号人住在同一个帆布帐蓬内，冬季把汽油桶改造成炉子，竖上烟囱猛烧松木。虽然没有蒙古包的牛粪臭味，但终年不洗澡的百十号人，散发出的臭味，完全淹没了松香味。大儒刚刚跨过松花江时，在通河及清河林场，曾几次住进臭气熏天的帆布帐蓬。

经过一年半的流浪，大儒走遍了小兴安岭的每条山沟及溪流，走进几十个居民点，诊治过两千多病人。没有安定的家，没有藏身之处，他无限烦恼，不愿在寒冷的东北安家，还是决定回山东老家定居。

从伊春乘火车经绥化到了哈尔滨，这两个城市激起他无限遐想。十六年前，绥化是东北野战军第六纵队的后方，后勤、兵站、野战医院都设在这儿。大儒经常由哈尔滨、双城、长春、四平送伤兵去绥化野战医院。绥化西北是望奎县，他所在的渤海军区八路军第七师是出关后的最后的目的地。来到哈尔滨他重访了十六年前，在车站东南角住过的那幢二楼南窗旁，夜间被特务开枪，打掉一块砖，被打的弹洞仍历历在目。当时是夏天，他冲着窗台酣睡，子弹只差五公分没打中他的头颅。

大儒还到了南岗当年林彪做报告的总工会大礼堂，又专程到了双城，寻访了十六年前六纵队卫生部住过的那个酒坊及其二层小楼，现在变成了税务所。又到了西南角吴大舌头的官邸，十六年前是六纵队司令部，以后是林彪的司令部驻地。杨国夫、龙书金、徐斌洲、刘其人、赖传珠、陈光、罗荣桓、林彪都曾住在这个大院。林彪在这里指挥了整个东北战争，直到锦州攻坚开始，他才搬往前线。现在这儿改为双城武装部。

他还寻访了城子街、焦家岭、德惠。当年六纵队与新一军鏖战，陈光露脸、孙立人丢脸的地方。在蔡家沟车站，重访了四十二名伤兵被炸的死亡地点和四十二名跳车的日本战犯处决的地方。在德惠乘车到了长春，重访了原日本关东军陆军医院。在医院西南角，抓特务王德茂的旧址仍在，是在一个破碉堡里，现在这儿改为传染病医院。

火车到达四平街，大儒没下车。这是一座林彪伤心、陈明仁开心、龙书金初试牛刀的城市。火车到新民黑山时，大儒睡着了。火车到了锦州，大儒从车窗探出头，仔细观望了这座城市。龙书金在这里创下攻坚战范例；林彪在这里名扬天下。距家越来越近了。

夕阳将落山的时候，火车到达天津卫，停车时间长。大儒下车活动一下腰身。脚下是龙书金第三次大显身手、林彪背上第二个历史包袱的城市。

火车朝愁容满面的北京开进。

第五十二章　石鸿儒当牛作马
儿女情勾起无限烦恼

　　火车到达北京已是万家灯火，虽已夜阑但还未人静。大儒今年手头不似去年拮据，今天住的旅馆稍干净些，没住通铺，选了一单间，一直睡到上午十点，足足睡了十二个小时。由于长期流浪，他的肉体劳累、精神疲惫。经十二小时的休息，体力和精力恢复了许多。

　　傍晚，大儒将在坟上向雪妹汇报一年半来的行踪。他密密麻麻地写了五页，宛似一封情书。从拉布大林放牛、挤奶、搁草、和洋灰、住蒙古包到住帆布蓬、扎针灸、跋涉大兴安岭、观赏小兴安岭、活动在边界地区打游击、一月一转移，生活艰苦，收获颇丰，以及曾到校园的樱花树下、沈阳南站、东陵草地与雪妹约会等等。

　　写完后，大儒又到书店买了一本她曾爱不释手的《唐宋词注释》，又买了她爱吃的泰康奶酪夹心饼干及巧克力。下午出发前，他洗了澡、理了发，换上新衣服，穿上新皮鞋，打扮得像初恋赴约会一样笔挺干净。在爱人面前，不能露出丝毫寒酸相，以免她放心不下。

　　太阳刚刚落山，天空仍很明亮。大儒跪在伏淑鹤坟前，摆出供品，焚烧了汇报稿及《唐宋词注释》，哭诉着：

　　雪妹，哥哥来看你了。一年多来，我曾浪迹天涯，漫游北国。路途之遥，远及北海。生活之艰，堪比苏武。郎在天之北，妹在地之南。不时翘首南望，不见妹之影。仰天长呼，不闻妹之音。天寒地冻，北风呼啸，苦夜漫漫，辗转反侧。回顾既往，痛不欲生。展望未来，苦海无涯。奢望娇妹，梦里相会，互诉衷肠，慰勉愫怀。梦多鬼怪，张牙舞爪，不见雪妹婀娜倩影。天高路遥，阻山隔海。寻寻觅觅，人间天上，杳无音信。嗔怪薄情郎，七七相忘，既不送书，更无人来。对天明誓：再不远行，每年七七，来表衷情。呜呼哀哉，尚飨！

　　大儒把买来的花籽，种在坟上，其中有一串红、牡丹、菊花等。

回家后根据伏淑鹤的遗嘱，第一件事是交还马振麟的六十斤全国粮票及四十元钱。出于自尊心，大儒不愿直接与马振麟见面。动员了表姐杜富妮一块去德州，让表姐去人民医院，把粮票、钱款交付给马振麟，不暴露回家的消息。

表姐在医院找到马振麟，自我介绍是大儒的表姐，把借给外公的粮票及钱款交还给他。马振麟奇怪地说："你外公把钱及粮票两年前就托人交给我了。"富妮说："外公已过世，大儒以为没还呢，他托我来与你见面。"马振麟问："大儒在哪儿？"富妮不会撒谎，但这次还是撒了谎，话说得挺含糊："可能还在东北呢。我不很清楚，母亲清楚。"

马振麟有手术在等，说话简略："我听到病人说过你外公去世的经过，心里很沉痛。可惜呀！大儒回家后，叫他到我这儿来，千万叫他来！我有手术在等，以后常来，我就不陪你了。"

富妮找到躲在公园里的表弟，说明情况。爷爷耿直的为人，令大儒心里又涌起一阵阵酸楚。

大儒的住宅座落在第五生产队管辖区，所以他隶属第五队管理。当今农民不叫农民，称公社"社员"。地、富、反、坏、右黑五类分子不具公民权，没资格成为正式社员。大儒只能算候补社员，就是说大儒没资格当正式农民，只算个候补农民，也就是没资格当人，只能算候补人。贫下中农算正式人，有人权；候补人没转正前没人权，就像奴隶、牲畜一样，任由奴隶主宰割、压迫、剥削、羞辱、打骂。生产队长是奴隶主，副队长也是奴隶主，会计是军师，负责出孬点子。村党支部书记是奴隶主的司令，村民兵连长是专政奴隶的鹰犬。村的组织结构如同军营，生产小队像一个连队组织，村不叫村叫生产大队，大队像营。军队把俘虏兵编入连队后，在政治上一视同仁，经济上一律平等，不受任何歧视。打仗勇敢者可提升为军官。

地、富、反、坏、右分子的地位远不如俘虏兵。全国地、富、反、坏、右三千万，加上家属一亿二千万，相当于英、法两个大国的人口之和。六亿人口的国家，敌人占五分之一。划分阶级成分、进行阶级斗争、号召阶级压迫、主张阶级剥削、制造阶级仇恨、编造阶级理论是毛泽东治国的唯一方法。其实被毛泽东阶级专政的，不止地、富、反、坏、右分子，也包括贫下中农、共产党员，甚至政治局委员及常委。在毛泽东眼里，六亿人民都是阶级敌人，都是专政对象。只有他一人是真正无产阶级，其他人都是假的。调九千万农民炼钢、挖水库，他饿死的五千两百万人民，其中绝大部分是贫下中农，这就是对六亿人民最真实的专政镇压。

大儒回到家乡，正好秋分刚过，是播种冬小麦的季节。生产队的三十多头牛、马还剩四头，其他都饿死了。这四头牛瘦得皮包骨头，走起路来像患美尼尔氏综合征一样，左摇右摆，前跄后跟，根本无力干农活。只能用人代牛拉耙平地，用人拉耧代马耩地。

农业倒退了五千年。五千年前的祖先，就驯化牛马耕田种地。贫下中农编出民谣：队长队长别发愁，老牛死了人拉耧；队长队长别害怕，老牛死了人拉耙。黑五类不敢编民谣，否则当现行反革命镇压。

大儒参加了人拉耧、人拉耙的牛马劳动。在他看来，以人代牛马耕种，就像调动九千万青壮年劳动力大炼钢铁一样，是一种统治人民的策略。累得每个人都精疲力竭，就没有时间萌生造反的念头。队长派人给田地里当牛马的人送白面馒头野餐，农民们快活得像孩子一样。挨饿四个年头的农民，今年小麦丰收，第一次吃上白面馒头，所以快活得很，满足得很。

毛泽东政策有张有弛，张了四年的大跃进，饿死五千两百万贫下中农，现在到了弛的时候了。弛的目的是为了下次大张，像跳远一样，后退是为了跳得更远。强直性痉挛的政策，不符合毛泽东的阶级斗争利益，大跃进持续了四年的痉挛，毛泽东感到再继续拧弦，弦会崩断。因此，农民吃上了白面馒头。

不管是拉耧或拉耙，社员们都不愿跟大儒分在同一组。当牛作马需要力量，不需要知识，社员们有力量没知识；大儒有知识没力量。在这个特定的环境下，力量是宠儿，知识是废物，一个农民比一个医生重要得多。农民愿意与农民分在同一组，都躲着大儒，怕跟他分在一组，因为他缺乏力量。

拉耧三个人，当中一个驾辕的，左右一个拉傍套的。大儒拉左侧，左耧脚滞后；拉右侧，右耧脚滞后。耧失去平衡，下种不匀，后边撼耧人费力而不好把握。于是，换上大儒在当中驾辕。但大儒掌握不准深浅，一会儿过深，影响麦苗出土；一会儿过浅，种子露在地面，影响发芽。

队长给大儒换了工种，由拉耧改为拉耙。拉耙比拉耧的活累，也是三个人，当中一个身躯魁梧的壮汉，两翼各一个体力较差的。大儒拉的一翼仍往往滞后，耙成斜角，地面拉不平。

大儒干农活，犹如黄牛耕水田，专业不对口，费力不少，质量很差。就像在拉布大林放牛、挤奶、搞草一样，处处不受欢迎。

全队四百六十亩小麦终于种完了，大儒松了口气。今年小麦播种量每亩九市斤。前四年，毛泽东及其追随者要求每亩播种两百斤。社员们一面干活，一面讥笑官员们的无知，大家都说越往上越无知。

大儒不会做饭，做饭也没有柴烧，生活极度困难。每次刹工，社员们都回家吃饭，他留在田地里掘茅根。他把茅根晒干，当柴烧饭。因不会做干粮，只能吃流食，用玉米面煮粥喝。因为劳动，大儒的饭量大了许多，每顿喝三碗粥就能维持生命。

第一次烧粥出了笑话。他计划做三碗粥，于是添进锅里两碗水。水烧开后，撒进一碗玉米面，结果出现一锅夹生的面团子，盛在碗里也只有一碗，没出三碗的量。

夹生不能吃，大儒正呆呆地望着碗发呆，队长进屋来分配农活。队长惊讶地问："你这是做的么？说粥不像粥，说干粮不像干粮。"大儒吞吞吐吐地说清原因，队长笑得肚子疼。大儒做粥的新闻不胫而走。一碗面、两碗水，想烧三碗粥，传遍全村。

一次做面食，大儒觉得吃面条较简单。因为不会炒菜，光喝面条不用吃菜就可以了，简化了一道程序。他和好面，擀成薄饼状，再切成条。但是尽管怎样擀，也擀不薄。不等擀薄就沾在一块了。就像十八年前，日寇扫荡，他与德县大队发疟疾的二小队长老宋躲在根据地，擀面条的情况一样尴尬。

以后，大儒知道擀一次，撒一层干面粉，片与片之间才不沾连。擀面条不行，就擀成较厚的饼，放在热锅里烙。不会翻锅，结果下面烤得焦黑，上面还有生面，形状像钢盔一样。恰好一位妇女来看病，看到眼前的情况，一面狂笑，一面嚷嚷，病也没看就走了。大儒烙饼的新闻又传遍了全村。

一次队长分配他到菜园里拔除野草。其他野草都拔干净了，只有一种形状很美的植物在畦面上，分布均匀，长势旺盛。大儒认为是人工种植的蔬菜，就保留下来。队长来了一看，又笑了："你保留的这些，也是杂草不是蔬菜。"从此，全村老少没有尊称他为石鸿儒的，都卑薄地直呼其小名"复生子"，在小名之前还加了一个形容词"傻"。成年人把他当成半傻瓜，是全村酒余饭饱的谈笑话柄，儿童们把他看成动物园的珍禽异兽，每逢他干活的时候，屁股后总跟着一群叽叽喳喳的小孩，观看他干活的可笑的姿势，然后回家给家长报告。傻复生子成为全村新闻人物。

每天晚上，小队长、会计在办公室讨论工作安排。对傻复生子的安排着实动脑筋。

副队长提议让大儒当饲养员，负责喂那四头牛，队长说，他是地主加右派，是双料反革命，把牛给毒不死也得饿死。饲养员这个重要职务必须由贫下中农把关。副队长有微词，说全队入社时有三十四头牛，现在还剩四头，饲养员都是贫下中农。他们阶级觉悟高到哪去了？队长说，贫下中农的错误再大，是内部矛盾，黑五类犯了错，是敌我问题。

会计提议大儒当保卫，看仓库，夜间打更。队长说，仓库的粮食是全队的命根子，是经济重地、财物中心，必须选用根子正、底子红的人担负保卫。会议又提议叫他推小车子治河。队长说，拉犁拉耙的社员们都不愿和他分到一个组，治河，人们更不愿和他分一组。再说，他也推不动，也不会推独轮车子。

会计又提议叫他到河工的伙房里烧火。队长说，伙房要成分好的人，怕他投毒。

队长提醒副队长，明年夏季锄地或间苗时，要注意监督他，防止搞破坏，把庄稼苗给锄掉，杂草给留下。副队长叹息着说，这不是个废物嘛？什么也不能干，成为生产队的累赘。队长长叹道："唉！我也没办法，谁叫他的家宅座落在咱们队上呢。"

下午刹工后，大儒正坐在灶台下烧火做饭。一个社员慌忙跑来，说他的媳妇肚子痛得直冒汗，请鸿儒大哥给瞧瞧去。

肚子痛得直冒汗，可能是急腹症。大儒不敢怠慢，扑灭灶坑的火，到了患者家，摸了摸患者的肚子，听了听肠蠕动音，问了问月经来潮期，再摸了摸脉，费时不过三分钟。他说："患者是宫外孕。胎座在了输卵管里，不在子宫内。立刻送德州医院妇产科，剖腹治疗，晚了有生命危险。"病人乘花轱辘车送医院，大儒回家继续烧火做饭。

医院开了刀，医生事后对病人及家属说："你患宫外孕，送来得及时。盆腔积血清除出一千毫升，再晚来一个小时就没命了。"

出院后，病家设宴招待大儒，感谢救命之恩。全村人第一次听说这个怪病，各家议论纷纷：据鸿儒说，孩子没座在宫里，座在管子里。人家摸了摸肚子就断定了，跟医院断得一模一样，再晚一个小时就没命了……

从此，村里人把"傻复生子"改称为"鸿儒哥"、"鸿儒叔"、"鸿儒弟"、"鸿儒爷"、"鸿儒伯"，全村一片鸿儒声。

又隔了个把月，一位男社员肚子痛，邻居叫他家属快请鸿儒看看，怕也患宫外孕了。家属请来鸿儒叔，大儒摸了摸肚子，呈板状硬。根据疼痛部位及病史，对家属说："病人患有胃穿孔，急送医院开刀。"病人被送到德州，证实是胃穿孔。村里又议论开了，说鸿儒的右手是照妖镜，一摸肚子就知道五脏六腑有什么病。石庄人向外乡人炫耀：石家五代名医，可能最有名气的是当代的鸿儒。

本村请大儒看病的络绎不绝。一位患者的老爸爸把大儒请到家，患者为一中年男子，左侧半身不遂五个月有余，语言不清、流口水、嘴歪眼斜、左上肢运动受限、左下肢运动失灵，无肌肉萎缩，病情发展缓慢，血压偏高。大儒暂诊断为左侧脑血栓形成及高血压。

患者为一家顶梁柱，上有老父病母，下有幼儿稚女，妻子怀胎待生。家既无余粮，又无存款，生活贫困难熬。根据诊断，先针后灸。针双侧肩髃、曲池、外关、环跳、髀关、阳陵泉、足三里、太冲，用平补平泻法。起针后，用艾蒿灸针穴，并服中药：生黄芪、川芎、桃红、红花、黄芩、泽泻、生地、防风、牛夕、水蛭、钩藤（后下）、石菖蒲、远志。

经两周治疗，患者左上下肢有力，能拄拐步行；四周后，语言逐渐恢复；治疗两个月，健康近完全恢复。患者及其妻子叩头拜谢救命的鸿儒叔。大儒的名声传出外乡，病人络绎不绝，门庭若市。他的名字由傻复生子被改称鸿儒，如今又改称为"石先生"、"石大夫"。他爷爷的尊称又回来了，就是还没挂上广德堂的牌匾。

大儒不急于挣钱，只行医不卖药。目的是恢复名医世家的声誉。对本村病人一律不收费，可以吃饭、收礼；对外村，吃一顿饭，收两元出诊费。两元出诊费有时也很难收，外村人好跟大儒套近乎，例如套说是大儒爷爷姑表兄弟的侄子，爷爷老世交的孙子、奶奶外公的远房妻侄媳妇，老爷爷的姨表兄弟的重孙子，外公干兄弟的外孙子，外婆娘家的侄孙子等等，更让人乐的是有人称是大儒爷爷念私塾的同桌的孙女，大儒爸爸中学时期同一篮球队的队员的儿子，大儒母亲教小学同事的妻侄媳妇的儿子……

大儒听到这些套近乎的，遥远的古代亲戚或朋友，心里忍不住地乐，也就不好意思收出诊费了。人们为了省两元钱，竟厚着脸皮拐那么多弯，说明山东农民贫穷得厉害，远不如东北富裕。

大儒备下木料、砖瓦、水泥、油漆，请了泥瓦工、木匠，对房屋、桌椅、门窗、门楼进行修葺。住宅恢复到抗战前的原貌。姑母石兰子来帮侄儿做饭，伺候木匠、瓦匠、油漆工。

经过一个月的整修，整个院落又呈现出爷爷时代的模样。室内装修、摆设也如同二十五年前的布局格式。完工后，石兰子瞧瞧这，摸摸那，激动地说："我又有娘家了！"

大儒经过一个多月的亲身劳动，对自己的家更有感情。每次出诊结束，骑上姑母送他的那辆破飞鸽车子，飞快地回家，好像爷爷、奶奶、爹娘在家等着他一样。

他去信给拉布大林的弟弟石鸿圣说，把家庭的房屋已修葺完毕，他们回家的话，可以共居一宅，把自己寄存的钱，如无用度可寄回家，留下三百元孝敬婶子。

石鸿圣回信说，收到大哥六次汇款，共人民币一千八百元，一分不留，大哥的钱来之不易，你救了母亲一命，已经感恩不尽，其价值无法用金钱来衡量。他要求大哥在老家帮自己物色个对象，成功后把对象接去拉布大林完婚。

大儒给弟弟回信说，在家乡找个漂亮大姑娘不难，怕婚后一旦发生口角，家庭成分将成为把柄。为了安全，还是在拉布大林找个外省姑娘为好。

石鸿圣接到信后，感叹哥哥心细。为了安全，撕掉来信，很快找了一位河北省的大妮结婚了。

姑母自梁庄起身时，带上存款折，交给侄子。存款折上的姓名是石鸿儒，存款数目是三千六百元，并把二十九块银元还给他。大儒拒不收银元，留给姑妈以表孝心。姑母高兴地说："孩子，你的孝心我领了。现在是我帮你的时候，你孝顺我的机会还在后头哩。"

大儒把石鸿圣寄来的一千八百元也存在存折上，共五千四百元。当时猪肉五角五分一斤，小麦一斤二角五分，一级教授月工资三百元，元帅八百元，国家高级领导人的工资与一级教授差不多，只有四百多元。在1962年，五千四百元是一笔很可观的财富。大儒对自己的财富严格保密，否则会给他带来另一场灾难。当今社会，视财富为罪证，就像视知识为罪证一样。

由于技术名扬八方，乡亲们对大儒本人身世及其以上三代宗亲的历史评头论足，结论是：将门出虎子，代代相传。

前几个月回家时流传的笑柄已销声匿迹，取而代之的是一片啧啧称赞声。耻笑伤害了他的自尊，赞美却给大儒带来新的羞辱。

对茕茕孑立、形影相吊的生活，大儒已习以为常，并无孤独感。络绎不断的病人使大儒没空孤独。不时治愈一例顽疾得到最好的慰藉。但他无力摆脱人类生活常规的干扰，例如儿女情长、传宗接代。

许多乡亲们抱着同情或私心上门为大儒说亲，媒人像病人一样纷至沓来，令他应接不暇。

一位远房表亲，抱着一片好心，给介绍一位芳龄二十二岁的姑娘。说长得眉清目秀、身段修长、亭亭玉立，如同仙女。美中不足的是，这位姑娘脸上有点小残白麻子。没文化就甭提了，农村妇女几乎百分之百没进过学校。

据病人透露，这个姑娘长一脸大黑麻子，而不是小残白麻子，并且性格暴烈。姑娘的母亲很同意，因为她常年有病，找个名医当女婿，看病方便，又不花钱，下半辈子的健康有保障了。姑娘的父亲也同意，因为家庭贫困，找个名医在经济上能接济接济。哥哥嫂子同意，因为姑娘脾气倔犟，常和嫂子吵架。哥哥嫂嫂希望快快把她嫁出去，免得家里像蛤蟆吵湾一样，叫邻舍百家笑话。唯有关键人物不同意。姑娘说大儒虚岁已三十二岁，是个半截老头子，比她大十三岁，像个老爹一样。谁同意谁嫁他，谁再提这事就扇他的嘴。

老表亲怕被扇嘴，从此再不敢进女方的大门。这桩亲事没办成功，自觉对不起表侄，很长时间没到大儒家来，他不声不响地准备再积极给他物色对象。计划再当红娘时，事先不通知大儒，先探听女方的消息。如女方表示同意，再告知大儒，免得他尴尬。据表亲估计，只若女方同意，大儒没有不同意的道理。虽然他有医术一项长处，但其余都是短处。家庭成分是地主，本人是右派，年龄已近午时，家庭又无亲人更无亲门近支。医术一项长处抵不过这众多短处，特别是家庭成分及右派身分，这是当今社会的大忌，是敌我问题，是专政与被专政的问题。他已被社会遗弃，不被当人看待。不仅他当今本人受害，对子孙后代也后患无穷。不管女方条件多差，只要同意，大儒就不会不同意。

男大须婚，女大当嫁。老表亲极度关心大儒成家立业，其热心令人敬佩。

老表亲终于又发现了目标，前一个麻子姑娘是祁家村的姑娘，这一位是高村的姑娘。十八岁那年秋天，上房顶晒玉米棒子，不小心从房上掉下来，摔成右股骨粉碎性骨折。经医院开刀取出碎骨，愈后右腿短五公分，成为瘸子。因此影响成婚，今年已二十八岁，少有媒人上门。

老表亲与瘸姑娘的爸爸先沟通，因为长期没有媒人上门提亲，瘸姑娘的爸爸对媒人热情招待。酒足饭饱后，老表亲打开话匣子："表侄石鸿儒一家五世名医，但医术最高的非当今表侄莫属。虽家庭成分不好，但医术是金饭碗了。作为人，吃五谷杂粮没有不生病的。有病就得求医生，医生永远不会失业。凡是有人的地方，就有医生的饭吃。谁请医生看病也不会在意医生是什么成分。地主成分怎么啦？凡是优秀人物都出自有钱的家庭，没有一个科学家、作家的爸爸是穷光蛋、叫花子。你我都是老贫农，咱家的孩子甬说没上过大学，连小学都没毕业，还有什么出息？除了泥腿泥脚地干农活，没别的本事。今天我就是为侄女的终身大事而来，他们的年龄也较般配，只差五岁。如找上个名医为乘龙快婿，是一家人的福分。俺看你家侄女与俺表侄是天生一对。这门亲可千万不能错过，机不可失，时不我待啊。"

瘸姑娘的爸爸接着话茬说："大哥，你知道，俺家三代是老贫农，根子正，自来红，是毛主席信得过的阶级弟兄，千金难买。不过，我没有儿子，只有一个闺女。为了养老，我计划招亲。如果你表侄同意倒插门，改名换姓，这门亲事我主啦。这对你表侄也有好处，他的不光彩的地主成分变成俺家光荣的贫农成分啦，他向哪儿找这样的好事呀。"

老表亲到了大儒家，有病人在场，不得机会说话。等病人走后，把以上实情说给大儒听，并强调："这门亲事如果成了，不但得着一个大妮，还能改上好成分。姑娘有点跛脚也不算什么大包瘫。"

大儒回绝了老表亲，说："三表叔，你为我的事跑了不少腿，费了不少心，非常感谢你的关心。至于说亲的事，现在不着慌，以后再考虑。"。老表亲生气了："你今年三十二了，还不着慌？等到六十二再着慌啊？"，说完，使一个撅翼巴性，走了。走到院子里还嘟囔着："真是狗咬吕洞宾，不识好人。不尿泡尿照照自己是什么样的人！鱼找鱼，虾找虾，哈里鼓找疥蛤蟆，你还想吃天鹅肉不成？"

大儒在屋里听着，忍受着表叔的侮辱，心中无比苦闷。没清静几天，爷爷的老世交魏老汉为世孙说媒。姑娘长相不丑，只是瞎了一只眼。小时被一个男孩的弹弓打中左眼，角膜击穿，房水外流，从此只剩一只眼受用。每逢看左边的目标时，头向左歪的角度很大，很不自然。可是瞎姑娘嫌大儒的家庭成分偏高，又兼右派，没见面就吹了。

魏老汉本是私塾先生，头脑很古板，认为瞎姑娘太放肆。一个没文化的瞎姑娘根本不配世孙，当今迷信成分论，实是愚弄无知的老百姓。同一个祖先，同一种文化，同一种生活，同一个地域，怎么分化成两种敌对的阶级了呢？这纯粹是人为编造，政客的把戏。以阶级斗争为幌子，进行独裁统治。

老汉觉得很对不住世孙，又积极张罗第二个对象。第二个对象还没张罗着目标，就撒手人寰，躺在灵床上还嘱咐家人，积极为世孙找对象。

一位街坊，把他一位生活极端贫困的寡妇亲戚介绍给大儒，说年龄挺般配，都三十多岁，并带有两个儿子。两个儿子长大了，不仅能替大儒干农活，而且外人不敢欺负，是自己的左膀右臂，长大了也可以参军，还落得个军属的光荣称号。

女方不嫌大儒的成分不好，也不嫌右派。为了使他改换成她的下中农成分，要求坐山招夫，把石姓改成她原来丈夫的冯姓，也就是跟两个儿子同姓，就等于他是两个儿子的亲生父亲啦。这对大儒有极大的好处，既改变了地主成分，又白捡两个儿子，还得了个媳妇。同时，这位寡妇是烹调高手，保证不叫他喝夹生粥、吃焦糊饼。

媒人把大儒视为任人摆布的傀儡，又是一棵摇钱树。大儒满胸怒气，也不能发作，还是委婉地拒绝了。大儒生气，把气压在心底；媒人生气，付诸于言行。媒人说：「看在老街坊的面子上，我积极为你张罗对象，给你建立一个美满的家庭。你这个人不识好歹，亏你是个知书达理、识文断字的人，我看你是二百五！」。说完，腾地站起，骂骂咧咧地走了。没把摇钱树弄到手，就口出恶言。

一波未平，一波又起。使大儒更棘手的亲事被提了出来。村支书最近常来大儒家套近乎，不像对阶级敌人那样声色俱厉，而是满脸堆笑。询问大儒有没有困难需要党支部解决，党支部会全力以赴为他排忧解难。每次装出无病呻吟的假象，以求医为名，见面时大吹大擂。说他参加过淮海战役甚至吹他在碾庄用一颗手榴弹炸死黄伯韬；于永城用一梭子机枪弹打死邱清泉，在陈官庄亲手抓住杜聿明。大儒心里明白，黄伯韬、邱清泉都是自杀的，心里对支书充满厌恶。

一天晚上，谈话中大儒调侃地说：「根据你的军功，即使晋不上少将军长，也得晋为大校师长。你回家当支书是大材小用了。」支书的唾沫星四溅：「如果不负伤，升团长没问题。因母亲年老没人照顾，所以自告奋勇复原回家。虽然我军功不小，又是荣军，但没参加抗战，不如你革命资格老，也不如你打的大仗多。三大战役你参加了两次，我参加一次。文化上更不如你深，到现在我还是目不识丁。」大儒笑着说：「你过谦虚了。你现在是大支书，我是专政对象。一个在天上，一个在地下。」支书摇头说：「什么专政不专政？今天一阵风向西，明天一阵风向东，人嘴两张皮，咋说咋有理。昨天反革命，今天座上宾；昨天大功臣，今天阶下囚。像戏台上的戏子一样，画上白脸是奸臣，画了红脸是忠臣，其实还是那张脸。」大儒应酬说：「好汉不说当年勇，现在不是论资排辈谈资格的时候。只希望支书高抬贵手，刀下留情就是了。」支书拍拍胸脯说：「我们老祖宗几百年生活在这一个村子里，又是同宗，一个老爷爷，为什么一个老爷爷的后裔分化成誓不两立的敌人啦？我不信戏台上的胡子。」大儒把支书送到大门外。

又一天晚上，支书把大儒叫到他家，销死大门，摆上佳肴，叫他未婚的秃妹妹斟酒陪客。

支书妹妹头上蒙一块花手巾。支书嘱咐家人，今晚谁来叫也不开门。大儒猜出支书频频登门的用意。他们两家虽为同宗同姓，支书一家代代贫穷，代代高龄完婚，因此辈份越来越高。现在支书是爷爷辈，大儒是孙子辈。尽管大儒对外人羞于爷爷、奶奶地称呼，但今晚一反常态。虽然自己比支书小两岁，还是一口一个爷爷地叫。支书的秃妹妹比他小四岁，一口一个姑奶奶地喊。直到深夜，客走席散，秃妹妹送大儒于大门以远。

第五生产小队会计也姓石，与大儒支派很远，与支书同一支派。会计与大儒以叔侄相称，最近也常来大儒家闲聊。

一个雨天，不能出工，病人也少，会计又来到大儒家。大儒早已猜透他的使命，只不过不好实话直说。不出所料，今天打开天窗说亮话了："鸿儒侄儿一个人孤苦伶仃，年龄已老大不小，该成个家了。如果需要帮忙的话，我将鼎力相助。"大儒表示感谢："谢谢小叔的好意。一个人生活也有好处，一人吃饱全家不饿，没有拖泥带水的家庭事务，悠闲自得无牵无挂。如果需要你帮忙的时候，我将把你请上高座，诚惶诚恐地聆听赐教。"

大儒不上套，支书那边直追。会计只好开门见山了："支书有个妹妹，与你年龄相当。如果你有意，我可以为你穿针引线。如果这门亲能成，不言而喻，对你的好处不可估量啊！"。

大儒故作惊恐状："如果这门亲事能成，不是好处不可估量，而是对支书及我本人其害无穷。按伦理、道德，同宗同姓同一个老爷爷，孙子与姑奶奶相配，这是乱伦，舆论大哗，成为世世代代的笑谈。男女同姓，其生不蕃，古人都反对同族婚姻。按当今政治局面，她哥是支书，我是黑五类，这门亲如果成了，支书将被扣上敌我不分、引狼入室之罪名，将被开除党籍；我将被扣上拉干部下水的罪名，按现行反革命惩处；你也难逃干系。一事成功，三方受害。你与支书申明三方利害关系，这等于帮我与支书的大忙，也拯救了你自己。事后必有重谢。"会计若有所思地说："你的话有道理，不愧为见多识广的人。我劝劝支书打消这个危险的念头。"

石开山的高中同学现任德州一中数学教员。他给世侄介绍了一位高中毕业生，现任粮食局保管员。这是大儒回乡后，介绍的对象中，文化程度最高的一位女性。

　　保管员虽然每天与粮食打交道，但对生产粮食的人有失尊重。认为农民既土气又落后，整年不洗澡，浑身有难闻的异味；满口黄牙，整年不刷；不断吸烟，嘴里呼出的气味像从茅坑发出来的。这位石大夫虽然有文化，但长期住在农村，肯定入乡随俗了。但看在数学老师的面子上，这位姑娘就答应与这位乡下佬见一面也无妨，以后好向老师交待。

　　见面前，女保管员给自己规定了注意事项，第一，在公园椅子上，自己坐在上风，免得嗅到乡下佬满口臭气；第二，站立或走路时，距离要远，免遭乡下佬汗臭味袭击；第三，避免在市中心露面，免得被同事发现自己与泥腿泥脚的农民交朋友；第四，不能下饭店吃饭，因为各饭店均与粮食局有业务来往，互相认识，怕人笑话与农民关系不正常；第五，不换衣服、不化妆，即使被熟人发现，也不像谈情说爱的打扮。

　　大儒估计成功的可能性渺茫，但为了回敬世叔的热心，不得不去德州应酬一番。他和女保管员一样，也没换装。见面后，姑娘发现此人还没被农村土化，头发修理得挺整齐，牙齿雪白，衣着得体，举止文雅。

　　第一次见面时间很短。他们约定下星期天再见面。第二次见面，女保管员撤消了五项禁忌。穿着白衬衣、红毛衣、银灰色法兰绒外套，裤线笔直，脚蹬一双红色平底皮鞋，红头绳扎着两条大辫子，脸蛋上擦一层薄薄的香脂。亭亭玉立、绰约多姿，肌肤如冰雪。大儒换一身新中山装，穿一双淡棕色皮鞋。根据双方的打扮，各有情意。他们还在"又一村"吃了狗不理包子。

　　大儒被媒人干扰得心烦意乱。为了清静，不管孬好找个对象应付过去算了。眼前这位姑娘文化虽不高，长相还不错。虽然脾气性格不了解，时至今日也就别太挑剔啦。

　　第三个星期天见面，女保管员面露愁容。她透露，父母拒绝找乡下人，喜欢有权有势的人。双亲给她物色了一名局长级官员，她仍不知是哪个局。

　　第四个星期天见面的时候，姑娘表明，父母已给她订婚，是粮食局局长。粮食局局长大她十八岁，已经离婚，有一个男孩。这场亲事不成不行，一方面父母包办，另一方面她是粮食局职工，否则她将失业。为了做个朋友，她送给大儒一百斤粮票，留作纪念，并邀请大儒参加她的婚礼。

大儒呆若木鸡，半天没答上话。这并不是因为他对她产生了爱情，而是惋惜姑娘被封建思想所害。

大儒的邻居有一位本家五服以外的叔叔叫石开田，比大儒大四岁，老贫农，至今未婚。自大儒回家后，他感到无限安慰，因为本家又多了一个光棍跟他做伴。石开田所以找不着媳妇有许多不利条件。他家境属于赤贫，只有一间半小房子，下雨漏水，刮风进土。墙身歪斜，随时有倒塌的可能。贫穷还不是他最主要的短处，更重要的是他的相貌令人望而却步。

他身高勉强一米五五，鼻梁塌陷，脸呈马鞍形；眼睛眯成一条缝，好像永远睡不醒一样，而且上面长年粘着一堆眼屎；他的头上一毛不生，像个四喜丸子，终年蒙着一块毛巾，白色早已变成了酱棕色，衣服的领子、袖子、胸前永远是光亮亮地一片，五米外就能闻到一股尸臭味；脸上满是像马蜂窝一样的黑麻子；下排牙外突，上排牙内收参差不齐，因吸烟而燻成黑炭色，像上边女保管员形容的农民一样，满嘴恶臭；还有比朱元璋更长的下巴；后背像驮了一个铁锅，典型的龟背；两只脚长满鸡眼，走起路来像扭秧歌，一步一歪、两步一斜。如与《巴黎圣母院》男主人公丑八怪相比，伽西莫朵应是位美男子了。最要不得的还不是他的丑陋，而是点火就着的脾气。全队二百三十一名成员，他几乎和二百三十人吵过架，只有对队长一人嬉皮笑脸的，而对其他百十个未成年人，整天价叫阵对骂。

一天夜晚，乌云密布，伸手不见五指。在胡同口，有几个人坐着聊天。正好大儒出诊归来，停下脚步，听到石开田正大声嚷嚷着："自鸿儒回来，你们知道我有多高兴！给我这老光棍添了一个伴。你们说，我跟鸿儒谁先说成媳妇？"。四五个人同声回答："当然是人家鸿儒了。"石开田不服气："你们的眼光看哪去了？鸿儒有么资格跟我平起平坐？我是老贫农，又是队上的贫民代表，在队长面前说一不二。鸿儒几代大地主，又是右派，是被毛主席专政的对象，我是毛主席的阶级弟兄。你们说，大闺女愿意要专政对象呢，还是要毛主席喜爱的人呢？"。一个小伙子笑着说："你知道个屁！你想当地主还当不成呢，你想当右派更不够资格。别说你，县委书记也不准够资格。俺听说，右派都是有能耐的知识分子。"石开田拔高嗓门说："因为他们有能耐，毛主席才专他们的政呢！"

大儒悄悄地回家了。他一面走一面想：石开田大叔比著名历史学家见解深刻多了，他觉得他比我大儒高贵，认为知识分子因为有能耐，毛主席才专他们的政，这是当今历史的主要特征，见解精辟，可圈可点。

第五十三章　着意种花花不开
无心栽柳柳成荫

　　媒人们的轮番轰炸令大儒苦不堪言。媒人们把他与麻子、瘸子、瞎子、秃子放在同一等级。还有倒插门、坐山招夫、改名换姓的污辱，令他自尊心受到巨大伤害。知人者智、自知者明。大儒因缺乏自知之明，所以他痛苦得无以复加，殊不知政治残废远不如生理残废更为优越。

　　凭心而论，他的社会地位，远不如那帮残疾人高贵。他们都是统治阶级，而大儒是被统治阶级。被统治阶级没有人格尊严，没有生命安全，就像奴隶、牲畜一样，只有受剥削、受压迫、受驱驶、受鞭笞的份，享受不到人的待遇。

　　集人类丑陋于一身的石开田大叔，蔑视大儒是有根据的，他不是妄自尊大的人，也不是一时心血来潮讲那些话。

　　除了政治环境恶劣外，社会传统也不利于大儒。农村结婚年龄通常在十八至二十岁之间，超过二十五岁的女孩子就被戏称"老姑娘"；超过二十五岁没嫁出的老姑娘，多半是因为有残疾。大儒的年龄已高达近三十二，在农村被视为半截老头子。半截老头子找个十八九岁的小姑娘，不大现实，找年龄相当的老姑娘，就必然有残疾。为他介绍麻子、瘸子、瞎子、秃子为对象，并不是媒人故意捉弄他，而是一种无奈的社会现实。应该谅解媒人的难处。至于给他介绍的对象都是文盲，也是社会传统的不公正所致。本来农村教育极落后，又加农业社会重男轻女，进学堂的多是男孩子。女孩子被歧视于学堂之外，媒人无法改变社会现实。介绍文盲为对象，也是媒人的无奈之举，不能理解为媒人的故意刁难。再说，媒人不是婚姻介绍所，手底下货源有限，挑选的范围很窄，也应该理解媒人的困难。

　　根据大儒不体面的政治背景、老大不小的年龄及落后的农村社会传统等三大要素，欲在农村找到意中人，希望渺茫，鳏夫孤居几成定局。

去年春节在东北流浪中度过，好处是东北春节气氛淡薄，在不知不觉中节日飞快逝去；今年春节在故乡度过，激起大儒对童年春节的回忆，不胜伤感。

自己不会剁馅包饺子，只是吃平日食谱。又没买鞭炮、纸、香，他家的节日气氛比东北更冷清。大儒知道也不会有人来拜年，他把大门销得紧又紧。家里没悬挂家谱，只供养了爷爷奶奶的神牌。广德堂热闹非凡的春节场面一去不复返了。

一个家庭的盛衰反映出一个国家的兴亡。故李清照的父亲写道：且天下之治乱，候于洛阳之盛衰而知；洛阳之盛衰，候于园囿之兴废而得。犹如观察一滴血，就得知人体健康与否；瞧一眼舌面，就洞悉五脏六腑之虚实寒热。广德堂已经衰亡，他的子孙正处于垂危挣扎中，国家兴衰可见一斑。广德堂就是国家的一滴血、国家的舌面。

正月初一下午，大儒给爷爷、奶奶上坟。初二去梁庄姑妈家拜年。初三去二十里外的宋家集向李光文老先生拜年。

李光文是大儒父亲的启蒙老师，儿子李德仁是大儒母亲的同事，也算大儒的启蒙老师，同时李光文与大儒爷爷交往莫逆。李光文见到大儒如同见到老友石振铎一样高兴。石家世世代代出名医，爷爷英雄孙好汉，现在孙子的医术又名扬遐迩。一老一少，见面谈得很投机，如同故友重逢，海阔天空有说不完的话。

老人喜欢谈论两家的家史及两代人的交往过程。老人回忆说："抗战前，你爸爸每年来拜年。没想到，相隔二十多年，战争结束了，又步你爸爸的足迹来到我家，欢迎欢迎。"

老人谈话中透露，他的儿子，也就是大儒的启蒙老师李德仁先生于一九五四年因胃癌身亡。老人说："你回来后，我们虽没见过面，但你的名声嚷动四面八方。听说你还没成家？"大儒说："是没成家。人家都嫌我，没人敢跟着我，怕受株连，怕传染上地主，着上右派啊。"老先生说："乡下人鼠目寸光啊！只看眼前，不看高远。目前一手遮天的局面不会长久，这是常识。我老了，可能看不到这出戏的终场，你们年轻人能看到，一定能看到！"

中午吃饭时，一位姑娘给客人端菜送饭。大儒诚惶诚恐地站起来。姑娘天生丽质，明眸皓齿、清秀俏丽，如出水芙蓉。大儒呆呆地望着美丽的姑娘，居然连老先生叫他吃菜也没听见。老先生看出大儒可笑的窘相，顺便介绍说："这是你的妹妹。"。大儒慌忙回礼："谢谢妹妹。"。

这是第一个男子汉称自己为妹妹，姑娘羞得满脸通红，只慌乱地点了点头退出客厅。她没勇气送第二趟饭菜，便劝说母亲代劳。大儒又站起来向师母致谢。

一面吃饭，老先生一面向大儒介绍孙女："孙女叫冰玉，是冰心玉壶的意思。她初中将要毕业，准备升高中的时候，他爸爸因胃癌病故了。中断了工资收入，家庭生活困难，没能力供她念高中，于是报考了天津产科学校。毕业后分配在天津产院工作。产院的环境特殊，几乎都是女医生一统天下，男医生如凤毛麟角般稀缺，因此不好找对象，这是一；女医生每天见到女人生孩子，心情恐惧而厌恶，认为像动物一样原始，所以妇产科医生多数晚婚或干脆终身不婚，这是二；冰玉的科主任赵振华是山东老乡，是电影演员赵丹的姐姐，终身未嫁，她对冰玉像对亲生女儿一样疼爱，也影响了孙女对单身生活的向往。所以冰玉今年已二十七岁，终身大事尚没着落，愁得她母亲整天唉声叹气。"。

老先生虽不好直说，但话中有话。大儒尽管也听出弦外之音，但不敢奢望。身上的两座政治大山压得他不敢胡思乱想。他已有自知之明，不愿再自找麻烦，更不愿把自己的灾难株连到面前这位美丽的姑娘身上。

吃完饭后，师母也凑过来说话。老太太说话口无遮拦，往往像儿童一样开门见山。她径直地问："大侄儿多大了？定亲没有？"。老大不小的女儿仍未定终身，是当娘的一大心事。

临别时，一家三口送大儒走出胡同，老先生依依不舍，大儒缓缓而去。

自一九五八年被划为右派后的长长五年中，大儒以凄风苦雨为伴，今天第一次感到人间的温暖。从老先生那儿看到自己的爹爹；从师母那儿看到自己的娘；从冰玉妹那儿看到自己的雪妹。自己的情感完全融合在了李家，好像李家就是自己的家。如果再添自己为成员，这个家将完美而幸福。一阵冷风吹来，令大儒清醒了许多，对自己的想入非非摇了摇头：自己太好笑了，太不现实了。但不管怎么说，他觉得今天过得很幸福。

回家后，大儒把去宋家集拜年的经过告诉了童年好友石鸿生。他是土桥镇的小学教员，土桥镇距宋家集只有四里路。可巧，石鸿生不仅与李冰玉的哥哥是学校的同事，和他父亲也曾是同事，他还是冰玉的启蒙老师。他把大儒的每句话都听进了耳朵，记在了心里。

石鸿生做事稳重，不喜张扬，没有教员夸夸其谈的特点。他准备借与李家千丝万缕的关系，为大儒当红娘。就是不知李家对地主、右派的态度怎么样。先投石问路，不便事先告知大儒。如果事情有了眉目，再告诉他也不迟；如果没有希望，悄悄作罢，以免刺激大儒。

初五，民间拜年的高潮逐渐回落。石鸿生来到宋家集李冰玉哥哥家拜年。李冰川设宴招待，爷爷作陪。石鸿生提到初三石鸿儒来拜年的事，李冰川说初三他一家去岳父母家拜年，没遇到鸿儒先生。

爷爷把大儒夸得像华佗，说他有本事，像思想家一样有头脑，人才难得。老先生对石鸿生的到来感到兴奋异常，心里想，能否通过石鸿生为孙女牵线搭桥？

石鸿生细数了大儒五代家史后说："你们两家门当户对。一家是三代书香门第；一家是五代名医世家，而且两家又世代友好。如果冰玉尚未定终身的话，能否考虑石鸿儒弟弟？"。

自大儒走后，能否与其结亲的事，李家讨论了两天。爷爷坚决同意；母亲也渴望成功；哥哥模棱两可；唯有冰玉犹豫不决。

爷爷的态度是根据石家的名声及男孩本人的才能；母亲是根据女人当嫁不嫁，怕耽误了青春年华；哥哥是因为教学繁忙，家庭事务多，无暇考虑远在他乡的妹妹的私事。

冰玉本人想前思后，既顾虑对方的家庭成分及右派身份，又想到两地分居不方便。不过天津反右派运动给人的印象是，凡是右派分子都是优秀人物，优秀人物在任何社会中都能占有一席之地。昨天这位石兄的家世及本人都是出类拔萃的。她在右派与出类拔萃之间进行比较。在近期，右派政治压力很大；在远期，出类拔萃更有前途。想来想去，无所适从。如不结婚，家庭又不依不饶……她脑子里像走马灯一样，连续三夜失眠，闹得头晕脑胀。李老先生高兴地对石鸿生说："孙女这门亲事我主啦。决定李石两家定亲成婚。冰玉初八上班，后天回天津，你通知鸿儒，叫他再来一趟，抓紧时间了却这桩亲事。"。

冰玉娘儿俩也来到冰川家，与石鸿生见了面，互相贺年，嘘寒问暖。

得到老头的许诺，石鸿生如获至宝。他骑上自行车，飞也似地回到石庄，直奔大儒家。

大儒出诊不在家。晚上，他们终于会合。石鸿生激动地向大儒报喜："后天冰玉回天津，明天你去她家送订婚礼。"

大儒又高兴又紧张。他反复感谢鸿生哥，称道他办事稳健，不露声色，又速战速决。两人商量买什么订婚礼。订婚礼必须用做衣服、被褥的棉布。但每人每年只发三尺布票，布票没法解决。石鸿生建议大儒请石开义解决。石开义是土桥供销社的会计，供销社垄断全部生活用品、建筑材料、农业生产资料的销售，除了海洛因外，什么都卖。

两个人来到石开义家。不料他初五已经去土桥上班了。两人决定明天一早去土桥。可天有不测风云，大雪纷纷扬扬下了一夜，初六早晨仍下个不停。

大儒不好意思让鸿生陪伴送订婚礼了，自己踏雪十八里来到土桥供销社。石开义是大家族的叔字辈，支分与大儒虽不近，但对他的婚姻大事鼎立相助，以长辈的姿态为大儒操办订婚礼物。

筹备了三丈蓝色华达呢、两床丝绸被面、一床绒毛毯以及六斤红毛线、六斤喜糖、六只德州扒鸡。六、六、六是顺利的意思。三丈布、两床被面、一件毛毯，相加又是一个"六"，共四个"六"，顺上加顺。钱由大儒自己出，布票由石开义筹措。

女儿不定亲，当娘的日夜焦心；女儿定了亲，还是不放心。女婿的人品怎么样？两地分居又怎么办？生了孩子住天津，房子挤；回家住农村学校教育落后，又怎么办？想来想去，老太太睡不着觉。唉，听天由命吧！

冰玉同意定亲是出于为娘的考虑，以疏解娘的精神压力，是履行女人的义务，自己却毫无幸福感。一夜大雪，路远难走，明天雪也化不了，石家人可能不来了，我明天一走了之，这亲肯定不成。

母亲见一夜大雪，现在仍下个不停，忧心忡忡，又担心石家人不来。女儿明天去天津，这门亲事不知又拖到何年何月，把当娘的心累碎了。她坐在窗前，两眼死盯着大门口，盼望着石庄来人。

十二点差两分，一个男人背着一个大包袱，手提一只纸箱，像个雪人一样走进大门。母亲直着嗓子喊："丫头！你看谁来了。"。说是迟，那是快，大儒飞快地踏进北屋。

冰玉接过包袱，一面给他身上扫雪，一面轻声地感叹："这么大的雪你怎么来了？"。大儒咧着嘴说："妹妹明天回天津，我怕你着急。"冰玉羞得急忙扭过头，之后抱来一堆高粱瓢，点着火，让大儒烤火，又切了几片生姜，给大儒沏了一碗红糖姜水喝，暖煦暖煦，赶赶寒气。

大儒不畏大雪寒天，不怕脚滑路远，准时赶来定亲。他的真诚使冰玉的芳心突然跟他贴近了，羞怯心已远遁。坐在她面前的就是她的男人，好像他们相爱已经很久很久了。冰玉的亲热伺候，仿佛一股暖流淌进大儒寒冷的心房。目前这位娇艳的姑娘就是雪妹的再世，她是我的妻子，她将赐给我人的生活，引导我走出深渊。

时间过得飞快，冬季天短，又加阴天，五点半钟，天已昏黑。大儒与冰玉商量，明天他们俩一起到德州坐火车，大儒要把冰玉送到天津她的医院。今晚因路远地滑，大儒不回石庄，准备住进土桥供销社石开义的宿舍。

冰玉说："今晚你跟爷爷住西屋，炕挺热，不必再走四五里雪路了。"，大儒不好意思地说："还没结婚，住在你家，怕出传言，还是住土桥好了。"。冰玉白了一眼大儒说："胆小鬼，怕什么谣言？今晚你不能走。明天我们一起走。到天津，我叫赵主任看看我这位白马王子，她是我的干娘。如相不中，我就不要你了。"，说完，冰玉捂着嘴呵呵地笑起来。大儒幽默地说："你不要我，我就哭……"，

然后他扮着哭的鬼脸，两人在西里间屋像孩子一样天真稚气。娘在东里间屋听着两个孩子笑声，又高兴又替他们害羞，仅仅认识四天，就像夫妻一样放肆。

二十七年来，冰玉爱的开关一直关闭着。今天被大儒突然摁开了。她初次尝到爱的甜美。大儒的爱遗失了整整七年，踏破铁鞋，走遍大半个中国，寻觅不到。今天在冰天雪地里突然发现了，他的心溢满幸福的蜜浆。

初七这天，脚踏深雪，他俩来到土桥供销社，与石开义见了面，跟供销社去德州拉货的马车同行。

在火车上，俩人一夜未睡。他们互相倾诉着有记忆以来的经历，甚至把妈妈扭屁股的事也说得有声有色。来到天津，冰玉领着大儒去赵振华家拜年。但赵主任去北京弟弟家过年，还没回来，没能见上面。两人约定，清明节，大儒再来天津接冰玉回家，为冰玉爸爸上坟。

爱的闸门被打开后，爱流汹涌澎湃。大儒像当年对伏淑鹤一样，三两天写一封长信。全产院都知道李冰玉有了白马王子，大家希望一睹为快。

好不容易到了清明节，大儒先到北京给伏淑鹤上坟，然后返回天津接冰玉回家。这次冰玉请了结婚假。行前，产院许多同志见到了大儒，其中包括赵主任。大家议论纷纷，有人称："这一对是美与才的合璧。"，也有人说："这么有教养的人竟流落到农村，必然隐藏着玄机。"。对冰玉找的伴侣，有人嫉妒有人担心，顿时，她成为产院议论的中心。当然，冰玉没暴露出大儒的历史背景。

4月5日清明节这天，冰玉领着大儒给父亲上坟。虽然父亲已去世十多年，她仍哭得很伤心。她告慰父亲，她将安家立业。大儒不断地为她擦拭着眼泪。

第二天，大儒领着冰玉来到爷爷奶奶的坟上，他哭得更恸。说对不起爷爷、奶奶的培育，爷爷死于孙子的无知而导致的灾祸，这是他永远的愧疚。冰玉一面给他擦着泪一面说："吃一堑、长一智，以后可别上书毛泽东啦。哪怕他一把火把中国烧成灰，也只能喊他干得伟大，干得英明。"。

他们在公社进行婚姻登记后，四月九日结婚。婚礼比农民简单，比城市更简单。新娘以自行车代花轿，其他陪人用自己的自行车驮着被褥、衣物送嫁。农民们结婚都是把大队及九个小队的头目们无偿地邀到上座，浑身缺乏媚骨的大儒不肯折磨自己的自尊心，一个头目也没请。他从心眼里也看不起这群鱼兵虾将，只邀请亲朋好友及族长，摆了两桌席。

全村看新媳妇的人山人海，一致称道："新媳妇就像仙女一样俊，石先生这样有学问的人必须有这样的媳妇来配。"。这桩婚姻也轰动了全公社，土桥公社的头头们对一个右派分子的婚姻轰动感到不耐烦，放出流言蜚语，说石鸿儒是极右派，曾骂毛主席是大暴君。他们把上书中的农民挨饿贫血、工人受奴役、功臣被镇压、知识分子遭迫害不提，只提周厉王弥谤被流放，而且添枝加叶地概括为"毛主席是大暴君"。

公社头头们撒布流言的目的是丑化右派分子石鸿儒，但适得其反，农民纷纷议论："石先生不但医术高明，还是条汉子。"，公社头头们等于给大儒脸上帖了金。公社不宣传，农民弟兄们不知大儒到底犯了什么律条。这下子倒好，农民竟把大批大批饿死人、彭德怀受难与大儒的骂联系起来，认为骂得真实，骂出农民的心声。

婚假期满，大儒送冰玉回天津产院。买了几斤糖块，请同志们吃喜糖。冰玉已经二十七岁，是一位超龄共青团员，半年前已申请候补共产党员。婚后，党支部发给她一张入党申请书，她逐项进行实事求是地填写。其中有爱人一栏，包括爱人的姓名、年龄、文化程度、工作地址、职务、政治面貌等。冰玉一看登记表傻眼了，于是就退回了登记表，对党支部说，她不够入党资格，锻炼锻炼再说。

在党支部追问下，单纯的冰玉说出了大儒的实情。没过一个月，她被下放回家。对冰玉而言，这无疑是场政治地震。

回家后，冰玉躺在床上不吃不喝，睡了七天七夜。两人从此跋涉在一条充满荆棘的道路上。婚后的欢乐转瞬间变成灾难，蜜月一去不复返了。大儒很少出诊，他每天陪着妻子，深深地忏悔，因为自私，毁了冰玉的前程，这令他无地自容，比冰玉更为痛苦。千不该、万不该，不应与冰玉结婚。

婚前，尽管大儒预计到冰玉可能在政治上的麻烦，因他而出现舛误，但仍抱以侥幸，因为他不舍得拒绝幸福的呼唤。没想到可怕的恶果发生得如此突然而严重。可耻呀，我大儒可耻呀，我是个不齿的小人。

大儒呆呆地守着冰玉，无话可说，痛苦的面容映射出内心的歉疚。冰玉终于睁开了眼睛，温柔的眼神不见了。她以刚毅的目光望着大儒，喃喃地说："不要痛苦，从头来。我今生今世什么都不要，有你一人就够了。生为石家人，死为石家鬼。对自己的选择不后悔！"。两人抱头大恸。

经过这次政治灾难的冶炼，温柔、欢乐的仙女变成了坚强、刚毅的女强人。她品尝到了人生的艰难，看透了人类的险恶，发现了社会的虚伪，体验最深的是政治运动。毛泽东的斗争哲学又取得一次成功，把一位无忧无虑的美丽的少女塑造成敌人。冰玉初次明白，培养仇恨是毛泽东思想的核心内容。

经过几个月的锻炼，大儒的烹饪技术大有提高，掌握了烧稀饭、擀面条、蒸干饭的手艺，对烹、炸、煎、炒还有待继续探索。为了恢复冰玉的健康，他根据蒸干饭的原理，初次成功地制作了鸡蛋软糕。冰玉连连称赞鸡蛋软糕清香可口，大儒像受到老师表彰的孩子一样兴高采烈。

冰玉的健康逐渐恢复，她走到院子里，仔细地瞧着。这就是她的家，将是一辈子生老病死的地方。她还摸了摸大儒的家底，她翻箱倒柜，把他的衣帽、鞋袜、油盐、酱醋、盆盆罐罐摸得一清二楚。在一只没洗过的臭袜子里，发现一本五千四百元的存折；在另一只同样的臭袜子翻出三百多元现款；在一双满是泥巴的破鞋里找到二十九块银元。她想：难怪他出手阔绰，原来是个地下银行家。

在天津下放时，医院赠给她一套产科器械及一只出诊包。大儒在集市上花了四十六元买了两辆破自行车，其中一辆是双梁的，车子无牌名，均是修车工组装的杂牌。车子的破烂程度很像候宝林的相声段子里说的，除了铃铛外，浑身都响；该响的不响，不该响的都响。

大儒不买新自行车有三个制约条件。第一，接生出诊多在夜间，贼见新车红眼，不安全；第二，新自行车奇缺，要购物券，只有特权人物享有；第三，新车耀眼露富，与整个赤贫的社会不协调。

冰玉的产科技术在文化先进的天津市也是一流的。穷乡僻壤是技术真空，她的声望很快与丈夫比肩，可谓大儒与冰玉齐飞，恩爱共技术一色。乡亲们议论说，广德堂历代只有一位名医，当今出来两位，一男一女，只不过没挂匾牌罢了。

冰玉每逢夜间出诊，为了安全，大儒都同随。由于天人相应的缘故，冬天孕妇生产多在寒潮来临或大雪纷飞时，夏天多在暴风骤雨时的夜间。农村的产科医生是一项非常艰苦的职业，在寒冬腊月天的夜间，西北风狂吼，吹得窗棂咯咯作响时，就怕大门外有人喊："李大夫，李大夫！"然后是"咚咚"地敲门声，吓得夫妻俩直往被窝里缩。如果产妇的村子在西北方，便逆风行进，寒潮像刀子一样刮脸，像冰柱一样向裤腿里、袄袖里钻；夏天夜里遇到暴雨，伸手不见五指，只能借助闪电蜗行，路滑跌跤，满身泥泞是常有的事。

夜里容易转向，加上道路崎岖，人伴着车子常常跌进道沟里。冰玉因跌跤流产过五次，进而形成习惯性流产。冰玉弱不禁风，后来好不容易怀孕九个月，即将临产，本村一个恶棍为他十八里外的亲戚请冰玉接生，夜深风急，雷声隆隆，大雨将至，不能应命。十年混战期间，该恶棍贴出大字报：右派娘们李犯冰玉，不低头认罪，不服改造，以她肚子里有一个右派崽子为借口，拒不出诊，不为贫下中农服务,难道你肚子里的右派崽子比俺贫下中农的孩子更宝贵？我们红卫兵造反派坚决专她的政，把这个臭娘们斗倒！斗臭！不获胜利决不收兵！"吓得冰玉回娘家住了两个月，生完孩子才敢回家。

在十年混战期间，村革命委会规定：第一条，李冰玉可以接生，但两元接生费不能归自己，交卫生所赤脚医生，向大队买工分，两元买六分。年终结算，往往一个工分价值人民币一分，六个工分合人民币六分，白白剥削一元九角四分；第二，规定在本村接生不许收费；第三，规定去外村接生要向赤脚医生请假，夜晚可以接生，白天继续干农活，不得误工；第四，规定接生时，必须带领赤脚医生的夫人同行，一定教会她接生技术。

在十年混战期间，大儒被红卫兵专政，对阶级敌人的规定其苛刻度远远超过妻子。规定其一，不许出诊外村；其二，可以为本村贫下中农治病，不许为黑五类治病；其三，治病不许收任何报酬，只能尽义务；其四，无偿地把医疗技术教授给本村赤脚医生，使其尽快地成为技术精湛的医生；其五，积极参加农业劳动；其六，每天早晨清扫大街；其七，每月出七天惩罚性的义务劳动。

赤脚医生斗大的字不识一布袋，头脑比猪还笨，但他是造反派的头头，是红卫兵的领袖，是村革委会副主任。他参过军，在北京拐了一个媳妇来。媳妇倒是满口京腔，却是个母老虎，不仅赤脚医生见她如鼠见猫，公婆见她也笑脸相迎。但冰玉一次也没带过她，一个字的接生技术也没传给她。身体瘦弱的冰玉，志气却刚强。大儒也是正义凛然，他保持长年不与赤脚医生见面。

因大儒不会干农活，队长分配他当保卫员，夜晚住在田地窝棚里，这倒是个很有趣味的工作。

农民不敢公开推翻独裁者，但用破坏生产和偷盗成风等方式进行消极抵抗。方法是隐性的。

农民早晨九点钟下田上工，在上工的路上迈着诸葛亮的八字步，到达目的地耗时半个小时。到了田里，先坐在地头上半个小时，抽烟拉呱。拉呱结束后，干上半个小时，中间再休息半个小时，然后再干半个小时。十一点歇工回家。下午四点钟下田，在田边地头先抽烟、闲聊个把小时，等天凉快了，干半个小时，中间休息半个小时，再干一二十分钟，六点收工，一天干活不到两个小时，而且质量极差。农民常说："身在农业社，什么都相不中，唯独相中农业社的活。"。在锄地时，杂草锄下来的不多，禾苗锄下来的不少。更有意思地还不是怠工和锄掉禾苗，而是另一个反抗方式---偷盗成风。

秋天，当五谷成熟的时候，夜晚的田间，小偷像游击队一样神出鬼没、成群结队。保卫员的职责是防盗抓小偷。一次夜晚，大儒在窝棚里酣睡，一个小偷掰玉米棒子，来到窝棚跟前。大儒被惊醒，出窝棚一看，一个小偷正要背起一麻袋玉米棒子回家。因为太重，小偷站不起来。大儒高声问："谁？"，小偷答："大叔，是我！"。小偷丝毫没有惊慌的意思。大儒问："你每天夜晚出来(偷)吗？"，小偷坦白地说："大叔，差不多。""以后你再出来(偷)，离我远一点好吗？免得队长不依我。"。小偷笑笑说："大叔，你才来家，不知道，队长是大偷，人家黑天半夜不到田里偷湿棒锤子，人家到仓库里偷干的。百分之百的社员是小偷，社员的土地被公家没收了，生产是社员干，社员在自己的土地上生产的粮食绝大部分被公家抢走了。你说社员不偷有啥办法？真正的盗贼不是社员，而是公家。社员谁也不认为偷公家的东西是丢脸的事。大叔，日子长了，习惯了，你也会偷。"，说着，小偷笑起来。

小偷给保卫员上了一课偷的道理。大儒说："你别废话了，快走吧。我发给你。"。小偷蹲下，抓住麻袋口，大儒托着麻袋底，喊着："一、二、三"，两个人劲往一处使，小偷背起麻袋，大声喊着："大叔，谢谢你啦！"，好像同老友告别一样自然。

抓住小偷不能向队长报告，否则不仅得罪了小偷，队长也无法处理。因为偷公家已形成社会风气，不是哪个人能制止的，是社会制度造成的。偷盗是经济基础的上层产物。

最令人叹为观止的偷盗莫过于妇女拾棉花。平日号召妇女下田干活，队长敲破钟，喊哑了嗓子，也没人出门。到拾摘棉花的这天，队长甭敲钟也甭喊，全体妇女、老老少少一个不落，包括冰玉，都积极、自动地下田拾棉花。

她们穿上肥大的衣服，绑紧裤脚，或把上衣下端系上带子，把白花花的棉花往裤裆里或腰里塞，带回家；瘦瘦的红棉花丢进篮子里给公家。剎工时，每个女社员都像怀胎十个月一样，腰肥腚圆、奇形怪状，是巧夺天工的一道亮丽的历史风景画。

队长把女社员集中到地头，排好队，号召自动把身上藏的棉花掏出来。谁也不听号召。队长是男性，辈份又大，不好搜身，再说，队长的老奶奶、娘、妻子、妹妹及十来岁的小女儿跟大家一样奇形怪状，只能不了了之。在回家的路上，大家喜气洋洋，比赛谁偷的多，谁多谁光荣。

以上画面，是任何历史著作、文学作品、电影、电视、摄影、绘画不曾记录过的珍品。

冰玉剎工回家，偷回的白棉花三斤半，交给公家的红棉花两斤。冰玉笑着对丈夫说："不偷，被众人耻笑为傻瓜；偷，是走群众路线。"。

到了夜里，作为保卫的大儒,在棉田里碰上一个小偷。细细一看，不是别人，是队长的爸爸。大儒戏谑："白天干了一天活，不累吗？夜间还忙乎？"。队长的爸爸说："噢，鸿儒兄弟。这个社会不喜好人，好人吃亏。你是天下最好的人，又怎么样？俺儿虽是队长，父子分家财物各别。他享他的福，我受我的罪。不抓挠点，他也不添补我。没办法，只得夜里出来打游击。"，一面说着，大儒一面拾摘棉花向他筐里扔，帮他拾满一筐，快快活活地走了。

第二个受欢迎的农活是在田园里剥玉米棒子。剎工时，每个人腰里塞得满满鼓鼓，像游击队员浑身披着手榴弹一样。

大儒虽为保卫员，也不愿被众人耻笑为傻瓜，也得入乡随俗。他有得天独厚的机会，每次夜班回家，只能直着腰、腆着胸行走，因为腰里披着傢伙，弯不下腰。回到家，妻子先掏腰，把棒锤子摆一溜，比比哪个大。这是夫妻俩最快乐的时刻。

以上就是人民公社的农业生产过程、社会秩序、人民思想管窥一斑。

自留地的生产形势与生产队判若两个世界。生产队与自留地相邻，生产队的庄稼又矮又细又黄；自留地的又高又粗又黑绿。两相对照，反映了农民的爱与恨。保卫员不看管自留地，庄稼长得再好，也没人偷，说明农民的道德是高尚的，爱恨是分明的。

大儒夫妇以不会种地、不会干农活名传遐迩，可是自留地的产量名冠全村。二十世纪七十年代初期，自留地双季亩产玉米六百公斤，小麦亩产五百公斤，每口人分得自留地两分半，每年每人可收二百七十五公斤粮食，足以自给自足，比其他人的自留地高产一倍。农民们戏谑说："这两个臭老九治病内行，种地更内行。"

毛泽东反对马寅初的新人口论。制订的经济政策鼓励人口生产。如婴儿落地就与成年人一样分得同等口粮及自留地。孩子越多的家庭越富裕，反之越贫困。当时民谚说：一年挣得三千分，不如生个小胖墩。青壮劳动力，一天最多挣九个工分，每一工分合人民币一分钱左右，丰收时合两分钱。大儒夫妇也想沾毛泽东的便宜，共生了两男两女。粮食吃不了，就运到集市上换钱花。

在十年混战中，大儒夫妇生活并不都像以上那样田园化。阶级压迫、政治斗争是他们生活的主要内容。有些斗争由于亲戚、朋友的帮助逢凶化吉，但有些灾难也无法逃避。

1968年春天，全公社的地、富、反、坏、右集中到丁庄公社批斗，大儒也在其中。黑五类分子排着队，轮流挨打，已打伤七个。下一个该轮到大儒了。他左右站着一帮苑庄的红卫兵。苑庄的民兵连长王祥亭也在其中。大儒多次为王祥亭一家治病，关系友好，但在人妖不分的时代，出卖朋友的人比比皆是。大儒对王祥亭没报什么幻想。

这时，于庄的红卫兵头头冲到大儒面前，抓他上审判台挨打，王祥亭一脚把于庄的红卫兵头头踢翻在地，两个村的红卫兵互相扭打起来，整个会场乱了套。在混乱中，大会散场。

由于王祥亭的保护，大儒逃过一劫。1972年夏天，大儒与三个地主被罚义务劳动，在本村小学打扫卫生。晚上在教室发现反动标语，上面写着：打倒毛主席，蒋介石万岁。这是全县重大的政治事件。第二天，县公安局如临大敌，进入石庄破案。村革命委员会主任石泽廷，是个流氓，外号叫"白面狼"。赤脚医生是个痞子，外号叫"野狐狸"。他们向公安局汇报，一口咬定反动标语是大儒写的。因为在学校义务劳动的四人中，三个不识字，更不会写毛笔字。

石泽廷召开群众大会，准备几十根棍子，计划狠打大儒，达到屈打成招的目的。会前，白面狼先召开干部及红卫兵动员会，目标打石鸿儒。斗争会开始前半个小时，公安局领队是预审股长李冰泽。

李冰泽得到了白面狼要打大儒的消息，他严令白面狼："撤消打人计划，把会场上的棍棒搬走。谁打人谁犯法，特别是公安局在村内，更不能打人。"大儒又逃过一劫。李冰泽是冰玉的堂叔伯哥哥，不然大儒被打不死也得残废。最后，案破了，写标语的是个共产党员，曾给冰玉写大字报的那个坏蛋。他目的想报复怀孕九个月的冰玉没给他十八里外的亲戚接生。结果，自己被判了四年徒刑，真是怨有怨报。

1973年冬的一个夜晚，白面狼及野狐狸，还有两个红卫兵，突然闯进大儒的家进行搜查。他们翻箱倒柜，把衣服、被褥都一件件地搜查，没发现任何可疑的东西。搜查将要结束的时候，白面狼用手电照了照柜子的角落，看见一只臭袜子。他探进身子，取出来，是一本存折，上面有五千四百元。他们如获至宝，没收了存折。搜查结束时，大儒要白面狼写个收据。白面狼说："毛主席在蒋介石那儿接收了一个国家，也没写收条。区区五千四百元存折写什么收条？我是没收，不是借贷。"大儒说："与那不一样，红卫兵没收东西都写清单，这是国家政策。"

野狐狸开腔了："给他写个，怕什么？难道他还有翻天的那一天啊？"。白面狼在一张白纸上用自来水笔写道：没收石鸿儒五千四百元存折一本，并写了日期及签名。

五千四百元被没收，夫妻俩心疼得一夜没睡。第二天一大早，大儒到了县人民银行，说了昨晚的经过。行长叫大儒立刻挂失，重新补办了一个存折。

没过几天，白面狼与野狐狸带着存折快快活活地去银行取钱。银行职员说："存折来路不明，失效。"。白面狼气急败坏地说："我刚没收阶级敌人的，怎么失效了？"。职员说："没收私人财产犯国法，与文化大革命初期不一样。"。为了抗议银行，白面狼当场把存折撕成碎片。

原来，银行行长的父亲患绝症，得救于石振铎老先生之手。两家成为好友。回家后，大儒把存折藏到南屋西吊窗子上面墙缝里，与伏淑鹤的头发、相片、情书放在一起。

一波未平，又起一波。白面狼与野狐狸没收存折没捞着钱，又在大儒的住宅方面打主意。一九七六年三月，白面狼叫野狐狸给大儒送去通牒，限期五天内空出北房、西房与东房，准备作大队的机磨房，只留给大儒阴暗寒冷的南房。

　　大儒夫妇当然不敢违抗命令。他们在大风大浪中生活惯了，由北房搬进南房并没多大痛苦。冰玉问丈夫："还能找着朋友帮忙吗？"。大儒小声地说："车到山前必有路，慢慢来。"。

　　如花似玉的李冰玉也学会了农民的怠工、偷盗与消极反抗，也习惯了阶级斗争的残酷。

第五十四章　毛周刘三派　十年大混战（一）

离开宗派斗争这根线，就读不懂中共党史。令人叹为观止的斗争场面，非毛周刘三派十年大混战莫属！

"文化大革命运动"一词，并不符实，其正确的命题应是"毛周刘三派十年大混战"。十年大混战进一步证明：离开宗派斗争这根线，就读不懂中共党史的论断，是千真万确的。

十年大混战是毛泽东精心策划、亲手发动、时间最长、规模最大、祸国殃民的最后一次政治运动，毛泽东的政治目的是消灭刘派，镇压周派，神化自己，建立万世封建独裁制度。积极为中国第四位女皇江青的接班扫清道路，准备条件。第一步命令康生陈伯达的笔杆子制造谎言，第二步利用林彪的枪杆子打倒各派重臣名将；第三步收拾林彪的枪杆子；第四步江青登基。

在十年大混战初期，毛派首先消灭了刘派，重创了周派。后期，周恩来仍惯用驾轻就熟的迂回战略，激发毛派内部矛盾，得渔人之利，于是消灭了毛派，获得最后胜利。

在十年大混战中，被专政的人民达四千万；株连亲属一亿三千万，整个中国变成一个巨大的滕县劳改队，每个善良的中国人无不为毛祸而扼腕，每个有责任心的知识分子无不为国难而叹息。

为了解毛、周、刘大混战的来龙去脉，首先剖析党内三大派系的形成及毛泽东、周恩来、刘少奇三位领导人物的个人文化教养、性格特点和历史功过。

以混战初期为准，按其个人重要性排座次，周派的主要成员有周恩来、邓小平、叶剑英、陈毅、聂荣臻、李富春、朱德、刘伯承、贺龙、粟裕、李先念、谭震林、陈赓、徐向前、邓子恢、杨尚昆。毛派的主要成员有毛泽东、林彪、江青、康生、陈伯达。刘派的主要成员有刘少奇、彭真、安子文、薄一波、刘澜涛、杨献珍。

以上各派人员的录选条件以中共政治局委员、元帅、副总理、有建树的大将及中央组织部长、秘书长、大区领导人为准。纵观以上三派，周派文韬武略、人才济济。

在军委，十位元帅其中七位是周恩来的朋友。粟裕虽为大将，其军功比元帅大，军事才能比元帅高。陈赓大将能独当一面，可指挥大兵团作战；在文才方面，陈毅、邓小平、叶剑英是智多星，是出类拔萃的政治家；李富春、李先念是财经专家；邓子恢是农村工作行家，是农民的朋友。

在军队方面，第一野战军是贺龙的队伍；第二野战军是刘伯承、邓小平的队伍；第三野战军是陈毅、粟裕的队伍；华北留守兵团四十万大军是聂荣臻的队伍；解放军总司令是朱德，总参谋长是叶剑英。除第四野战军外，全国四分之三的武装力量为周恩来所掌握。另外，核武器、导弹、卫星的制造、发射及军工生产，以周恩来的好朋友聂荣臻为总管。

在政府方面，十六个副总理中至少十四个属周派，或是他的朋友；在四十六个部长中，有四十四个属周派或是周的朋友；在中共中央七名常委中，三名属周派，其中包括周恩来、朱德、邓小平，表面上中立的陈云，暗地与周恩来脾胃相投；在十七位政治局委员中，有八位属周派，另有二位是老朋友；全国二十九个省、市、区委书记，由总书记邓小平提名、任命、领导；二十九个省、市长，听总理周恩来号令。

毛派的主要人物是林彪，他是铁杆的井冈山派，是毛泽东的左膀右臂，是毛的起家本钱。林彪的第四野战军，是毛泽东的羽林军，这支部队战斗力强，装备精良，兵多将广。林彪与粟裕并称我国两大军事天才。至于康生、陈伯达、江青的笔杆子，只能骗人一时，不能久远。

毛派与周派相比，不管在人才的数量还是素质上，都相差很远，既没有独具慧眼的政治家，又无管理国家的经济专家，毛派的力量非常脆弱。在中共七个常委中，有毛泽东、林彪两席；在十七名政治局委员中占四席；在十六个副总理中有林彪等，毛泽东在党政军高层中没有朋友，只有奴仆。

刘派是力量最小、历史最短的一个派系。其致命的弱点是手里没有枪杆子，曾为争夺枪杆子，不但没成功，还得罪了周恩来和毛泽东。刘少奇借助彭真、安子文的才智，把北京市与中央组织部营造成两块根据地，薄一波作为财经专家在政府内辅佐周恩来，在十七位政治局委员中，只有刘少奇、彭真两人，薄一波只是候补委员。

三派政治力量的大小与兴衰决定于三派领袖人物的家庭熏陶、生活环境、文化教育、品德修养、朋友交往、政治智慧及历史机遇等诸多条件。周恩来出生在一个有文化的家庭。祖父与外祖父分别是淮安、淮阴两县知县。外祖父家设有家塾，藏书丰富，好学的周恩来在童年就受到传统文化的家庭熏陶。他的生母与养母都受过私塾教育，对孩子的辅导起到启蒙老师的作用。苏北是湖泊星罗棋布，河渠纵横交错的水乡，那里环境优美，物产丰富，气候宜人。苏北不但自然环境得天独厚，而且文化底蕴深厚。淮安是人杰地灵之地，是名将韩信、文学家吴承恩及温病学家吴鞠通的家乡。东南方兴化县是郑板桥、施耐庵的出生地；西北方相距百里的宿迁是项羽的家乡，再向北是张良与黄石老人故事的发源地邳县；再向西北是四面楚歌、八面埋伏的九里山；再向西北是刘邦、萧何的故乡，往西横渡洪泽湖不远，就来到朱元璋放牛的凤阳县。周恩来就诞生在这块英雄辈出、文人荟萃的土地上。这块既生文人又出武将的土地上，孕育出一位既是英雄又是智者的人物，周恩来的品德与才智，给中华民族增添了无限光辉。

沈阳及其东关模范学校对童年的周恩来影响颇深。日本及俄国争夺我东北，两个帝国主义在我国土地上进行掠夺战争，周恩来幼小的心灵感到弱国被强国任意宰割的耻辱，从小就立下报国雪耻的志愿。

东关模范学校的课程新颖，包括算术、英文、唱歌、历史、地理等内容，令小周恩来耳目一新。

对周恩来一生有重要影响的是天津南开学校，他的四年中学在这儿完成，又是南开大学部第一届学生，在大学部念了一年，其中包括坐牢半年，然后赴法国勤工俭学。在南开大学部一年，正处于五四运动，他积极参加革命活动，并成立了"觉悟社"，不断进行请愿、写文章，宣传革命，当时中国还没有马克思的书刊，在这之前，周恩来曾居住日本一年多，虽未考入大学但读到了许多英文和日文的马克思著作。在天津五年及在日本的一年多，开阔了他的视野，马克思主义思想初现雏形。

决定周恩来一生命运的是四年法国勤工俭学。虽然他并没考入正规学府，但整个法国与西欧多彩多姿的生活实践就像一所名牌大学。他曾到过英国、德国、比利时，更多的时间是在巴黎。当时西欧是世界文化中心，而法国巴黎又是西欧文化的心脏，世界各种新鲜事都出在西欧，出在巴黎，包括科学技术、文学、艺术、思想哲学、政治流派、工业经济等。各种学说、党派像集市上卖大粒丸一样，被顶破嗓子地推销。在政治学说中有工团主义、无政府主义、基尔特主义、国家主义、马克思主义、社会民主主义、资本主义等。年轻的周恩来饱览了孟德斯鸠的"三权分立学说"、圣西门的"空想社会主义学说"、傅立叶的"和谐的理想社会学说"、卡贝的"和平的共产主义学说"、蒲鲁车、伯恩斯坦、考茨基的"社会民主学说"、美国的"独立宣言"、法国的"人权宣言"等。以上学说对周恩来有深刻地影响，但是，最后周恩来选择了马克思主义为其一生奋斗目标。目的是建立一个民主社会主义而非极权社会主义国家。

在法国勤工俭学的中国学生中，几乎都是手头拮据、囊中羞涩。其中有两个经济稍微宽松些的。一个是李富春，他心灵手巧，当上火车司机，曾修理好三个火车头，挣了一笔钱，大家都叫他"李富翁"；另一个是周恩来，他擅长写文章，定期向国内报道西欧社会动态，就像二战期间萧乾向国内报道欧洲战场新闻一样。有的文章长达二、三万字，供国内刊物分期连载，他的稿费足够供他政治活动及购买参考书刊之用度。他每写一篇文章，需要旁征博引，要阅读几十倍的参考资料，还得加进自己的现场调查数据，每篇文章相当于一篇博士论文，所以周恩来没有进洋大学，胜似进了洋大学。中西文化的融合，培育出一位中庸色彩的共产主义政治家。巴黎的现代思潮结合了淮安的传统文明，产生了周恩来这颗耀眼的明星。周恩来的品德修养可简单地概括为仁、义、礼、信、智、忍。孔子的中庸、老子的柔忍、孙子的权变构成他的三大智慧。他祖籍绍兴，骨子里还有勾践卧薪尝胆的遗传基因。

1927年，周恩来任第五届中共中央军事部长，发动了南昌起义，建立了工农红军，手中握有令人垂涎的实力。1928年在莫斯科召开的中共第六届代表大会，是他亲手组织策划的，他一直是中共权力的核心人物，但周恩来一生淡泊名利，他始终不谋求坐第一把交椅，一生总是屈居第三位，把第一把手谦恭地让给向忠发、瞿秋白、李立三、博古、张闻天、毛泽东。以温、良、恭、俭、让对待同志，以无限忠诚对党、对人民。当代名人的品德、修养只有胡适可与周恩来媲美。胡适尊父母之命、媒妁之言，娶了一位小脚媳妇，又是文盲，但他一生不但没离婚，也没闹过恋爱。周恩来与邓颖超结为伉俪。即使人们再有偏爱，也不能称邓大姐漂亮，这还不说，所谓不孝有三，无后为大，邓大姐没给总理生个娃娃，但总理与胡适一样，不但没离婚，一辈子没有绯闻。可见传统道德文化对胡、周两位贤哲影响之深。

周恩来也不是无原则的好好先生，对革命无限勇敢，对敌人也曾使过无毒不丈夫的手段，这是处于实在无奈的情况下。1927年3月，他发动了第三次上海工人起义，八十万工人获得起义成功，建立了上海人民政权，四月被镇压。1927年8月，又发动了两万多国军的南昌起义，为创立工农红军立了头功。

在青年时代，如果能交下一批出类拔萃的朋友，那么对未来事业的成功至关重要。遍交天下朋友是周恩来政治成功的条件之一。在各个时期，他都交往了大批的朋友。在天津南开、在日本都交下许多朋友。对他未来事业最有帮助的一批朋友是在法国勤工俭学期间的朋友，其中包括赵世炎、蔡和森、向警予、蔡畅、李维汉、李立三、陈毅、李富春、邓小平、聂荣臻、王若飞、张申府、刘清扬及朱德。其中张申府、刘清扬帮助他加入了共产党；赵世炎、李立三帮助他发动上海工人起义；朱德、聂荣臻、陈毅帮助南昌起义；陈毅帮助掌握了新四军及第三野战军；邓小平帮助掌握了第二野战军，并完成他未竟的四个现代化；聂荣臻帮他掌握了华北部队、热核武器及军事工业；王若飞、李维汉帮他搞统一战线；朱德还帮他掌握了解放军总部；李富春是他的帐房先生、经济总管，全国货币进进出出，都由他制订计划。

第二批朋友是在广东任中共省委区长、军事部长及黄埔军校政治部主任期间交往的，包括叶剑英、徐向前、左权、陈赓、周士弟、叶挺、肖楚女、苏兆征、张太雷、恽代英、董必武、林伯渠等。其中叶挺、叶剑英、周士弟、陈赓帮助发动了南昌起义；叶剑英还帮助他最后消灭了毛派。

第三批是在南昌起义前后交往的，包括贺龙、刘伯承、粟裕。贺龙作为总指挥，帮他发动了南昌起义；刘伯承是南昌起义的参谋长；粟裕与陈赓在起义中负责他的安全警卫。

第四批朋友是进入党中央任政治局委员和常委期间的朋友，包括陈独秀、张国焘、瞿秋白、王明、博古、洛甫等。

第五批是抗战期间常住陪都重庆交往的。一大批民主人士及知识分子，帮他发展了抗日统一战线。

第六批朋友是国民党及国民政府的高层人物，包括孙中山夫妇、蒋介石夫妇、廖仲恺夫妇以及戴季陶、陈诚、白崇禧、卫立煌、薛岳、张学良、冯玉祥、张治中、于佑任、宋子文等。他们帮助他完成了国共合作、抗日统一战线，为打败日寇尽了力量。

第七批朋友是尼赫鲁、吴努、苏加诺、西哈努克、田中角荣及基辛格。尼赫鲁、吴努帮他制订了《和平共处五项基本原则》，作为国际事务共同遵守的准则；西哈努克帮他建立了中国是弱小国家庇护所的形象；田中角荣帮他建立了中日外交关系；基辛格帮他建立了中美外交关系。

周恩来为朋友两肋插刀，在十年大混战中，冒险保护了千百个朋友与部下免于灭顶之灾；朋友们也知恩必报，不仅施行了他生前的宏图，也完成了他死后的遗愿。叶剑英完成了打垮毛派的遗愿；邓小平继承了改革开放的遗愿。当今中共高层多数知识分子官员，都是周派继承者，与毛派遗风渐行渐远。

周恩来对朋友真诚而稚气，其中有两件事可见一斑。一件是李富春与蔡畅在巴黎结婚时，邓小平为证婚人。李富春比蔡畅小七天，没恋爱之前以大姐相称，婚后“大姐”的称谓一直没改口。其他同学也跟着叫“蔡大姐”，不仅年龄小这样叫，连年龄大的也这样称呼。周恩来比蔡畅大两岁，也叫她“蔡大姐”，从巴黎一直叫到中南海。李富春、蔡畅在法国养成洋习惯，见面接吻、拥抱，即使在众目睽睽之下也旁若无人，有时在机场老学友们相会，陈毅、邓小平、聂荣臻为寻开心，说：“大哥、大姐行个洋礼，怎么样？”他俩也很自然地抱抱亲亲。

1975年6月的一天，周恩来自知不久于人世，想在生命的最后时刻，将以前常去的地方再走一遍，借故与当年为他服务的工作人员告别。这天，来北京饭店理发，正巧碰上蔡大姐。瘦骨嶙峋的总理让大姐心酸：“恩来，按理你比我大两岁，可是五十多年来你一直叫我大姐。今天，看你这样瘦，大姐好心痛啊……”总理说：“你是我们革命的大姐，是全国女同胞的大姐。富春都叫你大姐，我当然也叫你大姐啦！"蔡畅深情地向即将永别的学友说："恩来，让大姐好好亲亲你，行吗？"总理脸上又浮现出法国留学时代的特有的笑容，爽朗地说："好啊，大姐，我们是老战友了，我也想亲亲大姐！"两位永垂青史的老革命家紧紧地拥抱在一起，互吻面颊。大姐泪流满面，总理热泪盈眶。他们既是伟人，又是普通人，普通得像两个同桌的小学生一样稚气。

另一件是，1973年4月12日，被打倒的邓小平突然出现在欢迎西哈努克的宴会上，有人大声欢呼："邓小平解放了！"

总理和邓公同坐一辆车子回到中南海，总理微笑道："你这个人很硬实，几经磨难死而复生。这倒真应了陈毅预言'你是吉人自有天相啊！'"邓公以不解的眼神望着总理，用满口川腔问道："陈老总啥子时候这样吹捧我？"

总理兴致勃勃地说："怎么，你忘记了？在巴黎，有一天旅欧支部开完会，咱们几个留学生没钱吃晚饭，就躲在城南意大利广场附近的戈德弗鲁瓦旅馆那间小阁楼里摆山海经，陈毅吹说自己会看手相，且有祖传秘诀，大家都挤上前，争着把手伸给他，陈毅抓住你的手，端详了半天，忽然惊叫'哎哟！好手相啊！命属龙，八月生，横纹深如壑，纵纹淡如水，相书曰：八月龙抬头，不是天子就是候，我这小老乡吉人天相，将来必成大业。'大家齐声嚷着，非要叫你请客。"

邓公爽朗地笑道："陈老总一顿胡诌，搞得我好不尴尬，我这穷光蛋，浑身没得一个铜板，哪敢打牙祭，后来还是你当了皮夹克，换来几十个面包圈，众人才免遭饿肚皮之苦哇。"

总理沉醉在往事的回忆中："你个子不大，肚皮却不小。一口气吃掉了十二个面包圈，急得陈毅不断地摇头叹息：'有失风雅，有失风雅。'"邓公无限怀念地说："那些年你和陈老总就像大哥一样关怀我。"中国历史上少有两位豪杰，像两个雅气未脱的童子一样快活。

我国历史长河中，出现过许多名相，但在才智上没有哪位超过周总理。周公是周朝名相，辅佐胞弟武王灭商，又辅佐年幼侄子成王治理天下，勤勤恳恳，一餐三吐哺，一沐三握发，但得不到贵族的信任。后来谣言四起，说他挟天子以令诸侯，暴发了与管叔、蔡叔、霍叔三年内战。在危险的十年大混战时期，党内分裂，国家内战迫在眉睫。总理忍辱负重，委曲求全，利用他的智慧与实力使国家免于分裂的灾难，所以说总理比周公更具远见卓识。

管仲治国有本事，削山为铁，煮海为盐，使齐国经济繁荣、国强民富，成为五霸之首，但没选好接班人。他死后，齐国也随之衰落了。总理在政治环境极端险恶的条件下，勇敢而巧妙地选定邓小平为接班人。在他仙逝后，中国不但没衰落，反而成为世界强国。

商鞅变法成功，使西处边陲的贫困秦国成为统一六国的虎狼之国，但变法的方法生硬，手段残暴，天下人不服，导致自身车裂而亡，秦国短命。总理的四个现代化建国方略，经邓小平完善，全民心服，国泰民安。证明邓小平的改革优于商鞅的变法。

诸葛亮是智慧的代名词，他上懂天文，下通地理，隆中对策，刘备诚服；他任人唯贤，赏罚严明，取胜赤壁，联吴抗曹，统战外交，名垂青史。但诸葛亮朋友不多，后继无人。他事必躬亲，劳心伤神，五十二岁正是人生黄金时段，染肺结核而逝。他的西蜀短命有多种原因，其中主要是少朋友缺人才，其五虎上将不如总理七大元帅及二位大将，他的军队不如总理的三大野战军及华北兵团强大；在政治上他没有类似邓小平、叶剑英、陈毅这样的朋友。从总体上评价，诸葛亮远逊于周总理，其本人对优秀人才缺乏周总理的凝聚力，这是他致命的弱点。

总理一生没发动过政治运动，没整过人民及知识分子。毛泽东借政治运动到处整人放火，而总理到处救人灭火。所以毛派称总理是"灭火队长"。

1955年下半年，在知识分子及国家机关中的肃反运动，搞得如火如荼，草木皆兵。1956年1月，总理在中共中央召开关于知识分子问题的会议，并发表了《关于知识分子问题》的报告。报告初次提出"工人、农民、知识分子是兄弟联盟。""知识分子是工人阶级的一部分"肯定"科学技术是关系国防、经济、文化等各方面的决定因素"号召向现代化科学进军。由于这个报告贯彻全国，大批知识分子在肃反运动中幸免于难。

在十年大混战中，总理冒险保护了千万个高级干部、著名科学家及文化名人，力挽狂澜，避免了毛泽东对共产党、、对国家彻底的毁坏。

周总理因接受了良好的中西文化教育，培养出高尚的道德品行，获得了超人的聪明智慧，养成坚韧不拔的勇敢精神，坚持了传统的中庸哲学，吸收了马克思主义。他像吸附优秀人物的磁铁，形成了颠扑不破的周恩来派系，这个派系是中国共产党的主流，是革命的中坚，是国家稳定的柱石，是中华复兴的动力。

总理的一生最辉煌的业绩之一是统一战线的建立。统一战线是他成功的法宝。统一战线起始于诸葛亮，完善于周恩来。他把统一战线不仅成功地运用于党派之间，也奥妙地穿插到党内派系之间，统一战线促使国共两个宿敌联合抗日并取得胜利，抗战期间，在统一战线的保护下，三万红军发展成百万八路军。百万八路军是打败国民政府的基础力量。

1949年，周恩来用统一战线的的方法，团结了大批民主党派及独立知识分子，组成中央第一届联合政府。在党内运用统一战线的思维，团结了红四方面军及新四军的高级将领，削弱了毛泽东的军事力量。同样用统一战线的思维团结了刘派主要人物彭真与薄一波，使他们成为自己的部下与朋友。尽管没把毛派的两大支柱彭德怀、林彪团结在自己的手下，但两位元帅对总理很尊敬，毫无怨恨。建国后，周总理又把统战思维运用到国际关系上，更是驾轻就熟。

由是看来，没有周恩来就没有解放军的创立，就没有抗战统一战线，就没有党的团结一致，特别在三派十年大混战期间，也就毁了新中国。综上所述，周恩来所以立于不败之地，他具有三种智慧：一、孔子的中庸；二、老子的柔忍；三、孙子的权变。中庸使他广交天下豪杰，集聚了巨大力量；柔忍使他在暴君的鞍前马后安全地周旋了四十一年；权变使他有示之无，能示之不能，利用毛派内部矛盾，借毛的刀杀毛的人。"

可惜，金无足赤，人无完人，由于统战、外交、谍报等职业的需要，养成豪饮的恶习，总理酒量过大，不懂医学保健，又加上长期睡眠不足和超负荷劳神，致使免疫功能低下而罹患膀胱癌，仓促结束了生命。如果能延长几年寿命，国家更加辉煌而稳定，也许不会发生1989年夏天因悼念胡耀邦而引发的全国示威抗议与军事镇压。

再看毛派领袖毛泽东，他祖祖辈辈是住在穷山沟的农民，小农意识根深蒂固，既没有良好的家庭熏陶，也没有高水平的私塾教育，荒蛮落后的环境影响了他童年性格的形成。毛泽东父亲性格暴烈，这具有遗传性，父子俩常常发生对骂。

毛泽东最终学历是长沙师范学校。在校期间，他就显露出好斗的性格，发动学生向校长造反。在家对父亲有逆反心理，在校对校长有造反行为。由于受毛泽东学历低下影响，自1945年中共七次代表大会到1992年第十四次中共代表大会之间，选出的中央常委及政治局委员的履历介绍中，缺乏学历一栏。

毛泽东除了受山沟小农经济影响外，他喜欢读的书都是残暴帝王夺权篡位的封建思想，对夏桀、商纣王、周厉王、秦始皇、曹操、朱元璋的暴政历史了如指掌。对残暴的斯大林敬称为老大哥，向其学习。毛泽东不曾接受过西方现代文化的熏陶，更不懂马克思主义，他是封建主义与斯大林主义的混血儿，目的建立极权社会主义，恰好与周恩来的民主社会主义水火不相容。

二十世纪初期，毛泽东在北大图书馆当临时工。这是个长知识的好地方，可惜他不是正式入学的学生，没有获得系统教育。如果他获得北大系统教育的话，可能就不会犯一生中诸多骇人听闻的罪行，他在北大不但没学得知识，反而种下了仇恨知识的种子。

当时像曾昭伦、熊庆来、吴大猷、胡适、陈独秀等这些一级教授或系主任的每月工资是六百大洋，而毛泽东的工资仅仅八元。一个曾昭伦等于七十五个毛泽东，毛泽东的自尊心受到伤害，从此恨透了知识分子。

四十年后，毛泽东成为国家领导人，首先把三百多万知识分子划为右派，一解心头之恨。第一批右派中就包括曾昭伦，幸好熊庆来、吴大猷、胡适逃亡到台湾，否则也会与曾昭伦一样成为阶下囚。

如果说毛泽东没有点义气，也是不公正的。在北大，鲁迅同情他工资低，生活困难，想给他介绍份工资高的工作。虽然毛泽东拒绝了，但感激不尽。1936年，鲁迅病故后，他封鲁迅为无产阶级大文豪。但在1957年反右派后，在杭州一位老相识周谷城问他："鲁迅先生的得意门生萧军、胡风、冯雪峰都被划成右派，如果鲁迅活着的话，你对他怎么办呢？"毛泽东深思片刻说："有两个办法。一是把他关起来，可以继续写作；二是他必须住嘴，可以不抓。"鲁迅侥幸死得早，没饱尝文字狱之苦。毛泽东眼中只有敌人没有朋友，心里只有恨没有爱。总理的朋友遍天下，毛泽东的敌人满九州。

毛泽东品德卑劣，生活糜烂。他奸污的女人包括护士、服务员、秘书、教员、翻译、烈士女儿、干部、演员、下级官员的妻子、同事的女儿……

　　1950年1月，毛泽东去莫斯科与斯大林谈判，周恩来的干女儿孙维世为其当翻译。一天晚上，毛泽东以要孙维世整理当天文件为借口，留孙过夜，且动手动脚。孙维世拒绝了毛的蹂躏，她回到中国大使馆，一面哭一面向大使王稼祥陈诉。第二天，王稼祥给毛泽东派去一名男翻译，从此毛泽东怀恨在心。1968年，毛泽东唆使红卫兵打死孙维世。当总理得知噩耗，将追查责任时，尸体已被火化，总理悲痛欲绝。反右派期间，他亲来上海，钦定女电影演员吴茵为右派，更证明他品德败坏。

　　庐山毛泽东行宫展览室，有一条宽板凳，长约二米半，宽约三十五公分，高约八十公分。如当坐凳，高度太高，宽度太宽，况且房间有许多沙发；如当睡床，高度太高，宽度太窄，室内还有一张二米多见方的大木床。解说员说这是老毛休息用的。坐着休息有沙发，躺着休息有大木床，何必向这条既不符合躺又不适合坐的不伦不类的高板凳上去休息呢？仔细推敲，这是一条老年性交凳，是为老年毛泽东性勃起困难服务的，那张超尺寸的大木床也是为性交专门设计的。这是在历代腐败的皇宫中，不曾见到的毛式性板凳、性木床。

　　毛泽东的讲演稿或文章，都是由秘书捉刀，只是署上毛泽东的名字。出版费用由国家开支，出版后向全国各单位强行摊派，而稿费7000万元既不属秘书更不属国家，更不缴纳出版税，而由毛泽东独吞，是最大的贪污犯。1952年被枪毙的大贪污犯刘清山、张子善的贪污金额尚不足两万。时至今日，专断、腐败、贪污、淫乱、包二奶的社会风气是由毛泽东开创的。

　　凡是品德败坏的政治家必然在政治上尔倾我虞、心狠手辣、昏庸残暴。1930年10月，红一军团攻占吉安无故退出；红三军团打下长沙，毛泽东又动员彭德怀退出该城，为此，在红军将士中引起不满：要么不打，经重大伤亡打下大城市又立刻退出，全军思想混乱。在12月，毛泽东开展"快速整军"，不认为军心不稳是他的瞎指挥造成的，而认为是敌人的特务组织"AB团"渗入红军内部所致。在师、团、营、连、排单位，层层建立肃反组织，捕杀军中的地、富出身的党员及不满分子。经不到一个月的时间，在四万多红军中清出四千四百多名所谓"AB团"分子，其中有几十名团长、政委。这些人都遭处决。

当时黄克诚任红三军团第五师政委，该师组织科长及政工科长被肃杀；宣传科长何笃才在古田会议前的朱、毛争论中站在朱德的一方，被毛泽东当成"AB团"成员杀掉。

毛泽东培养对自己的个人崇拜，对稍有异意的同志就扣上"AB团"帽子杀掉，其中包括赣西南红军将领李文林及赣西南特委书记江汉波以及与其有工作联系的大批党员干部，在1930年11月底，于宁都县黄坡被集体捕杀。

1930年12月，毛泽东派李韶九、古柏到富田对江西行政委员会及红十军肃"AB团"，在7日到12日五天内抓出120多名，其中要犯几十名，处决四十余人，包括八个主要负责人段良弼、李白芳、金万邦、周宽、谢汉昌、马超、刘放、马铭等。处决前，他们倍受人世间少有的酷刑逼供，甚至对探监的亲属也严刑拷打。后来证明，所谓"AB团"纯属子虚乌有。

1930年初，南昌国民党当局，成立"AB团"组织，第二年就解散了，但"AB团"的名字传得纷纷扬扬。毛泽东故意利用"AB团"的招牌镇压异己，迫害忠良，建立独裁统治。

1935年1月，毛泽东篡党夺权的阴谋在遵义会议得到成功。在长征途中他讨好张闻天、王稼祥，孤立博古，拉拢周恩来。参加遵义会议的政治局委员十二位只有五位到会，不到法定半数，不能称为政治局扩大会议。毛泽东把红一方面的八位高级将领列入会议，人数之多超过政治局委员。在选举中，毛被选入常委，其实，这次会议是一次军事政变。

综上所述，毛泽东具有十项致命弱点：

一、无诚信（狐疑多变，反复无常，忽冷忽热，视友为敌，六亲不认，满眼敌人）。

二、好冒险（无视现实，夸大自己的力量，轻视对手的实力，只顾眼前，不顾长远，喜欢胡来）。

三、性格残暴（对人民、知识分子、建国功臣实行镇压政策，缺乏人性）。

四、撒谎、造谣、吹牛终其一生，好话说尽，坏事做绝。

五、视权力为生命（权力高于妻子儿女情，没有常人感情）。

六、既缺乏西方科学知识，又不具民族传统文化熏陶。

七、擅长阴谋诡计，指东打西，又常暴露马脚，被人利用。

八、好高骛远有余，自身能力不足。

九、好为人师，但缺乏教养。

十、目空一切，傲慢无礼，盛气凌人。

中华民族因孕育出周恩来这样的优秀人物而自豪，也因生出一个毛泽东而深感羞愧。

刘少奇派兴起于1942年延安整风运动。作为毛泽东的打人工具，刘少奇、彭真帮毛泽东打倒了王明、张国焘两派，从而得到毛泽东的青睐。刘派也是中共三大派系中历史最短、实力最小的一派。刘少奇以地下党活动及工人运动为其职业，与毛泽东是同乡。一个生在湘潭县北沿的韶山冲；一个生在宁乡县南沿的花明楼，两家相邻不到二十里。

长征前，毛、刘接触密切。长征后到陕北，刘少奇成为毛泽东的政治助手，变为毛派的重要成员。由于各取所需，两人互相吹捧，刘少奇宣扬对毛泽东的个人崇拜，继罗荣桓之后大唱毛泽东思想，并把毛泽东思想写进党章。更重要的是在延安整风运动中赤臂上阵，为打倒王明派立了大功。

于是，毛泽东在延安给以"三天不学习赶不上刘少奇"的回报。在七大之前，毛泽东没经过政治局或中央委员会的会议程序，私自把一个候补政治局委员的刘少奇一下子提升为常委第二把手。1945年夏，在延安的中央七大上，刘少奇把自己的党羽拉进中央委员会及政治局，羽翼逐渐丰满，慢慢游离于毛派之外，组成自己的山头。刘少奇在毛泽东授意下领导过两次政治运动。一个是1947年的土改运动，另一个是1965年的四清运动，其过左势头比毛泽东有过之而无不及。

周派有文有武；毛派有武无文；刘派文武皆无。由于三派领袖人物的文化修养、智慧、品德差距悬殊，及对历史机遇的得失，影响了本派人才的多寡，因而决定了各派的荣辱成败。周派形成于1927年4月在武汉召开的中共第五届中央委员会。在九位政治局委员中，周派的法国勤工俭学人员占四位，周恩来为军事部长。1928年6月在莫斯科举行第六届中央委员会，在五位常委中，周派占三名，周恩来为中共秘书长兼组织部长。主席为工人向忠发，后来叛变。周恩来是六大后的实际领导人。1956年九月，在北京召开的中共第八届中央委员会，周派成长为中共中坚力量，占十七位政治局委员中的八位，在六位常委中占三位，另外还有中间派的一位朋友。

毛派形成于井冈山十年内战、遵义会议夺权成功，关键在于1938年共产国际指定毛泽东为中共主要负责人，战胜了张国焘，1945年6月，在延安召开的第七届中央委员会，毛派达鼎盛期。刘派是在七大胜利诞生。唯有周恩来长期驻重庆，他的朋友分布在各战场上浴血奋战，都不在延安，因此吃了亏，周派在十三位政治局委员中只占两位。

简而言之，在延安七大，毛派全胜；刘派诞生；周派败北；苏俄派覆没；张国焘派寿终正寝。在北京的八大，周派取得压倒性胜利。

以上是毛周刘三派十年大混战前的组成及简史。

第五十五章　毛周刘三派　十年大混战（二）

　　在1935年1月到1945年6月之间，毛泽东打倒了党内的苏俄派系及张国焘的山头。苏俄派系有二十八个布尔什维克，其主要成员包括王明、博古、王稼祥、朱瑞、瞿秋白、张闻天、伍修权、夏曦等，这一派与周派的联合多于斗争，但与毛派水火不相容。

　　1942年毛泽东发动延安整风，主要目标是整肃苏俄派。1945年6月在七大，除张闻天外都没有进入政治局，但洛甫的政治局委员也徒有虚名，有职无权，其政治地位远不如候补中央委员，职位相当地委书记级。张国焘山头主要是大批能征善战的高级将领，有陈昌浩、徐向前、徐海东、王树声、李先念、许世友、王建安、刘震、郭天民、傅钟、胡奇才、王宏坤、韩先楚、洪学智、陈再道、陈锡联、谢富治、周纯全等。

　　西路军覆没属于毛泽东的借刀杀人的阴谋，他却又反咬红四方面军的高级将领为右倾投降主义，对他们进行长期囚禁。张国焘被吓跑，其他将领降级使用以观后效。搞得他们一辈子灰溜溜地抬不起头来。毛泽东顺利地夺得了红四方面军。但他手中没有人才，周恩来顺手牵羊，派自己的朋友刘伯承，邓小平领导红四方面军整编的八路军一二九师。毛泽东是竹篮子打水一场空。

　　周恩来得到的是红四方面军的部队及其大批高级将领，而毛泽东得到的是被他无情打击的政治敌人。对这个案例加以比较，就可得知周毛两人的智慧。

　　延安七大，毛泽东与刘少奇的互相吹捧利用达到高潮。以往召开大会，主席台上悬挂马，恩，列，斯的大幅画像，群众游行时，也高举这四幅画像。刘少奇在七大会场主席台上，于马、恩、列、斯之后，又增添了毛，从此以后成为全国的惯例，一下子把毛泽东提高到与马克思、列宁同一高度，毛泽东高兴得眉飞色舞。使毛泽东更高兴的是，在刘少奇的党章报告中，把毛泽东思想写进党章。

毛泽东思想就等于毛泽东主义。西方有马克思主义，东方有毛泽东主义，形式上毛泽东又比恩格斯、斯大林高出一等。其实毛泽东自己也不明白，他的主义除去反复无常的残酷斗争以外还包括什么思想？可能还包括唯心主义血统论。

毛泽东也知恩必报，在七大会议上把刘少奇正式列为第二号人物，提高到王储接班人位置。刘少奇的位置在一人之下，万人之上，好不开心。从此刘派正式形成，对毛泽东却渐行渐远。

毛泽东初次对刘少奇的不满，是在他被任命为新四军政委时，没把新四军的大权从陈毅手里夺过来。刘少奇调出新四军后，他又把心腹饶漱石掺和到新四军，但没斗过陈毅。

新四军军部虽被顾祝同消灭，但以后更为壮大的新四军领导权始终牢牢的攥在周派之手。毛泽东恨刘少奇不成钢。由于刘少奇在整风中斗王明派，助毛为虐，立下大功劳，又在七大会议上大捧毛泽东，视以前这段小插曲不以为然了。在井冈山，毛泽东本人也与陈毅较量过，也没取得胜利嘛，刘少奇、饶漱石败在陈毅手下也在情理之中。

还有一件事引起毛泽东不快，那就是刘少奇对陈光处理欠妥。1943年刘少奇在山东军区住了三个月，1942年回延安后，把陈光，朱瑞调回延安，实际是撤职，撤职山东分局书记朱瑞是对的，因为他属苏俄王明派。撤职陈光必须跟上善后措施，因为他属井冈山毛派的一员大将，撤职他的山东军区司令后，必须在延安七大期间把他塞进中央委员会进行补偿，哪怕叫他当个候补中央委员，陈光也不至于大发雷霆。刘少奇应该办到的事而没办，结果老毛失去了一位大将。

毛泽东与刘少奇的真正冲突发生在1945年日寇投降后的9月，毛刘两派为争夺东北领导权的问题。当时毛泽东与周恩来飞往陪都重庆，与蒋介石谈判战后和平问题，刘少奇留在延安代替毛泽东主政党中央。亲手派遣四名政治局委员，六名中央委员，十名候补中央委员到东北组成中央东北局，高官之多好像第二党中央，同时命令数万干部和山东的十万主力部队进驻东北。并任命刘派的第二号人物彭真为东北局第一书记。进驻东北的部队原属红一方面军或一一五师，是毛泽东的核心嫡系。于是以彭真为首的东北局为一方，以林彪为首的军队为另一方形成毛刘两派的对峙。林彪，罗荣桓只是中央委员，应在政治局委员领导之下，但手中握有军事实力；彭真是政治局委员，又是东北局第一书记，拥有东北的最高权力，但手里没抓住枪杆子。彭真的后台显然不如林彪的后台硬。毛泽东由重庆回到延安后，对彭真被委以东北王心怀不满。因为东北是国共两党及中共内部各派争夺的中心要地，谁得东北谁得天下，如同古代谁得中原谁得天下一样。

东北的四位政治局委员，除彭真外还有高岗，陈云，张闻天（即洛甫）。论以往职位，张闻天最高，曾当过总书记，但他属苏俄派，不受毛刘信任；论资格陈云最深，他是中央六届五中全会的政治局常委，比毛泽东显赫，但他保持中立，不属任何一派，不被毛，刘重用；高岗与彭真一样，是后起之秀，在延安整风中，为毛泽东摧残知识分子及打垮王明派立下赫赫战功。其次因党中央由井冈山逃到高岗的陕北家园，他虽不属正牌的井冈山派，毛泽东也需要予以厚报，以杜绝鹊巢鸠占的恶名。如果委任高岗为东北局第一书记，毛刘的冲突可能暂时不会爆发。还有一步棋，在毛泽东去重庆谈判之机，刘少奇如在延安召开临时政治局会议，补选林彪为政治局委员，委任其为东北局第一书记兼东北总司令的话，这是毛泽东求之不得的，他会重复的再喊；"三天不学习，赶不上刘少奇"。但刘少奇与毛泽东的心情一样，也渴望增强自己的山头，也瞅准了东北这块肥肉。于是当仁不让，冲突不可避免。

彭真利用毛派内部的矛盾，拉拢失宠的陈光，培养军中力量。他也明白，没有枪杆子就没有一切。1945年10月到12月，国共两军在辽西走廊的交战中，彭真委任陈光为前线总指挥，把林彪晾在一边。因此引起林彪的愤怒，既恨彭真又恨陈光不识时务。

罗荣桓在山东与陈光有罅隙。罗荣桓把一台大功率的电台由山东带来东北，他在去大连苏军医院治疗之前，故意把电台交给陈光而没交给林彪。军事将领都喜爱大功率电台。林彪派人去陈光部要电台，由于战斗频繁，陈光无暇上交，林彪不满，批评了陈光。1946年秋季部队整编时，仍让陈光担任东北共军，也是全国共军资历最老和攻坚力量最强的第六纵队任司令员，并没为他配政委，林彪也有使他同时兼政委的意思。陈光认为纵队司令指挥区区三个师三四万人是大材小用，我陈光领导山东军区抗战六年，指挥六个军区，七个主力旅，九个支队，四十八个团，还有七十多个县大队独立营共二十多万人。抗战胜利了，又没犯错误，为何被降级啦？陈光成天骂骂咧咧，并公开攻击林彪。无奈，林彪把他交到东北局。彭真重新任陈光为松江军区司令兼哈尔滨卫戍司令。哈尔滨是中共占领的一座唯一大城市，这个职位的重要性，也不低于六纵队司令。

1946年夏秋之交，叶剑英为国，共，美三方军事调停处，中共驻北平代表，借去东北哈尔滨调停之便，代表毛泽东对陈林之间及彭林之间的矛盾进行调解，但陈光愤愤不平，没给叶剑英下台阶。经叶剑英向毛泽东汇报，东北局第一书记改为林彪。彭真任东北局副书记。彭林之间的矛盾导致毛、刘两派之间的冲突。陈、林之间的矛盾属毛派内部矛盾，没及时处理。

1948年3月6日，毛泽东致函刘少奇，信中指责刘少奇的土改政策本身就错了；对地主乱打乱杀，侵犯中农政策，征收毁灭性的工商税，抛开开明士绅等等，都是极左的错误。毛泽东一生只反右不反左。刘少奇过左的乱打乱杀政策，正符合毛泽东思想。毛泽东批评刘少奇，是醉翁之意不在酒，在于对刘少奇利用彭真在东北独霸一方的警告。

毛刘第二个冲突点是王光美。叶剑英，潘汉年，李克农是周恩来统战，策反，情报，党内斗争的三驾马车。叶剑英堪称三大英雄人物的智多星。在1955年授十大元帅军衔的时候，按资历，叶剑英优于粟裕，按战功粟裕优于叶剑英。总理给粟裕指点迷津，把元帅衔让给叶剑英，目的十大元帅中需要一位政治元帅。同时对粟裕具有保护作用，避免重蹈历代名将功高震主难得善终的悲剧。粟裕理解了总理的战略布局，让衔予叶剑英。叶剑英排在十大元帅之末，粟裕列在十位大将之首。以后历史证明，总理的这次高瞻远瞩的安排，二十一年后改变了我国历史方向。粟裕让帅，损失了自己利益，但对国家民族功垂千秋，个人又没重蹈白起、韩信、陈光、彭德怀、林彪的覆辙。

1947年底，国共美三方军调处散伙的时候，叶剑英把他的英文翻译辅仁大学毕业生王光美带回延安介绍给刘少奇为妻，这是王允赐貂蝉与吕布、吕不韦赠赵姬与异人的翻版。刘少奇得到才貌双全的媳妇，对叶剑英感激不尽是理所当然。叶剑英的作为，等于完成了周刘两派的统战。

1953年10月经周总理巧妙安排后，刘少奇以国家主席的身份偕夫人造访印度尼西亚等四国。王光美浑身珠光宝气、打扮入时、光鲜照人，震惊全世界，毛夫人江青妒火心头起。毛泽东常邀王光美陪他游泳，游泳后请她吃饭。江青当面侮辱他俩说："自己的文章，别人的老婆。"这样，江青与王光美之间；刘少奇与毛泽东之间产生了不可言状的微妙矛盾。刘少奇始料不及的是，叶剑英推到他怀里的美女，竟是政治引信。以上两个女人之间与两个男人之间的冲突，均在叶剑英预料之中，不管谁胜谁败，都有利于周派得渔人之利。

1956年6月，刘少奇主持中共政治局会议，反对建设中的急躁冒进，于是反冒进成了罪状。在1956年9月，中共第八届中央委员会上，刘少奇把党章中的毛泽东思想五个字抹掉。1961年底在七千人会议上，刘少奇演讲指出，三年灾害是三分天灾七分人祸，不是一个手指头与九个手指头的问题，直指毛泽东的过左错误，毛刘冲突骤然升温。叶剑英的政治设计也逐渐发酵，其目的是助刘抑毛，因为毛泽东既不会治国又残忍暴虐。1950年，叶剑英在广州利用林彪、罗荣桓与陈光的矛盾，而断然除掉陈光，也是为了削弱毛派的实力，有利于周派。

1966年5月，刘少奇以极左的手段发动了农村四清运动。开始四清是清工、清账、清财、清库；后来发展到清政治、清经济、清思想、清组织。历次政治运动的名目繁多，但内容只有一个：残酷斗争、制造敌人、挑拨仇恨、惩罚好人、奖赏坏人。四清中的清思想一项怎么清法？用什么仪器给思想定性、定量？日本鬼子占领东北期间，有思想犯一条罪，今日毛泽东，刘少奇热衷思想罪。在过左路线方面，两人是大巫见小巫，彼此彼此。在"四清运动"中，这两位堂吉诃德也发生了分歧。刘少奇说，农村的矛盾是四清四不清的问题。毛泽东反对说，四清四不清缺乏阶级性，四清四不清在任何社会都可用，他主张目前农村的矛盾是资产阶级同无产阶级的矛盾，把刘少奇的认识错误小题大做，更无中生有，推上一层楼。

毛泽东根据将欲取之必先与之的诡计，在第二次全国人民代表大会第一次会议上，把刘少奇推到国家主席的高位。显示了毛泽东礼贤下士，气度非凡。中国出现了两个主席，党主席是毛泽东，国家主席为刘少奇。任何国家都以国家权力高于一切，但中国党权力凌驾于国家之上。党主席类似古代西方教皇，对全国人民有生杀予夺大权。国家主席必然是党主席的傀儡。刘少奇当上国家主席如同童养媳，毛泽东百般刁难，左也不行，右也不行；哭也不行，笑也不行；坐也不行，站也不行；反正都不行，冲突在所难免。其实刘少奇并没有什么政治上的原则错误，但欲加之罪何患无词？毛泽东发动的打倒刘少奇的政治运动也并非出于政治目的而是为了精神享受、满足嗜好、生理快感，像猎手追赶猎物一样快乐。天下越乱越好，这比看野兽厮杀过瘾，比看马戏团表演精彩。

毛泽东对打倒刘少奇的运动，只有粗略打算，没有精细计划，因为他没有做任何精细计划的才能。发动政治运动就像攻坚城市一样，总攻前扫清城周围据点，攻破城防后，再拔掉指挥中心。刘少奇的根据地是北京市，彭真如同北京的城防司令，吴晗，邓拓，廖沫沙是城外据点。想抓住刘少奇，必须先打败彭真，欲打败彭真必须先消灭吴晗，邓拓，廖沫沙。

1962年在毛泽东授意下，江青积极组织文章，首先批判吴晗的剧本《海瑞罢官》。江青以毛泽东钦差大臣的权势，召集中宣部，文化部四位正副部长谈话，提出批判《海瑞罢官》，遭到部长们的拒绝。江青又找到1953年曾写文章批评俞平伯红楼梦研究的作者李希凡，经过十年的风风雨雨，李希凡已经成熟，已脱掉当年的稚气，也拒绝了江青的圈套。于是江青在1965年秘密南下上海，在市委书记柯庆施支持下，与市委宣传部长张春桥拍板成交，决定由上海《解放》杂志编委姚文元执笔写攻击《海瑞罢官》的文章。文章的题目是《评新编历史剧"海瑞罢官"》。毛泽东看了文章较满意，缺点没突出罢官，特别没直接提出罢彭德怀的官。北京《红旗》杂志编委王力，关锋，戚本禹与姚文元南北呼应。上海《文汇报》发表了姚文元的《评新编历史剧"海瑞罢官"》。北京《人民日报》发表了《三家村》及《燕山夜话》的批判文章。同时向北京副市长吴晗，北京市委主管文艺的书记邓拓及宣传部长廖沫沙开炮。在残酷斗争下，邓拓自杀，吴晗死在监狱，廖沫沙长期关牛棚。

消灭了北京外围据点《三家村》后，攻坚战向纵深发展，彭、陆、罗、杨裸露在炮火之下。彭真是中共政治局委员，书记处书记、北京市委书记兼市长、人大副委员长。他的政治权势，不亚于中共常委。被打倒的表面理由说是拒绝姚文元的文章在北京转载。深层原因是刘派的二号人物，被红卫兵打的鼻青脸肿，满口淌血，戴高帽，挂牌子，坐喷气式，各种刑法都尝到了，蹲监狱八年。

攻下北京还不过瘾，乘胜追穷寇陆定一、罗瑞卿、杨尚昆。陆定一为中共政治局委员、宣传部长、副总理。他是毛的宣传总监，利用《人民日报》新华社助毛为虐，鼓吹血统论，宣扬阶级斗争，在编造谎言方面比戈培尔尤过之而无不及，但仍得不到毛的宠爱。毛泽东指责宣传部是阎王殿，歌颂帝王将相、才子佳人，不演工农兵的戏，违背了《在延安文艺座谈会上的讲话》规定的文艺路线，热衷于封资修的宣传。

罗瑞卿是公安部长、总参谋长、副总理、书记处书记。功高震主，权重王怕是千古历史规律，彭德怀犯功高，罗瑞卿犯权重。1965年12月，在上海，毛泽东亲自主持常委扩大会议，决定撤掉罗瑞卿的一切职务。御用媒体把撤掉罗瑞卿的罪状扣在林彪头上，是张冠李戴，实在冤枉。林彪并没有参加会议，听说罗瑞卿被撤职，还特意找毛泽东，质问为什么撤掉罗瑞卿的职务。林彪没有撤掉大将、总参谋长的权力，即使撤掉少将也得经毛泽东批准。如果罗瑞卿顶抗林彪的话，林彪也没有报复人的心胸。陈光跟他当面顶着干，他也没撤掉陈光的职务。

打倒罗瑞卿是毛泽东一手炮制的。罗毛之间没有矛盾，他们的过左头脑是一致的。表面他对毛崇拜得五体投地，是毛安全的忠诚捍卫者，是全党助毛为虐的第一人，是继毛泽东后的第二位杀人魔王。但老魔王也怕被新魔王吃掉。

被毛泽东列为打到的对象有两类人，一类是反对他的右派人物，如彭德怀，张闻天；另一类是崇拜他的左派人物，如罗瑞卿、刘少奇及林彪。不左不右的人物比较安全，如周总理。明火执仗反对他的人被打倒可以理解，崇拜他的人被打倒似乎不可思议。在毛泽东看来，公开反对他的人不可怕，因为这些人没有阴谋，公开递战表，比较好对付。最可怕的是表面崇拜，暗地搞阴谋的人，马屁拍得越响阴谋越大。毛泽东心里明白，罗瑞卿制造了上千个滕县劳改队，是脚踏四百万人的头颅爬上来的鬼。他对四百万条人命视同草芥，难道就唯独看重毛泽东这条命吗？

毛泽东越想越怕。他又想，彭德怀直性子，好放炮，在庐山虽批判了他，但毕竟是老战友嘛，还给他保留政治局委员。但斗争彭德怀的时候，罗瑞卿声色俱厉命令老彭站起来，并摁他的头。如有朝一日有人斗我老毛的时候，你罗瑞卿也会像对彭德怀一样对我。想到此，老毛断定罗瑞卿是大阴谋家，其目的不是夺林彪的军权而要夺我老毛的命。但是这些很实际的想法不能写在决议的书面上，书面上只有用反党篡军概括之。在十年毛祸初期，罗瑞卿带着高帽，挂着牌子游街示众，被红卫兵百般侮辱。他跳楼自杀，想摆脱人间地狱，不巧只摔断一条腿没丧命。红卫兵用箩筐抬着他游行批斗。毛泽东的红色小将们，以其人之道还治其人之身，可谓种瓜得瓜，种豆得豆，种仇得仇，种冤得冤。

1945年4月中旬，苏军总攻柏林之机，朱可夫有句名言："叫希特勒也尝尝战争的滋味。"罗瑞卿终于尝到残酷镇压的滋味。白起坑赵卒四十万，只放走少年二百四十名。白起失宠，秦王赐利剑自裁，白起自杀前说："我固当死，长平之役，赵卒四十余万来降，我一夜尽坑之，彼诚何罪？我死有余辜矣！"白起坑赵卒四十万，自认为死有余辜。罗瑞卿为毛泽东杀人四百万，罪当如何？如果说毛罗之间没有丝毫罅隙，也未必客观。十年毛祸之初，江青向罗瑞卿索要军装，准备打扮成军队领导人的样子，罗瑞卿不情愿地给她一套，但不给帽徽与领章，江青当然咬牙切齿地向丈夫吹枕头风。

所谓彭陆罗杨反党集团，好像只有杨尚昆还没有助毛为虐的恶迹。后来，1989年6月4日，身为军委第一副主席的杨尚昆如能阻止邓小平镇压学生的话，他的名声会更好些。所谓四人反党集团，既无垂直线索也无横的联系，只是把他四位硬绑在一起挨斗就是了。

彭陆罗杨既然被打倒了，毛泽东顺藤摸瓜，下一步就是该摸资产阶级司令部的司令了。毛泽东唆使无知的红卫兵，掀起一波波恶浪袭击国家的每个角落，搞得人人自危、鸡犬不宁、良莠不分、人鬼颠倒。毛泽东把刘少奇视为眼中钉，是中国的赫鲁晓夫，是对他安全的最大隐患。不管刘少奇好与坏，左与右，毕竟是国家主席，虽然不是人民选出来的，至少也是经毛泽东钦定，再走走会议形式产生的。在七大之前，没经过任何会议形式，你不就指定他为党内第二号人物了吗？现在对刘少奇突然不教而诛，说明你毛泽东是出尔反尔，反复无常之辈。如果因错误经过一定会议罢免刘少奇，与刘毛脸面都好看，显得文明有气度；如果像个恶棍一样把刘少奇打得鼻青脸肿，腿断腰折，这对身为主席的刘少奇失去人的尊严，这对唆使打人的人的名声更难听。刘少奇万万没想到，自己的命运，一点也不比在他号召下，活活被打死的千千万万个地主更体面。以其人之道还治其人之身，打人如打己，骂人如骂己，善恶到头必有报，这些朴素的民谚是千百年历史实践的积累。

1966年5月16日中共政治局在北戴河举行会议，正式决定开除彭陆罗杨公职。毛泽东发出《五.一六通知》，建立了在毛泽东直接领导下的中央文化革命小组。组长陈伯达，顾问康生，副组长江青，张春桥，组员王力，关锋，戚本禹，姚文元。文革小组取代了中央政治局及书记处的职能。八月江青代组长。江青的实际权力在一人之下，万人之上。文革小组成员比政治局委员的权力大的多，他们不仅有权力打倒政治局委员，还有权利任意打倒中共常委。他们像戴笠毛人凤一样，官衔不高，权力极大，除蒋介石外，所有高官都怕他俩。三派混战十年间，除了毛泽东之外，谁都怕文革小组成员，包括总理。

1968年10月13日，在北京召开中共八届十二中全会，批准把刘少奇永远开除党籍，撤销党内外一切职务。这个会议与遵义会议一样荒唐。遵义会议政治局委员不到半数中央委员不到三分之一，而不是中央委员的高级将领比政治局委员还多。八届十二中全会中央委员不到半数，候补中央委不到五分之一。这是非法会议，如果毛泽东遵守国法党规的话，党的会议只能开除党内职务，不能包办党外职务的进退褒贬。这次会议纯是一场政治闹剧。毛泽东丢尽脸面，暴露出独裁专制，无理取闹的本性。践踏了党的民主原则与组织原则，把党组织私人化，他可以不服从党，党必须服从他，党变成他的奴婢，随意强奸。一会说刘少奇是他的接班人，一会又说他是内奸、工贼、叛徒、国民党的走狗。他像高热病人一样谵妄胡言。

自从被暴君开除党籍后，刘少奇的政治环境与生活条件每况愈下，受尽人间凌辱，吃尽人间苦头。一位大国的主席，像叫花子一样裸体死在开封一间地下室。这是毛泽东对刘少奇本人的欺凌，也是对共产党的蹂躏，对中华人民共和国的侮辱，对法律的蔑视，对党章的践踏。对一面国旗还要尊敬，对一张纸币还要爱护，何况对一个国家主席！即使刘少奇有这样那样的错误，也应获得人的尊严，也应得到宪法的保护。大半辈子领导地下党革命，没死在戴笠枪口下，而死在毛泽东的"治病救人"上。刘少奇一生有两大错误，一大贡献。第一个错误没认清毛泽东的本质，第二个错误是土改过左。一个贡献是在七千人大会上敢于实话实说，很有彭德怀、张闻天为民请命的精神。

刘少奇应该了解，毛泽东重视湖南秋收起义派及手握枪杆子的人，轻视地下党。刘少奇恰好是属于毛泽东轻视的人物。他应对毛泽东的残酷斗争，喜怒无常，言而无信了如指掌，对这样的人交往必受其害。王明，博古，王稼祥，张闻天，张国焘一个个被他打翻在地，再踏上一只脚。甚至帮他篡党夺权打天下的功臣陈光，彭德怀均置于死地。难道你不害怕吗？论理论修养，你不如王明，博古，张闻天，论资历和实力你不如张国焘，论军功你不如陈光、彭德怀。这些风云人物的归宿，不是你前车之鉴吗？当毛泽东向你微笑着说："三天不学习，赶不上刘少奇。"你不毛骨悚然吗？千不该万不该，你不该在延安七大会议上提出"毛泽东思想"，由于你欠深思熟虑，毛泽东利用你，掀起狂热的个人崇拜，当时你没想到毛泽东的性格会过河拆桥吗？毛泽东的性格只容许吹捧拍马，绝对仇恨贬低，你抹掉"毛泽东思想"不等于拔老虎的牙吗？

1957年，中共中央军委重建，既没任命你为军委副主席，也不是常委，你知道这其中毛泽东有什么玄机吗？身为军委主席的毛泽东可以调动千军万马，你刘少奇调动一个连的权力也没有。国家主席不如连长的军事权力大，你在毛泽东眼里不无足轻重吗？毛泽东坚信不疑的是枪杆子出政权，国家主席的权力随时有被军委主席夺去的可能。你和周恩来的情况大不相同，军委三个副主席有周派的两个，十三个军委常委中有八个是周派主要人物，刘派的人一个也没有。你刘主席很像上世纪三十年代长春的溥仪，溥仪是日本顾问的傀儡，你是毛泽东的傀儡，不安分的傀儡，就家破人亡，安分的傀儡就得任人蹂躏。在党员与干部之间有一共识，在工作中，"过左是工作方法问题，过右是思想政治问题"，为了保住乌纱帽，"宁左勿右"成为座右铭。为了讨好毛泽东的过左嗜好，刘少奇在土改中左得出奇，打死人太多，即是毛泽东也假惺惺地表示不满，就像对罗瑞卿的杀人过多不满一样。毛泽东根据他本人的残暴、好造反闹事、领袖欲强的特点来推断别人。他身边不容纳性格残暴的人，他本人过左是革命的需要，别人过左是篡党夺权的先兆。过右也不行，过右是投降主义。在主持四清运动中，怕毛泽东给自己扣上右倾帽子，又是斗争过火。

关于接受王光美为妻，有些匆忙。首先考虑红娘叶剑英是政治家不像贺龙那样直出直入的大老粗，也不像朱德那样忠厚老诚的实在人。叶剑英有政治目的，女人是会说话的政治礼品。范蠡送西施于吴王夫差，结果夫差国破人亡。王允送貂蝉于吕布是为了杀董卓。唐太宗送文成公主于土番王松赞干部，结果双方结为友好，避免了战争。那么，叶剑英也必然有政治目的。当时，中央领导人的夫人多数为文盲或半文盲，没有一个正规大学毕业的女性，皇后江青也只有艺校初中水平。

王光美在中央太扎眼了，首先扎江青与毛泽东的眼。刘少奇的身分、学历、才干与孙中山、蒋介石相差甚远，他们两个一个是国父总理，一个是全国总司令，后来成为国家元首，两人还有留学背景，孙中山、蒋介石与才貌兼备的宋家姐妹结为伉俪，既不会出现嫉妒的女人，也不可能有眼馋的男人。因为当时的女人很少有比宋家姐妹学历更洋的；而男人更没有比孙、蒋权位更重的。人们对这两对夫妇只有赞叹，没有歹念恶意。刘少奇夫妇相反，首先引起毛泽东夫妇的眼红与嫉妒。

更有甚者，1963年，刘少奇访问东南亚四国，不该偕夫人同往。元首出访偕夫人是西方的洋传统，中国传统是金屋藏娇不让人看。宋美龄虽陪蒋介石参加德黑兰中美英三巨头会议，她是以外交与翻译的身分随行，同时她又与罗斯福总统一家关系友善。建国后，毛泽东与周恩来出访也没偕夫人。刘少奇破中国历史先例，出访偕夫人，给人留下不好的印象，平民对此议论纷纷倒无关大局，江青的嫉妒对大局就影响深远了。刘夫人出访的衣着打扮也令人侧目，她以五颜缤纷的绫罗绸缎为衣料，样式超前，裁剪得体。手上戴的、脖子挂的，头上配的，都是金银珠宝，像电影明星一样。

作为政治家的刘少奇未免有失检点，如果与西方国家的政要夫人相比，王光美的装扮并不显华贵，但是与当时中国相去十万八千里。上世纪六十年代初，中国的经济情况处于崩溃，城市每人每天配给三百一十五克地瓜干，普遍出现饥饿性浮肿，农村成千上万的饿死人；纺织品极度匮乏，每人每年配给三尺布票，七尺裤子、八尺袄，三尺布不足做一小裤衩。王光美的华丽穿戴与全国人民的实际生活水平相差悬殊，这不但引起了江青的嫉妒，也成为全国人民的笑柄。六十年代全国不分男女老少，六亿人民一律穿灰色毛式制服，全国一片灰。只有王光美的衣服花色鲜艳，式样时髦，这理所当然的引起全国上下评头论足，这在政治上对刘少奇非常不利，但他夫妻俩觉得很风光。

自1957年到文化大革命期间，陈毅元帅继总理之后主政外交部，他与刘少奇、饶漱石为争夺新四军与华东军区及第三野战的领导权结下怨恨。1963年，刘少奇夫妇访问东南亚四国，当然是陈毅元帅一手策划，甚至王光美的穿衣打扮化装都有外交部礼宾司负责，刘少奇应该明白，陈毅策划你偕夫人出国是高举你呢，还是让你出丑？又该联想到，陈毅的好朋友叶剑英把王光美介绍给你是出于友谊呢，或是图谋？政治家凡事都首先想到政治上的凶吉祸福，政治人物给你的人民币可能是一张逮捕证，给你的玉镯可能是手铐，给你的金项链可能是枷锁，给你的美女可能是条蟒蛇，把你举得很高目的是把你摔得很重。叶剑英、陈毅虽身穿元帅服，但满脑袋装的是政治，两人又是总理的得意门徒，当你对他俩报以感激之情时，可能你已被推到风口浪尖上了。以上林林总总，导致了刘少奇夫妇与毛泽东夫妇之间的剪不断理还乱的恩恩怨怨。结果刘少奇王光美一时露脸则受害终身。

1961年与1962年之间，中共在北京召开了有名的七千人会议，每县由县委书记及县长两人参加，再加各地区各省市直到中央各部委共七千多人。会议的宗旨是对三年毛祸进行总结。在这之前，没良心的御用文人把四年毛祸缩短为三年，把毛祸美化为三年自然灾害。把毛泽东一手制造的全民灾祸推到老天爷头上。稍具良心的御用文人把大跃进说成七分天灾、三分人祸。在七千人大会上，刘少奇发言说大跃进是三分天灾七分人祸。他的论断接近事实，但还不完全是实事求是。刘少奇否定了毛泽东惯用的说法：成绩是主要的，错误是次要的，错误与成绩是一个手指头与九个手指头的问题。刘少奇勇敢地说，七分人祸地方有责任，中央领导人也有责任。刘少奇委婉地把饿死五千万人民的罪魁祸首指向毛泽东，把毛泽东一个手指与九个手指头扳过来，变成九个手指头与一个手指头。并声称彭德怀在庐山会议上的发言及书信不是空穴来风，是有根据的，并主张给彭德怀平反。

自1945年延安中共七大吹捧毛泽东思想，煽动个人崇拜，到1962年七千人大会，实事求是地发言是一次翻天覆地的转折。刘少奇的发言受到与会者的普遍拥护，只有毛泽东例外。刘少奇的威信在全国大有提高，他的发言等于对毛泽东宣战。如果对饿死五千两百万人民还吞吞吐吐不敢说实话，那算什么政治家？那不是变成小哈巴狗了吗？变成人民奸臣了吗？变成民族的千古罪人了吗？刘少奇宁愿成为毛泽东刀下之鬼，也要向全国人民说出实话。终于像彭德怀、张闻天一样变成一条顶天立地的汉子，全国人民原谅了他吹捧毛泽东思想的可笑及土改的错误，对他的死亡无限哀痛，对王光美的受难无限同情，对毛泽东的愤恨刻骨铭心！

毛泽东有一种滑稽的好奇心，喜欢看看被他整得死去活来的人的窘相。听听这些不久于人世的人能在他面前说些哀求的、低三下四的话，是他最感兴趣的。彭德怀被他整死以前，他把彭德怀叫到中南海，还请他吃了一顿饭，就像当年请陈光吃饭一样。刘少奇被整死前几周，他又把刘少奇召进人民大会堂，还给他一本书，叫他好好学习，保重身体，还问起刘的女儿平平的情况，俨然是伪君子的面孔。

周总理对刘少奇的评价像对康生陈伯达一样，是毛泽东的御用工具。只能近不能远，心里反感，嘴上热闹。在延安中共七大上，他提出"毛泽东思想"鼓吹个人崇拜令人厌恶。还把周派人马掀了个栽楞子。并与之争夺新四军领导权。土改过左、四清过左、四年毛祸初期他也拥护大跃进及人民公社大炼钢铁等，与毛泽东为一丘之貉。其本身既无军功，又无突出才智及贡献，早晚成为毛泽东的刀下鬼。可利用他作为周派的挡箭牌或缓冲器。在七千人大会上，突然敢与毛泽东唱反调，曾得到周恩来悄无声息的赞赏。

1968年11月，周恩来主持八届十二中全会，定刘少奇为叛徒、工贼、内奸，永远开除党籍，这是无奈之举。周恩来不主持会议，别人也会主持，这会增加周、毛之间的矛盾，刘少奇确实在周毛之间起到缓冲的作用。毛泽东打倒刘少奇发泄了所有怨气，得到强烈的欣快感，对其他当权派已成强弩之末。于是，周恩来巧妙地保住了资产阶级司令部第二号人物邓小平。

刘派彻底覆没了，周派直接暴露在毛派的火力网下，周恩来艰难地保护着老帅们及政府各部委首长及著名民主人士和知识分子，夜以继日地苦撑着。饿了在办公室啃口饼干，困了依在沙发上打个盹，几天几夜不曾躺下舒舒服服地睡一觉。领导上海工人起义、发动南昌暴动、在上海安排党中央地下活动、指挥长征突围、在重庆与蒋介石周旋统战、建国组织人民政府，都不曾像今天这样紧张、艰难、危险。与明火执仗的敌人斗争容易，有勇敢精神就是了，党内宗派斗争，勇敢没用武之地，智慧是得胜的唯一武器。

刘少奇已被清除历史舞台，下一出戏要看毛、周两派的表演了。毛泽东所以轻而易举地打倒刘派，全凭两杆子。一是枪杆子---林彪集团，下有黄永胜、李作鹏、吴法宪、邱会作等大将，另外还有三百万军队。历史上任何大司马、太尉、兵部尚书都没林彪的势力大。二是笔杆子——江青集团，下有康生、陈伯达、张春桥、姚文元大四恶；还有王力、关锋、戚本禹三小恶。七恶编造谎言的本事都令戈培尔望尘莫及。目前因掌握了这两大集团，毛泽东处于历史上全盛期。

第五十六章　毛周刘三派　十年大混战（三）

　　毛派旗开得胜，利用江青集团及红卫兵消灭了刘派；周派不仅失掉了防火墙，也被打得溃不成军；国务院瘫痪，老帅们靠边站，苟延残喘的周派人马，除周恩来外，只剩叶剑英、李先念二人，也如惊弓之鸟、漏网之鱼。由于刘伯承、聂荣臻二帅与林彪元帅私交颇深，虽处在风雨飘摇中，尚没覆没，但已失去战斗力。

　　毛派准备乘胜追穷寇，将进行第二战役。目的一网打尽周派，争取最后胜利。但是毛泽东致命弱点是志大才疏，不擅长周密计划，又加胜兵必骄、骄兵必败的规律，战胜足智多谋的周派谈何容易。目前周派处于风雨飘摇、生死存亡之际；毛派处于胜券在握、忘乎所以之中，谁胜谁败，在此一役。

　　毛泽东暗中思忖，只靠文革小组的戈培尔、希姆莱们的力量，打倒刘派可以取胜，如打倒周派，必须有隆美尔、朱可夫式人物作后盾。他把文革小组的小丑们比作头重脚轻根底浅的墙头芦苇和嘴尖皮厚腹中空的山间竹笋。毛泽东决定起用林彪元帅，命令军队介入文化大革命。

　　起用林彪元帅有两层意义，一是让他支持江青造反；二是一旦文革失败，为抚平大批受害老干部们的怒气，借用汉景帝杀晁错平定诸候之乱的办法，拿林彪问斩。为此，1966年8月，通过中共八届十一中全会，毛又为中共常委的席次重新排名，林彪元帅的名字由第六位上升到第二位；刘少奇的名字由第二位降为第八位。

　　1969年4月，中共九届中央委员会在党章中规定，林彪元帅是毛泽东的接班人，就像当年规定刘少奇为接班人一样。于是，林彪实力膨胀，他的爱将黄永胜、吴法宪、李作鹏、邱令作及娇妻叶群都进入政治局，江青的文革小组陈伯达、康生、张春桥、姚文元、谢富治也进入政治局，双方势均力敌，各占六名。

　　周派除周恩来外，还有叶剑英、李先念、刘伯承、朱德，共五名也进入政治局。其中四名只是挂挂牌而已，并无实际政治权力。

自毛泽东派消灭了刘少奇派，击溃周恩来派之后，毛派本身又分裂为两大派，一派以江青为首的笔杆子派；另一派以林彪为首的枪杆子派。这两派是两个先天畸形儿，江青有笔杆子没有枪杆子；林彪有枪杆子没有笔杆子。两派表面都受毛的节制，但为争夺最高领导权暗中较劲。毛泽东虽然把林彪为接班人的主张列入党章，其实他蔑视党章，党章是人编造的，应为人服务，人不能为党章服务。根据个人的利益需要，党章随时可以重编，因为毛泽东是枪杆子出身，知道枪杆子的厉害。他深信，枪杆子不但出政权，也能出党章。他既爱枪杆子又怕枪杆子。爱，是因为枪杆子为他夺得权力；怕，是因为怕自己的权力被别人的枪杆子夺走。虽然他命令御用文人们把林彪接班写入党章，但他心心念念怕林彪夺走政权，以小人之心度君子之腹。

　　毛泽东以枪杆子夺权习以为常，曾用枪杆子夺蒋介石的权；在遵义用枪杆子夺博古、周恩来的权；在延安用枪杆子夺了张国焘的权；同时用枪杆子夺了王明、张闻天的权。据他推测，林彪是全国武装力量总司令，他不可能不时时刻刻想发动政变。毛泽东越想，心里越发毛，真可谓贼人有贼心。

　　林彪为表示对毛泽东的忠诚，在吹棒、神化毛泽东方面，超过刘少奇。他开创了全国人民读毛主席语录、早请示晚汇报、跳忠字舞。发明了伟大领袖、伟大导师、伟大舵手、伟大统帅等四个伟大。说毛主席的话一句顶一万句，理解的执行，不理解的也要执行。要对毛主席崇拜得像奴隶一样，呼之即来，挥之即去。

　　林彪是白痴军事家，对政治远非内行，但他又编造的这些神化毛泽东的语言，比刘少奇的还令人恶心，这是全国人民鄙视林彪的主要原因。如调换一下视觉来分析，林彪只能如此。即使如此神化毛泽东，怕仍得不到信任，得不到信任就人头落地。上了贼船就得溜虚船老大，船老大要什么就得给什么，只要不要他的脑袋就行。为了保住脑袋，不免有些低三下四的举止和阿谀奉承的言词，其目的是为了保住脑袋，而不是夺船杀主。

　　林彪从童年就文静内向，不好张扬，不善表现自己。他经过传统教育，特别是受到黄浦军校的陶冶，养成军人以服从命令为天职的性格。他的性格像学者，不像英雄，既然历史把他推到英雄的排行榜上，他仍以冷眼看世界。他不抽烟、不喝酒、不近女色、不会跳舞、不凑热闹、喜欢孤独、愿意独处、尤喜宁静，不喜城市洋灰楼，喜爱农村平房等习性，很像清教徒，不像造反派夺权的山大王。

林彪不报复人，不记私仇。陈光与罗荣桓在抗战期间有隙，经向刘少奇汇报，把陈光调离山东军区；在延安七大，陈光候补中央委员的头衔被毛泽东抹掉。陈光误以为因电台未交的问题，林彪不重用他而报复他。林彪不善解释，于是矛盾越来越大。作为下级官员，陈光在公开场合公然攻击林彪，林彪作为顶头上司，忍气吞声并没处罚他，只是批评了他一次，至于以后陈光受到了处罚，是与叶剑英、罗荣桓、毛泽东有关，与林彪毫无牵连。

在东北内战时，汽车很少。行军中，林彪命令作战处，电台随吉普车走，到达宿营地，要首先架好电台与各部队取得联系，了解情况布置任务。一次行军到达宿营地，林彪没见到电台，问作战处为什么还没架电台，作战处说，电台在后边，马上就到。林彪又问："吉普车呢？"工作人员回答说："吉普车被李作鹏占用。"林彪气得发抖，找到李作鹏，李作鹏正坐在炕上喝酒划拳。林彪一句话也没说，拿起背包砸向李作鹏的头，把炕桌掀翻在地，李作鹏也没因此受到任何处罚或警告。以后历史证明，李作鹏由作战处长升为师长、军长、海军政委、政治局委员，并没因这件事影响升迁。这说明林彪不记仇，心胸豁达。

在东北内战中，还有一件事很有参考价值，发动锦州战役总攻前几天，林彪命令第八纵队司令段苏权，用炮兵轰炸敌飞机场，阻断国军空运增援部队。而段苏权没及时完成任务，结果国军由沈阳空运一个团的增援部队。林彪很生气，把此事电告毛泽东，毛泽东回电说：大兵团作战，军纪要严。辽西战役结束后，段苏权并没受到处罚。

根据林彪的生活习性，再加以上三个案例，可见林彪是一名儒将，他生活俭朴，对下级很宽容，没有打击报复心理。与毛泽东的小肚鸡肠、忌恨报复、造反夺权、出尔反尔、喜怒无常、残忍毒辣完全相反。

长期战争中证明，林彪元帅确实是以服从命令为天职的军人。他始终视毛泽东为自己的上级长官，不管他的命令对与错，都忠诚地执行。

1945年底，日寇投降三个月，山东八路军主力六个师（旅）及新四军三师四个旅，刚刚挺进东北，分布在辽西七个师（旅），辽东三个师。国军三个军由秦皇岛登陆，由南向北追逐共军。当时共军正处于番号尚不统一、指挥系统尚没建立，电报密码不一致、重武器都留在关内，部队长途行军两三个月，又没冬装，又无后方的时候，毛泽东命令林彪在辽西走廊立刻消灭国军三个师的任务。来东北的国军都是美械装备，训练有素的王牌军。毛泽东瞎指挥堪称大笑话。即使共军同样装备精良、训练有素的话，七个师也消灭不了三个师，因为国军后面还有六个师的增援部队。就是在各方面处于劣势的情况下，林彪还是执行了毛汉的命令。于1946年2月中旬，在沈阳西北法库县秀水河子，集中七个团的兵力，消灭国军十三军四个营又两个连，实在没有消灭敌人三个师的力量。就是说，没有五比一的力量，消灭不了对方（伏击战例外）。

战斗中，需要一半的力量打援，一半的力量攻坚。攻坚锦州，消灭国军十万，共军三十万部队攻坚，十八万部队打南边葫芦岛的援兵，十八万阻挡北边沈阳的援兵。三十万攻坚，打援部队三十六万。以上战争布局是林彪元帅的习惯打法，他擅长四平八稳，以"正"克敌。粟裕大将根据敌我的力量及地域特点，喜欢用"奇"制胜，策划局部优势获得战役成功。

1946年4、5月间，四平保卫战时，东北我军在没有后方、没有整编、没有统一指挥系统情况下，与优势国军对抗，四平阵地战对我有全军覆没的危险。黄克诚几次给林彪去信，劝他撤军，林彪不给他回信，其实林彪对军事局势比黄克诚看得更清楚，由于毛泽东命令把四平变成马德里，林彪不敢不执行，结果四平大败。

1948年秋季，东北国军只剩北面长春中间沈阳、南面的锦州三个孤立据点。长春、锦州守军各十万多，沈阳三十万，"稳"与"正"是林彪的惯性思维，东北共军发动冬季攻势之前，他计划首先攻打长春。因为长春距北满根据地近，军用物资运输、伤兵转送都很方便，可直接使用铁路。

毛泽东的惯性思维是冒险、浮躁，他不同意打长春，命令打锦州。打长春只有南边沈阳一个方面有援军；打锦州有南北两面援军，北面有沈阳国军三十万的增援部队，南面相距三十公里的锦西、葫芦岛有国军一个兵团的援军。攻打锦州的形势如同粟裕消灭七十四师的"掏心"战术，如果让粟裕指挥锦州战役那是驾轻就熟。而林彪的性格与思维方式难以接受攻打锦州的命令。何况锦州与北满大后方相距一千五百华里，辎重伤兵运输只能用汽车。如铁路被破坏，火车运输没指望，同时汽油又短缺，一旦锦州出现攻坚四平的糟糕局面，重武器、汽车都得丢。林彪犹豫再三，踌躇不前。最后还是战战兢兢硬着头皮，遵循"服从命令为军人的天职"，接受了攻打锦州的命令。

林彪怕重蹈1947年夏攻四平不克的覆辙。他把两张王牌，一、六纵队放在打援上。六纵队伙同十纵队及五纵队打沈阳的援兵；一纵队作为四纵队与十一纵队阻援葫芦岛的预备队。经过林彪的精心策划，锦州战役侥幸胜利了。如果失败了呢？中共革命进程至少推迟一年半，东北国军也可能转守为攻。

1949年6月，第四野战军渡江后追击白崇禧集团。李作鹏率四十三军孤军深入两百华里，搞得林彪日夜难眠，对李作鹏骂声不绝，这说明林彪性格稳重，不喜冒险。

1946年秋，继彭真之后，林彪司令同时兼中共东北局第一书记，党政军大权一把抓，他主持的东北土改时间很短，约半年就结束了，也没有进行土改复查，这与关内不同，很少有打死地主的现象。土改后也没有严格的定阶级成分的阶段，不像关内各省把农民划为大地主、地主、小地主、没落地主、富农、上中农、中农、下中农、贫农、雇农等十个对立阶层。这说明林彪的性格温和，不喜欢无事生非的阶级斗争。

在1959年8月，在庐山会议上，处于无奈，林彪和参加会议的其他同志一样，作了应景发言，批评了彭德怀几句。但他对彭德怀、张闻天反对大跃进、人民公社、大炼钢铁的中心思想未置一词。这说明他骨子里头反对大跃进，这是他性格使然，符合他稳重、安祥、冷静的思维惯性。

尽管林彪喜好稳重，毛泽东喜好冒险，最后林彪还是想尽一切稳妥的办法执行毛的命令，服从命令为天职嘛。没有将在外，军令有所不受的行动。

林彪好静，不喜欢热闹，像情窦未开的少女一样羞涩，中央开会总躲在角落里。他沉默寡言、不善辞令，怕在大庭广众之下显露自己。除了爱吃炒黄豆外，一生没有任何爱好。他生活很俭朴，炊食单调，衣着朴素，房子越小越好，摆设越简单越满意，从不计较待遇。他羡慕功成身退的朱德元帅，享受淡泊寡欲、反璞归真的生活，在战争年代，他远离喧嚣或嘈杂的哈尔滨，把总司令部设在五常县，后来又搬到双城县旧军阀吴大舌头的庭院，进京后，住在宁静、简陋的毛家湾。

林彪在战争年代对毛泽东忠心耿耿，和平年代仍不减当年。虽然在革命战争中立下战功，这归功于毛泽东的信任和提拔，林彪不忘知遇之恩。

1962年，在七千人大会上，毛泽东四面楚歌，像过街的老鼠，人人喊打，只有林彪一人帮他突出重围。他违心地说："按照毛主席的路线去做，事情就顺利；而很多失败，恰恰是没有认真执行毛主席的路线的结果。"林彪语惊四座，毛泽东对江青说："谁说墙倒众人推，败坏一起来？林彪就不是这样的人，他在政治上很成熟。"。

林彪对毛泽东的忠诚是真实的，一方面是出于愚忠；另一方面是报知遇之恩。

共产党是毛泽东的一根棍子。棍子本身不会打人，打人的是棍子的主人。毛泽东用这根棍子打农民、打工人、打功臣、打知识分子。现在毛泽东又换了一根棍子打共产党，这根棍子就是文革小组及红卫兵。他觉得这根棍子太轻飘，打不服老共产党员、老干部，于是又借用林彪率领的解放军这根硬棍子继续打共产党老干部及知识分子。

林彪授命建立了"三支两军"。"三支"是支援农业、支援工业、支援文化大革命；"两军"是军管、军训。军队把全国的经济、政治都抓到了手。"三支两军"支持毛泽东继续疯狂地进行文化大革命。林彪的军队介入文化大革命，大大削弱了文革小组及红卫兵的作用，这就得罪了文革小组，同时也得罪了共产党及老干部。但为了向毛泽东报恩，即使得罪人也在所不惜。

林彪的势力太大了。他政治上有暴君为靠山；军事上手握三百万军队；功劳上两大战役扭转乾坤。刘少奇所以倒台，是因为既没有军队更缺乏军功，所以像个童养媳一样被毛泽东蹂躏。林彪相反，既有军队又有军功，权力之重、地位之尊叫毛泽东也心惊胆战，为了自身安危，也为妻子能攀上权力顶峰扫清障碍，必须除掉林彪。另一方面，更重要的是，打倒像刘少奇、林彪这等权倾朝野的重臣才能品尝到精神上的快感，这是高级精神享受。如果用我毛泽东的手摁倒一个省委书记或打倒一个部长，那太没味道了，那等于五大三粗的壮汉欺负三尺童子。只有打倒像镇关西那样的恶霸才能显示出我比恶霸更恶霸。

毛泽东打倒林彪，仍套用打倒刘少奇的方法：将欲取之，必先与之。为了报偿刘少奇的吹捧个人迷信建立个人独裁，恢复奴隶制度，毛泽东毫不吝啬地把刘少奇放到第二把交椅上。利用刘少奇在全国培养起对他的个人迷信，建成独裁奴隶制后，然后再把位高权重的刘少奇扳倒。毛泽东再利用打倒刘少奇的方法扳倒林彪，来显示自己无限霸道。借此，更把愚民们的崇拜推到更高水平，于是，神就造出来了。

林彪的利用价值超过刘少奇，因为他比刘的实力重得多，功劳大得多，历史地位高得多。打倒林彪比打倒刘少奇更惬意，饱尝精神享受，也将把个人神化、个人独裁推高到顶峰，这不仅令当代人谈毛色变，万古千秋之后的人提起我毛泽东的大名，仍毛骨悚然。

毛泽东利用中共第九次代表大会的机会，指定林彪为他的接班人，并明文写进党章，就像封建皇帝死前指定太子一样。这种做法是对共产党的亵渎，是对党内民主制度的奸污，他认为党就是他的奴婢仆妾，愿意怎么玩就怎么玩。毛泽东对指定继承人的封建做法，一点也不感到脸红，不知羞耻为何物。

九大开会之前，毛泽东命令御用文人写张字条，通知林彪为毛泽东的接班人，并写进党章。林彪收到字条后，嗤之以鼻，把字条撕碎，丢进废纸篓里。一方面，他认为毛泽东太不严肃；另一方面认为自己没能力接班为全国第一号领导人。他有自知之明，除了会打仗外，他没任何特长，而且身体虚弱，不适宜担任他专长以外的工作。

林彪还是极为羡慕朱德元帅功成身退的神仙般生活。他喜爱与大自然亲近，愿意和工人农民交朋友，渴望与孩子们共享天伦之乐，厌恶没完没了的文山会海、鄙视官场的尔虞我诈。

有一次，林彪去井冈山故地重游，拒绝了江西省委给他安排的别墅住宿，住进山脚下的一个小旅店里。夜晚，趁着朦胧月光，偷偷走出旅店爬上山坡，回忆当年的战斗。已死去的青年伙伴们的面孔浮现在他的眼前。正出神时，一位老者，是小旅店锅炉房的工人，与林彪相遇。他们一面谈话，一面走进不满十平方米的又窄又脏的锅炉房。老工人扒拉个地方让林彪坐下，屋内像个小巴掌大小的床头柜上，摆放着文房四宝。老人喜好书法，林彪要求老人写几个字送给他，老人满足了他的要求。在林彪看来，这就是人间生活的花絮，它在荒草野坡之间不在殿堂楼榭之中。

毛泽东冥思苦想、搜肠刮肚，编造残害林彪的理由。圈套终于设计出来了。他亲自两次告诉林彪："把党主席先放放，我想担任国家主席，到世界走走，扩大扩大国家的影响……"。林彪为了完成他的指示，曾在中共中央工作会议上，关于四届人大修改宪法的讲座中，提出设立国家主席的意见。又于1970年8月在庐山召开的中共九届二中全会上重提，并讲毛泽东是天才。意思是，国家主席非毛泽东莫属。一贯扇阴风点鬼火的毛泽东暗喜：林彪上套了。在会上，毛泽东突然声色俱厉地反对设立国家主席，谁提谁当，他坚决不当，并指责林彪有炸平庐山、停止地球转动之势，还声称要回井冈山打游击。对毛泽东的出尔反尔，林彪愕然。知道中了毛泽东的计，他悻悻而去。

庐山好像是一条巨大无比的蟒蛇，张开血盆大口，专吃建国平天下的大功臣。1959年8月，吃掉了打败美军的名将彭德怀。时隔十一年后的8月，又将吞噬打胜两大战役的儒将林彪。九届二中全会，毛泽东无风三尺浪，无故与林彪摊牌。由于利益攸关，毛派与周派沆瀣一气，暂结为同盟，共同攻打势力强大的林彪。由于林彪强大的军事实力，毛周两派都感受到威胁。江青、张春桥、康生的文革派认为，打倒林彪派后，周派力量较脆弱，好收拾；周派认为，毛派目前唯一军事支柱的林彪一旦倒塌，毛家王朝即刻就灰飞烟灭。周恩来在毛泽东与林彪之间，利用双方矛盾，两边激将，火上浇油，使双方的怒火越烧越旺，最后两败俱伤，周恩来从中得渔人之利。情报、策反、间谍活动、虚张声势、制造假象、不动声色、借刀杀人、迂回战略是周恩来的专长。

庐山会议后，对毛泽东忠心耿耿的林彪被污为篡党夺权。林彪心情郁闷，在秋高气爽的一天，在毛家湾住宅与儿子老虎有一次长谈。不善言谈的他终于憋不住了，给亲爱的儿子道出胸中的块垒："我喜马克思，有时他很温暖，越是偏激的时候越可爱。他立足于用不同的句法解释一个问题，文笔流畅，逻辑严谨，分析透彻。而列宁常用一个句型经过变格阐明几个意思，利用复杂繁琐的俄文文法，把文章修饰得光彩照人。毛泽东文章经不起推敲，逻辑混乱，漏洞百出，又往往空话连篇，读来如同嚼腊；他不懂装懂，扮作万能的上帝；他不懂国计民生，不懂经济规律，不懂社会发展，更不懂西方的科学技术；他的想法古怪，概念模糊。不管什么问题，都用阶级斗争一句话来解释，把世界看得太简单了。四清社教、百花齐放、公私合营、肃反运动、反右派、大跃进和目前的文化大革命，只有他一个人理解，别人只能随声附和。你当他的应声虫，不好也好；不当他的应声虫，好也不好。黑格尔说，伟大人物就是公众利益的体现者。毛泽东认为伟大人物就是被愚民追捧着。他还好意思说时势造英雄！他的论点是英雄造时势，比尼采犹过之。我也说过许多赞美他的话，众人会骂我阿谀奉承他、巴结他、拍他的马屁。我原来真心觉得他伟大、正确，所以保他。后来觉得他做得太过分了，叫人没法老跟着他……

历史上有很多伟大学说，儒家重赏，法家重罚，道家赏罚分明，所以我信道家，道家研究养生很有意思。我再不想做更多的事了，希望好好休息养生。打了几十年的仗，没精力了，不想再做别的事了。可是阎王一人当家，大鬼小鬼不知明天该如何，都得听阎王的。所谓全党包括哪些人？现在只包括毛泽东一个人，他就是全党，全党就是他。他无视党章，做事无限度，凡事做绝了。谁越亲近他，他杀谁。他专杀第二把手。他打倒的都是有才干的，他保护的都是拍马屁的奴才！必然恶有恶报。斯大林把事情也做绝了，死后尸体被拖出茔地，以绝对绝。毛泽东打击王明、张国焘、彭德怀、刘少奇、邓小平，把他们往死里打。他们到底有什么错误？太过分了！才不可露尽，势不可使绝。毛泽东老是说辩证法，不知他的辩证法是个什么东西，社会主义也老挂在他嘴上，众人也不知道他的社会主义是什么玩意儿……"

"……至于独裁，毛泽东自己也承认。你觉得他像个痞子吗？太像了。如果我将来输给他，只因为输在我的痞子劲不够。近来毛泽东常对我表示轻视、不满，我在被污辱、被鞭打、被讽刺，他毫无理由地歧视我。这种生活太无聊，但是没有办法打开新局面。我只有学习、读书，我能靠近他吗？越靠近越危险。勾心斗角、热衷于倾轧的人，何情可言？最近我看了好几遍屈原，一点用处都没有，徒增烦恼。我们是军人，应有自己的办事风格。"

林立果说："我建议先消灭周，毛不得不承认既成事实。"林彪笑着说："周那个人不是中国的祸害，甚至可以说是个好人。因为他基本是在保自己，并不主动害人，这无可厚非。谁不保护自己？生物都有这种本能。中国的祸害是毛，他是主要矛盾。他不掌权了，什么都好说。"。

林立果说："可是毛周围有周这样貌似大忠，实则大奸的帮凶，事情就难办啦。"

林彪摇摇头："那等于自杀！你杀了周，毛不认可，周身后的军队就出来禽王。"

林立果疑惑地问："你觉得周恩来手里的军队力量很大吗？"林彪肯定地说："没有我，他就是军队中最有实力的人了。"林立果仍不解："难道他比毛泽东实力还大？"林彪解释说："本来没毛的大，可是毛总是胡来，很多力量被周拣起来了。"

林立果下决心："那就只好兵谏毛泽东。"他又兴奋地问爸爸："胜利后，我们怎么治理这个国家？"

林彪微笑着说："老虎，我告诉你一句话。你记住，我治理不了这个国家。我没有周恩来、刘少奇、邓小平、陈云、彭真那样的治国本事，我不能像毛泽东那样，不懂装懂。不用说现在千疮百孔，就是正常情况下，我也不知道怎么管理国家。这样大的国家，经济、政治、文化和各种事业，都非常复杂。我不喜欢行政事务，不喜欢交往，身体又不好，不能管理国家。这就是我为什么觉得委屈的原因。我有自知之明，从来没想当什么国家主席。我只懂军事，对国家统一、生产发展和人民生活改善有很大热情，但是能力有限。我多次表达过这种意思，毛不是不知道，可是在庐山，他还是无中生有地诬蔑我抢班夺权，委屈呀！天大的委屈呀！"

林彪的情绪极度伤感，林立果深深地为父亲抱不平。林立果为了替父亲打抱不平，瞒着林彪在空军组建了一支暗杀队，名称为联合舰队。活动中心为空军大院丫大楼，林立果为总领导，时任空军办公室主任兼作战部副部长，还有林立果的副官周宇驰、空军副政委江腾蛟、空军副参谋长王飞、空军党委办公室第一处处长于新野、空军办公室主任刘沛丰、空军党委办公室第二处处长朱铁生、副处长李伟信；空军司令部秘书程洪珍、南京军区空五军政委兼杭州警备司令陈励耘、南京军区空四军政委王维国等共三百七十五人。以北京、上海、广州、杭州为主要活动地点。

联合舰队制订了起义计划，名为《"五七一"工程纪要》。"五七一"是武装起义的谐音。他们的政变纲领是"……政局不稳，统治集团昏庸无能，众叛亲离。中国正在进行一次逐渐地和平演变式的政变。夺取全国政权或者实行割据。B-52（老毛）好景不长，几年内要安排后事。与其束手就擒，不如破釜沉舟。毛借用马列主义的皮，行秦始皇之法的封建暴君。政治矛盾激化，危机四伏，独裁者越来越不得人心。内部不稳定，勾心斗角几乎白热化。军队受压、中上层干部不满。一小撮秀才横行霸道，四面树敌。党内被打击的干部敢怒不敢言。农民缺吃少穿。知识青年上山下乡，等于变相劳改。红卫兵初期受骗被利用，充当炮灰，变成代罪羔羊。机关干部被精简，到五七干校等于变相劳改。工人工资冻结，等于变相被剥削。国际间矛盾激化……。"

1956年，二十六岁的石鸿儒热爱着毛泽东，便忠诚地给他上书，提出了农民挨饿、工人被奴役、知识分子受歧视、对功臣执行狡兔死走狗烹的政策及政治运动是制造敌人等五个问题，结果被投进滕县劳改队，差一点命归黄泉。十五年后，经过反右派、反彭、黄、张、周、右倾机会主义、三年毛祸的大跃进及十年大混战的文革，同是二十六岁的林立果彻底看穿了毛泽东反党、反人民、反社会主义的嘴脸，于是制定了反毛的政治纲领。二十六岁，好像正是觉醒的年龄。可惜，嘴上没毛，办事不牢。林立果暗杀魔鬼的计划失败了，想为民除害的崇高目的泡汤，加速了林家惨案的发生。

在林彪惨案过程中，周恩来有三个谍报员。其中一个是陈文杰，另两个是林彪的女儿林立衡及女婿张清林。

国防部去山东征兵，参加征兵的军官中也有八三四一部队的和总参三部的人，在应征青年中允许这两个单位挑拣新兵。新兵陈文杰被负责中南海警卫的八三四一部队相中选中了。总参三部的领兵军官把这一则消息报告给林彪办公室，办公室及时对领兵军官下达了批示。在新兵入伍的列车上，总参三部的军官找到陈文杰，命令他留下参加总参部队，他的身分与工作由另一位训练有素的特工替代。

真实的陈文杰改名换姓，调到偏远的地方参加部队，随时处在总参三部监视之下。冒牌陈文杰参加了八三四一部队的严格训练，最后派到总理办公室担任内勤，将周恩来的情报随时报告总参。

林办安排的这个特工被康生的特工发现，康生报告周恩来说："你身边有身分不明的人。"周恩来命令负责他安全的干部杨德中负责调查。经调查，发现了特工假陈文杰。

假陈文杰供认了自己的罪行，并声称是上级的安排，本人是无辜的。周恩来亲自和他谈话，同情他的不幸。假陈文杰大为感动，痛哭流涕，把他留下来作反奸工作，将功赎罪。

杨德中经常给他一些无关紧要的材料，故意叫他向林办汇报。关键时刻来到了，周恩来通过假陈文杰透露了毛泽东由南方回到北京后，将立刻严厉惩办林彪的口信，这是个假情报，情报大大夸大了毛泽东的口气，好像情况严重得天要立刻塌下来，林彪的末日顷刻降临一般。

当时林彪在北戴河避暑，毛泽东在湘潭山洞乘凉，周恩来在北京主持党政军常务工作。

为了粉饰假情报的真实性，周恩来命令八三四一部队的一个团驻在林彪住地毛家湾附近，还从山东调来二十七军一个师进驻北京，增强八三四一部队的防卫力量，制造一触即发的战争气氛或逮捕林彪的恐怖假象。还派一批老干部去北戴河避暑，住在林彪附近，撒布谣言说毛泽东即将逮捕林彪。其中被林彪儿媳妇张宁遇上的就有朱德的夫人康克清老太太。

周总理派到林彪身边的特工是林彪的女儿林立衡及女婿张清林。张清林是青年军医，与林立衡恋爱，将要结婚之前，林彪夫人叶群要求中央组织部对张清林政审。组织系统由康生负责，具体负责政审的是郭玉峰。他是军管中央组织部的军代表，因为很会整人，得到康生的重用。张清林的生父是陈涛，是一个小地主，并任过国民党警察局长及县长。养父是张继达，家庭贫苦，还是共产党的干部。养父告诉张清林，如果把自己生父的家庭背景暴露了，对自己很不利，甚至很危险。

在审查过程中，郭玉峰抖出张清林生父的真实情况，他哑口无言。郭玉峰指责他欺骗党组织，隐瞒出身及家庭成份，是严重的政治问题，应受到严厉的惩罚，将加罪一等。因为你用欺骗手段，与林副统帅的女儿攀关系，其中隐藏着不可告人的政治目的。论国家法律，这是严重犯罪，可以逮捕判重刑。

张清林吓得脸煞白，浑身冒冷汗。郭玉峰话锋一转，说："本来可以立刻逮捕你，投入监狱，但打击你会给林立衡同志带来巨大痛苦。为了你们的恋爱关系，可以给你指条出路，但你必须答应一桩政治条件。所谓政治条件也就是为组织为党为毛主席做些工作，给你立功赎罪的机会……"张清林接受了郭玉峰的政治任务，从此他们建立了直线联系。不久，张清林接到任务：仔细收集林彪家庭人与人的相互关系、活动规律、政治动向与外界人员往来等情报。重要事件可直接向总理及康生报告，还要努力争取林立衡对你工作的兴趣，帮助你完成任务。

最近林彪一家来北戴河避暑，张清林反复动员林立衡也去北戴河度假。本来她没有去北戴河的打算，张清林说他身体虚弱，需要洗洗海水澡，在沙滩上晒晒太阳，这有益于健康的恢复。另外，与父母兄弟在一起，享受天伦之乐，有利于精神焕发，提高工作效率。

林立衡被他说服了。为了人多杂乱，不显眼，容易混入林家找到借口，张清林建议林立衡邀请林立果的爱人张宁同去北戴河。张宁被蒙在鼓里，懵懵懂懂也跟着来北戴河。

林彪夫妇见到儿女们心花怒放，做梦也没想到他们是一帮特务。

张清林与林立衡随时与保卫处长杨森见面，杨森再把情报直接用电话汇报给周恩来。有时周恩来直接与林立衡通话，了解细节，分配新任务。周恩来再把林立衡提供的蛛丝蚂迹绘声绘色加工成骇人听闻的军事情报，再转告给湖南的毛泽东，使千里之外的毛泽东信以为真。

毛泽东暴跳如雷，出言不逊，恨不得剥林彪的皮，挖他的心，喝他的血。周恩来再把毛泽东的狂言加盐添醋，经陈文杰传进林彪的耳朵。经过这样反反复复的人工炮制，毛、林之间的你死我活，剑拔弩张，一触即发的一场恶斗即将展开。

为了激化毛林之间的冲突，周恩来在北京接见林立衡，说毛泽东已下决心与林彪摊牌；又嘱咐南方的毛泽东尽快回京处理一触即发的军事政变，并把林立衡提供林彪去广州的情报告知毛泽东。为了逃避导弹袭击不准老毛坐飞机，把回北京的原定时间表错开，绝对保密。

毛泽东的火车不敢进北京，怕被林彪的三十八军及林立果的联合舰队擒获，就叫北京军区司令陈锡联、军委办事组负责人李德生、卫戍司令吴忠、市长吴德到丰台车站接驾。

林彪更不敢进京，因为得知毛家湾住宅已被八三四一部队包围。林彪渴求与毛泽东面谈的机会被周恩来堵死了。林立果的暗杀计划已流产，但机密完全泄露。因为汪东兴的美女特工丁雅妹已混进联合舰队。林彪的兵谏设想尚未成形，指挥系统已被监管。林家要活命只有逃跑。

1971年9月12日零点刚过，林彪一家惊慌万状地由北戴河逃往山海关机场，躲进一架三叉戟飞机。飞机立刻起飞，起飞前，杨森处长根据上级的指示，劝说林立衡与爱人张清林一起与林彪乘机逃走，好杀人灭口。林立衡拒绝了。

飞机刚离开跑道，周恩来命令全国关闭全部机场，不许所有飞机起落。林彪刚上了房，周恩来把梯子撤了。飞机飞上天，永远下不来了。

林彪准备飞向广州，幻想南北割据。刚朝南飞了十分钟，广州军区司令丁盛回话说，中央命令关闭机场，军令如山不敢违抗。飞机又返回山海关机场上空盘旋，准备降落。山海关机场也关闭，跑道指示灯熄灭。飞机朝西飞，准备在沙漠降落，然后又向北飞，飞越国境。然后又向南飞，回到祖国上空。林彪决心死也死在祖国土地上，阴魂不能游荡在国外！

伟大的元帅，爱国何其深！瞒着疲惫不堪的林彪，飞机又悄悄地朝外蒙飞去，在温都尔汗，一代忠臣、名帅及其全家灰飞烟灭！冤枉啊！天下第一大冤案！这是林彪元帅的悲剧，是共产党的悲剧，也是全民族的悲剧，每个中国人，不管政治观点如何，无不为之震撼、叹息和久远的深思！其中包括杀害林彪元帅的主犯——毛泽东。得知林彪机毁人亡后，毛泽东曾发作精神错乱.语无伦次.骂人，砸家具等精神病症状。林彪几十年效忠于毛泽东，尽管对他发动的文化大革命不满，为对刘少奇、邓小平的打击过分，但传统的愚忠思想仍挥之不去。即使毛泽东对他百般侮辱，仍没背叛毛的计划。他手中握有全国军事实力，如想杀毛泽东易如反掌，可见他是一位政治侏儒。他对周恩来更是尊敬有加，周对林也无芥蒂，周恩来借助毛泽东的昏庸就坡骑驴，获得反毛的决胜战役，毛派走向死亡。

置林彪于死地，与周恩来性格相冲突，但为周派利益，为了共产党革命胜利，为了清除万恶毛派，不得不忍痛割爱，制造了一件历史大冤案。林彪冤案为毛派敲响了丧钟，为周派吹起胜利的号角。因为毛泽东的两大军事支柱---彭德怀、林彪，都被他自己砸碎了。

林立果虽只有二十六岁，也是条好汉，不愧是林彪的骨血。在神化暴君的时代里，竟勇敢地组成三百多人的暗杀队，并制定了批判封建暴君的政治纲领《五七一工程纪要》，内容之尖锐，可圈可点，堪与骆宾王的《为徐敬业讨武曌檄》一文相媲美。

林彪是我国最伟大的军事家。一百天内，连续发动辽西、平津两大战役，消灭敌军百万，占国军主力的二分之一，创历史之先河。他的军事才能，大大缩短了中共革命胜利的里程。林彪的品德高尚，他过着清教徒式的生活，不打击人，无报复心，返璞归真，遵守纪律，视自己为平常人。他热爱儿女，明明知道女儿已为别人利用，仍乐意看到女儿完婚。他是个宽容的父亲。

曾几何时，二十年前一大批国军抗战名将孙立人、廖耀湘、郑洞国、杜聿明、范汉杰、陈诚、卫立煌、傅作义、陈长捷、白崇禧、薛岳、陈明仁等，一个个被林彪打翻在地。而今，毛泽东又在林彪背后猛刺一刀，那么毛泽东身后有没有比毛泽东更毛泽东的毛泽东？可拭目以待。所谓螳螂捕蝉，黄雀在后。当代历史舞台表演的，令人叹为观止。

愚蠢的人类为什么同类之间总是无休止地残杀呢？大儒是林彪的羽林军——四十三军（第六纵队）的一员，跟着林彪元帅打了四年内战，士兵对统帅的尊敬无以复加。他清教徒式的生活，在全军传为美谈，其军事才能，令大儒崇拜得五体投地，突然听到英国BBC电台传出林彪的噩耗，如五雷轰顶，大儒惊愕不已，怀疑耳朵是否出现幻听。后来，他又听了日本电台，这个消息得到证实。大儒陷入沉痛之中。这个世界绝无正义可言！他回想起1946年在哈尔滨南岗总工会大礼堂，林彪拉高嗓门喊："没有根据地，我们就是无家可归的叫花子，死无葬身之地！"余音绕梁三日不绝。今日已胜利建国二十二年，可怜的林彪元帅仍死无葬身之地！

林彪坠机温都尔汗的消息证实后，总理面壁嚎啕大恸。在场的副总理纪登奎莫名其妙：林彪死亡本是大快人心的好消息，总理何以痛哭？"总理长叹一声，摆了摆手说："你不懂……"

促使林彪死亡的阴谋是缺阴丧德，与总理的仁义中庸的为人相悖，但不除掉林彪又消灭不了毛泽东的极权社会主义集团，只能割爱与自己毫无矛盾的林彪了！与自己的良心不忍，只有以痛哭表达林彪的无辜。

制造冤案的人要折寿的。

　　林彪惨案起因于毛的多疑善变、反复无常；借助于林的愚忠，以服从为天职；完成于周的火上浇油、翻手为云、覆手为雨。总理一生策划过两桩惨案。第一桩是杀害叛徒顾顺章的无辜妻子、儿女；第二桩是炮制了大英雄林彪一家的机毁人亡。

　　清除"高饶集团"是周派消灭毛派的第一战役，消灭林彪集团为第二战役，也是最关键的、最惊险的战役，如同辽西战役一样，在错综复杂的情况下，消灭了对方赖以生存的最精锐部队。

　　九一三惨案九个月后，《五七一工程纪要》方迟迟发布到各级党组织及政府。如《纪要》出于林立果之手，惨案发生后会立刻向全国发布，何必等九个月？是否周恩来借林立果之口，向全国人民宣布毛泽东是封建独裁、杀人魔王、反复无常、背叛马克思列宁主义、道德败坏的痞子？周恩来在政治上惯于移花接木，林彪在军事上擅长围城打援，均属英雄人物的小把戏。

第五十七章　毛周刘三派　十年大混战（四）

　　毛泽东的悲剧在于保护的是些无能短才、缺德溜须、残忍卑俗的小人，他所打击的是德高望重、满腹经纶、思想独立的仁人君子。整个社会传统被打乱，良莠不分、是非不明、赏罚不公。周厉王的弭谤、殷纣王的昏庸、秦始皇的残暴、曹操的多疑善变、希特勒的疯狂、斯大林的刚愎自用等集毛泽东于一身，五千年的中华民族不幸啊！怎么孕育出这么个十恶不赦的大暴君？他对笨拙的敌人是好汉，对高明的对手是可怜虫。

　　毛泽东不是不可战胜的。周厉王既然能被人民流放；殷纣王既然能被武王消灭；秦始皇既然能被农民起义军打败；希特勒既然能被朱可夫逼的自杀；斯大林既然能被赫鲁晓夫鞭尸，那么中华民族也会出个大英雄处置毛泽东。既然有了矛，就必有盾；既然有了坦克，就必有反坦克炮；既然有了火灾，就必然会有救火队。上天就是安排的如此合理，任何万物有其发展，必然会有其制约。中华民族不要怨声载道，埋怨上天不公正，上天既然降生一个混世魔王毛泽东，也必然同时赐给中华民族制约毛泽东的大英雄，他就是周恩来。

　　毛泽东发动的反右派运动，蹂躏了三百多万知识分子，仍不满足于杀人欲望，又发动了大跃进，饿死五千两百万农民，仍不满足其嗜血欲，紧接着又发动了十年大混战，目的是把中国共产党各级干部及知识分子一网打尽。

　　1966年发动文化大革命的时候，毛泽东七十三岁。人到七十古来希，俗话说：七十三、八十四，阎王不叫自己去。毛泽东该安排后事了。

　　毛泽东很迷信，信仰鬼神、预言、民谣等，热衷于算命、看手相、相面、猜八字、抽签、占卜、看风水等五花八门的迷信活动。他曾到衡山一茅草屋找道士算命，道士说："你是毛，他是刘。'刘'这个字是卯金刀，你哪是他对手。可是你有你的办法，乱毛如毡，加沙裹土，水浸油泡能挡住他的金刀。至于那个'林'，你不必担心。木秀于林，风必摧之。如果他出头，别人会治他，用不着你动手。你是属羊的，和林没有麻烦，不要被借刀杀人。可是你这个人多疑善变，这两件事都弄不好，此乃天命，谁也无法更改。"毛泽东算命的目的主要是测试刘少奇、林彪对他的龙座的威胁。毛泽东临走时，道士送他十六个字：上山走弦，下山走弓，玉全瓦碎，无动于衷。毛泽东不解其含义。道士又送给他四个字：八三四一。他也不理解含义。为了保住他的皇位，把中南海警卫师改编成八三四一部队。

毛泽东口口声声标榜他是唯物主义，其实是彻底的唯心主义，他的迷信程度不次于山野老媪。其实用不着算命，人人都知道，谁越靠近他，他越想杀谁，所谓伴君如伴虎就是此意。聪明的周恩来，从不站在虎口旁边当第二把手，远离虎口当第三把手，前边总会有个人当他的肉屏障。

本来打算叫儿子毛岸英接班的，历代皇帝接班人都必须有军功，否则镇不主大臣。不幸毛岸英在朝鲜牺牲了。疯儿子接班，不利于他的生命安全，所以接班人落在内人江青身上。

于是发动文化大革命，利用阴谋家康生、张春桥为军师，利用姚文元无事生非的笔杆子，利用王、关、戚这帮痞子组成文革小组，取代政治局，领导红卫兵冲锋陷阵，进行打、砸、抢、抓，进行严刑拷打和私立公堂及专案组，制造大量冤假错案，全国处于腥风血雨、家破人亡中。

运动首先向知识分子开刀，除了上面提到的北京市文教书记、原《人民日报》总编邓拓、北京副市长吴晗、北京市宣传部长廖沫沙两死一捕外，还有作家老舍投湖自杀，法文翻译家傅雷夫妇双双自尽，《光明日报》总编储安平自杀、中央音乐学院院长著名小提琴家马思聪逃亡。运动第二步是向党内政治局委员副总理级高级干部开刀。其代表人物是彭真、陆定一、罗瑞卿及杨尚昆。经过游街、批斗、戴高帽。坐喷气式、站板凳、过堂、逼供信后，分别被逮捕，软禁、流放、劳动改造。

运动第三步是枪口直指中央常委刘少奇、邓小平、陶铸。文革小组的王力、关峰直接领导红卫兵对三位常委进行批斗，打砸、戴高帽。江青既无资历，又无军功，为了她的顺利接班，必须清除重臣刘少奇、大英雄林彪及智慧的化身周恩来。只有把有功、有能的外臣除掉，内戚方能稳坐天下。但是这三个人在党，政，军内盘根错节、根深蒂固，去除他们谈何容易！必须放长线，钓大鱼，连续发动政治运动，给他们戴高帽、挂牌子、坐喷气式。刘少奇把鞋子跑掉了，赤着脚挨斗，被打得瘫痪。最后，两个常委被折磨致死，一个常委被流放江西劳动改造。此时的中国共产党正被毛泽东打得溃不成军，名存实亡，毛泽东及其文革小组获得巨大胜利。本来共产党是毛泽东蹂躏下的童养媳，毛泽东喜新厌旧，对旧童养媳玩腻了，又换了一个新童养媳文革小组。

运动第四步是谋杀伟大军事家林彪元帅。林彪军事实力强大，是难以啃的硬骨头，比收拾中共常委刘少奇、邓少平、陶铸的难度大得多，于是联合周恩来合伙置林彪于死地。因为与周恩来在扳倒林彪问题上利益一致，双方一拍即合。由于林彪不懂政治谋略，不擅阴谋诡计，被谣言迷惑，吓得仓惶出逃，结果全家葬身北国沙滩。

毛泽东及其手下的文革小组第五步，也就是最后胜利的一步是除掉周恩来及其整个山头。但天有不测风云，人有旦夕祸福，历史进程不能总按毛泽东如意算盘运转。历史有自身的运转规律，它不看暴君的脸色运行。

林彪死后，就像他生前所预言的那样："没有我，周恩来是军队中最有实力的人，毛泽东后来很多力量就被周拣起来了。"林彪言中了，自九·一三事件后，全国军队包括第四野军都被周恩来拣起来了。

林彪死后，周恩来立刻逮捕了林彪的心腹大将黄永腾、吴法宪、李作鹏、邱会作。委任周的第二号朋友叶剑英为国防部长，第一号朋友邓小平为第一副总理兼总参谋长并主持中共中央日常工作。原来第四野战军是毛泽东的嫡系，由于林彪惨案及其手下的大将被捕，四野军心涣散，各级军官惶惶不可终日。

周恩来顺手牵羊，把四野占为己有。其实四野的渊源起始于周恩来领导的南昌起义，原是叶挺、贺龙的队伍。起义失败后由周恩来的两个朋友朱德、陈毅将其残部三千人马带向井冈山，与毛泽东手执长矛的八百农民合编后，发展成红四军，以后又扩大为红一方面军，长征后改编为一一五师，抗战期间为山东军区八路军，抗战胜利后发展为东北野战军，1949年后改称第四野战军。

如果没有朱德、陈毅率领的三千训练有素、装备精良的正规军，只靠毛泽东的八百既无武器又无军事常识的绿林是成不了气候的。井冈山武装发展为红四军，毛泽东战胜了朱德与陈毅夺得了军队的领导权，便把红一方面军，即以后的第四野战军抓到手，并当成自己的嫡系。

经过四十年的风风雨雨，第四野战军又回到周恩来手里，是实至名归的结果。毛泽东害了林彪，不自觉地把第四野战军拱手送给周恩来，这一步败棋，决定他全盘皆输。周恩来一方，车、马、炮、相、士全，毛泽东一方只有老将及前面的江、张、姚、王四个小卒。叶剑英即使闭上一只眼，揣起一只手，也能把这四个小卒子碾成齑粉。林彪指挥的辽西战役决定国共两党胜败，林彪的死亡又决定周毛两派胜败。陈光死后，彭德怀、林彪是毛泽东棋盘上的两个车，他自动把两个车拿下棋盘，说明他昏庸到何种程度。

如果毛泽东头脑清醒，或者他手下有个头脑清醒的政治家，在林彪惨案后，主动地与周恩来握手言和，凭周恩来的宽容性格，对毛泽东及江青一伙不会采取激烈行动。可是毛泽东不服输，他陷在泥潭里越挣扎越深。

1972年林彪死后，《人民日报》副总编王若水给毛泽东写了一封信，同意周总理组织文章批判林彪极左思潮的主张，同时也反映了张春桥、姚文元反对批极左的意见。毛泽东的批文写道："林彪是阴谋诡计、叛党叛国的极右修正主义，极左思潮少批一点吧。"这为四人帮批周壮了胆。当周总理秘书纪东把毛泽东的批文递给他时，他"啪"地一声拍了桌子，震得茶杯跳了一下。总理把文件朝右后方甩去，破口大骂："妈的，怎么不是极左？就是极左嘛！"纪东吓了一跳，跟总理多年，从没见过他如此大发雷霆、拍桌子、摔毛的批件，更没听过他骂人，更没骂过毛泽东。

周恩来每根毛孔都充满智谋，他曾以红卫兵冲击外交部长及乱军的名誉，第一次借毛泽东的口气逮捕了中央文革小组中的小三恶王力、关锋、戚本禹。第二次又借毛泽东的口气击败林彪。之前，借毛打倒陈伯达，现在又想发动《人民日报》批斗极左思潮，剪除文革小组的大三恶康生、张春桥、姚文元，企图第三次再借毛泽东的矛，破毛的盾。

毛泽东虽昏庸但不糊涂，认为这是周恩来明修栈道暗度陈仓，明批林彪暗指他老毛，必然目的是清君侧。林彪遇难后，毛泽东似乎有点清醒，曾对身边的工作人员说："不知道我与林彪之间到底有什么矛盾，为什么别人反林彪比我还积极？"不管怎么说，毛泽东最后一个车被拿掉，大势所趋，败局已定。否则以忍耐、机警、见缝插针而著称的周恩来是不会在工作人员面前公然拍桌子、甩批文、破口大骂毛泽东的，以往高喊"伟大领袖、伟大导师、伟大统帅、伟大舵手、伟大毛主席万岁万岁万万岁"犹恐而不及。之前，总理为了讨好毛泽东，表面为毛派山头增加力量，给他物色几个人才充实进毛派集团。一个是王洪文，其次是华国锋，最后是陈永贵。

王洪文是退伍军人，是上海国棉厂保安，文化水平不超过小学五年级。他可能有才能，但还没培养出来，也可能有些经验，不过还没锻炼出来，也可能成为农业劳模，但还没学会种地，也可能成为能工巧匠，但懒得动手。他唯一适合红卫兵造反的料，造反既不需要技术，又不用干活，只会打、砸、抢就是个优秀的红卫兵，就是毛泽东的好战士。但稍有闪失就被杀头。周恩来把他安在中央常委第三把交椅上实在太难为他。

华国锋的本事比王洪文不相上下，不过他曾参加过抗日战争，当过县大队的政委，县大队最大的战斗，就是在夜晚向炮楼的二鬼子放放冷枪，在火车道上埋埋地雷，这算不上什么军功，不过他干了一件事，令毛泽东刮目相看。他任湘潭地委书记时，得知毛泽东回韶山探亲，一夜之间，动员上百台挖土机，把山沟里的大树挖出来，移栽在湘潭通韶山的公路两旁。毛泽东一看，公路两旁突然长出这么多大树，赞不绝口。在毛泽东眼里，华国锋栽树比林彪打胜辽西平津两大战役的功劳还大。于是毛把他一下子提升为湖南省委书记。周恩来利用毛泽东的昏庸顺水推舟，把他又提为公安部长、政治局委员及常委，毛泽东死后当上总理及党中央主席。

毛泽东是农民出身，周恩来在山西给他找了一个农民伙伴陈永贵。陈永贵斗大的字不识一布袋，坐上了政治局委员及副总理的位置。他一嘴黄牙，满口粗话，头蒙白巾，手架旱烟袋，满脸褶子，浑身泥土味。就其尊荣与智商绝不高于石开田大叔。政治局开会，他蹲在沙发的一端，斜着身子，不敢正视其他委员。邓小平最后出山后，他以关心的口气对邓小平说："小平同志呀，你这次出来工作，要按毛主席的路线走，可别再犯错误啦。"接着又说："在会上，你今儿一个点子，明儿一个点子，毛主席的革命思想你还要不要？”

政治局在人民大会堂散会后，邓小平把陈永贵叫到一间小屋里，正色道：“我问你，毛主席思想的中心内容是什么？”陈永贵两眼发直，答不出来。邓小平继续严肃地说：“毛主席思想的中心思想是实事求是，以后你要像我一样遵守党的纪律，不要胡言乱语！”事后邓小平对其他委员说：“陈永贵是很好的一个村支部书记，给他安上个副总理，叫他受这份罪。”周恩来把以上三个人物塞进政治局滥竽充数有以下四个目的，一是使毛派的战斗力减弱，他们是银样蜡枪头，中看不中用；二是占着茅坑不拉屎，阻挡狡黠的人物进入政治局；三是低能儿进领导高层，人民议论纷纷，降低毛泽东的威信，人民给他以昏庸胡来的结论；四是毛派内部秀才不服气，他们必然取而代之发生内讧。邓小平可能还不完全理解总理高抬陈永贵等人的苦心。

周恩来比毛泽东小五岁，毛泽东晚年患慢性支气管炎、肺源性心脏病、心功能不全和阿尔茨海默等一系列疾病。全国八亿人民都把希望寄托在毛泽东死在周恩来之前。中华民族的欢乐与悲伤、贫苦与繁荣决定于毛泽东与周恩来两个人身上。毛泽东是死亡与贫困的制造者；周恩来是欢乐与繁荣的希望。但上天还是对中华民族非常刻薄，厚毛而薄周，总理长期睡眠不足、精神紧张、酒量过大、政治环境恶劣，致使免疫功能低下，健康受到摧残，心绞痛、癌症乘虚而入。

1972年5月出现血尿，检查证实为膀胱癌。经过几次手术，不但病情没有缓解，反而给总理更雪上加霜。

1975年1月，总理距逝世时间还有整整一年，召开了第四届人大。在会议上，周总理发表了四个现代化的建国大纲，为以后的经济改革制定了蓝图，并安排邓小平为第一副总理。在这之前，邓小平被任命为政治局委员、中央副主席常委兼军委总参谋长。总理住院期间邓小平代总理工作。林彪惨案后，心力憔悴的周恩来带病为邓小平平反、复出做了大量艰难、曲折的工作，最后如愿以偿。安排好接班人后，可放心地住院治病了。

1975年下半年最后一次手术时，总理已骨瘦如柴，面容变形，满脸老年斑，病入膏肓，很可能死在手术台上。当担架床推到手术室门口时，总理叫停，问道：“小平同志来了吗？”小平急步走到总理面前，俯身问道："总理有什么吩咐吗?"已进入病危的周恩来使尽全部力气喊道"你这一年干得很好,你比我强得多!"这就是他的遗嘱,就是死后安排。至死,他做事如此周密无罅、恩德无量、来无踪去无声,神鬼难测。英雄啊!伟大的总理对人民,对国家,对朋友,可谓鞠躬尽瘁,死而后已。诸葛亮对接班人的选择,若像周恩来这样深思熟想、英明精当,阿斗是不会当俘虏的。

总理抛下八亿处于水深火热的人民,终于走了。开完追悼会,邓小平念完追悼词,立刻又第二次被打倒了。总理在文化大革命中,与毛泽东、江青周旋了十年,不但没被打倒,反而顺利进行了两次清君侧,清除了毛派的王力、关锋、戚本禹以及陈伯达与林彪,并解放了大批被打倒的老干部和重新提拔了许多老朋友,其中包括叶剑英、邓小平。

邓小平刚被提拔起一年多,重握党政大权,现在又被打倒了,说明邓小平的才智远逊于总理。也表明周派将被剪除,毛派东山再起。毛泽东及其党羽明令全国禁止为总理开追悼会,中央的追悼也进行低调处理,以图向总理脸上抹黑。但是千万人民在凛冽寒冷的北风中,静静地排列在通往八宝山的大路两旁,自动跟总理告别。人民的自愿行动,可证明人心所向及总理的伟大。

在十年毛祸中,囿于周恩来的智慧,中国的政治天空,由暴风骤雨转阴,又由阴转多云,这是有赖两次清君侧的成功。正当由多云转晴的关键时刻,总理撒手人寰。全国人民发自内心的悲痛是理所当然的。总理的死亡与邓小平的第二次被打倒,多云的天空,转瞬间又乌云翻滚,重现山雨欲来风满楼的恶兆。

石鸿儒与李冰玉夫妇的心情,与全国受压的知识分子一样,随着政治天气的变化而变化。当邓小平复出时,白天没空交换思想,他们夜晚兴奋难眠,彻夜谈论多云即将转晴的美好天气。大儒趴在地面上,两个儿子爬上去当马骑,冰玉在后面抽屁股并喊出催其快跑的哒哒声,高兴了一年。

总理死亡,邓小平被打倒,天气又由多云转阴,预示着暴风骤雨又要重复。夫妻两的脸也由晴转阴,笑声没有了,夜晚长谈停止了。俩儿子再要求爸爸趴在地上当马,马也不听话了。儿子纳闷:"爸爸的脸像七月的天气一样,一会儿阴,一会儿晴的。"

大儒的心情愁闷，不完全是因为本身被反动势力继续专政，而是担心两个稚子的前途，天真无邪的孩子在社会上继续被人视为地主崽子、右派羔子。黑五类的子女没权利念初中，更别说高中、大学了，只能给毛泽东当农奴，稍有差错就被栽赃为对社会主义的反抗，是阶级报复，继承老子的反动衣钵，被逮捕法办，送进有去无回的劳改队。联想到此，大儒不寒而栗，经常后悔孩子生得早了，等四十岁以后再有孩子的话，孩子可能躲过毛泽东的魔掌，等来阳光明媚的春天。

　　处于苦海无边的全国人民，特别是知识分子，视周恩来为诺亚方舟。他的仙逝，令人民失去了求生的希望，对总理的强烈怀念在亿万人民心中油然而生。毛派当局禁止追悼总理的昏庸行为，触犯民意，引发众怒。总理走后三个月后，全国人民自动发起追思总理运动。运动的地域广阔，北起黑水，南至琼崖、西抵天山之脚，东达大洋之滨，南京为运动的起源，北京是追念的顶峰。

　　3月，上海《文汇报》出现攻击周恩来的文章，引起南京人民的愤怒。南京大学生与工人贴出打倒张春桥的大字报，并列队到雨花台、梅园新村悼念周总理。梅园新村是日本投降后，内战初期周恩来驻首都办事处。学生们用油漆在火车上刷写悼念周总理，打倒张春桥，抗议《文汇报》的标语。火车很快把南京的革命行动传到北京、上海、成都及全国。三月底到四月初，南京一千六百多个单位，六十六万七千余人到雨花台悼念周总理，敬献花圈六千余。可见总理在人民心目中的地位何其崇高。

　　南京开悼念运动的先河，有人分析可能与总理为江苏人有关，好像家乡人为总理死后的冷遇打不平。但此后二百多万人在天安门广场的壮举否定了以上分析。1976年3月19日，北京朝阳区牛坊小学向天安门广场英雄纪念碑献了第一花圈，3月23日安徽濉溪县张学林又献了第二个花圈，横联上写着"敬献给敬爱的总理"3月25日凌晨北京第五十八中学一个班在纪念碑献给周总理一个花圈。八点钟，四十多名工人把一幅长约三米、高约一米五的横匾摆在五十八个花圈旁，上面写着"敬爱的周总理，我们日夜想念您！"花圈与横匾像一根导火线，激发出深深埋藏在人民内心里对总理的爱与对毛的恨。3月30日，第二炮兵后勤部二十四位官兵献了花圈，横联上写着："周总理永垂不朽。"说明军队与人民站在一起。同时北京市总工会二十九个职工送来贴有悼词的花圈。毛泽东做梦也念念不忘无产阶级与资产阶级斗争，今天工人阶级指他为资产阶级，就像他指林彪为极右派，华国锋指"四人帮"也为极右派一样滑稽。

纪念碑周围的花圈横幅悼词与日骤增，毛泽东吓糊涂了。他一生口口声声假称"为人民服务，人民的力量是巨大的。"他今天尝到了人民巨大的力量，被他愚弄的人民觉醒了。3月30日，南京人民进行反《文汇报》、反张春桥，规模巨大的游行示威，并把消息写在返往北京的火车上。南京与北京互相呼应，出现了反毛浪潮。

4月2日，北京一零九厂三百多名职工由四辆汽车开道，抬着花圈、高举诗牌，绕道繁华街区，来到英雄碑前，把高六尺、宽一点五尺的四块诗牌用铁丝固定在英雄碑一层飞檐上，诗词曰：红心已结胜利果，碧血再开革命花。倘若魔怪喷毒火，自有擒妖打鬼人。人们争相传抄。同时北京重型机械厂，用钢材焊接的四米多大花圈送到了英雄碑旁。天安门广场变成花圈的海洋，据统计有三千多个，另有许多横匾、横幅。诗词上千首，一首最著名的是王立山作：欲悲闻鬼叫，我哭豺狼笑。洒泪祭雄杰，扬眉剑出鞘。

4月4日清明节这天，天安门广场聚集了二百多万人民，纪念活动达到高潮。华国锋、吴德分别指责悼念总理为反革命事件，毛泽东批准了镇压令。4月5日零点开始，毛泽东、华国锋、吴德集中了五万民兵、三千警察、卫戍区五个营、卡车二十多辆开入天安门广场，把花圈、横匾、横幅、诗牌洗劫一空，逮捕二百多人，打伤若干。

悼念运动被镇压，南京及全国各地活动也同时被扑灭。历史上还没有哪个英雄人物或和平战士死后像周恩来这样掀起千万人民自发的纪念活动。长期被奴役的中国人民觉醒了，他们勇敢地向黑暗迎战，向暴政显示自己的力量。

4月7日，毛泽东指定华国锋为中共第一副主席兼国务院总理，同时宣布撤销邓小平党内外一切职务。毛泽东像封建帝王一样，对党内及政府内的最高领导人的任职或撤职无需党内投票，也不要国会决议，他一个人说了算，党是他的玩具，愿意拆散就拆散，愿意组装就组装，国家是他的牛马，随意抽打，任意折腾。1956年在中共八届六中大会上，他指定刘少奇为接班人，十年后置他于死地；1969年在中共九届大会上指定林彪为接班人，并写在党章里，二年后把林彪全家斩尽杀绝；1975年1月，他指定邓小平为中共第一副主席，国务院第一副总理，主持军委及党中央常务工作，也是实际接班人，刚满一年，又撤销党内一切职务。现在指定华国锋为接班人，他的寿命能超过一年吗？

毛泽东打倒的都是杰出人物，爱护的都是庸人。他手下有才干的人没有了，只能用庸人。蜀中无大将，廖化为先锋嘛。总理生前给毛泽东安排了三个接班人：一条龙二条蚯蚓，就是邓小平、王洪文与华国锋。如用龙治国，国家会出现国泰民安；如把蚯蚓当龙用，国家会出现混乱，党内会出现内讧。在混乱与内讧中，那条将呼风唤雨的龙乘虚而入，借机扭转乾坤。总理尸骨未寒，毛泽东赶走了龙，指定蚯蚓代龙用。不管启用龙或蚯蚓，毛泽东的行动路线都在周恩来规划之中。周恩来处处设伏兵，最后将出现死总理削平活毛派山头的历史奇观。

1976年7月28日3时42分，唐山发生七点八级大地震，爆发的能量相当四百颗轰炸广岛的原子弹。百万人口的大城市被夷为平地，死亡二十四万多人，重伤十六万多人，真实数字没有公布。伤亡人数之多、破坏性之大为历史上之最。

当时党中央打肿脸充胖子，不接受外国救灾捐款捐物。中央对四十万人的伤亡熟视无睹，不积极赈灾。唐山离北京只有三百华里。地震八天后，作为总理的华国锋迟迟到唐山走了一趟。但中央各要员对抢夺权力与批邓十分积极，视人命为儿戏，并叫嚷："抹掉个唐山算什么？唐山地震不过一百万人的事，才死了几十万人，有什么了不起？批邓是八亿人的事，不能拿救灾压批邓。"又说"地震是摧毁旧世界，诞生新世界的征兆，热烈欢呼自然界与社会的大变动，创造出一个新天地、新世界。"唐山伤亡四十多万人，二百万人无家可归，党中央竟快活地"热烈欢呼"，这就是毛泽东口口声声说的"为人民服务""当人民的勤务员"，是地地道道的一群魔鬼。

唐山大地震的震波对京津冲击极强，正在中南海酣睡中的人民"大救星"，着实受到了惊吓。毛招惹天怒人怨，从此一蹶不振，病入膏肓，奄奄一息，地震的精神打击恶化了病情。一些趋炎附势的小丑们曾预言他至少活一百四十岁，这也可能是故意嘲笑他。幸亏自然法则不会溜须拍马，人不分高低贵贱，一律平等。九月九日，毛泽东被自然法则淘汰了，八亿人民畅畅堂堂的喘一口气，苦海无边的日子可能即将终结，也可能中共各派为抢夺最高领导权出现内讧、火拼，国家从而分裂，发生内战。届时，八亿人民也可能仍然苦海无边。

毛泽东死前指定华国锋为接班人，因为他根底不深，没有山头，缺乏实力，性格温和，对毛俯首帖耳，对江青不会构成威胁，驾崩之后可能会对江青毕恭毕敬，江青有垂帘听政的希望。如果直接指定江青为接班人，怕触犯众怒，老臣不服，出现内战。华国锋在江青与老臣之间起到稳压器或非军事区的作用。毛泽东心心念念的还是希望实现内戚执政的目的。

华国锋来中央工作时间很短，进入政治局不到三年，没有自己的山头，与文革小组的人一样属毛派，除了山西老乡陈永贵外，没有支持他的人。在个人能力，笔杆子，嘴茬子都在江青、张春桥，姚文元等文革派之下。

毛泽东死亡前一天，江青来到毛的卧室，向毛的生活侍从张玉凤女士索要毛的机密文件，并搜索毛的卧床、枕下，均未发现遗嘱。9月16日，文革小组的秀才们炮制出毛的临终遗嘱："按既定方针办。"而华国锋说，1976年4月30日晚，毛泽东接见最后一外宾新西兰总理马尔登之后，留下华国锋，给他写了三句话，一是"慢慢来，不要着急"；二是"照过去方针办"；三是"你办事我放心"，根本没有"按过去方针办"的遗嘱。双方为了争夺权力，各喊各的话，互不相让，剑拔弩张。文革派，也就是毛的内戚派，准备在政治局会议上夺权，内定更年期综合症患者江青为党主席，阴谋家张春桥为总理，小瘪三王洪文为委员长，文痞姚文元为宣传总监。华国锋了解以上情况后惶惶不可终日。八面玲珑、足智多谋、处变不惊的大政治家叶剑英乘虚而入。

身为中共第一副主席兼国务院总理华国锋站在十字路上，如与文革毛派联合，就得把权力拱手相让，做他们的部下或者臣民，但文革毛派无力抗衡周派叶剑英的军方夺权。如果与周派叶剑英的军方联合即使保不住至高无上的权力，但也能保住人身安全及尊严。于是中共中央的政治天平开始向周派叶剑英军方倾斜。

总理在弥留之际，叶帅每天到医院探望。总理面授机宜，克隆了诸葛亮死后杀魏延的计划。

　　周恩来在死亡线上，终于走在毛之前，这给叶剑英增加了压力，他由周毛斗争的第二线走向第一线。毛泽东处于病危期间，叶帅已成竹在胸。毛泽东死后，周派另一个大人物李先念为叶帅与华国锋的联络员，他以副总理的身份与总理华国锋频繁接触不扎眼，比军方的叶帅方便多了。李先念遵从叶帅的旨意，游说华国锋签发逮捕四人帮的命令。只有当时最高领导人华国锋签署逮捕令，叶剑英逮捕四人帮才算名正言顺，不能被历史指责为军事政变。

　　华国锋明白，叶帅已布下天罗地网，军事政变在所难免。如果他签署逮捕证，自身权力可得到保护；如不签署，四人帮可能变为五人帮。因为他曾签署过镇压天安门悼念总理的革命群众的命令，也曾为批邓发号施令，叶帅逮捕他是合情合理的。为了将功折罪，为了自身利益，在兵临城下的威胁下，华国锋勉强签署了对四人帮的逮捕令。

　　执行逮捕令的是八三四一部队的负责人汪东兴。几十年来，他是毛泽东的大警卫员。汪是上将王震的老部下，王震是叶帅的老朋友，另外，在文革之前，毛无故把汪东兴下放江西"锻炼"，为此结下私怨。

　　在叶帅三寸不烂之舌的鼓动下，汪东兴竟逮捕了毛泽东的夫人江青及毛泽东钟爱的笔杆子张春桥、姚文元和毛的青年接班人王洪文。十月六日晚八时，在怀仁堂，毛派被叶帅一网打尽，中华民族从此走出地狱。叶帅扮演了马岱，完成了总理的遗愿尽管叶剑英消灭毛派功德无量，彪炳青史，没有周恩来的远见卓识及粟裕大将的宽宏礼让，他将没有成功的美誉，只能留下谋害陈光的丑行。

　　二十一年前，国家授军衔时，叶剑英主动向中央表白，说授予大将就心满意足了，没有资格挂帅。这不是完全出于谦虚。1927年，他虽然参加领导过广东起义，但起义失败，几乎没带出一兵一卒。在漫长的战争年代，他没带兵大战，没有军事实力，没有割据一方的山头，所以授元帅衔很勉强。

　　粟裕参加南昌起义，是起义领导人周恩来的副卫队长，相当副连级军官。林彪是叶挺起义部队的排长。粟裕同林彪是当代共军的两个奇才，一个是以稳打稳扎而著称，稳若泰山；一个像山涧溪流，以因势制胜而扬名，在军功方面可媲美林彪。林彪既然有资格授元帅衔，粟裕也应受之无愧。但是高瞻远瞩的周恩来，动员他把元帅衔让给叶剑英，因为周派需要个政治元帅，好像就预料到二十一年后，需要叶剑英逮捕四人帮似的。周恩来比张良、诸葛亮看得远。伟大的人物必然有伟大的朋友，粟裕接受了周恩来的劝说，痛快的把元帅衔让给叶剑英。二十一年后的历史表明，智者周恩来，当年把粟裕与叶剑英的军衔倒换一策，实乃一箭三雕：粟裕避开功高震主的规律，获得安全，叶帅得到名誉，周派取得胜利。前面已经讲过，粟裕第一次礼让是1946年对张鼎承。中央军委已经下了委任令，让粟裕任华中军区司令，张鼎承为副司令，粟裕没接受，仍让张为司令，自己为副司令；第二次是1947年，中央又任命他为华东野战军司令，陈毅为副司令员。但谦虚的粟裕第二次退回中央的任命，仍建议陈毅继续任司令，自己任副司令。这次对叶剑英的礼让是第三次。所以全军有二让司令一让帅的美誉。由此证明，粟裕不但是一位伟大的军事家，同时也是一位仁人君子。跟林彪一样，不为个人地位斤斤计较。伟大军事家与其他伟大的人物一样，必然具有伟大的思想，否则做不出伟大事业。只有伟大的周恩来才能交到粟裕这样伟大的朋友，因而促成了叶剑英伟大的功绩。可惜林彪没有粟裕幸运，没交到周恩来这样的朋友，所以死在毛的魔掌之中。

腥风血雨的毛祸整整持续了十年，被斗的刘派与斗人的毛派都寿终正寝了，唯有周旋于两派之间的周派取得了最后的胜利。这是周恩来中庸哲学结合现代思想的胜利，也是中国传统文化合璧西方文化的成功典范。中华民族造就了周恩来，周恩来拯救了中华民族。死诸葛亮吓退了活司马，死周公收拾了活毛派。

粟裕二让司令是出于自身的仁让性格及利益权衡。让帅予叶剑英是出于周恩来的战略考虑。第一个考虑是为了保护粟裕的安全。自古以来，国内外名将往往都不得善终，如乐毅、孙膑、白起、韩信、隆美尔、朱可夫、麦克阿瑟等。当代名将是林彪与粟裕，毛泽东会心心念念地警惕他俩。如把粟裕降为大将，他将在毛泽东的视野里消失，会一生安全，元帅都不要还会造反吗？再说，在毛泽东的眼里，大将排不上号。内战结束后，刘伯承元帅要求当军事学院院长就是这个意思，院长至多是上将地位，聪明的粟裕当然一点即明。

第二个考虑是叶剑英的权变、智谋不次于周恩来本人。他与刘少奇的关系不错，又对毛泽东谈笑奉迎，像老朋友一样。虽身为元帅，既没军功又没军事实力，毛泽东不会把他当成危险人物。叶剑英等于是周恩来放在毛泽东身边的定时炸弹。不出所料，二十一年后，这颗定时炸弹爆炸了，结束了中共五十五年的内讧。从此，中共由秃鹫变成鸽子。

自1921年中共建党后，出现许多流派，有陈独秀、瞿秋白知识分子流派；有毛的枪杆子流派；有王明苏俄流派，都失败了，唯有周恩来旅欧流派最终获得胜利。胜利不是像毛一样乱抢、乱夺、乱斗、乱杀得来的，而是由高智商的众多人才得来的。没有人才，战争不能取得胜利，建国不能获得成功。试问，没有林彪、粟裕这样的人才，战争能取得胜利吗？

周派所以成功，是因为周恩来凝聚了众多具有各种才能的朋友，有军事家粟裕、刘伯承、朱德、徐向前、聂荣臻、陈毅、贺龙；政治家邓小平、叶剑英；管理家李富春、李先念、陈云；科学家李四光、钱学森、钱三强；文化界马思聪、沈雁冰、郭沫若；民主人士宋庆龄、七君子等。毛派所以失败是因为毛泽东没有朋友，一个也没有。谁靠近他，他杀谁。刘少奇捧他被杀；彭德怀、林彪替他卖命被杀；罗瑞卿迎合他杀人被抓；陈伯达、王力、关锋、戚本禹迎合他打、砸、抢被抓。毛泽东没朋友反而有许多冤家对头。所谓一个朋友一条路，一个冤家一堵墙。毛无路可走，周围都是墙，注定他的失败。毛越张牙舞爪，越残暴镇压，制造的冤家越多，越促进毛派加速死亡。周恩来相反，周围的路四通八达，没有一堵墙，周派立于不败之地。

刘少奇派既没有枪杆子为后盾，也没有笔杆子编制谣言；既缺乏各类人才，又无独立政见，只是借赞颂毛而偷生，最后必然被毛玩腻了，一脚踢出门外。

毛周刘三派十年大混战，以毛刘两派垮台、周派胜利而告终，这是历史的必然。宗派斗争是中共党史前八十年的主要内容。政治运动是宗派斗争的惯用手段。自1935年遵义会议开始，毛泽东先后削平了博古、王明、张闻天、张国焘等山头。抗战期间又形成了毛周刘三派鼎立的局面。建国后二十七年，三大派刀光剑影的厮杀，可谓惊天地泣鬼神。

蜀魏吴三国的混战所用武器是刀枪剑戟，毛周刘三派混战是用智慧谋略。但就其斗智斗勇、真真假假的错综复杂场面，前者远逊于后者。

毛周刘三派荒诞绝伦的长期表演，堪称古今政治斗争史奇观。尤其最后十年，毛泽东及其喽罗们的插科打诨、指鹿为马，搞得全国人人自危，草木皆兵。最后，人民大救星周恩来收拾了这帮败类。

屈指算来，历史上的暴君都无好下场，如夏桀、周厉王、商纣王、秦始皇、希特勒、东条、斯大林、波尔布特、萨达姆、卡扎菲等，不是被抓、就是被杀、或是被流放、或被扬坟、或妻子儿女受累。毛泽东也不能摆脱历史规律。

第五十八章　周派消灭毛派的三大战役

在叙述周派消灭毛派三大战役之前，理清中共各派系的来龙去脉是极为必要的。中共诞生于1921年7月1日，诞生前在娘胎里就派系分明。中共不是一个卵细胞发育成熟的，而是由北京小组、上海小组、山东小组、武汉小组、湖南小组、广东小组、日本小组、法国小组、成都小组组合而成的大杂烩。

北京小组以张国焘、李大钊为代表；上海小组以陈独秀、李达为代表；山东小组以王尽美、邓恩铭为代表；武汉小组以董必武、陈潭秋为代表；湖南小组以李维汉、毛泽东为代表；广东小组以谭平山、陈公博为代表；日本小组以周佛海为代表；法国小组以赵世炎、周恩来为代表。各小组的地理环境不同，政治环境各异，历史条件不一样，斗争对象不一致，经济状况不齐，文化熏陶各有千秋，接受的主义五花八门，影响各小组代表人物的思想千差万别，难得化一。

各小组代表人物齐集上海，拼凑出中国共产党。在党内难免各唱各的调。建党初期，两位共产党主要发起人陈独秀与张国焘对接受或不接受共产国际领导发生冲突，随后又在共产党员加入国民党发生矛盾。以后张国焘又与瞿秋白、王明、毛泽东的学习苏俄，建立苏维埃政权发生龃龉。在南昌起义问题上周恩来、谭平山与张国焘意见相左。与其同时，李立三与瞿秋白先后掀起左倾冒险主义，主张苏维埃首先在一个省成功；武装斗争的主要目标是攻打大城市。

共产党经十五年的内斗，逐渐分化为周恩来的西欧派、毛泽东的农民派、张国焘的正统派、王明的苏俄派及刘少奇的地下工运派。

自毛泽东在遵义会议夺权后，中共派系斗争愈演愈烈。长征结束后，毛泽东的红一方面军八万六千人还剩七千人，其中还有红四方面军的四个团，实际还剩四千多人。这说明自吹英明的毛泽东指挥的红一方面军已被国军消灭殆尽。张国焘领导的红四方面军八万人来到陕北剩下五万。

1935年8月毛儿盖会议上，毛泽东张国焘发生分歧。毛主张北上，张主张南下。在张国焘不知情的情况下，毛泽东在夜间偷偷率红一方面军北上逃跑，怕张国焘火拼吃掉他。第二天张国焘大惑不解，不知毛为何偷跑。以后毛的历史编造者说张国焘先率红四方面军南下，而后是毛率红一方面军北上。毛泽东偷偷北逃的目的意在挟中央令诸候。两支红军在毛儿盖会师，必然召开政治局会议，中央将重新洗牌。手握八万红军的张国焘与不足两万兵败将的毛泽东相比，必然得到比毛泽东更重要的地位，党内权力必然向张国焘一边倒，毛泽东当然会被边缘化。于是，他偷偷劫持中央张闻天、王稼祥、博古、周恩来四位常委北逃，以达挟天子以令诸侯的目的。

一年后，红四方面军也北上到达陕北。多疑的毛泽东仍怕张国焘五万人吃掉他的七千人，他以中央军委的名义命令红四方面军一分为二，决定总指挥徐向前、政委陈昌浩率孙玉清军长的红九军与程世才的红三十军及董振堂军长的第五军团，向西方河西走廊前进，组成为"西路军"，同时命令张国焘率红四军与三十一军向东北方陕北行进。

张国焘计划红四方面军四个军全体过黄河，以便开辟甘肃与宁夏新根据地。毛怕张开辟新根据地后力量更扩大，远离陕北中央搞独立。红九、红三十军于靖远过河成功后，当张国焘率红四、红三十一两个军将要过河之际，毛泽东给张国焘发来假情报，谎称国军胡宗南主力逼近靖远，红四、红三十一军有覆没的危险，命令张国焘向东北方向同心城及山城堡撤退，使红四方面永远失去汇合的机会。毛命令西路军今天向西进，经张掖、酒泉到新疆与苏联打通关系；明天又命令向东进，支援河东红军；后天又命令仍向西，再回到凉州、民勤、永昌建立根据地。这样，反反复复地折腾，疲惫之师给敌方马家军造成以逸待劳的胜利战机。西路军处于全军覆没的千钧一发之际，陈昌浩、徐向前拍电报，要求毛泽东增援三个步兵团、一个骑兵团。毛泽东回电说：你们不要继续执行反中央的政治路线，要求你们战斗到最后一个人、最后一滴血。

经过两个月的战斗，西路军两万一千八百人全军覆没。毛泽东亲手制造了这桩惨案，达到借刀杀人的目的。然后把他的犯罪扣在了张国焘头上，说西路军惨案是由于张国焘右倾机会主义军事路线造成的。于是把开进陕北的红四军及红三十一军的高级将领软禁在红军大学，进行批斗。污蔑他们忠诚执行了张国焘的右倾路线。这是他在遵义篡军夺权两年后，制造的第一个骇人听闻的惨案。不久，抗日战争爆发，红四方面军改编为第一二九师。周恩来顺手牵羊，派朋友刘伯承、邓小平任师长及政委。毛泽东得罪了红四方面军全体将士，折腾了一大阵子，却没落得一兵一卒。为什么毛泽东派遣红一方面军的红五军团与红四方面军的两个军在一起去河西走廊送死呢？其中有两层意义。一是红五军团是由宁都起义的国军编成的。毛泽东对起义的董振堂将军像对井冈山投降的王佐、陕北的刘志丹一样不放心，将其编入西路军，借马家军的刀杀掉；二是红五军团属一方面军的部队，与红四方面军两个军同归于尽，会蒙蔽红四方面军全体将士的视线，看不透毛泽东借刀杀人的魔术。

1937年，毛泽东成功地解决了红四方面军，彻底打败了张国焘派系。1942年延安整风又胜利地摧毁了王明苏俄派系及其二十八宿。

1945年在延安中共七大上，老毛取得压倒性胜利，毛派势力达到高峰。周派被边缘化，刘派呱呱落地。中共党内形成三足鼎立的局面。

毛、周、刘三派大混战是中共历史上最残忍最精彩的一幕。周派消灭毛派三大战役之前，三派之间也有若干惊心动魄的争夺战。最后出现周、毛两派大会战。

中国军阀及土匪的势力大小，都以枪杆子多少为衡量标准。枪多地盘就大，枪少地盘就小。枪杆子出政权这个浅显的道理，千百年来军阀土匪都知晓。党内三派的权力争夺，主要是争夺枪杆子。张国焘的枪杆子被马家军消灭了一半，又被毛泽东吞并了一半，所以他失败了。王明派没有枪杆子，毛泽东没费吹灰之力就叫他寿终正寝。红四方面军这块肥肉，毛泽东刚刚举到嘴边，却被周恩来夺走了，毛泽东暗下决心进行报复。

抗日战争开始，红军改编为国军三个师。红一方面军改编为一一五师；红二方面军为一二零师；红四方面军为一二九师。一一五师师长林彪是老毛的嫡系，但政委聂荣臻是周恩来的朋友；一二零师师长贺龙、政委关向应是周派人物；一二九师师长刘伯承、副师长徐向前、政委邓小平又是周派的人物。在太行山建立的八路军总部，总司令朱德、副总司令彭德怀、总参谋长叶剑英、副总参谋长左权；周派人物占四分之三。

周派军事实力占两个半师，毛派只占半个师。老毛为了全部掌握一一五师，将其一分为二。全师家底有两个旅，一个旅只有二个团，师部一个战斗力差的独立团和一个骑兵营。老毛暗令亲信师政治部主任罗荣桓主持分家，把两个旅分给林彪师长，把独立团与骑兵营分给聂荣臻政委。这显然不公，不公正还在后头。毛泽东命令聂荣臻及其独立团到北平、天津、保定三角地区建立根据地。这儿是日军最多、统治最严的老虎口，老毛又重演借刀杀人的故伎。一年前借马家军的刀成功地杀了张国焘的红四方面军的一半，现在再借日本军刀杀周恩来的聂荣臻部队。至于杀成杀不成另当别论，圈套是布好了。由于张国焘的上当受骗提醒了周恩来与聂荣臻，他们巧妙地躲开日本刀锋，建立起以五台山为中心的强大的晋察冀根据地。

　　林彪负伤后，毛命令陈光代师长挺进山东。山东民性强悍，在抗战开始的第一年，爆发了大规模的抗日起义军。在中共山东省委领导下，起义军整编为山东抗日纵队，下辖九个支队，每个支队辖三个团。九个支队相当九个旅，有六万之众。人数之多超过八路军三个师的一倍。毛命令陈光开进山东，首先把山东的九个支队抓到手，这就是未来毛泽东的主力王牌---东北野战军，也就是第四野战军。抗战胜利时山东八路军发展到二十七万，相当一一五师的五十四倍。分家的部队人数不公，分得的地盘更不公，其发展结果也不一样。

　　在陈光的一一五师开进山东沂蒙山区之前，精明的周恩来也看中了山东这块肥肉，就派遣自己的得力朋友徐向前为司令，朱瑞为政委整编了山东的九个支队为八路军第一纵队。一年后，老毛借助中共军委主席的优势，调走徐向前，命令陈光的一一五师统一指挥山东抗日武装力量。陈光把山东八路军整编为七个教导旅另九个支队。1939年，山东八路军相当十六个旅，人数之众近十万。毛泽东发了一笔横财。

　　聂荣臻部在平津保地区，被日军杀得如惊弓之鸟、漏网之鱼，惶惶不可终日。远离日军统治中心的沂蒙山区，日新月异地在发展，在壮大。一一五师分家这步棋，毛泽东走得太漂亮了。于1941年，毛泽东又借顾祝同的刀杀了新四军。毛泽东借马家回回军之刀杀了张国焘的红四方面军；借日本军刀企图杀聂荣臻的华北八路军，又借国军的刀除掉周恩来的新四军，其手法如出一辙。事后毛泽东的宣传手法也是惊人地相似。他借刀杀了西路军，把罪恶扣在张国焘身上，说是由于张的右倾机会主义错误及对抗中央所致；借刀杀新四军的罪恶扣在了项英身上，也说是由于项的右倾机会主义，不听从中央造成的。

皖南事变后，毛、周、刘三派对新四军的争夺仍处于方兴未艾中。皖南事变过去半个月，中共在苏北盐城重建新四军。代军长为陈毅、副军长为张云逸、政委为刘少奇、参谋长为赖传珠、政治部主任为邓子恢。下辖七个师、一个独立旅。第一师师长粟裕；第二师张云逸；第三师黄克诚；第四师彭雪枫；第五师李先念；第六师谭震林；第七师张鼎丞，全军九万人，与山东八路军人数相当。军部的干部安排，毛、周两派平分秋色。如刘少奇算作独立一派的话，毛派占力量将为劣势。七个师长除黄克诚外，六个属周派。毛泽东虽杀了项英，除了叶挺，想夺取新四军仍难乐观。周恩来想牢牢掌握新四军也非一帆风顺。毛、周、刘三派都想插足新四军。

刘少奇在新四军工作两年，1942年3月返回延安，走前安排刘派中心人物之一的饶漱石为政委，从此开始了陈饶格斗。按个人资历、才智、实力及政治斗争经验比较，无疑陈毅独领风骚；如按后台由头，刘少奇虽被老毛指定为第二把手，好像优于第三把手的周恩来，但其资历、才智、实力及政治斗争经验与周恩来相比，可为天壤之别。陈、饶格斗一开场，就可预见谁输谁赢。但也未必，所谓智者千虑，必有一失；愚者千虑，必有一得。例如皖南事变就是周恩来一失，毛泽东一得。

军队以军事首长为主，指挥军队是军事首长的权力。政委的职责是监督军事首长，本人没有指挥或调动军队的权力。陈毅把饶漱石搁放在新四军军部较为安全固定的地方，自己随部队活动，一切命令由军长下达，这样就把饶漱石游离于军队之外，他只能管地方党委及政府的工作。战争年代以枪杆子为主，地方党及政府只能为枪杆子、为战争服务，所以华中地区及人民对陈毅的大名家喻户晓，不知饶漱石为何许人也。

因为抓不住军权，饶漱石三天两头向毛泽东、刘少奇告状，说陈毅拉山头，搞独立，鄙视党的领导。陈毅向毛、刘汇报只限于军事活动及军队建设，从不提饶漱石的缺点、错误，好像两人很团结似的。天长日久，毛泽东讨厌饶漱石的心胸狭窄。

在四年内战中，在当时的华中军区及以后的华东野战军，陈毅与张鼎承先后两次让贤，把华中军区司令及华东野战军司令一职让给副司令粟裕。粟裕也两次婉拒。淮海战役前夕，陈毅跑到刘伯承、邓小平的中原野战军任副司令，把整个华东野战军的指挥权让给粟裕副司令。陈毅的谦让表明他没有丝毫的争夺军权的意思，说明饶漱石对他的告状毫无根据，这就减轻了饶漱石在毛泽东心头的份量。陈毅的魔术变得很成功，华东野战军也就是以前的新四军及山东八路军，和以后的第三野战军牢牢地掌握在周派手中，饶漱石在与陈毅的格斗败下阵来。

抗战胜利后，刘派争夺华东野战军无望，刘少奇的视线转向东北。他派遣另一心腹彭真到东北任第一书记，不到一年与毛派心腹林彪发生冲突。毛泽东先将其降职为副书记，不久调出东北。林彪升任东北第一书记兼司令。毛泽东不让任何派系染指东北的嫡系部队，从此毛刘结成冤家。

在第十九章曾叙述，毛泽东为了争夺山东根据地及其抗日起义军九个支队，与周恩来展开斗争，对中共山东党政军领导层进行了五次洗牌，费了九牛二虎之力，最后使秋收派的罗荣桓夺得山东王，毛泽东胜利了。经过八年抗战，八路军发展到二十七万人。

毛泽东的性格是虎头蛇尾，对得到的实力像黑瞎子掰棒子，掰一穗丢一穗。长征后，把夺到手的红四方面军丢给周恩来，抗战结束后又把夺到手的山东军区及主要武装力量也丢给周恩来。日本投降后，毛泽东命令自己的嫡系山东八路军六万多人开进东北宝地，其中包括林彪与罗荣桓，像抗战初期争夺山东一样争夺东北。但是，把二十一万八路军及山东军区丢给了陈毅及粟裕，二十一万山东八路军比陈、粟华中新四军多一倍。

如果毛令林彪去东北指挥山东六万多八路军，仍把罗荣桓留在山东领导二十一万山东八路军的话，毛泽东将得到东北与山东两大根据地及两大野战军，周恩来的实力将相形见绌。可是周恩来劝罗荣桓去东北苏军医院治疗吓人的血尿，那里不仅有苏联一流泌尿专家、一流设备，还有牛奶与面包。这是最人道、最关心、最亲切、最具人情味的理由。罗荣桓快活地接受了周公的关心，欢欢喜喜地由山东赶往东北。

于是，陈、粟乘虚而入。罗荣桓的二十一万八路军变成陈、粟麾下。山东根据地变成第三野战军的大后方。毛泽东与罗荣桓的智力尚没达到破解周恩来"关心"的水平。

继山东六万八路军进驻东北后，毛泽东又下令陈、粟，把叶飞、赖传珠的一纵队，与刘邓的杨得志、杨勇的一纵队调往东北。周恩来与陈毅、邓小平借种种理由设置种种障碍，两个纵队没被调成功。

周恩来获得华东或山东野战军是靠智慧；毛泽东抓取东北野战军是靠权力，一软一硬。毛泽东靠权力，不仅把刘派人马撵出东北，还把华北聂荣臻的冀东与冀热辽两个二级军区及其三个纵队划给东北林彪，这等于对周派的掠夺。三个纵队被林彪整编成东北野战军的第八、第九、第十一纵队，相当于一个兵团。

在四年内战中，毛泽东不仅掠夺了周派的华北军区三个纵队、两个二级军区，还计划复制消灭西路军的办法消灭中原刘、邓大军。

1947年7月正逢雨季，河水暴涨，道路泥泞。酷暑多病之际，毛泽东命令刘邓大军横渡黄河，跋涉黄泛区再跨淮河进军大别山。刘邓率领一、二、三、六等四个主力纵队强渡黄河，不到一个月的时间，消灭黄河南岸国军五万六千人，然后进入河南黄泛区，丢掉全部重武器。中暑、发疟疾、掉队、国军追击接踵而来，部队大幅减员。随后，国军三十个旅对刘邓疲惫不堪的十二个旅进行围剿，从此刘邓大军四个主力纵队失去战斗力，危机四伏、草木皆兵，随时都有被歼灭的危险。

正当刘邓部队千钧一发、渴望增援之际，毛泽东命令刘邓第四纵队司令陈赓来陕北，当面命令陈赓率领刘邓的第四纵队、第九纵队、第八纵队一部组成新兵团，支援西北野战军，保卫陕北党中央。陈赓在周恩来暗示下，一面喝酒，一面争辩："主席的这步棋不怎么样。陕北有彭总的两个纵队与胡宗南周旋足够了。陕北地广，有广阔的回旋余地，用不着我来，党中央及毛主席也没危险。现在濒临全军覆没危险的是刘邓首长的四个纵队，如果我带领两个纵队跨过黄河进军宛西，至少可牵制敌军十个旅，可分担刘邓首长的三分之一的压力。在宛西进可以出击东面的漯河、驻马店；退可以进入西面的伏牛山。我军进退有据，立于不败之地，足解刘邓首长之围。"

周恩来在旁敲边鼓："还真不能小看你陈赓哩，真有些道道子啊。"毛泽东听了周恩来话中有话，怕已识破自己的阴谋，便顺水推舟说：“你陈赓没白打几十年的仗，有眼光！按你的意见办，进军宛西。来，喝酒！”

一计不成，又生一计。毛泽东命令华东粟裕带领一、四、六等三个主力纵队横跨长江，进军长江三角洲，开辟新根据地，名曰“东南军区”。任粟裕为中共分局书记、军区司令。接到命令的时间正是陈、粟率领一、三、四、六、八、十等六个主力纵队破袭陇海路、解放洛阳、占领开封，准备消灭区寿年兵团之际，对处于绝境的刘邓部队进行了生死攸关的支援。

由于西路军、皖南新四军及刘邓军过黄河这三大悲剧为鉴，陈、粟二将军接到毛泽东的命令后，不寒而栗。粟裕说：“别说进军江南三个纵队，即使五个纵队也得被敌人吃掉。一无根据地；二无援军；三无情报；四为敌人心脏地区，设防严密，兵多将强，装备精良，敌对我以逸待劳。其次，抽掉三个主力纵队后，华东野战军的战斗力大大降低，不仅失去打大仗的能力，反而很可能被敌人撵出沂蒙山区根据地，这是步险棋。”陈毅忧虑地说：“我完全同意你的见解。你有没有勇气像陈赓一样向老毛当面陈诉你的高见？”粟裕毫不犹豫地说：“为了国家革命，为了全野战军的安全，我个人得失无所谓。即使撤职法办也再所不惜。”陈毅说：“好，说走就走！军队先让陈士榘指挥，我们坐吉普车到河北阜平县找老毛去。到后，先与恩来同志见面，让他为我们出谋划策。”

在阜平城南庄老毛住处，粟裕先挂起作战地图，像战前给下级将领讲解战斗任务一样滔滔不绝、绘声绘色。内容有天时、地利、人和；有敌情、我情；还有过去经验、目前任务；有未来目标，有古代战役引证、世界战争案例。最终，他说明派遣三个纵队南下长江三角洲可能失败的根据，采取在根据地家门口打几次大仗，消灭敌军的有利条件。

接着陈毅站起来发言：“粟裕同志是我军奇才。他在家门口打大仗消灭敌人的见解精辟，为了加速革命提前胜利，我愿为他跑龙套，当帮手，绝不当碍手碍脚的绊脚石。”最后一句话可谓一语双关。

周恩来意味深长地说：“把敌人消灭在家门口，也倒是个好主意，但听其言，察其行。根据七战七捷、莱芜、孟良崮、洛阳、潍县等战役的成功，也许你不像赵括一样纸上谈兵。不过那已是过去的历史，我倒要看你在家门口能打几个大胜仗。军中无戏言，如诺言不兑现，你陈毅、粟裕别说中央不客气，你俩时时刻刻小心肩上的脑袋。"

粟裕站起来说："我敢立军令状，在三个月内，于家门口保证消灭敌军十万。"

老毛给自己找个台阶下："好。我就按军令状办，三个月十万，一个月三万三。看看你粟裕的本事。"

陈、粟回到外线兵团后，积极捕捉战机，用调虎离山之计，令三、八纵队撤离开封南下。邱清泉兵团西进开封，离开区寿年兵团八十里后，陈、粟命令一、四、六、十纵队插上包围圈，一举消灭区寿年兵团九万人，并俘虏区寿年。同时，内线兵团在兖州消灭敌人六万三千人，共十五万之众。收到胜利电报后，周恩来兴奋地向毛泽东报喜："主席，向你报喜。粟裕同志三个月军令任务，两个月超额完成。在开封地区消灭区寿年兵团九万、兖州六万三，共十五万余众。"老毛点点头："小粟裕确实身手不凡。可惜，这样的将才太少了。"

1948年9月，粟裕又策划了济南战役，消灭敌军十万，并活捉抗日名将王耀武。十一月开始指挥淮海战役。刘邓第二野战军因中了毛泽东的圈套，部队没发展，战斗力没恢复，在淮海战役中只能为粟裕起到阻援的任务。如果刘伯承、邓小平也像粟裕一样，揭穿老毛的阴谋，拒绝过河南下，第二野战军的兵众与战斗力应该超过陈、粟的第三野战军。

三大战役结束后，共军重新编排了番号，纵队改为军。三个军为一个兵团，兵团以上是野战军。西北彭德怀为第一野战军，继续战斗在西北；中原刘邓部队为第二，进军大西南；陈、粟华东部队为第三，继续解放沿海地区；林彪东北部队为第四，扫荡华中、华南。唯有聂荣臻的华北野战军没排上野战军的序列，毛企图把华北三个兵团瓜分给林彪与彭德怀，把聂荣臻挂起来。经周恩来的周旋，让贺龙、周士第十八兵团帮助刘邓解放大西南；杨得志的十九兵团开往西北；杨成武的二十兵团成立京津警备司令部，聂荣臻为司令。

聂荣臻不但没被老毛挂起来，京津警备司令在政治上的重要性远远超过野战军司令。朝鲜战争开始，彭德怀去朝鲜前线，贺龙把周士第十八兵团留给西南刘邓，赴西安接替彭德怀为西北军区司令。杨得志的十九兵团回到周派贺龙之手，结果华北三个兵团毛泽东一兵一卒也没拿去。

抗美战争之初，毛泽东把林彪的嫡系，三个王牌军三十八、三十九、四十军及一个非主力四十二军调往东北，组成远征兵团。兵团领导干部当然也是毛林的嫡系。他命令粟裕为援朝司令。粟裕指挥顺手的是他麾下的第二十、二十二、二十三、二十四、二十六、二十七等六个主力军。粟裕思忖：四野部队难指挥，不能驾轻就熟，等于叫汽车司机当大副。可能又是老毛的圈套。就以头痛、头晕为借口，拒绝了成命。

陈光将军1950年被捕，1954年遇难，这是一桩大冤案。一般评论认为陈光将军脾气暴躁，与林彪不和，与罗荣桓有嫌隙，老毛不喜欢他等是其主因。好像是陈光自己害了自己，与外人无关。这种说法如果不是有心人故意混淆是非，就是受混淆是非的误导。其真实内幕，陈光是周、毛两派斗争的牺牲品。

毛泽东起家靠三支枪杆子。第一支是林彪；第二支是彭德怀；陈光是第三支。林彪打胜辽沈、平津两大战役使老毛提前数年黄袍加身；彭德怀把三十九万美军由鸭绿江撵回三八线以南，使毛泽东稳坐紫禁城，并露脸全世界；陈光在长征途中夺关斩将、爬山涉水，拯救了毛泽东，没像石达开一样死在安顺场。在八年抗战中，陈光又为毛泽东发展了二十七万山东八路军。能否夺掉这三支枪杆子，决定周派的成败。

智多星叶剑英趁毛泽东刚刚坐上皇位，正处于骄傲昏庸之时，又借林彪、罗荣桓与陈光的不和，把陈光鸡毛蒜皮的缺点，呈报给毛泽东，以期借毛泽东的刀杀毛泽东的人。毛泽东昏昏沉沉地批准了叶剑英的逮捕报告。叶剑英怕夜长梦多，一旦陈光翻案，始作俑者必然引火烧身。为了自身安全，杀人灭口，死无对证是古今特工常规手法。无疑，陈光将军死于党内派系斗争中，他本人除了脾气大、好骂人，没有任何政治错误。骂人不犯法，不该逮捕，更不该死罪。

毛泽东在争夺枪杆子抢占地盘中还输给周恩来的另一盘棋是抗战胜利后，山东二十七万八路军纯系毛泽东的嫡系，只有六万开往东北成为林彪的核心力量，其中二十一万仍舍在山东。毛泽东连地盘带部队一起交给陈毅，变为周恩来的力量。毛泽东自抗战开始就绞尽脑汁争夺山东，到头来他只得了小头，周恩来却得了大头。如果毛泽东头脑稍微清醒一点的话，命令林彪去东北指挥出关的山东六万八路军，同时命令陈光去山东指挥舍下的二十一万八路军，让陈毅继续坚持在华中军区，不许接管山东的话，毛泽东将获得两支野战军、两个大军区，陈光也不会遇难。

在争夺枪杆子的斗争中，周派胜多毛派胜少。在延安七大的政治斗争中，毛派大胜，周派边缘化。以上林林总总是毛周两派规模不大的游击战或运动战，各有得失。

下边是周派消灭毛派的三大会战。周派消灭毛派的第一大战役，是打垮高饶集团；第二大战役是摧毁林彪集团；第三大战役是逮捕江青集团。表面看来，高饶集团是一场无事生非的无原则的斗争。其实不然，内中隐藏着毛、周、刘三派错综复杂的派系斗争，是周派雪耻在中共七大会议上的失败。高岗很明白，毛、刘矛盾很深。东北内战期间，作为东北局第二书记的高岗，亲眼目睹了第一书记彭真与军区司令林彪的冲突，最后以林彪胜利，彭真败走东北而结束。彭、林斗争就是两人的后台刘、毛的斗争。

林彪率关外野战军进军关内，高岗继林彪后成为东北王，好像得到老毛的极大信任。建国初期，老毛暗令高岗查找刘少奇在满洲任省委书记期间的档案。由此，高岗更洞悉毛、刘之间的怨恨极深。于是，高岗胆敢到处散布：天下是军队打下来的，而地下党无功受禄反而坐了天下。言下之意他要取刘少奇而代之为第二把手。

高岗认为，打倒刘少奇符合毛泽东的心愿。刘少奇受到攻击后指责高岗为篡党夺权的野心家，开展了对高的批斗。毛泽东对刘、高之间的斗争出人意料地偏袒刘少奇，注定了高岗的败局。高岗事发前曾向好友林彪、彭德怀以及素昧平生的邓小平透露过反刘的心愿。与刘派的组织部长饶漱石有过工作上的接触，但并没有暴露对刘的不满。他明白，饶漱石与彭真同是刘少奇的两大支柱。

毛泽东支持中间立场的常委周恩来主持对政治局委员高岗的批斗会。批斗会后，周向毛汇报压根儿不提高岗与林彪、彭德怀的串通，更不提邓小平，独把无关紧要的饶漱石与高绑在一起，称高饶反党集团。斗争饶漱石的会议，因饶不是政治局委员，批斗会低一级，由周的铁杆兄弟邓小平、陈毅、谭震林主持。

毛泽东听了批斗饶的汇报，认为都是些在华东工作期间与陈毅的矛盾，而没有政治问题，难定为"高饶集团"。

周恩来不仅是统战情报大师，更是党内政治斗争大师。突然周瑜打黄盖一计启发了他，无奈之下，不得不暂牺牲朋友潘汉年。周又继续向毛汇报说："1943年，作为潘汉年的顶头上司，饶漱石私自派遣他与大汉奸汪精卫会谈，事后没向中央汇报，谈判内容不详。"老毛一听，气炸了肺。周恩来成功地把饶漱石与高岗捆绑在一起，成为轰动一时的"高饶反党集团"。

刘少奇的目的是打击毛派的高岗；周恩来的目的是干掉刘派的饶漱石。高岗的灾祸是出于他要夺刘少奇的二把手；饶漱石的灾祸是因身为组织部长。

高岗的真正罪恶是在延安整风时助毛为虐，积极批斗了张国焘、王明两派及知识分子；饶漱石真正罪恶是在山东领导土改时杀了二十万所谓地主，包括妇女及儿童。老毛认为这些罪恶是革命行为，不能受到政治运动的攻击，应予以保护。

使周派胆战心惊的延安七大已过去十年，现在是刚刚建国，必须尽快召开八大制定建国大纲。筹划八大及八大的人事安排，均有组织部负责，这已是党内常规。历届组织部长均可升为政治局常委。反高饶集团结束后，邓小平取代饶漱石升任组织部长。一年后，在1956年的八大上，周派一雪七大惨败之恨，取得了压倒性胜利；十七位政治局委员中，周派占八位，毛派占四位，刘派占两位，中间派占三位；六位政治局常委中周派占三位，毛派一位，刘派一位，中间派一位。

如果不清除高岗、饶漱石，八大的面貌将是另一样。高饶不仅挤进政治局，还会坐上常委，周派仍会边缘化。所以说反高饶集团是周派消灭毛派的第一大战役，得以在八大上集结了强大的兵团，以开展第二次大战役。所以邓小平东山再起后，什么冤假错案都可以平反，唯独高饶一案不可以平。根由在于，此冤案是由周派一手炮制。令人啼笑皆非的是，邓小平复出后首先给潘汉年平了反，而受潘汉年牵连的次要人物饶漱石不得平反。对邓小平不利时，他要求实事求是；对他有利时，就瞒天过海。

叶剑英、潘汉年与李克农是周恩来的三驾马车，暂抛出潘汉年是无奈之举，牺牲个人小利益可换取本派系的大利益。本派系一旦掌权，就有给潘汉年平反重用的机会。作为间谍专家的潘汉年也会理解周恩来的苦衷。这可称为丢卒得车，舍芝麻得西瓜，然后再为卒子平反当车用。

八大会议，周恩来还给毛泽东暗藏杀机。历届政治局常委都是单数，唯独八大是双数。只有毛泽东、刘少奇、周恩来、朱德、陈云、邓小平六位常委。历届常委多从上届政治局委员中选拔。上届七大十三位政治局委员中，任弼时去世；康生患精神病住院；高岗犯错误；彭真在东北跟林彪争权；张闻天属二十八宿；董必武、林伯渠年老体弱，只剩毛泽东、刘少奇、周恩来、朱德、陈云、彭德怀六位。

在八大上，前五位都进入常委，唯独删下彭德怀。使彭德怀气愤的是七大仅为中央委员的邓小平越过候补政治局委员、政治局委员两级，而一步蹿上常委！这位打败美国的民族大英雄怒不可遏。使他更怒发冲冠的是八大闭幕后八个月，弱不禁风的林彪又跳跃两级被补任常委。

彭德怀把一切怒气都撒在老毛身上。其实周恩来在八大前后曾旁敲侧击地向老毛进言：主席百年后谁能管得了彭德怀？周恩来宁可补任林彪为常委，也不用彭德怀。老毛当然同意，因为他与林彪的关系更近。周恩来的激将法着实成功。林彪被补为常委后十五个月，彭德怀在庐山会议上向老毛发出战书，一方面是为民请命；一方面是发泄胸中块垒。毛泽东继陈光之后，又亲手毁掉了自己的第二条枪杆子。三条枪杆子还剩林彪一条。

其实清算高岗的真实内幕要比上面提到的理由复杂得多。清洗高岗的真正元凶是毛泽东，既不是刘少奇，更不是周恩来。毛泽东利用刘少奇打倒高岗；周恩来利用毛、高与刘、高之间的矛盾顺水推舟，顺便再把饶漱石与高岗绑在一起，轻而易举地获渔人之利。

凡是阴谋者制造惨案成功后，往往保密，久久不发布公告。王佐被处决、李文林受害、西路军与新四军被歼，凶手毛泽东迟迟没发布消息。同一道理，刘志丹死亡六个月后，毛泽东的通告方姗姗来迟。如果被敌人打死，还需要六个月的策划吗？只有杀人后灭口、编造假文件、布置假现场是费时耗神的事。

消灭异己是毛泽东一贯的传统。王佐、李文林、红四方面军及新四军是异己，刘志丹更是异己，特别是鹊巢鸠占，更增加了刘志丹的险情。

为了迷惑刘志丹的部下，毛泽东在刘志丹的石碑上写下"刘志丹烈士永垂不朽"，并在中共七大上，任命刘志丹的部下高岗为政治局委员，习仲勋、张宗逊为候补中央委员，以后又任命高岗为东北第一书记、国家副主席。可谓欲夺之先予之，这给刘志丹的部下制造一种假象，好像毛泽东是个知恩必报的君子。

刘志丹死后，高岗很义气，把刘志丹的遗孤收养在自己家中，当成自己的亲生儿女照顾。高岗对刘志丹的忠诚引起毛的不安，怕刘志丹的真正死因被高岗及陕北老干部掌握，于是又展出他无毒不丈夫的性格。

　　毛泽东的阴谋诡计高人一筹。他让东北王高岗搜集抗战时期刘少奇任奉天省委书记被捕的档案。高岗错认为这是毛对他的信任，是对刘少奇的疏远，所以高岗攻击刘少奇，企图取而代之。这正好中了毛的圈套。毛利用刘少奇的名义打倒了高岗，消灭了陕北刘志丹派。

　　如果刘少奇的档案需要调查的话，毛泽东会利用组织部、公安部、安全部等专职单位去做，这是康生与罗瑞卿的专业，绝不可能叫一个地区的行政长官去做。周恩来好像站在刘少奇一边，打倒了高岗，又把刘少奇的主将饶漱石揪出组织部。毛泽东利用刘少奇打倒了高岗；周恩来赶走了刘少奇家的狼，又抱走了他的孩子。在第一战役，周有两得。一、邓小平取代饶漱石，得到组织部；二、李富春取代高岗，得到计划委员会的七个工业部。更重要的是在此基础上，不久，周派在八大获得全胜，毛、刘两派边缘化。周恩来牢牢地掌握了党政两大板块，但是周的胜利是隐性的、自然的，谁也不认为是用阴谋抢来的。这就是政治斗争大师周恩来的智慧，晏婴、张良、诸葛亮望尘莫及。周派消灭毛派的第二大战役是摧毁毛泽东的最后一条枪杆子——林彪集团。

　　周恩来与林彪并无私仇，两人关系不错，但为了建立民主社会主义，不得不借用林彪的头，捣垮毛泽东的极权社会主义。手段之暴烈，惨不忍睹。这与周恩来的性格大相径庭。这也是林彪事发后，周恩来面壁痛哭的原因。在他看来，这种手段是折寿的。

　　周派消灭毛派的第二大战役详情请查阅第五十六章。关于《五七一工程纪要》是否林立果拟订实属可疑。逮捕林立果余党是在1971年9月中旬，工程纪要公布于全党是1972年6月。相隔长达九个月。林立果如制定出造反文件进行宣传，在毛泽东密如蛛网的专政组织下容易暴露。工程纪要很可能为周派炮制，借林立果之口，骂老毛是个人独裁、大暴君、反党、反人民、十恶不赦的封建主义恶棍……达到向全党宣传之目的。

　　周派消灭毛派的第三大战役是消灭江青集团。

　　这由叶剑英按周总理生前深谋远虑的安排完成。这是最后一次决定胜负的大决战，详情请参阅第五十七章。毛泽东的极权封建社主义猖獗二十七年后，终于寿终正寝。中共五十五年的派系斗争画上了句号。周恩来的民主社会主义终于胜利！鲁提辖拳打镇关西；周总理智取毛镇国。总理生前的四个现代化开始实施，为中华民族的复兴铺平道路，为民主社会主义的胜利曾暂时受到委屈的潘汉年，甚至为此献出头颅的林彪元帅一家，是总理出于无奈。

决定周胜毛败有许多条件。其中重要的一件是毛泽东惯于把自己人变成敌人。如对陈光、彭德怀、林彪等。周恩来善于把外人变成朋友，如对张国焘、王明、博古、张闻天、陈云、彭真、簿一波以及许多民主党派领袖、著名知识分子、国民党政要和国外政要。周恩来的朋友遍及天下。毛泽东一生不但一个朋友也没有，还欺骗自己的忠臣及三位妻子。

周恩来批准毛泽东随军参加长征，把军队指挥权让给毛泽东，遂使竖子成名，最后又布置三大战役消灭了毛泽东。成也周公，败也周公！

国共内战打了四年，但中国最暴烈的内战是中共党内毛、周、刘三派十年大混战。从1945年5月七大开始到1976年10月，周派消灭毛派的三大战役结束，共持续三十一年之久。自1840年鸦片战争起到1976年消灭毛派的最后一战结束，中国战争持续时间为一百三十六年，最后以周派凯旋，毛派覆没，结束了中国的当代战争。国家开始走向和平正道。中共党内的政治斗争对中国命运的影响远远超过八年抗战及四年国共内战。

中华民族最伟大的胜利不是日寇投降，也不是辽西、平津、淮海三大战役，更不是抗美成功，而是周派消灭毛派的三大战役。

第五十九章　毛式仇恨炮制法

毛泽东以精于炮制仇恨、擅长制造敌人而终其一生。他利用穷人对富人、群众对领导、学生对先生、媳妇对婆婆、无知对有知、小人对君子、丑陋对美丽的自然嫉妒心理，进行颠倒是非的宣传煽动，把嫉妒心理发酵为仇恨，再对仇恨进行夸张，同时对人类灵魂黑暗的部分进行激化，便制造出敌人。

在建国后的社会人群中被毛泽东指为敌人的分子，不是自然敌人，而是人工的赝品。宣传系统、党团组织、司法公安、各级学校是炮制仇恨制造敌人的机器。老毛为达到炮制仇恨与制造敌人的目的，在农村组织了穷人参加的农会，对富人进行专政；在群众中组织造反队对领导造反；在学生中组织红卫兵批斗先生；在媳妇中建立妇联会斗争婆婆；无知识的人组成教改小组，让有知识的人过关；流氓组成专政队专政好人；丑陋者依靠人多势众向美丽者脸上吐唾沫。

毛派及其爪牙把社会人群分成十八级：大地主、地主、小地主、破落地主、富农、上中农、中农、下中农、贫农、雇农、反革命、坏分子、右派、资本家、修政主义、叛徒、特务、臭老九。把地主、富农化装成最凶恶、最反动的罪犯；把贫雇农、下中农扮成最善良、最先进、最伟大的革命英雄。为了制造仇恨与敌人，不仅对成年人如此分类分级，对稚嫩的儿童也如法炮制。地主的精子与卵子天然是黑色的，在娘肚子里一坐胎就是反动的；贫下中农的精子、卵子天然就是红色的，在娘肚子里一坐胎就是革命的。在普遍规律中，独有毛泽东一人例外，他爹虽然是小地主，在娘肚子里就是先天革命派、天生的红色领袖。

从1893年12月26日降生第一天起，到1976年9月9日死亡为止，整整八十三年间，他身上没出现过一丁点缺点，更没犯过一点错误，一生没做过一个字的检讨。他似真理的化身，似神灵的再世。

大儒夫妇生育了两双儿女。因为全中国人都生活在政治泥潭里，每个人都沾满政治泥巴，浑身政治味十足，大儒给四个孩子取的名字，也带政治味。长女叫冬梅，希望女儿具有零落成泥碾作尘只有香如故的清高；大儿叫虎子，能像老虎一样吃掉人间恶人；小儿叫豹子，能像金钱豹一样赶走人间败类；小女叫沙洲，取"拣尽寒枝不肯栖，寂寞沙洲冷"之意，宁可寂寞也不与恶势力同流合污。

为了尽早开发儿童智力，冬梅六岁被送进小学，她的曾祖父石振铎曾拥有二百亩土地，但因为对抗战有很大贡献，因此在划成分时定为社会名流、开明绅士，没定地主成分。大儒返乡后，因是极右派，便当成不是地主的地主。

十年大混战前，大儒刚返乡不久，村党支部书记叫石宝银，一天，在大街上遇到与他支分相近的石存友婶婶。老太太好多嘴，当着几个村干部的面就劝支书说："宝银啊，人家鸿儒叔挺老实的，你可高看一麻线呐。"支书一摆脑袋说："大婶，你看瞎啦，他可不老实，他老实敢骂毛主席？"石存友老太太说："咱不管那，你可不能当地主待人家呀。"支书说："他家实际上几辈都是大地主。他既然回老家啦，还能虐待他吗？"最后这句话，在文化大革命中被造反派抓住不放，导致他倒台。红卫兵说他路线不明，阶级立场不稳，包庇大地主。包庇敌人的人是最危险的敌人，是埋在党内的定时炸弹。自文化大革命开始，大儒由地富反坏右的排尾跃升为排头，每次批斗会他都首当其冲，像戴高帽、挂牌子、弯腰坐喷气式、罚义务工、扫大街已成生活的主要内容。

知识分子的惯性思维迂腐可笑，大儒就是个迂夫子。

老毛天天讲，月月讲，年年讲："知识越多越反动，知识分子，也包括党内知识分子，基本属资产阶级范畴的，你们不信，我信。"经过反复批斗后，大儒仍不改初衷，仍相信知识就是力量。知识分子不能永远处于现在不体面的处境。知识分子断层后，会出现物以稀为贵的时候。因缺乏各类专业人才，直接影响国家建设及命运。由于迂腐观念作祟，他把金枝玉叶的不满六岁的宝贝女儿冬梅送进小学提前开发智力。

女儿入学是1970年秋季，正是文化大革命闹得天翻地覆、红卫兵泛滥成灾之时。小学一年级入学年龄参差不齐，最小的是小冬梅六岁，最大的十三岁，多数都在十岁左右。同班同学多以鄙视的目光看待小冬梅，她莫名其妙。孩子们不跟她一起玩。下课后，一堆孩子欢欢乐乐有说有笑，她刚凑上前，同学们的脸就冷漠了。在教室里谁也不愿跟她坐一张课桌，她问小伙伴们为什么都躲她，不跟她玩，小伙伴们问："你知不知道你是什么人？"冬梅说："咱们不是一样的人吗？"小伙伴说："不是，你是大地主、大右派。"小冬梅迷惑地说："我怎么不知道大地主、大右派是什么人呀？"小伙伴说："大地主、大右派是最坏的人，最凶的人。"

小冬梅回家后把同学对她的态度及小伙伴的话告诉了爸爸妈妈，夫妻俩不能给女儿做解释，内心一片凄然。小冬梅为和同学们一块玩耍，从家带一些糖果给几个小伙伴吃，吃糖果后小伙伴们和她玩几天，过几天又疏远她了。下课后，所有小伙伴都去操场乱蹦乱跳地玩，唯她一人坐在教室，怕别人瞧不起，不敢到操场集体玩耍，自卑心越来越重。她认为别的孩子都比她优越，唯有她最卑贱。

有一堂课是书法，冬梅在纸上想写"毛主席"三个字。因为小学一年级第一课就是毛主席三个字；第二节课是毛主席万岁；第三课是毛主席万万岁；第四课是伟大领袖；第五课是伟大导师；第六课是伟大舵手；第七课是伟大统帅；第八课是人民大救星；第九课是东方红太阳；第十课是千万不要忘记阶级斗争……教师教孩子歌唱"东方红太阳升，中国出了个毛泽东，他是人民大救星……"又高喊："爹亲娘亲不如毛主席亲！"孩子们对毛主席三个字太熟悉了，做梦也喊毛主席万岁，所以孩子们练毛笔字首先练这三个字是理所当然的。

冬梅的小手不听使唤，毛笔字写不利索，用了很大劲，费了很长时间，歪歪扭扭写出了个毛字。上头一撇写成又粗又长的一横，下边二横写得又短又歪，三横之间的距离长短不均，最后一画竖弯钩写成斜钩而拉得又过长，看起来像个大蜈蚣，太丑了。孩子看了看，觉得写得太难看，就用毛笔在蜈蚣身上打一个叉。正好一个比她大六岁的女副班长走到她桌前，怒气冲冲地问道："你在'毛'字上打叉是什么意思？"小冬梅原本害怕大同学，何况对方又是班干部，吓的直哭。越哭围上来看热闹的同学越多。

原来小孩子们不知在人名字上打叉是什么含义，在文化大革命中，被批斗的地富反坏右和当权派，脖子上都挂一个大木牌子，牌子上有其姓名，在姓名上打一个大黑叉，意思是杀头枪毙的意思。冬梅在家看到过爸爸的牌子上也有一个黑叉，但不解什么意思，可能是否定爸爸右派的意思吧。今天被副班长横眉竖眼的训斥，仍不解其意，泪水涮涮直下，不敢哭出声来。此时，比副班长大一岁的正班长走过来，公正地说："这是什么大事？'毛'又不是人名字，用'毛'的地方多啦。"给惊慌万状的小冬梅解了围。好像副班长把小冬梅看成英雄，六七岁的孩子竟敢判毛主席死刑。据了解，这位正班长的爸爸是与大儒同年、同月、同日、同时诞生的小狗子。

小冬梅原本性格懦弱，胆小好哭，社会的刺激使她性格发生了改变，她一改常态，变得粗暴无情。在一次上学路上，一个比她大两岁的男孩子在她身后喊大地主、大右派。这两个词对孩子的心刺激太深了，她二话没说，回过身子就向男孩子的脸，"啪"的一声，打了一巴掌，打得男孩子鼻子、口里出血。

本班教员叫兰子，她让小冬梅罚站一上午并训斥道："你知道你是什么人吗？地主打贫下中农是犯罪。你不老实，不接受贫下中农的改造。"把批斗大儒的话套用在孩子身上。小冬梅哭了一上午。

回家后孩子把原委告诉了妈妈，她得到了妈妈的表扬："孩子，你是对的，该打，要狠打，打伤了也不要怕，大不了我给他上药。"晚饭后，冰玉到了教员兰子的家。

兰子未婚，跟爹娘住一起。一家人对冰玉挺客气。冰玉首先说："小冬梅打人了，我今天来向老师道歉。"兰子错认了冰玉来的目的，她借机把打人的实况渲染了一番。冰玉问："你知道冬梅为什么打人吗？"兰子说："我不清楚。"冰玉的态度逐渐严肃："这就不公正了，你只说孩子打人，却不追究打人原因。那个男孩子比冬梅大，他无故骂孩子大地主、大右派。这两个词比骂人、打人更厉害，小孩子这样骂人还可以原谅，千不该万不该，你身为教员，也跟着一块起哄。你罚孩子站，我不怪，我最不能容忍的是你骂孩子是什么人，'地主打贫下中农犯罪'，骂她'不老实'，'不接受贫下中农改造'。说这些话比用刀子捅她还要恶毒。六七岁的孩子知道什么是地主？知道什么是贫下中农？你故意给孩子制造仇恨，用刀子捅她幼小的心灵。有教无类，这是当教员最起码的常识。连最起码的常识都不具备，让孩子跟你学啥，从明天起，孩子不上你班去了，免得叫大地主、大右派的孩子玷污了你们的纯洁。"说完站起来就走。

兰子小学四年级没毕业，因十年大混战的爆发中断了学习，基本是个文盲。因为她爸爸是大队会计，被滥竽充数，塞进学校挣工分。兰子对冰玉的指责无言以对。她父母极力拉着冰玉重新坐下，满口赔不是："不看僧面看佛面，兰子也是个孩子，文化有限又不懂事理，看在老辈人身上，原谅她的无知……"冰玉走后，兰子一家对冰玉又恨又赞赏，恨她是言辞锋利伤人，赞赏她是有胆有识能言善辩，广德堂出了几代男强人，现在又出了位女强人。

冰玉每次对外处理问题之前，为了不刺激本来勇敢胆大但现在被折磨得胆小怕事的丈夫，不与他事先商量，都是趁他出诊不在家的时候进行活动。处理后也不向他汇报，让他的心境尽可能得到宽舒。

冰玉决定对女儿在家进行家教，学校有什么知识可学的？除了神化毛泽东就是教育阶级斗争。在家教孩子学习《百家姓》、《三字经》、《千字文》、数学，比在学校好多了。她给孩子准备好了教材，准备按部就班地进行家教。

孩子辍学七天，兰子的爸爸上门说好话，劝孩子继续上学，保证对孩子一视同仁，不再有类似事件发生。正好，大儒在家，对大队会计的说词一头雾水。冰玉接过话茬，大儒才知道这事的来龙去脉。为了不驳会计的面子，冰玉又让孩子进了学校。

几个月后升级换了教员。

一个姓宋的同班同学大冬梅六岁，一身横肉，贼眉鼠眼，丑陋无比。他爷爷是旧社会杀人越货的土匪，后被国民政府处决。他爸爸是地痞流氓，但传给他一个好成分--贫农，所以当上生产队长。宋姓丑男孩在冬梅身后骂大地主，大右派，冬梅毫不客气予以回击。丑男孩抓住冬梅的头发摁倒在地，骑在她身上猛打她的头。别的孩子围着看热闹，谁也不同情大地主、大右派。

这时虎子来接姐姐，此时此景令他气黑了眼，他拼命地拽丑男孩，因幼小力弱拽不动。丑男孩继续打姐姐，他一口咬住对方的耳朵，并挠破丑男孩的脸。丑男孩痛得嗷嗷直叫，鲜血直流。冬梅爬起，姐弟俩奋力猛打，把他揍得鼻青脸肿。

丑男孩回家后，并没得到爹娘的同情，因为他每天在外边打架，不是打破人家的头就是被人家抓破脸，撕破衣服。虎子回家也把这次战斗向父母做了汇报。

下午丑男孩回学校向章老师告了冬梅的状，说她姐弟俩差点把耳朵给咬掉。虽然丑男孩理屈，但他是贫农的孩子，老子又是队长，打人的孩子是地主的子孙。章教员把冬梅叫到办公室罚站训斥，训了一阵子最后说："你家是地主，竟敢打贫下中农的孩子，难道造反不成？"

冰玉怕女儿来到学校挨罚，叫虎子去学校探听情况，有事回家报告。听虎子说姐姐正在挨训，冰玉三步并作两步来到学校办公室门口，正好听见章教员最后几句话。冰玉愤怒了："你还是老师，你还有点良心没有？你的心是黑的？打人的男孩子比我女儿大六七岁，把她摁倒地下，打她的头，往死里打，把头发拽下好几把。你诬蔑七八岁的孩子要造贫下中农的反，亏你说出口！教员为人师表，你是什么师表？我真替你难为情，你总得懂点当老师的常识吧……"全体教员解劝冰玉，校长也赔不是。章教员臊得满脸通红。

冰玉把女儿领回家，再也不让她回学校了。她看透了学校不是能传播知识的地方，而是制造仇恨的车间，培育敌人的孵卵器。学校是整个中国大环境的缩影，谁又扭转得了呢?!学校不但制造了儿童之间的仇恨，同时还制造了黑五类出身的学生家长与教员之间的仇恨。教员既是仇恨的制造者，又是仇恨的受害者，有苦难言。对受害学生家长的愤怒，既同情又委屈，谁又理解他们的苦衷，不对阶级斗争、毛泽东思想进行宣传教育，将被扣上立场不稳，敌我不分，只管低头拉车，不问方向路线的资产阶级同路人。要想在这个世界上站住脚，就得随波逐流，昧着良心说假话。学校制造仇恨不止在校内，也扩大到校外。而且制造仇恨的单位也不仅限学校这样的小单位，整个社会笼罩在无处不在的仇恨之中，只有这样毛泽东的个人统治才能高枕无忧，全国亿万人民为满足他一个人的统治欲而相互仇恨、斗争、厮杀，其中包括尚不懂世事的儿童。

大儒夫妇在这个世界上一个人负担几个人的义务，在少医缺药的农村，为人治病就忙得喘不过气来，名气越大越忙，还得种自留地，参加集体农业劳动，罚义务工，参加批斗会等，还得为孩子营造一个世外桃源，远离毛泽东的阶级斗争漩涡，辅助孩子学习，进行家教，又占用了一部分本已十分紧张的时间。

石鸿光全家六口人，有二十二亩地，按实际情况该划为下中农。石庄平均每人占有四亩多土地。他喂养一匹草驴。该着财神叫门，草驴降了一头骡子，驴降骡子被视为外财，一家人快乐异常。不料，土改后划成分，农会规定凡是喂有骡子的农户均划为地主。石鸿光一家的快乐变为沮丧，外财变为灾难。

给石鸿光带来更大打击的不止是骡子，而是他妻子卜氏的美丽。卜氏是全村有名的美人，身段修长，婀娜多姿，皮肤白皙，高鼻梁，大眼睛，两排白珍珠般光亮牙齿，左右脸蛋各有一酒窝。石鸿光一家隶属石庄大队第九生产小队。九队长姓章，他自小就流氓成性，不做好事专做孬事，所以大号没叫起来，外号叫"坏水"。结果"坏水"成了他的大号，人们当面称呼"章坏水"，甚至他的近人也这样称呼，他也满不在乎地答应，因为"坏水"名副其实嘛。

因为几辈子是贫农，贫农的金字招牌变成他的权力钥匙，先当村民兵连长，后当第九小队的队长，他在大庭广众下公开戏称："别看俺坏水从小没干过好事，可是毛爷爷相中俺啦，这有么法？"有一次，一位社员与他发生口角，因规定完成一天包工应得十个工分，他给开了八分。社员说他不讲理，说话不算话，坏水大发雷霆："讲理？说话算数？谁给你讲理？自共产党来了后就没讲过理，毛爷爷的话早晨说了晚上改，你叫俺这个小队长说话算话啊？没门！"围着看热闹的社员们听了哈哈大笑，大家为他的大实话鼓掌。

章坏水日日夜夜为石鸿光美丽的妻子垂涎，由于她家人口太多，不得机会。1960年大跃进期间，毛泽东饿死一千五百万山东人其中包括石鸿光的父母，一家六口减了三分之一，毛泽东客观上为章坏水提供了为非作歹的机会。全队一百七十四口人，无不惧怕队长的。他对每个人都具有生杀予夺之权，每个社员对队长拍马溜须是很正常的。

章坏水为了为自己的兽欲提供机会，分配石鸿光到菜园种蔬菜，夜间住宿畦屋子；分配他十六岁的儿子去外地治河，几个月不回家；分配十四岁的女儿参加田间劳动。上工时间只有石鸿光妻子卜氏一人在家。坏水例行每天上午九点，下午三点半把社员赶到田间劳动，留在村内的人很少，方便了他的行动。

坏水每天去石鸿光家与卜氏厮混，每天赠送给她十个工分，相当于一个壮男劳力的一天工值。卜氏受宠若惊，感恩不尽，没干活竟能得壮劳力的工分。她每天对队长的到来眉开眼笑，远接高迎，把坏水看成出手大方的知心好友。当坏水将要占有她时，她处于两难境地，如果同意，恶名难当；如不同意，友情难却。卜氏提出一个条件，只许一次，以后不许再到她家来。坏水答应了她的条件。

第一次占有卜氏后，他照旧每天往来，而且来得更频繁。卜氏无可奈何，听天由命，让坏水恣意无忌，又不敢向丈夫表白。可怜的女人上天无路，入地无门整日以泪洗面。

一天卜氏去菜园找丈夫，要求与他在菜园同吃同住同劳动，丈夫不知妻子的本意，把她训斥了一顿："夜晚舍着一个十四岁的女孩子在家，放心吗？异想天开。再说邻舍百家也笑话，哪有夫妻俩同睡畦屋子的呀。如此形影不离,不成体统."妻子得不到丈夫的许诺，只能把痛苦压在心里。一天夜里下大雨，畦屋子漏雨，不能睡觉，石鸿光披着蓑衣，提着半明半暗的马灯赶回家，正好碰上坏水一丝不挂在炕上搂着卜氏作乐。石鸿光拿起棍子抽打妻子，当然不敢抽打坏水。坏水夺过棍子狠打石鸿光，打得遍体流血，在卜氏跪着恳求下，坏水方住手。

第二天，坏水以村支部组织委员、小队长、贫下中农的名义到公社派出所告状："地主石鸿光不遵守劳动制度，自由行动，任意脱离生产场地，给生产造成破坏，不服生产队长管教，队长批评他，他拿着棍子打队长，地主要造贫下中农的反了。"派出所长一听，地主持着棍子打队长，气黑了眼，当天下午逮捕了石鸿光，投进县监狱。经过县公安局调查、检察院起诉、法院判决，判决书上写道"地主分子石鸿光不服管教，破坏生产，报复贫下中农，棍打优秀共产党员，图谋翻案变天，判有期徒刑五年。"

在劳改队服刑期间，石鸿光由于饥饿，劳累，精神压抑，巨大痛苦等折磨下，服刑半年撒手人寰，永远摆脱了这个罪恶的社会。石鸿光的噩耗给妻子、儿女增加了无限仇恨。

自石鸿光被逮捕后，章坏水更肆无忌惮，白天在卜氏家吃，夜晚在她家睡，霸占卜氏嫌不足，又打她女儿的主意。女儿叫俊子，不满十五岁，干了一天农活，累得浑身酸痛，吃完晚饭后，躺在自己的屋里睡着了。

坏水裸着身子，悄悄离开卜氏，窜到俊子的炕上。俊子拼命喊救命，卜氏跑过来拽坏水的腿，被坏水一脚蹬一个脸朝天，卜氏跪下哀求道："我求求你，请你开恩，你放开俊子，有我一个人你还不满足吗？你千万别再糟蹋俺闺女，她是个孩子。"坏水终于发泄了兽欲。从第二天起，不许俊子再下田干活，每天给她家开二十个工分，母女俩昼夜为他任意蹂躏。

一天俊子羞涩地向母亲悄悄的说，三个月没来月经了。卜氏惊慌万状的摸了摸孩子的肚子，眼泪涮涮地留下来、她把闺女怀孕的事哭诉给坏水。坏水不以为然的说："哭么？这么老大不小的闺女家，怀孕不是挺正常的事吗？你别管，我有办法处理，这点小事还难住我呀，你就是知道哭，笨蛋！"

最近，坏水每天找石鸿儒套近乎："鸿儒兄弟，有什么困难给大哥言语声，不管是吃的、用的、花的，甚至政治方面的，咱没有办不到的事。我办不到的话，咱公社里、县里有人。只要有我一句话，县政府，县委平蹚啦，我不信什么地主呀，贫下中农呀，都是骗人的鬼话。老庄乡都是一样的人，哪分那么多三六九等十八级？"大儒说："我知道你神通广大，有需要帮忙的事一定向你请教."

坏水走后，大儒夫妻俩分析讨论。冰玉说："可能坏水的亲戚朋友有难治的病，事先套近乎。"大儒说："不对，若有亲戚朋友看病，他早就明说啦。几次见面都羞于开口，其中可能有隐私。"妇产科专业的冰玉一点就透："似有道理，你的分析能力比我高好几筹。"大儒说："你的办事能力比我高好几丈。"两个人开怀大笑，笑得那样开心，好像这个世界没有压迫似的。

冰玉说："在村里接生，有几家对坏水风言风语，说他为了霸占石鸿光的妻子和女儿，故意栽赃，把石鸿光投进监狱，可能问题就出在石鸿光家。我们忙得连说话的机会都没有，有许多该说的话，许多外边流传的信息也没时间交流。"大儒坚决地说："如果他要求做人工流产，绝不答应，这是个出名的大流氓，言出无信，出尔反尔，像毛泽东一样。答应了他的要求，他会反咬我们一口。"

坏水知道大儒每天傍晚出诊，故几天前约大儒晚上去他家吃饭。按约定时间，坏水来请大儒到他家。大儒让坏水先回家，自己立刻就到。

大儒带了二瓶兰陵酒、二斤猪头脸子及烧猪杂、二只德州烧鸡，到坏水家吃饭。他人请客吃饭目的是办事，怕事办不成产生怨恨，大儒带着比一顿饭价值更重的礼物，造成倒请客的场面，即使办不成事，对方的心理也得到平衡。

大儒一进门，坏水看到礼物说："大兄弟这就不对了，是我请你呀，还是你请我呀？弄颠倒了。"大儒说："平时你忙，我也没空。好容易抽出点空来，今晚好好玩玩，我求你帮忙的地方多着呢。"坏水原来家贫如洗，名声恶劣，直到土改后，三十多岁才娶了个哑巴媳妇，给他生了双胞胎儿子，已十八岁，是两个响当当的红卫兵。

当喝酒谈话时，坏水把俩儿子支开，开始拍着胸脯吹开了："我已经给村革委会打招呼啦，准备给你摘右派帽子。什么左派右派？都是骗人的把戏。这件事我包下啦，如这件事办不成，你大哥我头拱着地走。另外我也给公社打招呼啦，任命你和弟妹为大队的正式赤脚医生，大队负责每年每人开给三千工分。"大儒说："大哥的情我领了，不过现在不巧，不是给右派摘帽的季节，是戴帽的时候。刘少奇、邓小平、陶铸都带上资产阶级走资派、修正主义的帽子了嘛。以后总有你帮忙的机会。"

坏水言归正传："有一个朋友，请我拜托你，他有一个不争气的未婚女儿，怀上胎，你能不能帮帮忙给打下来？"大儒问？"女方多大？"坏水答："我也不清楚，估计有十七八岁吧？"大儒又问："怀孕几个月？"坏水故作茫然不知的神态："你这可把我问住啦，她怀孕几个月可不清楚，朋友说肚子看出大来啦，大概、可能、也许、差不多、据推测或者有四个月左右的样子吧……"

大儒正襟危坐，像个审判官。坏水像个被审判的罪犯，低头躬身，欲言又止，满脸羞愧。大儒解释道："人工流产或引产是违法行为，谁也不敢做。四个月以上的胎儿不能流产，只有剖腹产或引产。剖腹产或引产手术必须有手术室的全套产科设备及手术班子，有麻醉师，有主刀，有二个助手，一个器械护士，一个手术护士，还有一个抢救医师，叫孕妇去医院试试，怕医院也不敢做。"

事后坏水带着俊子到了县医院及德州医院产科，得到的回答与大儒的回答如出一辙。坏水开始紧张起来，他张罗着给俊子找婆家。老邻居的女儿叫丑子，与坏水同岁，是要好的小伙伴，长大后嫁到刘庄一家贫农，生了一男一女。因为穷，儿子没成家，用女儿跟另一家贫农换亲。女儿出嫁后，对方的女儿嫌她儿子丑，宁死不嫁，结果女儿走了，儿子仍是光棍。

坏水到刘庄找到小时候的伙伴，亲事一提便成。女主人感恩不尽。因家穷，几乎没经过结婚仪式，登记完了自然成亲。

结婚六个月，俊子生一男婴，引起婆婆的怀疑。婆婆反复观察，孙子像足月产儿，不像早产。再仔细观察其面庞，好像是坏水的翻版，越看越像坏水的种。她回想坏水一生没办过好事，这次如此热心的为儿子提亲，必然有邪恶目的。她对儿媳妇直言："这孩子是坏水的种，你立刻滚回你娘家去，跟坏水过去吧。"

可怜的俊子隐私被道破，羞臊得无地自容，抱起孩子回娘家，走出村边跳井自杀。因是地主子女，自杀后公社司法及派出所，没进行死因调查，卜氏更不敢上告。婆家认为媳妇是娼妇，对死者不闻不问，娘家叔伯认为出了门的闺女是人家人，没义务过问。地主子女的命不如一条狗，狗死后主人还得调查死因，然后掩埋，地主子女死后竟暴尸荒野。但是，如果俊子地下有灵也不必过分悲伤。刘少奇、陶铸、彭德怀、林彪一家、舒舍予、傅雷夫妇、储安平、田家英等英雄死得也不比你俊子荣耀。

俊子死后婆婆来石庄找坏水及卜氏大吵大闹，骂他们干的不是人事，道德败坏，禽兽不如。由于丈夫冤死大牢，女儿投井自杀，卜氏精神受到摧残，日日夜夜泪水长流，饮食不进，夜寝难眠，看来也得不久于人世。使她更心惊胆战的是几个月不来月经，发现肚子逐渐长大，丈夫死了一年多，快四十岁的人了，肚子里又怀上坏水的孩子，无脸见世人，更无脸见儿子。

卜氏的儿子小名叫狼子，是一个十八岁的小伙子，身材高大而硕壮，因为家庭成分不好，在学校像冬梅一样受气，只断断续续的念了两年书就辍学务农。冬梅辍学，依靠有文化的父母家教自学。狼子的父母是文盲，没人辅导，因此他成为文盲。

十八岁的孩子已懂世事。全村甚至外村都风言风语，说坏水为了霸占美女卜氏及其女儿，竟把石鸿光送进大牢，全村对狼子也以异样的眼神相看，狼子感到事出有因。

在一个夜深人静的夜晚，母子俩有一段催人泪下的对话。狼子问妈妈："娘，虽然家庭成分不好，从前全村人对我还是挺和气的，有说有笑，只有少数坏蛋看不起我。现在人们变了，见了我很少说话，眼睛却死盯我，好像可怜我似的，是不是因为爸爸死在局子里，妹妹投井自杀的缘故？"妈妈未曾开言泪先流，："咱石家就剩你一条根了，当娘的有义务向你说明真相。在儿子面前也不顾老脸了。因为娘长得俊，家庭成分又不好，坏水依仗党员队长的权势，长期霸占了娘，把你派往外地治河，派你爹长期住畦屋子。六月初七那晚下大雨，畦屋子漏雨，冒雨赶回家，碰巧坏水正在侮辱我。你爹用棍子打我，我当然该打。坏水反客为主，夺过棍子打你爹，打得全身皮开肉绽，流血不止。我保护你爹，挡住坏水，向他下跪磕头，他才丢下棍子走了。他叫来公安局，没经分说，把你可怜的爸爸绳绑索捆抓进大牢，诬陷你爹打共产党员，要翻案变天。不到半年折磨致死……"

这是狼子第一次听到爸爸的真实死因，娘儿俩抱在一起嚎啕大哭。狼子一面喊"冤枉啊，可怜的爸爸受欺侮了，死得冤枉啊。"卜氏擦干眼泪，休息一会儿继续说："你爹被抓进局子后，坏水黑夜白天在咱家住着不走，不但糟蹋我，更糟蹋了你妹妹。怀孕四个月，他给强行找了婆家，按结婚月份不到十个月，生下的孩子发育很正常，五官像坏水，结果被婆家赶出家门跳井自杀。婆家到咱家骂不绝声，闹得全村无人不知。"狼子突然站起来，大喊："我要为爸爸妹妹报仇！"他的话把妈妈吓了一跳："好儿子，你别胡思乱想，现在还不到报仇的时候，你要盲动，不但报不了仇，你的命也要搭上。现在政府向着孬人不向好人，要揉揉肚子忍着吧，早晚有晴天的时候。你千万听娘的话，别跟坏水吵架，骂不还嘴，打不还手，别叫他把你也送到局子里去，那咱家就绝根了。"狼子安慰娘说："我听娘的话。"

卜氏的肚子越来越大，在儿子面前太丢人了，趁儿子下田干活悬梁自尽了。一家四口已冤死三口，狼子再忍无可忍，决心冒死复仇。

在村党支部年终评比中，章坏水被评为模范共产党员，先进工作者，优秀干部，被推举为县人民代表，被提升为村党支部副书记、村革命委员会副主任。他的主要先进事迹被总结为：政治觉悟高，阶级立场坚定，对敌人斗争不心慈手软，常深入群众，与社员打成一片，及时向上级反映敌情，积极维护社会治安，对蠢蠢欲动的阶级敌人进行及时有效的打击，使其不敢再乱说乱动，他是无产阶级专政的楷模，是毛主席信得过的好学生。中共县委把坏水选入宣讲团，让他到县直各机关，各乡镇报告他的先进事迹。是如何对阶级敌人进行专政的，对地主子女是如何进行帮助改造的。

他在报告中举了典型事例："对胆敢乱说乱动的地主分子石鸿光及时进行了反击，绝不心慈手软，但对地主子女要区别对待，以帮助教育为主。虽然家庭成份不能选择，但前途可以争取。如对地主女儿俊子，为了她的前途和进步，积极为她找一位贫农丈夫。对地主婆娘的态度也不能一刀切，如果娘家也是地主的，那就毫不留情面的进行专政；如果娘家是贫下中农的，要积极进行分化争取，给予适当照顾。如地主婆娘卜氏，娘家是贫农，身体又虚弱，在分配农活时，使其量力而行，在工分上掌握宽松一点，这就是伟大领袖毛主席教导的，在工作上要有张有弛，纲举目张，要辨证的分析问题，要唯物的面对现实。在乡党委、县委会的领导下，在贫下中农支持下，高举毛主席思想红旗，继续胜利前进。"他的讲话引起热烈掌声，得到各单位好评，受到乡、县两级的表彰。

年三十晚上，各家团聚。坏水与两个儿子及哑巴老婆坐在炕上一面吃团圆饭，一面向两个儿子吹他先进事迹："我这次年终报告很成功，得到县直各机关，下面各乡镇的一直好评，获得县委、乡委的表扬并赠给奖状。据传，来年可能被提拔为副乡长和县人大常委或县委委员。看来最迟不超过两年，在换届的时候，有把握被提升为乡党委书记或副县长。当爸爸提上副县长的时候，我把你俩送到公社里锻炼锻炼，当个派出所长，或武装部长什么的，咱一家人都吃上皇粮，拿俸禄，可给你们换个会说话的娘，"爷儿仨正说得眉飞色舞之际，突然凶神下界，狼子双手紧握铡刀，闯进里屋，一刀砍掉坏水的右肩膀，两刀砍断小儿子的脖子，大儿子跑到屋门口，一刀砍断大腿，又一刀剁下脑袋。不到五秒钟，三个男人死在血泊中。哑巴也是受压迫，饶了他的命，她吓得倒在地上，神志不清。

狼子把三个男人的头放在粪筐里，院里有一桶生产队寄存的柴油，狼子把柴油倒在各个房间里，一团烈火熊熊升起，照得满天通红，哑巴烧死在火中。狼子背着三个人头，回到家中，写好父母妹妹的神牌，放在八仙桌上，每个神牌前供一个人头，再点上香，把香插进人头的眼睛里，再在地上烧铂纸、磕头，嘴里念道："爹娘二老及妹妹在上，我为三位亲人完成了报仇雪恨的夙愿，愿亲人们在天之灵安息吧，我们一家四口将团聚在天堂。"狼子喝了一瓶敌敌畏，一命呜呼。

惨案震撼了全庄每个人的心，打乱了年初一拜年的传统，人们见面不再喊："恭喜发财"，改为议论惨案经过及原因。大家一致称赞狼子是个英雄，为爹娘报了仇雪了恨，又对无辜的哑巴刀下留情，是非分明，是个好小子。但对惨案的原因，各说各有理，难以达成共识。有人抱怨草驴不该降头骡子，否则石鸿光划不成地主，一切罪恶都在驴子身上；有人说卜氏的美丽是祸根；有人怨老天下大雨；有人说坏水是个大孬种，他是惨案的根本原因；有人说狼子的勇敢和复仇心理造成此案；有人怨公安局颠倒是非，制造冤案。以上原因似是而非，有意无意的躲开了核心原因。

如果没有毛泽东制造仇恨的政治制度，就不会把和平人群分为三六九等十八级，进行人为的阶级斗争，否则，即使草驴降十匹骡子，石鸿光也划不成地主；如果人人平等，即使卜氏具有倾国倾城之美，坏水也未必敢起歹心；如果没有制造仇恨的需要，社会渣滓章坏水也不会飞黄腾达，就没有霸占平民良女的权势；如果天不下雨，此案也会迟早暴发；如果狼子的童年没像冬梅、虎子一样受到反复的仇恨刺激，也不会产生暴烈复仇的性格；如果没有制造仇恨的国策，公安局就没有制造冤案的胆量。杀害九条人命的真正凶手是毛泽东，就是被鹦鹉学舌的奴仆们美誉的人民大救星、东方红太阳的那个毛泽东。

可怕的是，不仅石庄有章坏水这样的小毛泽东，全国有许许多多农村、工厂、机关、学校都有章坏水似的恶霸，于是形成了一个巨大的恶霸社会，恶霸的总头子当然非毛泽东莫属。战争、政治运动、仇恨是三把双刃剑，战争双方有败无胜，如中日战争；政治运动的镇压者与被镇压者同归于尽，如毛泽东与刘少奇对立的两派；仇恨的制造者与受害者两败俱亡，如章坏水与石鸿光两家。

可悲啊，九条人命，有婴儿、有成人；有男人、有女人；有地主、有贫下中农。人类居住的世界仍处于野蛮时代，如果以发动战争为游戏的日本军阀、以制造仇恨为惬意的毛泽东，以仗势残害良民为乐的章坏水之流在人间不绝迹，和平世界将无降临之日。

第六十章　毛泽东偏执狂精神病诊断书

　　偏执狂精神病资料介绍：偏执狂，又名妄想狂，是一种很少见的精神病。好发于中年，男性较多见。本病病因不明，有许多学者认为症状是在性格缺陷基础上发展起来的。本病的主要特征是缓慢发展起来的系统性很强的妄想，主要是迫害妄想与夸大妄想，好像别人千方百计地想杀害他，无安全感，处处是敌人。患者性格特征多主观、固执、多疑、敏感、喜欢自我为中心、自尊心强、拒绝批评、心胸狭隘、睚眦必报。不能正确的对待挫折。人际关系差，常有偏见依据。好吹牛、好大喜功、喜怒无常、独往独来、无自责、无罪恶感、反社会、冲动、冷酷、无人间爱。常出现感情冲动和暴力，利用他人视为是理所当然。刚愎自用，自认能力非凡、有突出才能，目中无人。在人际交往中常常是冷淡、寡合，不愿意交友，对周围的人充满支配欲及嫉妒心。患者对环境改变易起疑心，成天提防别人欺骗自己或耍阴谋诡计，在别人平常的甚至友好的行为中也可发现仇视和恶意动机，遇到有人提出新的建议就小心翼翼，生怕会损害到他的利益。遇到挫折归过于人，认为别人故意刁难他，逐渐把各种事件联系起来，形成内容有联系、有系统的妄想。病人一般爱思考，有时在分析别人为什么要迫害他时，会产生夸大的妄想，认为别人嫉妒他所以迫害他。常有冲动不负责任的行为，有时以敌意和严重暴力来显示内心冲突。对挫折的耐受力很差。没有丝毫不道德和罪恶感，患者常为不道德找借口，将一切罪过归咎于他人。病人以自我为中心，对人缺乏同情心，甚至冷酷，且常正好与其有魅力的表面现象形成鲜明的对比。自控能力差，行动常是心血来潮，想干啥就干啥，不接受教训，屡错屡犯。妄自尊大，夸大自身的优越感，确信自己出类拔萃。渴望被人崇拜，权力欲极强，认为自己的需要有权立刻得到满足，他人无条件的为自己服务，满足自己欲望是理所当然，这种特征表现常常冒犯与他接近的人，所以越接近他，拍马屁吹嘘他，越易受害。患者谈吐清晰，信口雌黄，口若悬河，善于雄辩，不了解情况的人与他初次接触时，会错觉他谈得条条是道、合乎逻辑、才华横溢，但仔细分析，牛头不对马嘴。

此病人在不涉及妄想时，情感、行为、反应均正常，智能也正常，不被认为有病，因此确诊较难。偏执狂患病率低，门诊很少见，至今没有大样本报告，据小样本观察，遗传率远低于精神分裂症，但血缘遗传是肯定的。目前似没有有效治疗方法。

毛泽东偏执狂精神病病历

姓名：毛泽东。性别：男。年龄：生于1893年12月26日。籍贯：湖南省湘潭县韶山冲，职业：政治家，以阶段斗争为业。特长：以发动战争与政治运动及制造党内宗派斗争为特长。嗜好：嗜烟、淫乱、嗜权好斗。家族遗传史：

父亲性格暴戾、固执、任性。儿女二人、孙子一人，三代有精神病史。儿女二人同父异母，证明遗传来自父亲。信仰：封建迷信、唯心主义，喜爱极权社会主义，藐视唯物主义、马列主义、社会主义。性格特征：迫害妄想、自控力差、心血来潮，想干什么就干什么，独来独往、缺乏自责、反社会、对人类持敌意与暴力、冷酷无情、主观多疑、固执、好斗、敏感、吹牛、刚愎自用、自我为中心、冷淡、寡欢、极度冒险、心胸狭隘、无罪恶感、目中无人、迫害妄想、没有朋友、多冤家、笃信英雄造时势、宁教我负天下人不教天下人负我。婚姻：结婚三次。文化：中等师范。

主诉：满眼敌人　狂妄吹牛以人为敌

现病史：自幼脾气古怪、好斗、独往独来、刚愎自用。以自我为中心，好吹牛，好大喜功，喜怒无常。少年时期在家与父亲斗，父亲骂他小畜生，他骂父亲老畜生。青年时期在师范学校与校长张干斗，号召罢课，驱赶校长，被记大过一次。在北大图书馆当临时工时，嫉妒教授，因教授对他冷淡而怀恨在心一辈子，当上国家领导人后，发动对知识分子思想改造、反右派、十年大混战等运动，迫害知识分子进行报复。

毛泽东偏执狂第一个典型症状是迫害妄想。1930年在井冈山与朱德、陈毅争夺红军领导权，陈毅被诬蔑为AB团。毛泽东在井冈山红一方面军开展打AB团运动，好像他周围的人都是AB团，怀疑所有的人都想杀他。迫害妄想，满眼都是敌人，从红一方面军四万指战员中，处决了四千四百名所谓的AB团分子，其中包括几十个团长。为了在苏区建立法西斯统治，又枪杀了江西行政委员会负责人及红军高级将领李文林、江汉波、段良弼、李白方、金万艳、田宽、谢汉昌、马铭、刘放等四十多名，同时在红军学校逮捕处决了大批学员，当时毛泽东三十七岁，正好是偏执狂好发的年龄段。打AB团是毛泽东一生发动的第一个政治运动，在运动中，他多疑，有不安全感，迫害妄想'自我为中心，目中无人，以杀人取乐，建立个人崇拜，病态性格暴露得淋漓尽致。他口出狂言，要以虐杀为手段，树他为中国列宁的高大形象。他变成了嗜血的动物，双手沾满红军将士的鲜血，偏执狂发展为杀人狂。

黄克诚将军透露，1931年他任红三军团第五师政委，该师组织科长、政工科长被诬蔑为AB团处决了，他吓得不敢保他们，否则自己也被处决。五师的宣传科长何笃才在古田会议朱毛的争论中，站在朱德一方，因此被毛泽东当成AB团处决。最后事实证明，所谓国民党在南昌组织的AB团特务机关根本子虚乌有，完全是毛泽东编造出来的谎言。以上打AB团，是毛泽东偏执狂第一次典型症状发作。

毛泽东第二个偏执狂典型症状是喜怒无常，发作于1935年1月的隐性军事政变遵义会议。在长征途中，参加会议的政治局委员不过半数，因此不能称为政治局会议，毛泽东把手下不是中央委员的八位高级将领塞进会场，会场充满了枪杆子气氛。在行军途中，他经常讨好政治局常委张闻天、王稼祥，游说他的军事路线。两个人上了圈套，在会议上投了毛泽东的票，使他勉强进入常委会。遵义会议后期的长征途中，因为张闻天是总书记，毛泽东为了控制、拉拢他，与其住同一房间。

1938年9月，王稼祥由苏联归来。第三共产国际书记季来特洛夫根据王稼祥有关中共党内事务的汇报，决定毛泽东为中共负责人，统一领导中国的党政军，从此毛泽东一步登天成了中共的头子。

毛泽东所以能爬上权力的顶端与张闻天、王稼祥帮助分不开的，但人一阔脸就变，毛不但不报提携之恩，反而以怨报德。1945年在中共第七届中央委员上，虽任命张闻天为政治局委员，但有名无实，把他发配到东北的极东北角的合江军区任政委。合江军区为旅级单位。还叫一帮司令、副司令、副政委、参谋长、副参谋长、政治部主任、副主任"帮助"他，如果授军衔的话，原为中共总书记的张闻天勉强授少将军衔。毛泽东在职务上羞辱他还不算完，1959年8月在庐山会议把张闻天划入反党集团，与彭德怀一起被打入另类，十年大混战时期，被批斗、戴高帽、挂牌、坐"喷气式"、游街示众、拳打脚踢、摁脖子。张闻天被关在一小间冬冷夏热的黑房子里，不准听广播，不准看报。只准写检讨，不到两年共写了两百十九次。1967年10月被折磨得面色苍白、浑身浮肿的张闻天被流放到广东肇庆。林彪事件后，张闻天给毛泽东写信，要求回到北京治病，毛泽东不答应。他又要求回家乡上海，还是不许可，最后要求去苏州或无锡居住，毛泽东批准去无锡，但命令张闻天不许用真名。因为心绞痛得不到有效的治疗，张闻天1976年7月1日终于丧命在无锡。死后毛泽东不许江苏省委开追悼会，花圈上不许写张闻天的名字，只许写老张。这是在毛泽东死前两个月，对将他推到权利顶峰的恩人张闻天的回报。

毛泽东对第二个恩人王稼祥的态度也不比张闻天好。在1945年延安七大之前，王稼祥曾任红军总政治部主任、六大中央委员、政治局候补委员、政治局委员，在长征中与周恩来、毛泽东三人为军事指挥小组。抗日战争时期，曾任中央军委副主席、总政治部主任，但在1945年延安七大会议上，毛泽东只给他一个候补中央委员的寒酸职位。偏执狂患者毛泽东不认朋友，以自我为中心，要别人无条件地崇拜他，为他所用，用完就毁。

毛泽东第三个偏执狂典型症状是夸大妄想，具强烈的不安全感。

1936年11月，张国焘率领的红四方面军五万多人，千辛万苦经长征到达陕北。不到半个月，毛泽东怀疑兵多将广的张国焘会吃掉自己的七千残兵败将。他以中央军委的名义拆散了红四方面军，命令红四方面军总指挥徐向前、政委张昌浩率领红九军、红三十军两万多人组成西路军，进攻宁夏、甘肃马家军。

回马军有马步芳、马鸿逵、马鸿宾三支部队，以骑兵为主，六倍与西路军。毛泽东今天命令西路军向西打通新疆国际路线；明天又命令向北打永昌、凉州、民勤建立根据地；后天又命令班师东移，策应河东红军。西路军疲于奔命，当西路军被层层包围时，毛泽东命令彭德怀不得增援西路军。二万一千八百人的西路军全军覆没。一年后只有李先念带领四百残兵辗转万里回到陕北。

马步芳在张掖枪杀红军俘虏三千二百六十七人，活埋二千六百零九人；用火烧死五十六人；扒心、割舌二十七人；破腹三十多人，用胆汁做眼药。女战士被强奸、转卖，做妻妾丫环。毛泽东借马家军的刀一下子吃掉了红四方面军的一半，大大地削弱了张国焘的力量。

西路军失败后，毛泽东把责任推到张国焘身上，说是由他的右倾机会主义造成的，尽管当时张国焘已经被调离军队，没有指挥权了。毛泽东把剩余的二万多红四方面军中的营以上干部软禁起来整肃，随即将部队肢解整编，变成毛泽东的部队。毛泽东用敌人的刀杀自己的人，巩固他的权力。

毛泽东第四次偏执狂大发作是心胸狭隘、睚眦必报、借刀消灭新四军。军长叶挺、政委兼副军长项英均是周恩来的朋友。1931年11月，经中央批准，中共苏区中央局由项英取代毛泽东为代理书记，毛泽东想成为中共列宁的幻想被粉碎，这也是对他屠杀几千红军官兵及共产党员的处罚。毛泽东对自己屠杀几千同志的罪恶没丝毫罪恶感，反而对自己失去的权力耿耿于怀，对项英恨之入骨。

抗日战争开始后，于1938年1月，经周恩来与蒋介石谈判，在南昌成立新四军共四个支队。同年9月，王稼祥由共产国际季米特洛夫捎来口信，指定毛泽东为中共最高领导人，这是毛泽东等待已久的加冕。他攫取了权力，号令天下，开始打击反对派。项英与新四军成了毛泽东的眼中钉、肉中刺，欲除之而后快。

毛泽东派刘少奇坐镇中原局，支持陈毅向苏南华中发展并成立新四军江南指挥部，支持张云逸，徐海东，罗炳辉成立新四军江北指挥部，以此节制新四军总部。1940年夏毛泽东又派饶漱石、曾山为东南局副书记，监视书记项英，达到掺沙子的阴谋。

1940年10月9日，国防部长何应钦、总参谋的白崇禧命令江南新四军开赴江北抗战。毛泽东代表朱德、彭德怀、叶挺、项英接受国防部命令，同意北撤，并向新四军下达了北撤的命令。

新四军不过江，是违抗国防部及延安党中央的命令；过江，身后有国军第三战区几十万大军，江北又有日军堵截。新四军行进到泾县云岑，此地为顾祝同第三战区腹地。新四军正处于绝境时，毛泽东又为项英布下一步死棋。

1940年12月，毛泽东事先命令刘少奇指挥苏北新四军进攻苏北国军韩德勤部八十九军与独立第六旅，消灭国军一万一千人。韩德勤是顾祝同的同乡、同学、同事、朋友及部下。苏北共军的胜利加速了皖南云岭新四军的灭亡。顾祝同九个师包围了云岭，以报江北国军失败之仇。1941年1月3日，新四军七千人被消灭，叶挺被俘，项英牺牲，毛泽东终于报了一箭之仇。继西路军之后这是毛泽东第二个借刀杀自己人的成功案例，可见其以我为中心，满眼是敌人的精神症状。

毛泽东第五次偏执狂典型发作是延安整风。他怀疑到延安参加抗战的知识分子中混入大量特务，进行严刑拷打逼供信，致使许多人死亡，结果，没找出一个特务。

毛泽东第六次偏执狂大发作是嫉妒周派军事实力大，设计了消灭刘邓野战军的计划。借敌人之刀杀自己人而连连得手，不仅消灭了红四方面军一半兵力，也消灭了新四军主力。使他更欢乐的是吓跑了强硬对手张国焘，敌人打死了仇人项英。

1947且7月，为了削弱周恩来的军事实力，他以中央军委的名义，命令刘邓二人带领四个主力纵队十三个旅，十二万人，跨过黄河，挺进长江北岸三十万国军的腹地，时间选在多雨的七月，刘邓大军被三十万国军堵截围攻，随时有全军覆没的危险。刘邓部队又都是北方战士，不适应南方的酷暑及水土，部队大幅减员，失去战斗力，这更增加了刘邓主力被敌军消灭的可能性。

为了给刘邓大军制造孤军的死局，毛泽东同时命令粟裕带华东野战军三个主力纵队横跨长江，孤军深入国军后方的长江三角洲开辟新战场；还命令太岳军区陈赓指挥的第四纵队及第九纵队八万人去陕北作战，保卫党中央，不许支援刘邓。毛泽东想一箭双雕，既达到消灭刘邓的主力，又同时消灭了陈、粟的主力。两支主力被消灭，中原与华东两大野战军将失去战斗力，周恩来的实力将大大削弱。

毛的诡计被周派识破，粟裕与陈赓违抗毛的命令，支援了处于险境的刘邓。

抗战胜利初1945年10月，五大军区的八路军中，刘邓有二十九万之众；华东陈毅麾下三十万；华北聂荣臻二十五万；东北林彪十万；西北彭德怀、贺龙部三万。到1948年三大战役期间，刘邓中原野战军由二十九万降为十三万；陈毅华东大军由三十万增为三十八万；聂荣臻华北野军由二十五万增到四十万；林彪东北野战军由十万增加到八十万；

西北野战军由三万增长为六万。四个大军区的部队都有增长，唯有刘邓部队锐减一倍多，这就是毛泽东借刀杀人的第三个案例。

在战争年代，毛泽东千方百计地削弱张国焘与周恩来的力量。张国焘远走高飞了，周恩来巨大的实力使他日夜不安。对刘邓中原野战军达到了部分目的。

毛泽东第七次典型症状发作是对聂荣臻的华北野战军也视为眼中钉，因为聂荣臻与邓小平、陈毅、贺龙、刘伯承一样是周恩来盟友。

1947年，毛泽东把华北军区的冀东与热河军区及其所属三个纵队、九个师，约十万人，划给林彪的东北军区。1947年初又把华北的周士第十八兵团、杨得志第十九兵团划给西南与西北军区。华北只剩杨成武一个兵团，聂荣臻麾下九个军只剩两个。毛泽东时时刻刻提心吊胆，怕警卫京津的聂荣臻杀他，日日夜夜没有安全感，把聂荣臻的部队削减三分之二，这是偏执狂的典型受迫害妄想症状。

毛泽东第八次典型症状发作是对"高饶集团"的斗争。高岗是毛泽东在延安中共七大提拔起来的新秀，连候补中央委员都不是的高岗连提四级，一跃成为政治局委员，用许愿提拔的办法扩大自己的山头，但又怕高岗为刘志丹反案，于是置高于死地。

毛泽东第九次典型症状发作是反复无常。1957年2月，毛泽东在最高国务会议上做《关于正确处理人民内部矛盾的问题》报告说，对人民内部矛盾只能用民主的方法说服教育、团结--批评--团结的方法去解决。革命时期大规模的暴风雨的阶级斗争基本结束，提倡"百花齐放，百家争鸣"的方针，放手让大家提意见，让人们敢于说话、敢于批评。

4月10日，毛泽东给《人民日报》写的社论说：目前的问题不是放得太宽，而是放得不够。以上社论发表不到一个月，毛泽东的脸就变了。在同一家《人民日报》上否定了自己的社论，说事情正在起变化，并发出组织力量，准备反击右派分子的进攻。所谓"君子一言，驷马难追"，毛泽东的话随说随抹，自己证明自己不是君子。其实他不是故意失言，这是偏执狂的典型症状。他也知道出尔反尔是极不体面地事，但是无法控制自己的狂妄行为。

毛泽东第十次典型症状发作是用不同的手段杀了他的三大军事支柱，包括长征英雄陈光、抗美英雄彭德怀、内战英雄林彪。

毛泽东第十一次典型症状发作是发动大跃进。饿死五千两百万人民，杀死四百万无辜，组织九千万人炼铁大军。

毛泽东怕人民造反，杀他的头，迫害妄想发展到极端。为了使人民无力反抗，他破坏农业生产，把全部青壮劳动力九千万赶上山大练钢铁，过军事生活，就没有造反的机会了。为了杜绝人民造反，农村实行军事化制度，吃集体食堂，建立公社及大队、小队等军事组织。为了使农民无暇思考，命令农民深翻地两米、搞台田、挖沟渠，男女老少一齐上阵，每天劳动二十四小时，吃在田里，睡在田里，连轴转。即使全国人民都是陈胜、吴广，也没有造反的精力和时间。这还不放心，他利用各种借口枪杀人民四百万。毛泽东只许农民日日夜夜大干、猛干、加油干，不让农民吃饱饭，大跃进四年，饿死人民五千两百万。毛泽东很开心，他的权力保住了，整个中国变成劳改队，并说："死人好哇！死人可以作肥料。"

毛泽东偏执狂病在大跃进中表现得最为严重，给人民、国家、民族、共产党造成了毁灭性打击。哀鸿遍野，国家经济崩溃，民族道德沦丧。这就是毛泽东的迫害妄想、夸大妄想、主观、固执、多疑、自我为中心、刚愎自用等各种症状的综合表现。

毛泽东第十二次典型症状发作是表现在十年大混战中。在十年期间，他的精神症状呈现强直性发展。这个时期，他既像偏执狂精神病，又像精神分裂病狂躁型。对运动毫无目的、毫无规划，持续地乱打、乱闹、无休止地乱来，就像恶棍骂街一样没完没了。

什么是毛泽东思想呢？他自己的诠释是"与天斗，与地斗，与人斗；对人要天天斗，月月斗，年年斗，八亿人民不斗行吗？你不斗他，他斗你！一万年后还是斗斗斗。"毛泽东借用马克思的资本主义八年一次经济危机的预言，说，文化大革命七八年进行一次。

十年大混战的打击对象主要是上自中央委员会、政治局，下到各车间、农民党支部，包括各级大大小小的当权派，其次是知识分子及各阶层优秀分子。全国受批斗的人数七千万，受株连的直系亲属，包括父母、夫妻、子女两亿两千万，受株连的非直系亲属，包括叔伯、姑舅、堂兄弟、表兄弟两亿以上。

毛泽东好话说尽坏事做绝，把字典上的好词都用上了。例如"为人民服务，做人民勤务员；知无不言，言者无罪；有则改之，无则加勉；惩前毖后，治病救人；人非圣贤，谁人无过？金无足赤，人无完人，不要求全责备；不怕犯错，知错必改就好。""虚心使人进步，骄傲使人落后；百家争鸣，百花齐放；集思广益，依靠群众，从群众中来到群众中去，做群众的小学生；反对一言堂，三个臭皮匠赛过诸葛亮""反对官僚主义、主观主义、宗派主义；不许顺我者昌，逆我者亡，只许他放火，不许人点灯；只许歌功颂德，不许批评建议，只听阿谀奉承，不听苦口良言。好像他天生完美，没有一点缺点，从不自我检讨，视自己为完人，等等，不一而足。

毛的纪律规章是给别人规定的，他负责规定，群众负责执行。他每句话都是谎言，意义相反。他说的进步恰好是反动；帮助是打击；为人民服务是专政人民；人民勤务员是人民的奴隶主；民主是独裁；百家争鸣是万马齐喑；百花齐放是毛家独尊；实事求是撒谎造谣；美好社会是人间地狱。他一生只有一句真话：与天斗，与地斗，与人斗，八亿人民不斗行吗？

在十年大混战中没有是非曲直可分，他打倒的官员级别越高他越开心，显示他的权力至高无上，愚民更崇拜他、怕他、服他，不敢造反。国家主席刘少奇、总书记邓小平、常委陶铸、军队总司令林彪被他打倒、致死、自杀、流放，比赶跑蒋介石快乐百倍，真是高级精神享受。中国国共两大党，一个被他打得屁滚尿流，另一个被他打得溃不成军，这两大胜利让他太骄傲了。斯大林只消灭了一个德国，他却消灭了新、旧两个中国，斯大林应拜他毛泽东为下风。毛泽东认为自己有特殊才能，能力非凡，古往今来他是第一霸主。

毛泽东偏执狂第十三次典型症状发作是个人品德低劣，人格分裂，他的自私、狂妄、冷酷无情、自我为中心、无罪恶感、独往独来、冒犯近人、别人无条件的满足他的欲望、为他服务等偏执狂特征不仅表现在对人民、国家、共产党的态度上，对家庭也是如此。他对国家乏善可陈，对家庭无人间情爱。个人以嗜烟、淫乱、残暴、欺骗、贪婪为主要生活内容。

幼年丧父母，中年失夫妻，老年亡儿女，是人生三个年龄段的大伤心事。

1950年11月，毛泽东的长子毛岸英牺牲于朝鲜战场。当年，毛泽东已五十七岁已进入老年。老年丧子是最大不幸，但是毛泽东处之泰然。他周围有成千上万的溜须拍马的御用文人，没一个写出他因丧子而哭泣、悲伤，失眠、少食的文章。他生活照常，好像根本没有出现伤心事一样，这就是冷酷到无人间爱的偏执狂特征之一。

　　他跟第二任夫人贺子珍，没离婚就与江清结婚，他犯重婚罪。尽管江青漂亮、年轻、有文化，结婚没几年，玩腻了，与江青分居，成年累月不见面，形式上没离婚，实际家庭已破裂。毛泽东的老婆像走马灯一样换个不停，可是江青不敢换丈夫。一直独身的女人认为，独身不是痛苦而是幸福。而一旦结婚的女人成为寡妇，特别是守活寡的妇女痛苦得不可言状，身心精神健康会受到伤害。毛泽东的行为加剧了江青的更年期病症，所以在十年大混战中，江青对男人，特别是对身居高位的男人进行疯狂地报复，把对毛泽东的怒气撒在别人身上。

　　如果江青有美满的夫妻生活，她的性格可能很温柔。历史上的武则天、慈禧都与江青有类似的经历，出现了同样残忍的性格，所以说江青的残暴责任在毛泽东，由他的淫乱导致，江青无辜，她受害于毛泽东的偏执狂与人格分裂。杨开慧很幸运，被敌人杀害，落得一个烈士英名，否则也和贺子珍一样被遗弃或者与江青一样守活寡、精神异常。

　　毛泽东偏执狂第十四次典型症状发作是他亲笔书写出的《沁园春·雪》。为了方便分析摘录为下：北国风光，千里冰封，万里雪飘。望长城内外，惟余莽莽；大河上下，顿失滔滔。山舞银蛇，原驰蜡象，欲与天公试比高。须晴日，看红妆素裹，分外妖娆。江山如此多娇，引无数英雄竞折腰。惜秦皇汉武，略输文采；唐宗宋祖，稍逊风骚。一代天骄，成吉思汗，只识弯弓射大雕。俱往矣，数风流人物，还看今朝。

　　王羲之在春之初，陶醉于兰亭与群贤咸集；陶渊明幻想生活在与世隔绝的桃花源；杜牧感叹阿房宫；苏轼对江山如画的赤壁流连忘返；曹雪芹规划出人间天堂大观园；施耐庵为一百零八个好汉选择了八百里方圆的水泊梁山根据地。而毛泽东为亿万人民营造了一个令人瑟瑟发抖的冰雪世界。艺术造型取决于作者的思想性格、感情与爱好。王羲之喜欢交友；渊明讨厌嘈杂的尘世；杜牧关心阿房宫的建筑与焚毁；苏轼爱祖国的名山大川；曹雪芹浸沉在对过去生活的留恋；施耐庵的性格一定是为朋友两肋插刀、爱打抱不平；毛泽东的性格是冷酷无情迫害人民，所以幻想出一个对他安全的冰雪世界，这是病态性格使然，不是故意做作。

《沁园春》另一个偏执狂特征是才华与人格的分裂，就是文章中的绚丽文采与卑俗的人格不相称。《沁园春》表露出来的最重要的偏执狂症状是极度狂妄，自认为才华非凡，古往今来无任何人可比，秦皇，汉武，唐宗，宋祖，成吉思汗皆为粪土，唯他独尊，只有一人称得上风流人物，这是夸大妄想的典型症状，完全失去客观。他的功绩远不如五位皇帝。秦始皇统一六国，修筑长城，坑儒四百六十多人；毛泽东没完成统一中国，小小的台湾还没解放，建国二十七年没有搞出长城那样的大工程，只有残暴超过秦始皇一千一百九十六倍，镇压了三百多万知识分子；汉武帝大败匈奴，兴修水利，改进农具，发展农业，成为亚洲第一大国，派张骞出使西域，建立起丝绸之路，开展国际贸易：毛泽东相反破坏了农业生产，饿死五千万农民，亚洲第一经济大国是日本不是中国，毛泽东闭关锁国，堵塞外贸通道，国家经济崩溃。唐太宗文武双全，文修兵书，武统一国家，消除割据，政治开明，从谏如流，建立科举制，经济繁荣发达，路不拾遗，夜不闭户，佛教兴旺，信仰自由，成为世界第一强国，对诗词绘画书法的繁荣打好基础。唐太宗是中国第一明君，毛泽东怎能好意思与其相比而不觉汗颜？宋太祖在位很短，只有十七年，他给子孙规定，不许杀大臣及知识分子，思想开明，经济进步，文化昌盛。诗词、绘画、书法、理学、印刷术发达，中国成为世界第一经济强国，而毛泽东杀大臣及知识分子；成吉思汗建立跨欧亚的大帝国，比现在中国大一倍多，他的军事才能无与伦比，在军功上，毛无法与其相提并论。

毛泽东《沁园春》的最终目的是想当一个比封建皇帝更封建的个人英雄，这与解放全人类的共产主义格格不入，他脑子里丝毫没有为人民服务的思想，每根毛孔都充溢着封建主义及奴隶主思想。如果这首词是他人所作，在政治运动中，毛泽东会指责作者是典型封建主义思想，欲当帝王，想造反，夺共产党的权，当然会命令罗瑞卿逮捕杀头。

因为出自毛泽东的狂妄之手，《沁园春》被御用文人封为古今佳作。根据毛泽东、希特勒、斯大林给人类带来的灾难为借鉴，各国议会、执政党、政府在选举国家元首、政府首脑、执政党头目之前，应先对候选人进行精神病反复鉴定，避免偏执狂病人掌权，否则处于热核时代的地球村，随时有被狂人毁灭的危险。

第十五次典型症状发作是1935年8月20日，在长征途中的毛儿盖，红一方面军与红四方面会师，毛泽东怀疑自己不到两万人会被张国焘八万人吃掉，于是率领红一军方面偷偷逃跑了，令张国焘大惑不解。当然主要的目的是劫持中共张、周、王、秦四个常委逃跑，有挟天子以令诸候的目的。他处处时时怕被人杀，怕被人夺权。

第十六次典型症状发作是好战。毛泽东曾说不怕原子弹大战，中国即使死三亿人，还有三亿呢。意思是说，六亿人都死了，只要他一个人活着就是胜利。他的好战、冷酷无情、自我为中心及反人类思想，是偏执狂另一典型症状。

第十七次典型症状发作是中国爆炸第一颗原子弹后，毛泽东要准备成立地球管理委员会，委员会会长当然非他莫属，充分表现为好战、狂妄、妄自尊大。他夸大自己优越，确信自己出类拔萃，自命不凡，渴望全人类崇拜他，这又是典型的偏执狂精神病症。

第十八次典型症状发作是毛亲手发动的持续了二十七年的政治运动的目的，就是怕全国人民杀害他，觉得八亿人民，人人与他为敌。

他发动的政治运动有：一，批判电影《武训传》；二，批判红学研究；三，反胡风集团；四，思想改造；五，反高岗、饶漱石集团；六，土改运动；七，镇压反革命；八，肃反；九，清理中层；十，三五反；十一，工商改造；十二，文字狱运动；十三，反忠臣运动；十四，三年大饥荒运动；十五，四清运动；十六，十年大混战。

毛泽东发动的四年内战与二十七年政治运动，给每个中国家庭、每个中国人造成死亡饥饿和痛苦，甚至胎儿在娘肚子里就受到饥饿。这些反人类、反社会的暴力行为是偏执狂精神病典型的症状。

第十九次典型症状发作是撒谎，说大话、说空话、假话、吹牛、说话无逻辑，这是毛泽东另一个症状。他鼓吹小麦亩产两万斤、稻谷十四万斤、甘薯四十万斤、播种小麦每亩下种两百斤，即使傻瓜听了也认为是疯子说梦话。就是这样一位精神病人，站在八亿人民的头上作威作福。

第二十次典型症状发作是谁越靠近他，他越怀疑谁，就越想杀谁。如李文林、王佐、刘志丹、陈光、彭德怀、林彪、刘少奇、陶铸、高岗的死亡；邓小平、陆定一、彭真、罗瑞卿、杨尚昆、周扬、王明、博古、张国焘、张闻天被斗、被抓、被关等。

第二十一次典型症状发作是听到林彪机毁人亡后，毛泽东曾精神错乱，语无伦次，骂人，砸家具等精神病症状。

小结：根据以上家庭遗传史及二十一次典型症状发作，确诊毛泽东患偏执狂精神病。很遗憾，由于缺乏精神病知识，致使全体中共中央委员，甚至包括智者周恩来、智多星叶剑英、浑身是心眼的邓小平、学贯中西的张闻天、热爱知识分子的陈毅、洁身自好的陈云、同情人民疾苦的刘少奇都没发现毛泽东是位偏执狂精神病患者。时至今日，仍有许多人对这位精神病人顶礼膜拜，被偏执狂的症状所迷惑，认为把毛泽东埋葬在天安门广场，把其肖像挂在天安门城楼是理所当然，让一位精神病人死后仍然继续侮辱中华民族！

临床诊断：**偏执狂精神病**

医师签字：邓磊
2009年2月28日

第六十一章　烦恼的倒春寒

正当十年大混战如火如荼之时、红卫兵打砸抢方兴未艾之际、全国腥风血雨之当儿、在夜深人静的时候，李冰玉对丈夫说："毛泽东太残暴了，他反人类，反社会！"大儒说："他越残暴越好，越残暴越加快灭亡，这是自然规律。"又有一次夜晚她问丈夫："你说，我们还有出头之日吗？"丈夫很有把握地说："有，肯定有。"被反动社会压得窒息的妻子，精神一振："什么时候？"大儒缓慢的回答："当北京发生宫廷政变的时候。"冰玉似乎充满了期盼，问："你推测什么时候发生宫廷政变？"丈夫以肯定的口气说："政变的迟早，决定于毛泽东残暴程度。"

林彪元帅机毁人亡事件发生后，大儒的心情五味杂陈，既悲又喜。悲的是像林彪这样的军事奇才又有军事实力的人物，因为愚忠而吓得仓惶逃亡；喜的是毛泽东失去了他一辈子赖以夺权的军事靠山第四野战军，这将会加速他的灭亡。因为军队会一边倒地倒向周恩来，毛泽东逼死林彪等于把全国军队拱手让给周恩来。

在大儒看来，陈光、林彪、彭德怀、刘少奇、陶铸、贺龙等一群光芒四射的明星陨落，固然是国家的大悲剧，但也没有白死。他们客观上为毛家王朝覆灭、全国人民重见天日做出贡献。反过来说也是一样，如果以上六位星云人物不被毛泽东迫害致死，而团结在毛泽东周围，毛泽东的王位将稳如泰山，没任何力量敢正视毛泽东。不可思议的是，毛泽东亲手把诸多忠臣一一砍掉，这等于自杀，他的灭亡注定了。大儒每次把自己的分析告诉妻子时，也是夫妻俩最欢乐的时候。夫妇俩把希望寄托在周恩来身上，周恩来比毛泽东小五岁，按自然规律，毛泽东会死在前头，大儒夫妇眼前一片光明。

可惜老天也有例外，并不总按着规律运转，周恩来因膀胱癌先毛泽东匆匆而去。这对大儒夫妇是巨大打击。他们丰富多彩、条条是道的夜话消沉了。白天干农活、出诊、接生、照顾孩子，忙得没有说话的机会。夜晚睡后长谈是他们爱的安抚、思想交流的珍贵时刻，尽管经常被邀请接生的人打乱夜晚的幸福。

周恩来的去世，使他们的夜话沉默了好长一段时日。倾听丈夫的时局分析，对冰玉而言是心灵的唯一安慰。能给妻子安慰，也是大儒心情最快活的事。丈夫的沉默使她焦躁不安。在一个雷电轰鸣，风雨交加的夜晚，四个孩子已入睡，大儒对妻子说："今晚能睡个安稳觉。雨这么大，反正没人来请大夫接生的啦。"他的头刚放在枕头上，就发出均匀的呼吸声。冰玉捏着他的鼻子，大儒被憋醒了，他有点不耐烦："捣么乱？不睡觉！"冰玉温柔地说："怎么，周总理死后，你觉得没希望了？一直沉默不语呀。"大儒说："怎样就怎样吧，天塌有地接着，快闭眼睡觉吧！一会又来接生的啦。"冰玉撼他的肩膀，扳过他的头，非叫他说话不行。

睡神被赶跑了，大儒不得不应酬冰玉的要求："唉！好人无长寿，恶人老不死，那怕总理比老毛晚死一个月呢，国家也就安宁了。总理追悼会刚开完，邓小平又立刻被打倒，国家正处于千钧一发之时，一切希望都寄托在叶剑英身上。可是最近谣传陈锡联是江青的亲家，毛泽东叫他代叶剑英当国防部长。不知叶剑英设没设第二道防线。当国防部长的人选只有元帅有资格，当总参谋长还得有大将军衔。陈锡联只是上将，没有资格统领全军，他要当上国防部长，怕发生内战，各军山头不服，届时中国将苦海……"

有人"铛铛"敲栅栏门，高声喊："李先生！接生。"夫妻俩的心情就像窗外的大雨一样，阴冷而压抑。这等恶劣天气怎能出诊？病家与大儒是熟人，一进门就声明："大雨天李先生出诊不方便，还是请石先生代劳吧，救人的事，没什么可忌讳的。"

病家是姜家庙人，路途很近只有三里路，但雨大路滑，天空伸手不见五指，只借闪电寻路，三里路走了一个半小时。到达病家时，胎儿已露出头皮，经过半个小时，顺利产出，虽是初产妇，没做侧切，会阴保护良好，没有裂伤。吃完夜宵，雨过风停，准备回家，病家留他住宿，天亮再走。大儒坚决要回家，因为在别人家睡不着，只有守着自己的老婆孩子睡得踏实。

回到家，东方天气已白，他浑身上下是泥水，像猪打圈子一样。为了不打扰妻儿睡眠，在院子里洗脸、洗脚，像猫一样蹑手蹑脚，然后坐在一张椅子上无声无息睡着了。

天大亮，冰玉起床时，发现丈夫坐在椅子上窝着脖子酣睡，她同样蹑手蹑脚给他盖上一床被单，让他多睡一会。

1976年9月9日，北京传出毛泽东死亡的好消息。大儒夫妇高兴得一夜没睡，整整议论了一个通宵，太快乐了、天下没有比毛泽东死亡更快乐的事了！比日寇投降的消息还振奋人心。大儒躺在枕头上为冰玉哼唱《小号协奏曲》及《一八一二序曲》快乐啊，胜利了。不管谁上台执政，都将比毛泽东温和。

当夜大儒向妻子分析说："目前，党中央政治局分三派，一是周派，其中包括主要人物是叶剑英其次李先念等七人；毛派又分化两派，一派是内戚核心派，主要人物为江青、张春桥，其次为姚文元、王洪文等人；另一派是中间编左派，其主要人物为华国锋、汪东兴等人。三派在政治局都不占绝对优势，都不过半数。华国锋是总理，兼中共第一副主席，他要想取得毛泽东的第一把交椅必须与另两派之一进行联合。但江青很骄傲，张春桥巧舌如簧，姚文元擅长蛊惑视听，都不把优柔寡断、胸无点墨的华国锋放在眼里，两派关系难以调和。江青派急于求成，谋求她当党主席，张春桥当总理，姚文元当宣传总监，王洪文当人大主任，一步到位，这必然引起华国锋的惊慌。"

"叶剑英在政治权谋方面不亚于党内斗争大师周恩来，明显优于邓小平。在他眼里，江青、华国锋等是些无足轻重的小顽童，任意把玩于股上。他很可能在政治局会议上支持华国锋任中央主席，撤掉江、张、姚、王的党内职务。然而可能提出交换条件，要求同派的另一个主要成员邓小平东山再起。他很可能把周恩来的遗愿分作两步走，第一步由他联合华国锋先除掉江青内戚派；第二步在让邓小平出面挤走华国锋派……"

冰玉听得津津有味，不断提问题。天亮了为了已上初中女儿上学，六点钟必须起床做早饭，否则孩子会迟到的。

老毛死后二十七天，四人帮被逮捕，没有正式官方消息，小道消息传得纷纷扬扬。直到逮捕二周后才有正式消息，但BBC电台于四人帮被捕两天前就发出可靠报道。可见，英国人不但鼻子比中国人的大，耳朵也比中国人的长。四人帮被捕，像老毛死亡一样，大儒夫妇心花怒放，为此曾有几个不眠之夜，议论国家大势。

本来冰玉很欣赏丈夫的分析能力，可他对四人帮倒台的方式分析错了。她像面对象棋高手，偶然赢一盘棋一样快乐。大儒辩解说："我设计的方案是以共产党多次路线斗争模式为根据的。这个方案对周恩来很适用。叶剑英是军人，军人喜欢短、平、快的突击方式。虽然叶剑英与周恩来为终生至交，但两个人的阅历、文化、思想、性格、作风、才智等千差万别，所以对政务处理方式也就不尽一致。如果周恩来健在，他是党中央的实际负责人，又是总理，在政治局解决四人帮将不费吹灰之力，不用动武，用文质彬彬的方式即可把四人帮拿掉。叶剑英不同，在政治局没有胜利的把握，又不愿落个军事政变的丑名，所以巧妙地诱使华国锋的亲笔签字，又同样圆滑地利用汪东兴的枪去抓。签署逮捕令的是中共第一副主席兼总理的华国锋，执行逮捕令的是八三四一部队的头目，一切名正言顺，好像叶剑英与这件事毫不相干。尽管逮捕四人帮全国人民拍手称快，但不符合党内斗争动口不动手的传统方式，实质仍属一场军事政变。因为在被逮捕的人犯中有皇后、党中央副主席、中共常委及政治局委员。为了正义而犯法，与毛泽东为了邪恶而犯法一样让人不理解。十年大混战的真正罪魁祸首，摧毁各级党政机关，打倒各级政府的罪犯是毛泽东一人，把主犯的帽子扣在四人帮身上是张冠李戴，不名正言顺。四人帮是毛泽东的法西斯走狗而已，他们是从犯不是主犯。该被逮捕判罪的应是主犯毛泽东。为了眼前权宜之计，似把主犯毛泽东举得很高，定他三七开，三分错误七分成绩，这是对人民的欺骗，像毛泽东一样愚弄人民。尽管如此，逮捕四人帮仍不失为一件好事。不彻底清算毛泽东是件坏事，与情不合与理不顺，这就难以树立共产党的威信，人民不能心服口服。"以上是四人帮被逮捕后，大儒夫妇夜话的内容。

逮捕四人帮，毛派被彻底铲除，全国人民每天望着北京继续等待好消息，偏远的农村仍没有得到令人民兴奋的新政策颁布。

大女儿十二岁，大儿十岁，小儿五岁，小女三岁。四个孩子功不可没，他们为家庭挣来四口成人的口粮，和一亩二分自留地，来年口粮充实，还有余粮可卖。儿女们正处在经济凋敝的时代，作为医生的父母，怕他们缺乏高蛋白营养，身体发育不良，个子矮小，夫妻俩出诊时，至少带一个孩子。一方面因为两个人经常同时出诊，家中无人照看孩子；另一方面出诊不许收出诊费，只挣顿饭吃而已，带孩子为了沾点便宜。儿女们不仅能吃上高蛋白食物，临回家时，病家往往给捎点好吃的食品，多数是鸡蛋。

大儒反复给孩子讲解高蛋白质的食物对生长发育的重要性，蛋白是细胞的支架，起到钢筋与木材的作用，为了长大个子就得多吃蛋白物。他给儿女们定下吃饭规章，以吃有益于筋骨发育的高蛋白质的食物为准，根据蛋白质含量多少，定下入口的先后次序。原则是："在病人家吃饭时，有肉吃肉；无肉吃鸡蛋；无鸡蛋吃豆腐。而且多吃，吃得饱饱的，吃一顿饭可以一天不饿。"孩子每逢在病家吃饭的时候，看爸爸的脸色，不经允许，不准撂筷。

后来孩子的个子长得都很高，小儿高达一米八三。大儿饭量不行，长到一米七八。两个女儿也都在一米六六以上。以上的饮食原则，未免小气，令人笑话，但生长在饿死人的毛泽东时代的孩子，能长到一米八三，也幸亏生在医生的家庭里，知道高蛋白食物对长身高的作用。

大女儿与大儿子十岁左右时，仍不懂人世炎凉，认为头上戴着高帽，脖子上挂着木头牌子游街是爸爸生活的必须。大儒游街后把高帽放在东北屋的一角，准备下次再用。两个大孩子常为争戴高帽子发生争执，女儿说："爸爸爱我，他的高帽应该归我戴。"儿子反驳说："儿子有继承权，高帽应归我戴。"冰玉见到高帽子及牌子就烦心，一气之下填到炉灶里烧了，两个孩子为此哭得很伤心。

因为四人帮被打倒了，已经取消了游街制度，否则冰玉烧高帽烧牌子，会被逮捕法办的，被认为是反毛泽东、反社会主义、反共产党的现行反革命。烧高帽、烧牌子是叶剑英逮捕四人帮后，一个家庭的政治反映。

烧高帽子的第二天，冰玉来到村革命委员会办公室，也就是原来是石家的广德堂。对村革委主任说："我的孩子长大了，有男有女，住在一起不方便。我的北房能不能腾出来住人？"问题提得突然，村主任愣住了，不知怎么回答："这是地主的房子与你无关。"冰玉火冒三丈，但是还是强压心头怒火，给他讲理："石鸿儒的爷爷石振铎，曾被萧华、龙书金、周贯伍这些抗日名将表彰过，因抗日有功，是开明人士，根本不是地主成分。你能不能拿出划成份的档案来作证？"村主任说："石振铎没划地主，可是石鸿儒是右派，他爸爸是国民党军官。"冰玉反驳说："右派是思想错误，私人财产也应受到法律保护，他爸爸是协和医院的医生，为了抗战参加前线伤兵救护。抗战胜利后，去美国留学，哪来的国民党军官？即使是军官的话，也不是地主，私人财产也应受到法律保护。解放军对俘虏也不许搜腰包哩，能没收人家的房子吗？"村主任无话可答："我和革委会研究研究再说。"冰玉无表情地说："我听你的信，尽快解决。"

　　冰玉没回家，到了妇联主任家。妇联主任与冰玉关系很好，按辈分称她为二嫂子，妇联主任又与村主任支分近。冰玉说明要北屋的事，让妇联主任向村主任帮着吹吹风，妇联主任一口答应下来。

　　妇联主任说起话像打机关枪，唾沫星子满天飞，嘴角子泛白沫。一天，来到村革委会办公室，按辈分村革委会主任称妇联主任为二婶子。寒暄之后，两人坐定。二婶以长辈爱护晚辈的口气进行游说："听说老毛的老婆子被抓起来了，还有几个干将也被抓了。看来世道要变……"村委会主任点头："是这样，至于国家要怎么变，还看不透，不过既然抓起江青，社会将向反毛主席的方向变。"妇联主任接着说："对！对！对！一定出现反毛主席路线。现在纷纷传说，邓小平又要上台，他一旦上台，就像还乡团一样，大开杀戒，对造反夺权的人不会手软。另外，石鸿儒祖孙三代是咱本乡最有影响的人物，得罪这家没有好果子吃。邓小平的还乡团首先包括石鸿儒一家，不信，你等着瞧，最后你会知道你二婶子料事如神。"

　　村委会主任顿时一身冷汗。在文化大革命中他主持红卫兵大会，批斗了本村党支书记，对其进行抽打、罚跪，并篡夺了村的领导权，还逼迫过一个富农悬梁自杀。他对石鸿儒百般迫害，对冰玉万般刁难。他以求救的可怜相望着妇联主任说："二婶，你说怎么办呢？"妇联主任说："二婶给你指条出路，一是向老支书赔礼道歉，照顾好他的生活；二是把石鸿儒家的机磨房搬出来，并修葺完整。这是你主张占用人家的住宅当机磨房的；三是向自杀富农的子弟道歉，不过这件事的最难办，人命关天嘛。富农自杀的时候，你还召开全村大会，批判死人，不许乡亲吊丧，不许子女哭泣……"

村委会主任哭丧着脸说："二婶，前两件好办，第三件不好办。人死了，再给人家赔礼平反也没用。"妇联主任以严肃而同情的态度说："先易后难，先从最容易的事做起，先把机磨房搬出来，把房子退给石鸿儒，然后再上门给老支书赔礼，最后再给自杀富家子弟搞好关系。二婶会帮你出主意的。"

妇联主任的迂回战略很管用，第二天机磨房的机器搬走，并派人进行修葺。只要把机磨房搬走，把房子退给石鸿儒，妇联主任就等于完成任务了，至于给老支书道歉不道歉，给自杀富农子弟搞好搞不好关系，她才不关心呢，叫他自作自受吧。做的脸大，现的眼大。

一周后，北屋修缮完好。盘好坑，村革委会通知石鸿儒物归原主，大儒愣住了，不知是不是自己听错了。

北屋正在修葺的时候，大儒问妻子："他们把机器搬走了又在修葺房子，不知又改作何用？"冰玉瞒住她的秘密活动说："修葺好了，可能退给咱。"大儒仰天大笑："你净做梦娶媳妇。"冰玉也同样快话地笑着说："也可能美梦成真。"在十年毛祸中，夫妻俩这是第一次开杯大笑。

待房子归还后大儒悄悄地问妻子："他们把房子突然退给咱们，这是怎么回事？"冰玉一本正经地说："怎么啦？北京突然逮捕四人帮，房子还不该突然退给咱呀！"大儒不明白："你把话说远了，突然退房子与突然逮捕四人帮有什么瓜葛？"冰玉耍笑他说："你往往把大问题分析得头头是道，对眼前有用的小问题满眼茫然，你是只见舆薪，不察秋毫。"她又把要房子的经过说给他听，最后补充说："如果没有四人帮的大形势失败，就没有咱要回房子的小形势的胜利。"大儒夸奖说："既有正面突击，又有迂回围堵，你这不是像宋美龄一样，成了女外交家了吗？"冰玉提醒说："搬进北屋别忘了二嫂子的功劳。"大儒答应："给她吃顿水饺，我负责筹划菜馅。"

坑烧干后，一家六口人由南屋搬到北屋来，南屋做门诊兼客厅，西屋做厨房，东屋做仓库，基本恢复了抗战前爷爷奶奶的家庭布局。广德堂及其家园像个大寒暑表，从其冷热升降可得知国家兴衰。

自从逮捕四人帮后，全国紧绷的弦开始松动。村民兵连长对五类分子的专政会议不开了，五类分子扫大街的惩罚性劳动自然消散。五类人出村请假制度自然松动。最明显的政治迹象莫过于春节前的群众大会。毛祸十年来，每到春节前例行一次群众大会，大会期间，所谓革命众群与五类分子分开站队，众群面朝主席台坐着，五类分子戴着高帽，挂着牌子，低着头面朝群众站着。

大会开始首先由村委会主任领着念几条老毛的语录，十年来千篇一律的语录是"阶级斗争一抓就灵，你不打，敌人就不倒；阶级斗争要天天斗，月月斗，年年斗。八亿人民，不斗行吗？把敌人打翻在地再踏上一只脚。"然后再领着群众高喊口号："伟大领袖，伟大导师，伟大舵手，伟大统帅，伟大毛主席，万岁！万万岁！"林彪元帅蒙冤之前，还有祝林副统帅永远健康的议程。

下一个议程是总结一年来五类分子的改造经过，重点是批判大儒不老实，不遵守制度，不服管教，大街扫得不干净，轻视劳动，对义务劳动消极抵抗，对贫下中农摆臭架子，不积极为贫下中农服务等等。

今年春节前的大会内容有重大变动，首先提高了五类分子的政治待遇，不再戴高帽子、挂牌子、面对群众、低头站立，而混在群众中坐着听会；不再总结五类分子的全年改造过程，不再念老毛的反动语录；不再呼喊老毛的五个伟大及万岁。村委会主任只讲，希望大家过个欢乐的春节，反对封建迷信，不要烧香磕头，总结了全年生产成果及来年生产计划等。

从前有句名谚：富人过年，穷人过关。自从1957年反右派以来，对大儒及其一家而言，每到春节时，穷人过年，大儒过关。尤其是十年毛祸期间，每到春节挨斗，夫妻俩抬不起头来，过年成为过关。

1976年春节，十年乌云紧锁的天空，变为多云。为了庆贺老毛的死亡，及毛派垮台，大儒买了一盘百头的两响及一百挂火鞭，二百象征百花齐放、百家争鸣的时代即将到来。被折磨得九死一生的大儒，对国家又重新燃起了希望。

今年春节前，一方面搬进久别的北房，一方面没被大会批斗，全家喜气洋洋过新年。不知爹娘在今天在国外如何过，他们肯定很想家，想爷爷奶奶，想儿子，一定不知道已有孙子、孙女一大帮。什么时候中国废除闭关锁国政策，像西方国家一样出入境自由，一家人就团圆了，希望这一天早日到来。

今年的春节食品特别丰富，鸡、鱼、肉、蛋、大枣、柿饼子、面粉、大米、小米、糯米、黍米、豆腐、白菜、油、盐、酱、香料等一应俱全，像爷爷在世一样欢欢喜喜过新年。大儒把奶奶爷爷的遗像挂在条山几的北墙上。供品摆满条几、八仙桌，夫妻俩日夜加班烹、炸、涮、炒、熏、煎、蒸。现在过年人们除了不敢搭天地棚，撒岁，烧香外，其他项目已恢复抗战前的情况。

毛泽东镇压中华民族二十七年，摧毁了许多优秀传统，但民族节日的生命力极强，再镇压也摧不毁、扑不灭，仍我行我素。大女儿、大儿子与爸爸兴高采烈的地守岁。初一早晨四个孩子穿上新衣服给爸爸妈妈磕头拜年。虽然每人每年三尺布票，大儒走后门，买了几丈灰色卡几布，足够每个孩子得到一身新衣服。现在不分男女老小，全国一统灰色。放火鞭、点两响的任务由大儿子执行，他快乐极了。人类一代代接替延续，广德堂又出现一代新人，尽管牌子已被毁掉，石家的人像民族节日一样，顽强抗压，迎接春天。

今年春节最热闹的节目要数初一，下午给奶奶爷爷上坟，全家六口跪前坟前烧香、焚纸，然后放鞭炮，一直响了两个小时。五岁的豹子与三岁的沙洲虽不敢点鞭炮，但随着姐姐、哥哥点鞭炮紧张而快乐的表情，也跟着紧张与快乐。冰玉与孩子们尽情欢笑，驱散了大儒对奶奶爷爷沉痛的回忆。

上坟结束，在回家的路上，虎子跑前跑后，快乐异常，常常做出进攻与防守的打架姿势。妈妈嘱咐儿子："在外边和小朋友好好玩，要团结，不要打架，要做个文明孩子。"虎子说："谁叫我地主、右派我就报复谁。揍是轻的，我长大了，像狼子一样，杀他全家，烧他的王八窝。欺负我姐姐也不行，我是姐姐的保镖。谁再喊姐姐大地主、大右派，我就揍谁，像那天揍宋家那个孬小子似的。"听了儿子的复仇豪言，大儒驻足，望着儿子发愣，不知说啥好。冰玉指责说："以后，你一年大一年啦，不要在外边闯祸！听见没有？"

虎子早已跑得很遥远了，妈妈的话一句也没听见，听见也不起作用。因为儿童生长在一个充满仇恨的社会环境中，幼小的心灵不可能不充满仇恨。培育仇恨是国家的教育制度，制造仇恨是统治人民的基本国策，利用仇恨是铲除异己的手段，夸张仇恨是发动政治运动的方法，每个毛泽东分子都是仇恨的化身。

虎子六岁的时候，在夏天一个极为炎热的一天，陪妈妈在巷口乘凉，帮妈妈推着儿童车里刚满一周岁的裸体弟弟豹子。小豹子的白胖漂亮闻名全村，每个人都想看看他、摸摸他，然后是对他漂亮的惊叹。小豹子的漂亮程度，至少超过拉斐尔笔下的全部小耶稣画像。大儒曾多次向妻子说："永远感谢你，你给我生了一个小耶稣。"

虎子推着小车与豹子玩兴正浓的时候，从另一个巷口走来一位六十多岁的本家奶奶，见到白白胖胖的小豹子，赞不绝口，眉开眼笑，摸摸他的脑瓜，又拽拽他的脚丫，感叹地说："这小子真富态，真像个小地主。"虎子一听称弟弟小地主，怒气顿生，说时迟那时快，"啪"的一声，一巴掌打在老太太的脸上，把老太太打愣了。冰玉打了虎子屁股一下，立刻道歉："大婶，太对不起了，孩子不懂事。他对'地主'这个词太敏感了。大婶，你千万别生气，看在老辈爷爷奶奶身上，看在我和鸿儒身上……"奶奶笑了，望着虎子说："怎么啦，地主有什么不好的，地主都是有技术，有能耐的，你小子有能耐也跟你老爷爷一样，成为当地的大地主、大名人。穷光蛋都是些窝囊废、懒汉，好吃懒做，没出息，有什么好的？"老太太停一会继续唠叨，对冰玉说："你俩有文化，好好教育孩子，跟你爷爷一样有本事，别长成像狼子一样的好汉，好汉不如名人。"冰玉与大婶欢欢喜喜分手回家。

虎子七岁那年，本家一个九岁的小叔发贱，老远朝着虎子喊："地主崽子，右派羔子。"喊完回头朝家逃。虎子在后面紧追不舍，贱孩子以为跑到家就安全了，小虎子不会跟到家。不料，还没站稳脚小虎子已经在他眼前，一拳打在耳门上，将他打倒在地，拽着两只耳朵，提着脑袋，朝地上碰撞，强迫他叫"爷爷"，否则不饶。

贱孩子一面哭一面喊救命，贱孩子的爹听到孩子打架，自屋子里跑出来拉架。拽起小虎子。虎子怒目切齿地朝贱孩子骂道："你快叫爷爷！不叫还揍你。"孩子的爹哭笑不得，说："咱两家是一个老爷爷，他是你的小叔，怎么你成了爷爷辈了？快回家吧，你再打架，我叫你爸爸揍你。"虎子走到大门口，又回过头来警告贱孩子："你以后休想出门，不然，让我遇到，还揍你。"

虎子八岁那年，本家两个十岁的女孩子与同龄的冬梅玩跳房子，玩恼了，骂冬梅地主崽子、右派羔子。冬梅也骂他们，两个女孩要打冬梅，吓得冬梅往家跑，一面叫喊："虎子快出来，快出来。"虎子在院子里正用锛、凿、锯、斧做板凳，听见姐姐叫喊求援，放下工具，冲出大门。正巧两个女孩子也追到大门口，虎子两只手抓住两个女孩子的头发，用力使两个头相碰撞，然后又把她两操倒在地，又一人踹一脚。两个女孩子哭着回家了，两个女孩的家长也不好意思来找虎子算账，十岁的大孩子，被一个八岁的小孩子打哭了一对，难说谁对谁错。

虎子的好斗，引起全村议论：虎子这小子长大了，比狼子更厉害。绝大多数人看问题只认识模糊的表象，看不见问题的真面貌。殊不知，狼子与虎子的反抗性格，从童年起，是由毛泽东仇恨的制造政策培育出来的，毛泽东借故挑动他们的反抗，再给扣上为地主复仇的政治帽，然后对地主阶级的后裔进行残酷镇压，使其断子绝孙。这就是暴君统治人类的方法。为此，大儒夫妇日夜为虎子的未来担忧。从狼子的悲剧，看到虎子的未来。

真可谓天有不测风云，1976年9月9日，虎子十岁这年，全天下人拍手称快的大喜事发生了，毛泽东死亡；10月6日，毛派集团被叶剑英元帅一举消灭。制造仇恨的制度，顷刻间分崩离析。

自1840年以来，这是中国人民最伟大的胜利，其政治意义远远超过辛亥革命成功与抗日战争胜利。辛亥革命是由孙中山领导；抗日战争是由蒋介石指挥；消灭毛家党是由叶剑英完成。满清政府及日本军阀的力量及其破坏性远远逊于毛家党。叶帅完成了总理遗愿，也回报了粟裕让帅之恩。

处处被暴力控制的社会，必然充满谎言与虚伪，人心与嘴巴分离，出现一个虚假的社会。这种社会经不起风吹草动。毛泽东万岁，万岁，万万岁，全国上下，地不分南北，人不分老幼，年年喊，月月喊，天天喊，时时喊。表面看来，这是一个钢板一块团结的国家，其实不然，各人有各人的打算。一个夜晚，冰玉出诊接生，大儒辗转难入睡，趁四个宝宝进入梦乡之时，他在昏暗的油灯下写了一首《万岁歌》，以庆贺毛家党的覆灭：

农民高喊岁万万，为了肚皮吃饱饭。

工人高喊岁万万，渴求嘴甜活少干。

军人高喊岁万万，瞒天过海晋官衔。

教授高喊岁万万，争取思想好过关。

干部高喊岁万万，惧怕运动沾身边。

团员高喊岁万万，意在团员转党员。

党员高喊岁万万，虚假表演好升官。

君王喜听岁万万，空幻万世天不变。

谁知人间尽是虚，你骗我骗他也骗。

突然万岁没人喊，毛家树倒猢狲散。

　　第二天一早，冰玉出诊归来，父子睡得正香，悄悄进屋，没打扰他们，发现八仙桌上的《万岁歌》，熟记心中。大儒醒后，发现妻子坐在椅子上打盹。不便叫孩子们起床干扰，让她多睡一会。醒后，冰玉警告丈夫："以后把思想藏在心里，不许写在纸面上。虽然毛派垮台了，还不知新上台的人包什么馅的。如在毛家党灭亡之前，你若写出这首打油诗，要被杀头的。"

　　打倒毛派是晚年的叶剑英为历史开创了新篇章，为中华民族立了大功，拯救了亿万处于水深火热的人民。政变成功后，又把最高权力让给周派其他人，堪称高风亮节，将名垂青史。若不是炮制陈光冤案的话，叶帅将是完人，被后人怀念。如果按风行的几几开的话，他该是一九开，一份错误，九份功劳。

　　由于叶剑英的双手扭转了乾坤，大儒夫妇对虎子的未来充满希望。他将不会重蹈狼子的覆辙，他的前途将无限广阔，也许比广德堂的祖先更有成就。

　　逮捕毛家党四人帮是翻天覆地惊世之举，是毛泽东统治历史的终结。全国人民一片欢腾，可是欢腾之后，全国又一片沉寂。人民感受不到毛家党覆灭带来的好处。北京再没有发出令人振奋的消息。与此相反，北京发出为毛泽东招魂的噪音，华国锋提出要继续批邓、反击右倾翻案风。决定出版《毛泽东全集》；在天安门广场建立毛泽东纪念堂；提出凡是毛泽东做出的决策都要维护；凡是毛泽东的指示都始终不渝的遵循；定性毛家党为极右派，认为清明节悼念周总理为反革命。全国为之茫然，困惑不解。从华国锋以上表现看，他与毛家党的封建法西斯思想一脉相承，他们之间的矛盾是小巫与大巫私人夺权的矛盾，并无原则上的政治冲突。

批邓、反击右倾翻案风是对周恩来派民主社会主义的敌视，用出版《毛泽东全集》标榜自己为毛泽东社会主义正统派系，借以巩固自己的权利。两个凡是是主张把毛泽东思想看为凝固的，永恒不变的，这与唯物主义格格不入。在天安门广场建纪念堂，违背中央火化政策，全国都实行火葬，唯有毛泽东一个特殊，活着独享特权，死后继续保持特权，纯属封建主义神权思想，继续推行个人崇拜，神化毛泽东。其次把个人坟墓建在广场闹市中心违背千万年的民族传统，硬搬苏联红场模式。坟墓选在有山有水远离尘世的风水宝地，是民族固有的传统。华国锋定四人帮为极右派，与毛泽东定林彪为极右派是同一用意，因为他与毛家党同为极左分子，怕批极左会引火烧身。认定清明节悼念周恩来为反革命事件，其本身就是反革命，所以华国锋等人与毛家党为一丘之貉，同为封建主义的毛泽东帮派，所不同的是毛家党是毛的嫡系主力军，属于大巫；华国锋几个人为杂牌游击队，属于小巫。

叶剑英属于周恩来开明民主社会主义派，跟毛家党、华国锋的封建极权社会主义水火不相容。叶剑英联合小巫抓大巫是出于权宜之计，他们根本没有共同的思想基础。

抓了毛家党好像春天应该到来了，但是眼前仍看不到春光，出现了倒春寒的天气。虽然毛派的嫡系部队被消灭，但游击队不时打冷枪。不过游击队成不了大气候，终会被历史车轮碾的粉碎。

华国锋与王洪文、陈永贵同为政治侏儒。他不仅被叶剑英利用了，也被毛泽东利用了。叶剑英发动军事政变逮捕毛家党，华国锋签发逮捕令是出于两个方面的考虑，一方面是为了夺得最高权力；另一个方面是在叶剑英的军事压力下，如不签字的话怕同毛家党同归于尽，四人帮将变为五人帮。

阴险狡诈的毛泽东绝对不会看重华国锋，临时把他当作江青走向最高权力的政治便桥。叶剑英对毛的嫡系主力采取闪电突袭的军事打击在先，邓小平对其杂牌游击队采用绥靖招安的政策随其后。根据对方实力不同，采取软硬两手对待，体现了周派斗争艺术的娴熟应变能力。而叶剑英兵贵神速，先江青一步，踏过华国锋这座临时便桥，旗开得胜，不管江青还是叶剑英，踏过便桥获得胜利后，都会过河拆桥，不过叶剑英碍于情面，把拆桥的任务交给了邓小平。

叶剑英利用华国锋懦弱寡断的性格恩威并施，然后逮捕了毛家党，同周恩来借助毛泽东多疑善变的弱点，夸张虚实，随之收拾了林彪的方法如出一辙，所不同的是叶剑英的交通员是老朋友李先念，而周恩来的交通员竟是林彪的掌上明珠林豆豆。常人不可思议的事，被周恩来的魔杖点石成金，说明周比叶的魔法更高一筹。

第六十二章　草色遥看近却无

逮捕四人帮后，大儒一家的生活没丝毫变动，要想生存，只能努力向土地求索财富。身为农民的夫妇两人都专业于医学，对农业劳动一窍不通，因此在农业生产方面吃尽苦头。即使毕业于农科专业，其学的知识也排不上用场，因为中国农业既没有排灌工程也没有机械、化肥、优良品种，生产方式与二千年前一样原始。甚至不如二千年以前的牛耕时代。因为经过大跃进，牛被饿死了，现在退化到人拉耧、人拉犁、人拉耙的人耕时代。医学技术精湛的大儒，变成毛泽东的一头牛，在土地里拉犁拉耙拉耧。生产队长对身为牛的大儒怒目相视，催逼不断，斥责尖刻，差一点拿鞭子抽他；嫌他的力气不大，速度不快，质量低劣。同工种、同劳动，其他社员得十个工分，队长只开给大儒六分。少开四分的理由，一方面是对他劳动质量差的惩罚，另一方面是对黑五类的政治歧视。大儒一家想生存，依靠生产队没指望。生存唯一的希望在自留地。在抗旱的时候，白天在生产队干活，夜晚夫妇俩在自留地抗旱。冰玉用铁锨在玉米周围扒窝，然后再把浇上水的窝盖上一层土。大儒在三百米外的土井里汲水、挑水。汲水的双手磨出血泡，挑水的双肩压得沁血。冰玉望着丈夫的痛苦落泪："散了吧，不抗旱了，哪就饿死了！"大儒摇摇头，佯称："不痛！不痛！"

大儒最憷头的农活是割麦子。麦收时节天气炎热，满身汗水，麦芒刺伤双臂，再加上汗水浸渍，疼痛难忍，刺痒钻心，每近芒种，大儒心情郁闷。秋季刨棒子大儒也忧心憧憧，玉米叶子锋利似刀，不仅能拉破衣袖，也同样拉破皮肉。一棵玉米像小树一样高大粗壮，农民一小镰子刨一棵，大儒刨四五小镰子才能制服一棵玉米，速度比他人慢四五倍，根据包工，大儒只能挣好劳力四分之一的工分，别人一天挣十分他挣二分半。

大儒挣工分最多的工种是锄地，锄地速度比别人慢一半，别人一天挣十分他挣五分就心满意足了，但是锄头掌握不稳，常常锄下禾苗，被队长发现不但不给分，还得罚十分更干赔了。还有一样农活令大儒胆战心惊，就是高粱成熟后搴高粱头，刀子不快搴不动，刀子快了搴得满手流血。大儒望而生畏的农活莫过于推独轮车。农村运输工具是独轮小推车，基建用它运土坯、木材等建筑材料；在农业，专门运谷物、肥料、柴草等农产品及生产物资。

一天民兵连长命令大儒出义务工，用独轮车把民工口粮五百斤玉米面，送到二百里之外的水利工地。这次大儒不得不反抗命令了："你就是给我五百斤黄金，我也推不到家，别说二百里，二十米也推不到，我根本不会推小车，推空车还净翻车呢。"民兵连长骂他："你这不成废品了吗？"大儒唯一能胜任的农活是拾棉花，既没危险又没技术，也不需要大力气，可是拾棉花是妇女、儿童及年满六十岁以上的老头、老太太的专业，他可望不可及，不具备拾棉花的入选资格。

毛泽东断定，知识越多越反动，越穷越白越革命；生产队长认为学历越高价值越低，高学历不及文盲能干，文盲不如老牛任劳任怨。如把中国建成牲畜世界，那是毛泽东最高理想。届时将没人对他进行反抗，也是生产队长追求的大同世界，皮鞭所指，是历史前进的方向。大儒在毛泽东与生产队长眼里，就像毛泽东、生产队长在他眼里一样，一文不值。

冰玉在专业训练中，锻炼的手头麻利而仔细。她的专业功底，在当今世界派上另外的用场——拾棉花，总比别人多拾几斤。每次都为全队第一，割苜蓿比别人多割几十斤，在社员中得到赞赏。大家戏谑："咱队上一对臭老九，女老九比男老九改造的好，无怪毛主席说知识越多越反动。"但是不知在这句笑话中隐含多少悲痛。夏天，在田野里经常被暴风雨袭击，一次暴雨骤降，狂风突起，瞬间田野变为泽国，冰玉肩上背着百斤重的苜蓿筐，左手领着六岁的冬梅，右手牵着四岁的虎子，肚子里怀着七个月的胎儿，上头大雨如泼，脚下洪水没膝，艰难的向家跋涉。大儒从田地里跑回家，发现娘儿三不在，又重返田野迎接，大儒接过妻子的苜蓿筐，一家四口依偎在一起蹚水回家，夫妻俩的泪水混合着雨水淌下。夜晚，七个月的胎儿早产。二周后又重新被队长逼向田间。

二十世纪七十年代初期，林彪元帅蒙冤后，毛泽东疯狂稍有收敛。周总理见缝插针，积极恢复被十年大混战破坏的生产秩序。在农村开始打机井，增置抽水机，购买小型拖拉机，供应氨水、化肥、农药，进口优良品种，繁殖牲畜等，以提高农业生产。大儒抓住这个机会，种好自留地，每年每亩产小麦一千斤，玉米一千斤，达到每亩双千斤的空前高产，在当地引起轰动。当时生产队亩产二百斤就算丰收。社员们对大儒刮目相看，称道："臭老九治病是高手，种田也是能手，文武双全，知识越多越能耐。"大儒的农业高产是利用农业技术成果结合个人艰苦劳动获得的。

大儒的信条是，当兵做优秀的战士，当医生做优秀的医生，当农民做优秀的农民。不幸的是在争取当最优秀最忠诚的共产党员时被划成极右派。说明当优秀战士、医生、农民时不会有风险，要当优秀共产党员风险很大。不但大儒吃了当优秀共产党员的亏，李锐、田家英、张志新都吃了亏。随风转向的轴承脑瓜，都成了红得发紫的共产党员。

当今中国，一切为虚，吃饭为实。为了孩子生长发育，为了一家吃饱饭，大儒付出痛苦的劳动。

虽然每人分得二分自留地，但每家不能把精力放在自留地上，否则就割你的资本主义尾巴。生产队规定，其实也是普天下的政策，白天上工时间，不能在自留地干活；自留地不能与公家地争工、争水、争肥、争机器。只顾公，不管私。

小麦丰收的水利条件，要求八十三场雨。在农历八月下场透雨好播种出苗；十月下场透雨好封地发育根系；三月下场透雨好返青拔节。大儒不敢与本村生产队争水、争肥、争机器'怕割资本主义尾巴，都是求外村生产队给他支援。这样，本村无权干涉。

由于大儒用医术在外村结交了一批村支书及生产队长，他们常帮大儒耕种自留地。1972年春分过后，大儒趁月光，把三十斤尿素颗粒均匀撒埋在一亩二分麦田。自留地与外村小刘庄的土地临界，小刘庄的田地中有一口机井正闲置着，机井距大儒自留地一百八十多米。借月光修筑水道。一天晚上，崔家油坊的第一生产队自四里外，把抽水机安在小刘庄的机井上，帮大儒浇麦田。月亮沉没后夜黑如漆。由于水道浅，又是干土培筑，到处开口子，大儒堵不胜堵，经常陷进水道外隐性的水坑中，浑身上下都是泥水。半夜过后，西北风大作，寒流来临，气温突然降到零下三度。大儒冻得瑟瑟发抖，湿漉漉的衣服，冻得梆梆硬，鞋底冻得像钢板一样又硬又直。实在冰冻难忍，大儒蹲在水沟里，借刚出井的水温取暖。天亮了，一亩二分地也浇灌完了。回头朝水道望去，跑漏的水，比灌进麦田的水还多数倍，大约有三亩多旱田变成水田。当蹲在水道的大儒冻得牙关得得作响的时候，他心里得到无限安慰，因为此时此刻，妻子儿女在温暖的被窝里，睡得正香。以自己的痛苦，能为亲人营造幸福是人类最高尚的享受。当夏季三伏时分，气温升到三十八，人们热得喘不过气时，大儒把春分浇麦田挨冻经过说给妻子听。大儒认为在炎热的夏天，提到寒冷，妻子心里会产生凉爽的感觉，不觉得是受罪，就不会产生痛苦。果然，妻子听后说："把春分的冰冻移到今日的三伏多好。"她接着说："如果你当时把冰冻受罪的实情告诉我，我会哭的。"时间差别与环境冷热，不仅影响不同的疾病发作，也左右思想情感的喜怒哀乐。

1972年，一亩二分自留地的收获小麦一千二百斤，足够六口之家全年口粮，小孩子吃的少。秋后又收获一千二百斤的玉米，平均全年每人四百二十斤粮食。如果全国八亿农民都有大儒一家的大收获，中国的四个现代化，指日可待，梦想成真。

四人帮被逮捕二个月后，当时总理华国锋，号召全国学大寨，要求四年内，全国三分之一的县建成大寨县。陈永贵的种田本领不会超过大儒，大寨村握有大片土地，国家投入大量财力物力。但大寨人的温饱得不到保障，远不如大儒人均二分土地的收获量大，试问要向大寨学什么，难道学他的勒紧腰带，饿肚子，学对人民专政，学军队管制，学吹牛，学撒谎，学挥霍国家财物。作为总理，不脚踏实地的发展国民经济，而为个人独裁，推广大寨的军事制度，重蹈毛泽东的瞎折腾。

毛派垮台后，新的党中央政策是反动的还是进步的，对邓小平的态度是一项重要的观察指标。二十亿只眼睛紧盯对邓小平举措，二十亿只耳朵静听对邓小平的言论。华国锋继续提倡批邓及批右倾翻案风，引起人民的惊慌。又提出凡是毛泽东讲过的点过头的都不要批评。这等于他自封毛泽东第二，令人厌恶。可笑的是华国锋对自己的力量没有信心，狐假虎威，借毛泽东的死尸吓唬人。华国锋主张坚持毛泽东的无产阶级专政继续革命论，他自恃为毛泽东思想的捍卫者。自诩为毛泽东的正统，如果他继续执政，中国仍苦海无边。

华国锋终究不是邓小平的敌手，逮捕毛家党九个月后，于十届三中全会上，邓小平冲破华国锋设置的重重障碍，浮出水面。全国为他的复出一片欢呼声。大儒在门前柳树上，挂上火鞭。火鞭响后，邻里不解其意，不知石先生家里有啥喜报。

在以后的岁月中，邓小平否定了毛泽东的经济制度，开创了经济改革，主张黑猫白猫抓着老鼠是好猫，贫穷不是社会主义。中国历史上变法成功的少，失败的多。变法开创者的结果，重者杀头，如吴起、商鞅等，轻者罢官或逃亡，入王安石、康有为、梁启超等。邓小平能否成功，拭目以待。

在十届三中全会上，邓小平一方面批评了华国锋坚持毛泽东过左路线，狐假虎威的错误，而他自己也提出毛泽东基本思想是实事求是及众群路线。借美化毛泽东，为自己壮胆，这同样是狐假虎威。难道毛泽东相信小麦亩产七千斤，稻谷十四万斤，小麦播下种子每亩二百斤是实事求是？难道饿死五千两百万人民是走群众路线？中国人民谎言听惯了，也不把邓小平的话放在心上。可能老邓对自己的话也不相信，只是说说当挡箭牌罢了。关键看他的实际行为，能不能抓住老鼠。邓小平复出后，肯定了知识分子的作用，提出尊重知识尊重人才的口号，并于当年秋季恢复了停止十一年高考制度，结束了考试答白卷升大学的英雄时代；废除了保送文盲、半文盲念大学的红色革命制度。

1977年底胡耀邦升任组织部长，三年后又升为总书记。他开始了对积压几十年的千万件冤假错案平反昭雪。他首先解放了四千万地、富、反、坏、右、修、资、反、臭老九。胡耀邦一生最光辉的成就是拯救了几千万受苦受难的善良人民。像周总理陈毅一样热爱知识分子，重用知识分子，思想开放，作风民主。任组织部长三年、总书记六年间，驱散了天空密布乌云，阳光重回祖国大地。虽执政时间短暂，不失为中国历史上一代名君。每个被平反的志士仁人及妻子儿女永远感谢胡耀邦。当今政坛上所有明星，都是根据胡耀邦的干部政策，从技术员、工程师、技术科长、厂长、处长、局长、市长、部长、副总理、总理、总书记、国家主席，一级一级提上来的技术官员。胡耀邦在位六年，做了别人几十年没做到的事情，理清了几十年的黑暗政治，开创了开明政局。

自从1977年7、8月，得知邓小平恢复中共常委，胡耀邦任组织部长的消息后，大儒夫妇僵硬了十九年的面孔，又恢复了笑容。言为心声，笑为心影。面孔是心的荧光屏，内心的喜怒哀乐忧思恐，丝毫不差的反映在面孔上。久违的欢笑又回来了。莫名其妙的两对儿女，受到爹娘情绪的感染，一改压抑、小声局促、蹑手蹑脚的表现，在父母面前变得异常活跃，成天欢蹦乱跳，争论吵闹。他们并不了解家庭突然欢乐的原因，更无从得知过去郁闷的因由。两个大孩子，好像朦朦胧胧的有点模糊印象：每当爹娘谈话提到毛泽东的时候，就愁眉苦脸；现在每提到邓小平就喜笑颜开，好像跟毛泽东这个人不对劲，吵过架，跟邓小平这个人可能不是老同学就是好朋友。大儒夫妇每天谈话之间，曾几十次的提到邓小平的名字。就像哲学史教授开口就是老子，医学史专家闭口就是张仲景一样。他们白天没空说话，白天除农活、诊病、出诊外，家庭还有许多杂活。喂猪、喂鸡、喂狗、清理厕所、打扫院子、汲水、洗衣、做饭、修理自行车、种自留地、积肥等，下雨天还要给孩子们讲故事。大儒经常出义务工，晚上参加批斗会，写检查等。两个人没睡过午睡，午夜十二点以前不曾有睡觉的机会，十二点后该睡觉了，夫妇俩又开始了讲夜话的时间。因此他们睡觉的时间很短，每天不超过五小时。打倒毛家党后大儒的常规义务工，扫大街，批斗会、写检查的节目取消了。但夜话的时间延长了。

　　大儒与妻子议论华国锋等人，既是毛泽东为江青通往皇权的临时便桥，也可算作毛泽东的杂牌游击队。大儒对妻子说："目前邓小平拆桥的方法不是用火烧，而是用撬螺丝钉的方法，一个一个地卸掉。先卸掉了汪东兴、纪登奎、吴德、陈锡联、陈永贵等螺丝钉，最后再把桥板华国锋送进仓库封藏起来。"冰玉对丈夫说："自从胡耀邦当上组织部长后，华国锋再不提要在全国建立三分之一的大寨县，三分之一的大庆型企业了。并亲自宣布曾被他定为反革命的"天安门事件"为革命事件；"反击右倾翻案风"是错误。说明毛派游击队已交械投降，标志毛派已彻底被消灭。"丈夫同意妻子的看法。

　　1978年9月，组织部长胡耀邦在全国信访会议上宣布："判断对干部的定性和处理是否正确，根本的依据是事实。凡是不实之词，凡是不准确的结论和处理，不管是什么时候、什么情况下搞的，不管是哪一级组织、什么人定的和批的，都要实事求是的改正过来。"

中共中央组织部，分批召开了落实知识分子政策座谈会。会议认为，知识分子队伍状况已经发生深刻变化，解放初期提出的对知识分子"团结、教育、改造"的方针已经不适用目前的情况，当前应继续做复查与平反昭雪知识分子中的冤假错案工作。对知识分子要充分信任，放手使用，做到有职有权有责；调整用非所学，做到人尽其才、才尽其用，努力改善他们的工作条件与生活条件。

胡耀邦第一个工作目标是平反冤假错案，第二个目标是重用知识分子。一方面表明，胡耀邦对制造冤假错案者的愤怒，另一方面说明他对知识分子的感情堪比周总理与陈毅。从此，平反冤假错案形成不是运动的运动，尊重知识选拔人才形成社会风尚。胡耀邦成为否定毛泽东的勇士，成为知识分子的良师益友，成为真理的卫护者，他是当代明君。

尽管平反冤假错案阻力很大，因为许多冤假错案就是现在各级当政人制造的，平凡冤假错案就是对他们的否定。但是胡耀邦冲破种种阻力，勇往直前。不怕得罪任何人，不达目的绝不收兵。报纸、电台三天两头有平反昭雪的消息，确实形成政治运动。

当文化大革命正疯狂进行的时候，大儒对冰玉说过，文化大革命还不够残暴，越残暴越好，越残暴越加快毛泽东的死亡，他是在自掘坟墓。由于受君君臣臣父父子子传统文化影响，手中握有巨大军队力量的林彪、周恩来，在生前逮捕毛泽东易如反掌，但是他们宁愿自己吃亏，也没发动军事政变。继林彪、周恩来之后，叶剑英也没突破君君臣臣的樊篱，仍耐心等待毛自然地死亡，死后二十七天拔了毛根。

毛泽东发动的文化大革命对国家、民族、共产党是罄竹难书的罪恶。但在这之前的历届政治运动中，对受迫害的知识分子、共产党员、各级干部及无辜人民又是件好事。如果在以往政治运动中，负责制造冤假错案的各级干部，不在文化大革命中受到冤假错案的虐待，他们不会对以往的冤假错案产生同情心。如果邓小平的儿子不摔为瘫痪，罗瑞卿不摔断腿，彭真不蹲九年半铁窗，邓小平不下放当钳工的活，他们不会甘为胡风集团、彭黄集团、三百多万右派、四千万黑五类平反的。他们尝到了家破人亡的滋味，对以往家破人亡的人，产生了同病相怜、同为天涯沦落人的感情，悔恨自己的既往。例如邓小平、彭真是反右派的主要干将，罗瑞卿是批斗彭德怀的主要打手，但为右派及彭德怀平反时，他们举双手赞成。所以勇于举双手赞成平反他们本人制造的冤假错案，是由于毛泽东在文化大革命中对他们制造了冤假错案的反作用。历史的发展就是这样滑稽。胡耀邦借助高层干部的忏悔心情，进行大刀阔斧的平反运动，自然得到全国上下的一致赞扬。

　　如果胡耀邦执政到邓小平死后，为了彻底清算毛泽东，会扩大平反运动的广度，可能平反AB团、延安整风的冤假错案，会还张国焘、王明以清白，会揭露西路军及新四军覆没的真相，澄清林彪悬案，甚至拆迁纪念堂撤掉天安门的毛像。不会把一个偏执狂精神病人举为全国人民的偶像。开明的胡耀邦在是非面前不会含糊其词，继续愚弄人民。一个被欺骗的民族，永远不会恢复固有的创造力。整个民族被一个精神病人愚弄欺骗，试问中华民族还有什么尊严。可惜，胡耀邦突然被罢黜了。令人百思不解的是有人对整个民族被奸侮视而不见，竟卫护一个暴君的尊严。对毛泽东做出三七开的评价，这个评价无疑又是愚弄整个民族。对一个饿死五千两百万人民的暴君，一个精神病人七分功劳的评价，好像嫌饿死人民数字太小，也许饿死五亿才算错误。好像五千万人民的生命不如暴君一人珍贵，这是对暴君的袒护，是对偏执狂精神病人的崇拜。

　　毛派被逮捕后，大儒的儿女结束了自学，女儿冬梅考入初中，成绩优秀，在初中录取排行榜上名列第二，爸爸妈妈为他的好成绩激动地流泪，当天晚间包了猪肉馅的水饺为女儿庆贺。溜完水饺，一家人欢欢喜喜将吃饭的时候，外村来人请冰玉接生。她一个饺子还没吃，就出发而去。大儒扮演妈妈的角色，照顾四个孩子吃晚饭，爷儿五个一面吃饺子一面欢天喜地的谈论着。吃完晚饭，大儒宣布庆祝晚会开始。

　　首先，要求冬梅及虎子出节目，两个孩子唱歌，爸爸为他们打拍子。第一支歌是《东方红》歌词是东方红，太阳升，东方出了个毛泽东，他是人民的大救星……大儒对歌词极为厌恶，但是没办法，全天下都是一片对毛个人崇拜的歌曲。一切过去的抒情歌曲都扣上封资修的帽子。既没人敢教，也没人敢唱，更没有歌曲集出售。第二支歌曲是《伟大毛主席》，歌词是：大海航行靠舵手，万物生长靠太阳，雨露滋润禾苗长。干革命全靠毛泽东思想……第三支歌曲是新疆风味的，调式挺好听，歌词还是千遍一律的歌颂毛泽东。两个孩子只管唱，也不知歌词有什么含义。

六岁的豹子问："爸爸，是不是歌曲就是毛主席，毛主席就是歌曲，毛主席与歌曲是一个意思呀？"大儒答："这两个词是两个意思。"豹子又问："有没有不带毛主席的歌曲呀？"大儒给孩子讲解："歌曲分民歌，流行歌曲，抒情歌曲，各国有成千上万首歌曲。"大女儿叫爸爸唱首民歌听听。大儒给孩子们唱了一首英格兰民歌《绿袖子》。孩子嚷嚷着好听，要求再唱一首。大儒又唱了一首俄罗斯民歌《船夫曲》用俄文演唱的。孩子们好像发现了另外还有不同的世界，初次了解到歌曲不单单是唱毛主席。冬梅又问："流行歌曲是什么味的，爸爸来一首行不行？"大儒答应了孩子的要求，唱了江南小调《四季歌》，四岁的小女儿说："江南小调好听，俄罗斯民歌太吓人。"虎子又问："抒情歌曲是什么味的，爸爸唱唱。"大儒又给孩子唱了印度电影《流浪者之歌》及苏联电影《幸福生活》中的《红梅花》这个家庭庆祝晚会，是大儒家有史以来第一次，其意义重大。一方面是祝贺女儿考上初中，另一个重要的意义是庆祝毛派的灭亡，同时还开阔了孩子们的眼界：歌曲包括内容很广，各国都有自己的歌曲，不只包括毛主席。晚会结束，孩子们将进入梦乡，冰玉出诊回来了。

大儒问："为什么这么快回来了，是不是难产，送入医院？"冰玉说："不，是顺产，宫缩几阵，孩子就降生了。"冰玉的回家，驱散了孩子们的睡意，争着给妈妈介绍，没想到爸爸会唱歌，第一次听到，不信，叫爸爸给你来一首，比毛主席的歌好听多了。大儒又唱了一段《圣母颂》。冰玉对孩子们说："结婚十四年，我也是第一次听见你爸爸唱歌。"孩子们又要求妈妈唱一首，不给唱不睡觉。李冰玉给孩子们唱了一首《歌唱祖国》又搭一首《南泥湾》。虎子说："爸爸妈妈都没学会毛主席的歌，学不会毛主席的歌，就靠不上毛泽东思想，就不会干革命。"冬梅说："不靠毛泽东思想，妈妈接生，孩子也生不出来，爸爸诊病也诊不对。"虎子补充："不靠毛泽东思想，猫捉不住老鼠，狗撵不上兔子。"豹子说："不靠毛泽东思想，母鸡不下蛋，公鸡不打鸣。"小沙洲说："不靠毛泽东思想，蝈蝈不叫唤，知了变哑巴。"四个孩子你一言我一语，争相说着玩，一人说了，逗得大家一阵笑。像侯宝林的演艺场一样，笑声不绝。在妈妈镇唬下，都不要贫嘴了，开始蒙头裹脸的睡觉。

虎子也结束了自学家教，考试插班五年级。他擅长数学，数学老师经常叫他在黑板上演算难度大的四则题。一次老师本人在黑板上演算一道难题，虎子聚精会神的观察老师演算，在老师每步演算写出来之前，虎子脑子的演算已经结束。回家对妈妈说："老师对那道难题的演算过程，完全按我的思路进行的。"冰玉听了，又惊又喜。想把虎子这句话转告丈夫，但整天忙忙忙，忙着出诊、诊病、接生、自留地的耕、种、收藏，生产队的劳动、辅导孩子学习、家务劳动、亲戚朋友的交往、庄乡邻里的应酬、油、盐、酱、醋、米、面的筹措，伺候猪、狗、鸡、鸭，房子维修，破自行车的三天二头修理，晚上还得抽空翻翻专业书刊。好处是，自打倒毛派后，已取消了好多劳身烦心的常规节目，其中有惩罚性的义务劳动，每早扫马路，每晚开专政会，没完没了的写检查，每天向老毛早请示，晚汇报，参加村内的定期批斗会，出席公社的不定期游街示众等等等等，还有许多常人想不到的，只有毛泽东想得周全的许许多多专政方法。

　　大儒夫妇回农村二十二年，饱尝人世炎凉，身处暴政压迫，他们的医疗技术都达到完美的高度。对每个病人都细心的诊治，只准正确，不许出错，否则就是对贫下中农的阶级报复，将有坐牢杀头之罪。见到病人确有如履薄冰，如临深渊的紧张心情。在二十二年中诊治病人七万九千多例；冰玉接生四千八百多例，不曾出现医疗事故，身为被专政的医生，这是大幸。在二十二年中，大儒否定过许多大医院的误诊。例如姚屯村老张，男病人，咳嗽，咯血丝黄痰，根据咯血，山东医学院附属医院肺科确诊为右肺癌瘤，大小如核桃。癌瘤为不治之症，病家终日哭天抹泪。姚屯距石庄三十多里，病家托朋友请大儒诊治。大儒仔细观察X线胸片，发现病灶边缘整齐。唯有顶端有一条模糊的水平线；再参考症状，确诊为肺脓肿。经滚痰丸七天治疗后，病人大口吐脓痰半痰盂，月余后病愈。

　　另一例病人，家住雨淋村，王姓，男性，老年人，长期血尿，山东省人民医院经肾盂造影确定为肾结核。大儒观察肾片后，否定结核，根据体征与病史，诊断为血性乳糜尿。服中药八正散，六周治愈。还有德州地区，平原县，陵县等医院误诊多起，均得到纠正。大儒的医术声名鹊起，遐迩闻名。除了精湛的医术外，使其闻名的原因还有几项，一项是广德堂的继承人，是石振铎的孙子；二项是本来为老革命反而成了反革命；三项是他所以被划成反革命据说是忧国忧民给老毛上书，错误性质与彭德怀雷同，据传，比彭德怀还厉害，他竟敢骂老毛是大暴君；最后一项是他娶了一个同样医术高明的妻子，令人不可思议的是，婚前女方明明知道他是极右派是被毛泽东专政的人，而非嫁给他不可，这等于自愿向火坑里跳。由于以上种种原因，大儒成为本地妇孺皆知的名人。每次去外地出诊，进村后，自行车后边往往跟着一帮孩子，孩子们一面跟着跑一面喊："石先生来了，石先生来了。"当孩子们问清他去谁家出诊时，便快速去病家送信："石先生来了！"大儒出诊起初常带着大儿子，大儿子长大了又带小儿子。两个儿子在各村也交了许多小朋友。

由于名扬乡里，认识他的人多，对许多认识他的人，有时记忆模糊，甚至根本不认识，因而出现一些尴尬的事。出诊外地，骑自行车在大路上，看对面一行人，不管认识与否，距离老远就下自行车，两眼盯着对方，观察其面部表情，如果表情喜悦，将要开口说话的时候，大儒提前开口招应对方，免得给人以架子大的印象。有时分析错了对方面部表情，把陌生人当为熟人打招呼，闹得对方莫名其妙，造成双方尴尬，这是常事。

大儒赶集，在集市上熟人很多，当买菜买水果时，站在较远的位置，先瞭望一下卖主的面孔认识与否。认识的人往往不要钱，陌生人当然收钱。农民种菜付出巨大劳动，还得有种籽、肥料、水浇、运输等成本。不要钱的菜吃了不舒服。一天去赶二七红庙集买白菜，站在白菜市场外，对每个摊主进行观察识别。发现一个摊主是陌生人，三步并两步走，争取速战速决，免得被熟悉的摊主发现，增加麻烦。走到摊主前，还没开口问价，摊主笑道："石先生吃白菜呀？咱没别的，有的是白菜，我供你吃白菜没问题。"摊主抱起一棵二十斤的大白菜，递给大儒。大儒心慌意乱，紧张的直冒汗。最尴尬的事发生了，大儒谎称："对不起，我不买白菜，买茄子。"摊主不加分说，把大白菜绑在大儒自行车的后座上："你走吧，再去买茄子吧。"即使给棵大白菜，也不值得大惊小怪，关键是不认识白菜的主人，是哪个村的人，什么名姓，都一无所知，又不好当面问白菜主人姓氏名谁，何村人士。以后再也没见过这个慷慨的菜农，几十年之后仍为这颗大白菜难为情。

一次大儒出诊魏集，顺便赶四九边临镇集想买个西瓜带回家。经仔细观察，一辆西瓜车周围的人一个不识，放心大胆走近西瓜车。刚凑到西瓜车旁，瓜主抱起一个十六七斤的大西瓜递给大儒，大声嚷嚷着："石先生，我管你一家人吃西瓜没问题，今年种了五亩大丰收。"大儒急忙向后退："我不是买西瓜的呀！我只是来看看这车大西瓜，怪喜人的。"瓜主说："咱俩正好，你不买，我不卖，我是给你个西瓜尝尝怎么样。"瓜主把西瓜摽在大儒自行车后座上。撮着他走了。在集上遇到夏庄的支书，叫他帮忙问问："那车西瓜的主人啥名，哪个村的。他给我个西瓜不好意思，你帮我还账去。""夏庄人，你忘啦，前年他患破伤风，你让他家布置一个黑屋子，不许见光亮，你给治好。别说给你一个西瓜，给你一车也不多，你救了他的命。"

　　当时一切服务行业都是国营垄断，不许私人营业，即使一两个人的理发店也是国营。国营属于社会主义经济制度，私营属于被打倒的资本主义经济制度。平原县城只有两个国营小饭店，一个在丁字街路北，另一个在车站街路东，两店相隔约五百米。大儒一个亲戚因胃穿孔开刀住进县医院。一天大儒进城看望住院病人，到达平原城时间为十一点半，正好是吃中午饭的时间，为了不给亲戚添麻烦，决定在丁字街饭店吃过中午饭后再去医院探望病人。因为饭店小，吃饭的人多，卖饭窗口排着长龙队，其中排队的有大儒。队伍继续扩大，随后又增加一位新队员，他是叶家村的大队长叶景泉，见大儒在排队，把大儒拉出来说："石先生你找个位子坐下，我来排。"他是请大儒吃饭的意思。大儒不好意思麻烦人，把排队的位子让给他走了。走到车站饭店，心想："这次叶景泉找不着我了，没办法请我吃饭了。"车站饭店也同样，排着长队。叶景泉在丁字街饭店嫌排队人太多，又发现大儒无影无踪，估计车站饭店排队的人少，他也来到车站饭店，又发现大儒在排队："石先生，你怎么又来这里了？你坐下我排。"大儒谎称："我不是排队买饭，是等一个人。"趁叶景泉不注意又走了。这次又返回丁字街饭店。终于买上一碗鸡蛋汤，两个馒头。为了抓紧时间，吃完饭尽快到医院探望病人，又瞭望了一下，餐厅又无熟人，站在一张餐桌旁，右手抓住两个馒头，左手端着一碗鸡蛋汤，啃一口馒头，喝一口汤，吃相狼狈可笑。正当啃第二口馒头的时候，被邻桌一主人大声喝道："这不是石先生嘛，请坐下坐下。真巧，在这儿见到你啦。"大儒一愣，把鸡蛋汤、馒头放在桌面上："不不不，我真的有事，谢谢你，不打扰你们。"说时迟那时快，当他说出第一个不字的时候，小乞丐把两个馒头，一碗鸡蛋汤拿走。主人拉着大儒的手把他摁在上座，全座八位宾客，有五位妇女，虽然衣着一律灰色，但都是得体新装。主人介绍今天是儿子来城里照订婚像的。坐在上席的大儒竟不认识主人是谁，更不知家住何村。一生从未遇到如此尴尬的场面。大儒绞尽脑汁，旁敲侧击探清主人是哪村人。几次试探都失败了，大儒问："今年你村涝灾也很厉害吧？"主人说："很厉害，不过俺村的支书姜杰清说，他负责向公社要求救助粮，保证全村不挨饿。"大儒的心放下了。这是城北亭子村的人。以后遇到姜杰清介绍："主人姓李，那天去城里照订婚像。去年冬天一个晚上，你出诊路过我家。他老婆患长期胃病，呕吐。那晚趁机来看病，你给她把了脉开了药单，病好了。一直没犯。本想到你家礼谢，那天在平原饭店，了却心愿。因晚上油灯昏暗，你没看清他的面孔。"

第六十三章　艰难的上访历程（一）

　　中国历史上对毛家王朝制造的数千万件冤假错案开始大规模的平反运动。于1977年12月，以胡耀邦接任中共组织部长为起点，到1980年2月胡耀邦任中共总书记后，平反进入高潮。直到1987年1月，胡耀邦总书记被邓小平罢黜为止，历程整整九年，对毛王朝二十七年制造的冤假错案一一平反，只是邓小平唯独阻拦不许为高饶一案平反，更不能为林彪一家平反。因为这两桩冤案是属于周派消灭毛派的三大战役之二。第一战役的高饶冤案，有邓小平参与其中。胡耀邦下台了，平反也就结束了。很显然邓小平对胡耀邦的开明作风看不顺眼。胡耀邦的开明近似周恩来，邓小平的武断近似毛泽东，当然水火难融。

　　1978年9月，组织部长胡耀邦在全国信访会议上强调："凡是不实之词，凡是不正确的结论和处理，不管是什么时候，什么情况下搞的，不管是哪一级搞的，什么人定的和批的，都要实事求是地改正过来。"这是开明而勇敢的胡耀邦规定为平反冤假错案制定的纲领，不仅包括毛泽东，当然也包括刘少奇、邓小平、彭真、罗瑞卿、杨尚昆、陆定一、周杨等帮助毛泽东在历次政治运动中制造的冤假错案。胡耀邦的开明引起邓小平的不悦，最后发展为，成全胡耀邦的是邓小平，败坏胡耀邦也是邓小平。

　　1978年9月，胡耀邦以中央的名义下达了为右派平反的五十五号文件。打倒毛派后，邓小平、叶剑英的首要任务是把被打倒的周派干部解放出来，同时团结刘派人物共同巩固政权、稳定局势。国家稳定后要进行经济建设，经济建设需要大批专家。毛祸十年高校停办，出现文化断层，原本中国的技术专家就少如凤毛麟角，稍有头脑的人，都有为国家缺少专家的危机感，邓小平、胡耀邦更心急火燎。所以在解放老干部之后，排在第二位的政治任务是为右派知识分子平反，和大量提拔重用技术专家，甚至把许多技术专家提拔到国家各级领导岗位上来。

但对三百万右派知识分子的平反一波三折，并不顺利。开始只给右派全部摘帽，就像给地主、富农、反革命摘帽一样，意义不大，没有恢复党籍，没有恢复公职和补发工资的规定。以后把摘帽的文件，又逐步进化为五十五号文件，由摘帽进一步作为冤案改正，改正后可恢复党籍、公职，但仍不补发工资。在对所有政治运动造成的冤假错案平反中，以十年混战中的冤假错案平得最全面、最彻底，不但无条件地恢复党籍、公职、补发十年的工资，还安排子女工作。其次是右派和右倾机会主义，绝大多数恢复党籍、公职，但不补发工资，对受株连的子女也没下文。对其他政治运动中的冤假错案不平反，或少数平反，即使平反的话，也只是空文一张，没别的补偿条件，如土改、三反五反、镇压反革命、肃反、工商改造、高饶集团、四清、大跃进、拔白旗等，更甭提延安整风、苏区打AB团了。究其原因，是在十年混战中，上至中共常委，下至支部书记，都被毛泽东打翻在地，又踏上一只脚。各级干部深受其害，被叶剑英解放后重新上台执政，主张实事求是，自己为自己平反，当然做得彻底而优厚。在十年混战之前的政治运动中，他们是助毛为虐的帮凶，是冤假错案的制造者，就不敢强调实事求是了，倒如土改、四清运动的冤假错案是刘少奇制造的，倘若土改、四清的冤假错案平反，就得否定刘少奇及其一派，就不能为刘少奇派在文革中受的惩罚平反，他们不属冤假错案，是罪有应得。如果对肃反、镇反中的冤假错案平反，就不能给罗瑞卿在十年混战中受到的折磨平反，因为他是肃反、镇反的主要干将，是骇人听闻的冤假错案炮制者，即使罗瑞卿有一万个脑袋，也无法抵偿他枪杀的四百万同胞。对延安整风王实味的冤案、胡风冤案、反右派中丁玲、冯雪峯及一大群被划为右派的冤案制造者是陆定一，特别是周扬制造的。如对以上冤案平反，就不能给在十年混战中受到重创的陆定一、周扬平反。在建国后的历届政治运动中，特别是反右派运动中，身为中共中央总书记邓小平、书记处书记彭真以及中共中央办公厅主任杨尚昆等是毛泽东的主要打手，就是十年混战没让他们帮忙，反而被毛泽东打得头破血流，所以他们被叶剑英解放后，热衷于对十年混战的冤假错案平反，因为与自身利益攸关。而对他们制造的冤假错案的平反态度消极甚至反对。

邓小平自始至终认定反右派运动是必要的，是实事求是的。为了自圆其说，他从三百多万右派中挑出五位不予平反。即使这五人是真正右派，他们只占右派总数的六十一万分之一，难道是因为一个人的过错就株连六十一人吗？五个人株连三百万吗？这就是邓记的实事求是吗？按照以上强权逻辑，老毛也会认为饿死五千万同胞是大跃进的需要，在十年混战中打倒上自刘少奇、下至基层党支部书记也不属冤案，是实事求是的。

在中共八届委员会中的十七位政治局委员中，至少有六位；在六位候补政治局委员中至少有三位是靠帮老毛制造冤假错案、溜须拍马而平步青云的。幸亏老毛把他们一个个的收拾了，他们尝到了家破人亡的滋味，他们重新掌权后，只对历史上的冤假错案进行有选择的平反。

由于知识分子是民族精华，国家复兴需要大批专家，不管是从实用主义还是从人道主义角度，都应给右派知识分子平反。三百多万数目巨大，对全国知识分子的精神状态影响深远，对历史影响重大，解放三百多万右派知识分子是国家的必要，是衡量国家政策宽松开明还是封建保守的标志。

1978年10月与石庄毗邻的平原县召开了四级干部会议，在会议上传达了五十五号文件，文件是四月下达的。散会后，平原城北有几个村支部书记来为石鸿儒报喜说："中央已下达为右派平反的五十五号文件，石先生苦尽甜来了，恭喜恭喜！"凡来给报喜的人，大儒都会把他们留下来吃顿饭，以表感谢。

各村支书好喝酒，而且酒量很大，同时还都吸烟，大儒既不喝酒也不吸烟，为了礼貌，也陪客人喝两杯。整个房间烟雾缭绕，酒气熏人。大儒耐着性子陪客，冰玉不敢去南屋客厅，只躲在西屋厨房准备饭菜。来报喜的人一片好心，但大抽大喝的恶习令人生厌。

为了探听虚实，大儒和冰玉商量，先去德州市委信访室询问一下平反步骤。

把四个孩子的吃饭学习安排好后，一天早晨夫妇俩骑一辆双梁破自行车去德州上访，刚待要出门，一只老鸹站在院内一棵高大的槐树上呱呱地叫个不停。冰玉仰脸望着树枝上的老鸹向丈夫说："晦气，还没出门，老鸹来报不吉利。改改日子，今天不去了吧。"大儒争辩说："这几天，一群群的喜鹊飞来报喜嘛，树上的鸟巢就是喜鹊窝，刚才还有几只喜鹊报喜呢，我不信迷信，走吧，说走就走。"

大儒载着妻子，飞快的行进在公路上。车子虽破，难得夫妻俩同骑一辆旅行，倒是挺幸福的。行进到土桥，自行车落链子，因为自行车缺少后撑，冰玉抬着后依架，大儒动手上链子，链子上好了，两手粘满黑油泥，走到马颊河边洗干净双手，继续上路。不料，距十二里庄还剩三里路，后车带没气了，两个人徒步走到十二里庄，修车铺帮补好车胎，继续前行。

因为自行车一路净出故障，来到德州已过十一点半，下班时间已到，怕信访室没人，只能等到下午两点以后了。他们在又一村包子铺吃过饭，又买了几斤包子带回家给孩子们。下午两点准时到了信访室，信访室竟没人办公，传达室门卫说，今天是星期日，明天上班。夫妻俩啼笑皆非，在农村生活二十年，已经没有节假日概念。农民的生活规律是日出而作，日落而息，他俩是日出前加班，日落后更忙。日出前，冰玉提前起床给上学的孩子们做早饭；大儒在太阳出来前常年被罚扫大街。日落后出诊、接生、诊病、开批斗会、写检查，即使一天四十八小时，也没有休息时间。

夫妻俩只能打道回府。在回家的路上，破自行车一反常态，没出故障，堪称奇迹，令夫妻俩颇感安慰。冰玉不断埋怨道："今早出发前老鸹给送信，不让出发，今天不但信访室闭门谢客，车子也故意捣蛋，致使出师不利。"回到家，孩子们不知道大人一天的沮丧，欢欢乐乐地抢着吃包子，虎子说："再进德州城，忘了办什么事都没关系，千万别忘了买包子。"

政治环境宽松了，唐吉歌德式的阶级斗争已经成为过去。第二次去德州上访时带足了钱，买全了三大件：自行车、缝纫机、手表。这是当时衡量家庭穷富的三大指标，就像解放前衡量家庭穷富根据土地亩数多少一样。自行车有三个牌号，青岛产国防牌、上海产永久牌、天津的飞鸽牌。价钱差不多，有优惠券的一百二十元，没优惠券的二百六十元；缝纫机有蜜蜂牌、蝴蝶牌，都是上海产，有优惠券的一百六十元，没优惠券的三百元。大儒不属特权阶层，没优惠券，都出高价。手表只有上海牌一种，不要票券，一百二十元一块。

大儒买了飞鸽牌自行车，因为冰玉在天津读过书，对天津有感情，所以买了天津产品；买了一台蜜蜂牌缝纫机，一块上海手表，共花了五百多元。

第二次上访得到德州地区统战部长的接见，各级党委以统战部为核心组成五十五号文件办公室，作为对右派平反的临时机构。统战部长是胶东口音，虽态度和善，大儒见到穿制服的干部仍紧张，说话嗫嚅，接见时多是冰玉为丈夫代言。

统战部长问了大儒的简历、划右派的根据、当时的工作地点，并交代五十五号文件精神。统战部长似乎对石鸿儒的名字有点耳熟，不知在什么地方有人提到过"石鸿儒"这个名字，好像当时对这个名字产生过敬畏。根据冰玉的介绍，他突然想起来了，是在全省统战部长会议上。

在会议上，省统战部金部长讲解右派分子能平反与不能平反的条件时，把石鸿儒的案例作为全省不能平反的典型，并在大会上宣读了他1956年给毛泽东的上书全文，认为他从骨子里头反对伟大领袖毛主席，对社会主义政策进行逐条否定，而有自己的反动逻辑。没想到今天坐在他面前的，就是金部长在大会上宣布的那位反动典型。他与金部长的思想相左，认为当年只有二十六岁的石鸿儒能对毛泽东提出那么多逆耳忠言，难能可贵，尽管职位低，应属彭德怀式的忠诚人物，是条汉子。没想到这个人就住在德州城外。但对上级的意见只能顺从，不能反驳，石鸿儒的未来悲观多于乐观。

临别前，统战部长非常诚恳地说："你既是老革命又是技术专家，令人尊敬。你参加抗战的时间跟我差不多，但文化水平我比你差得多。人生难免不犯错误，犯错误可接受教训。至于你的案子，应归济宁地区党委解决，在哪里倒下的，就在哪里爬起来。以后如果需要帮忙的话，你尽管来。一切问题的解决总有个过程，不是一帆风顺。要有耐心，要有跑马拉松的韧性。"显然他话中有话，只是大儒不知其理。

家庭添置的三大件，给儿女们增添许多快乐，他们不是学自行车，就是学轧衣服。冬梅、虎子人小腿短，坐在座位上腿够不上蹬子，便在车子梁下，腿伸到右侧，站在蹬子上骑。学轧衣服没有布，就用报纸当布轧。

1978年底，原单位热带病研究所人事科派来两个人了解大儒的情况，意思是看看他是否还活在人间及生活状况。他们素不相识，大儒夫妇错把他俩看成救命恩人，像贵宾一样招待。但两个人丝毫没谈与平反有关的话，态度平淡，顾左右而言他。

大儒错认为，既然本单位派人来调查，平反指日可待，不必要再上访了。等呀等，一直没有平反的消息。直到1979年底，热带病研究所的人事科长及科员又来找大儒。大儒大喜，以为送平反文件来呢。人事科长宣布："经新党委研究，你的错误较为严重，属于政治错误，不宜平反，仍维持1958年3月的原结论。"并把复查结论递给大儒，让其在结论上签字。大儒忿怒了："既然维持原结论，还劳你们的大驾，跑几百里专门来送信干什么？原结论二十一年前我就知道了，你们闲得没活干啦！蓄意侮辱我！你们的复查结论等于第二次划右派，继续对我法西斯专政，还得叫我签字，同意你们制造冤案是正确的？异想天开！你们不要捂着盖着，暗箱操作嘛，我到底犯了什么错误？你们说，你们说嘛！我到底犯了什么律条？"人事科长说："你不要激动嘛，有意见好好说，我们回去好向党委汇报。你要相信党，相信组织。党是实事求是的，组织是公正无私的。"

大儒更怒不可遏："你叫我相信哪个党？你叫我相信什么组织，你组织了个什么组织？一派胡言、官腔、假话、空话、封建迷信！你们人事部门以制造冤假错案为职业，以整人害人为己任，以无中生有为能耐，以制造诽谤为专长。颠倒是非、本末倒置、吹牛撒谎、无限上纲、心狠手辣、杀人不眨眼、制造人间地狱、丧尽天良就是你们人事科的本来面貌。吃了人民的饭，专门害人民干坏事，还欺骗人民在你们干的坏事上签字，承认你们的暴行是仁慈、恶意是善意、摧残是治病救人、置人于死地是惩前毖后，得了吧，别愚弄人了。把人民当作傻瓜，当作奴才，以为只有你们聪明。你们随心所欲，愿意怎么摆弄人民就怎么摆弄，你叫我在你们编造的谎言上签字，没门。"说罢扬长而去。

人事科长被骂懵了，不知所措，无言应对。人事科是专政的机关，被人事科找去谈话的人往往吓得浑身冒汗，对人事科长敬而远之，见了面无话也说，不笑也笑，点头哈腰，几乎要喊人事科长万岁、万万岁，把人事科长当成毛泽东的化身。每个人事科长就是本单位的小毛泽东，叫谁死谁就死，叫谁亡谁就亡；说谁好谁就好，说谁坏谁就坏；要提拔谁就提拔谁，要撤掉谁就撤掉谁；让谁由白变红理由一大堆，让谁由红变白道理一大片。作为人事科长，对他人的奉承拍马、笑脸媚色习以为常，今天破天荒挨了一顿骂，出乎意料，毫无防备，表情狼狈，两眼发直。

听说不给平反，窝了二十多年的怒火，一下子迸发出来，拿人事科长出气，不会扣上指桑骂槐的帽子吧，再扣也就是右派嘛。不管是小毛、大毛还是老毛，是真鬼子、二鬼子还是三鬼子，一烂汤糊都骂了。大儒虽不认为扬眉吐气，但也消减了心中郁积多年的块垒。

大儒夫妇商量，到山东省委及济宁地委上访。四个孩子需要照顾，口才表达能力强的冰玉不能陪丈夫一起上访，只能由沉默寡言的大儒一人去了。他不善词令，说话很艮，容易发怒，又胆小怕事。前两个缺点是先天生就的，后两个缺点是暴政造成的。大儒本来性格温和，不知害怕。划右派前，没与人吵过架，对人对事没有害怕的心理。在少年时代陪同卫生部长马克辛给林彪、陈光、洪学智、赖传珠、龙书金、李作鹏等首长看病，见了他们心里平静，一点也不紧张，像对战士一样，没觉得这些高级将领比普通人高，甚至把毛泽东也视为为人民服务的共产党员，和平常人没两样，因此敢于向老毛上书。现在不同了，受迫害二十多年，变得容易发怒，胆子变小，见了机关的干部、科员、办事员就害怕，甚至见了穿制服的人就敬而远之，怕他是手中握有置人于死地大权的小毛泽东。对人事科长的大发雷霆是他当年性格的典型复原，无法控制自己的怒火，不管造成什么后果。不过对人事科长的忿怒不是对他个人的，是对整个毛家王朝制造冤案的官僚阶级。

冰玉没受到丈夫那样的精神摧残，没有一朝被蛇咬、十年怕井绳的精神恐惧。她不知害怕，伶牙俐齿，善察言观色，巧于应付。她是家庭的外交官，对外联络的事都由她包揽。她是丈夫上访最好的代言人，因为四个孩子的拖累，只能由嘴笨胆小易怒的大儒一人孤军奋战了。

由德州起程到济宁，路经济南，大儒顺便到山东省委统战部五十五号文件办公室上访。官腔、废话、空话、大话、吹牛、套话是官僚阶级的流行病，省委信访处人员也不例外。他们的打官腔、说废话、讲套话、放空话、假话像排炮一样，叫来访者插不上嘴，直到叫你听得心烦意乱，赌气退场为止。如果你下次再来的话，像录音机一样，几乎一字不漏重复上一次的说教。如果你耽误了时间，花了路费，听了一堆废话，毫无收获，厌倦了，再不来省委上访了，信访处的干部就等于完成了工作任务。年终总结成绩巨大，上报接待了几千几万上访者，使他们得到满意的解答，上访率直线下降，把人民的厌恶翻手为工作成绩。

接待上访的省委干部说话还是有选择性的，他们只捡官腔、空话、套话、废话、假话说，不说大话不吹牛，怕大话吹牛给来访者解决不了问题，而被抓住辫子不放。还有一类信访干部，坐在信访室里只带耳朵没带嘴，只听不说。不说话，对方抓不住小辫子。信访室如同虚设，样子像体察民情，实际上是花人民血汗，吃人民的米面，养了一帮与人民离心离德、勾心斗角的官僚。

此次接待大儒的信访官员态度严肃，长了一个前后径长，左右径窄的梆子脑袋瓜，显得更具有强词夺理的好斗性格。大儒向信访官员介绍了自己的历史，划右派的原因，处罚形式后，根据五十五号文件要求平反。信访官翘着舌、拉着长音、撇着官腔说："邓小平同志说过了，反右派是必要的，当时确实有一些右派反党分子向党进攻，把社会主义说成一片黑，甚至向伟大的毛主席进行人身攻击。问题是，反右扩大化了，这也很难避免，在攻城的时候，再优秀的神炮手也难免殃及平民，扩大化可作为党的教训。党的一贯作风是实事求是，最近邓小平同志对毛泽东思想又进行了精辟的阐述，毛泽东思想最根本的精华是实事求是，根据实事求是的原则有错必纠有冤必雪。但对右派平反不是一风吹，那是不符合实事求是原则的，不能把扩大化说成全错一片黑。至于你的问题，可与原单位及济宁地委联系，因为你的问题出在济宁。"大儒对以上这些废话套话深恶痛绝，看来此次上访是白跑一趟，强压怒火反问道："如果在攻城中，炸死六十一万平民，只炸死一个敌人，你说，这个神炮手算不算罪大恶极？值不值被包庇？能不能原谅他轰炸的扩大化？"信访官说："你的比喻不对，不能这样推论。"大儒说："我的比喻是根据你的比喻衍化出来的，我的比喻不对，你的比喻更强词夺理，更歪曲实事求是。"访谈不欢而散。

大儒由济南来到济宁原工作单位，兖州的公路还是二十多年前的公路，坑洼不平，路旁的杨树长大了，还是二十年前种植的。热带病研究所的宿舍、办公室仍是二十年前建设初期的老房子，科研设备简单而陈旧，本所状况是全国的缩影，说明二十多年来没有基本建设，没有经济发展，忙于发动政治运动镇压人民。建筑物如故，但工作人员的面孔变了很多。熟悉的老面孔很少了，增多了许多新面孔，说明在几十年的政治运动中有人被划为右派、反革命而致死身亡或流放他乡，也因为所内派别斗争而调进调出。整个研究所像深秋的梧桐树凋谢零落，人们穿的衣服与农民一样，补丁摞补丁，精神萎靡不振，眼神发呆，像这样的政治状况，生活环境，精神状态，能搞出什么研究成果？天晓得！

本所党委书记姓李，软弱无能，形同木偶。所内政治权力都操在人事科长手里，一切人事政治决定都出于人事科长之手，书记是他的傀儡，根据人事科长的意愿签字画押。

之前大儒骂了人事科长一通，现在又来上访，直接与他打交道。人事科长本来是个孬种，被骂后就更孬了。热带病研究所备有招待所，有许多空闲房间，但不让大儒进住，只能花钱住在研究所外的宾馆。

在多次上访中，他只叫大儒："相信党相信组织。"意思不让相信真理、事实、道德、人类尊严，他以狼的面孔对待羔羊。大儒除了与人事科长反复交锋外，还向傀儡书记老李申述，不知他是故意顾左右而言他，还是糊涂，离开正题，谈1947年国军向山东重点进攻时，他随共军鲁南后方勤杂人员，转往渤海军区乐陵县的故事，当时鲁南形势严峻，渤海军区变成华东军区唯一的大后方。大儒是来要求平反的，是解决严肃的政治问题，对方以聊天的方式，闲谈战争逸事，饱汉不知赖汉子饥，不识时务。

大儒很反感，没接他的话茬，直接申述平反的事："我今天来是申述平反的事。二十年前，本所对我的右派结论是错误的，应予改正。"作为本所最高政治领导人的书记竟说："这件事你得找人事科长，人事科负责这类问题。"大儒反驳说："右派结论是本所党委做的结论，上边盖的是党委的章，党委书记签的名哟！"书记说："党委的结论不差，但做具体工作的是人事科，再说，当时我也不是本所的党委书记，我不了解情况。人事科了解情况，因为档案在人事科。人事科准备好材料，我负责签字就是了。"大儒心想，跟这类糊涂虫谈不出什么结果来。

来济宁的第二天，大儒到了济宁地委统战部五十五号文件办公室。办公室设在大院的西南角两间平房里，像一个大教室，有五张办公桌。办公室以统战部的人为主，还有宣传、组织、司法、财经等各单位人员组成。办公室的组长姓杜，统战部长叫牛可宽，副部长叫刘振营。大儒能不能平反，关键单位是济宁地区统战部，关键人物是牛可宽。

大儒先来到五十五号文件办公室，简单地向办公室主任老杜自我介绍及来意。老杜做了程式化的政策介绍，介绍内容对任何来访者都适用，像山东省委信访办的人一样，首先重复邓小平的圣旨："1957年，本地区是1958年的反右派运动是必要的，当时一些资产阶级右派分子向党进攻，要改变社会主义制度。但问题是扩大化了，我们要纠正扩大化的问题，中央的政策不是一风吹。我们的工作方针是先易后难，把一些简单的右派问题先解决，一些难度大的放在后边解决。你来上访没必要，该解决的不上访也解决，问题很复杂的即使反复上访，也无助于问题的解决，你回家等着听信吧。"

大儒对这些官腔已经有了准备，他说："问题的复杂与简易不在于问题的实质，而在于有权力人的视角。至于对我上书毛泽东问题的看法有两种，站在实事求是的唯物主义角度看，上书内容是忠于党忠于毛泽东的逆耳忠言，应该受到褒奖；如站在教条主义唯心主义角度看，上书内容是反党反毛泽东的反动言行，应该受到处罚。要站在历史唯物主义角度看，我是吃共产党的奶子长大的红色知识分子，我与党、毛主席的利益一致，怕失掉这份一致的利益，出于忠心和私心，上书毛主席，改正党的某些错误，以保持自身与党的利益永久化；如站在虚无主义立场看，得出的结论恰与以上结论相反。"双方谈不拢，不欢而散。

济宁地区的经济、文化、教育极为落后。在1958年反右派期间，知识分子成堆的地方有两处，都是省属单位，一处是驻济宁市的山东省热带病研究所；另一处是驻地曲阜县的曲阜师范学院。在反右派运动中，中共济宁当局根据邓小平向知识分子成堆的地方抓右派的精神，把热带病所及曲师院作为抓右派的重点机关，成为济宁地委向上邀功请赏的两个单位。除济南、青岛外，济宁地委抓的右派最多，忠诚地执行了毛泽东与邓小平的政策，于是得到省委书记舒同的表扬。

济宁地委为1958年抓右派立下了汗马功劳，1978年又为右派平反绞尽脑汁，搞出各种花名堂，为二十年前疯狂过左，多抓右派找下台阶，于是树立了一个全省不得平反的典型石鸿儒。说明全省反右派不是无的放矢，至少全省几十万名右派中雕塑出一个真右派。这个被雕塑的素材，也得向右派成堆的地方去找，石鸿儒便被选中。

地方保护主义各地都有，济宁地区表现在对省属驻济宁单位右派分摊名额加码，救灾捐款加码，复员军人接受加码，这次把全省不被平反的右派标兵加给热带病所。而对省属单位的子女就业名额减之又减，人们戏称为"四加一减政策"。

山东省是八年抗战及四年内战破坏最严重、战争持续时间最长、战争最频繁、双方拉锯争夺最激烈的地方，战争造成经济、文化、教育极端落后。建国初期，山东的教育排在全国倒数第二，第一是西藏；经济排在倒数第三，第一、第二分别是西藏及青海。根据毛泽东越穷越白越革命的谬论，山东不仅在战争年代打得最残忍，在建国后的历次政治运动中也是最过左、过火的地方；土地改革打死人最多；镇反肃反杀人抓人最多，反高饶集团中，山东被打倒的干部最多；大跃进饿死人最多；四清运动斗争最过火；反右运动划右派最多；文化大革命最无法无天；政治运动最激烈过火。但在平反冤假错案中最保守、落后是必然的，因为制造冤假错案的人，不会痛快地将冤假错案平反，就像盗贼不愿承认作案一样。在贫穷方面，从济宁地区七百万人口只有热带病所所长有一辆轿车就可见一斑，这还算比较好的地区，像菏泽、德州、聊城、惠民、临沂等五个贫穷地区，三千多万人口，一辆轿车也没有。越穷越落后越革命，在政治运动中斗争就越激烈过火，这是毛泽东所祈盼的，这有利于他的权力巩固。斗争越激烈，破坏性就越大，就越穷越落后；越穷越落后，斗争就越激烈，呈恶性循环。大儒连续五天，每天去五十五号办公室与老杜申诉、辩论，毫无进展，老杜以闭嘴不说话表示拒绝平反。

在人类尊严有保障的社会，医生是自由职业者，没有失业威胁，处处可以行医开诊所或被医院聘任，只若有人类活动的地方就有医生的用武之地。毛泽东建立的极权社会主义不同，人类应是社会最珍贵的资源，在毛泽东时代人类变成是最卑贱的政治动物。给人类贴上各种各样的标签，根据标签的不同，进行不同专政。社会最低层的人是在押犯人，其次是农民。农民赖以求生的唯一资源是土地，土地被剥夺了变成公有，宣称公有比私有进步。所谓私有是多数人所有，公有是队长、乡长、省长、毛泽东少数人所有。对土地进行抢夺垄断就是进步，失去土地的农民变成生活最没保障、人格最低贱、经济最贫困、政治最受压迫的人群，所以处理交通事故的赔偿标准是：汽车轧死一头牛赔偿金额为七百元，轧死一农民赔偿四百元，出现了人贱牛贵的社会现观。

除土地归国有外，其他行业也全部归国有，其中包括理发店、洗衣房、茶馆、饭店、诊所、自行车修理铺，更不用说工厂、银行、商店了。如果大儒得不到平反，他没有资格开诊所，只能当农民，只能种二分自留地，他的身价不如牛，只值四百元。问题的严重性不止于此，他的美丽贤惠的冰玉永远是农民的妻子，天真浪漫的两双儿女将是农民的接班人。每想到此，大儒不寒而栗，只能忍辱上访，上访，再上访!

如果上访成功，右派被平反，那将是另一种情况。他将恢复公职，冰玉能安排与专业相适应的工作，一家六口可转为非农业户口。非农业户口不仅对孩子上学、工作安排得到优先，婚姻恋爱的条件也水涨船高。农民与公职的身份，具有天壤之别。农民近似农奴囚犯，是被统治的底层，公职员工或干部如果不是统治者，至少比农民的生活稍微体面些。冤假错案的平反与不平反，不仅对当事者本人，而对家庭以及子孙后代关系重大。大儒上访毫无进展，五五办的门关得严严的，心灰意冷，回家不知向冰玉如何交待，如何面对天真的儿女，难道全家的命运就这样吗？可谓上天无路，入地无门。比在滕县劳改队的心情更为颓丧。那时还有幻想晴天的心情，现在的政治天气由毛泽东时代的狂风暴雨，转为邓小平的多云，时隐时现的阳光仍照不到大儒的身上。不知胡耀邦有没有能力把多云的天气转为晴空万里。

在中国这个彻头彻尾的封建主义国家，上层人物的个人作用，往往改变历史车轮的方向。蒋介石结束了军阀混战，统一了各种力量共同抗战；蒋经国改革了国民党的腐败及落后，使台湾变成政治开明、经济繁荣的东亚样板。毛泽东用枪杆子夺得政权，把马列主义的政党变成封建主义的；周恩来利用毛泽东与林彪之间的矛盾消灭了毛家王牌军，把毛泽东的狂风暴雨转为小雨；叶剑英消灭了毛家党，由小雨转为阴天；邓小平消灭了毛家党散兵游勇杂牌军，由阴转多云。不知道胡耀邦能为历史做些什么？以上六位英雄人物之所以能扭转乾坤，共同的特点是：手中握有枪杆子，这是封建主义社会的特点。可惜，总书记胡耀邦手中没有一枪一炮。

大儒满脸愁容，心情沮丧，无可奈何，准备回家。为了不给孩子们的幼小心灵留下阴影，需要给四个孩子买点礼物，但能买什么呢？一切商品都需要票证购买：买糖要糖票，买点心要粮票，买水果要水果票，买奶粉凭工业票。玩具已缺货十年，那是属于培养资产阶级思想的东西。在德州下火车后，走后门出高价，托人买了两只烧鸡，大儒心放下了。当孩子们迎接爸爸的时候，他终于没令他们失望。

回到家第一顿饭，四个孩子每人分得一只鸡腿，一个鸡翅膀；第二顿饭两个男孩子各分得一块鸡胸脯，两个女孩子各分得一块鸡背。大儒与冰玉各分得一个鸡头。四个孩子吃得开心快活，要求爸爸多上访几次，多买几次烧鸡来。

守着孩子，大儒不好把上访失败的事与冰玉讨论，等大孩子去上学，小孩子在院子玩耍的时候，夫妻俩开始讨论失败的原因。大儒听济宁原单位传说，济宁地区统战部负责人为了讨好上级，把给毛泽东的上书，作为他们向上爬的政治资本，交到省统战部，定大儒为全省不许平反的典型。对此，冰玉与丈夫同样烦恼，但仍劝大儒放宽心，把上访作为持久战，进行长期上访，最后总会得到解决。

在1978、1979、1980三年内，共上访十次，都无果而终。

第六十四章　艰难的上访历程（二）

人的命运无法预料，是有许多偶然事件组成的。正当大儒夫妇上天无路、入地无门的时候，1980年秋天，乡党委组织干事老刘登门报喜，带来中央《招考闲散科技人员的通知》。显然，这是仿照古代名君举贤良的做法，这很可能是胡耀邦的开明之举。为了经济建设，为国家尽量网罗科技专家，这与毛泽东的知识越多越反动的谬论完全相反，令大儒一家绝处逢生。

刘干事的热情使人感动，他劝大儒夫妇同时参加考试，说："录取初期虽然工资不很高，但屈指算来两个人的工资收入可抵六个农民壮劳力的收入；其次四个孩子能转为非农业人口，对他们未来升学、工作、婚姻都创造良好条件……"他越说越高兴，好像他自己的家庭迎来什么喜事一样，并让大儒夫妇立刻填写考试登记表，好像这件事是他一生为人民服务的重大事件。

热诚的刘干事与热带病所奸诈的人事科长形成鲜明对照。共产党员中不乏好人，也有很多坏人；既有周恩来那样开明的人，也有毛泽东那样残暴的人。总的来说，在各个阶层的人群中，很好的人很少，很坏的人也不多，不好不坏的人占多数。

建国前，石庄属德（州）县，建国后划归陵县。刘干事送来通知第三天，陵县人事局副局长周书贵又登门拜访。他和刘干事一样热情，要求大儒、冰玉二人都参加招考。他在谈话中透露，大儒是全县在职与不在职的科技人员中学历是最好的，所以他才专门来拜访。

李冰玉十八年大儒二十二年没看书了，突然参加考试怕两个人都没有把握考中。商量结果，一个人抓紧时间温习功课参加考试，另一个人负责家庭劳动照顾孩子，不使参考者受到干扰。经过权衡，孩子的户口随母亲不随父亲，如果冰玉考中，一家五口都转为非农业户口，如果大儒考中只他一人转为非农业户口，四个孩子不沾光。于是决定冰玉参加考试，大儒担当家庭主妇的角色。

家庭主要活动场所在北屋，冰玉整天一人独居南屋客厅，像闭门思过一样，日夜埋头苦读，不准孩子去南屋干扰。大儒忙着一天三顿做饭，伺候孩子吃饭、睡觉、辅导学习、洗衣服、种地、出诊接生、诊病等，整天忙得狼狈不堪。老天不负有心人，经过两个半月的复习，冰玉妇产科理论考试与临床考核成绩良好，政审后被录用。李冰玉被考取录用，引起全村轰动。一年试用期结束后转正，四个孩子随母亲均转为非农业户口。在当时的农村，一家转出五口非农业户口被形容为天上掉下五个馅饼，而都掉在石鸿儒先生家。

　　1980年底全国右派平反基本结束，大儒平反仍毫无眉目。陵县卫生局长钟开基与大儒同病相怜，设法把他招聘到公家医院工作。钟开基的经历与大儒相似，也曾参加过抗日战争、解放战争，全国解放后进入上海第二军医大学学习，毕业后分配到陵县医院工作，是陵县唯一的主治医生，但不久，厄运降临。

　　有一天，钟正领着一帮住院医生查房，县委通知他去县委办公室为一位权贵诊病，他以为是急病，撂下查房，急忙骑自行车赶到县委办公室。办公室秘书叫他到候客室等着，权贵正在室内与人闲聊。钟开基时时刻刻想着病房还有十几个病人没查、没开医嘱、没开处方。等了一个小时，权贵们聊兴正浓，还没有出来看病的迹象。如果今天上午查不完房，处理不了病人，就耽误治疗，贻误病情。他急得像热锅上的蚂蚁一样，在候客室里团团转。

　　在医生眼里权贵与奴隶没有贵贱之分，他们的生命是平等的。医生要拯救所有的生命，不因为高贵就得到特殊治疗，也不因为低贱而取消应该得到的治疗。医生的头脑远不如饭店老板机灵，为权贵准备山珍海味，只给小民大葱卷煎饼。

　　钟开基发怒了，悻悻而去，回到医院继续查房，直查到下午一点才结束。十二点快到了，权贵忽然想起来，候客室还有医生等着看病，叫秘书去候客室请医生，医生已不辞而别。为此，在1958年反右运动中，权贵教训了钟开基，给他戴上右派帽子。这个案子在全县引起公愤。1978年在陵县新领导人的主持下，钟开基获得第一批右派平反，并委任他为卫生局长。为了招聘石鸿儒，钟开基着实动了一番脑筋。胡耀邦借用古代举贤良的做法招考全国闲散科技人员，钟开基借用胡耀邦的办法，考核全县赤脚医生，择优录取为乡镇医院职工。

参加考试的一百六十三人，考试主要内容是《内科学》，这是针对石鸿儒内科专业的。一道占二十五分的大题是心力衰竭的诊断、分级、鉴别诊断、治疗。西医内科的治疗学很简单，唯有心力衰竭洋地黄治疗多少有点技巧，这是潘绍周教授在课上反复交代的内容。

大儒的答卷当然很理想，获得八十二分。二十多年没看书了，突然考试又没复习的时间，把二十四年前课堂上的记忆答出来，得八十多分就满足了。全县一百六十三名考生，只录取石鸿儒一人，其他一百六十二人做了大儒的傧相。

录取后，大儒被分在县人民医院边临镇分院做临时工，就是临时雇用医生。现在看来简直是笑话，凭大儒的学历及娴熟的临床技术，去一家乡镇医院当临时工不可思议。但在四年前的毛家王朝却是另外一个世界，大儒没资格当村里的赤脚医生，也够不上农民社员资格，他的身份比农民还贱一级。一个农民被汽车轧死得到四百元的抚恤，如果大儒被轧死至多值二百元，也可能一分不给，因为他是右派，肇事司机甚至可得到褒奖，因为他替伟大毛主席消灭了一个阶级敌人。就像盖世太保，为元首希特勒消灭一个犹太人一样成绩可嘉。此一时彼一时，钟开基竟让一个阶级敌人到医院当医生，这件事表明，社会发生了翻天覆地的变革。

上班不久，钟开基鼓动大儒继续到济宁上访，希望带李冰玉一起去，因为她比大儒能说会道而且胆子大。至于上访期间的工资问题可以照顾。

邓小平自称是反右积极分子，并给反右运动定下调子：反右运动是必要的，但扩大化了。有关当局为了讨好邓小平，把上层右派人物留下五个没改正，其中三个在北京。除此之外，上海在中国的重要性占第二位，必须也在上海找出代表人物，但人数不能多于北京，于是找出了两位。

以上五位右派其中四位已被折磨致死，陈仁柄还活着，他就成了活右派代表人物了。五位右派罗隆基是林业部长、民盟副主席；章伯钧是交通部长、民盟副主席；储安平是民盟常委《光明日报》总编辑；彭文应是上海民盟副主任、上海市政协常委；陈仁柄是上海民盟副主任、复旦大学教授。

山东省委为了巴结邓小平，也绞尽脑汁继续保留冤案标本。山东尽管是个大省，但在国家的位置不如北京上海重要，北京保留三个右派标本，上海二个，山东就保留一个吧，他就是石鸿儒医生。所不同的是以上五位右派都是民盟的负责人、社会名流，而大儒是吃共产党的奶子长大的医生。与以上五位比较，山东省委物色的这位右派标本似有滥竽充数之嫌。

为了做好上访准备，大儒请教了陵县统战部长老邱，请他给出谋划策。邱部长有一位胞兄在山东省委办公厅任处长，邱部长写了一封介绍信，让胞兄帮大儒与省统战部沟通。邱氏兄弟与大儒一样也是自少年时代参加抗战的革命分子。他们虽然在战争年代不相识，但大有相逢何必曾相识的感慨。邱部长像钟开基一样真诚，希望他的兄长与他也一样真诚。

为了使对方了解自己的情况，有根据的向统战部通融，在去济南之前写了一份简历，给邱部长的长兄参考。

大儒与冰玉到了山东省委传达室约见了邱处长，递交了他弟弟的的介绍信及大儒的简历。简单寒暄之后，他约大儒夫妇下班后到家细谈。晚上大儒夫妇到了邱处长家。山东人的感情特点是老乡观念强烈，老乡见老乡特别亲切。邱处长问："你开始参加八路军在哪支部队？"大儒答："在德州县大队。"邱处长说："我参加陵县大队，比你早参军一年，大你三岁。一九四四年夏天开辟吴桥那次战斗你参加了吗？"大儒说："噢，那是龙书金指挥的，有德州县大队、陵县大队、二军分区三个独立大队。只有德州县大队打了一仗，打跑了二百多真鬼子，五百多二鬼子，我们一小队牺牲了一位小队副，伤了四名战士。"邱处长说："对的，我们陵县大队没摸着打仗，都由你们打了。"突然拉近了战友的关系。老乡加战友双层关系。

冰玉话入正题："请邱处长帮忙探询一下，统战部对鸿儒问题迟迟不给解决的原因何在，症结在哪？需要哪些条件可以解决？我们需要向哪方面努力？"邱处长说："我得与统战部有关人员慢慢沟通，不能操之过急，我准备把鸿儒兄弟的简历递上去。问问症结在哪？还需要做哪些努力。能不能看在老革命的面上，把紧绷的弦松一松。你们继续向济宁地区上访。回来的时候路过我家，我把联系的结果告诉你们。到济宁，你们去找地委梁秘书长，他是我党校的同窗，我给他写封介绍信，叫他领着你们与统战部长见面。"

大儒夫妇由济南来到济宁热带病所人事科，冰玉一进门便问："谁是人事科长？"科长站起来回答："我，我，我是。"冰玉严肃地质问："你这个衙门挺难进噢，老石上访了十次，你为什么不让他住招待室，逼着他到处找住宿？你对人太冷酷了吧。我们今天来了就不走啦，长期住在所内，招待所没房间就住你的办公室。"科长推辞："这件事我得请示书记，以往房子没装修好。"冰玉不客气地说："你用不着请示书记，听说你的权利比书记大。"人事科长瞪了冰玉一眼，出去了。一会儿回来了，他把大儒夫妇领进了招待室。

来济宁第二天上午到济宁地委，把邱处长的信交给梁秘书长。梁秘书长几乎没与大儒夫妇交谈，就把他俩领进统战部长牛可宽的办公室。看来这位秘书长是一位滑头的政治掮客。至少他对受苦受难的人缺乏平常人的同情心。

在1979年上访时，大儒在五五办见过老牛，但没交谈。当时，老牛一进办公室的门，就把右手举到头顶上，向四个坐在办公的办事员招手致意。就像老毛在天安门城楼向广场的千万贱民招手致意一样，令人恶心。从牛可宽向四个办事员招手的动作，就可观察到他有一颗权势黑心，此人不善。

梁秘书长进了牛可宽的办公室说："牛部长，给你送来两位热带病所的上访人员，我也不了解情况，给你添麻烦，望你给他们解释解释吧。"说罢，没看大儒一眼便扬长而去。

牛可宽坐在正座上，一人占用两张明晃晃的大写字台，两只手同时拿着两份红头文件，一起浏览着，其气势的傲慢，可一口吞掉一头牛。同室办公的还有一位副部长刘振营，他的办公桌设在门后，用的是一张又短又窄的小条桌，桌面坑坑洼洼，边缘剌剌猬猬，坐着一个长方形小板凳，头也不敢抬，受气包似的，好像是牛可宽的勤务员。

牛可宽终于撂下文件，两只凶狠的眼睛直射大儒，大声喊道："我了解你的情况，你今天来走梁秘书长的后门啦，越走后门越不好办。要正大光明嘛，何必走歪门邪道？你们不是要和共产党轮流坐庄吗？你们没坐庄之前，还得我说了算。你不要再继续上访，你的问题解决不了，这不怨我们，怨你思想太反动。"冰玉一听，头像被敲了闷棍，她气愤地说："轮流坐庄是你老牛说的，这是张冠李戴故意陷害，你的态度不像个共产党员，像个军阀！像个造谣公司！你自以为比我们高贵嘛，你差得远！你有权力，不给平反没关系，你不能侮辱人。"冰玉一面哭一面嚷。

老牛也发怒了，高声喊："我是跟石鸿儒说话，关你什么事？你没有插嘴的权利。"冰玉寸步不让："石鸿儒是我的丈夫，你侮辱他不行！谁侮辱他，我和谁拼命！你老牛没什么了不起，你的人格比我丈夫差得多。"面对冰玉与老牛剑拔弩张的大闹，刘振营坐在他的小桌旁，低着头，一言不发。这是刘振营第一次见到敢与老牛吵架的人，对冰玉的胆识又敬佩又同情。大儒和刘振营一样也一言不发。反正老牛不给平反了，跟他吵架出出气也好。

回到热带病所，冰玉又与人事科长辩论了一天，然后返回济南，又到了邱处长家。据邱处长谈："我把简历已交给统战部有关同志，经私下分析，最后可能有两个平反方案。最理想的方案是沈阳方面能先把留党查看撤销，右派平反就顺理成章，因为历史条件已发生变化。之所以被划成右派，是对党不满，所以对党不满是因为留党察看。留党查看解决不了就用第二个方案，可以平反，但不能恢复党籍，可以重新入党。"冰川终于松动了。

大儒说："中国医大撤消留党察看没把握，因为不知当时的校长还在不在校。即使在校还了解他思想僵化程度怎样。我先去沈阳一趟，或先去一封信联系联系，之后我们再见面。"

大儒夫妇告别邱处长，来到山东医科大学，找着几个老同学询问中国医科大及阙森华校长的情况。一位许姓同学参加中国医大学术会议刚回来，他介绍："阙校长1960年，受反彭德怀右倾机会主义运动的影响，被开除党籍，贬到辽宁大学当总务处长，受了二十年的折磨，后来四十二期在校同学不断向上面反映，要求阙校长重返中国医大任职。今年初，阙校长重新回校任党委书记，刚回来三个月。他对四十二期同学很有感情。"石鸿儒听了同学的介绍，高兴得直拍掌。嘴里念念有词："有救了，有救了。好就好在阙校长也被开除党籍，受了二十年的折磨，也尝到政治运动的厉害。"

大儒在同学办公室里立刻给阙校长写一封信：

敬爱的阙校长：光阴荏苒，沧海桑田，屈指算来告别校长已二十六年整。校长身体可好？二十六年来，在遇到苦难的时候，就回忆起校长的耳提面命及老师的谆谆教诲。都怨学生冥顽，不知深浅，竟跌入深渊。

我十四岁参加八路军，十六岁加入共产党，，十九岁由王斌校长推荐，就读于中国医大，同时得到两位校长的恩宠。我是吃共产党奶子长大的红色专家，正在效忠于国家经济建设的时候，突然祸从天降。只有为打天下拼命流血的人，才知道胜利来之不易，对任何不利于国家的弊病都感到匹夫有责。认为农民吃饭、工人权利、知识分子政策、开国功臣的命运、政治运动等有不足之处，不利于国家经济建设及政治稳定，于是上书毛主席，结果龙颜震怒，1958年被划为极右派监禁三年。时至今日右派问题仍没得到平反。当年司马迁为李陵说了几句好话，被刚愎自用的汉武帝处以腐刑。李陵虽然有功，但毕竟投降了匈奴，对司马迁的惩罚不算冤案，只是重了些罢了。但我为农民、工人、知识分子、建国功臣说了几句同情的话，竟得到的处罚远远重于司马迁。冤枉啊！冤枉啊！更为冤枉的还不止于此，五十五号文件下达后，山东省当局把我定为全省不许平反的唯一右派，就像罗隆基、章伯钧、储安平为北京定下的三个右派标本。作为一个普通医生，怎能和国家活动家、社会名流相比，滑稽可笑。

现在山东省委当局向我提出平反的条件说，如果中国医大松动留党察看，平反顺理成章。逻辑是，因留党察看对党不满，因对党不满上书领袖，因上书领袖被划为右派，因划为右派受到处罚。欲想平反，还得向中国医大刨根。

愿校长向处于水深火热的学生伸出援助之手！敬颂
寿比南山福如东海

不肖门徒石鸿儒

1982年5月6日

信很快寄到了中国医大，办公室秘书拆开信递给阙校长说："四十二期同学石鸿儒从山东的来信。"阙校长笑嘻嘻地说："石鸿儒怎么又想起我来啦？又是为我平反祝贺的吧。"他展开信，越看心情越沉重，脸上愁容取代了笑容。他把信又仔细地看了一遍，长时间闷坐不语，最后说："唉！石鸿儒现在还处于这种情况！"

他拿起电话拨通了组织部："刘平吗？请来一趟。"刘平搁下电话来到校长办公室。校长问："你认识四十二期石鸿儒吗？"刘平回答："当然认识了，临毕业的时候不是给他留党察看了吗？"校长说："哎，关键就在此，你先看看他的来信及简历。"

从信中，刘平似乎看见了正在挣扎的石鸿儒："可怜啊！可怜！老革命竟落得如此下场。"校长继续问："你看怎么办？"刘平根据当前的政治潮流说："文化大革命的冤案全国一风吹，好办；反右派反右倾机会主义的冤案，基本一风吹，尚能办；反右派以前的冤案办起来比较棘手，但也不是不能办。石鸿儒是属于最后这一类。"校长说："撤销石鸿儒的留党察看，可能有人有微词，你要多做说服工作。你亲手抓这个案子的办理，先派人到山东了解了解情况，然后就开始组织力量平反。你把石鸿儒的来信及简历带回组织部去，你以私人的名义给他去封回信安慰安慰。"

所谓家书值千金，刘平给大儒的回信可值万金。信中说最近会派人来山东见面。

收到回信后大儒夫妇紧锁着的心又有了希望。之后大儒给阙校长、刘平去了几封信。校长不断地问刘平："派人到山东去了吗？"

文化革命后的烂摊子，造成组织部门的工作堆积如山，人事升迁或贬官；发展党员与纯洁党组织；冤假错案的平反、历史疑案的澄清；工作计划与工作总结。一所大学，像个小独立王国，工作千头万绪。组织部是学校的重要机关，刘平每天忙得团团转，所以山东派人了解情况的事迟迟没有落实人选。

大儒夫妇每天翘首北望，盼星星盼月亮，盼沈阳来人，度日如年。整整等了漫长的三个月，中国医大派来两个人。一个中年人姓姜，还配一个白面书生，住进县招待所。钟开基局长以县卫生局的名义进行热情招待，他对大儒即将获得平反异常高兴，在饭桌上谈笑风生。二位来客与大儒不是同期同学，因同为中国医大校友，也倍感亲切。

他们与大儒有几次促膝长谈。老姜谈了老红军阙森华校长的坎坷、各位教授磨难及四十二期留校同学的风风雨雨。大儒谈了自己的艰辛历程。老姜说："你给阙校长及组织部的信我都看了，文笔很好，能不能把你的经历写成书，留给后人！"大儒不同意："那得准备第二次当右派。"老姜说："你别那么写呀，换换方式写呀。"三个人捧腹大笑。第二天，老姜等二人，离开陵县去济宁热带病所与原单位领导人见面。

老姜回中国医大后，石沉大海，一直没消息。大儒又向中国医大刘平部长去信多次，又煎熬了三个月，终于收到撤消留党查看的决议书。此决议也给热带病所人事科一份。大儒很有信心的带着决议书到了济南，又找着邱处长。

邱处长见到决议书很高兴，领着大儒到了省统战部一处。一处处长根据中国医大撤销留党察看的的决议书，立刻给济宁地区统战部写了一封信："根据石鸿儒留党察看的处分已撤销，历史条件已发生变化，应该重新复核他的右派问题。"落款是中共山东省委统战部的公章。

大儒带着省统战部的公文又来到热带病所。人事科长收到中国医大撤消石鸿儒留党察看决议后，既没向所党委汇报，也没向地委统战部说明，把文件悄悄地锁在抽屉里。他确是一个不遵守组织纪律的恶棍，自以为一手遮天。大儒把省统战部的公函交给济宁地区统战部长牛可宽，其实他的思想与名字的含义相反，不是"宽"而是"窄"，而且不是一般的窄。省统战部的来信，与牛可宽的意见相冲突。接到信后，他虽然表面上不再盛气凌人，底气已不足，凶相远不如以往凌厉。刚愎自用的牛可宽，为亲手树立的山东省唯一右派标本即将失败而不甘心。接到省统战部的公函后，向统战部二处通电话询问公函的来龙去脉。二处说没发公函。牛可宽高兴异常，向五五办人员说："石鸿儒那封信是走后门写的。二处否认此事，对大儒按原计划，不能平反。"按省统战部分工，一处的职责是管理民主党派；二处负责右派平反。但两个单位的界限有时很难分，工作互相交错，因为民主党派中右派很多。这类右派平反，既需要一处的意见，又需要二处的意见，两个处的工作配合默契。

大儒撤销留党察看的决议文，递给统战部时，二处长出发不在家，一处长接见了大儒。因大儒是山东省唯一没平反的典型，他对案情很了解，所以发生了越俎代庖的情况，为大儒开了重新复查的公函。时间慢慢流失，三个月又过去了。

春节过后，省委统战部布置全省1983年的工作，牛可宽也到席。

开会前牛可宽在一、二处两位处长面前提起石鸿儒走后门，开出平反公函的事，谈兴高亢，手舞足蹈，唾星四溅。一处长愣住了，随后他说明了当时的情况。二处长说："既然留党察看被撤销了，历史条件改变了，应该予以改正，回济宁你要完成全省最后这个平反任务。"当场，老牛像撒了气的皮球一样瘫了，他为全省树立一个右派标本而建功立业的目的失败了。他是多么留恋邓小平的名言：反右派是必要的。如果把石鸿儒这个右派标本去掉，山东一个右派也没有了，至少在山东省七千万人民中反右派是没必要的。

春节前夕，石家一家欢天喜地，准备过一个快乐的春节，估计春节前会接到平反通知书。到了年三十仍杳无音信，大儒夫妇又变成霜打的叶子。春节过后，大儒又去济宁统战部上访。五五办的人见了大儒低头不语。因老牛说过，他的公函是走后门开的。

大儒又去找老牛，同一办公室的副部长刘振营说，老牛去济南开会，星期一回来，今天是星期六。

星期一上午，大儒来到老牛的办公室。这次的接待一反常态，凶气换成和气，他说："这几天我去省里开会，让你久等了。我在省里为你说了好多好话，看来你的问题有眉目了，有可能得到改正，但很难恢复党籍，改正后你可重新入党嘛。"大儒果断地回答："我不同意你的解决方案。既然留党察看撤消了，证明在划右派的时候是中共正式党员，因右派被开除党籍。右派得到改正，说明右派是冤案，既然是冤案开除党籍是不应该的，恢复党籍名正言顺，为什么你又节外生枝不给恢复党籍？"老牛的脑袋又转了一个圈："关于党籍问题，也需要原单位的意见，我和他们多做做工作，你也与他们谈谈，咱们两面夹攻，看看结果怎么样？"大儒斩钉截铁地说："这个问题用不着与原单位商量，我也没必要与他们谈，任何单位，任何人都没权力决定，决定的权力在你老牛一人手里。"临分手的时候老牛问："怎么今天夫人没陪着来呢？"大儒说："她见了你就生气，抑制不住吵架，所以没让她来。"老牛狡黠地说："对，不该吵架嘛，，有问题好好谈，慢慢解决嘛。"大儒反驳说："已经够慢的了，五十五号文件已下达五年，还没解决问题，时间长度超过二战，看来有超过八年抗战的可能。"

刘振营副部长坐在门后小条桌旁，像受气包一样，虽一言不发，但听透了最近此案的发展过程及其症结所在。

大儒回到热带病所住下，然后又去了人事科，见到科长问道："去年五月中国医大来过人吗？"科长说："可能来过，工作很忙，我记不清楚了。"大儒又问："去年十一月中国医大撤销我留党察看的文件你收到了吗？"科长说："每天上头来的文件很多，我没仔细看，可能有过中国医大的文件。"大儒说："请你找一找看。"人事科长说："不用找，文件来后，我交给李书记了，他没表态。所以我也不知道该怎么办。"大儒气急地说："我们两个素不相识，你对我的仇恨如此之大，不知为什么？"科长说："我们没仇恨，我一切听从组织的指示办事，一切按党的政策办事。"大儒说："你那个组织是土匪组织，你那个党是法西斯党，绝不是共产党，你坏透了。"大儒退出人事科，"哐"地一声带上门。

牛很窄与人事科长互相扯皮，牛很窄指示五五办打电话让热带病所来统战部讨论大儒的问题，人事科长对电话像秋风过驴耳---充耳不闻。牛很窄也不派人直接联系。这样双方扯皮半年以上。秋后，热带病所勉强通过了给大儒右派改正而不恢复党籍的决议。全国又开始退休一刀切，干部大换班。足六十岁的干部一律退休。

让大儒夫妇感到宽心的是牛很窄在被切之列，副部长刘振营代部长职务。刘振营的办公地点由门后的小条桌挪到牛很窄的又大又光亮的写字台，受气包的神态被扬眉吐气所取代。

1984年5月，刘振营上台后，第一件大事就是为大儒平反。刘振营部长把热带病所不给大儒恢复党籍的决议案退回去，改为恢复党籍，并派副部长老宋及老马去催。人事科长仍软磨硬抗，不执行统战部的指示。最后刘振营部长指示宋副部长及马科长起草平反决议文。他俩拿着决议文迫其签字，盖章。所长无奈，勉强从命。

刘振营同时派人去济宁中级法院交涉，指责中级法院违法判决，对右派处罚条例没有判刑的规定，最高惩罚是劳动教养。中级法院撤销原判，改为无罪。1958年大儒对中级法院的判决不服，上诉山东省高等法院，高等法院维持原判。现在中级法院改判无罪，还得呈报省高等法院复议。高等法院的工作速度如老牛拉破车，慢的令人心慌，磨蹭了半年，直到1984年12月27日才批准了济宁中级法院撤判。大儒的右派改正到此结束。热带病所用电报通知了陵县边临镇医院的临时工石鸿儒。

除五大右派标本外，大儒是全国最后一个被平反的右派。自五十五号文件下达后的六年，他共上访十七次之多，折磨得他精疲力竭死去活来，每次上访如进一次地狱。

过了三天，12月30日，中央电台宣布公安部撤消了马思聪的通缉令，他是文化大革命最后一个平反的知识分子。大儒夫妇得到平反的通知，不但没高兴，反而大哭一场。六年的上访，相当于解放两个中国的时间，把他们的心折磨碎了。

自1958到1978的二十年右派生活，并不感到耻辱，也不孤单，因为有三百多万右派作陪。自1978年到1984这六年，三百多万还剩五个作陪，其中已死了四个，只还剩一个，大儒夫妇就心慌了，觉得既孤单又耻辱，不平反就是货真价实的右派了。所以这六年的精神伤害远远超过那二十年。前二十年是邓小平于1957年在清华大学讲话号召向知识分子成堆的地方抓右派；后六年是因邓小平于1980年1月16日在中央干部会议上定的调子。邓说："1957年反右派本身没错，是必要的。"由于邓小平的必要又重重的折磨了大儒六个年头。再加上以后因知识分子问题无故罢黜胡耀邦赵紫阳，血腥镇压学生运动等，所以说他具有七分毛泽东的独裁，只有三分周恩来的开明。1978年3月邓小平在科学大会上阐明知识分子大多数是工人阶级的一部分。这和黑猫白猫的观点一致，是出于实用主义，并非对知识分子友好。经济建设必需利用知识分子这帮猫去抓老鼠。他与周恩来，陈毅，胡耀邦不同，他对知识分子没感情，只是单纯利用。他没有拯救知识分子的作为，却有折磨镇压知识分子的恶迹。毛泽东所以把他与刘少奇区别对待，就是因为毛泽东与邓小平心有灵犀一点通，脾胃相投，性格一致，见解相仿。所不同的是两个人的经济政策，一个锁国，一个开放；一个残暴镇压，一个政治统治。更重要的区别在于邓小平不具有毛泽东的精神病特征。

1984年新年过后，距春节还有二十四天，春节前准备去济宁复职上班。上班前准备去沈阳面谢恩师阙森华校长。因为德州距沈阳比济宁近六百里。不幸，获悉他已患肺癌住进北京中日友好医院。一月四日晚坐火车赶往北京。

5日上午见到校长不觉流下辛酸泪。不善言辞的大儒不知说啥好，校长先开言："不要难过了，过去的苦难就让它过去吧。历史又掀开新的一页。其实，我的灾难一点也不比你轻。我亲手提拔起来的干部，1960年像犹大一样，对我反戈一击，使我蒙冤二十年。"他又意味深长地继续说："文化大革命对国家，对人民固然是件坏事，但是如果上层领导人不受到文化大革命的鞭笞，你我都恢复不了党籍。"这是校长的肺腑之言，也是大儒曾想到的。以上论点，不是校长与大儒两个人的结论，也是所有受害共产党员的共同心声。大儒说："没想到，与校长分手二十八年后，在一种特殊历史背景下相会。王校长赋予了我科学技术，阙校长给予了我政治生命，在短暂的人生中，能偶然获得两位恩师的教益，这是缘分，也是我的幸运。"校长也激动地说："是呀，我和王斌同志能培养出你这样为了革命真理宁死不屈的学生，也感到欣慰。"大儒向校长说明了行程安排："因计划春节前正式上班，时间紧迫，下午拜访王校长，晚间坐车回德州上班后，再到沈阳看望校长。"校长说："昨晚王斌同志打来电话，说感冒发烧四十度，近几天不会客，以后找机会见面吧。"

下午大儒来到伏淑鹤的坟前，告知她平反经过、结婚经过、家庭状况等，望她安心于九泉之下，以后继续来探望。晚间返回德州。大儒见到近在咫尺近二十多年没见面的老同学马振麟。由于自尊心作怪，虽然经常来德州，但远远的躲开人民医院的大门，怕他发现自己的身影。

第六十五章　南补北泻理论的建立

　　大儒将一些没用的陈旧家具由边临镇运到石庄，把南屋客厅西房山的壁龛封好，伏淑鹤的遗书及祖辈的银元继续藏在原处，因为目前不需要用钱，此秘密早已向冰玉交待清楚。房子由东北拉布大林回家的叔伯弟弟石鸿圣弟兄俩居住。

　　距1984年春节两周，热带病所的一辆卡车来接运大儒一家。冰玉带领孩子由德州乘火车去济宁，大儒随卡车同行，一直开进告别二十六年前的原单位。大儒想：1956年初入热带病所血气方刚，坐三轮车进所，没找到大门，悄无声息地由破篱笆钻进院内，滑稽可笑；再重返研究所已近暮年，是坐大卡车轰轰隆隆地开进大门，气势不小。一缕迷信思想掠过头脑：第一次入所所以是命运多舛，是因为钻篱笆的结果：此路不通。第二次乘卡车该是凯旋而归吧？但愿如此，以便专心治学，教育子女，安度晚年。

　　大儒二十八岁为右派，五十四岁平反，在最具创造性的黄金年龄段被专政二十六年。与大儒同样命运的知识分子上百万被毛泽东摧残，中国文化被毁灭，科学技术被消灭，经济发展被破坏，迫使历史倒退。这不仅是大儒的悲哀，也是中国知识分子的悲哀，更是中华民族的悲哀。

　　子女进了好学校，进行常规学习。冰玉的工作安排大费周折，由于人事科继续刁难，拖了四个月没进展，最后在省医学科学院长阮景纯的干预下，安排进研究所的图书馆。

　　平反的原则是，从哪里跌倒就从哪里爬起来。大儒从丝虫病科划成右派，又回到了本科。平反后大儒雄心勃勃，试图在科学上做出成绩，能否成功没把握。划右派前，曾在丝虫周期规律方面做了点尝试，现在已脱离科学实验二十六年，重操旧业，又很快到达退休年龄，失败的可能多于成功。不管成功与失败，大儒决心立志于科学实验，以须臾的生命与太阳赛跑。

为选定课题，必须先做大量的文献复习及思想准备。大儒为课题设计大动脑筋，选准研究课题对他至关重要。到退休年龄只剩短短六年，在六年内搞出成绩，谈何容易！课题的内容必须与本身长处相一致，方能出现短、平、快的成果。为了赶时髦，如选西医课题，那只能跟在西方屁股后面跑，再努力也跑不到西方人的前头。

　　大儒认为中国医生选西医课题有三大难关不好逾越。第一，顾名思义，西医发源于西方，是按着西方人的环境条件、文化传统、思想惯性、民族习惯而发展起来的。西医的诊病技术与设备也是按西医的要求发展制造的，所以中国的西医生想赶上西方医生，先天条件不足；第二，中国西医生的外文水平再好也不如西方医生，这影响外文资料的阅读，消耗过多时间学英文，发表外文论文难度大；第三，实验仪器赶不上西方，而且价格昂贵。中国医生一味模仿西医，只能永远是西医的学生，变不成老师的老师。认人为师不是缺点，但辈辈做学生也有失尊严。西医的长处是诊断技术。中医的长处是治疗技术。翻过来也是一样，西医的短处是治疗技术（外科手术除外）。中医的短处是诊断技术。西医重视局部，漠视整体，治标不治本；中医珍视整体，不拘泥枝末，由本及标。中医权威以临床治疗着手成春而扬名。西医权威以诊断闻名，以确诊率高名噪遐迩。现在的声象生化、实验技术已取代了诊断权威，其定位，定性，定量等诊断的准确性，令权威们望尘莫及。所以以后的世界医学权威评定标准，必然由诊断技术转为治疗技术，以治愈顽疾多少而闻名世界，回归到中医权威的评定标准。

　　中医自古就以治愈疑难病为标准，例如张仲景治疗伤寒；华佗刮骨疗毒；叶天士治传染病；钱乙治儿病；陈自明治妇人病；以针灸治病的王唯一等，都是以治病名扬四海。中华民族所以成为世界最巨大的民族是与中医的臻于完美的疗效分不开的。但西医的长处不但不能排斥，而且要努力学到手为我所用。中国医生的出路在于利用西医的诊断实验技术阐释中医的治疗机理。把中西医学互相嫁接，创立一科新的世界医学。谁做到了这一点便是名医，谁忽视了这一点便是庸医。为了验证以上见解的正确性，大儒将献身于中西医学的嫁接工程。

　　李冰玉生来也许专为石鸿儒服务的。当他伶仃孤苦，形影相吊的时候，她与之结为发妻；当他平反无望的时候，她考中公职，四个孩子随之转为非农业户口，减轻了大儒的家庭压力；在六年十七次漫长的上访中，她陪同他十二次进入森严的官衙；目前，大儒立志于科学研究，她恰好任职图书馆，这又为他所需杂志书刊订购、资料收集、文献整理等提供方便；一旦科学研究开始，六口之家的负担，四个孩子的升学，工作，婚姻等都压在她肩上。

课题选定，离不开本行丝虫病，选定丝虫病的哪一个小领域为课题，需要对国内外相关文献进行复习。欲得到完整资料，李冰玉必须为之订购许多相关期刊与图书，以便对丝虫病的国内外资料了如指掌，全部掌握该病过去、现在的研究成果及未来展望，否则如盲人骑瞎马，必然以失败而告终。

大儒首先阅读了本所几十年的《山东省热带病研究所年报》，摘录了二百多张卡片。在文革十年期间《年报》停刊，与全国所有科学期刊一样，出现十年断层。这是毛泽东灭绝文化迫害知识分子的铁证。秦始皇虽残，但不焚烧技术书籍，不坑埋技术人才。与毛泽东相比，秦始皇算是开明君主了。

《年报》提示，各种丝虫病的传染媒介，流行状况，发病机理，特效药治病已基本解决，这些成绩都是外国人做出的，本所只是亦步亦趋的照搬外国人的成果。中国人忙于政治运动，无缘于科学研究。在对丝虫病三大并发症治疗方面进展缓慢。鞘膜积液取手术治疗，效果不错；象皮腿治疗效果很差；乳糜尿的手术治疗毫无效果。三大并发症缺乏有效药物治疗。本所根据外国经验对乳糜尿采用肾周淋巴管剔除法，硝酸银液肾盂灌注术等治疗，仍在短期内复发。特别肾盂插管既危险又痛苦不易推广，病人既不愿接受，有无疗效。目前为止，乳糜尿的手术与插管治疗已被摈弃，证明西医治疗完全失败。

在《年报》里还显示中医药治疗鞘膜积液与象皮腿的报道极少，而对乳糜尿的治疗病例倒较多，但效果不理想。治疗乳糜尿的方剂不是本所拟定的，是从古籍上抄来的经方或从当代中医药杂志上摘录的验方。在《年报》上常出现的方剂有八正散，猪苓汤，桑螵蛸散，五苓散，补中益气汤，六味地黄汤，萆薢分清饮，程氏萆薢分清饮等。疗效低，复发率高。

丝虫性乳糜尿以鲁南、苏北、皖北、豫东发病严重。1985年秋天，大儒设计了乳糜尿现场调查课题，对邹县，滕县，枣庄，苍山县等丝虫病高发地区进行乳糜尿抽样调查。这几个县的丝虫感染率在普治前高达25%以上。经各县防疫站协作，抽样调查148955人，发现乳糜尿病人333人，发病率占总人口的万分之二十二，百万人口大县将有乳糜尿2200百人。调查中发现，1976年山东省居民普遍服用特效药海群生盐，丝虫病已被完全扑灭，但丝虫病的并发症乳糜尿发病不仅没减少，反而增加，这是医学新问题。经过半年现场调查结束后，进行总结，大儒写成论文，发表在《中华流行病学杂志》1986年第一期。文章在讨论中分析了丝虫病扑灭后之所以乳糜尿发病率增高，是因为丝虫虽被杀死了，但死前对栖息场所的淋巴系统的破坏没有修复，淋巴管与泌尿系统形成病理瘘道，继续向泌尿系统排放淋巴液所致。

结束乳糜尿调查后回到本所，刚进家门，冰玉给他一张一个月前阙森华校长去世讣告。大儒瘫软在椅子上。冰玉说："当时你正在现场组织乳糜尿调查，无法脱身去沈阳，我给四十二期校友会汇款四十元，让他们代买个花圈敬献给阙校长。"

当晚，大儒在卧室供上校长的灵牌，灵牌上写着恩师阙森华校长神位。一家六口向灵牌三鞠躬。大儒的胳膊戴上黑纱。同事们莫名其妙，不知他为谁戴孝，从冰玉那里得知，是为他的校长。以后得知校长的死因不是肺癌而是突发性心脏病。无巧不成书，如果阙校长不被开除党籍，如果平反后不回中国医大继续任校长，或者提前一年病故，则石鸿儒的右派帽得戴进棺材去。他暗下决心，一定以突出的科学成就回报校长在天之灵。

计划乳糜尿现场调查的目的是为了了解丝虫病被阻断前后乳糜尿的发病比较，这个计划达到了。但计划内的收获远不如计划外的收获更大。计划外的收获是与病人交谈中，收集了许多治疗乳糜尿的土单验方。许多病人只用单方六月雪、荠菜、苦参、车前子、田三七、刺猬皮、小蓟、白矾、旱莲草等就能治愈乳糜尿，可维持二至八年不复发。而化学合成药对乳糜尿毫无疗效，而中药反有奇效。对此大儒大为震动，由此得出结论：即使一些伟大的人物，往往也有偏见，也有许多无知的领域，孙中山患肝癌至死不让中医诊治；鲁迅骂中医是有意无意的骗子。这两位大人物太无知了，他们学了点西医知识竟敢侮辱伟大的中医，这无损中医一根毫毛，但他们自己却出了丑。

在科学研究过程中，一个问题被解决了，往往又出现了新问题。大儒的乳糜尿流行病调查问题结束了，在调查中大儒又发现了中药治疗乳糜尿的新问题。乳糜尿的治疗比流行病调查重要的多，于是向热带病所学术委员会提出《中药治疗乳糜尿的筛选研究》课题申请。

在课题评审会议上，遇到阻力。刚退入二线的老所长持反对态度，他认为："你不是中医学院毕业的，是西医生。不懂中医中药就进行盲目筛选不会成功，不能把《本草纲目》挨着筛选呀。"话说的既难听又武断。由于多年的传统，他一锤子定音，一人说了算，几十年来本所就是他的一言堂，谁也不敢与他争辩。大儒在一言堂上竟敢与他针锋相对："我家是五代中医世家，我虽不是中医学院毕业，但从童年就受到中医的耳濡目染。古代名中医没一个毕业于中医学院的，但他们对中医做出巨大贡献。孙武没进西点军校，但他的著作被作为西点军校的教科书。梁漱溟没考取北大，但成了北大的名教授。在乳糜尿流行病学调查中，我收集了一些病人的土单验方。其中最有效的常用药多为止血收敛、清热解毒、利尿祛湿三大类。我想对这三类常用药进行筛选。这不是无的放矢，是有备而来的。国家中医学院成立于1958年，李时珍也没有进中医学院深造的福分，他的《本草纲目》也是在民间搜集起来的资料嘛。如果我们做不出李时珍那样的大成绩，学习他的精神，做出点小成绩也是可能的吧。民间的土单验方，已经流传上千年，经过千万人的试验，被历代筛选而传至当今。有许多方子是科学结晶，我们经现代筛选证实一下，就可以应用于临床，这又有什么大惊小怪，何乐而不为呢。"与会者注意听大儒的申述，为他的大胆抗辩捏一把冷汗，几十年没人敢与老所长碰撞。老所长很固执，仍坚持自己的意见，但对大儒的抗辩不但没恼怒，反而觉得言之有理，心里觉得此人非一般凡夫俗子，但口头不能认输。

老所长大名叫王兆俊，苏州人，抗战前毕业于上海医学院，抗战后作为访问学者，曾到美国、印度考察黑热病，医学技术长进了，英语口语练得滚瓜烂熟。回国后原可以留在生活舒适的上海当教授，但对黑热病研究情有独钟。山东是黑热病的高发区，他不怕被战争破坏的穷山东生活的艰难，毅然要求来山东，为消灭黑热病贡献力量。当时山东像他这样具有好学历的专家廖如晨星。他被任命为热带病所长并配一辆上海牌轿车。经过八年奋斗，为山东首先消灭黑热病的省份立下功劳。他把八年的防治经验进行总结，写出中国第一部《黑热病学》，以全国黑热病专家之首而声名鹊起。因1957年反右伤害知识分子太多，毛泽东为了化妆丑相，于1958年底吸收了一批高级知识分子入党，像梅兰芳、王兆俊等人便成为毛泽东的胭脂唇膏。入党后，他被任命为全国政协委员、全国劳动模范。王兆俊获得专业、政治双丰收，因此骄气十足。本所副所长仲崇祜，山东黄县人士，也出身于名校，抗战前毕业于北大医学部。英文水平也很好，但没浪迹国外，口语不如王兆俊。他是丝虫病专家，为山东省在全国首先消灭丝虫病做出贡献。因胆小怕事，思想拘谨，怕枪打出头鸟，没把消灭丝虫病的浩瀚资料总结成丝虫病学出版。虽没出书，但专业水平不低于王兆俊。他知识面广，待人接物友善，文质彬彬，态度虔诚可亲，仪表英俊，身躯魁梧，堪称美男子。不幸的是在抗战期间，像大儒的爸爸一样，也像本所疟疾专家萧农艺一样，是国军联勤总部四个前线医疗队长之一，专业虽优秀，政治上低人一等，一生抬不起头来。既没当上全国政协委员，也不是全国劳动模范，入党的事更是白日做梦，毛泽东不需要蒋字牌的胭脂唇膏。

王兆俊心胸狭窄，故意欺负仲崇祜。他心生嫉妒的原因可能是仲崇祜消灭丝虫病的功劳大于他消灭黑热病的成绩。因丝虫病比黑热病流行广、病人多、影响大；另一个原因是仲崇祜为美男子、人缘好、平易近人。王兆俊长相颇为文雅，但苏州人比山东人个头小，更使他心灰意冷的是他患有类风湿关节炎，手足拘挛变形如同残废，与堂堂美男子仲崇祜更相形见绌。因此，凡对丝虫病专业有利的事，他都反对，认为这是给仲崇祜脸上贴金。大儒属仲崇祜手下的专业，因此大儒的课题被拒绝，那是意料之中的。

会议结束后，新上任所长为了平衡王兆俊与仲崇祜之间的关系，拨给大儒五千元的经费。反正本所不缺钱，课题研究有眉目更好，失败了也无所谓，区区五千元算不了什么？免得双方再发生争执。

战争之前的备战是兵马未到粮草先行；政治运动之前的备战是鼓噪舆论，编造谣言；课题之前的备战是复习文献，收集资料，现场调查。大儒的课题属于中医范畴，他复习了建国后，文化大革命前后的各省全部中医杂志，将二百九十三篇有关乳糜尿的文章填写卡片。填写卡片时，把文章作者的工作地址记录在案。在埋头复习文献中，对发自各地区的文章进行比较，在比较中发现了文章有极强的地域特色，文章内容里不曾有意阐发而是文章本身自然显示的医学规律。长江流域治疗乳糜尿的文章以补中益气汤为主；黄河流域的文章以程氏萆薢分清饮为主。自然形成了南补北泻的两大相反流派。

主张补中益气汤治疗乳糜尿的领军学者是南京中医学院教授曹鸣高；主张程氏萆薢分清饮治疗乳糜尿的领军学者是山东中医学院教授周凤梧。曹氏主张乳糜尿发病机理以脾阳下陷、中气不足为主因，命门火衰，湿热下注为辅因，治疗应以补中益气汤升举下陷之脾阳，脾得健运则脾阳上升而精液四布，无下流之患。周氏主张乳糜尿的发病机理以湿热蕴结于下，以致气化不利，不能制约脂液和肾虚火动，扰乱精室，以致水液混沌如膏。治疗应以程氏萆薢分清饮清热化湿，通利膀胱，兼补肾固摄。

大儒对中医治疗乳糜尿方面何以形成南补北泻两个相反的流派进行了分析。两派的形成是千差万别的自然环境所赋予，而非主观意志所及。南方补派起源于南京，乳糜尿病人多来自长江下游，特别是苏北低洼湖区。北方泻派起源于济南，乳糜尿病人多来自黄河下游，特别是鲁南山区及丘陵地带。

长江下游地势低洼，河渠纵横，湖泊棋布，海拔在五十公尺以下，是全国最低洼的地区。地处暖温带和亚热带的交界区，属湿润季风气候，降雨量较大，逢春夏之交，梅雨连绵，日照时间较短，自然环境适宜种植水稻。鲁南地势峭拔，重峦叠嶂，纵横数百里，海拔在二百公尺以上。地处暖温带，属半湿润季风气候，降雨量较小，又多集中在夏季，旱季漫长，日照时间较久，自然环境适宜种植杂粮。根据特产，长江流域的人以软食米饭为主食；而黄河流域的人以硬食煎饼、烧饼为主食。硬食需要较强的消化能力及其相适应的消化器官。消化器官发达又影响骨骼、肌肉、神经、循环、内分泌等系统的发育。所以鲁南人的体质较健壮，抗病能力强，因此同样患乳糜尿，在鲁南实征多于虚征，即使虚征，虚中夹实者较多，因而在治疗中以清利为主。长江下游的人情况相反，虚征多于实征，即使实征，实中夹虚者多，因而在乳糜尿治疗中以滋补为主。祖国阴阳学说也可论证南补北泻的必然性。黄河下游的自然环境，在阴阳相对平衡中，阳偏盛阴偏衰；长江下游则阴偏盛阳偏衰。北方人的体质应与自然环境相一致，也属阳偏盛阴偏衰；南方人的体质也应与自然环境相一致，阴偏盛阳偏衰。根据八纲辨征，阳为实，阴为虚。所以，北方以消其阳而助阴之长；南方以补其阳而抑阴之盛，借以消除偏盛偏衰的异常现象，阴阳得以相对平衡，人体健康得以协调。

以上发现与分析，验证了中国医学因人、因地、因时三因制宜学说的确切性。大儒把以上发现整理成文，发表在《中医杂志》1987年第二期。题目是《中医药治疗乳糜尿三十年概况》，副题是"试谈南补北泻两派的建立"。

文章发表前后，出现许多插曲。本所主办一份全国有关热带病专业杂志。大儒对自己的文章能否被国家一级科技期刊采用没把握，先把文章送到本所杂志审稿。本所刊物总编辑是西医不懂中医，他对大儒说："文章可以采用发表，但必须抹掉副题。只有中医权威专家才能敢于阐发重大理论问题，你不是中医，更不是中医权威。"总编辑不敢冒险，怕在全国出笑话，他的小心是对的。

本文的灵魂是副题而不是主题，抹掉副题等于抽掉了文章的灵魂。于是，大儒把文章寄到《中医杂志》。《中医杂志》社回信说："我们认为文章很好，只是做如下修改……"文章发表后引起反响。上海中医研究院主办刊物《中医药科技进展》杂志、湖南省中医研究院主办《中医药时代》杂志相继约稿。《中医杂志》社还经常把寄生虫病方面文章寄给大儒，让他帮助审稿。

难能可贵的是固执的老所长王兆俊教授，对南补北泻的理论也赞不绝口，他对大儒说："你知道你的文章中指的南方补派领军学者曹鸣高是谁吗？他是我的师兄。曹家三代是江南名医，与我家三代是世交，我父亲与曹鸣高的父亲同时跟他祖父拜师学徒。可惜，曹鸣高刚刚去世三个月，如果他在时，我把你介绍给他见面，他一定很欢迎你。"大儒问："你怎么没跟曹明高教授一块学中医呢？"老所长说："当时国民政府反对中医，中医师资格考试出西医题，一下子把中医全淘汰了，所以我父亲叫我学了西医。"从此大儒与老所长的关系由僵硬变为友好。

仲崇祜副所长是山东省政协委员，在政协开会时与周凤梧教授相遇，周凤梧以满口章丘话问："你们所石鸿儒医生可认识？"仲崇祜京腔京调地说："太认识了，他在1958年被划为右派，平反很晚，刚回所复职不到三年。"周凤梧说："噢！可惜，如果他不成右派的话，对中医可能做出更大贡献，我看了他《南补北泻》的文章，很有见地。"仲崇祜答道："他不是中医是西医，毕业于中国医科大学，只是最近一年多开始学习中医的。"周凤梧纳闷："噢，知之者不如好之者；好之者不如乐之者。他可能以学中医为快乐，否则进步不会如此之快。"仲崇祜说："早成者未必有成，晚达者未必不达；人而无恒，不可以做巫医。此人很有恒心。"事后，大儒收到周凤梧教授来信：

石鸿儒君：今日拜读大作《南补北泻》一文，受益匪浅。见地独到，文思敏捷，分析透彻，文字流畅。望为复兴祖国医学锲而不舍，更上一层楼。

敬颂

周凤梧1987年4月16日

文章受到山东省医学科学院领导层的重视。文章发表两个月，时值晋升技术职称。院长阮景纯等人商定为石鸿儒越级晋升为副研究员。1958年反右派的时候正是风华正茂青丝如染的住院医师，右派二十六年，黄金年龄段被暴政剥削，现在已是双鬓斑白的垂暮之年，不但三十年没晋级，连当赤脚医生都不够资格。在医科院中级评委第一次讨论大儒越级晋升时没通过。有的评委提议大儒大学毕业工作两年被划为右派，平反后工作不到三年，一共工作时间不够五年，评助理研究员也很勉强，更无条件越级了。又有的评委说，若石鸿儒越级他也越级，他的条件更充实；又有的评委指着副院长张青林的鼻子问："你和石鸿儒是啥关系，如此偏向他？"

中级评委第一次会议后，根据大家对石鸿儒提出质疑，张青林副院长花了一个夜晚熟读大儒的档案，几乎把档案背过了。在中级评委第二次会议上讨论大儒越级问题，张副院长首先发言："我首先表明，我与石鸿儒不沾亲不带故，素昧平生，更不是同学。他平反以前，我们互不相识。但根据实事求是、公平竞争的精神他应该越级。

根据是：他1944年2月，刚满十四岁参加八路军打鬼子；十六岁参加共产党；十七岁参加四平战役；十八岁参加辽沈及平津战役；1949年就读于中国医大；1956年毕业，1958年被划为右派。在农村待了二十六年，为农民治病十五万余例。1984年12月平反；1986年写出第一篇论文《丝虫性乳糜尿流行病学调查研究》，发表在《中国流行病学杂志》1986年第一期；今年二月写出第二篇中医论文《中医药治疗丝虫性乳糜尿三十年概况试谈南补北泻两派的建立》，发表在1987年《中医杂志》第二期。他的工龄为四十三年。参加抗战打鬼子算不算工作？打四平，攻锦州，解放沈阳、天津、北平算不算工作？在农村救治十五万农民算不算工作？难道仅在大医院治病算医生？冒死在战场救护，在艰苦的农村为农民治病就不算医生？客气地说这是强词夺理！真实地说，是不是有点喝水忘了掘井人？再退一步，即使他的光辉历史不算数，我们看看他平反后的成绩：平反三年不到，在国家级杂志发表论文二篇，其中《南补北泻两派的建立》一文是中医领域的新发现，创立的新理论，在全国中医界影响深远。试问，我们建院已三十年，有谁在科学上有新发现？又有谁建立了新理论新学说？我们不就是重复西方的发明嘛，跟着外国人的屁股跑嘛？他的《南补北泻》一文，是一篇极优秀的博士论文。如果没有几十年的临床功底，没有几十年的临床观察，是写不出这样优秀论文的。我们如果客观的与石鸿儒比资历，比功劳，比成就的话，越级晋升应该是顺理成章的。不能只看到越级的结果，也要看到结果前的条件。不管本院任何人，只要达到石鸿儒的资历、功劳、成就三个条件，甚至达到成就这一条都可以越级晋升。任何人建立了新理论新学说或有新发现都可以越级，越级的越多，我们医科院就越光荣，欢迎大家越级！医科院出几位李正道不好嘛？显着我这个副院长脸上也风光……”张副院长讲完话后，没人再提出异议。第二次评审会投票通过了大儒越级晋升副研究员的议案。

过了医科院中级评审委员会这一关后，最后还得过全省高级评审委员会。全省高级技术职称评审委员会是由省医科院，省科学院，省农科院等三大院组成，每个单位分派评审委员五人。平反右派的时候，石鸿儒曾被列为全省唯一不许平反的典型；这次高级职称评审中，大儒是全省唯一的越级晋升者，是两个大相径庭的范例。张青林副院长怕在高级评委会遇到麻烦，事先又把大儒的档案复习了一遍。

在评审会上他的抑扬顿挫，有声有色，把石鸿儒的阅历与成就润色的像小说中的精彩故事一样，发言后各组几乎没经过讨论，十五名委员一致通过大儒越级晋升为副研究员。

省农科院五位评审委员中有院长阙连春带队。她在沈阳听父亲阙森华校长介绍过石鸿儒撤销留党察看及右派平反的过程。今天在评审会上突然听到医科院介绍石鸿儒的材料，她惊叹不已：这不是爸爸的学生吗？张清林介绍的内容与她爸爸介绍的丝毫不差。她惊叹的是，与石鸿儒不相识，却偶然在这个评审会上听到有关他光辉而坎坷的阅历介绍，而介绍者又充满可贵的激情，对他的阅历与成就倒背如流，好像张清林副院长是他的老同学、老朋友一样，为石鸿儒有这样的知己而庆幸。评审通过后，她无法抑制自己的激动，于是违背了评审的保密规定，给石鸿儒立刻写一短信以示对他的祝贺。

石鸿儒同志：

我们不曾见过面，但从父亲阙森华老人那儿知道你的详细阅历，为你的坎坷人生而痛心。今天在高级职称评审会上，突然听到医科院介绍你的材料。张清林同志对你的档案了如指掌，倒背如流，致使你的越级晋升没遇到任何障碍，全票一致通过。如果父亲在世的话，他该多么高兴啊！在平反不到三年的时间里，你在中医治疗乳糜尿方面建立了新的理论。为你祝贺！如果不是政治运动耽搁了二十六年，你会做出更为光辉的成绩。评审结果没公布之前暂时保密，因为我对你的越级成就压制不住自己的兴奋，违反了会议保密制度提前告知于你。关于你的家庭情况，我询问了贵所副所长、高级技术职称评委仲老。这封信也由他代交。

合家欢乐，向嫂夫人及孩子们问好！

师妹阙连春

1987年5月18日

从此，两家互相走动，每当阙连春巡视设在济宁的农科院水稻研究所时，常来大儒家拜访；每当大儒去济南山东医大做试验时，也到她家探望。她的儿子长相跟他的外公一模一样，看到他，如同看到阙校长，大儒看着他总是笑眯眯的。

一篇有独到见解的好文章，给大儒引出那么多快乐的插曲。给毛泽东那篇上书，见解尽管更为独到，却折磨了他二十六年。所以，人类热爱科学，厌恶政治是有道理的。

为了筛选乳糜尿的治疗方法，大儒借鉴李时珍编纂《本草纲目》、蒲松龄撰写《聊斋志异》的方法，在下笔前周游天下搜集标本、积累素材。苏轼写《石钟山记》之前，先乘一叶扁舟夜泊于石钟山之下，先进行现场调查。乳糜尿以徐州为中心的鲁南、苏北、皖北、豫东为高度流行区。大儒走访的地区包括北起济南、南至南京及上海十八个市县区。拜访了四十九位治疗乳糜尿几十年积累丰富经验的老中医。许多老中医治疗乳糜尿数千例之多。例如鲁南郯城县医院退休中医范鸣岐治疗乳糜尿三千多例。受访者有人不是中医专业，因有文化并患乳糜尿，结果久病成名医，发表了乳糜尿文章，例如临沂电大教员郎益乾。受访者都对临床经验进行了总结或发表了文章。受访中医名单有两个来源，一个来源是在各级中医杂志发表治疗乳糜尿文章的作者；另一个来源是各县卫生局提供的本县中医权威名单。受访者既有著名中医教授，也有农村郎中。有许多老中医已经退休，不住在县城内，已回农村老家定居，大儒便租了自行车，按图索骥。先后又分别与三百七十七例乳糜尿病人进行了座谈，共收集土单验方一百零六则。

　　调查表明，洪泽湖以南的长江流域，治疗方药以补气益肾为主；微山湖以北的黄河流域以清热通利为主，进一步验证了南补北泻理论的正确性。另外，在现场调查中，还发现了一个极具科学趣味的问题。在沂蒙山南麓直到洪泽湖之间的淮河流域狭窄平原，既不适宜补，也不适宜泻，而流行于当地的主要方剂为三补三泻的六味地黄汤。因鲁苏毗邻地区属淮河流域，地处长江与黄河之间，补泻兼顾的六味地黄汤为长江与黄河之间桥梁方。长江下游为低洼地带，淮河下游为平原地区，黄河下游为高山、丘陵。根据地势的低、平、高，就出现了补、泻与补泻兼顾的三种迥然不同的方剂。因地势气候不同，生长的五谷品种各具特色，居民的食品种类各异、人体素质有别，虽患同病，治疗原则不一致。现场调查结果也进一步验证了中医的因时、因地、因人而制宜理论的正确性，中医的八纲辨证与三因制宜理论，与辨证唯物主义相吻合，是放诸四海而皆准的科学真理。

　　根据以上的理论，大儒解决了一桩几十年的临床悬案。枣庄中医院贾运章、枣庄人民医院李元甫、峰城中医院姚传玉、台儿庄卫生局晁日春等四位中医师，同为毕业于山东中医学院的同学，在乳糜尿临床治疗方面，同时受到周凤梧的教诲，治疗方剂是周教授发现的程氏萆薢分清饮。台儿庄与峄城同为枣庄地区，同学们开会常相遇。枣庄同学说治疗乳糜尿用周老师的程氏萆薢分清饮效果很好，如湿热下注严重的可加八正散；峄城同学说，萆薢分清饮再加两味补肾药效果很好；台儿庄同学说，程氏萆薢分清饮治疗乳糜尿百治不验无疗效，用六味地黄汤加味五倍子、金樱子，方药中的三味泻药剂量不变，补药加重剂量，临床证明，效如桴鼓。于是枣庄的同学揶揄台儿庄的同学为离经叛道；台儿庄的同学嘲讽枣庄的同学墨守成规，争得互不相让。峄城区同学保持中立，对他们的争论一笑置之，认为各有道理。他们各持己见互相论战了二十多年，谁也不服谁。

根据三个地区分别为山区、丘岑区、平原区的不同，出现三类方剂，这很符合三因制宜及水无常形，兵无常势，方无常规的原则，三方都是对的。

第六十六章　胡耀邦为知识分子受难

　　知识分子对政治家是一块试金石，对其友好的是开明的，对其歧视的是反动的。中共高层对知识分子友好的政治家有三人他们是周总理，陈老总与胡耀邦。多数政治家的态度模棱两可，少数政治家极端仇视知识分子，他们以制造文字狱而遗臭万年，其中的代表人物当然是毛泽东。另外还有两三位与他脾胃相投的人。

　　李冰玉是总管家，负责家庭经济收支，每月十号她到财务科领工资，在工资单上发现了问题。今日大儒的工资与三十年前一样，是75元。而与他同学历同工龄的人，甚至有几位比他学历低工龄短的医生，工资都在百元出头。大儒因右派被开除公职，平反又晚，没摊上提工资，因此他的工资三十年没变。

　　一天，大儒从外地回家，冰玉向丈夫愤愤不平地说："平反有什么用？平反既不补工资又不涨工资，一切照旧，与不平反又何区别？只是摆花架子，作作表面文章罢了。"大儒呆视着妻子，不知所措，不知说什么好，但他终于说话了："这件事该找谁解决呢？"等了一会儿，他又自言自语地说："省医科院怕解决不了这个问题，需要省委解决。"冰玉的火气消了许多，她稍微思索后说："怕省委也解决不了，为右派平反的55号文件是中央下达的，现在各省55号办公室已经撤销。只有中央才有权解决，这仍属于右派平反遗留问题。"大儒忧郁地说："向中央写封人民来信，向哪个单位写呢？"冰玉提议："我看胡耀邦的开明程度与周总理不相上下，可以给他写信试试。"大儒担心地说："给毛泽东一封信被专政二十六年，给胡耀邦写信，再押上二十六年，这一生就没好了。胡耀邦当共青团书记的时候很开明，现在是党的总书记。人的惯性是人一阔脸就变，官大脾气长，现在的胡耀邦非同昔比，不知他现在的脸谱怎么样？"冰玉很有把握地说："胡耀邦任中央组织部长二年，总书记已六年，在这八年中，他一直为知识分子平反，提拔知识分子等，至少现在还没有人阔变脸脾气长的征兆。写信的目的是摆道理，话不要写的太刻薄，因为造成这种不公正局面的不是他，是毛泽东造成的历史后遗症。你写吧，不会闯祸，至多不给解决罢了。"

大儒坐进办公室，开始给胡耀邦写信。

耀邦同志你好：

首先，作为知识分子，我向你八年来为知识分子平反与信任表示感谢；其次作为老革命，我向你为老干部平反昭雪表示敬意。请耀邦同志在日理万机中，耐着性子倾听我的陈述。

1944年二月刚满14岁，我参加了山东渤海军区八路军，日寇投降后，随山东八路军主力第七师（就是后来被林彪称为攻坚老虎的那个师）进驻东北，1946年3月，十六岁在东北野战军第六纵队卫生部参加共产党。曾为四平保卫战、四平攻坚战、打新一军的三下江南战役、辽沈战役和平津战役做出贡献。1949年就读与中国医科大学，1956年毕业，毕业后分配到山东省医学科学院热带病研究所，1958年被划为右派，在滕县劳改队服刑三年。被划为右派的原因是由于对党的热爱和对毛泽东的愚忠造成的。1956年的初冬，发现中央的一些政策远离马克思主义的宗旨，为了千百万烈士的生命换来的新中国免于动乱，忠心的上书被我崇拜的毛主席。

上书的主要内容有五项：（一）、政治运动问题，建国后政治运动频繁，一个接一个，每个运动要求制造出百分之五的敌人，政治运动不但消灭不了敌人，反而壮大了敌人阵营，伤害了大部分知识分子及大批功臣，使亲者痛，仇者快，这是政治自杀、制造仇恨、制造敌人的政策，它使功臣寒心，人民敢怒而不敢言。一言一弊之，政治运动对我党革命有百害而无一利。（二）、建国后农民吃不饱饭的问题极为突出，几百万解放军，上自将军，下到士兵，都是穿着军装的农民，天下是农民打下来的，但打下天下的人饿肚子，影响恶劣。他们的血红素只在7克左右，正常12克，对农民需要贷款、供应机器、化肥、优良品种和兴修水利，并保证其土地所有权，减轻农业税，只有这样，才能避免农民揭竿而起。（三）、革命成功后，工人阶级不但对治理国家没权力，即使对工厂管理也没权力，他们唯一的权力只有日夜紧张地劳动。所谓工人阶级是领导阶级的宣传，工人听了嗤之以鼻，这与工人的实际政治生活相去甚远。工会不应是花瓶，对工厂的生产计划，工人福利，厂长任免应有切实的权力，只有这样才能激发工人的积极性。（四）、对知识分子应采取团结重用的政策，要建设一个科学社会主义的大国，没几百万技术专家是建不成的，采取斗争歧视的政策，不利于治国。

（五）、建国后对立有汗马功劳的老干部，采用了狡兔死走狗的政策，这是绝对错误的，至少要像赵匡胤那样，使其还乡为民，安度晚年，给与生活照顾，但取消封建特权。

以上五点建议只有对党、对毛泽东忠诚、对国家兴亡有责任心的人方能冒险提出，建议的内容及其文辞的锋利程度远逊于魏征对李世民，但封建皇帝李世民能容忍魏征，而自称为正宗马克思主义伟大领袖的毛泽东不能容忍升斗小民的区区忠言，于是祸从笔出，被划为极右派。

国家正处于山穷水尽无路可走的时候，四人帮垮台了，你亲手制定了为知识分子平反的55号文件，我和所有知识分子一样，欢呼雀跃。但由于经过几十年毛泽东阶级斗争教育的余毒，在一些掌权者的头脑中根深蒂固，很难于一朝一夕中清除。1978年山东省统战部在全省落实55号文件会议上，主要负责人在会议上划定右派可改可不改的界线时，把我给毛泽东的上书给与会者念了一遍说，像石鸿儒这样的右派不能改正。我成为全省不得平反的典型，于是妻子陪伴我踏上了艰难的上访之路，经过马拉松般的六年上访与大小官僚发生十七次唇枪舌战，又鉴于你在中央反复持久的发表对知识分子彻底平反的谈话，对思想顽固的官僚们起到震慑作用，我于1984年12月28日终于得到改正，我改正的第二天公安部宣布解除对马思聪的通缉令，说明我还不是全国最后一位平反的知识分子，应为全省最后平反的右派毫无疑问。

由于比其他右派难友晚平反六年，没赶上涨工资，我的工资仍然是三十年前的75元人民币。三十年整整是一代人的时间，一切事物都是变化的，唯有我的工资三十年不变。在反右派之前与我同学历同工龄甚至比我学历低、工龄短、工资低我两级的同事，现在都比我高三级。政治上平反了，但工资额不动，平反就失去了政治意义，因为经济上不平等就等于政治上歧视。本世纪初，美国的白人与黑人同工不同酬，致使黑人海涛般的愤怒，美国的独立宣言精神受到世人的质疑，我的同工不同酬同样让人烦恼。希望中央继续拨乱反正，纠正由不公正的历史遗留下的无处不在的不公正。

敬颂政祺

石鸿儒上
1986年6月19日

冰玉说："不管这封信能否达到目的，至少起不到反作用。"大儒屈指数算道："周励王到秦始皇为五百多年；秦始皇到武则天为八百多年；武则天到朱元璋七百多年；朱元璋到毛泽东为五百年，平均六百多年出一个暴君，现在毛泽东刚刚死了十年，胡耀邦不可能是昏君，这不符合历史规律。胡耀邦也深受暴君之害，自上台任组织部长后，就日以继夜的为知识分子、老干部平反冤假错案，他不但不会变为暴君很可能将成为历史名君。接到信后，可能因政务繁忙无暇阅览，或者阅览后，作为一个大国的元首，不便为八亿人民中的一位臣民做出生活上的答复，但也绝对不会因为此信给咱们带来不幸吧，这不符合他最近九年来的执政精神及宽松的政策。也许他会对此信批示，叫本省解决的可能性最大。"

信寄出去一个月杳无音讯，两个月如石沉大海，三个月将尽。一天大儒下班，由办公室回家吃饭。院子里有人在喊："石鸿儒"。抬头一看原来是省医科院党委书记李俊友从济南来，刚走出汽车。大儒高声说："李书记刚从济南来呀？跟我吃饭去吧？"李俊友笑眯眯地说："我专门来为你送涨工资的文件来啦！"他把中央的红头文件从皮包里取出来递给大儒："你看文件刚来，没经过党委讨论，我就送来济宁，为你涨工资。"

大儒看过文件感叹道："耀邦总书记真可谓知识分子的挚友啊！"李俊友书记接着说："符合这个文件精神的，全省可能只有你一个，全国没有几个。好啦，你安心工作吧，根据文件规定，你可涨一级，再套一级，可能还得就高不低半级，共提两级半。也许还吃几块钱的亏，以后再有涨工资的机会加以照顾，就达到同工同酬的水平啦。"

大儒的性格本来就不苟言笑，自1958年划为右派开始，在地狱般的滕县劳改队服刑三年，又流浪东北一年半，到德州农村受苦二十二年，其中包括非人性的文化大革命十年，毛派倒台后六年的痛苦上访，平反后紧张的课题研究，还有同工不同酬的二年的屈辱，前后共二十八年，使他形成苏格拉底面孔，不曾笑过。这次他惊异地望着红头文件，咧开嘴，笑出声来，这是胡耀邦给他的欢笑。他笑着对李俊友书记说："你为了我的事，不远四百里而来，我一定请客，快到我家坐，"李俊友推辞说："你当然得请客，不过今天不行，我还得找你的所长去，再见了。"

李俊友也是参加抗战的老同志，所以对大儒很亲切，经常去临沂大儒的课题现场巡视，借此回忆山东八年的抗战历史以及陈光、朱瑞、罗荣恒的故事。

大儒大步流星，三步并作两步，一路小跑，像个儿童在大街上发现了什么蹊跷事一样，惊慌失措地向家跑，尽快报告妈妈。

推开家门大声喊："胡耀邦给咱涨工资啦！"把一家人吓了一跳，从来没见过他这样欢天喜地。大儒气喘吁吁地向全家介绍与李俊友相遇的经过。

一家人高兴得忘了吃饭，对此议论纷纷。冰玉说："胡耀邦真是个好人，是知识分子的诤友，办事很细，细到每个人。不在这几十元，在这口气！胡耀邦落实知识分子政策，落实得实在，不是空话，中国又出了个周总理，"大儒感叹说："这个结果出乎意料，国家也许有好过的日子了，出了这么个开明细腻的领导人，他办事既有声有色又润物细无声。二十年前历史学家顾颉刚由上海调到北京，别人问他工资多少，他说：'可能伍佰元吧'。当时一级教授三百元，一传十，十传百，越传越广，传到周总理的耳朵里，周总理说：'他要伍佰元就给他伍佰元'。胡耀邦处理我们的工资也类似这个情况。"国家领导人对知识分子的亲疏，是鉴别国家领导人是否进步或反动的比色计，一目了然。

胡耀邦自任中央组织部长及总书记以来，摧毁文字狱，解放了三百多万知识分子及胡风集团，也为在文化大革命中遇难的大批知识分子平反。在八年任期内，不仅为知识分子平反，还物色许多技术知识分子参政、改变政治领导层知识化，占用了他的主要精力。共产党的建立，需要有陈独秀、李大钊、张国焘、周恩来这些优秀的知识分子的勇气，中华民族的复兴也要依靠优秀知识分子的智慧。所以胡耀邦把许多技术专家组成中央以及省市的领导班子，从根本上改变了中共上层人物的文化结构，这有重要的战略意义，为中华民族的复兴打好了文化基础。

胡耀邦执政八年有两大贡献，一是为每个知识分子的冤假错案平反昭雪，永远结束了毛泽东知识越多越反动的愚昧封建时代。二是在干部政策上结束了无才便是德，文化越低思想越红的选愚条件。把各种专家充实到各级领导层，从中央到地方制订了能者上、庸者下的干部政策。胡耀邦的干部政策改革是具有革命性，不仅为经济改革创造了良好条件，为政治改革思想解放也打下基础，

胡耀邦对知识分子的感情近似周总理。周总理在各个文化领域都有知识分子朋友，知识分子也把周总理视为朋友甚至救星。1955年，在知识分子界进行肃反运动，几十万知识分子将被带上反革命的帽子投入毛泽东罗瑞卿的劳改队，正当知识分子面临一发千钧的危局，于1956年1月，在中共中央召开的知识分子会议上，周总理代表党中央作了《关于知识分子问题的报告》。报告中说：为了实现社会主义工业化必须依靠体力劳动与脑力劳动的密切合作，依靠工人，农民，知识分子的兄弟联盟。要想真正团结知识分子，就得为知识分子正名，如果把知识分子推入黑九类，那是无法团结的。

周总理在报告中首次提出，知识分子已经成为我们国家各方面生活中的重要因素，破天荒地第一次称知识分子是工人阶级的一部分。知识分子是被专政的臭老九，一下子被提升为工人阶级，可谓受宠若惊，引起巨大震动，在肃反中，已经被套在绞刑架上的几十万知识分子，瞬间被总理抢救下来。总理不仅是开明的政治家，也是人道主义者，也是伟大的人权卫士。在毛泽东黑暗独裁时代，竟把臭老九正名为工人阶级是冒极大风险的，这等于与毛泽东顶着干，唱对台戏。

但知识分子命运多舛，在劫难逃，脱了初一脱不了十五。1956年，肃反一劫被总理解放了，紧接着1957年反右派运动开始，毛泽东说反右派就是肃反、清党、清团。三百多万知识分子又重新被送上绞刑架。这次，总理不敢再抢救了，因为去年他不仅抢救了几十万臭老九，还与陈云，邓子恢在经济计划上反冒进，毛泽东反反冒进，骂他们是小脚女人，指着总理的鼻子说，他离右派还有三十米。总理提出辞职，老毛准备叫柯庆施接手，掂量掂量他不够总理的料，还是继续让周总理主持国家大政。周总理第二次拯救知识分子是在1962年3月初。当时，饿死五千万人的三年大跃进刚结束，在1月份召开的七千人大会上，刘少奇

对大跃进的结论是三分天灾，七分人祸，否定了毛泽东的七分天祸，三分错误，或者是九个手指头为成绩，一个手指头为错误的谎言。当时毛泽东已是过街老鼠，是人人喊打的尴尬局面。周总理审时度势，见缝插针，于3月在广州举行的科学工作会议与剧本创作座谈会的联合会议上，发表了《论知识分子问题》的报告。又重新阐明了1956年1月在中央知识分子问题会议上的正确论述。知识分子是劳动人民，是工人阶级的一部分，强调在社会主义建设中，要发挥科学和科学家的作用。陈毅元帅在会上也作了重要发言，他主张为知识分子"脱帽加冕"，要脱右派及臭老九的帽，戴上工人阶级的桂冠。在这次会议之后，开始为右派知识分子甄别，摘了一小部分右派帽子。开始不久，毛泽东又耍赖，出尔反尔，终止了甄别。3月末，周总理在第二届人大第三次会议上《政府工作报告》中，又重申了广州会议的论断，知识分子绝大多数已属劳动人民，不应该把他们当作资产阶级知识分子。总理同时论断，阶级斗争的趋势是向着缓和的方向发展，如果认为阶级斗争已经结束是不对的，如果认为阶级斗争不断尖锐化，也是不对的。总理的报告引起民主人士及知识界热烈欢迎。

胡耀邦与周总理对知识分子的态度是一致的，欲想强国富民，没有知识分子创造性劳动，是达不到的，这是真理，是规律，也是常识。只有毛泽东不具备这样的常识。由于知识分子在三十年的暴政压迫下，每个人胸中积蓄一团怒火，1986年12月，在合肥、北京爆发学潮，口号与1919年张国焘领导的五四运动一样，要民主，要自由。这次学潮的真正责任人应是毛泽东，由于他的个人独裁，对知识分子的残暴镇压引起的。而口头上高喊实事求是的邓小平，且张冠李戴，把帽子扣在胡耀邦头上。虽然邓小平不是党内权力最高的总书记，可是他把总书记胡耀邦打入冷宫。撤销了总书记，不管按党章还是按宪法，这应是以下犯上，属于宫廷政变。1987年1月16日的中央政治局会议正式宣布解除胡耀邦总书记。十八天前，也就是1986年12月30日，邓小平已宣布罢黜命令，同时指定赵紫阳接任总书记，政治局会议只是走过场，摆摆形式，掩人耳目而已。可见邓小平是天外天，楼外楼。他握有最高权外权，一句话，他是皇帝的皇帝。

当时作家公刘在《新观察》杂志上写一篇《人一阔脸就变》，就是指邓小平。邓小平流放到南昌郊区当钳工时，给毛泽东写检讨信的可怜相一去不复返了。《新观察》总编辑戈杨女士，还勇敢地收集了多篇同类文章予以发表，当时的《新观察》成为知识界最欢迎的杂志。可见人的心里有杆称，即使邓公长有张仪的三寸不烂之舌，也无法左右人心里的秤。自欺欺人之谈，无补于历史真相，可蒙蔽一时，不能隐瞒久远。1977年7月，邓小平被解放的消息传遍全国，大儒一家跟全国一样欢呼雀跃，在门前树上放了一挂鞭炮，以表庆祝，大儒不计较邓小平在反右派时期助毛为虐的劣迹。

突然罢黜胡耀邦无疑为学潮火上浇油。邓小平在人民心中的重量顿时减轻，胡耀邦在知识界的形象越加高大。罢黜胡耀邦一案与邓小平想达到的目的相反，等于肯定了胡耀邦在拨乱反正中，为广大知识分子及老干部平反的丰功伟绩。

胡耀邦被无故罢黜后，精神郁闷，心力憔悴，并不为丢官苦恼，只为知识分子的前景、国家的未来担心，怕重新回到毛泽东的黑暗时代。知识分子是国家精华，没有科技专家合作，不可能建成强国，不给科技专家自由的工作环境，不可能有创造。胡耀邦克服一切障碍，为科学家创造自由环境，目的是为科学家的自由创造，是为了民族复兴。但事不从心愿，他每天在忧愁中度过，失眠症日夜纠缠着他，真可谓唯恐双溪舴艋舟，载不动许多愁。精神上过分地喜怒哀乐，往往是冠心病恶化的重要条件，1989年4月15日，胡耀邦在政治局会议上突然被人气死了，因过分愤怒，诱发大面积心肌梗塞而亡。胡耀邦的突然死亡，震动了整个知识界，北京与其他大城市的知识分子爆发了大规模的悼念活动，就像1976年清明节悼念周总理的翻版。五四运动的旗手是北京大学张国焘、许德珩；六四运动的旗手是科技大学方励之。这两次自发的规模大、时间长的悼念活动证明，编造谎言、愚弄人民是白费心机，人民心中的那杆秤对是非善恶超度敏感。各省学生自4月15日到6月4日，赶往北京天安门广场参加悼念活动的人群达百万计，学生领袖有王丹、柴玲、乌尔凯希等。短短五十天的学生运动史是面镜子，照清了每个政治人物的真面孔。接任胡耀邦为总书记的赵紫阳发表了实事求是的见解，始终认为学生运动是自发的悼念活动，没有恶意，不是反革命活动，更不是暴乱，在5月上旬和中旬他接见亚行代表团高官及苏联共产党总书记戈尔巴乔夫时如是说。他即将被罢免的前夕，得悉对学生即将实行军事镇压的时候，赶到天安门广场看望绝食的学生，并发表了演说。解劝学生们返校，避免冲突，脱离危险，语气忧伤，表情愁苦，最后说："我老了，无所谓了，你们年轻，千万珍惜自己的前途。"意思说，你们将被镇压，赶快逃走。此时此刻，赵紫阳眼角里流下同情的泪水。一泪值千金，历史会证明，赵紫阳不仅是一位共产主义者、人道主义者，更是人民的忠臣，宁愿丢掉皇位也不反人民，宁教天下人负我，我不负天下人。与毛泽东式的人物相反，他不为个人权位无所不用其极。

陪同赵紫阳到天安门广场的有总理李鹏，他知道赵紫阳即将被撤职，故在广场活动中，他距离赵紫阳很遥远，表明与赵不为同伙，与其立场分明。就像一个共产党员与一位相识的右派人物在大街上行走一样，保持很长的距离，说明自己的阶级觉悟高，划清阶级路线，免得传染上右派毒素。李鹏在广场上一言不发，气呼呼的，好像跟谁刚刚吵过架一样，满脸怒气。虽然李鹏演的是哑剧，但无声胜有声的表演，表明了对学生的态度。王丹、柴玲曾与他几次谈判不欢而散。人的才智相差悬殊，如果周总理在世，跟学生领袖握握手，点点头，以笑相迎，即使一言不发，学生们也会返校复课。

除李鹏之外，邓小平还有第二个大帮手，就是中央军委常委副主席杨尚昆。他是谙熟权变而著称的人物。他打着邓小平的旗号，又以中央军委负责人的名义，命令各大军区各调来北京一个军，参加镇压学生运动。像参加朝鲜战争一样，各大军区各调了一个兵团轮流到朝鲜参战，是为教各大军区熟悉美军战术、战斗力、武器性能等军事目的。而今天调各大军区参加镇压学生是出于政治权术，一是预防各大军区负责人对镇压学生不满，先各调一个军堵住他们的嘴；二是镇压一旦失败翻了船，各大军区负责人都有责任，打起内战来，都会站在邓小平一方。当时几十万军队包围了北京城，杨尚昆此地无银三百两地说："军队开进北京是为了维持首都的社会次序，保护人民安全，没有他意。"

镇压学生的主谋者是邓小平，镇压前夕的5月31日邓小平召集两大帮手李鹏、杨尚昆说："要更换领导层，这是目前最重要的问题。反对资产阶级自由化，坚持四项基本原则，这不能动摇。"4月25日邓小平谈话："这不是一般的学潮，而是一场否定共产党的领导，否定社会主义制度的政治动乱。"为镇压学生定下调子。邓小平一手抓住政府（李鹏），一手抓住军队（杨尚昆），建立了镇压学生的三人指挥小组，组长当然是他本人莫属。

北京几百万人民全力以赴，与学生站在一起阻挡军队入城，用汽车，拖拉机和可能利用的大型物料，设置路障，堵塞交通路口。

6月4日拂晓，全副武装的大军冲进天安门广场，用刺刀、枪炮、坦克血洗了广场，消灭了绝食多日的学生。继反帝反封建的五四运动、悼念周恩来的四五运动之后，又爆发了悼念胡耀邦的六四运动。三大运动的地点相同，都发生在天安门广场；三大运动的发动者相同，都是青年学生；三大运动的目的相同，都是反封建、要民主；三大运动的结局相同，都以军事镇压而告终。所不同的是镇压五四运动的是封建军阀段祺瑞、曹汝霖；镇压四五运动的是自称人民大救星的毛泽东与马前卒华国锋；镇压六四运动的是热衷"实践是检验真理唯一标准"的邓小平及手下的哼哈二将，李鹏、杨尚昆。但这七个人的面孔又酷似连生兄弟，不管他们怎么整容化妆。

令人不解的是，自1919年五·四，到1989年六四，中国的封建社会七十年，越变越封建。青年学生发动"五四"运动是为了推翻封建社会，反对封建军阀卖国，建立一个民主自由的新社会。而"四五"与"六四"两个运动的锋芒直指毛泽东的封建王朝，人民欢迎民主的共产主义，反对封建的共产主义。经过毛泽东几十年的血腥统治，人民把希望先后寄托在民主的共产主义代表周恩来与胡耀邦身上，认为这两位伟大人物能够团结知识分子扭转乾坤。这种想法的本身就带有封建保守色彩，认为，英雄人物的个人作用能改变历史，忽略了政治的民主与法律的公平是取决于整体社会人群的觉悟。

周恩来、胡耀邦因为生活在封建社会下，才显现出他们的民主，如果生活在民主社会里就显现不出他们的伟大了。周恩来之所以受到知识分子爱戴，是因为他于1956年1月一次《关于知识分子问题》的报告，拯救了几十万被肃反的知识分子，免于牢狱之灾。1962年3月在广州举行的有关知识分子会议上，周恩来要求为知识分子脱帽加冕，为右派摘帽。试问，如果周恩来处在一个开明的社会里根本不存在肃反与反右派的政治运动，不存在知识分子被拯救与脱帽问题，那么，周恩来在知识分子中也就没有今日的崇高威望，因为他对知识界的开明政策派不上用场。如果胡耀邦生活在一个法制社会里，不存在千百万冤假错案的问题，胡耀邦将没有冤假错案可平了也就显现不出胡耀邦对知识分子的开明与包公形象。举例说如果石鸿儒不存在右派，也就不存在同工不同酬的不公，胡耀邦也就不会为大儒一人下红头文件，大儒一家对胡耀邦也就没有今天的感激。

毛泽东的个人独裁与封建暴政为他自己制造了亿万敌人，其中具有代表性的人物就是周恩来与胡耀邦。他二位为知识分子鸣不平，目的是为建国，其实更是反毛。两位开明政治家死后爆发了两次巨大的学潮运动其真正意义，一方面是出于对二位贤者的怀念，另一方面更是对毛泽东封建制度的反抗。毛泽东在世时，命令华国锋镇压四五运动是可以理解的，但毛泽东死后邓小平出兵镇压六四运动实在令人费解。

邓小平本身既有少许开明共产主义的成分，但是封建共产主义的比重更大。他既有周恩来的部分开明，更主要的是具有毛泽东的独断和迷恋权力。纵观他一生的活动，足以说明以上的论断。但对邓小平的分析要比对周恩来、毛泽东困难的多。因为周恩来一身是光亮的白色，毛泽东全身是黑，而邓小平一部分是白色，而另一部分是黑色。在镇压六四运动之前，他功大于过，之后，则过大于功。如果用他自己喜欢的三七开的话，最适当不过了，不过这是刘少奇在七千人大会给毛泽东的倒三七，如不是镇压学生运动，可得到正三七。

1929年12月，邓小平与张云逸领导广西一个警察大队举行白色起义，与各地区许多起义一样，以失败而告终。起义失败后，邓小平进入江西苏区，曾任县委书记，距进入中央委员会的路还很遥远。邓小平真正建功立业是开始于1938年1月，一二九师政委林彪的堂兄张浩因病离队修养，邓小平充填其缺，在抗战中辅佐刘伯承建立了晋冀鲁豫根据地。抗战结束时，一二九师由八千人发展到二十九万部队，这对中共革命是很大的贡献。在解放战争中，晋冀鲁豫军区在四大军区加新四军五大军事单位中虽部队人数最多，但在三大战役之前消灭国军最少，其根本原因是刘邓顺从了毛泽东的瞎指挥或消灭异己的阴谋。带领四个主力纵队过黄河，插入南京与武汉之间的敌人中心，经过敌人围堵及艰难的黄泛区，四个纵队失去战斗力。淮海战役开始时，刘邓的二野只有六个纵队十三万人，战斗力极低，装备很差，无力打歼灭战，只能阻击打援。歼灭黄维兵团，心有余而力不足，三野支援四个纵队后才完成任务。解放战争后期，二野无力完成解放西南四省区的任务，增派贺龙指挥的周士第18兵团帮助解放了成都，增派四野刘亚楼第14兵团帮助解放了四川盆地。刘邓第二野战军的战斗力，相当于一个兵团。抗战结束时最强大的这支部队，最后变成一支最弱小的部队。过黄河之前，以邓小平的智慧未必看不透毛泽东借刀杀人的阴谋，为了保住自己的官位，宁愿牺牲刘邓野战军，也得盲从毛泽东，这是他犯下的第一个大错误。第二个大错误，是1957年，他未必不明白反右派的反动性，但为了保官位，却助毛为虐，成为反右派的先锋，他号召向知识分子成堆的地方抓右派，结果抓了三百万。第三个大错误，是在大跃进中对毛泽东饿死五千万两百人民视而不见，无动于衷，作为总书记，对毛泽东不吱一声，以期保住官位。五千万人死亡无足轻重，保住总书记官位最重要，这与赵紫阳宁愿丢掉总书记也不反人民形成对照。尽管邓小平对毛泽东一贯盲从，但毛泽东并不买账，仍把他打成第二号走资派，流放到江西劳改。邓小平为了重获官位，低三下四地向毛泽东写检讨，声明永不翻盘，有失尊严。

他一生让子孙后代永远不能饶恕的天大罪恶，是出动坦克对付绝食的学生，为了保住太上皇位，无所不用其极，视人民如草芥。在镇压六四学生运动之前，对他在农村小打小闹地改革，尽管土地所有权没还给农民，人民对他还是抱有幻想。自从镇压六四运动之后，人民开始怀疑他的改革动机，既然能视人民如草芥，用坦克碾轧绝食的学生，改革的动机是为人民改善生活呢，还是为扬名天下，确保太上皇的位子呢？

邓小平提出的政策，只是停留于口号，千百年来农民最主要的财富是土地，改革后土地权仍为国有。农民在承包中得到的一点便宜不能激发农民的生产热情，更不能改变赤贫，银行贷款的大门朝农民关闭着，国有企业的改革，没有眉目，不进行政治改革，以唯恐天下大乱为借口，原封不动地维持毛泽东的封建共产主义，对毛泽东的功过评价按毛泽东自己定的三七开。改革之初，首先应该否定毛泽东，不否定毛泽东，就不足以平民愤，天下就不会稳定。不与毛泽东划清界线，人民对共产党永远嗤之以鼻。要么拥抱毛泽东丢掉共产主义，要么拥抱共产主义丢掉毛泽东。邓的口头禅是为了政治稳定，其实你越拥抱毛泽东越不稳定。六四起因就是因为邓公拥抱老毛的封建独裁引发的，邓小平所以怕否定老毛，是怕引火烧身，把他烧成灰烬。老毛所以整死刘少奇、彭德怀、林彪而留下邓小平一条命，就是看到邓小平像自己的影子。邓小平所以对老毛顶礼膜拜是因为老毛的封建独裁是他的偶像楷模。刘少奇、林彪是毛泽东亲手树起来的接班人，一个被他整死，一个被他吓逃摔死。胡耀邦、赵紫阳是邓小平亲手扶上台的总书记，结果又把他俩推入深渊。毛泽东镇压了四五运动，邓小平镇压了六四运动。两个人的反复无常、手段残忍何其相似尔！毛、邓之间感情可谓惺惺惜惺惺。另外，邓的好战也不次于老毛，1971年2月，无故对越南进行了一个月的战争，时止今日，令人不解。公正地说，邓小平开始的经济政策，不管他出于什么目的，客观上给国家带来一些生机，但这不是他个人独有的才能。任何人执政都要对封建体制进行改革。早邓小平二十一年，三百多万右派知识分子中，有许多人因为提出政策改革而身陷囹圄。蒋经国不是共产党员，但他在台湾的改革成功，使邓小平望尘莫及，堪称他的师表。

右派的原意是守旧的，左派恰好是创新的。从开放改革的角度看，邓小平属左派，从镇压学生运动看又是右派。邓小平面孔里黑白参半，像西园寺的济公脸型一样，难以得出一致的结论，这给非黑即白的历史学家出了难题。

1976年9月9日毛泽东死亡，1997年2月19日邓小平死亡。两人死亡后，在天安门广场没有出现任何自愿的悼念活动，与周恩来、胡耀邦逝世形成鲜明对照。此情此景不仅说明人心向背，也验证了对以上功过历史评价的确切性。

人的心里确实有杆秤，谁是开明民主的，谁是封建残暴的，谁是两者相兼的，称得一清二楚。如果说胡耀邦是周恩来的影子，那么邓小平就很像毛泽东的孪生兄弟了。幸亏毛泽东六亲不认，在十年大混战中把邓小平流放到南昌当钳工，否则他不会为毛泽东制造的冤假错案平反的。

第六十七章　螳螂捕蝉黄雀在后
盛极必衰衰极必盛

　　希特勒是第二次世界大战的发动者，利用装甲部队进行闪电战，只用了一年时间，席卷欧洲大陆十四个国家，又用了半年的时间，消灭苏联红军三百个师，占领了苏联资源丰富的欧洲部份。希特勒出尽风头，比法皇拿破仑创造的胜利更辉煌、更露脸。欧洲人谈希特勒色变，流传着希特勒的法西斯装甲兵不可战胜的神话。希特勒比宙斯更力大无穷，他不仅成为欧洲的君王也将成为世界盟主。

　　苏联存亡正处在一发千钧之际，朱科夫元帅借用寒冷这件天赐法宝保住了莫斯科。希特勒用望远镜对准克里姆林宫钟楼上的红五星，可望而不可及，像当年拿破仑部队一样，后队变前队，向西方狼狈逃窜。朱科夫用同一先进武器——严寒，在斯大林格勒消灭德军三十万，并抓获德军元帅鲍里斯，这还不算完，又用三千多辆T-34型超级重型坦克在库尔斯克打败了德军两千多辆豹式坦克，从此德军的优势急转直下，闪电战术寿终正寝。

　　1945年5月，朱可夫指挥一万门大炮齐向柏林开火，三千辆坦克把柏林每幢楼房辗为平地，希特勒在柏林国会大厦地下室自杀身亡。当年希特勒的军事实力，没有任何大国能与之匹敌，即使最仇恨他的敌人也没预料到希特勒还有失败的一天。希特勒这颗耀眼的新星，不到五年就陨落了。他正为捕获的猎物沾沾自喜的时候，没料到身后的朱可夫。

　　朱可夫以胜利者的喜悦凯旋而归莫斯科，但在飞机场迎接他的不是手持鲜花、又蹦又跳的儿童，而是满脸怒气的克格勃。斯大林没说任何缘由，把他流放到西伯利亚乌拉尔当军区司令。乌拉尔是全国最小的军区，又不具有战略位置，这等于把他软禁在西伯利亚。即使朱科夫的敌人也没预料到斯大林对卫国大英雄势不两立。朱可夫做梦也没想到身后的靠山斯大林原是一只黄雀。

斯大林不仅在战前握有处决八成苏共中央委员及六成苏军高级将领的权力，还拥有曾打败希特勒的大英雄朱可夫的生杀予夺之权。这说明斯大林的权力远远超过希特勒及朱科夫元帅。据传斯大林的死亡是克格勃头子贝利亚做了手脚。斯大林死后赫鲁晓夫予以扬坟鞭尸，否定了斯大林。杀人如麻的斯大林没想到称自己为父亲的赫鲁晓夫在背后给他来了一刀。

勃列日涅夫在苏共政治局略施小计扳倒了赫鲁晓夫。苏共中央又借故罢黜了勃列日涅夫等，任命戈尔巴乔夫为总书记。大英雄戈尔巴乔夫独出心裁，宣布解散苏联共产党，终于搬掉了压在苏联两亿人民头上的一座大山，苏联大帝国被肢解了，奥斯陆诺贝尔奖委员会赐给戈尔巴乔夫和平奖是理所当然的。比希特勒德国还强大的苏联大帝国，被戈尔巴乔夫一声令下，没用一兵一卒、没发一枪一炮，在一夜中土崩瓦解。

希特勒身后有朱科夫，朱科夫身后有斯大林，斯大林身后有贝利亚及赫鲁晓夫，赫鲁晓夫身后有勃日列涅夫，勃列日涅夫身后有戈尔巴乔夫，一个比一个有能耐。苏共政治舞台上的演出令人叹为观止，但远不如中共的派系斗争更精彩绝伦。

1921年7月1日，在上海由著名教授陈独秀与北大学生张国焘创建了中国共产党。教授往往崇拜和平主义与无政府主义，反对用暴力夺取政权。六年后1927年8月7日中共在武汉召集紧急会议，瞿秋白等指责陈独秀为右倾投降主义，陈被清除出党，张国焘被降为候补政治局委员。瞿秋白被任命为常委和书记处书记，主持中央工作，1928年与陈独秀的错误相反，瞿秋白犯了左倾冒险盲动主义错误，瞿秋白为文人，文人多幻想，他主张先在一个省革命成功，发动毫无胜利希望的起义暴动，结果在1931年被王明借故打倒。

王明及其苏俄二十八宿，自恃身后有第三国际季米特济夫及苏共头子斯大林为后台，在政治上忠于苏俄式极权主义，赞扬残暴镇压，迷信苏维埃制，这与瞿秋白的过左盲动主义彼此彼此，甚至有过之而无不及。王明去莫斯科共产第三国际任中共代表，中共领导权让给另一个二十八宿之一的博古。毛泽东在长征途中略施小计，一面分化博古与张闻天和王稼祥的关系，一面用枪杆子相要挟。在遵义会议上他成功地剥离了博古及同为二十八宿的张闻天、王稼祥的关系。毛泽东如愿以偿的钻进中共常委会，并利用了张闻天做他的傀儡书记。从此，中共被他搞得鸡飞狗跳，家不家、党不党、国不国，奴隶社会在中国复辟。

毛泽东擅长鹊巢鸠占喧宾夺主的伎俩，在井冈山占了王佐的地盘，长征到达陕北又夺了刘志丹的窝巢。王佐、刘志丹反主为宾，毛泽东反客为主。问题是王佐、刘志丹丢掉根据地事小，能不能丢掉脑袋事大。

毛泽东初来乍到，首先夺取了刘志丹与徐海东八千红军为己有，毛泽东的队伍由七千扩大了一倍多，达到一万五千人马。站稳脚跟后又肢解了张国焘的五万红军，一半借马家军之刀杀掉，另一半窃为己有。之后便玩弄起贼喊捉贼的把戏，对张国焘日夜批斗，被吓得逃之夭夭，去了毛泽东的一块大心病。毛泽东板起脸来充好人，对他如何肢解红四方面军只字不提，对如何栽脏、批斗张国焘也不提，反而给张国焘扣上了叛党投敌的大帽子。创建共产党的人倒成了叛徒；镇压共产党、肢解红军的毛泽东倒成了正牌共产党，滑稽之至。

毛泽东在陕北站稳脚跟，清除了刘志丹、张国焘两大政敌后，其刀锋又指向苏俄二十八宿。毛泽东与二十八宿对阵深感自己力量不足，对武装的敌人需要枪杆子，对政敌需要笔杆子，与巧舌如簧的政客，他最感缺乏的还是政治帮凶。于是他采用了军事上的以战养战、以夷治夷的办法。以夷治夷可轮番使用，利用甲治乙；再用乙治丙，然后再用丙治甲。日本侵略者就是利用二鬼子打中国人；再由宪兵整治二鬼子；再派特务监视宪兵。毛泽东深信，政客没朋友，只有相互利用，利用完后就卸了磨杀驴，无毒不丈夫！

1942年在延安毛泽东发动针对王明二十八宿及周恩来的整风运动，把王明、博古、张闻天、王稼祥树为教条主义的靶子，把周恩来树为经验主义的靶子。在整风运动中，还真有不少人抢着为毛泽东充当帮手，其中出名的就是刘少奇、彭真、康生、高岗、周扬等，还有二、三位次级打手。

整风运动开始把王明、博古从重庆中共长江局调回延安。在延安他俩毫无根基、没有掩体，完全裸露在毛泽东的炮火之下，毛泽东像猫玩老鼠一样耍弄王明。王明患胃溃疡，毛泽东及其帮凶命令医生给他服刺激性药物，疼得王明直打滚。医生给王明用消毒液来苏水灌肠，促使肠粘膜糜烂粘连而休克。

毛泽东彻底打垮了二十八宿。嗣后，王明以治病为借口，去了苏联，吓得再不敢回国。毛泽东顺理成章地给王明扣上了叛国罪，意思是说，如果王明回国继续接受毛泽东来苏水灌肠的话，那就变成爱国者了。

毛泽东吓跑了张国焘，又吓跑了王明，二十一年后又吓跑了林彪。毛泽东为他们仨制造了同样的帽子---投敌叛国。毛泽东杀人只能引颈受刀，不能跑，跑就是叛国。只有嗜血狂人毛泽东一人代表国家。张国焘、王明、林彪之冤案时至今日不得昭雪，这就是毛泽东之流的实事求是。刘少奇、彭真、康生、高岗为整风帮了毛泽东大忙，毛泽东给他们丰厚回报，刘少奇、由候补政治局委员越过政治局委员、常委连跳三级，升为中共第二把手；身为普通党员干部的彭真连跳四级升为政治局委员；高岗也是连跳四级升为政治局委员。

毛泽东不但有以夷治夷的手段，还有喜新厌旧的习惯，他唆使新宠把玩腻了的人踢开。在毛泽东鞍前马后的奴仆们，如果被毛泽东看中，给你点好处，说明你的厄运即将降临；如果毛泽东看不中你，不给你好处，认为你是碌碌平庸之辈，你将长命百岁。毛泽东恩赐给高岗政治局委员的官衔后九年，又把他从巅峰推入深渊；又过了十二年，利用新宠林彪、陈伯达、王力、关锋、戚本禹置延安整风中的英雄---刘少奇于死地，彭真也住进了秦城监狱九年。毛泽东认为，刘少奇、彭真、高岗、康生所以积极打倒二十八宿及张国焘，其目的是借老毛的势力向上爬，他们对老毛本人毫无感情，更无忠心可言，只是相互利用。如果时机成熟，他们会像打倒张国焘、王明一样打倒老毛。老毛怕他们，就像他们怕老毛一样。老毛不打倒他们，他们就会打倒老毛。所以延安整风时期的座上客，如今变成了阶下囚。而那些平庸之辈没有野心，老毛很放心，所以他们会长命百岁。

老毛还有一个精神症状，谁越靠近他，他越怀疑谁；谁越忠于他，他越怕谁；谁越拍他马屁，他越敌视谁。毛泽东以小人之心，度君子之腹，长征前，他装出拥护周恩来的样子，是为了参加长征，不丧命于苏区；长征途中，积极巴结张闻天、王稼祥，目的是为了打倒博古，由他自己取而代之。因此毛泽东推断，溜虚者的目的都是相同的，凡是靠近他的或忠于他的，还有拍他马屁的人都居心叵测，不是好人。拍他马屁的刘少奇、彭真、高岗被清除了，对忠心耿耿于他的陈光、彭德怀、林彪三位大英雄更怕得要命。陈光把共产党从死亡的道路上带进陕北；彭德怀是中国历史上第一个打败头号大帝国的大英雄；林彪是决定中国革命胜利三大战役的两大战役指挥者。三位大英雄的军事才能远远越过他毛泽东，为什么对笨头笨脑的他忠诚得五体投地呢？必然居心不良！

毛泽东取胜有四大法宝：军队、共产党、宣传及权术。军队、枪杆子帮他消灭外敌、镇压内敌；共产党是他的棍子，帮他打人，制造仇恨、发动战争、统治人民；宣传机关制造谎言、颠倒黑白、发表反动理论；权术使他出尔反尔、欺骗、造谣、撒谎、指东打西、借刀杀人、好说话尽、坏事干绝。毛泽东利用以上四大法宝，打败了蒋介石、清算了二十八宿、消灭了刘少奇派和高饶集团；吓跑了张国焘、王明；杀害了三大功臣陈光、彭德怀、林彪；镇压了三百多万知识分子，制造文字狱；饿死五千万人民；枪杀四百万无辜；最后打垮了共产党、摧毁了人民政府、培植文革小组四人帮、建立法西斯新党及红卫兵。毛泽东可谓古今中外的大英雄。

中华民族很幸运，上天赐给我们一个周恩来，并赋予他三种智慧：孔子的中庸、老子的柔忍、孙子的权变。他策划了讨毛的三大战役，最终消灭了毛派。

周恩来似黄雀树下手持弹弓的童子，一颗弹丸射出，结束了绵延在中华大地上的一百三十六年的战争和五十五年的中共内讧。

瞿秋白摁倒陈独秀；王明摁倒瞿秋白；博古取代了王明；张闻天挤走了博古；毛泽东骗取了张闻天；死周恩来最后消灭了活毛派。

大自宇宙星辰，小至单细胞生物，无一不是由盛变衰、由衰变盛的不断转化。旧恒星熄灭了，新恒星又形成了；一年四季冷暖互换，夏天的植物枝繁叶茂，冬天枝枯叶衰；放射元素有半衰期；药物有失效期；桥梁有安全期。台风有停止的时候，暴雨有雨过天晴的时候。

所谓人有悲欢离合，月有阴晴圆缺，就是指人间与宇宙盛与衰的不断转换。人类命运与国家历史的盛极必衰、衰极必盛的例子比比皆是。主人公石鸿儒本是革命战士，崇拜毛泽东、效忠于共产党，为抗战、内战作出贡献。他意气风发、勇敢豪迈，政治上红得发紫。1958年在文字狱盛行期间被毛家党划为极右派，投入人间地狱---滕县劳改队，由辉煌的巅峰跌入万丈深渊。人变为鬼，被折磨了了整整二十六年，又重返人间，鬼又变成人。

右派平反后，石鸿儒又为科学做出了贡献，发表了新理论、创立了新学说、发明了新方法。一生命运由盛转衰，又由衰变盛，呈"V"字型。广德堂也是由盛变衰又由衰变盛。

邓小平的命运也很有代表性，他原为第二野战军政委、中央组织部长，最后升到常委总书记，着实风光。在毛、周、刘三派十年混战中被老毛发配到南昌拖拉机厂重操钳工旧业，长达八年之久。在周总理精心保护下又重返北京任中共常委，不久在叶剑英元帅支持下当上了太上皇，当时其威望达到了顶峰，人民对他刮目相看。可惜，他对知识分子的态度与毛泽东不分彼此，用枪炮、坦克镇压了学生运动，并罢黜了同情知识分子的胡耀邦、赵紫阳两位总书记。国此，他的威信一落千丈，人民对他白眼相看。邓小平一生盛极变衰、衰极变盛，又由盛变衰。

八十年来，盛极则衰的风云人物多如牛毛。战争狂人希特勒自杀；杀人魔王斯大林被扬坟鞭尸；战争罪魁东条英机处绞刑；嗜血魔鬼毛泽东最终树倒猢狲散，妻子被抓、党羽判刑；袭击珍珠港的指挥者山本五十六机毁人亡；占领南京的司令石井太郎、血洗南京的第五师团长谷寿夫，一个被绞刑，一个被正法；登陆北非，打得英军丢盔弃甲，有"沙漠之狐"之称的隆美尔元帅到头来服毒自杀；率领三十多万德国虎狼之众，闪击苏联腹地，如入无人之境的鲍卢斯元帅在斯大林城束手就擒；守卫莫斯科，击退德军百万、会战库尔斯科、指挥五千辆坦克大胜德军三千辆，从而扭转苏德战局、指挥红军两个方面军两百万、大炮万门、坦克万辆、飞机万架、捣毁了法西斯巢穴---柏林的朱科夫，战争结束后被贬到穷乡僻壤的乌拉尔；率领两百万大军的太平洋地区司令，登陆日本，成为日本人的最高统治者的五星上将麦克阿瑟，在美、中对峙中突然被撤职；长征第一大功臣陈光无故被逮捕遇难；指挥中国百万大军，把三十九万美军赶回三八线之南并占领汉城的彭德怀，最后被斗、被捕，死于囚牢；指挥百万大军由黑水白山打向海南、决胜辽西、称霸平津、连续两次战役消灭国军百万大军的林彪，命运之惨胜过古今名将，与妻、儿一同葬身北国沙漠；南昌起义英雄贺龙元帅死于缺水少药的禁闭室；堂堂的国家主席刘少奇在寒冬中像叫花子一样死在开封的地下室水泥地上；中共常委、宣传部长、能说会写的陶铸，像滕县劳改队的囚犯一样，突然在地球上消失得无影无踪；孙立人率领新一军在缅甸三年共消灭日军十万，是全国各军之冠，获得中、英、美三国勋章，周游世界出尽风头，不料，被软禁三十五年；七十一军军长陈明仁，因死守四平有功，是内战中唯一一位获得青天白日勋章的将领，二年后，突然在长沙投降。

古今中外，摔得最重的，往往是爬得越高的；衰败最惨的，往往是盛名久远的，这是不可抗拒的自然法则。

八十年来由盛变衰的国家及政党有：半年之内占领欧洲大陆的法西斯德国，强盛得无以伦比，折腾了四年以国破家亡而告终；在十四年内，侵占了大半个中国及太平洋地区的日本军阀张牙舞爪，着实吓人，最后以投降而结束；苏联横跨欧亚大陆，拥有二十四个附庸国，其版图之大，古今罕见，大英雄戈尔巴乔夫一声令下解散苏共，苏联土崩离析；毛泽东集团挑拨战争、制造仇恨，饿死五千万两百万农民、枪杀四百万同胞、镇压三百万知识分子、奴役工人、摧残革命功臣、颠倒社会秩序、消灭民族传统、毁灭民族文化，毛泽东的法西斯统治渗透到每个人的思想及生活之中，红色恐怖笼罩全国每个角落，力量之大、爪牙之多，亘古少有。经过周恩来策划的三大政治战役打击，毛派被连根拔掉。出人所料，伟大的周恩来却又被藐小的癌细胞吞噬。败者灰飞，胜者烟灭！。

由衰变盛的例子是在中国近代。中国受尽了列强的侵略与掠夺，1949年前，中国被称为"东亚病夫"，在奥运会上没有得奖牌的历史，在技术上连自行车也不会制造，年产钢十六万吨、原油十二万吨、粮食一亿一千万吨，世界财富排名在三十名之外，但人口名列第一。今日中国衰极变盛，令世人刮目相看。在北京奥运会上得金牌51枚，超过美国成为世界体育大国；年产钢五亿吨，居世界第一，相当过去三千个中国的产量；原油一亿八千吨，相当过去1500个中国产量；汽车年产一千两百万辆，为世界第一，昔日为零；粮食五亿两千万吨，相当过去五个中国产量；世界经济排名超过法、英、德、日老牌经济强国，占世界第二，仅次于美国。

以上的例子也验证了盛极必衰、衰极必盛，盛为衰之始、衰为盛之由的自然规律。

以上惊天地、泣鬼神的人类盛衰大事件，仅仅发生在自1930年到2010年八十年之间。八十年只是五千年文明史的一瞬间，那么以后的五千年，又要重复几次像这八十年的盛衰历史？未来的子孙又有谁看重这八十年的盛衰规律呢？得意忘形的胜利者又有谁想到身后的黄雀呢？

盛与衰

作者 / 邢磊
图文排版 / 詹凯伦

出版发行 / 邢磊
　　　　11491 台北市内湖区瑞光路76巷69号2楼
　　　　电话:+886-2-2796-3638

印制销售 / 秀威资讯科技股份有限公司
　　　　11491 台北市内湖区瑞光路76巷69号2楼
　　　　电话： +886-2-2796-3638　传真： +886-2-2796-1377
　　　　http://www.showwe.com.tw
划拨账号 / 19563868　户名: 秀威资讯科技股份有限公司
读者服务信箱 / service@showwe.com.tw
网络订购 / 秀威网络书店: http://www.bodbooks.com.tw
　　　　国家网络书店: http://www.govbooks.com.tw

ISBN / 978-957-43-0875-0
出版日期： 2013年10月　POD初版
定价： 625元

盛与衰 / 邢磊著. -- 初版. -- 臺北市：邢磊,
　　2013.10
　　　面；　公分
　　簡體字版
　　POD版
　　ISBN　978-957-43-0875-0 (平裝)

857.7　　　　　　　　　　　　102019868

國家圖書館出版品預行編目